Terry Pratchett

Die dunkle Seite der Sonne · Strata

Zu diesem Buch

Mit den beiden Romanen »Die dunkle Seite der Sonne« und »Strata« kehren wir zu Terry Pratchetts turbulenten Anfängen zurück. In »Die dunkle Seite der Sonne« sagt die Wahrscheinlichkeitsrechnung dem reichen Erben Dom Sabalos ein baldiges Ende voraus. Doch die Rechnung geht nicht auf, er wird gerettet und fortan von einem mysteriösen Auftragskiller und einer mörderischen Großmutter verfolgt. – Im Universum von »Strata« wacht die Planetengestalterin Kin Arad über den Bau neuer Welten. Dabei erlauben sich ihre Mitarbeiter immer wieder üble Scherze. Doch dann berichtet ein geheimnisvoller Fremder von einer flachen Welt voller Magier und Dämonen – der Scheibenwelt.

Terry Pratchett, geboren 1948 in Beaconsfield, England, erfand in den Achtzigerjahren eine ungemein flache Welt, die auf dem Rücken von vier Elefanten und einer Riesenschildkröte ruht, und hatte damit einen schier unglaublichen Erfolg: Jeder achte Deutsche besitzt ein Pratchett-Buch. Bei Piper liegen der erste Scheibenweltroman »Die Farben der Magie« sowie die frühen Bände um Rincewind, Gevatter Tod, die Hexen und die Wachen vor – Meisterwerke Pratchetts, die unter den Fans einhellig als nach wie vor unerreicht gelten. Weiteres zum Autor: www.terrypratchettbooks.com

Terry Pratchett

Die dunkle Seite der Sonne
Strata

ZWEI KULTROMANE IN EINEM BAND

Aus dem Englischen von
Andreas Brandhorst

Piper München Zürich

Zu den lieferbaren Büchern von Terry Pratchett bei Piper
siehe Seite 477.

FSC
Mix
Produktgruppe aus vorbildlich bewirtschafteten
Wäldern und anderen kontrollierten Herkünften
www.fsc.org Zert.-Nr. GFA-COC-1223

Ungekürzte Taschenbuchausgabe
Dezember 2007

Titel der englischen Originalausgaben:
»The Dark Side of the Sun« und »Strata«

Erstmals erschienen:
Wilhelm Heyne Verlag GmbH & Co. KG, München 1989 und 1992
Umschlagkonzeption: Büro Hamburg
Umschlaggestaltung: HildenDesign, München –
www.hildendesign.de
Umschlagabbildung: Josh Kirby
Autorenfoto: Robin Matthews
Satz: C. Schaber Datentechnik, Wels
Papier: Munken Print von Arctic Paper Munkedals AB, Schweden
Druck und Bindung: Clausen & Bosse, Leck
Printed in Germany ISBN 978-3-492-28626-8

www.piper.de

Die dunkle Seite der Sonne

KAPITEL 1

»Schlicht und einfach voraussagen.«

Charles Sub-Lunar.
Aus: *Die Lichter am Himmel sind kleine Scheinwerfer.*

Im Zodiakallicht wehte ein warmer Wind aus dem Osten, ließ trockenes Schilf erzittern.

Der Sumpfnebel zerfaserte in fransige Streifen, löste sich allmählich auf. Kleine, nachtaktive Geschöpfe krochen hastig in den Schlamm. In der Ferne, verborgen im verschnörkelt wirkenden Dunst, hallte der Schrei eines Vogels über die schwimmenden Riedfelder.

Auf einem der großen Seen in der Nähe des offenen Meeres hißten drei kleine weiße Windschalen ihre zarten Segel, nahmen Kurs auf die heranrollenden Brandungswellen.

Dom wartete dicht hinter den Brechern, zwei Meter unter der wogenden Oberfläche. Dünne Luftblasen lösten sich aus seinem Kiemenbündel. Er hörte die Schalen, bevor er sie sah: Das von ihnen verursachte Geräusch klang so, als kratzten Schlittschuhe über fernes Eis.

Er lächelte schief und wußte, daß er nur eine Chance hatte. Einige der dünnen Schweifranken konnten innerhalb weniger Sekunden töten, und wenn er nicht achtgab, gab es keine zweite Gelegenheit. Er spannte die Muskeln, stieß sich ab.

Und sauste nach oben.

Die Schale erbebte heftig, als Dom den stumpfen Bug packte, die Beine herumschwang, um den grünen, blattähnlichen Strukturen auszuweichen. Die Welt reduzierte sich plötzlich auf kalten, nach Salz schmeckenden

Schaum, der ihn mit einer weißen Blase umhüllte. Winzige, silbrige Fische glitten pfeilschnell an Dom vorbei, und einen Atemzug später lag er quer auf der Hülle.

Die Windschale tobte, holte immer wieder mit dem knöchernen Mast aus und schlug zu. Dom beobachtete die zuckenden Bewegungen eine Zeitlang, schnappte nach Luft und schob sich langsam zu dem großen, kalkfarbenen Buckel am Mastfuß.

Ein Schatten raste über ihn hinweg, Dom rollte sich zur Seite und sah, wie der Mast eine Delle im Rumpf hinterließ. Als der Holm wieder zurückschwang, griff er danach, fand den Nervenknoten und richtete sich auf.

Seine Finger ertasteten die richtige Stelle, übten Druck aus.

Die Windschale beendete ihren wilden Tanz über den Wellenkronen, prallte mit solcher Wucht aufs Wasser, daß Doms Zähne klapperten. Das Segel vibrierte unsicher.

Dom strich zärtlich über das Nervenkonglomerat, um die Schale zu beruhigen. Nach einer Weile stand er auf.

Das gehörte zum Ritual: Man mußte sich erheben, um den Sieg zu demonstrieren. Die besten Dagon-Fischer steuerten Windschalen allein mit den Zehenspitzen. Dom beneidete sie, er erinnerte sich daran, daß er sie an Feiertagen von der Familienbarkasse aus beobachtet hatte: zwei- oder gar dreihundert Fischer, die Seite an Seite auf ihren halbzahmen Windschalen zurückkehrten, während die purpurne Sonne Achguckmal im Meer versank. Manche der jüngeren Männer tanzten auf den Rümpfen, sprangen und drehten sich um die eigene Achse, warfen Fackeln — und hielten ihre lebenden Gefährte die ganze Zeit über wie problemlos unter Kontrolle.

Dom kniete vor dem Nervenknoten, lenkte die große Semipflanze durch die schmalen und kurvenreichen Kanäle des Sumpfes, vorbei an Seerosenkolonien und dahintreibenden Schilfinseln. Auf einigen davon sah er blaue Flamingos, die bei seinem Anblick zischten und stolz davonstakten.

Ab und zu hob Dom den Kopf, blickte gen Norden und hielt nach verräterischen Punkten am Himmel Ausschau. Korodore würde ihn schließlich finden, aber Dom vertraute darauf, daß er ihn nicht gleich abholte. Vermutlich beschränkte er sich darauf, Dom einige Stunden lang zu beobachten — immerhin war auch Korodore einmal jung gewesen. Ja, selbst er. Im Gegensatz zu Doms Großmutter, die den Eindruck erweckte, als sei sie schon als Achtzigjährige zur Welt gekommen.

Außerdem dachte Korodore bestimmt daran, daß Dom am nächsten Tag die Ernennung zum Vorsitzenden erwartete, womit er in rechtlicher Hinsicht zu seinem Chef wurde. Was jedoch wahrscheinlich überhaupt nichts an seinem Verhalten änderte. Für den alten Korodore kam die Pflicht immer an erster Stelle; Schwierigkeiten und Probleme waren das Salz in der Suppe seines Lebens.

Dom lächelte zufrieden, während die Windschale mit anmutiger Eleganz durchs ruhige Wasser glitt. Wenigstens hatten die Fischer keinen Grund, ihn Schwanzhand zu schimpfen — obgleich ihm nach wie vor der Status als anerkannte Grünhand fehlte. Die letzte und entscheidende Prüfungszeremonie der Dagon-Fischer fand auf dem Meer statt, während einer vom Mondschein erhellten Nacht ... wenn die Dagone mit weit aufgerissenen, rasiermesserscharfen Muschelmäulern aus der Tiefe emporstiegen.

Mit einem sanften Ruck stieß die Windschale an eine Schilfinsel. Dom sprang leichtfüßig an Land, ließ sein Gefährt in der Lagune treiben.

Der Joker-Turm, auffallendstes Merkmal des westlichen Horizonts, ragte direkt vor ihm in die Höhe. Dom lief darauf zu.

Achguckmal ging auf und tauchte die schlanke Pyramide in einen rosafarbenen Schein. Der Nebel verzog sich, gab die Basis des gewaltigen Bauwerks frei, doch die Spitze verlor sich in den ewigen Wolken, fast acht Kilometer über dem Meer. Dom bahnte sich einen Weg durch das trockene, spröde Riedgras, stoppte erst einen Meter vor der glatten, milchweißen Wand.

Vorsichtig streckte er die Hand aus.

Ein Erinnerungsbild formte sich in seinem Inneren: Hrsh-Hgn, der schließlich begriff, daß endlose Vorträge über Planetenökonomie bei dem Jungen irgendwann auf leicht nachvollziehbaren Unmut stießen. Daraufhin schaltete er die Fakstafel ab, holte eine Ausgabe der von Sub-Lunar verfaßten *Galaktischen Chroniken* hervor und erzählte Dom von den Jokern.

»Nenn mir die Völker, die nach dem Menschheitsgesetz alss menschlich gelten«, begann er.

»Phnoben, Menschen, Drosken und die Erste Sirianische Bank«, antwortete Dom sofort. »Darüber hinaus gibt der Unterabsatz Eins Robotern der Klasse Fünf das Recht, menschlichen Status zu beantragen.«

»In Ordnung. Und die anderen?«

Dom zählte sie an den Fingern ab. »Creapii sind supermenschlich, Roboter der Klasse Vier sub-menschlich. Für Sonnenhunde fehlt eine Klassifizierung.«

»Und weiter?«

»Bei den anderen Spezies bin ich mir nicht ganz sicher«, gestand Dom ein. »Ich meine die Jovianer und so. Über sie hast du mir nichts gesagt.«

»Spielt keine Rolle. Weißt du, ssie sind viel zu fremdartig. Es gibt einfach keine gemeinsame Basis. Wass der Mensch bei intelligenten Rassen als selbstverständlich erachtet — zum Beispiel das Gefühl der eigenen Identität —, ist das Ergebnis einer ruhigen und gemächlichen Zweibeiner-Evolution. Wie dem auch ssei: Wichtig ist, daß sich alle bisher bekannten zweiundfünfzig Völker während der letzten fünf Millionen Jahre entwikkelten.«

»Davon hast du mir schon gestern berichtet«, warf

Dom ein. »Du meinst Sub-Lunars Theorie der Galaktischen Weisheit.«

Der Phnobe nickte und sprach über die Joker. Die Creapii fanden den ersten Joker-Turm, und als sie ihn nicht öffnen konnten, warfen sie eine Annihilierungsmatrix darüber ab. Später fand sich nicht einmal ein einziger Kratzer an dem riesigen Bauwerk, doch einige benachbarte Sonnensysteme waren zerstört worden.

Die Phnoben brauchten erst gar nicht nach einem Joker-Turm zu suchen: Einer erhob sich auf ihrer Heimatwelt Phnobis, ragte aus dem Meer bis zu den Immerwährenden Wolken empor und bildete die Grundlage der planetenweiten Frss-Gnhs-Religion. Mit anderen Worten: Die Phnoben hielten den Turm für die Säule des Universums.

Von der Erde stammende Kolonisten entdeckten insgesamt sieben, einen im Asteroidengürtel des Systems Alt-Sol. Zu jener Zeit wurde das Joker-Institut gegründet.

Die jungen Völker der Menschen, Creapii, Phnoben und Drosken sahen sich staunend einer Galaxis gegenüber, in der es von den Mementos einer uralten, verschwundenen Spezies wimmelte. Aus ihrer Ehrfurcht erwuchs die Legende von der Heimatwelt der Joker. Sie kam einer lockenden Verheißung gleich, die über viele Lichtjahre hinweg nicht nur Abenteurer in Versuchung führte, sondern auch Narren und Glücksritter ...

Doms Gedanken kehrten in die Gegenwart zurück, er berührte den Turm und verspürte ein sanftes Prickeln, dann einen kurzen stechenden Schmerz. Mit einem Satz sprang er zurück, rieb sich die tauben, fast gefrorenen Finger. Um die Mittagszeit sank die Temperatur des Bauwerks auf einen Tiefststand: Es nahm die Hitze in sich auf und verwandelte sie in Frost.

Dom setzte sich wieder in Bewegung, wanderte um den Turm herum, spürte die ihm entgegenwogende Kühle. Als er den Kopf in den Nacken legte und in die

Höhe sah, beobachtete er fasziniert, wie sich das Licht dicht an den Flanken des riesigen Gebäudes trübte — als sei es ebenfalls ein Gas, verschlungen von der Säule. Dieser Vorstellung mangelte es natürlich an Logik, aber sie hatte einen gewissen künstlerischen Reiz.

Der junge Mann bemerkte ein kurzes Aufblitzen am Himmel: ein nach Süden fliegender Gleiter der Sicherheitsabteilung. Dom trat zur Seite, duckte sich in ein Schilfgeflecht und fragte sich, was ihn überhaupt in den Sumpf führte. Die Hoffnung, Freiheit zu finden? Ja, vielleicht. Der letzte Tag, den er ohne die schwere Last der Verantwortung verbringen konnte. Die letzte Gelegenheit, sich auf seiner Heimatwelt Verkehrtherum zu bewegen, ohne von Leibwächtern und einer Vielzahl mehr oder weniger subtiler Schutzmechanismen umgeben zu sein. Er hatte diesen Ausflug sorgfältig geplant und vorbereitet, sogar Korodores allgegenwärtige Roboterinsekten zerquetscht, die ihm bis ins Schlafzimmer nachspionierten. Angeblich diente das alles den Erfordernissen der Sicherheit.

Dom wußte, was ihm nun bevorstand: Er mußte nach Hause zurückkehren, und dort erwartete ihn eine Begegnung mit Großmutter. Er kam sich ein wenig närrisch vor und überlegte, was er eigentlich vom Turm erwartete: einen Hauch von kosmischer Allmacht, vermutlich auch das Gefühl der Ewigkeit. Ganz sicher nicht das unbehagliche Empfinden, ständig beobachtet und überwacht zu werden. Es erinnerte ihn viel zu sehr an das Anwesen seiner Familie.

Dom drehte sich um.

Heiße Luft zischte auf, und irgend etwas zuckte an ihm vorbei, traf den Turm. Als der Strahl auf die kalte Wand prallte, erblühte die Hitze zu einer Blume aus Eiskristallen.

Der junge Mann warf sich reflexartig zu Boden, rollte mehrmals um seine Achse, sprang wieder auf die Beine und stürmte los. Ein zweiter Schuß verfehlte ihn, und weiter vorn platzte eine trockene Samenkapsel funkenstiebend auseinander.

Dom widerstand der Versuchung, einen Blick über die Schulter zu werfen, entsann sich des gnadenlosen Attentatstrainings Korodores. Das Wissen um die Identität des Mörders lohnte kaum den eigenen Tod. »Des Neugiers Preis ist ein letztes, im wahrsten Sinne des Wortes endgültiges Erlebnis«, lautete eine von Korodores Weisheiten.

Am Rande der Lagune holte Dom kurz Atem und stieß sich ab. Als er ins Wasser tauchte, sengte ihm der dritte Blitz über die Brust.

Irgendwo ertönte lautes Glockengeläut, weit draußen auf dem Meer — oder vielleicht nur in Doms Kopf. Kühles Grün umfing ihn, ein leises Blubbern ...

Dom erwachte. Ein tiefer Instinkt veranlaßte ihn, die Augen geschlossen zu halten. Er versuchte mit den übrigen Sinnen, einen Eindruck der Umgebung zu gewinnen.

Er ruhte auf der Mischung aus Sand, Schlamm, trokkenen Schilfhalmen und Schneckenhäusern, das in den meisten Regionen von Verkehrtherum als Boden galt. Er lag im Schatten, hörte ganz in der Nähe das Donnern der Brandung. Außerdem: Der Untergrund erzitterte im Rhythmus der Wellen. Die Luft roch und schmeckte nach Salz, Sumpf, Riedpollen — und auch noch etwas anderem. Dom nahm ein feuchtes, muffiges Aroma auf, das ihm irgendwie vertraut erschien.

Etwas hockte nur wenige Zentimeter von ihm entfernt. Dom hob das eine Lid wenige Millimeter und sah ein kleines Wesen, das ihn mit großem Interesse anstarrte. Rosafarbenes Haar wuchs aus der schuppigen Haut, bedeckte einen rundlichen, pummeligen Körper. Die Schnauze schien einen Kompromiß zwischen Schnabel und Rüssel darzustellen. Das Geschöpf besaß drei unterschiedlich beschaffene Beinpaare — und galt auf Verkehrtherum praktisch als Legende.

Hinter Dom zündete jemand ein Feuer an. Er versuchte, sich aufzusetzen, zuckte so heftig zusammen, als werde ihm eine mindestens fünfhundert Grad heiße Metallstange auf die Brust gepreßt.

»O juvindo may psutivi«, sagte eine freundlich klingende Stimme.

Ein alptraumhaftes Gesicht erschien über Dom. Graue Haut hing in langen Falten unter Augen, die auf das Vierfache ihrer normalen Größe angeschwollen zu sein schienen. Die kleinen Pupillen darin sahen aus wie Perlen in Milch. Lange, flache Ohren stülpten sich nach vorn, und ein fast unerträglich modriger Gestank schlug dem jungen Mann entgegen. Das Licht der Sonne spiegelte sich auf einer großen Brille wider.

Der Phnobe versuchte, sich auf Janglisch mit ihm zu verständigen. Dom kramte in den Archiven seines Gedächtnisses und antwortete auf Phnobisch.

»Oh, ein Gelehrter!« erwiderte die Gestalt trocken. »Ich heiße Fff-Shs. Und Sie sind der Vorsitzende Sabalos.«

»Noch nicht ganz — die Ernennung findet morgen statt.« Dom stöhnte, schnitt eine Grimasse, als ihn neuerlicher Schmerz durchzuckte.

»O ja! Vermeiden Ssie unter allen Umständen abrupte Bewegungen. Ich habe die Brandwunde behandelt. Sie isst nicht weiter schlimm.«

Der Phnobe stand auf, trat aus Doms Blickfeld. Das winzige Wesen beobachtete ihn noch immer.

Dom drehte langsam den Kopf. Er befand sich auf einer kleinen Lichtung in der Mitte einer jener Schilfinseln, die wie träge durch die breiten Sumpfgräben schwammen. Seltsamerweise trieb dieses besondere Exemplar gegen den Wind. Dom horchte, vernahm unter dem Riedgeflecht das leise Gebrumm eines alten Deuteriummotors.

Weiter oben spannte sich ein grob geflochtenes Netz, verbarg die Lichtung vor Beobachtern in Gleitern und

Schwebern. Der junge Mann fragte sich, ob das etwas nützte: Das Triebwerk und die Zusatzmechanismen unter dem Schilf konnten auf Dauer nicht einmal der elektronischen Aufmerksamkeit einfacher Ortungsgeräte entgehen. Andererseits: In den Sümpfen gab es Hunderttausende von solchen Inseln — es war wie mit der Suche nach der sprichwörtlichen Nadel im Heuhaufen.

Dom begann damit, erste Schlüsse zu ziehen.

Der Phnobe ging an ihm vorbei, in der einen Hand ein doppelschneidiges Tshuri-Messer. Er spielte nachdenklich damit, warf es hoch in die Luft, fing es wieder auf, hielt den Blick dabei ständig auf Dom gerichtet. Der junge Mann sah kurz an sich herab, stellte fest, daß er völlig nackt war — abgesehen von dem trockenen Salz, das eine dünne Kruste auf seiner schwarzen Haut bildete.

Einige Sekunden später hörten sie das ferne Summen eines Gleiters. Der Phnobe hechtete zur Seite, schob einige Riedhalme fort und schaltete den Inselmotor aus. Einen Sekundenbruchteil später stürzte er auf Dom zu, bedrohte ihn mit dem Messer.

»Keinen Laut!« zischte er.

Sie lagen völlig still, bis das Brummen des Schwebers wieder verklang.

Der Phnobe war ein Pilak-Schmuggler. Die vom Verkehrtherum-Direktorium zugelassenen Dagon-Fischer fuhren zu Hunderten aufs Meer, wenn die großen, zweischaligen Muscheln aus der Tiefe emporkamen. Im Licht des Mondes trachteten sie danach, den Bewohnern der Tiefe die Perlen aus perlmuttartigem Pilak zu entreißen. Sie benutzten dabei Rettungsleinen, lederne Rüstungen und komplexe Schutzapparaturen — wie zum Beispiel das Fabrikfloß, zu dem auch ein Lazarett gehörte. Solche Maßnahmen führten dazu, daß abgetrennte Hände nur kleine Pannen darstellten und selbst der Tod seine Endgültigkeit verlor.

Aber es gab auch andere Fischer. Sie tauschten Sicherheit gegen eine seltsame Vorstellung von Aufregung, akzeptierten als Preis sowohl ein illegales Vermögen als auch den vollständigen Mangel jeder Gelegenheit, es zu verprassen. Den Umständen zufolge arbeiteten sie allein und zeichneten sich durch ein bemerkenswertes Geschick aus. Dann und wann leitete das Direktorium eine Kampagne gegen sie ein und unternahm halbherzige Versuche, den Pilakschmuggel nach Außenwelt zu verhindern. Heutzutage wurden entlarvte Schmuggler nicht mehr getötet — das hätte direkt gegen das Eine Gebot verstoßen —, aber die alternative Strafe war für sie viel schlimmer als der Tod, den sie jede Nacht herausforderten. Dom fürchtete, daß der Fischer die Konsequenzen zog und das Geschenk des Lebens zurückforderte.

Der Phnobe stand auf, hielt das Messer an der schweren, nach vorn zeigenden Klinge.

»Warum bin ich hier?« fragte Dom unsicher. »Meine letzten Erinnerungen ...«

»Ssie schwammen ganz friedlich zwischen den Seerosen, mit einer Stripper-Verbrennung quer über der Brust. Die Leute von der Ssicherheitsabteilung sind seit dem Sonnenaufgang unterwegs. Ich hatte den Eindruck, daß sie jemanden suchen, vielleicht einen Verbrecher. Nun, ich gab meiner Neugier nach und zog Ssie an Bord.«

»Danke«, sagte Dom und setzte sich auf.

Der Schmuggler zuckte mit den Achseln. Angesichts seiner knochigen, breit- und hochschultrigen Statur wirkte diese Geste erstaunlich ausdrucksvoll.

»Wie weit sind wir vom Turm entfernt?«

»Ich fand Sie vierzig Kilometer jenseits der Himmelssäule. Und seitdem haben wir etwa zweitausend Meter zurückgelegt.«

»Vierzig! Aber am Turm hat jemand auf mich geschossen.«

»Für einen Ertrunkenen schwimmen Ssie verblüffend gut.«

Dom stemmte sich langsam in die Höhe, den Blick nach wie vor auf das Messer gerichtet.

»Sammeln Sie viel Pilak?«

»Achtzehn Kilo während der letzten achtundzwanzig Jahre«, erwiderte der Phnobe und beobachtete geistesabwesend den Himmel. Dom stellte eine rasche Berechnung an.

»Offenbar sind Sie recht fähig.«

»Nun, manchmal sterbe ich. In anderen Zeitlinien. Vielleicht bietet mir dieses Universum die sprichwörtliche Große Chance. Vielleicht sind alle meine anderen Selbstentsprechungen tot. Was bedeutet es schon, fähig zu sein?«

Das Messer sauste noch immer zwischen den beiden Händen hin und her, und die Sonne starrte wie ein neugieriges Auge vom Firmament herab. Dom spürte eine gewisse Benommenheit, dumpfe Schmerzen, die an seinen Gedanken nagten. Dennoch gelang es ihm, auf den Beinen zu bleiben — er wartete auf eine passende Gelegenheit.

Der Phnobe zwinkerte.

»Ich suche ein Omen«, erklärte er.

»Wozu?«

»Um herauszufinden, ob ich Ssie töten soll.«

Oben glitt ein Schwarm blauer Flamingos dahin. Dom holte tief Luft und bereitete sich vor.

Das Messer zuckte fort, flog so schnell, daß es der junge Mann aus den Augen verlor, schien die Schwerkraft zu verspotten. Dom beobachtete, wie sich der Sonnenschein ganz kurz auf den Klippen widerspiegelte. Einer der Flamingos löste sich aus der fliegenden Gruppe, schien zur Landung anzusetzen — und fiel ins Schilf.

Dom empfand die Anspannung wie das Vibrieren eines dünnen, straff gespannten Drahts.

Der Schmuggler ignorierte seinen Begleiter, trat an die erlegte Beute heran, zog das Messer aus der Brust und begann damit, den Vogel zu rupfen. Nach einer Weile hielt er inne, sah abrupt auf und hob die Klinge.

»Ein guter Rat. Spielen Sie nie wieder mit dem Gedanken, jemanden anzugreifen, der mit einem Tshuri-Messer ausgerüstet ist. Ssie sehen ganz wie jemand aus, der zu viele Leben zu vergeuden hat. Vielleicht neigen Ssie deshalb dazu, unnötige Risiken einzugehen. Wer beschließt, ein Narr zu sein und solche Waffen nicht zu respektieren, macht bittere Erfahrungen.«

Dom ließ den angehaltenen Atem entweichen und stellte sich das Beil eines Scharfrichters vor, das gerade seinen Hals verfehlt hatte.

»Außerdem ...« fuhr der Phnobe fort. »Wo bleibt die Dankbarkeit? Nun, wir essen gleich. Und anschließend können wir uns unterhalten.«

»Ich habe viele Fragen«, entfuhr es Dom. »Wer hat auf mich geschossen? Wie ...«

»Tss, tss! Warum Fragen stellen, die nicht beantwortet werden können. Wie dem auch sei: Ssie sollten an *Bater* denken.«

»Bater?«

Dom spürte den durchdringenden Blick des Schmugglers auf sich ruhen. »Haben sie noch nie etwas von der Wahrscheinlichkeits-Mathematik gehört? Obgleich man Sie morgen zum Vorsitzenden des Verkehrtherum-Direktoriums ernennt — wodurch Sie zum Erben ungeheurer Reichtümer werden? Vielleicht ist es besser, wir reden erst und essen nachher.«

Achguckmal hing in den Dunstschwaden, die aus dem Sumpf krochen. Die Insel schwamm tropfnaß durch die klammen Schleier, hinterließ eine faserige Nebelspur, die sich mit gespenstischem Eigenleben durchs stumme Ried wand.

Fff-Shs trat aus der Basthütte am Inselrand und deutete ins gestaltlose Grau.

»Nach dem Radar isst Ihr Gleiter kaum mehr als hundert Meter entfernt.« Der Phnobe streckte die Hand aus, deutete in eine bestimmte Richtung. »Ich ssetze Ssie hier ab.«

Ernst schüttelten sie sich die Hände. Dom drehte sich um, blieb an der Wassergrenze noch einmal stehen. Der Schmuggler folgte ihm mit dem kleinen rattenartigen Wesen, das fast die ganze Zeit über auf seiner Schulter geschlafen hatte.

»Morgen findet eine große Feier statt, nicht wahr?«

Dom seufzte. »Ja, ich fürchte schon.«

»Und bekommen Ssie Geschenke? Gehört dass dazu?«

»In der Tat. Aber meine Großmutter meinte, die meisten kämen von denen, die anschließend irgendwelche Gefälligkeiten erwarten. Deshalb darf ich sie nicht annehmen.«

»Nun, mir geht es nicht darum, Gunst zu erlangen — *mein* Geschenk werden Sie nicht zurückweisen.« Der Phnobe griff nach dem leise quiekenden Geschöpf. »Hier. Sie wissen sicher, was das ist, oder?«

»Ein Sumpf-Ig.« Dom nickte. »Unser Planetenwappen zeigt ihn zusammen mit einem blauen Flamingo. Doch die Ambientenexperten behaupten, es gebe nur noch etwa dreihundert von ihnen auf ganz Verkehrtherum. Ich kann ihn nicht ...«

»Dieser Wicht läuft mir schon seit vier Monaten nach. Er wird Sie begleiten. Ich habe ohnehin das Gefühl, daß er meine Gesellschaft satt hat.«

Der Ig sprang vom Arm des Schmugglers, machte es sich an Doms Hals bequem, schob den Schwanz in den Mund und begann sofort zu schnarchen. Der junge Mann lächelte, und der Phnobe schnitt eine kurze Grimasse.

»Ich hielt ihn für eine Art Talisman«, sagte er. »Vielleicht nur Wunschdenken, weiter nichts.« Er beobachtete den aufgeblähten Mond Verkehrtherums, der im Süden aufging.

»Eine gute Nacht für die Jagd«, sagte der Dagon-Fischer, und mit zwei langen Schritten verschwand er im sich verdichtenden Nebel.

Dom setzte zu einer Erwiderung an, überlegte es sich dann aber anders und schwieg. Eine ganze Zeitlang blieb er ruhig stehen.

Schließlich wandte er sich um und sprang ins warme abendliche Meer.

Neben Doms Gleiter dümpelte der massige Rumpf eines Sicherheitsfliegers auf den Wellen. Als der junge Mann an Bord kletterte, trat eine Gestalt aufs flache Deck.

Dom starrte ins Fadenkreuz eines Molekülstrippers, sah darüber die verlegene Miene eines jungen Sicherheitsbeamten.

»Chel! Es tut mir leid, Sir. Ich ... ich wußte nicht ...«

»Sie haben mich gefunden«, erwiderte Dom kühl. »Herzlichen Glückwunsch. Ich kehre jetzt heim.«

»Äh, ich bin angewiesen worden, Sie zurückzubringen«, sagte der Wächter unsicher. Dom schenkte ihm keine Beachtung und ging an Bord seines Schwebers. Der Sicherheitsbeamte schluckte, sah auf den Stripper herab, musterte dann den zukünftigen Vorsitzenden des Direktoriums — und hastete in die Kontrollblase. Als er das Funkgerät erreichte, war Doms Gleiter bereits einige hundert Meter entfernt, tanzte über die Wellenkämme und stieg auf.

Auszug aus *2001 und so weiter: Eine anekdotische Geschichte des raumfahrenden Menschen* — von Charles Sub-Lunar (Fghs-Hrs & Calligna, Terra Novae).

»Es sollten hier Verkehrtherum und die Familie Sabalos erwähnt werden — zwei Begriffe, die als synonym gelten können. Verkehrtherum ist einer der beiden Planeten des Systems CY Aquirii, eine Welt, die hauptsächlich aus Wasser besteht. Dort herrscht ein angenehmes, wenn auch recht feuchtes Klima, und das Ernährungsspektrum eignet sich besonders für Leute, die eine Fischdiät vorziehen. Die Bewohner sind intelligent und abgehärtet, haben aufgrund der starken Ultraviolettstrahlung schwarze Haut und keine Körperbehaarung.

Besiedelt wurde der Planet im Jahre des Suchenden Affen (Anno salutis 675), und die ersten Kolonisten waren Menschen von der Erde und Phnoben. Das mag der Grund sein, warum die pan-humanen Beziehungen auf dieser Welt besser sind als auf allen anderen.

John Sabalos — der Dynastie-Gründer — baute sich ein Haus am Schlangenfluß, mit Blick übers Meer und den Großen Knarrenden Sumpf. Seine einzige und herausragende Fähigkeit bestand darin, Glück zu haben. In den schwimmenden zweischaligen Muscheln, die ab und zu aus der Tiefe des Ozeans emporstiegen, entdeckte er hundert Zentimeter durchmessende Perlen, die aus rohem Pilak bestanden. Wie sich später herausstellte, ließ sich aus dieser Substanz eine weitere Todesimmunitätsdroge herstellen. Hinzu kam: Pilak mangelte es an den teilweise recht fatalen Nebenwirkungen der anderen sechsundzwanzig antigeriatrischen Medikamenten. Der neue Stoff wurde zur Grundlage des Familienvermögens. John I. erweiterte sein Haus, legte einen Obstgarten aus Kirschbäumen an und regierte als erster Vorsitzender, nachdem auf Verkehrtherum eine Direktoriums-Verwaltung entstand. Er starb im Alter von 301 Jahren.

Sein Sohn John gilt als Prasser. Hier soll nur ein Beispiel seiner pathologischen Verschwendungssucht genannt werden: Er kaufte eine Schiffsladung exotischer Früchte von Drittes Auge — und der überwiegende Teil davon traf verfault ein. In der stinkenden Masse hatte sich auch ein seltsamer grüner Schleim gebildet, und wie ein Zufall wollte, besaß er regenerative Eigenschaften. Damals geriet die Dagon-Fischerei aufgrund einer astronomisch hohen Verletzungsrate in eine ernste Krise, und die Entdeckung des Heilschleims löste das Problem: Innerhalb eines Jahres galt es als ein Zeichen von Männlichkeit, mindestens ein Körperglied in der besonderen grünen Tönung der zellduplizierenden Substanz vorweisen zu können.

John II. kaufte dem Tsio-Subdirektorium der Erde die Cheopspyramide ab, ließ sie in einem Stück nach Verkehrtherum transportieren und sie in einer öden Region nördlich seiner Wohnkuppeln aufstellen. Als er Interesse für Luna zu zeigen begann und sich mit der Absicht trug, den kleineren, aber immer noch brauchbaren Mond Verkehrtherums zu ersetzen, verfrachtete ihn seine Tochter Joan I. auf die andere Seite des Planeten. Sie brachte ihn dort in einer Villa unter, nahm den Platz ihres Vaters ein und agierte als Leitende Direktorin. Joan war wie neuer Treibstoff für den Motor des Sabalos-Vermögens, das bisher auf dem eher brüchigen Fundament reinen Glücks ruhte: Innerhalb von nur zwölf Monaten verdoppelte es sich. Als strenge Sadhimistin führte Joan I. viele Reformen durch, setzte sich auch für die Verabschiedung des Menschheitsgesetzes ein.

Ihr Sohn John III. — sie fand Zeit für einen kurzen Ehekontrakt mit einem Vetter — betätigte sich in einer damals noch völlig neuen Wissenschaftssparte: Er wurde zu einem herausragenden Wahrscheinlichkeits-Mathematiker. Es geht das Gerücht, John III. habe auf diese Weise sowohl der Mutter als auch seiner Frau Vian entkommen wollen, einer aus dem System Alt-Sol stammenden Adligen mit ausgesprochen guten Beziehungen. Angeblich diente die Heirat nur dazu, bessere Verbindungen zur Erde zu schaffen. Wie dem auch sei: Vians Kontraktpartner verschwand unter seltsamen Umständen, kurz vor der Geburt seines zweiten Sprößlings, der den Namen Dom erhielt. Es heißt, John III. fiel einem Unfall in den weltumspannenden Sümpfen zum Opfer.

Viele Geheimnisse umgeben den jungen Dom. Die Urheber einiger Geschichten, die man sich über ihn erzählt, legen aus verständlichen Gründen Wert darauf, anonym zu bleiben. Zum Beispiel behauptet man, am Tage seiner Ernennung zum Vorsitzenden des Direktoriums erwarte ihn der ...«

Sterne funkelten am Himmel, als Dom die Mole erreichte. Sie erstreckte sich von den Wohnkuppeln aus weit ins künstlich angelegte Hafenbecken, das den noch nicht domestizierten Windschalen als Heimstatt diente.

Lampen leuchteten. Einige Fischer, die es besonders eilig hatten, bereiteten ihre lebenden Gefährte für den nächtlichen Fang vor. Eine alte Frau fritierte Königsmuscheln auf einem Holzkohleofen, und aus dem Lautsprecher eines kleinen Radios ertönte, von kaum jemandem beachtet, die Melodie eines alten Lieds von der Erde. Der Refrain lautete: »Deine Füße sind zu groß.«

Dom steuerte auf die Mole zu, legte neben dem stummen Rumpf eines großen Lazarettfloßes an und stieg die Leiter hoch.

Als er auf die Kuppeln zuhielt, wurde er sich der absoluten Stille bewußt. Sie breitete sich wie eine Kielwelle vor ihm aus, erfaßte alle Anwesenden. Der matte Lampenschein spiegelte sich in neugierigen Augen wider. Die alte Frau hob ebenfalls den Kopf und musterte den jungen Mann — ihre Pupillen schienen sich dabei in zwei Sondierungsinstrumente zu verwandeln.

Als Dom die Treppe hochging, die zum Hauptsegment des Sabalos-Anwesens führte, hörte er eine leise Stimme. »Ganz gleich, was die anderen Leute sagen: Er ist nicht wie sein Va ...« Ein dumpfes Ächzen folgte, und Dom sah einen Ellenbogen, der sich in eine weiche Magengrube bohrte.

Ein Roboter der Klasse Drei stand vor der Tür, bewaffnet mit einem altmodischen Schaller. Servomotoren summten, als sich der junge Mann näherte, und die Maschine nahm eine drohende Haltung an.

»Halt — wer da?« rasselte ein korrodierter Sprachprozessor und fügte die traditionelle sadhimistische Frage hinzu: »Gegner oder Freund Aller Erden?«

»FALLE, versteht sich«, erwiderte Dom und widerstand der Versuchung, die falsche Antwort zu geben. Einmal hatte er sich dazu hinreißen lassen, nur um festzustellen, wie der antiquierte Apparat auf so etwas reagierte. Durch die Schaller-Entladung wären ihm fast die Trommelfelle geplatzt, und von einem nahen Lagerhaus blieben nur Trümmer übrig. Großmutter zeichnete sich durch einen individuellen Sinn für Humor aus: Sie lächelte nur selten, aber bei jener Gelegenheit lachte sie schallend — und verabreichte dem Jungen dann eine Tracht Prügel, um ihm eine zusätzliche Lektion zu erteilen.

»Sie können passieren, FALLE«, schnarrte der Wächter. Als sich Dom an ihm vorbeischob, leuchtete der Brustkommunikator des Roboters auf.

»Na schön«, erklang die Stimme Korodores. »Dom, eines Tages werden Sie mir erklären müssen, wie Sie verschwinden konnten, ohne den Alarm auszulösen.«

»Es hat mich nicht unerhebliche Mühe gekostet.«

»Treten Sie näher an den Scanner heran. Gut so. Die Narbe ist neu.«

»Jemand hat draußen im Sumpf auf mich geschossen, aber ich bin soweit in Ordnung.«

Korodore zischte leise, versuchte mit eiserner Disziplin, sich zu beherrschen.

»Wer?«

»Chel — woher soll ich das wissen? Außerdem: Es geschah vor einigen Stunden. Ich ... äh ...«

»Kommen Sie jetzt herein. In zehn Minuten erwarte ich Sie in meinem Büro, und dann werden Sie mir den Vorfall in allen Einzelheiten schildern — so detailliert, daß Sie selbst überrascht sein dürften. Ist das klar?«

Dom sah trotzig auf, biß sich dann auf die Lippe.

»Ja, Sir«, antwortete er kleinlaut.

»In Ordnung. Vielleicht können wir es uns ersparen,

daß ich dazu verdonnert werde, mit den Zähnen Entenmuscheln von einem Floß zu kratzen. Vielleicht können wir sogar verhindern, daß Sie für einen Monat Hausarrest bekommen.« Korodores Stimme wurde etwas sanfter, als er hinzufügte: »Was hat es mit dem Ding an Ihrem Hals auf sich? Kommt mir irgendwie bekannt vor.«

»Es ist ein Sumpf-Ig.«

»Ziemlich selten, nicht wahr?«

Dom hob den Kopf, betrachtete das Planetenwappen über der Tür: Ein blauer Flamingo und die phantasielose Darstellung eines Sumpf-Igs säumten ein sadhimistisches Symbol auf azurblauem Grund. Darunter bildeten viel tiefer als nötig in den Stein gemeißelte Zeichen das Eine Gebot.

»Ich kannte einmal einen Schmuggler, der ein solches Tier hatte«, fuhr Korodore fort. »Man erzählt sich einige seltsame Geschichten über jene Geschöpfe. Sie kennen die Legenden vermutlich. Nun, ich schätze, es droht keine Gefahr. Bringen Sie den Ig ruhig mit rein.«

Der kleine Bildschirm des Kommunikators wurde wieder dunkel, und der Roboter wich zur Seite.

Dom machte einen weiten Bogen um das Wohnquartier. In der Küche wurden die Vorbereitungen für das Bankett am nächsten Tag getroffen, und dementsprechend laut ging es dort zu. Der junge Mann schlich auf leisen Sohlen hinein, stahl einen Teller mit Seetang-Speisen und huschte wieder in den Flur. Ein phnobischer Fluch folgte ihm, doch damit hatte es sich auch schon. Dom grinste, wanderte durch den Gang, der schließlich in einem wahren Labyrinth aus Vorratsräumen und Speisekammern endete.

Daran schloß sich ein kleiner Hof an, über dem sich ein Dach aus getöntem Kunststoff spannte. Es filterte das Strahlen der Sonne, so daß selbst während eines Achguckmal-Mittags düsteres Zwielicht herrschte. Aus einigen im Plastik eingelassenen Düsen strömte grauer Dunst.

In der Mitte des freien Platzes erhob sich ein aus Ried errichtetes Miniaturschloß, und auf den daran angrenzenden Bereichen wuchsen mit sichtlichem Widerwillen einige Pilzkolonien. Dom strich den nassen Vorhang beiseite und trat ein.

Hrsh-Hgn saß in einer kleinen, mit lauwarmem Wasser gefüllten Bademulde und las einen Datenwürfel. Neben ihm brannte Fischöl in einer Lampe. Er hob seine zweigelenkige Hand und winkte, drehte Dom ein Auge zu.

»Freut mich, daß du hier bisst. Hör dir dass an: ›Ein Felsvorsprung zwanzig Kilometer südlich von Rampa auf Drittes Auge zeigt Fossilienschichten, die nicht aus ferner Vergangenheit stammen, sondern sich auf die Zukunft beziehen ...‹«

Der Phnobe unterbrach sich und stellte den Würfel vorsichtig auf den Boden. Er musterte zuerst Doms Gesichtsausdruck, betrachtete dann die Narbe, richtete seine Aufmerksamkeit schließlich auf den Ig, der sich um den Hals des jungen Mannes geschlungen hatte.

»Du versuchst, mir etwas vorzumachen«, sagte Dom. »Es gelingt dir sogar recht gut, besser als Korodore und den Leuten an der Mole, aber ich durchschaue dich trotzdem.«

»Wir sind alle ssehr froh, daß du gesund und munter zurück bisst.«

»Meine Güte, ihr seid so verblüfft und verwirrt, als sei ich gerade von den Toten auferstanden.«

Der Phnobe zwinkerte.

»Hrsh, morgen bin ich Vorsitzender des Direktoriums. Nun, das bedeutet nicht viel, aber ...«

»Es ist eine ssehr ehrenvolle Stellung.«

»Es bedeutet nicht viel, weil die wahre Macht nach wie vor von meiner Großmutter ausgeübt wird. Ich glaube jedoch, der Vorsitzende sollte über die eine oder andere Sache Bescheid wissen. Um nur ein Beispiel zu nennen: Warum hast du mir nie etwas von der Wahrscheinlichkeits-Mathematik erzählt? Und was ist mit meinem Vater passiert? Auf welche Weise kam er ums Leben? Wie ich von einigen Fischern hörte, soll es ihn irgendwo im Großen Knarrenden Sumpf erwischt haben.«

Eindrucksvolle Stille schloß sich an, so daß der Ig erwachte. Er kratzte sich hingebungsvoll.

»Komm schon«, drängte Dom. »Du bist immerhin mein Lehrer.«

»Es isst schon ziemlich spät geworden. Ich beantworte deine Fragen morgen, nach der Zeremonie.«

Dom stand auf. »Kann ich dir jemals wieder trauen? Chel: Es ist wichtig, Hrsh. Und du weichst mir aus.«

»Ach, tatssächlich? Da du offenbar gerade den Psychologen spielst: Was versuche ich vor dir zu verbergen?«

Dom beobachtete den Phnoben. »Angst und Furcht, glaube ich. Auch so etwas wie Mitleid. Und sogar ... Entsetzen.«

Er verließ wütend das Gebäude, und hinter ihm erzitterte der Vorhang. Hrsh-Hgn wartete, bis die Schritte des jungen Mannes verklangen, griff dann nach dem Kommunikator. Korodore meldete sich sofort.

»Ja?«

»Er hat mich gerade bessucht. Und ich hätte ess ihm fast gesagt! Er ist mißtrauisch geworden, ahnt etwas! Wir dürfen nicht zulassen, daß die Ereignisse den vorausgesagten Lauf nehmen.«

»Wir legen keineswegs die Hände in den Schoß. Ganz im Gegenteil: Wir werden uns die größte Mühe geben, mehr als nur maßgeblichen Einfluß auf den Kausalstrom zu nehmen, dem angeblichen Schicksal ein Schnippchen zu schlagen. Ich bin fest entschlossen, vom gesamten Sicherheitspotential Gebrauch zu machen. Aber das ändert nichts an der Ereignisevolution, die morgen ihren Höhepunkt erreicht. Die Zukunft läßt sich nicht ändern, mein lieber Hrsh-Hgn. Andernfalls wären siebzig Jahre der Wahrscheinlichkeits-Mathematik umsonst.«

»Genau darüber hat jemand mit ihm gesprochen – über die W-Analyse«, entgegnete Hrsh-Hgn. »Er erkundigte sich nach seinem Vater. Und wenn er sich erneut mit Fragen an mich wendet ... Ich schwöre, daß ich ihm dann alles sage.«

»Ach?« Korodores Stimme klang drohend.

Der Phnobe senkte den Blick und schwieg.

Draußen im Meer glitten die Dagone zur Wasseroberfläche empor, folgten damit den tief in ihnen verwurzelten Instinkten. In dieser Nacht erfreuten sich die Fischer an einem außerordentlich guten Fang, hielten das für ein Omen – wußten allerdings nicht so recht, in welche Richtung der Finger des Schicksals wies. Gegen Morgengrauen, als sich der Ozean wieder glättete und die überlebenden Dagone in ihre tiefe Heimat zurückkehrten, trieb eine kleine leere und halb überschwemmte Schilfinsel herrenlos vor der Insel.

KAPITEL 2

Korodore schritt lautlos durch den leeren Korridor, der vom ersten Licht der aufgehenden Sonne erhellt wurde.

Er war stämmig gebaut, und eine Laune der Natur hatte ihm ein rundes fröhliches Gesicht gegeben, so daß er aussah wie ein freundlicher gutmütiger Schweinemetzger. Er bedauerte diesen Umstand keineswegs, sah sogar einen großen Vorteil darin. Außerdem gab es einen wichtigen Unterschied: Gewöhnliche Metzger neigten nur selten zu Tugenden wie Zurückhaltung und Unauffälligkeit: Wenn Korodore sein metaphorisches Schlachtermesser schwang, so geschah das hinter den Kulissen, in aller Heimlichkeit.

Eine Tür öffnete sich geräuschlos. Der untersetzte Mann setzte den Weg durch einen Nebengang fort, erreichte kurz darauf einen großen, runden Raum.

Im zentralen Kamin brannte ein Torffeuer, verwandelte sich allmählich in weiße Asche. Der Rest des Zimmers war nur spärlich eingerichtet: ein schmales Bett, Tisch und Stuhl, angefertigt aus Teilen einer Dagonschale, ein Kleiderschrank, an der gegenüberliegenden Wand ein sadhimistisches Symbol auf Kupferblech.

Darüber hinaus enthielt die Kammer einige Hinweise auf das Direktorium: eine große zusammengerollte Karte der Äquatorialregionen, eine offene Karteibox, auf der eine Uhr stand und die Galaktische Standardzeit anzeigte.

Die Merkmale der Wahrscheinlichkeits-Mathematik standen im krassen Gegensatz zur streng anmutenden Schlichtheit des Raums. Korodores Blick glitt über einige Neue Tarock-Karten hinweg. Die restlichen lagen an der einen Wand, die kristallenen Darstellungen auf ihnen unscharf. Auf der anderen Seite leuchtete der Schirm eines tragbaren Computers, die Diagramme im Projektionsfeld weckten vages Unbehagen. Holzkohle glühte in einer Pfanne auf dem Muscheltisch. Korodore schnupperte, nahm den seltsam scharfen Geruch des besonderen Linkswend-Räucherwerks wahr. Also hatte Joan im Kühlkopf-Zustand Zuflucht gesucht ...

Joan I. sah vom Tisch auf und schob ein großes schwarzes Buch beiseite.

»Konnten sie auch nicht schlafen?« fragte sie.

»Sicherheitsbeamte schlafen nie, wie Sie sehr wohl wissen, Madam.«

»Ja ... das ist mir klar.« Sie schüttelte den Kopf. »Es war nur eine Redewendung. Am Herd dort steht Kaffee.«

Korodore schenkte sich eine Tasse ein, sammelte langsam die Karten ein. Joan beobachtete seine völlig geräuschlosen Bewegungen.

»Ich habe mir erneut die Gleichungen angesehen«, sagte sie nach einer Weile. »Es zeichnet sich keine Veränderung ab. Die Berechnungen meines Sohnes stimmen. In dieser Hinsicht hatte ich natürlich nie Zweifel. Selbst Sub-Lunar unterzog sie einer eingehenden Analyse. Dom wird heute mittag sterben. Mord. Er hat nicht die geringste Chance.«

Joan zögerte. »Nun?« fragte sie.

»Sie meinen, was ich als verantwortlicher Sicherheitsoffizier davon halte? Wie ich dazu stehe, daß mein Schützling umgebracht wird — ganz gleich, welche Maßnahmen ich treffe?« Korodore zuckte mit den Schultern. »Was soll ich Ihnen darauf antworten? Ich verhalte mich so, als wüßte ich überhaupt nichts.« Er legte die Karten auf den Tisch und fügte hinzu: »Außerdem ... Ich kann es nicht glauben! Jedenfalls nicht ganz. In gewisser Weise hoffe ich nach wie vor.«

»Was jedoch zu keiner Modifizierung des Ereignismusters führt.«

»Nun, es wäre sicher vermessen von mir zu behaupten, ich verstünde die Wahrscheinlichkeits-Mathematik. Aber wenn das Universum so geordnet, so *unveränderlich* ist, daß man die Zukunft anhand einiger Zahlen bestimmen kann — warum hängen wir dann noch am Leben?«

Joan stand auf, ging zum Kleiderschrank und holte eine bis zu den Hüften reichende Perücke hervor.

»Diese Bemerkung beweist, daß Sie von W-Mathematik tatsächlich keine Ahnung haben«, erwiderte sie. »Wir machen weiter wie bisher, weil das Leben dem Tod prinzipiell vorzuziehen ist. Vor dieser Wahl hat die Menschheit von Anfang an gestanden, selbst damals, als wir noch glaubten, die Zukunft sei ein Kessel voller brodelnder Möglichkeiten.«

Joan kämmte die Perücke. »Es läßt sich nicht genau feststellen, auf welche Weise Dom sterben wird«, fuhr sie fort. »Vielleicht wählt das Institut uns beide aus, um ...«

Korodore wirbelte herum. »Ich habe uns alle mit den elaboriertesten Methoden überprüft!«

»Ach, Korodore. Sie tun mir leid. Ihr Glaube an Ursache und Wirkung ist geradezu rührend! Begreifen Sie denn nicht, daß in einer unendlichen Totalität alle denkbaren Universen existieren? Bestimmt gibt es irgendwo einen Kosmos, in dem Sie zu einem ...«

»Behauptungen, weiter nichts«, brummte der Sicherheitschef. »Thesen und Hypothesen.«

»Sie mißbilligen meine Einstellung«, sagte Joan und schmollte.

Korodore hob den Blick, betrachtete die goldene Jahrhundertscheibe auf ihrer Stirn und lächelte dünn.

»Ach, Madam, Sie sind zu alt, um mit solchen Tricks Erfolg zu haben. Was Ihre Frage betrifft: Ich mißbillige nicht etwa Ihre Einstellung, sondern Ihr Verhalten. Es erinnert mich viel zu sehr an Magie, an Hexenkunst.«

»Meine Kenntnisse der prä-sadhimistischen Religionen sind begrenzt, Korodore.«

»Na schön, Madam. *Was geschieht, wenn Dom nicht stirbt?*«

»Diese Möglichkeit ist völlig ausgeschlossen. Das derzeitige Fakten-Universum hat eine in sich geschlossene Definitionsstruktur. Der Junge wird den heutigen Mittag nicht überleben. In gewisser Weise hängt der ganze Kosmos von seinem Tod ab. Wenn er nicht stirbt, entdeckt er vielleicht die Heimatwelt der Joker, und das wäre schrecklich.«

»Aber wenn er doch mit dem Leben davonkommt?« beharrte Korodore.

Joan ignorierte seine Frage, rückte die Perücke zurecht und öffnete ein Fenster, durch das man aufs Meer blikken konnte. Die Dagon-Fischer kehrten mit der Flut zurück, und über ihnen leuchtete die kleine blaue Sonne Verkehrtherums. Am Horizont spiegelten sich ihre Strahlen wie funkenstiebend an den Flanken des Joker-Turms wider.

»Es ist viel zu heiß, um jetzt zu schlafen«, sagte Joan. »Ich bringe dies hier zu Ende, und anschließend gehe ich zur Mole.«

»Die mystischen Gesetze des Universums?« fragte Korodore spöttisch, als die alte Frau den großen schwarzen Band aufschlug.

»Nein, unsere Bilanzen und Buchhaltungsunterlagen«, erwiderte Joan scharf. »Manchmal tut es gut, sich ein wenig abzulenken.«

Sie fragte sich, warum sie Korodore nicht längst entlassen und durch einen anderen Sicherheitschef ersetzt hatte, und sie brauchte nicht lange nach den Antworten zu suchen: Er hatte seine Kompetenz mehrfach unter Beweis gestellt, und hinzu kam der mildernde Umstand, daß er von der Erde stammte. Vielleicht gab es auch noch viele andere Gründe.

Korodore machte Anstalten, das Zimmer zu verlassen, doch Joan rief ihn zurück.

»Was Ihre Frage über Dom betrifft ...«, sagte sie ruhig. »In aller Bescheidenheit — die Wahrscheinlichkeits-Mathematik ist eine noch junge Wissenschaft. Es gibt praktisch niemanden, der alle ihre Aspekte kennt. Selbst das Institut weiß nicht alles.«

»Vielleicht im Gegensatz zu Dom. Sein Lehrer meinte, er offenbare eine erstaunliche Erkenntnisfähigkeit. Oh, ich stelle Ihre Argumente nicht in Frage. Wenn sein Tod wirklich unvermeidlich ist, halte ich es ebenfalls für angebracht, ihm nichts zu sagen. Übrigens: Er ist genau der Typ, den das Institut aufs Korn nimmt.«

»Wissen Sie, Korodore: Wir können nicht alle Fragen beantworten.«

Er zuckte mit den Achseln. »Vielleicht stellen Sie die *falschen* Fragen.«

WAHRSCHEINLICHKEITS-MATHEMATIK:

»Es existiert eine Parallele zwischen der ersten Relativitätstheorie und dem einen Gebot der Sadhimisten einerseits und den neun Gleichungen der Wahrscheinlichkeits-Mathematik andererseits: Diese Neuerungen schufen einen trügerisch kleinen Funken, der eine große Explosion gesellschaftlicher Veränderungen auslöste.

›Wahrscheinlichkeits-Mathematik sagt die Zukunft voraus‹, mag jemand behaupten, der nur die Hälfte der Wahrheit kennt. Vor tausend Jahren hätten solche Leute gesagt: ›E gleich m mal c hoch zwei.‹ Und vermutlich wären sie dann überzeugt gewesen, die oberste Etage des mathematischen Elfenbeinturms erreicht zu haben ...«

»Die Wahrscheinlichkeits-Mathematik basiert auf der Prämisse, daß wir in einer wahrhaft unendlichen Totalität leben: Raum und Zeit ohne Grenzen, zahllose Welten — eine so gewaltige Schöpfung, daß unser aktuelles Fakten-Universum nichts weiter ist als ein Sandkorn am Strand der Ewigkeit. Um eine solche Totalität zu beschreiben, soll ein Ausspruch Don Quichottes zitiert werden: *Alles ist möglich ...*«

»... bestätigt mit der vorhergesagten Entdeckung der Innenplaneten von Protostern Fünf. Dieser im Grunde genommen unbedeutende Beweis genügte, um alle Zweifel auszuräumen. Auf beiden ›Seiten‹ reihen sich Millionen alternativer Universen aneinander, die sich vielleicht nur durch die Bahn eines Elektrons unterscheiden. Mit zunehmender Entfernung müssen auch die Differenzen größer werden — bis hin zu den dunklen Schatten am Horizont der Phantasie, hinter dem sich Kosmen ohne Zeit und Raum erstrecken, ohne Sterne, Galaxien und Rationalität. Die W-Mathematik quantifizierte die möglichen Zeitlinien unseres Fakten-Universums — und sie leistete noch weitaus mehr. Vielleicht holte sie den eigentlichen Bedeutungsinhalt der Wissenschaft aus dem Damals zurück, als sie noch eine Kunst war, als man die Schöpfung mit einer prächtigen, sorgfältig regulierten Uhr verglich: viele kleine Teile, die sorgfältig aufeinander abgestimmt arbeiten, ein größeres Ganzes bilden ...«

»... Betonte Sub-Lunar schon zu Beginn, daß die Wahrscheinlichkeits-Mathematik von einer gewissen angeborenen geistigen Beweglichkeit abhing. Viele herausragende Anwender jener Wissenschaft waren auch unheilbar verrückt — möglicherweise aufgrund eines ursächlichen Zusammenhangs. Ganz abgesehen einmal von der recht speziellen Untergruppe, der Sub-Lunar angehörte (mehr soll an dieser Stelle nicht verraten werden): Die restlichen Praktikanten der W-Mathematik waren für gewöhnlich hochgebildet und hatten — Glück (wobei das ›Glück‹ in diesem Zusammenhang als eine Funktion des w-mathematischen Talents zu betrachten ist). Viele von ihnen arbeiteten für das Joker-Institut.

Derartige Fähigkeiten fanden sich auch in der Familie Sabalos auf Verkehrtherum. Für jene Leser unter ihnen, die diese Welt nicht kennen: Sie ...«

»... Kurz bevor sein Sohn geboren wurde und er selbst einem Attentat im Sumpf zum Opfer fiel, sagte

John III. voraus, auch Dom Sabalos werde am Tage seiner Ernennung zum Vorsitzenden des planetaren Direktoriums sterben. Die Möglichkeit von Doms Überleben, so meinte er, sei etwa so wahrscheinlich wie das Gewinnen einer Pferdewette, wenn die betreffende Quote eins zu einer Milliarde stehe. Wie? Sie können mir nicht ganz folgen? Oh, verzeihen Sie. Vielleicht sollte ich diesen Vergleich erklären.

Angenommen, die Wahrscheinlichkeits-Mathematik wäre nie entwickelt worden. Nun, auf der Erde lebte einmal ein Wesen, das man Pferd nannte. In grauer Vorzeit fand man folgendes heraus: Wenn man mehrere solcher Tiere über eine bestimmte Strecke laufen ließ, würde eins das Ziel vor den anderen erreichen. Daraus ergab sich ...«

»... wieder zurück zum eigentlichen Thema. Eine Anomalie in der Wahrscheinlichkeits-Mathematik betrifft die Joker, jene sagenumwobenen Intelligenzen, die verschiedene Baudenkmäler — die meisten von recht eindrucksvoller Größe — in der Galaxis zurückließen. Der W-Mathematik zufolge hat es die Erbauer der späteren Touristen-Attraktionen nie gegeben ...«

Seine Glühheit Dr. CrAarg+458°,
in einem inoffiziellen Vortrag vor Studenten
der Dis-Universität, Anno salutis 5201

Dom erwachte früh und verbrachte einige Zeit damit, die vertrauten Deckengemälde seiner Kuppel zu betrachten. Sie stammten von seinem Urgroßvater, bestanden zum größten Teil aus leuchtenden Blau- und Grüntönen, zeigten drei überaus muskulöse Fischer, die gegen einen tobenden Dagon kämpften. Dom wußte natürlich, daß die Darstellung den Riesenmuscheln aus der Tiefe des Meeres nicht gerecht wurde: Sie besaßen kein Nervensystem, und es war fraglich, ob sie jemals dachten. Sie reagierten einfach nur.

Der kleine Sumpf-Ig hockte im Waschbecken, hatte

mit seinen verblüffend menschlich wirkenden Pfoten einen der Hähne aufgedreht und bestaunte das plätschernde Wasser. Als er Doms Blick auf sich ruhen spürte, gab er ein seltsames Geräusch von sich: Es klang so, als kratze ein Fingernagel über Glas. Es hieß, solche Laute seien ein Zeichen von Ig-Fröhlichkeit.

»Du bist ein schlaues Kerlchen, nicht wahr?« brummte Dom, schaltete das Warmluftfeld ab und schwang die Beine aus dem Bett.

Er sah die säuberlich bereitgelegten Kleidungsstücke und biß sich auf die Lippe. Seine Erinnerungen an den vergangenen Tag bestanden nur aus dem Sumpf-Ig, einer gut verheilten Narbe auf der Brust und einigen eher unangenehmen Gedanken an eine Unterredung mit Korodore.

Vositzender des planetaren Direktoriums. Das bedeutete, er bekam einen Anteil von drei Prozent an der Pilak-Industrie, allerdings unter sadhimistischen Bedingungen: Von einem vermögenden Sadhimisten erwartete man, daß er seinen Reichtum unter allen Umständen zu verbergen versuchte. Nun, die Ernennung zum Vorsitzenden führte auch noch zu anderen Konsequenzen: Er mußte zahllose Ausschußsitzungen leiten und einmal im Jahr vor der traditionellen Generalversammlung einen Bericht erstatten, den jemand anders für ihn verfaßte. Hrsh-Hgn hatte ihn mehrfach darauf hingewiesen: Der Vorsitzende war für ein planetarisches Direktorium etwa so wichtig wie die Null in der Mathematik. Und es brachte einige nicht unerhebliche Nachteile mit sich, eine Null zu sein ...

Mathematik. Bei diesem Gedanken rührte sich etwas in Doms Gedächtniskammern, doch die memorialen Schatten blieben ohne Konturen. Nun, vielleicht fiel es ihm später wieder ein. Der junge Mann wusch sich, wählte einen dicken grauen Anzug, stülpte sich eine kurze Perücke aus goldenen Fasern auf den Kopf.

Es klopfte leise.

»Herein«, sagte Dom.

Die Tür sprang auf, und Keja stürmte durchs Zimmer, umarmte Dom. Sie lachte und weinte gleichzeitig. Einige verlegene Augenblicke lang befürchtete er, in der Seide ihres Gewands zu ersticken, aber dann trat seine Schwester zurück und musterte ihn.

»Herr Vorsitzender ...« sagte sie und küßte ihn. Dom befreite sich so taktvoll wie möglich.

»Noch ist es nicht soweit«, wandte er ein.

»Ach, einige Stunden machen kaum einen Unterschied.« Fast vorwurfsvoll fügte Keja hinzu: »Du scheinst nicht besonders glücklich zu sein.«

»Der Eindruck täuscht. Es ist nur ... In der letzten Zeit ging's ziemlich hektisch zu.«

»Davon habe ich gehört. Schmuggler und so. War's aufregend?«

Dom dachte kurz nach. »Nein«, sagte er. »Eigentlich nicht. Eher ... seltsam.«

Keja sah sich in der Kuppel ihres Bruders um. Überall standen und lagen Doms Sachen: ein alter Brendikin-Analysator, ein Tisch mit Muscheln, ein Hologramm des Joker-Turms, Dutzende von Datenwürfeln.

»Das Zimmer hat sich verändert«, sagte Keja und rümpfte die Nase. Sie drehte sich eitel vor einem Spiegel. »Sehe ich wie eine verheiratete Frau aus, Dom?«

»Ich weiß nicht. Wie ist Ptarmigan?« Er erinnerte sich an das Kontaktritual vor zwei Monaten, und vor seinem inneren Auge entstand das Bild eines sehr großen und streng wirkenden alten Mannes.

»Nett«, antwortete Keja. »Und natürlich reich, wenn auch nicht so vermögend wie wir. Er *protzt* nur mehr damit. Seine Kinder haben sich noch nicht richtig an mich gewöhnt. Du solltest uns einmal ganz offiziell besuchen, Dom. Laoth ist so heiß und *trocken.* Dabei fällt mir ein ... Ich habe dir ein Geschenk mitgebracht.«

Auf Zehenspitzen eilte sie zur Tür und kehrte mit einem Dienstroboter zurück, der ein kleines Paket trug.

»Er gehört zur Klasse Fünf«, verkündete die junge Frau stolz. »Eins der besten Exemplare überhaupt.«

»Eine Maschine?« fragte Dom, der neugierig das Paket betrachtete.

»Genau genommen ein Humanoide. Durch und durch lebendig, wenn auch mechanischer Natur. Gefällt er dir?«

»Sehr sogar!« Dom trat an die hochgewachsene Metallgestalt heran und klopfte versuchsweise auf die breite Brust. Der Stahlkoloß starrte auf ihn herab.

»Ich frage mich, warum heute so viele unzulänglich geformte Menschenroboter gebaut werden anstatt hübsche, stromlinienförmige Maschinen.«

»Aus Stolz, Sir«, sagte eine Sprachprozessorstimme.

»He, nicht übel. Wie heißt du?«

»Soweit ich weiß, lautet mein Name Isaac, Sir.«

Dom kratzte sich am Kopf. In den Wohnkuppeln wimmelte es geradezu von Robotern. Die meisten von ihnen waren dumme Klasse Drei-Einheiten, an die sich Dom von frühester Kindheit an erinnerte: melancholisch klingende, langweilende Stimmen, feste Hände, die Windel wechselten und Brei rührten. Seine Mutter, die ihre Zimmerflucht kaum verließ, verabscheute die stählernen Diener und kochte selbst. Sie bezeichnete die maschinellen Gehilfen als Trottel und Schwachköpfe, meinte, sie seien überhaupt nicht mit den Produkten von Laoth zu vergleichen.

Dom wußte nicht so recht, was er von Isaac halten sollte.

»Äh, kannst du nicht ein bißchen weniger förmlich sein?«

»Klare Sache, Boß.«

Keja schmunzelte. »Bestimmt kommt ihr gut miteinander zurecht, wenn ihr versucht, euch gegenseitig geistig zu übertrumpfen. Nun, ich muß jetzt gehen. Übrigens; Großmutter möchte, daß du die Hauptkuppel aufsuchst, Dom. Fürs Arbeitsfrühstück.«

Dom seufzte. »In den letzten paar Tagen hat mir Hrsh-Hgn mindestens zwanzig Vorträge darüber gehalten.«

Keja riß plötzlich die Augen auf.

»Was ist *das?*« entfuhr es ihr. Sie hob die Hand und deutete aufs Becken.

»Ein Sumpf-Ig. Ich nenne ihn einfach nur Ig. Weißt du, ich war ... äh ... ich meine, ich habe ...« Dom unterbrach sich und blinzelte verwirrt. »Ich *glaube,* er ist mir gestern im Sumpf zugelaufen. Offenbar bin ich, äh, ein wenig durcheinander.«

Seine Schwester musterte ihn, und Dom sah die Besorgnis in ihren Zügen.

»Schon gut«, murmelte er. »Die Aufregung, nehme ich an.«

»Wahrscheinlich hast du recht«, erwiderte Keja und beobachtete den Ig.

»Wie dem auch sei: Er ist *häßlich!*«

»Ich bitte um Entschuldigung, Madam, aber es handelt sich nicht um einen *er,* sondern um ein *es*«, korrigierte der Roboter. »Ein eierlegender Hermaphrodit. Semi-poikilotherm. Ich bin mit einem vollständigen Programm über die Lebensformen von Verkehrtherum ausgestattet, Sir, Chef, Boß.«

»Nun, gib nicht mir die Schuld, wenn du dir eine Zoonose holst, Dom«, sagte Keja und stolzierte aus der Kuppel. Ihr Bruder sah Isaac an.

»Zoonose?«

»Eine von Tieren auf Menschen übertragbare Krankheit. Ach, keine Sorge, Teuerster.« Der Roboter trat näher und hob das Paket. Dom setzte den Ig ab, der daraufhin neugierig die Füße der Maschine beschnupperte.

Der junge Mann öffnete den kleinen Behälter.

»Er enthält Garantiezertifikat, Wartungshandbuch und Besitzurkunde«, verkündete Isaac. Dom starrte auf die Dokumente herab.

»Mit anderen Worten: Du bist mein *Eigentum?*«

»Mit Leib und mechanischer Seele, Boß«, bestätigte der Roboter und wich einen Schritt zurück, als ihm Dom das Paket zurückgeben wollte.

»Oh, nein, Chef. Behalten Sie die Unterlagen. Ich strebe nicht nach individueller Freiheit.«

»Chel! Die meisten Menschen haben dreitausend Jahre lang dafür gekämpft!«

»Aber wir Roboter wissen ganz genau, zu welchem Zweck wir geschaffen wurden. Wir bemühen uns nicht darum, irgendwelche metaphysischen Geheimnisse unserer Existenz zu lüften. In dieser Hinsicht gibt's überhaupt keine Probleme für uns.«

»Möchtest du denn nicht frei sein?«

»Wozu denn? Damit mir Gott das ganze Universum zur Last legt? Übrigens, Boß: Sollten Sie jetzt nicht die Hauptkuppel aufsuchen?«

Dom pfiff, und der Ig krabbelte sofort an ihm hoch, machte es sich an seinem Hals gemütlich. Er bedachte den Roboter noch mit einem letzten nachdenklichen Blick, bevor er sich auf den Weg machte.

Die Tradition verlangte, daß der Vorsitzende am Tag seiner Amtseinführung das rituelle Arbeitsfrühstück allein einnahm. Als Dom durch die leeren Gänge und Passagen wanderte, gewann er wieder den Eindruck, beobachtet zu werden. Der alte Korodore hatte überall im Sabalos-Anwesen Punktspione und Roboterinsekten verteilt. Man sagte ihm sogar nach, er überwache sich selbst.

Die Hauptkuppel bestand aus halbtransparentem Kunststoff, gewährte einen (trüben) Blick auf die Obstgärten, die Lagune und den weiten Sumpf. Am fernen Horizont konnte man die dünne Säule des Joker-Turms erkennen, an dessen hoher Spitze bannerartige Wolkenfetzen klebten. Dom beobachtete das gewaltige Bauwerk eine Zeitlang und versuchte, vage Erinnerungsschemen festzuhalten.

Vor dem langen Tisch stapelten sich Dutzende von Geschenken — immerhin war Dom jetzt ein halbes Verkehrtherumjahr alt. Zwei Kammerroboter standen neben dem einen Gedeck.

Dom hatte immer wieder über diese zeremonielle Mahlzeit nachgedacht, entschied sich schließlich für das Menü, das jeden neuen Vorsitzenden des Verkehrtherum-Direktoriums in seine Amtseinführung begleitete. Es besaß bereits historischen Wert. Das Neuere Testament behauptete, auch Sadhim höchstpersönlich habe diese Speisen genossen, als er zum Lord Terras wurde: einen halben Laib braunes Brot, einen Streifen gesalzenen Stockfisch, einen Apfel und als Krönung ein Glas Wasser.

Natürlich gab es einige subtile Unterschiede. Das Mehl für Doms Brot stammte von Drittes Auge. Der Fisch war auf Verkehrtherum gefangen, und das Salz kam aus einem Bergwerk auf Terra Novae. Den Apfel hatte man in einer irdischen Plantage gepflückt, das Wasser aus einem Kometenfragment geschmolzen. Insgesamt kostete die Mahlzeit zweitausend Standards — manche Formen der Bescheidenheit waren weitaus teurer als Prasserei.

Der auf Terra Novae aufgewachsene Korodore hatte Kindheit und Jugend in der kulinarischen Gesellschaft von Nahrungskonzentraten verbracht, und er fühlte einen Anflug von Übelkeit, als er Dom beobachtete. Die Kamera befand sich in einem stählernen Moskito dicht unter dem Kuppeldach. Der Sicherheitschef betätigte eine Taste, schaltete die optische Erfassung zu den Linsen einer mechanischen Spitzmaus um, die am Rande des westlichen Rasens in einem Busch hockte. Die meisten Gäste waren bereits eingetroffen, standen am langen Festbuffet.

Korodore sah viele Phnoben, und ein großer Teil von ihnen stammte aus den *Buruku*-Kolonien an der Peripherie von Tau City. Er erkannte die Diplomaten: große dunkelhäutige Alpha-Männer, ausgestattet mit Schutzbrillen. Ihre Mitarbeiter hatten längst Gelegenheit gefunden, sich an das Licht zu gewöhnen, bildeten hier und dort kleine Gruppen. Korodore justierte die einzelnen Punktspione, und schließlich entdeckte er Hrsh-Hgn, der im Schatten eines Ballonbaums einen Datenwürfel las. Seiner Ansicht nach zeichneten sich gewisse Gelehrte durch eine Art informatischen Fanatismus aus.

Hinter Korodore lag ein halbdunkler Kontrollraum; ab und zu glühten Sensorpunkte und andere Anzeigen, wenn sich die übrigen Sicherheitsbeamten ihren Instrumenten zuwandten. Nur Korodore wußte, daß sich unter der Gartenkuppel am nördlichen Rasen ein zweiter, etwas kleinerer Kontrollraum verbarg, von dem aus die Leute im ersten überwacht wurden. Gelegentlich schaltete er auf seine privaten Leitungen um und beobachtete die dortigen Männer und Frauen. Hinzu kam: Irgendwo in seinem Körper — die genaue Stelle hatte er aus dem Gedächtnis gelöscht — befand sich ein kleiner Biocomputer, den er sorgfältig programmiert und angewiesen hatte, ihn selbst zu kontrollieren.

Korodore richtete seine Aufmerksamkeit wieder auf die Gäste. Manchmal sah er ein großes goldenes Ei in der Menge — Creapii-Botschafter. Nach seiner Erfahrung stellten sie keine Gefahr dar. Nur sehr selten mischten sie sich in die Angelegenheiten der Bewohner von Welten, auf denen Wasser im flüssigen Zustand vorkam.

Einer von ihnen hob den gepanzerten Tentakel und griff nach einem Teller mit Vorspeisen aus kieselsaurem Salz, betastete die Hors d'œuvres und ließ mehrere in einer organischen Luftschleuse verschwinden. Das Wesen plauderte mit Joan I., die ein überaus elegantes Gewand aus schwarzem Memorialsamt trug, darüber einen purpurnen Wappenrock. Diese Aufmachung entsprach dem sogenannten »negativen Dualsaspekt« einer sadhimistischen Priesterin: Sie verkörperte die Herrin der

Nacht und des Todes, dachte Korodore. Angesichts der Umstände keine sehr taktvolle Wahl.

Joan I. hörte dem Creapii lächelnd zu, drehte sich dann der verborgenen Kamera zu und hob die Hand. Korodore beugte sich vor, berührte eine Taste.

»Wie läuft's?« fragte die Frau. Der Sicherheitschef musterte sie fasziniert: Die alte Dame hatte das bemerkenswerte Talent, ihr fast unhörbares Flüstern mit einer besonderen Ausdrucksstärke zu verbinden.

»Dom frühstückt. Wir haben das Essen und alles andere gleich dreimal überprüft.«

»Zeigt er irgendwelche Nachwirkungen aufgrund der gestrigen Ereignisse?«

Korodore zögerte. »Nein. Ich gab Anweisung, ihn während des Schlafs mit einem Gedächtnisblocker zu behandeln. Er ...«

»Was erdreisten Sie sich?«

»Zumindest einige Stunden lang wird sich Dom nicht genau an das erinnern, was ihm gestern widerfuhr. Wäre es Ihnen etwa lieber, daß er die Wahrheit erfährt? Bestimmt hätte er alles herausgefunden — er braucht nur genügend Druck auf Hrsh-Hgn auszuüben. Der Kerl ist viel zu weich.«

»Warum haben Sie mich nicht vorher gefragt?«

Korodore seufzte und nahm einen Datenwürfel von der Konsole. »Tut mir leid, Madam, aber derzeit beträgt Ihre Sicherheitseinstufung nur noch 99,087 Prozent. Die Verifikation bestätigt diesen Wert. Wahrscheinlich sind es nur tief im Unterbewußtsein verwurzelte Freudsche Impulse. Trotzdem kann ich mich jetzt mehr auf Sie verlassen.

Wie ich schon sagte, Madam: Ich bin nicht geneigt, aufgrund der Wahrscheinlichkeits-Mathematik auf jede Eigeninitiative zu verzichten. Wenn Sie die Hände in den Schoß legen wollen, so ist das Ihre Sache.«

Er schaltete ab. Joan I. blieb eine Zeitlang steif und gerade stehen, versuchte erneut, einen Kontakt herzustellen. Als der Erfolg ausblieb, drehte sie sich jäh um und unterhielt sich heiter und gelöst mit einem Diplomaten vom Direktorium der Erde.

Korodore wandte den Kopf zur Seite, richtete seinen Blick auf einen Bildschirm, der die Haupthalle zeigte. Von Dom war weit und breit nichts mehr zu sehen. Der Sicherheitschef hatte das Gefühl, als setze sein Herzschlag für einige Sekunden aus. Eisiger Schrecken gefror seine Gedanken. Als mentales Tauwetter einsetzte, begriff er, daß Dom aus dem Erfassungsbereich eines Punktspions getreten war, um seine Geschenke zu begutachten.

Dom öffnete das erste Paket und holte zwei Gravsandalen hervor, an denen eine dünne Patina aus Öl glänzte. Auf der beiliegenden Karte stand: »Von deiner Patin. Komm gelegentlich vorbei und umflieg mich. Hier wird's manchmal verdammt langweilig.«

Dom lächelte und schnallte die Sandalen an. Einige recht aufregende Minuten lang sauste er unter den Streben und Holmen der Kuppel hin und her, verharrte schließlich zehn Zentimeter über dem Boden. Er zweifelte kaum daran, daß die Gravsandalen den ersten und letzten Höhepunkt auf der Geschenkeskala darstellten — die übrigen Präsente konnten nicht annähernd so interessant sein.

Von Hrsh-Hgn stammte ein großer Kasten. Dom entnahm dem Paket einen Datenwürfel und berührte die Indexfläche. Der Kubus erhellte sich, und dicht über einer der Außenflächen leuchtete der holografische Titel: »Die Glasburgen: Eine Zusammenfassung der Joker-Studien von Dr. Hrsh-Hgn. Dem Direktoriumsvorsitzenden Dominickdaniel Sabalos von Verkehrtherum gewidmet.«

Darunter stand in kleineren Lettern: »Nummer eins in einer limitierten Auflage von einem (1) Exemplar; hergestellt aus echtem Safranquartz von Drittes Auge.«

»Wahrhaftig eine große Ehre«, bemerkte Isaac. Dom nickte, strich mit den Fingern wahllos über den Würfel und las: »... Geheimnis der Galaxis. Wie Sub-Lunar erläuterte: Für den phantasievollen Geist stellen sie eine Art galaktische Mythologie dar: die Glasburgen hinter dem Galaktischen Nordwind. Jene Türme entstanden, noch bevor die menschlichen Völker den Umgang mit Faustkeilen erlernten. Es sind Hinterlassenschaften einer Spezies, die ...«

Dom legte den Würfel behutsam beiseite und öffnete das Geschenk von Korodore.

»Sieht gefährlich aus«, kommentierte Isaac.

Vorsichtig schwang Dom das Memorialschwert, beobachtete das fast unmerkliche Schimmern, als sich die Waffe veränderte: Aus dem Schwert wurde ein Messer, aus dem Messer entstand ein Gewehr.

»Hm«, machte der junge Mann. »Auf der Erde und Terra Novae werden nach wie vor Schwerter benutzt, nicht wahr? Und auch auf Laoth, wie ich hörte.«

»Ja, mit Klingen aus Metall. Sie dienen in erster Linie zeremoniellen Zwecken, und dazu eignen sie sich weitaus besser als Schußwaffen. Aber dieses Gerät ist dazu bestimmt, Blut fließen zu lassen. Oder Öl, wie in meinem Fall.« In einem fast herablassenden Ton fügte der Roboter hinzu: »Womit ich Ihnen keineswegs die Freude an dem Ding verderben will, Boß.«

Dom schmunzelte. »Für eine Maschine bist du ganz schön hochnäsig, was? Früher hätte dich der Pöbel einfach demontiert.«

»Früher galten Roboter wie ich auch nicht als lebendig, Chef.«

Joans Geschenk bestand aus einem schlichten schwarzen Sadhimisten-Zeichen — obgleich ihr Enkel erst noch vor der Wahl stand, sich einem religiösen Clanbund anzuschließen. Von seiner Mutter erhielt er eine Urkunde, die ihn zum Eigentümer eines Anwesens auf der Erde erklärte. Typisch für sie: Wenn sie sich an Dom erinnerte, was nicht allzu häufig geschah, trachtete sie danach, ihr mütterliches Gewissen mit einem Übermaß an Großzügigkeit zu beruhigen.

Die übrigen Geschenke stammten von Sub-Direktoren und den Leitern eher unwichtiger Unterausschüsse. Die meisten waren recht teuer — zu teuer, um sie zu behalten, selbst wenn Vian ihr Einverständnis gegeben hätte. Mit einem Hauch von melancholischem Wehmut starrte Dom auf den Besitzerschein eines Roboterpferdes, das ihm Hugagan (zuständig für planetare Beziehungen) anbot. Isaac sah über seine Schulter und schnaufte abfällig.

»Ein Produkt der lunaren Fabriken«, stellte er fest. »Nun, wahrscheinlich gibt's nichts daran auszusetzen, aber solche *Dinge* sind wohl kaum mit denen zu vergleichen, die auf Laoth hergestellt werden. Unsere Waren *leben.*«

Dom musterte ihn kurz.

»Eines Tages würde ich Laoth gern besuchen«, sagte er.

»Die Perle des Universums, mein Wort drauf.«

Dom lachte und vergewisserte sich, daß es der Ig auf seiner Schulter bequem hatte. Dann zupfte er an dem Kontrollring, woraufhin ihn die Gravsandalen emportrugen. Er schwebte durch die staubigen Lichtbalken in der Kuppel, hinaus aufs Meer.

Eine Zeitlang flog er über der Lagune, in der Lady Vians zahme Windschalen kreuzten. Der Ig schlang sich ihm um den Hals, fühlte sich offenbar prächtig, streckte die spitz zulaufende Schnauze in den Wind.

Dom neigte den Kopf und sah nach unten. Die Windschalen schienen ihn bemerkt zu haben, gaben ihre individuellen Manöver auf und bildeten einen weiten Kreis, Bug an Heck und Heck an Bug. Vian fand großen Gefallen daran, ihren mikroskopischen Hirnen genug intellektuelle Leistungskraft für einige kleine Kunststücke abzuverlangen.

Irgend etwas zitterte nervös in einem dunklen Winkel seines Gedächtnisses, aber Dom achtete nicht darauf, sauste weiter gen Himmel.

Wenig später raste er durch die Ballonbäume am Rande des Rasens, hörte das Knallen platzender Früchte und lachte. Dicht überm Boden bremste er ab.

Joan I. trat auf ihn zu, gab ihm einen überraschend zärtlichen Kuß. Dom sah in ihre grauen Augen.

»Nun, Enkel: Wie fühlst du dich heute?«

»Einfach großartig — als könnte ich die ganze Welt aus den Angeln heben. Aber du siehst ziemlich müde aus.« *Sie verhält sich wie ein Kühlkopf,* dachte er. *Doch warum wirkt sie so besorgt?*

Die alte Frau lächelte dünn. »Weißt du, es erfüllt einen mit Wehmut, wenn man beobachtet, wie die eigenen Nachkommen flügge werden und das familiäre Nest verlassen. Komm jetzt und nimm deine Pflichten als Gastgeber wahr.«

Lady Vian kam langsam näher, ihr Gesicht hinter einem grauen Schleier verborgen. Sie streckte eine weiße Hand aus, und Dom kniete sich nieder, hauchte einen Kuß auf die bleichen Finger.

»Da ist er also«, sagte Vian. »Der Herr eines ganzen Planeten.« Sie betrachtete den Roboter. »Hast du einen neuen Freund gefunden?«

»Er heißt Isaac«, erwiderte Dom. »Ein eingebildeter Eisenmann, dem nichts an seiner Freiheit liegt.«

»Warum auch?« erwiderte Vian. »Wir alle sind gefesselt, wenn auch nur mit den Stricken des Zufalls und der Entropie. Haben die Joker nicht sogar den Sternen Ketten angelegt?«

»Sie besitzen einen gut ausgeprägten Sinn für das Wesentliche«, sagte Isaac und verneigte sich.

»Und du bist unverschämt, Roboter. Trotzdem vielen Dank. Dom, ich wünschte, du würdest das Sumpfwesen auf deiner Schulter einem Museum oder Zoo schenken. Es ist so *tierisch.*«

Ig kratzte sich und knurrte, zischte dann laut. Dom blickte an seiner Mutter vorbei und bemerkte einen hochgewachsenen Mann: Er trug einen langen blauen Mantel, und am Hals glänzte ein dicker Kragen aus massivem Gold. Dutzende von Lachfalten bildeten ein dichtes Netz in seinem Gesicht. Er winkte kurz und deutete nach oben. Dom legte den Kopf in den Nacken und sah einige Flamingos, die hoch über den Kuppeln flogen. Einige Sekunden lang bildeten sie einen Kreis, schlugen dann majestätisch mit den Schwingen und verschwanden im Nebel über dem Meer.

Korodore lehnte sich zurück und atmete tief durch. Er hatte selbst die Möglichkeit einer Luftvergiftung berücksichtigt: Ein Dunstfilter neutralisierte alle denk- und herstellbaren toxischen Substanzen, bevor sie eine tödliche Wirkung entfalten konnten. Anders ausgedrückt: Wer sich mit der Absicht trug, einen Mordanschlag auf Dom zu verüben, mußte mit bloßen Händen oder Tentakeln vorgehen — und sich einen Sekundenbruchteil später von den betreffenden Gliedmaßen verabschieden. Verborgene Stripper würden die entsprechenden Molekülverbindungen ebenso wirksam wie nachhaltig auflösen.

Damit blieb noch die offizielle Prozession durch Tau City. Das Programm sah vor, daß nur Dom zu Fuß ging: Er sollte dabei Blei und Eisen seines Amtes tragen — umgeben von sieben verschiedenen energetischen Schildern, deren Mikrogeneratoren integrale Bestandteile der Ketten bildeten. Vermutlich hatte kaum ein Abgesandter der anderen Welten darauf verzichtet, die geplante Route mit Kunstwerken der Miniaturelektronik zu säumen, und einige der außerplanetaren Repräsentanten schreckten nicht einmal vor dem Versuch zurück, den Sicherheitschef der Sabalos-Dynastie zu bestechen. Korodore ...

... beugte sich vor. Jemand war in den Erfassungsbereich eines Punktspions getreten, starrte direkt in die winzige Optik. Korodore konnte sich nicht des unangenehmen Eindrucks erwehren, daß der Mann lachte. Tatsächlich wirkte er so, als habe er den größten Teil seines Lebens damit verbracht, von einem Ohr bis zum anderen zu grinsen.

Korodore ging die Gästeliste durch. Blauer Mantel, hochgewachsen ... ein unbedeutender Funktionär im Tau City-Büro des irdischen Direktoriums, erst vor kurzem auf Verkehrtherum eingetroffen ...

Der Mann auf dem Monitor hob den linken Fuß, balancierte auf dem rechten Bein.

»Madern, justieren Sie die Fokuslinsen auf den Typ im blauen Anzug. Gralle, geben Sie die Annihilierungskoordinaten ein.«

»Alles klar, Ko. Soll ich ihn umpusten?«

Korodore zögerte. Die Erde stand noch immer in dem Ruf, eine recht mächtige Welt zu sein, und wer auf einem Bein stand, beging nicht unbedingt ein Verbrechen, das die Todesstrafe verdiente.

»Warten Sie.«

Der Mann hob nun den linken Arm, streckte Daumen und Zeigefinger, schien damit direkt auf den Kontrollraum zu deuten. Er kniff das eine Auge zu, spähte am Arm entlang, als visiere er ein Ziel an.

Mal sehen, wie's dir gefällt, deinen Sehnerv zu verlieren, dachte Korodore.

Die Druckwelle der Explosion schleuderte den Sicherheitschef zur Seite. Sofort sprang er wieder auf die Beine, ließ sich allein von seinen Reflexen leiten, hielt den handlichen Stripper im Anschlag. Erneut verlor er den Boden unter den Füßen, als eine zweite Detonation krachte, die Waffenkonsole in glühende Schlacke verwandelte.

Die Gäste applaudierten höflich. Auf das wohlwollende Nicken seiner Großmutter hin stieg Dom einige Meter weit auf und sagte: »Ich danke Ihnen allen. Und ich bitte den Geist des heiligen Sadhim und die kleinen Götter aller Völker, mir ...« Er brach ab.

Ein dumpfes Grollen erklang im Bereich der Wohnkuppeln.

Dom riß die Augen auf, hörte in seinem memorialen Kosmos das leise Knistern eines Stripper-Blitzes, der die Außenfläche des Joker-Turms traf. Erinnerungsbilder formten sich vor seinem inneren Auge, begleitet von Gesprächsfetzen, die allmählich einen Sinn ergaben. Heißer Schmerz in der Brust, dann das grüne, herrlich kühle Sumpfwasser ...

Ein Fleck am Himmel schwoll rasch an. Dom hörte den Schrei seiner Mutter, ein leises Schrillen, weit, weit entfernt.

Korodore sprang mit schwelender Kleidung herbei. Seine Hände bestanden aus eitrigen Blasen, und das Gesicht war kaum mehr als eine blutige Masse.

Er landete dicht neben Dom, schrie einige unverständlich bleibende Worte. Der junge Mann nickte benommen, wie in einem Traum gefangen.

Die Gestalt im blauen Mantel trat leichtfüßig heran, balancierte auf dem einen Bein, streckte den Arm aus. Ig kreischte auf.

Korodore hechtete dem Attentäter entgegen, hielt den Stripper in beiden Händen, schrie schmerzerfüllt und ließ den glühenden Kolben los. Gleichzeitig warf er sich dem Waffen-Arm des Fremden entgegen.

Die Kugel aus Pseudolicht raste über den verkohlten Rasen, und die Konturen der Umgebung verloren an Schärfe, schienen zu flackern und zu vibrieren. Für gewöhnlich strahlte Achguckmal ziemlich hell, doch an dem plötzlich gleißenden Himmel war die Sonne eine dunkle Scheibe.

KAPITEL 3

»Verstehen ist der erste Schritt zur Kontrolle. Inzwischen verstehen wir die Wahrscheinlichkeit.

Wenn wir sie kontrollieren, wird jeder Mensch zu einem Magier. Hoffen wir also, daß es nicht dazu kommt. Unser Universum ist wie ein baufälliges Haus, dessen Ziegel aus Atomen bestehen, zusammengehalten vom Mortel des kausalen Zusammenhangs zwischen Ursache und Wirkung. Ein Zauberer wären zwei zuviel.«

Charles Sub-Lunar:
Hört das Klagen des Kontinuums.

Der Fisch schwimmt — wsss!
Der Vogel fliegt — frsss!
Das Pilzhörnchen rennt — gsrss!
Das Rad dreht sich, und
alles ist eins.

Ich muß schreien und habe keinen Mund.
Ich muß laufen und habe keine Füße.
Ich muß sterben und habe doch kein Leben.
Das Rad dreht sich, und
alles ist eins.

Trauergesang der Region Felsigtief,
Fünf Inseln, Phnobis

Das Rauschen des Meeres. Luft holen? Nein, er konnte nicht atmen.

Das Brausen schwoll wie dumpfes Brandungsdonnern an, verklang dann wieder. Das einzige Geräusch, das er vernahm — es kam einer sonderbaren Melodie gleich, vermittelte Wärme und sanfte Zärtlichkeit.

Dom trieb irgendwo auf dem atmenden Meer.

Ein Mann erschien, gekleidet in den alten, braunen Umhang eines sadhimistischen Adepten, der sich auf das Ritual der Geknickten Löffel vorbereitete. Das Gesicht erschien ihm vertraut — er erkannte die eigenen Züge wieder.

»Sei doch nicht so dumm. Ich bin dein Vater.«

»Äh, hallo, Paps. Bist du's wirklich?«

Jon Sabalos gestikulierte vage. »Nein. Bei meiner hiesigen Manifestation handelt es sich um eine pseudoechte Projektion deines submentalen Unterbewußtseins. Hat dir Hrsh-Hgn denn überhaupt nichts beigebracht? Chel! Zum Teufel mit allen Sternen, Junge: Du solltest längst tot sein. Soviel zur Wahrscheinlichkeits-Mathematik.«

»Was ist eigentlich los, Paps?«

Das vertraute Gesicht verflüchtigte sich, und eine verhallende Stimme verkündete: »Keine Ahnung — dies ist *dein* Traum.«

Die Gestalt von Hrsh-Hgn bildete sich, stand vor der üblichen Fakstafel.

»In einem unendlichen Universum ssind alle Dinge möglich, sselbst die Nichtexistenz dess Kosmos«, zischte der Phnobe. »Erweitere diese Theorie mit einigen Diagrammen ...«

»Es ist keine Theorie«, hörte Dom seine Antwort, »nur eine Hypothese.«

»Oh, hüte dich vor dem Paradoxon!« Der Lehrer hob mahnend einen Finger. »Wenn du tatenlos zusiehst, wie ein Paradoxon im Universum sein Wesen treibt, bekommst du Poiyt.«

»Poiyt?« wiederholte der jüngere Dom verwirrt.

»Laß unss überlegen ...«

Isaac tauchte aus dem atmenden Meer auf, wanderte schnaufend durch wallende Dunstschwaden.

»Lieber Himmel, sind in diesem Traum auch Roboter erlaubt? Oder bleiben Maschinen wie ich auf die hinteren Zuschauerränge verbannt? Wie dem auch sei: Die Lage ist folgendermaßen, Boß. Sie sind der Erb-Vorsitzende der guten alten Erde, mußten jedoch vor einer Verschwörung im eigenen Heim hierher fliehen ...«

»Nein«, erwiderte Dom fest. Er erwartete eine andere Erklärung.

»Nun gut. Versuchen wir's damit: Sie besitzen ein außergewöhnliches Talent, als Ergebnis generationenlanger genetischer Kontrolle und Manipulation. Tja, Sie brauchen nur mit den Fingern zu schnippen, und schon stürmen ganze Horden los, um ...«

»*Ich* soll mit den Fingern schnippen, um die Grundfeste des Universums zu erschüttern?« fragte Dom skeptisch. »Versuch es an der nächsten Tür der Unendlichkeit.«

»Na schön. Wir müssen Ihnen wohl die Wahrheit sagen: Eigentlich gibt es das Universum gar nicht. Es existiert nur in Ihrer Phantasie. Und deshalb hat eine Geheimorganisation, die sogenannten Ritter der Ewigkeit, beschlos ...«

»Du bist noch immer im falschen Kosmos, Roboter.«

»Also gut, dann will ich ganz offen sein, kein Blatt mehr vor den Mund nehmen: Sie sind alles andere als wichtig, aber zufälligerweise besitzen Sie einen magischen Armreif, der aus der Schmuckschatulle des Universalen Gottes stammt. Tja, er möchte sein kleines Spielzeug zurück, und deshalb müssen Sie ein paar gute Freunde um sich sammeln — ich schließe mich dabei nicht aus —, eine beschwerliche Reise beginnen und viele Lichtjahre bis zu den lodernden Feuern des Rigel zurücklegen, um dort ...«

Dom ächzte.

»Ich habe nur versucht, Sie ein wenig aufzuheitern, Boß.« Der Roboter vergoß eine Quecksilberträne. »Wissen Sie, auch wir Freudschen Persönlichkeitserweiterungen haben Gefühle, die verletzt werden können!«

Dom.

»Wer spricht da?«

Können Sie mich hören, Dom?

»Ich bin nicht taub. Wer oder was sind Sie?«

Nun, wenn Sie mich nicht hören können, Dom: Was sehen Sie?

»Sehen?«

Er spürte Licht weiter *oben,* ein grünes Schimmern.

Gut, Dom. Sie sind im Pseudotod. Wahrscheinlich wissen Sie nicht, was das bedeutet. Wir brauchen Ihre vollständige Kooperation, benötigen Zugang zu Ihrer Selbst-Erinnerung. Sind Sie zu einigen Übungen bereit? Ausgezeichnet. Bitte erstellen Sie jetzt eine mentale Kopie Ihres Ichs. Wir helfen Ihnen dabei ...

Die Zeit verstrich. Vor Doms geistigem Fokus schwebte ein perfektes Duplikat seiner psychisch-physischen Integrität. Das andere Ego tanzte und sang, spannte Verlegenheit erregende Muskeln. Die fremde Stimme erklang erneut, forderte ihn mehrfach zu strenger Disziplin auf.

Später erlaubte man ihm, gewisse Dinge zu verstehen. Die Stimme gehörte dem Regenerationstank-Operator, beziehungsweise gleich mehreren von ihnen.

Dom erinnerte sich an die Männer auf den Lazarettflößen, an die Dagon-Fischer, die nach einer langen und ebenso anstrengenden wie gefährlichen Nacht in den Nährbädern lagen, wie Narren grinsten und ihre neuen grünen Gliedmaßen ausprobierten. Verkehrtherum beanspruchte das Verdienst, den Heilsirup erfunden zu haben, ganz für sich, und die Regenerationsexperten behaupteten mit wissenschaftlicher Kühnheit: Selbst wenn von einem verletzten Körper nicht mehr übrigblieb als nur ein kleiner Hirnfetzen — ein sogenannter Ichsprengsel —, so konnte daraus trotzdem die ursprüngliche physiologische Struktur restauriert ...

Nein!

Doms Gedanken glitten erneut ab, und er spürte die Panik des Regoperators. Daraufhin begann er damit, mentale Fragen zu formulieren. Finsternis wallte herbei, wich anschließend erneut dem diffusen grünen Glühen — und der Wunsch, Fragen zu stellen, starb einen plötzlichen Tod. Eine neue Stimme sagte:

Versuchen Sie, Ihre Gedanken zu ordnen. Atmen Sie. Die Restrukturierung ist noch nicht abgeschlossen. Konzentrieren Sie sich auf etwas, auf Worte und Sätze, die Ihnen inneren Halt geben.

Dom brauchte erst gar nicht in den Labyrinthen seiner Reminiszenzen zu suchen. Einige Erinnerungsfetzen entwickelten erstaunliche Selbständigkeit, formten das Grüne Paternoster — jene Zeilen, die er so oft als Kind gesprochen hatte, nach dem abendlichen Ritualgebet, das mit der Bemerkung endete: »Gott segne die Haushaltsroboter.«

Sein Geist eilte durch das Gefüge der Reime. Den einzelnen Wortfetzen mangelte es an einem ausgeprägten Bedeutungsinhalt. Sie hatten sich im Lauf der Jahrhunderte in sinnlose Silbenspielerei verwandelt, doch sie besaßen noch immer eine tiefe Kraft.

»Grünes Paternoster, so schön zu schaun. Sadhim gibt mir immer Mut, rettet mich vor dem gift'gen Baum. Er kam geschickt in Fleisch und Blut, und gab mir zu essen gut, leck'res Essen und auch Luft dazu ...«

Ausgezeichnet.

»Auf daß ich sei ein Freund des Lebens, belohnt mit einem guten Buch, in dem ich die Namen der Götter such' ...«

Weiter so.

Dom schwamm in dem verbalen Strom, ließ sich treiben. »Öffne dich für mich, Chel-Meer tot, auf daß fließet Blut so rot, und bringet alles ins Lot — die Bevölkerung, halb so groß, rettet den ökologischen Schoß. Auf daß entstehe neues Sein, in des GRÜNEN PATERNOSTERS Schein!«

Stille folgte, und schließlich sagte der Regoperator: »Dom, Sie haben jetzt wieder Stimmbänder. Sie atmen und besitzen einen Mund. Welchen Wunsch möchten Sie sich nun erfüllen?«

Dom schrie.

Der junge Mann betrachtete sich im Spiegel: Es fehlte nichts, und alles schien in bester Ordnung zu sein. Auf der Grundlage seiner Körpererinnerung hatte der Regenerationstank Nägel, Zehen und das DNS-Muster kopiert, sogar die Stripper-Narbe geheilt. Dom tastete über seine Brust, erinnerte sich an das Attentat im Sumpf. Bitterkeit regte sich in ihm.

Isaac schlenderte durchs Zimmer und reichte ihm seine Kleidung. Dom zog sich langsam an.

Es gab einen wichtigen Unterschied. Die pechschwarze und haarlose Haut — Ergebnis sowohl der gesunden Ultraviolettstrahlung Achguckmals als auch der vielen Pigmentierungsinjektionen — existierte nicht mehr. Jetzt besaß er eine Körperbehaarung, die bis zu den Hüften herabreichte, und sie glänzte im selben grünlichen Ton, wie der Rest seines Leibs.

Der muntere kleine Creapii-Doktor, der für die Behandlung auf den Lazarettflößen verantwortlich zeichnete, bewies hervorragende Kenntnis im umgangssprachlichen Janglisch, als er sich mit einer jovialen Erklärung an den Rekonvaleszenten wandte. Diese Fähigkeit überraschte Dom eigentlich nicht: Den Creapii fiel es sehr leicht, die Bräuche anderer Völker zu übernehmen.

»Die Substanz heißt Heilsirup — aber das brauche ich *Ihnen* wohl nicht zu sagen. Sie wissen ja, daß wir damit schon seit einer ganzen Weile die Fischer behandeln, die bei der Dagon-Jagd nicht die nötige Vorsicht walten lassen. Nun, seit jenen ersten Anwendungen ist die Regenerationstechnik ganz erheblich verbessert worden.

Wie dem auch sei: Es handelt sich nicht um einen toten Stoff, sondern eine im wahrsten Sinne des Wortes lebendige Masse, Herr Vorsitzender. Man kann sie mit

Fug und Recht als hochkomplexen Individualorganismus unter Ihrer Biokontrolle bezeichnen. Ich garantiere Ihnen sogar, daß die organische Anpassung nicht einmal das atomare Niveau ausspart. Tja, das hat natürlich gewisse Vorteile, zum Beispiel eine erhöhte Hitzebeständigkeit, allerdings nicht zu verwechseln mit den Eigenschaften von Asbest ... O ja, angesichts Ihres Alters verstehe ich sehr gut, daß Sie eine solche Frage stellen. Ja, Ihre Kinder werden in jeder Hinsicht menschlich sein ...« An dieser Stelle fügte der Arzt einen schmutzigen Witz hinzu, der auf ein exzellentes Verständnis des menschlichen Humors hindeutete. »Aber hüten Sie sich vor Mißverständnissen. Es ist nicht irgendein Schleim, den Sie einfach abkratzen können, sondern ein *Teil* Ihres Körpers. Die Farbe? Nun, nach dem gegenwärtigen Wissensstand ... Kommen Sie in ungefähr zehn Jahren wieder. Dann garantiere ich Ihnen einen Ersatzleib ohne einen Hauch von Grün. Was den Rest betrifft: Das Fehlen von Haaren stellt noch kein genetisch verankertes Charakteristikum der Bevölkerung von Verkehrtherum dar. Tja, mein Bester: Um die Vorzüge einer solchen Behandlung zu genießen, muß man derzeit leider noch einige Nachteile in Kauf nehmen.

Bevor Sie gehen, Herr Vorsitzender, möchte ich Ihnen noch die Klinik zeigen. Ich bin sicher, meine Mitarbeiter würden sich über eine Gelegenheit freuen, Sie kennenzulernen. Äh, auf einer inoffiziellen Ebene. Was mich angeht: Ich bin stolz, Ihnen das fünffingrige Greifwerkzeug drücken zu dürfen.«

Dom schloß den hohen, engen Kragen und drehte sich um.

»Wie sehe ich aus?«

»Hellgrün, Boß«, erwiderte Isaac trocken und deutete auf einen kleinen Kunststoffkoffer.

»Er enthält Körperkosmetika, Boß. Von Ihrer Mutter.«

Dom wandte sich von dem Roboter ab und hob die hellgrünen Finger zum Gesicht. Die Heilsubstanz hatte versucht, auch die Struktur der allgemeinen Pigmentierung anzunehmen, aber er sah trotzdem so aus, als habe er mindestens ein Jahr lang von einer Kupferdiät gelebt. Während er sich erholte, verfolgte er die Nachrichtensendungen, in denen er immer wieder Erwähnung fand. Die Fischer waren sehr stolz auf einen von Kopf bis Fuß grünen Vorsitzenden, ignorierten dabei den Umstand, daß Doms Erscheinungsbild keineswegs auf einen Jagdunfall zurückging. Der unausgesprochene Kommentar seiner Mutter lautete: »Es könnte die Würdenträger und Abgesandten von Außenwelt vor den Kopf stoßen.«

»Soll Beng sie alle holen!« rief Dom. »Was kümmern sie mich? Außerdem ist Grün eine heilige Farbe.«

Als der junge Mann und neue Vorsitzende des Direktoriums das Hospital verließ, nahmen draußen sechs Sicherheitsbeamte Haltung an. Etwas weiter entfernt standen einige Ärzte und Krankenpfleger, winkten zaghaft.

Hrsh-Hgn trat auf Dom zu, deutete verlegen auf seinen hochenergetischen Molekülstripper.

»Paßt zu dir«, sagte Dom.

»Ich bin Pazifist, wie es sich für einen Philosophen gehört. Solche Waffen sind ... barbarisch.«

Sie stiegen in die Barkasse des Vorsitzenden, und als das Gefährt aufstieg, schlossen sich ihm fünf Gleiter an.

Dom starrte geistesabwesend aufs Meer herab.

»Wer hat die Nachfolge Korodores angetreten?« fragte er nach einer Weile.

»Ein gewisser Darven Samhedi von Laoth.«

»Ah, ja, ein tüchtiger Mann.« Aber Tüchtigkeit war nur eine von vielen Voraussetzungen für den Sicherheitschef von Verkehrtherum. »Ob ihn die Phnoben akzeptieren?«

»Es heißt, er habe bei mehreren Gelegenheiten tendenziellen Gestalthaß gezeigt. Warten wir's ab.« Hrsh-Hgn musterte Dom. »Du hast Korodore gemocht, nicht wahr?«

»Nein. Ihm lag einfach nichts an Freundschaft, er

wahrte immer Distanz. Aber ... Nun, er war immer da, stimmt's?

»In der Tat.«

Dom drehte sich auf seinem Sitz um und sah Isaac an. »Hüte dich bloß davor, irgendeine abfällige Bemerkung über ihn fallenzulassen, Roboter ...«

»Käme mir nie in den Sinn, Chef. Nun, wenn Sie meine Meinung hören wollen, Boß: Korodore hat es mit seinen Punktspionen und Mikrokameras ein wenig übertrieben, aber vielleicht gehörte das zu seinem Job. Er war ein feiner Kerl. Ich bedaure seinen Tod sehr.«

Vor vier Monaten, dachte Dom, *hat ihn jemand umgebracht und versucht, mich ebenfalls ins Jenseits zu schicken.*

Ich werde den Grund dafür herausfinden.

Es begann zu nieseln, als das Geschwader auf dem zweiten Sabalos-Anwesen landete, vor einer kleinen, von einer Mauer umgebenen Kuppel in der Nähe des Verwaltungszentrums von Tau City. Selbst Lady Vian trat nach draußen, um den jungen Vorsitzenden zu begrüßen. Sie trug einen dicken Mantel, wirkte infolge der Nähe zu einer Stadt gelöster und zufriedener. Zwar konnte man Tau City wohl kaum als eine kosmopolitische Metropole bezeichnen, doch das Leben in den Wohnkuppeln kam einer Verbannung in tiefste Provinz gleich.

»Das ist keine schickliche Farbe«, lauteten ihre ersten Worte.

Sie speisten im Kleinen Saal. Samhedi und die älteren Angehörigen des Haushalts saßen ebenfalls am Tisch und lauschten respektvoll. Joan stellte einige höfliche Fragen in Hinsicht auf das Hospital und schwieg dann.

Vian hob den Kopf und musterte ihren Sohn. »Du solltest die Körperkosmetika wenigstens einmal ausprobieren.«

Dom beobachtete einen der Sicherheitsbeamten, die an der Wand standen. Seine Hand war grün, und ein smaragdfarbener Streifen reichte ihm über die linke Wange, verschwand unter der Uniform. Der Mann bemerkte Doms Blick und zwinkerte.

»So ist es mir lieber.«

»Was für eine absonderliche Eitelkeit«, sagte Joan. »Aber ich stimme dir trotzdem zu. Wenigstens bist du einfarbig — einen bunt gescheckten Enkel könnte ich nicht ertragen.«

Sie schob ihren Teller fort und fügte hinzu: »Außerdem ist Grün eine heilige ...«

»Grün ist die Farbe des Chlorophylls auf der Erde, gewiß«, warf Vian ein. »Aber hier auf Verkehrtherum gibt es nur blaue Vegetation.«

Joan sah kurz zu dem Sadhim-Zeichen an der Decke auf, kniff die Augen zu und starrte ihre Schwiegertochter an. Dom beobachtete die beiden Frauen mit zu offensichtlichem Interesse: Joan spürte seine Neugier, faltete betont langsam ihre Serviette zusammen und stand auf.

»Es wird Zeit für die Abendandacht«, sagte sie. »Dom, ich erwarte dich in einer Stunde in meinem Büro. Wir sollten einige Dinge besprechen.«

KAPITEL 4

Dom trat ein. Seine Großmutter hob den Kopf und deutete auf einen Stuhl. Der beißende Geruch von Räucherwerk lag in der Luft.

Abgesehen von dem kleinen Schreibtisch, zwei schlichten Sesseln, dem Standard-Thuribulum und einem Altar in der Ecke war das große weiße Zimmer völlig leer. Damit blieb ausreichend Platz für die starke Präsenz der alten Frau, ihre Aura der Macht.

In dreißig Zentimeter hohen Lettern leuchtete das allgegenwärtige Eine Gebot an der gegenüberliegenden Wand.

Joan klappte das Kontobuch zu und spielte mit einem weißstieligen Messer.

»In einigen Tagen ist Seelenkuchenfreitag und auch Heiligabend der Kleinen Götter«, sagte sie. »Hast du dich schon entschlossen, dich einem Clanbund anzuschließen?«

»Ich habe noch keine Entscheidung getroffen«, erwiderte Dom, der bisher nicht einen einzigen Gedanken an seine religiöse Zukunft verschwendet hatte.

»Erfüllt dich mit Unbehagen, wie?«

»Ja, ich glaube, so könnte man es ausdrücken«, bestätigte der junge Mann. »Es kommt darauf an, eine sorgfältige Wahl zu treffen. Weißt du, manchmal bin ich mir gar nicht sicher, ob der Sadhimismus alle Antworten kennt.«

»Ich verstehe. Nun, er stellt zumindest die richtigen Fragen.« Joan I. zögerte einige Sekunden lang, als lausche sie einer Stimme, die nur sie hören konnte.

»Ist so etwas notwendig?« fragte Dom.

»Sich einem Clanbund anzuschließen, meinst du? Nein. Aber ein solches Ritual hat noch niemandem geschadet, und außerdem erwartet man es von dir.«

»In einem Punkt hätte ich gern Klarheit«, sagte Dom.

»Ja?«

»Warum bist du so nervös, Großmutter?«

Joan I. legte das Messer beiseite und seufzte.

»Ab und zu weckst du den fast unwiderstehlichen Drang in mir, dir eins auf dein vorlautes Maul zu geben, Dom. Natürlich bin ich nervös. Wen wundert's?« Die alte Frau lehnte sich zurück. »Nun, soll ich dir alles erklären, oder ziehst du es vor, einzelne Fragen an mich zu richten?«

»Ich möchte endlich wissen, was eigentlich gespielt wird, und ich glaube, ich habe ein gewisses Recht darauf. Offenbar bin ich hier weit und breit der einzige, der keine Ahnung hat.«

Joan stand auf und trat an den Altar heran. Sie zog sich daran hoch, nahm auf der Kante Platz und ließ wie ein kleines Mädchen die Beine baumeln.

»Dein Vater — mein Sohn — war einer der beiden besten Wahrscheinlichkeits-Mathematiker in der ganzen Galaxis. Inzwischen hast du sicher schon von dieser Wissenschaft gehört. Es gibt sie seit rund fünfhundert Jahren. John verbesserte sie. Er postulierte den sogenannten Schlagloch-Effekt, und nachdem man den Beweis dafür erbrachte, wurde aus dem Spielzeug der W-Mathematik ein höchst nützliches Instrument. Man konnte einen winzigen Ausschnitt des Kontinuums nehmen — einen Menschen, zum Beispiel — und seine Zukunft im Universum voraussagen.

John probierte die Gleichungen an dir aus. Du bist die erste Person, deren qualitative Existenz einen quantitativen Ausdruck fand. Mit anderen Worten: Dein Vater beschrieb dich und dein Leben mit Zahlen. Er brauchte sieben Monate dazu, und ich würde gern wissen, wie er das fertiggebracht hat: Selbst die Erste Sirianische Bank benötigt für so etwas mindestens ein Jahr, wenn sie Kompromisse in Hinsicht auf Sorgfalt und Genauigkeit vermeiden will. John war ein echtes Genie, zumindest in

Hinsicht auf die Wahrscheinlichkeits-Mathematik. Was, äh, menschliche Beziehungen betrifft, ließen seine Fähigkeiten zu wünschen übrig.«

Joan I. bedachte Dom mit einem fragenden Blick, doch ihr Enkel nahm den Köder nicht an. Nach einer Weile fuhr sie fort: »Dein Vater kam in den Sümpfen ums Leben.«

»Ja, davon habe ich schon gehört.«

John Sabalos spähte über das glitzernde Wasser der Sümpfe und beobachtete den fernen Turm. Es herrschte prächtiges Wetter, und als er seine Gefühle einer kurzen Selbstanalyse unterzog, kam er zu dem Schluß, zufrieden zu sein. Er lächelte still vor sich hin, holte einen weiteren Datenwürfel hervor und schob ihn ins Aufnahmefach des Recorders.

»Und deshalb treffe ich nun eine letzte Voraussage über die Zukunft meines Sohnes«, sagte er. »Er wird an seinem Halbjahres-Geburtstag sterben — ich beziehe mich dabei auf den Kalender von Verkehrtherum —, am Tag seiner Ernennung zum Vorsitzenden des Planetaren Direktoriums. Todesursache: irgendeine Form von Energieentladung.«

John unterbrach die Aufzeichnung für einige Sekunden, ordnete seine Gedanken und sagte dann: »Über die Identität des Mörders kann ich leider keine Angaben machen. Oh, ich habe immer wieder versucht, in diesem Zusammenhang weitere Anhaltspunkte zu gewinnen, erhalte jedoch ständig das gleiche Resultat: eine unbestimmbare Variable in den Wahrscheinlichkeits-Gleichungen, eine leere Stelle in der allgemeinen Gestalthaftigkeit des Universums. Wenn das stimmt, wenn mir kein Fehler unterlief ... Es würde bedeuten, daß wir es mit jemandem zu tun haben, der vom Kontinuum umflossen wird, so wie ein Felsen vom Wasser des Flusses. Ich weiß, daß er entkommen wird. Deine Handlungen, Dom, verleihen ihm eine vage Silhouette, und dadurch ... Himmel, ich muß schon wieder einen Vergleich benutzen: Durch dich wird er wie zu einem Vakuum aus Schatten. Ich glaube, er arbeitet für das Joker-Institut, dem aus irgendeinem Grund daran gelegen ist, dich zu töten, Sohn.«

John legte eine neuerliche Pause ein und starrte auf die Gleichung. Sie war perfekt, völlig ausgeglichen, so glatt wie eine Platte aus poliertem Achat. Und ihr haftete eine ganz besondere, exotische Art von Eleganz an.

Der ferne Glanz des Turms weckte einmal mehr seine Aufmerksamkeit. John hob den Kopf. Nein, hatte noch etwas Zeit, rund eine Stunde ...

»Nun, Dom, bestimmt bist du nun zwischen Verwirrung und ungläubigem Erstaunen hin und her gerissen. Was siehst du jetzt? Preßt deine Großmutter gerade die Lippen zusammen? Trägt sie jenen energischen, entschlossenen Ausdruck zur Schau, mit dem sie über ihre innere Anspannung hinwegzutäuschen versucht? Übrigens: Wie war die Geburtstagsfeier?«

John räusperte sich. »Du bist mein Sohn, Dom, doch vielleicht ahnst du bereits, daß ich viele Söhne habe — Millionen und Abermillionen. Und in den Milliarden von Universen, die uns auf allen Seiten umdrängen, hat sich ihr Wahrscheinlichkeits-Schicksal bereits erfüllt: Sie sind tot. Du aber lebst nach wie vor, existierst in Fleisch und Blut — und stellst damit eine Chance dar, die sich nur in mehreren Stellen hinter dem Komma bestimmen läßt. Ich meine die Chance, daß ich mich irre. Nun, ich will an dieser Stelle nicht verhehlen, daß man seltsame Erfahrungen macht, wenn man sich eingehender mit der Wahrscheinlichkeits-Mathematik beschäftigt: Häufig reagiert das an Logik und Kausalität gewöhnte Bewußtsein mit ausgeprägter Verwunderung, wenn sich herausstellt, daß Quoten von eins zu einer Milliarde dem Buchmacher nicht etwa ein Vermögen einbringen, sondern eine Vorladung des Konkursrichters. Mit anderen Worten: Sie sind nicht annähernd so unwahrscheinlich, wie man zunächst glauben mag, bestätigen damit das Empfinden des gesunden Menschenverstands — ein bestimmtes Ereignis wird entweder eintreten oder ausbleiben.

Ich habe dich und das Eins-zu-einer-Milliarde-Universum studiert, in dem du dich jetzt befindest, Dom: Dein Kosmos hat sich am Punkt deines Nicht-Todes vom Hauptereignis-Universum getrennt. Tja, Universen sind wie Sterne, die in manchen davon enthalten sind. Die meisten folgen einem ganz gewöhnlichen Entwicklungsweg, dem ausgetretenen Pfad der stellaren Evolution. Doch einige Sterne, vielleicht nur durch die Veränderung eines Protons, haben einen völlig unterschiedlichen Werdegang, verwandeln sich in Supernovae oder werden zu Singularitäten. Solche Außenseiter-Universen ächzen unter dem Druck des Paradoxen und ...

Kommen wir zum eigentlichen Thema zurück. Ich will versuchen, dir zu helfen, weil du dringend Unterstützung brauchst. Der Attentäter, der es auf dein Leben abgesehen hat, stammt aus dem Jetzt-Kosmos. Verstehst du, was ich damit meine? Er möchte verhindern, daß dir eine ganz bestimmte Entdeckung gelingt, wodurch dein Eins-zu-einer-Milliarde-Universum Dominanz in der unendlichen Schöpfung erlangt. Andererseits: Ich vermute, daß der unbekannte Faktor, der dich bisher vor dem Tode bewahrte, ebenfalls aus deinem Kosmos kommt. Ach, die Welt, in der du lebst ... Ich habe so viele Dinge in ihr gesehen, doch leider darf ich keine Einzelheiten nennen. Wenn ich mich dazu hinreißen ließe, deine Neugier zu befriedigen, könnte die Last des Paradoxen dein aktuelles Universum einfach zermalmen.«

John legte den Recorder beiseite und schlenderte ins Vorzimmer. Der Sekretariatsroboter erwachte summend aus seiner Starre.

»Wenn jemand anruft: Ich fliege zum Turm. Ich, äh, werde nicht lange unterwegs sein.«

»Sehr wohl, Herr Vorsitzender.«

»Auf meinem Schreibtisch liegt ein Datenwürfel. Bitte schick ihn der Leitenden Direktorin.«

»Gewiß.«

John Sabalos schloß die Tür und kehrte in sein Büro zurück. Er war noch immer in den schwarz und braun gemusterten Umhang gekleidet, den er während der vergangenen Nacht getragen hatte, beim Ritual der Geknickten Löffel. Eine sonderbare Aufregung verdrängte die Müdigkeit aus ihm. Natürlich täuschte dieses Gefühl: Über die Zukunft Bescheid zu wissen — es bedeutete keineswegs, daß man sie auch kontrollieren konnte. Dennoch empfand er das mental-emotionale Vibrieren als recht angenehm, als er Platz nahm und wieder nach dem Recorder griff.

»Allerdings möchte ich dich nicht ganz im unklaren lassen, Dom. Drei Dinge will ich dir verraten. Erstens: Du wirst die Heimatwelt der Joker entdecken, wenn du aufmerksam genug Ausschau hältst. Zweitens: Du mußt damit rechnen, in Gefahr zu geraten. Und drittens ... Sieh in die eine Ecke des Zimmers! *Lauf um dein Leben!*«

John schaltete ab und legte den Würfel auf den Schreibtisch.

Irgendwo draußen, im Bereich des östlichen Rasens, spielte jemand auf einer phnobischen *Chlong*-Zither. Es klang schrecklich. Doms Vater trat hinaus. Von den Küchenkuppeln her hörte er das Rattern des alten elektrischen Computers: Offenbar brachte Joan gerade die Haushaltsbücher auf den neuesten Stand.

John atmete tief durch. Irgend etwas fügte seinen Sinnen eine dritte Dimension hinzu, schärfte die Konturen seiner Umwelt. Mit dem individuellen Geschick eines Wahrscheinlichkeits-Eingeweihten fand er die Ursache dafür. Die Welt war wie Wein, denn an diesem Tag endete sein Leben. Er kostete den letzten metaphorischen Schluck. John bedauerte es, daß er sterben mußte, bevor er Gelegenheit fand, die Joker-Welt zu entdecken. Vielleicht hatte Dom mehr Glück.

Sein persönlicher Gleiter dümpelte neben der langen Mole auf den Wellen.

Er stieg ein, schloß die Luke und beschleunigte vorsichtig. Entschlossen unterdrückte er die wilde Begeisterung, die in ihm hochstieg — der Tod war eine ernste Sache.

Die Stimme seines Vaters verklang, und das Projektionsfeld des Datenwürfels trübte sich. Dom hob ruckartig den Kopf.

Ein kleiner Fleck glitzerte in der Luft, wie eine Motte aus Metallstaub. Er hörte Joans Stimme, jedes Wort so scharf wie die Klinge eines Messers.

»Samhedi, hier ist schon wieder eins. Bereiten Sie sich vor.«

»Was hat es damit auf sich?« fragte Dom. Der Fleck schien langsam zu wachsen.

»Es handelt sich um ein kollabiertes Proton. Verstehst du, was ich meine?«

»Ich glaube schon. Wie in einem Matrixmotor.«

»Ein passender Vergleich. Es sieht ganz so aus, als habe es bereits sein eigenes Atom verschlungen. Du beobachtest jetzt den sogenannten Winkellichteffekt. Jemand kontrolliert das Ding.«

Dom stellte fest, daß sie beide wie erstarrt standen. Plötzlich fiel ihm etwas ein ...

»Ich habe so etwas schon einmal gesehen.«

»Nun, es war der Schwerkraftstrudel, der dich beim erstenmal erfaßt hat. Wenn du dich dem Etwas auch nur einen Schritt näherst, wirst du im wahrsten Sinne des Wortes durch die Mangel gedreht. Was hältst du davon, durch ein Loch gezerrt zu werden, dessen Durchmesser nur ein Mikron beträgt?«

»Argh.«

»Tut mir leid, ich wollte nicht taktlos sein. Wenn Samhedi nicht schleunigst eingreift, bleiben solche Erörterungen ohnehin rein theoretisch.«

»Du meinst, dann ersticken wir? Das Ding saugt die Luft aus dem Zimmer?«

Joan I. nickte.

Samhedis Stimme klang aus dem Wandlautsprecher.

»Legen Sie sich bitte flach auf den Boden, wenn ich Sie dazu auffordere. Ich empfehle die Mitte des Raums ... Jetzt!«

Dom ließ sich einfach fallen, und aus den Augenwinkeln bemerkte er eine silbrige Kugel, so groß wie eine Orange.

Als er sich auf die Seite rollte, schwebte der Ball etwa einen Meter über seinem Kopf. Er spürte eine seltsame Hitze zwischen den Schulterblättern und nickte in Gedanken: Das kollabierte Proton befand sich nun in einem Matrixfeld. Aber es saugte noch immer Luft an, verhielt sich wie ein außer Rand und Band geratener Minitornado. Nach einigen Sekunden schwebte es durch die Wand, und zurück blieb ein Loch mit eigentümlich zerfransten Kanten. Draußen ertönten laute Stimmen, und Dom vernahm auch das Schrillen eines Matrix-Generators.

Er half Joan auf die Beine.

»Du bist auf so etwas vorbereitet gewesen, nicht wahr?« fragte er.

»Ich hielt Vorsichtsmaßnahmen für angebracht. Nach deiner, äh, Geburtstagsfeier dauerte es einige Tage, bis wir eine Möglichkeit fanden, das verdammte Ding loszuwerden. Schließlich war es dein Roboter, der das Problem löste.«

»Ihr konntet das kleine Schwarze Loch nicht in ein Raumschiff verfrachten, weil es sich einfach durch die Außenhülle gefressen hätte ... Was schlug Isaac vor?«

Sie spähten durch die Öffnung in der Wand. Draußen auf dem Rasen standen Samhedis Gerätschaften vor dem Miniatur-Black Hole, das nun nicht mehr silbrig glänzte. Vielmehr bot es sich als winziger Punkt dar, der sich dem Blick zu entziehen schien, die Sehnerven verspottete. Die in der Nähe arbeitenden Männer mußten sich festzurren, um zu verhindern, daß sie von den heulenden Böen ins Nichts gerissen wurden.

Drei von ihnen trugen einen hohen Zylinder herbei, stellten ihn unter die mikroskopische Singularität. Dicke Matrixspulen umgaben den Gegenstand.

»Der Höhepunkt der Show steht unmittelbar bevor«, sagte Joan gelassen.

»Ich glaube, ich verstehe allmählich«, brummte Dom. »Der untere Teil des Zylinders ist geschlossen, und ein Matrixfeld verhütet direkte Kontakte zwischen den Innenflächen und dem ... dem Ding. Die Luft strömt von oben herein ...«

Samhedi stemmte sich dem Wind entgegen und brüllte einen Befehl. Das Etwas — es sah jetzt wie ein Auge aus, wie eine dämonisch starrende Pupille, deren Blick sich auf Dom richtete — fiel in die lange Röhre.

Unmittelbar darauf knallte es ohrenbetäubend laut.

Anderthalb Kilometer über ihnen durchbrach der Zylinder die Schallmauer. Die Singularität saugte ihn den Sternen entgegen.

»Nett«, kommentierte Dom. »Angenommen, das kleine Schwarze Loch stürzt in eine Sonne? Nein, bestimmt wartet ein Schiff in der Umlaufbahn. Und weiter?«

»Der Zylinder wird versiegelt und tief im Raum ausgeschleust. Isaac regte an, wir sollten ein echtes Black Hole finden, die Röhre darüber abwerfen, doch das klang wie eine Aufforderung, das Gefüge des Universums zu sprengen. Deshalb unterbreitete Hrsh-Hgn einen anderen Vorschlag: Er meinte, das Problem ließe sich lösen, indem wir unser Schwarzes Loch auf halbe Lichtgeschwindigkeit beschleunigen, als Treibstoff interstellaren Wasserstoff verwenden.«

»Wahrscheinlich endet es irgendwo auf der anderen Seite der Schöpfung und bohrt sich dort in irgendeinen Planeten«, sagte Dom. Er rang sich ein Lächeln ab.

Seine Großmutter klopfte ihm auf die Schulter. »Dein Gleichmut ist bemerkenswert.«

»Dieses Kompliment gebe ich gern zurück.«

»Nun, was mich betrifft: Ich habe in den vergangenen Jahren erhebliche Dissoziations-Erfahrungen gesammelt. Wahrscheinlich würdest du mich überhaupt nicht wiedererkennen, wenn ich in die emotionale Wirklichkeit zurückkehrte.«

Dom versuchte mit nur mäßigem Erfolg, ein Schaudern zu unterdrücken. Er hatte Freunde nach ihren DA-Trips beobachtet. Die Dissoziation wurde nur in den sadhimistischen Clanbunden gelernt, und wer sie beherrschte, konnte sich tage- oder auch wochenlang von seinen Gefühlen befreien. Manche Leute behaupteten, das sei eine großartige Erfahrung: Sie schilderten das Empfinden einer kühlen intellektuellen Macht, die Fähigkeit, sich Problemen ohne das ablenkende Rokoko der Gefühle zu stellen. Man bezeichnete solche Personen als »Kühlköpfe«. Aber wenn man schließlich von der Reise in die frostige Rationalität zurückkehrte, wurde das in Logik schwimmende Ich von einer gewaltigen Flutwelle aus trivial-banalen Gefühlen fortgespült. Bei solchen Gelegenheiten bekam man rasch zu spüren, welche Vorteile es hatte, auf die Hilfe echter Freunde zurückgreifen zu können. Am besten war's, man bekam von ihnen eins auf die Rübe, so daß man herrlich ruhig schlafen konnte — bis zum nächsten emotionalen Tobsuchtsanfall.

»Wie lange bist du schon kühl?« fragte Dom.

»Seit dem Abendessen. Und seit dem größten Teil der vergangenen vier Monate. Aber das spielt keine Rolle. Du scheinst die Technik ebenfalls zu beherrschen — ohne dabei auf Drogen angewiesen zu sein.«

»Darauf würde ich nicht wetten.«

»Wie dem auch sei: Ich versichere dir, daß ich den zweiten Teil der Aufzeichnung nie gehört habe. John sprach direkt zu dir. Er ...«

»Er wollte die Eins-zu-einer-Milliarde-Chance ein wenig verbessern«, warf Dom ein. »Nun, es gibt viele verschiedene Möglichkeiten. Alternativität bildet die Basis aller Universen, nicht wahr? Mein Vater hätte den Datenwürfel einfach mit einer Zeitverzögerungsschaltung ausstatten können. Aber selbst er, einer der besten Wahrscheinlichkeits-Mathematiker überhaupt, konnte nicht alles vorhersehen.«

»Was hast du jetzt vor?«

Dom versteifte sich unwillkürlich, als er den besorgten Unterton in der Stimme seiner Großmutter vernahm.

»Offenbar bleibt mir gar nichts anderes übrig, als die Heimatwelt der Joker zu entdecken. Obwohl viele Historiker behaupten, sie habe nie existiert.«

»Das kann ich nicht zulassen«, sagte Joan.

»Mir droht keine Gefahr, bis ich den mythischen Planeten finde. Du kennst ja die Wahrscheinlichkeits-Berechnung.«

»Vielleicht ist deinem Vater noch ein Fehler unterlaufen. Vielleicht gibt es noch eine andere Eins-zu-einer-Milliarde-Chance. Dom, jemand trachtet dir nach dem Leben! Du hast gerade den dritten Anschlag überlebt.«

Dom wich zurück, als die alte Frau näher kam.

»Beim ersten Attentat sprang ich in einen Sumpfkanal — und kam vierzig Kilometer entfernt wieder zu mir. Beim zweiten bewahrte jemand genug von meiner Körpersubstanz, um eine Heilsirup-Rekonvaleszenz zu ermöglichen. Es stimmt schon: Jemand hat es auf mich abgesehen. Aber gleichzeitig versucht jemand anders, mich zu schützen! Ich will herausfinden, wer sich so sehr für mich interessiert — und warum.«

Dom trat noch einen Schritt zurück, und als die Tür zuschlug, wirbelte er herum und lief weg.

»SADHIMISMUS: eine pantheistische, vom Naturschutz inspirierte Religion, in einer Erleuchtungs-Laune geschaffen von Arte Sadhim (siehe Anhang), der von

2001 bis 2012 über die Erde herrschte. Zeitgenössische Dokumente lassen erkennen, daß er die Dogmen, Glaubensgrundsätze und Rituale des Sadhimismus innerhalb von vierundzwanzig Stunden (Standard) entwickelte und dabei Bestandteile verarbeitete, die aus der druidischen Lehre, zum Teil erhalten gebliebenen Hexenpraktiken, dem Voodoo-Kult und den Überlebenshandbüchern des Raumschiffs Erde stammten. Als Religion funktionierte der neue Ismus recht gut und genügte seinem Zweck, der hauptsächlich darin bestand, die menschliche Bewußtseinssphäre um ökologisches Denken zu erweitern. Doch dann entwickelte die neue Weltanschauung ein Eigenleben und wuchs über ihren Schöpfer hinaus. Sadhim fiel einem Mordritual zum Opfer, das von einer Splittergruppe seiner Gemeinde durchgeführt wurde, den ›Kleinen Blumen Des Linken Weges Am Vorabend Des Karfreitag, Untersekte: Nacht Der Halblangen Messer‹.«

Charles Sub-Lunar:
Religionen von hundert Welten

Dom lag in seinem Bett und las einen langen, weitschweifigen Brief von Keja. Sie brachte ihre Freude darüber zum Ausdruck, daß er sich erholt hatte. Sie bezeichnete das Leben auf Laoth als recht angenehm, fügte hinzu, es sei ein offizieller Staatsbesuch auf der Erde geplant und sie habe zum erstenmal in ihrem Leben Schnee gesehen. Als Anlage fügte sie einen Kühlwürfel bei, der mehrere konservierte Schneeflocken enthielt. Schließlich beschrieb Keja auch noch in allen Einzelheiten den Garten, den der ›liebe Ptarmigan‹ für sie angelegt hatte und den Dom unbedingt sehen müsse …

Isaac glitt auf gut geölten Füßen herein.

»Nun?«

»Hier wimmelt's überall von Wächtern, Boß. Ich kann den komischen Frosch nirgends fin …«

»Das ist Gestalthaß-Gerede, Isaac.«

»Entschuldigung, Chef. Der Koch meinte, er habe die Wohnkuppeln verlassen und sei ins *Buruku* gezogen.«

Dom schnallte die Gravsandalen an. »Wir schnappen ihn uns. Hrsh-Hgn ist hier weit und breit der einzige, der sein Wissen über die Joker nicht nur aus Gerüchten und Legenden bezieht. Und ich glaube, anschließend machen wir uns auf die Suche nach der Jokerwelt.«

Der Roboter nickte gleichgültig.

Dom sah ihn fragend an. »Bist du gar nicht neugierig darauf, was mich zu einem solchen Unternehmen bewegt?«

»Ist allein Ihre Sache, Boß.«

»Wie du meinst. Tja, ich scheine eine Prophezeiung erfüllen zu müssen — obwohl ich in diesem Zusammenhang bereits mehrfach versagt habe. Vielleicht finde ich unterwegs die eine oder andere Antwort. Weißt du von dem dritten Anschlag auf mich?«

»O ja. Und auch von den anderen.«

Dom erstarrte, ließ den Rucksack sinken, den er gerade voll Kleidungsstücke packte.

»Den anderen?« wiederholte er argwöhnisch.

Isaac summte. »Insgesamt sieben: das vergiftete Essen im Hospital, der Meteorit, der das Kraftwerk nur knapp verfehlte, zwei Angriffe auf den Gleiter, der Sie hierher brachte, ein weiteres Schwarzes Loch, das in der Klinik erschien, als Sie noch im Regtank lagen ...«

»Alle Attentate schlugen fehl ...«

»Durch glückliche Zufälle, Chef. Die vergifteten Speisen ... Nun, einer der Köche hat die Teller vertauscht und die für Sie bestimmte Mahlzeit gegessen. Der Meteorit ...«

»Der unbekannte Meuchelmörder verwendet seltsame Methoden«, stellte Dom fest. »Und er scheint nicht besonders tüchtig zu sein.« Er dachte einige Sekunden lang nach, schob dann auch das von Korodore stammende Memorialschwert in den Beutel. Als er sich umdrehte, sah er den rosafarbenen Datenwürfel, der Hrsh-Hgns Joker-Thesen enthielt. Er packte ihn ebenfalls ein.

»Eins steht fest: Hier bin ich nicht mehr meines Lebens sicher. Wir verschwinden, solange es noch dunkel ist.«

»Wenn Sie mit einem Schweber starten, werden Sie hübsch fein braten«, verkündete Isaac. »Samhedi hat die energetischen Schirmfelder aktiviert. Wir könnten natürlich versuchen, das Anwesen zu Fuß zu verlassen. Aber in dem Fall müßten Sie mir die ausdrückliche Anweisung erteilen, nötigenfalls Gewalt anzuwenden.«

»Das ist hiermit geschehen«, sagte Dom.

»Ich brauche den vollen Wortlaut. Wenn mich nachher die Bullen erwischen, spiele ich einfach die Aufzeichnung für sie ab. Ein Roboter darf nicht demontiert werden, nur weil er einen Befehl befolgt hat: Elftes Robotergesetz, Klausel C, Paragraph 15 Absatz 4, Untersektion Neun und ...«

»Schon gut.« Dom seufzte und holte tief Luft. »Bring mich fort von hier und wende dabei nicht mehr Gewalt an, als unbedingt erforderlich ist.«

Isaac trat zur Tür, rief den Sicherheitsbeamten herein, der im Flur Wache hielt — und schlug ihn nieder.

»Nicht übel«, lobte sich der Roboter. »Ich habe gerade genug Kraft eingesetzt, um ihn zu betäuben; der Schädel ist nicht gesplittert. Ich schlage vor, wir verdünnisieren uns jetzt, Boß.«

Das *Buruku* erhob sich am Stadtrand, dort wo sich das trockene Land dem Sumpf entgegenneigte. Es wirkte wie ein Pilzfeld, das sich unter einer grauen Kuppel erstreckte. Bei den einzelnen ›Pilzen‹ handelte es sich um Basthäuser, und manche der Bauten waren größer als menschliche Geoheime. Die Gräue darüber stammte von einem energieschwachen Kraftfeld: Es sorgte für einen angemessenen Feuchtigkeitsgehalt der Atmosphäre und verhinderte plötzliche Windstöße. Die Polarisierung des

Ergschilds filterte das Licht Achguckmals, und deshalb herrschte in der Enklave eine fast gespenstisch anmutende Düsternis. Die warme Luft roch nach Moder und Zerfall. Dom fürchtete, in seinen Lungen könnten Schimmelpilze gedeihen, wenn er zu tief durchatmete.

Zehntausend Phnoben bezeichneten diesen geisterhaften Ort als ihr Zuhause.

Im Zentrum der Kolonie verringerten sich die Abstände zwischen den einzelnen Schilfbauten. Sie drängten sich aneinander, ließen nur Platz für kleine Gassen und Verbindungsstege, für ein labyrinthartiges Gewirr aus dunklen Tunnels und Passagen. Einige abscheulich organisch wirkende Türme ragten neben langen Gemeinschaftshäusern auf. Die Zugänge der Geschäfte standen noch immer weit offen, obwohl es längst nach Mitternacht war; in den meisten Läden wurden halbherzig getrocknete Pilze, Fisch und Datenwürfel aus zweiter Hand angeboten. Aus einigen größeren Häusern, aufgedunsen wie gärende Kürbisse, hallten die unheimlichen Klänge der *Chlong*-Musik. Hunderte von Phnoben schlenderten durch die Straßen.

In einem rein menschlichen Ambiente erweckten einzelne Phnoben entweder Mitleid oder Ekel — ihre untertassengroßen Augen glotzten starr, und wenn sie sich bewegten, verursachten die breiten Füße ein irgendwie feucht und schleimig klingendes Klatschen auf dem Boden. In ihren Riedbauten erschienen sie wie Phantome, selbstbewußt und für Menschen erschreckend. Die meisten Alpha-Männer führten lange zweischneidige Dolche bei sich, und jeder Besucher mit verborgenen Neigungen zum Gestalthaß endete irgendwann mit dem Rücken an einer tröstlich festen Wand.

Einmal mußten sich Dom und Isaac in die Menge zwängen, als ein mit Korbwaren beladener Transporter vorbeifuhr. Der Laster stank: Sein Keramikmotor verbrannte Fischöl.

Überall zischte und fauchte es, wie das unablässige

Säuseln des Winds: die Akustik der phnobischen Sprache. Das *Buruku* gefiel Dom. Die Lebensweise der Phnoben unterschied sich völlig von der sorgsam gepflegten Schein-Armut einer wohlhabenden Sadhimisten-Familie.

Hrsh-Hgn saß in einer Gemeinschafts-*Jasca* und spielte Tstame. Er sah auf, als Dom und sein Roboter eintraten, bedeutete ihnen mit einem knappen Wink, keinen Laut von sich zu geben, ihn nicht in seiner Konzentration zu stören.

Dom nahm auf einer steinernen Bank Platz und wartete geduldig. Hrsh-Hgns Gegner, ein junger Alpha-Mann, musterte die beiden Neuankömmlinge mit einem gleichgültigen Blick, starrte dann wieder aufs Brett.

Den Tstame-Figuren mangelte es an Eleganz, und darüber hinaus zeichneten sich ihre Bewegungen durch fehlerhafte Koordination aus. Aber das war auch nicht anders zu erwarten: Immerhin handelte es sich um ein öffentliches Spielterminal. Sie stakten und wankten über die einzelnen Felder, ruderten herausfordernd mit Armen und Tentakeln.

Die Bauern von Rot hatten am Rande des Spielfeldes einen breiten Wehrgraben ausgehoben. Ihre weißen Kollegen begannen mit einer ähnlichen Taktik, stellten dann aber die Arbeit ein und versammelten sich vor einem roten Springer, der ihnen eine Strafpredigt hielt. Dom beobachtete, wie der rote Priester-Schamane seine Explosivlanze auf den Todesschalter des weißen Buchhalters herabsausen ließ. In dem sich daran anschließenden Durcheinander gelang es ihm, mehrere Bauern durch das Kreuzfeuer der Türme zu führen. Der König unternahm einen tapferen Fluchtversuch, wurde jedoch durch einen Hechtsprung des ersten Bauern zu Fall gebracht.

Hrsh-Hgns Gegner nahm den Steuerungshelm ab und brummte ein mürrisches Kompliment auf Phnobisch, bevor er davonhüpfte. Doms Lehrer drehte sich um.

»Bitte hilf mir, die Joker-Welt zu finden!« bat der junge Mann und erklärte seine Absichten.

Der Phnobe hörte höflich zu, und nach einer Weile sagte er: »Wie isst ess dir nur gelungen, ein Schwarzes Loch zu überleben, dass Korodore erledigte?«

»Ihm und Ig.«

»O nein, da irrsst du dich ...« Hrsh-Hgn beugte sich zur Seite, griff nach einem Bastgestell. Ig hockte in dem Käfig und knurrte.

»Ich hab ihn in den Büschen am Rande dess Rasens gefunden. Er war völlig durcheinander. Irgendwann muß er von deiner Schulter gesprungen ssein.«

»Und anschließend hast du dich um ihn gekümmert — das sieht dir gar nicht ähnlich.«

Hrsh-Hgn zuckte mit den Schultern. »Sollte ich ihn etwa im Stich lassen! Die Fischer wollten ihn nicht. Ssie fürchten sich vor Sumpf-Igss, behaupten in ihnen wohnten die Seelen toter Gefährten.«

Das Sumpfwesen ringelte sich um Doms Hals.

»Kommst du mit mir? Mit *uns,* meine ich.«

»Ja, ich glaube schon. Ich füge mich dem *Bater.*«

»Die Bedeutung dieses Ausdrucks ist mir noch immer unklar.«

»Er bezieht ssich auf die unausweichlichen Konsequenzen dessen, was ihr Menschen ›Schicksal‹ nennt. Wo willst du mit deiner Ssuche beginnen?« Hrsh-Hgn zögerte kurz und fügte hinzu: »Warum ssiehst du mich so überrascht an?«

»Eigentlich habe ich von dir einen Vortrag über meine Pflichten als Vorsitzender erwartet. Als mein Lehrer lag dir dieses Thema immer ganz besonders am Herzen, nicht wahr?«

Der Phnobe lächelte, schaltete seinen Steuerungshelm ein und wandte sich der Spielfläche zu. Die Tstame-Figuren erhoben sich, bezogen in zwei ordentlichen Reihen Aufstellung und marschierten eine breite Treppe hinab, die sich in einem der neutralen Felder bildete. Sie trugen dabei ihre vorübergehend kampfunfähigen Kameraden.

»Dieser Punkt hat derzeit keine vorrangige Bedeutung«, erwiderte Hrsh-Hgn geziert. »Alss bloßer Frosch«, — bei diesen Worten warf er Isaac einen scharfen Blick zu —, »schlage ich vor, daß du dem aufgezeigten Weg folgsst. Außerdem hast du mein berufliches Interesse geweckt — in diesem Zusammenhang möchte ich dich daran erinnern, daß ich nicht nur ein vielfach zitierter Joker-Gelehrter bin, ssondern auch Amateur-Wahrscheinlichkeitsmathematiker. Ssag mir, Dom: Läßt du dich auf diese Sache ein, weil dein diesbezügliches Handeln für die Zukunft vorausgesagt wurde — oder wurde es vorausgesagt, weil du jetzt beschließt, eine Prophezeiung zu erfüllen?«

Dom kratzte sich an der Schläfe. »Keine Ahnung. Ich weiß nur, wie wir Verkehrtherum verlassen können ...«

»Herr Vorsitzender!«

Verschiedene Eindrücke stürmten auf Dom ein. Von einem Augenblick zum andern wurde es in dem niedrigen Zimmer völlig still, als habe jemand einen Musikwürfel abgeschaltet. Es folgte eine Art lautes, bedrohliches Schweigen. Die über ihre Tstame-Terminals gebeugten Spieler rührten sich nicht, schienen sich jedoch zu versteifen. Ig wimmerte leise.

Samhedi stand in der Tür, begleitet von zwei einfachen Sicherheitsbeamten. Und sie waren bewaffnet. In einem Anflug redseliger Freundlichkeit hatte Korodore den jungen Dom einmal darauf hingewiesen, nur Tollkühne und komplette Narren ohne einen Funken Phantasie seien dumm genug, mit Projektilwaffen ausgerüstet ein *Buruku* aufzusuchen. Die Vorschriften der Phnoben gestatteten nur zweischneidige Messer, und bei seinen Abstechern zur phnobischen Kolonie von Tau City war der inzwischen verschiedene Sicherheitschef so klug gewesen, sich an seinen eigenen Rat zu halten und auf moderne Waffen zu verzichten.

»Wir sind gekommen, um Sie nach Hause zu begleiten, Herr Vorsitzender.«

Dom trat auf Samhedi zu. »Auf Terra Novae sind Sie die Nummer Zwei gewesen, nicht wahr?« fragte er mit ätzender Höflichkeit.

»In der Tat.«

»Nur Lebensmüde tragen Stunner in einem *Buruku.*«

Samhedi schluckte und musterte seine beiden Kollegen verstohlen. Dem Raum schienen Ohren zu wachsen.

»Ihr Vorgänger war weitaus taktvoller. Mit einem derartigen Verhalten könnten Sie einen Interspezies-Konflikt heraufbeschwören.« Dom winkte. »Ziehen Sie die Strahler aus den Holstern und lassen Sie sie zu Boden fallen.«

»Ich habe den ausdrücklichen Befehl, Sie nach Hause zu ...«, begann Samhedi.

»Von wem stammt die Anweisung? Von meiner Großmutter? Welches Recht will sie geltend machen? Ich verstoße gegen kein Gesetz. Aber Sie verletzen den phnobischen Brauch ...«

Das war entschieden zuviel für Samhedi — er knurrte wütend.

»Die blöden Traditionen der Frösche sind mir völlig schnurz«, sagte er so laut und deutlich, daß ihn alle hören konnten. Die Phnoben standen nacheinander auf; Tshuri-Messer blitzten im grauen Zwielicht.

Der Alpha-Mann, der mit Hrsh-Hgn Tstame gespielt hatte, sprang auf Samhedi zu und warf den Dolch. Die Klinge bohrte sich dicht vor dem Sicherheitschef in den Boden. Samhedi drehte den Kopf.

»Eine Herausforderung«, erklärte Dom.

»Soll mir recht sein.« Samhedi hob den Stunner, bis die Mündung direkt auf das Gesicht seines Gegenübers zeigte. Der Phnobe zwinkerte unbeeindruckt.

Samhedi drückte ab. Er hatte die Waffe auf eine nur geringe Energiestärke justiert: Sie reichte gerade aus, um zu betäuben. Die Gestalt vor ihm stürzte wie ein gefällter Baum.

»Das ist meine Antw …«

Dom schien sich in Luft aufgelöst zu haben, und als sich Samhedi umsah, sauste ein zweites Messer heran. Der Sicherheitschef verlor sowohl den Strahler als auch zwei Finger der entsprechenden Hand. Er schnappte nach Luft, starrte entsetzt auf den Kreis aus leeren großäugigen Gesichtern …

Isaac half Dom und Hrsh-Hgn durch ein kleines Fenster im rückwärtigen Bereich der *Jasca,* und hinter ihnen erklang plötzlich zorniges Geschrei. Sie hasteten über die Straße, wichen zwei Flachwagen aus, in dem Sicherheitsbeamte saßen.

»Verdammter Trottel«, stieß Dom hervor. »Oh, Chel, der Kerl muß völlig übergeschnappt sein!«

»Intelligenz isst die wesentliche Überlebenseigenschaft dess Menschen«, erklärte Hrsh-Hgn philosophisch. »Desshalb halte ich ess in evolutionärer Hinsicht für angebracht, daß diejenigen, denen diese Fähigkeit fehlt, natürlicher Auslese zum Opfer fallen.«

»Wohin jetzt, Chef?« fragte Isaac. »Hier wird's langsam mulmig. Ich schätze, in einigen Minuten geht's hier zu wie auf Groß-Imam bei der Entdeckung einer Untergrund-Bücherei, in der Rushdie-Faksimiles hergestellt werden.«

»Manchmal ließ mein Ururgroßvater bei seinen Geschäften nicht die nötige Ehrlichkeit walten. Auf dem Raumhafen steht eine Privatjacht. Sie ist jederzeit startklar, falls es hochrangige Angehörige des Sabalos-Clans für notwendig halten sollten, ganz plötzlich … äh …«

»Urlaub zu machen?« meinte Hrsh-Hgn.

KAPITEL 5

Das Universum war in zwei Hälften geteilt, und die Trennschicht bestand aus fünf Zentimeter dickem Monomolekularstahl. Auf der einen Seite erstreckte sich das Innere der Luxusjacht *Ein Sprung voraus:* Für einen Passagier stellte es allen nur erdenklichen Komfort zur Verfügung, doch für drei Personen (eine davon bestand aus Metall, und die andere roch nach Sumpfwasser) war es dort recht eng.

Auf der anderen Seite lauerte der Rest des Universums: nichts weiter als Leere mit einigen Spurenelementen, hauptsächlich Wasserstoff. Und natürlich die bewohnten Planeten der Menschen und Creapii.

Zum Beispiel Terra Novae, reich an Metallen, dynamisch, technikorientiert. Oder Drittes Auge: weite Wälder und Tundren und Mangrovensümpfe; Wind, der wie die Stimme eines Geistes in Baumwipfeln flüsterte; eine Welt, auf der die Menschen noch weitaus fremdartiger anmuteten als die Phnoben, sich mit Gedanken und Blicken verständigten. Oder Aubergine, auf der die Pflanzen einem Gebot der Notwendigkeit gehorchten und zu Raubtieren wurden. Auf Quaducquakucckuaqueckekecqac, der Droskenwelt, stocherten menschliche Besucher voller Unbehagen in schrecklich vertraut wirkendem Essen, dankbar dafür, daß sich die Drosken taktvollerweise darauf beschränkten, ihre Gäste hungrig anzustarren. Auf Laoth waren Menschen die einzige Lebensform — und doch gab es dort Vögel und Fische …

Jeder Planet mit ausreichend hohen Temperaturen, um Wasser kochen zu lassen, diente der Subspezies der Creapii als Heimstatt. Sonnenhunde und ein Volk namens Hülse durchstreiften die vermeintliche Leere des Alls. Hinzu kam die Erste Sirianische Bank …

»Sechzehn«, sagte Isaac.

»Das Universum, in dem wir leben, hat zweifellos Mißtrauen verdient«, bemerkte Hrsh-Hgn.

Ig schwebte vor einem Schott, erweckte den Eindruck, als habe er — es — sein ganzes Leben in Schwerelosigkeit zugebracht. In seinem kleinen Maul steckte ein zukkendes Wesen: Es erinnerte vage an eine Heuschrecke und besaß die hochkomplizierte Kopie eines Insektenhirns, doch mit seinem Gehör schien es nicht besonders gut bestellt zu sein.

Dom wandte sich von einem großen Bildschirm ab. »Es ist nicht zu fassen«, sagte er. »Der alte Korodore hat selbst dieses Schiff verwanzt. Haltet auch nach Fleckspionen Ausschau.«

Aus der Umlaufbahn betrachtet bot sich Verkehrtherum als eine große, graublau gestreifte Kugel mit faserigen Wolkentupfern dar. Der Terminator nagte an Tau City, und über der Stadt verdichtete sich Rauch.

Die Pilotenkabine bot nicht viel Platz und schien voller zustoßender Ellenbogen zu sein. Isaac kauerte im Kontrollsessel und sah auf.

»Ihre Großmutter hat gerade Kontakt mit uns aufgenommen, Chef. Möchten Sie mit ihr sprechen?«

»Klingt sie sehr wütend?«

»Nein, eher kühl.«

»Chel, das ist noch schlimmer.« Dom schaltete auf Empfang.

»Ich habe dir nur wenig zu sagen, Dom. Was ist mit deinen Pflichten auf diesem Planeten? Bedeutet dir dein Amt denn überhaupt nichts? Vielleicht kommst du ums Leben.«

Der junge Mann holte tief Luft. »Gefahr droht mir auch auf Verkehrtherum, wie die jüngsten Ereignisse beweisen. Hier oben weiß ich wenigstens, woran ich bin.«

»Was bist du doch für ein Narr! Es ist nur ein Vorwand dafür, eine Spritztour zu machen, eine verrückte Suche zu beginnen. Übrigens bricht hier unten gerade ein Gestaltkrieg aus. Dutzende von Wächtern und Sicherheitsbeamten wurden im *Buruku* niedergemetzelt. Die phnobische Kolonie in der Nähe von Tau City steht in Flammen ...«

»Als Samhedi und seine Leute dort auftauchten, trugen sie Stunner. Du weißt, daß solche Waffen gegen alle Gesetze der Phnoben verstoßen.«

Joan I. zögerte kurz, und Dom blickte wieder auf den Schirm. Die Rauchwolke über Tau City schwoll an, und im Westen der Stadt blitzte plötzlich etwas auf: Das Sonnenlicht hatte den Joker-Turm erreicht.

»Das war ... dumm«, sagte Joan langsam. »Trotzdem: Offizielle Vertreter des Direktoriums haben Anspruch auf Respekt. Ich erkläre den Notstand. Und ich schicke dir ein Schiff, das dich im Verlauf der nächsten Stunde abholen wird.«

Dom unterbrach die Verbindung und drehte sich zu Hrsh-Hgn um.

»Kannst du das Oberhaupt der *Burukus* erreichen? Ich galube, er nennt sich ›Diener der Säule‹ oder so ähnlich, stimmt's?«

»Du ahnsst gar nicht, wass du von mir verlangsst. Aber wie dem auch ssei ...«

Drei Minuten später zeigte die Schirmfläche das Abbild eines kleinen, eher zarten Phnoben, der einen silbernen Kragen trug. Eine Frau? In Hinsicht auf Geschlecht und Sexualität vertraten Phnoben einen eher zurückhaltenden Standpunkt.

»Ich spreche im Namen des Direktoriums«, begann Dom. »Auf welche Weise kann die Schande getilgt werden, die wir über euch brachten?«

Seine Erhabenheit, der Diener der Säule, zischte leise. »Der Boden des *Buruku* ist entweiht worden.«

Dom nickte, als er diese Worte vernahm. Der *Buruku*-Boden bestand aus eigens von Phnobis importierter Erde.

»Wir könnten ihn ersetzen«, schlug er vor.

Woran sich eine längere zähe Verhandlung anschloß.

Dom beendete das Gespräch, indem er seine Betroffenheit auf angemessene Weise zum Ausdruck brachte und hinzufügte: »Allein die Transportkosten betragen mehrere hunderttausend Standards.«

»Autorisieren Sie eine Überweisung vom Konto des Direktoriums?«

»Nein, das kommt nicht in Frage. Die Summe wird Ihnen aus dem Privatvermögen der Sabalos zur Verfügung gestellt.« Dom lehnte sich zurück, fühlte eine seltsame Erschöpfung.

»Es gibt da noch ein anderes Problem«, sagte Isaac. »Was ist unser Ziel? Und wie gelangen wir dorthin?«

»Hrsh?«

Der Phnobe rümpfte die Nase. »Die Erste Sirianische Bank wäre ein guter Anfang. Nach der Legende wurde sie von den Jokern erschaffen.«

»Oh«, machte Dom, »das wußte ich nicht. Außerdem ist sie meine Patin.«

»Nun, ess handelt sich nur um eine Legende. Die Wirklichkeit ssieht ganz anders aus. Die Bank ist drei Milliarden Jahre alt, soweit ssie weiß.«

Isaac pfiff leise. Das Fernradar zeigte ein Objekt, das sich zielstrebig der Jacht näherte.

»Ein Sonnenhund, auf der Suche nach einem guten Geschäft«, sagte Dom. »Unsere Fahrkarte zum Sirius.«

»Ohne mich!« schrillte Hrsh-Hgn. »Ich reise nicht mit einem ssolchen Wesen! Ich dachte, diesess Schiff verfüge über eine Interraum-Matrix!«

»Früher einmal«, sagte Isaac ruhig. »Wahrscheinlich hat sie zu Lebzeiten von Doms Ururgroßvater bestens funktioniert, aber inzwischen sind die Justierungen völlig durcheinander geraten. Würde es Ihnen gefallen, im Innern einer Sonne aus dem Transfer zu kommen? Denken Sie an den Verlust für die Literatur.«

»Na schön. Aber nur unter energischsstem Protesst.«

Zwanzig Minuten später verdunkelte ein Schatten die Sterne. Der Sonnenhund verharrte einige hundert Meter vor der Jacht, ein dickes rautenförmiges Etwas, das wie ein Leuchtfeuer flackerte, als es sich langsam drehte.

Isaac blickte in den Erfassungsfokus des Ergteleskops. »Er weist orangefarbene, purpurne und gelbe Markierungen auf, Boß. Und über dem Gelb spannt sich ein schwarzes Band.«

Dom seufzte erleichtert. Nicht alle Sonnenhunde waren freundlich oder intelligent genug, um zu begreifen, welche Konsequenzen sich anbahnten, wenn sie ein kleines Raumschiff umhüllten.

»Offenbar haben wir es mit dem Exemplar zu tun, das sich Abramelin-Lincoln-Strich-Enobarbous-Strich-50,3-Enobarbous-McMirmidom nennt«, sagte er. »Dieser Sonnenhund ist soweit in Ordnung. Unsere Transportabteilung läßt ihm den einen oder anderen Auftrag zukommen.«

Ein fremder Gedanke stahl sich in Doms Bewußtsein.

Hallo, Raumfahrer! Möchten Sie vielleicht reisen?

»Bring uns bitte zur Ersten Sirianischen Bank!«

Preis für die Passage: siebzehn Standards.

Die Jacht erzitterte kurz, als ihr der Sonnenhund einen energetischen Fortsatz entgegenstreckte, sie mit einem Pseudofeld umgab. Das riesige Halb-Tier drehte sich wie in Zeitlupe, wandte das Gesicht — wenn es überhaupt ein Gesicht besaß — dem aktinischen blauen Stern zu.

»Das ist würdelos«, klagte Hrsh-Hgn. »Von einem Sonnenhund wie Fracht getragen zu werden ...«

Fertig.

»Wäre es dir lieber, daß uns Großmutter in ihrer gegenwärtigen Stimmung erwischt?«

Hurtig.

»Frssh!«

»Erinnere dich an deinen philosophischen Gleichmut.«

Und los.

Eine unsichtbare Hand wischte Achguckmal vom

Himmel und schleuderte ihnen die Sonne entgegen. Sie stürzten hinein, fielen wieder heraus, rasten über ein Meer aus blauweißem Feuer, dessen Wellen sich an den Riffen des Alls brachen. Das Dröhnen und Donnern beschränkte sich im Innern des Pseudofelds auf ein dumpfes Grollen. Ein Horizont ohne Wölbung jagte auf sie zu.

Die Sterne hinter ihnen gerieten in die Rotverschiebung. Der Sonnenhund durcheilte die interstellare Finsternis und sang.

Stille kroch in die Pilotenkabine.

»Donnerwetter!« entfuhr es Dom.

»Urghss!«

Isaac starrte auf die Matrixkonsole und schaltete einige Lampen der Innenbeleuchtung aus. In der Dunkelheit sahen sie nur die Sterne in Flugrichtung, die nun einen bläulichen Glanz annahmen.

»Bereitet euch darauf vor, relativistisch Absurdes zu werden …« summte Isaac.

Illusion.

Dom wußte von den Dingen, die man im Interraum sah. Die größeren Schiffe besaßen für gewöhnlich Schilde, die Berührungen zwischen dem Jetzt-Normalen und dem Dort-Unmöglichen verhinderten, und vielleicht gab es an Bord ein nicht abgeschirmtes Quartier für die unheilbar Neugierigen …

Ein weißer Hirsch lief durch die Kabinenwand, die nun in einem orangeroten Schein erglühte. Zwischen dem Geweih trug er eine goldene Krone. Dom spürte die Furcht des Tiers, nahm seinen durchdringenden Geruch wahr, sah den Schweiß an den muskulösen Flanken. Doch die Hufe verschmolzen mit dem Boden, der mit dem Körper eine einheitliche, vibrierende und in ständiger Veränderung begriffene Masse zu bilden schien. Der Hirsch bäumte sich auf, sprang durch den Autokoch.

Dom beobachtete den Jäger auf seinem schwarzen Roß, das die Stahlwand der Kabine so mühelos durchdrang, als bestehe sie nur aus Dunst. Der Mann trug eine weiße Kombination, darüber einen roten Umhang mit silbernen Glöckchen. Das Gesicht unter dem blonden Haar, zerzaust von einem imaginären Wind, wirkte blaß und angespannt. Einige Sekunden lang starrte der Unbekannte Dom an, und dabei verwandelten sich seine Augen in zwei schimmernde Spiegel. Wie abwehrend hob er die Hand — und dann verschwanden Pferd und Reiter.

»Chel! Er sah fast echt aus!«

Isaac lächelte. »Wahrscheinlich ist er das auch — irgendwo.«

»Mhm. Es heißt, im Interraum schnitten sich alle Möglichkeitslinien. Ich hatte den Eindruck, der Jäger spürte unsere Gegenwart.«

»Er war nichts weiter als ein Phantom.«

Dom stand unsicher auf. Die Wände erweckten den Anschein, als bestünden sie nur aus zweitklassigem Mondlicht.

»Oh, das ist ein Trugbild, von dem ich schon gehört habe.«

Eine rote faustgroße Kugel driftete durch ein Panzerglasfenster herein. Dom sah fasziniert zu, wie sie durch den Autokoch trieb, dann durch einen dicken Kabelstrang und den schwebenden Ig, der sich unruhig im Schlaf bewegte. Die Erscheinung verschwand in Richtung Matrixcomputer.

Es handelte sich um das Interraum-Äquivalent einer Sonne, vermutlich BD+6793°. Eigentlich ging von solchen Objekten überhaupt keine Gefahr aus, aber nur wenige Leute liebten es zu beobachten, wie rote Riesen oder zischende weiße Zwerge durch den eigenen Körper glitten.

Dom vernahm ein leises Kratzen und drehte den Kopf. Hrsh-Hgn hatte sich unter dem Autokoch zusammengekauert, die Knie an die Brust gepreßt. Es dauerte fast eine Stunde, bis er sich dazu überreden ließ, sein Versteck zu verlassen. Schließlich gab der phnobische Gelehrte dem Drängen seiner Gefährten nach, kroch wieder hervor und blinzelte verlegen.

»Vielleicht ssind wir Phnoben nicht sso widerstandsfähig wie ihr …« begann er. »Der Interraum erschreckt unss. In ihm wohnt dass Ungewisse. Möglicherweise endet unssere Existenz einfach, ohne daß wir etwass merken.«

»Nun, du scheinst noch immer ganz der alte zu sein. Oder bist du etwa ein Gespenst?«

»Ich … ich glaube nicht«, erwiderte Hrsh-Hgn nervös.

Isaac schloß die Wartungsklappe des Autokochs.

»Ein Modell 706, echte Qualitätsarbeit«, sagte er. »Allerdings fehlt eine ausgedruckte Speisekarte.«

Dom nickte. »Ich schätze, mein Ururgroßvater war mit seiner *Ein Sprung voraus* immer allein unterwegs. Wahrscheinlich hat er ein festes Menü einprogrammiert.«

»Mag sein. Vermutlich hatte er mehr als genug damit zu tun, seinen Gläubigern zu entkommen … Tut mir leid, Boß. Da bin ich wohl ein bißchen zu weit gegangen.«

»Schon gut. Ab und zu fand er Gefallen daran, Pirat zu spielen. Aber der Familiengeschichte zufolge ist er auch ein strenger Sadhimist gewesen, hielt Schlichtheit für eine Tugend. Ich fürchte, der Autokoch kann uns nicht mehr anbieten als nur Brot und Fisch.«

Solche Geräte verwendeten eine einfache Molekülaufbereitungstechnik, um als Wahrscheinlichkeits-Gleichungen gespeicherte Gerichte herzustellen. Das Exemplar an Bord der *Ein Sprung voraus* blubberte eine Zeitlang, nachdem es eingeschaltet worden war, summte einige Minuten lang fröhlich vor sich hin und zischte einige Male, bevor sich eine Klappe öffnete. Ein kleiner Tisch schob sich heraus. Kurz darauf glitt das Mahlzeitfach auf.

Dom und seine Begleiter starrten schweigend auf das Gebotene. Schließlich streckte der junge Mann zögernd die Hand aus und griff vorsichtig nach einer wie kristallisiert wirkenden Frucht.

Hrsh-Hgn räusperte sich. »Der sseltsame Vogel mit dem Honigüberzug erscheint mir vertraut. Eine kandierte Ganss, glaube ich. Und die Klecksse darauf: Ssahne, nehme ich an.«

Dom hob den Deckel einer silbernen Schüssel.

»Gebackene Krabben — aber seltsamerweise schmekken sie nach Eiern.«

Isaac griff nach einem Kelch aus Kristallglas, leerte ihn in einem Zug.

»Echter schottischer Whisky, hausgebrannt«, sagte er. »Das Zeug hat's in sich. Zwei Gläser davon, und man hebt auf einer Flammensäule ab.«

Dom und Hrsh-Hgn musterten ihn verwirrt; Isaac zuckte nur mit den Schultern.

»Habt ihr noch nie einen trinkenden Roboter gesehen?« fragte er.

»Wir dachten nur ...« begann Dom und brach verlegen ab.

»Wass wird auss der Flüssigkeit?« erkundigte sich der Phnobe neugierig.

»Wir neuen Modelle der Klasse Fünf können Energie aus dem Kaloriengehalt organischer Substanzen gewinnen.« Isaac machte Anstalten, seine stählerne Brust zu öffnen. »Wenn Sie möchten, zeige ich Ihnen, wie ...«

»Schon gut, schon gut«, sagte Dom hastig und richtete den Blick wieder auf den Tisch. »Habe ich vorhin die Tugend der Schlichtheit erwähnt? Vielleicht ist es gegen das sadhimistische Gesetz, solche Speisen zu genießen.«

»›Vergeude nichts‹«, zitierte Hrsh-Hgn. »Manchmal empfinde ich die Pflicht, das Eine Gebot zu achten, als ein regelrechtes Vergnügen.«

Zehn Minuten später sagte Dom: »Hrsh-Hgn, diese komische schwarze Marmelade schmeckt nach Fisch.«

»Man nennt sie Kaviar.«

»Kaviar? Seltsame Sache: Auf Verkehrtherum dürfen nur arme Leute so etwas essen. Ich nehme an, man gewöhnt sich schließlich daran.«

Zwanzig Minuten später verdaute der Autokoch die Reste der Mahlzeit. Ig schwebte in Richtung Matrixraum, kaute dabei auf einem Fischkopf. Ein kleiner ausgebrannter Stern rotierte müde durch die Kabine und verschwand wieder. Dom sah ihm nach.

»Wenn die Erste Sirianische Bank als führende Joker-Expertin gilt, wenn sie wirklich so alt ist, wie du vorhin behauptet hast ... Dann hätte sie doch eigentlich längst die Heimatwelt der Joker entdecken müssen.«

Hrsh-Hgn zischte leise. »Glaubst du etwa, sie könne einfach so die Galaxis durchstreifen? Hast du die Roche-Beschränkungen vergessen? Eine so große Masse wie die Bank brächte vermutlich jedes durchschnittliche Sonnensystem aus dem gravitationellen Gleichgewicht. Was eine Entdeckung mit Hilfe von elaborierten Daten-Korrelationen betrifft: Nun, vielleicht hat sie die Joker-Welt tatsächlich gefunden. Aber warum sollte sie uns etwas verraten? Im Vergleich zur Bank sind unsere Zivilisationen gerade aus der Wiege gekrochen und noch völlig unreif.«

»Wir würden für ihre Informationen gut bezahlen«, wandte Dom ein.

»Wir? *Wir?* Meinst du Phnoben oder Menschen?« Hrsh-Hgn schüttelte den Kopf. »Gehen wir einmal davon aus, irgendeine Spezies findet die Joker-Welt und gewinnt dadurch ungeheure Vorteile, auch ökonomischer Natur. Aus welchem Grund sollte der Bank daran gelegen sein?«

Dom runzelte die Stirn. »Finanzielle Dinge fallen in ihren Zuständigkeitsbereich. Sie stellt ihre Dienstleistungen in Rechnung.«

»Weil es ihr so gefällt. Sie muß sich einfach irgendwie beschäftigen, um die Langeweile zu vertreiben. Drei Milliarden Jahre sind kein Pappenstiel. Hinzu kommt: Sie mag es, Leute um sich zu haben.«

»Du meinst, die Bank möchte gar nicht, daß jemand die Joker-Welt entdeckt — weil sie dadurch ihren Status als finanziell-ökonomisches Zentrum der bewohnten Galaxis verlieren könnte?«

»Vielleicht. Es sind nur Mutmaßungen.«

Und dann begann Hrsh-Hgn, von der Heimatwelt der legendären Joker zu erzählen.

Drei Völker gingen aufrecht wie Menschen, darunter auch der Homo sapiens. Phnoben waren größer als Menschen, dafür aber leichter und zarter gebaut. Die kleineren Drosken hingegen zeichneten sich durch ein eher würfelförmiges Erscheinungsbild aus, wirkten wie Schimpansen, die aus einem Hochschwerkraft-Ambiente stammten und sich von einer Steroid-Diät ernährten.

Bei den Phnoben gab es drei Geschlechter, und sie besaßen ein rudimentäres Sekundärhirn. Sie entwickelten sich auf einer Welt mit nur geringen und schwer zugänglichen Metallvorkommen. In intellektueller Hinsicht konnte es kaum jemand mit ihnen aufnehmen — eine Welt, auf der sich die höheren Lebensformen einem trisexuellen System anpassen mußten, brauchte eine Rasse, die sowohl Verstand besaß als auch ein gehöriges Maß an Phantasie.

Die Drosken teilten sich schließlich in zwei Geschlechter — die strengen Umweltbedingungen in ihrer Heimat ließen keinen Platz für Spielereien. Nach dem ersten Lebensdrittel entwickelten sich die jungen Männer zu reifen, ausgesprochen willensstarken Frauen. Die Komplexität des Gesellschaftssystems wurde noch von der Kompliziertheit der Religion übertroffen: Die gewagte religiöse Architektur basierte auf einem Fundament, in dem der Doppelstern und drei große Monde des heimatlichen Sonnensystems eine zentrale Rolle spielten. Die kannibalische Natur der Drosken entsprach ihrer Religion. Es fiel ihnen schwer, sich größere Zahlen als Sieben vorzustellen. In mehr oder weniger regelmäßigen Abständen entwickelten sie eine auf Technik basierende Zivilisation, doch aus unerfindlichen Gründen faßten sie nach einiger Zeit den Beschluß, alle Maschinen zu demontieren und zur Barbarei zurückzukehren.

Verglichen mit den anderen zweiundfünfzig bekannten Spezies galten Drosken, Phnoben und Menschen als Brüder. Einige Völker — zum Beispiel die Löffler, die auf kleinen Eiswelten lebten — sahen praktisch überhaupt keine Unterschiede zwischen ihnen. Viele andere konnten sich kaum dazu durchringen, sie als Leben zu erachten, wie etwa die Tarquine, die sich in den oberen Schichten von Protosternen tummelten.

Mehrere Rassen offenbarten eine umfassendere Vorstellung von Leben. Die Creapii wohnten auf heißen Welten, in den unteren Bereichen von Gasriesen oder auch auf den Oberflächen recht kühler Sonnen. Dennoch fiel es ihnen nicht weiter schwer, mit Menschen über Philosophie zu diskutieren und in der Gesellschaft von Tarquinen das Unübersetzbare zu erörtern. Erwähnt werden sollten auch die Sonnenhunde — pures Leben an sich, das seine Vorstellungen vom Universum aus den Gedankensphären der Transportkunden bezog. Die Erste Sirianische Bank stellte eine besondere Kategorie dar. Einige Spezies — unter ihnen Hülse — blieben selbst Löfflern und Tarquinen fremd.

Aber ein Punkt verband alle Völker: Sie waren weniger als fünf Millionen Jahre alt und hatten sich in einem kugelförmigen Raumsektor entwickelt, der knapp zweihundert Lichtjahre durchmaß und in dessen Zentrum sich Wolf 429 befand. Die Creapii fanden das als erste heraus und begannen sofort damit, den einen Planeten im Wolf-System zu erforschen.

Sie entdeckten einen Joker-Turm, eine monomolekulare Säule, an der gefrorenes Methan eine dünne Eisschicht bildete. Dunkel und allein ragte sie unter dem luftlosen Himmel auf. Später wurde dieses Bauwerk als ›Mittelpunkt des Universums‹ bekannt.

Die Creapii unternahmen weiterhin viele Reisen. Sie stießen auf zahlreiche Türme und auch andere Joker-Artefakte, zum Beispiel die Ringsterne, Band und die Inneren Planeten von Protostern V. Durch Zufall entdeckten sie die Erde, verkauften für Siedlungsrechte auf Merkur einen funktionstüchtigen Matrixmotor. Die Creapii sahen sich mit einem galaktischen Rätsel konfrontiert und gelangten rasch zu dem Schluß, daß sie zusätzliche Erkenntnisse benötigten.

Siebzig Standardjahre später schaffte es eine aus Phnoben und Menschen bestehende Wissenschaftlergruppe, Curiform C zu entschlüsseln, die einzige transkribierbare Schriftsprache der Joker. Die anderen vier Kommunikationscodes der Fremden erwiesen sich als unübersetzbar. Die Texte enthielten Hinweise auf eine große ›Zivilisation‹ — obgleich diese Bezeichnung nicht ganz den Kern der Sache traf — und vermutlich das erste Gedicht im Universum.

Geologische Indizien deuteten darauf hin, daß alle Türme zwischen acht und fünf Millionen Jahre alt waren. Sie verteilten sich mehr oder weniger regelmäßig über die Lichtjahre, absorbierten alle Arten von Energien und strahlten keine ab.

Aufgrund der ausgetrockneten Aluminium-Polykieselsäure-Reste auf ihrer Heimatwelt im Orbit von 70 Ophiuchis A wußten die Creapii, daß sie sich vor etwa vier Millionen Jahren aus den ersten zu denken beginnenden Salamandern entwickelt hatten. Sie kannten keine ältere Spezies.

Sie waren langlebig. Sie flogen durch den ›Tentakel‹ — in der Creapii-Mythologie galt die Galaxis als ein Riesen-Creap mit glitzerndem Sternenpanzer —, bis hin zu den Sternen am Rand. Sie erkundeten auch die zentralen Regionen, die Plasmafeuer im Mittelpunkt der Milchstraße. Leere öde Welten drehten sich dort um dicht an dicht brodelnden Sonnen. Hier und dort formten erste organische Moleküle gestaltlose Zellverbindungen, doch im allgemeinen bestand das Leben nur aus diffusen chemischen Veränderungen. Nur in der zweihundert Lichtjahre durchmessenden Sternenkugel im peripheren Bereich dehnten sich Bewußtseinssphären.

Ein ungeduldiges Volk hätte sicher voreilige Schlüsse gezogen, vielleicht im Verlauf von zwei- oder dreihundert Jahren. Aber die Creapii-Hirne — jedes Individuum besaß gleich drei — machten es sich zur Angewohnheit, alle Fakten sorgfältig gegeneinander abzuwägen …

»Und zu welchen Folgerungen gelangten sie schließlich?« fragte Dom.

»Nun, die Creapii ssind mächtig und ebensso langsam wie gründlich. Ssie werten ihre Informationen nach wie vor aus, ssuchen noch immer nach dem Ssinn dess Lebens. Warum ssollten sie ssich beeilen?«

»Chel! Es gibt eine Theorie, die besagt, die Joker seien als Lebenssäer von Stern zu Stern gezogen und nach vollbrachtem Werk, àh, weitergezogen. Das stimmt doch, oder?«

Hrsh-Hgn nickte langsam. »Zumindest ist dass die Hypothese, die dass Joker-Institut zur Grundlage sseiner Arbeit machte.«

Dom biß sich auf die Lippe und setzte zu einer Erwiderung an. Der Phnobe hob die Hand.

»Du willsst mich jetzt ssicher nach dem Grund fragen. Denk daran, Junge: Von allen zweiundfünfzig Rassen, die auf Welten der Lebenssonnen leben, kannsst du, ein Erdenmensch …«

»Ich stamme von Verkehrtherum!«

»Nun, da hasst du völlig recht — aber deine Vorfahren kamen von der Erde. Wie dem auch ssei: Du kannst die Gedankengänge von höchstens drei oder vier Spezies verstehen. Aus welchem Grund also sollten wir hoffen, die Joker zu begreifen?«

»Aber das Institut hat Curiform C entschlüsselt, eine der Joker-Sprachen.«

»Schriftzeichen sind nur ein Instrument, um Daten zu übermitteln. Ist der Code einmal bekannt, stellt eine Transkription überhaupt kein Problem mehr dar.«

»Wie wurde er geknackt?«

»Mit Hilfe eines Dichters, der einen übergeschnappten Computer benutzte.«

Hrsh-Hgn griff nach dem rosafarbenen Datenwürfel, den er Dom geschenkt hatte, berührte die Indexfläche und justierte ihn auf Projektion. Die Worte des Joker-Testaments leuchteten.

> Ihr, die ihr vor uns steht:
> Wir haben die Sterne in unseren hohlen Händen gehalten, und die Sonnen brennen. Geht vorsichtig damit um. Wir haben uns auf unsere neue Welt zurückgezogen, um dort zu warten. Es gibt nur eine, voller Wonne — sie befindet sich auf der dunklen Seite der Sonne.

»Ziemlich hochtrabend«, sagte Isaac. »Das ›Wonne‹ ist bestimmt nur hinzugefügt worden, um einen Reim zu ermöglichen.«

»Nun, ich muß zugeben, daß es auf Phnobisch wesentlich besser klingt«, sagte Hrsh-Hgn. »Ihr könnt euch sicher vorstellen, was nach der Veröffentlichung dieser Übersetzung geschah: Einige Hitzköpfe sahen die Chance ihres Lebens und begannen sofort mit der Suche. Sie nahmen sich alle halbwegs in Frage kommenden Himmelskörper vor, beschränkten sich dabei nicht nur auf das Innere der Lebenskugel.«

»Endlich kommen wir zur Sache«, warf Isaac mit elektronischer Genugtuung ein. »Man muß natürlich auch Sonnen berücksichtigen, ebenso wie den interstellaren Leerraum. Obgleich ich es für wahrscheinlicher halte, daß die Joker von einem Planeten stammen.«

»Man vertritt ganz allgemein die Ansicht, die Joker-Welt sei mit Wundern übersät, die jeder Beschreibung spotten«, sagte Hrsh-Hgn.

»Die Vorstellung, daß sie irgendwo zwischen den Sternen warten, gefällt mir ganz gut«, meinte Dom. »Vielleicht hat ihr Heimatplanet überhaupt keine Sonne.«

»Das wäre durchaus denkbar«, erwiderte der Phnobe höflich.

»Ist eine solche Möglichkeit bereits in Erwägung gezogen worden?«

»Man erörtert sie etwa alle fünf Jahre.«

»Und wenn der Planet unsichtbar ist?« fragte Isaac. Dom lachte.

»Vielleicht.« Hrsh-Hgn schürzte die Froschlippen. »Hast du schon von sogenannten Geistersternen gehört, Dom?«

»Mhm. So dicht, daß nicht einmal Gravitation über den Ereignishorizont gelangt.«

Isaac räusperte sich. »Nun, es ist nur eine Idee, die ich euch anbieten möchte, ein kleiner intellektueller Leckerbissen, wenn auch nicht leicht verdaulich: Man könnte ein ganzes Sonnensystem mit Matrixmotoren ausstatten und es in den Interraum steuern.«

Dom kicherte erneut, verstummte aber, als er Hrsh-Hgns ernstem Blick begegnete.

»Das ist die Legende der ›Verlorenen Sonne‹«, sagte der Phnobe. »Eine recht ausgefallene Creapii-Geschichte. Ja, so etwas ließe sich tatsächlich bewerkstelligen. Angesichts unseres derzeitigen technischen Entwicklungsstands würde so etwas ungefähr fünfzig Standardjahre dauern. Es wäre nicht einmal besonders viel katalytische Energie erforderlich. Doch die praktische Anwendung der Matrixgleichung spricht dagegen.« Als er Doms Verwirrung bemerkte, fügte er hinzu: »Weißt du, es genügt vergleichsweise wenig Kraft, um selbst eine große Masse in den Interraum zu befördern und anschließend einen Retransfer einzuleiten.«

Hrsh-Hgn setzte seinen Vortrag fort und erklärte mit einem Übermaß an wissenschaftlich-technischen Ausdrücken, daß es in erster Linie auf den Kontrollcomputer ankam. Rein theoretisch befand sich ein Körper im Interraum gleichzeitig überall, und das bedeutete: Wenn er ohne koordinative Vorbereitung ins Normaluniversum zurückfiel, bestand eine ziemlich hohe Wahrscheinlichkeit dafür, daß er mitten in der nächsten Sonne rematerialisierte. Aus diesem Grund konnte man nicht auf einen Navigations-Matrixcomputer verzichen. Darüber hinaus mußte er groß sein: ›Überall‹ war naturgemäß eine nur schwer zu bestimmende Quantität. Je massereicher der Körper, desto größer die potentielle Fehlerquote — was wiederum mehr Datenkorrelations-Kapazität erforderte.

»Der unss tragende Sonnenhund hat einen winzigen Teil sseiner Bioenergie verloren, um in den Interraum zu wechseln. Der Verlust läßt sich nur in wenigen Mikroamperes messen und isst für ihn nicht weiter wichtig. Vier Fünftel seines Körpers bestehen auss einem Rautenhirn, das eine ssichere Ortsbestimmung in bezug auf unsser Faktum-Universum vornimmt. Glücklicherweise bleibt gerade noch genug Platz, um die zusätzliche Masse einess mittleren Raumschiffss zu transportieren.

Um einen Stern von mittlerer Größe durch den Interraum zu ssteuern, wäre ein Computer mit der hundertfachen Masse notwendig.«

»Und wenn es nur um einen Planeten ginge?« fragte Dom.

»Nun, ess ssind bereits entsprechende Berechnungen durchgeführt worden. In Frage kämen kleine und dichte Welten wie etwa Phnobiss und Verkehrtherum. Ssie ließen sich transferieren — wenn man ssie vorher aushöhlt und mit Matrixcomputern füllt. Doch dass alles ssind nur ssinnlose Spekulationen. Ich perssönlich glaube, daß die Joker ...«

Illusion.

Ig wimmerte. Dom schlug die Augen auf und zwinkerte. Er war in Schweiß gebadet, und der eine Arm schmerzte.

Hrsh-Hgn befand sich auf der anderen Seite der Kabine, stöhnte leise und rutschte gerade am Ausrüstungsspind herab.

»Isaac?«

Der Roboter ließ eine der Haltestangen los, die an den Wänden entlangführten.

»Ein ziemlich rauher Übergang, was?« meinte er.

»Ich habe das Gefühl, als sei ich eben mit einem ganzen Planeten kollidiert«, brummte Dom. »Oder einem großen Asteroiden. Was ist geschehen?«

»Wir befinden uns wieder im Normalraum. Der Sonnenhund hat einen recht überstürzten Retransfer eingeleitet.«

Dom versuchte, nicht auf seinen Magen zu achten, in dem sich irgend etwas zusammenkrampfte. Dicht hinter der Stirn dröhnte lauter Trommelschlag.

Hrsh-Hgn kam wieder zu sich und ächzte. »Frghsss!« fluchte er.

»Sonnenhund?« fragte Dom und starrte ins Leere.

Entschuldigung. Unterbrochen Reise aufgrund von Umständen, die sich Kontrolle meiniger entziehen. Anomalie im Interraum-Matrixgefüge. Müssen ihr im Faktum-Universum ausweichen.

Isaac klebte am Fernradar.

»Das Objekt ist noch immer einige Millionen Kilometer entfernt — es muß einen ungeheuren Interraum-Schatten werfen. Wir nähern uns langsam. Das Etwas hat Kegelform, und ... Himmel, seht euch das an!«

Sie starrten auf den Bildschirm. Die Maximalvergrößerung zeigte eine Pyramide, die mit träger Gemächlichkeit durchs All rotierte. Sternenlicht spiegelte sich auf den blanken Außenflächen. Dom erkannte das Objekt auf den ersten Blick als Joker-Turm.

Er schwebte zum Pilotensessel und bat den Sonnenhund, sie näher heranzubringen. Innerhalb weniger Sekunden reduzierte sich die Distanz auf einige Kilometer. Die Bewegung der Jacht paßte sich dem Taumeln des Turms an, und dadurch erweckte er den Eindruck, völlig stationär im Raum zu hängen. Die Sterne dahinter, bunte Punkte auf schwarzem Samt, tanzten stumm und ohne erkennbare Choreographie ...

»Das Joker-Institut zahlt eine Million Standards für detaillierte Informationen über neue Türme«, sagte Dom. »Ich schlage vor, wir holen ihn uns.«

»Wollen Sie ihn etwa ins Schlepptau nehmen?« fragte Isaac. »Das können Sie sich abschminken. Für den Transport einer solchen Masse brauchen wir mindestens zwanzig Sonnenhunde.«

Bestätigung.

»Nun, wir können den Kurs des Turms berechnen. Für solche Angaben gibt's eine geringere Prämie. Wir teilen sie durch drei ...«

Vier.

»Na schön, durch vier ...«

Dom schnappte nach Luft. Irgend etwas zwängte ihm das Hirn in einen Schraubstock, drückte unbarmherzig zu.

Er spürte das Schiff, nahm die zykloidische atomare Struktur der Hülle wahr. Die kleine Deuteriumbatterie im Matrixcomputer leuchtete wie eins der Irrlichter, das nach den Beschwörungen beim Ritual der Geknickten Löffel übriggeblieben war. Isaac bot sich ihm als eine Entität dar, die nur aus funkelndem Glanz zu bestehen schien, aus einem grellen Gleißen, das über Drahtspulen zuckte. Ein seltsamer übelkeiterregender Geruch ging von ihm aus, erinnerte Dom an metallischen Wasserstoff. Das Sonnenhundhirn pulsierte in düsterem Purpur; vage Flecken deuteten auf kurzlebige Gedankenfetzen hin.

Und außerhalb der Jacht, jenseits des Joker-Turms, ertastete Doms Denken ein anderes Schiff. Es wartete auf ihn. Jemand hatte gewußt, daß seine Reise durch diese stellare Region führte. Erneut esperte er metallischen Wasserstoff, fühlte einen Robotergeist.

Vorsichtig schickte er einen Ausläufer seiner Ichsphäre, sandte ihn einer Sonde gleich in die Selbsteinheit des

Sonnenhunds. Irgend etwas erbebte, als eine neuerliche Polarisierung des Pseudofelds erfolgte: Der Turm schrumpfte blitzartig, raste fort, verschwand schließlich ganz in der Raum-Zeit-Statik, als sich der Sonnenhund zufrieden in den Interraum sang.

Ein anderer, fremder Faktor zog sich sanft aus Doms Bewußtseinskosmos zurück. Ihm blieb gerade noch Zeit genug für ein vages Gefühl des Verlustes, das Bedauern, die Wahrnehmung wieder nur auf fünf Sinne beschränken zu müssen ...

Dann traf ihn die Druckwelle der Reaktion.

Dom fiel nicht, denn es gab kein ›unten‹. Aber er schwebte in einem Kokon profunder Verwirrung, lauschte den wirren Protesten des Sonnenhunds. Hrsh-Hgn und Isaac starrten ihn groß an. Der Phnobe streckte behutsam eine knochige Hand aus, zog den jungen Mann auf die Koje herab.

»Ich habe alles gesehen«, murmelte Dom. »Irgend etwas drang in mich ein, beobachtete mit *meinen* Augen. Wißt ihr, am Turm wartete ein Attentäter ...«

»Natürlich«, erwiderte Hrsh-Hgn in einem tröstenden Tonfall. »Völlig klar.«

»Glaubt ihr mir nicht?«

»O doch, ssicher.«

»Er hatte einen Molekularstripper!« entfuhr es Dom.

»Jemand hat den Sonnenhund veranlaßt, sich von einem Augenblick zum anderen aus dem Staub zu machen«, stellte Isaac fest. »Du?«

Dom nickte heftig. »Ich — ich glaube schon«, stieß er hervor. Und, etwas ruhiger: »Wie ich eben schon sagte: Ich konnte alles deutlich sehen. Chel, ist es möglich, verschiedene Wahrscheinlichkeiten zu betrachten? Der Stripper verwandelte uns alle in Staub — doch das geschah in einem anderen Universum. In diesem hier gelang uns die Flucht. Oh, ich kann es nicht beschreiben — es gibt nicht die richtigen Worte dafür!«

KAPITEL 6

»WIR HABEN UNS SEHR GRÜNDLICH mit diesem Fall befaßt. An den geophysikalischen Berichten, die man uns vorlegte, gibt es überhaupt nichts auszusetzen. Wir stellen fest: Die als Erste Sirianische Bank bekannte Welt ist ein rund zwölftausend Kilometer durchmessender Planet, dessen Kruste fast ausschließlich aus kristallinem Silicium und einigen Spurenelementen besteht. Darüber hinaus wies uns Dr. Al Putachique von der Erde freundlicherweise darauf hin, daß sich im Laufe von Jahrmilliarden aufgrund wiederholter Erdbeben in jener Kruste Millionen und Abermillionen von Transistorschaltungen gebildet haben — ein natürlicher Vorgang, durch den der größte Computer in der Galaxis entstand. Wir sind uns auch darüber klar, daß die Bank seit vielen Jahren als Verrechnungshaus und allgemeines Informationsarchiv für Menschen und fastmenschliche Völker fungierte, außerdem auch noch offizielle Schatzmeisterin der Sternenhandelskammer ist.

Die Antragstellerin ersucht um den rechtlichen Status als Menschen. Sie möchte als lebendes Wesen anerkannt werden. Aber *lebt* die Bank? Die üblichen Definitionen sprechen dagegen — das behaupten jedenfalls unsere Berater.

Doch wir vertreten einen anderen Standpunkt. Aufgrund der Roche-Grenzen konnte die Bank heute leider nicht persönlich zugegen sein, aber diese Kammer hat ein langes Gespräch mit ihr geführt. Gegen Ende der Unterredung leistete auch mein geschätzter Kollege von der Erde einen — recht humorvollen — Diskussionsbeitrag. Er hielt es für unfair, daß wir zwar jedes noch so schlichte Virus als Lebewesen anerkennen, während wir der Bank diese Einstufung vorenthalten.

Es widerspricht nicht den geltenden Vorschriften, einer ganzen Welt den Status eines lebenden Wesens oder gar Menschen zu gewähren. So etwas mag ein wenig ungewöhnlich sein und aus dem Rahmen fallen, aber wir treffen trotzdem folgende Entscheidung: Die Erste Sirianische Bank wird von uns nicht nur für lebendig erachtet; sie besitzt auch einen genügend ausgeprägten geistig-philosophischen Horizont, um als Mensch bezeichnet zu werden. Möge ihre Umlaufbahn immer stabil bleiben.«

Seine Glühheit CrAAgh 456°, Vermittler in der Sternenkammer, 2104. (Siehe auch: *Eine juristische Definition* von Seiner Glühheit 456°.)

Dom huschte in eine Nische und zögerte für einige Sekunden, bevor er durch die transparente Kristallscheibe der Tür spähte. In der zentralen Halle hielten sich zwei- oder dreitausend Personen auf, aber niemand hatte ihn bemerkt.

Vor ihm ragte eine glitzernde schwarze Wand in die Höhe, an der zahllose rote Lichter glühten. Sie umgaben eine ganz gewöhnliche Kupferscheibe, die nun leise summte und sagte: »Bitte nennen Sie Ihr Anliegen!«

Dom entspannte sich.

»Bist du die Bank?« fragte er.

»Nein, Sir. Ich bin nur ein Kundenberater, ein vergleichsweise einfaches servomechanisches Subgerät.«

»Oh, na gut«, erwiderte Dom. »Überweis bitte siebzehn Standards auf das Spezieskonto der Sonnenhunde.« Unsichtbare elektronische Augen prüften taktvoll Netzhautmuster, Stimmstruktur, DNS-Helix und auch das Gebiß.

»Transaktion abgeschlossen.«

»Außerdem möchte ich das Joker-Institut darüber informieren, daß ich ein Joker-Artefakt gefunden habe. Beschreibung und Position kannst du dem Infofaks entnehmen.«

Dom schob die kleine Karte — eine Kopie der entsprechenden Logbucheintragungen — in den Datenscanner unter der kupfernen Scheibe.

»Die Prämie wird nach einer Bestätigung Ihrer Angaben ausgezahlt.«

Dom fragte sich, ob auch der Attentäter beim Turm die Entdeckung gemeldet hatte. Er *wußte*, daß er seiner Wahrnehmung vertrauen konnte: Der Assassine existierte. Irgendwo in der Totalität gab es ein Universum, in dem Dom Sabalos bereits tot war — nein, nicht einen solchen Kosmos, sondern unendlich viele. Die W-Mathematik postulierte, daß für jede Wahrscheinlichkeit, selbst die unvorstellbaren, mindestens ein Universum existierte.

»Geschäfte abgeschlossen?« fragte die Kupferscheibe.

Dom runzelte die Stirn. Die Erste Sirianische Bank war zwar seine Patin, aber er besuchte sie nun zum erstenmal. Bei passenden Gelegenheiten schickte sie ihm Grüße, wie etwa zu seinen achtundzwanzig Untergeburtstagen, und manchmal offerierte sie ihm auch kleine interessante Geschenke, zum Beispiel die Gravsandalen. Dieses Verhalten deutete auf eine aufmerksame Persönlichkeit hin. Die Grußkarten verrieten nur eins: Offenbar bevorzugte die Bank stilisiertes Hochgrad-Creapii, eine Schriftart, die sich bei multidextralen Amateur-Kalligraphen großer Beliebtheit erfreute. Das derzeitige Problem bestand in erster Linie darin, einen Kontakt herzustellen.

»Ich bin Dom Sabalos, der Patensohn der Bank. Ich würde sie gern sehen.«

»Sie brauchen sich nur umzublicken, Sir.« Die Maschine meinte es wortwörtlich — offenbar fehlte ihr ein Prozessor-Interpreter für bildhafte Ausdrücke.

»Ich meine, daß ich ihr persönlich begegnen, mit dem, äh, Sitz ihres Bewußtseins sprechen möchte.«

Kurze Stille folgte. Schließlich antwortete die Scheibe: »Nun gut, Sir. Ich werde mich bemühen, Ihren Wünschen zu genügen.«

Dom verließ die Nische. Hrsh-Hgn kauerte argwöhnisch hinter einer glitzernden Germanium-Säule, die fast einen Kilometer weit in die Höhe ragte. Es kam jetzt darauf an, neue Kleidung aufzutreiben und dann eine ordentliche Mahlzeit einzunehmen — die wiederaufbereiteten Moleküle des Autokochs hatten nach einiger Zeit etwas seltsam Unbefriedigendes an sich. Dom eilte an einigen mittelgradigen Creapii vorbei und rief ein Taxi.

Die Haupthöhle der Ersten Sirianischen Bank war so groß, daß ein ausgeklügeltes Klimakontrollsystem nötig wurde, um die Bildung von Gewitterwolken zu verhindern. Das Taxi hob ab, ließ den Boden und seine fast hektische Betriebsamkeit unter sich zurück, sauste an einigen funkelnden Säulen vorbei, die an ihrer Basis die üblichen Kommunikationsnischen aufwiesen. Überall glühten rote Verbindungspunkte. Gelegentlich krochen die Funkenschlangen statischer Elektrizität über die gewaltigen Dorne aus Germanium, entluden sich knisternd und hinterließen einen penetranten Ozon-Gestank. Millionen Stimmen summten in der trockenen heißen Luft, ein beständiges Gebrumm, das man nicht direkt hörte, eher fühlte: Geld, das über Lichtjahre hinweg mit Geld sprach.

Eigentlich sah die Szenerie aus wie ein frühes gestaltgewordenes Konzept der Hölle, fand Dom. Eine Hölle, die auch als Touristenattraktion diente. Viele der Besucher hätten gut ins Bild gepaßt.

In einer der Nebenhöhlen fand Dom einen Robotschneider, der ihn mit einem jener anonymen grauen Anzüge ausstattete, wie sie auf allen Menschenwelten getragen wurden. Darüber hinaus erstand er einen ›Cuber‹, einen Umhang mit diagonalen, purpurnen, orangeroten und gelben Streifenmustern. In dieser Aufmachung hoffte er, daß man ihn für das hielt, was er zu sein schien: ein Tölpel aus der Provinz, ein typischer Hinterwäldler von Verdammich oder Nach-uns-die-Sintflut, der zum erstenmal mehr als hundert Menschen (und andere intelligente Geschöpfe) auf einem Haufen sah und darauf mit dem üblichen großäugigen Staunen reagierte.

Dom drehte sich um und bedachte Hrsh-Hgn, der sich für das Zeremoniengewand eines Beta-Mannes entschieden hatte, mit einem kritischen Blick.

»Könntest du nicht was Bunteres wählen, so wie die anderen Phnoben? Wir sollten vermeiden, Aufsehen zu erregen.«

Hrsh-Hgn wich nervös einen Schritt zurück und zupfte sich an der Robe.

»Widerspräche das deinen ethischen Prinzipien?« fragte Dom besorgt. »Ich meine, würdest du damit ein sexuelles Tabu verletzen? In dem Fall ...«

»Nein, das isst ess nicht. Ich bezweifle nur, ob ich mich als richtiger Alpha ausgeben könnte. Weißt du, ssie ssind, ähn, extravaganter und aggressiver, nicht so sseh r dem Intellekt gewidmet ...«

Auf Doms Anweisung hin kleidete der kleine Roboter den Phnoben in eine kompliziert gefaltete Toga, die aus dunkelblauen und olivgrünen, mit Silber durchwirkten Fasern bestand. Hrsh-Hgn legte einen Ziergürtel an und tauschte sein altes Tshuri-Messer gegen ein neues, mindestens zweimal so großes Exemplar ein.

»Wenn mich ein Alpha herausfordert, ssitze ich echt in der Tinte.«

»Trotzdem: Wenigstens siehst du jetzt anders aus.« Dom bezahlte den Autoschneider, und dann brachen sie wieder auf. Hrsh-Hgn versuchte, möglichst stolz einherzuschreiten.

Für die Besucher der Bank gab es nur eine Unterkunftsmöglichkeit: das Grand Hotel. Der für Lebensformen von Welten mit gemäßigtem Klima reservierte Speisesaal war fast so groß wie die Haupthöhle, aber die gewaltigen Ausmaße wirkten weitaus beeindruckender, weil es viele vertraute Bezugspunkte gab. Es dröhnte und grollte wie von einem organischen Motor, der neuen Treibstoff aufnahm, und diesen Vergleich hielt Dom durchaus für angemessen. Hunderte von hungrigen Mägen, Verdauungstrakten und Biomeilern füllten sich mit ebenso vielen verschiedenen Speisen und Anregungsstoffen, und das kulinarische Chaos stimulierte weitere Vorstellungen vom Inferno.

Dom fand zwei leere Plätze an einem Tisch der menschlichen Sektion. Die beiden Gestalten, die dort gesessen hatten — ein stämmiger Mann von der Erde, im Gesicht Dutzende von Duellnarben, und ein kleiner verbeulter Roboter der Klasse Eins —, nickten Dom mit auffallender Freundlichkeit zu, als sie fortgingen.

»Kennsst du sie?« fragte Hrsh-Hgn und ließ sich auf einen Stuhl sinken.

»Nicht daß ich wüßte«, erwiderte Dom. »Komische Sache. Der Mann schien vermögend zu sein. Warum gibt er sich mit einer alten Maschine der Klasse Eins zufrieden?«

»Eins der kleinen Geheimnisse dess Lebenss«, sagte der Phnobe.

Sie aßen schweigend. Der Gast neben Dom bohrte ihm hingebungsvoll einen hornigen Ellbogen in die Rippen. Es handelte sich um einen jungen Drosken, und als er einmal aufsah, bedachte er den jungen Sabalos mit einem raubtierhaften Grinsen, bevor er sich wieder seiner Mahlzeit zuwandte. Dom hütete sich davor, einen Blick auf den Teller zu werfen.

Auf der anderen Seite saßen mehrere weibliche Phnoben aus dem Sektor Langwolke und unterhielten sich zischend. Dahinter hockte ein Epiphyser vor einer Reisschüssel und begann mit einem langwierigen Nahrungsritual, wie es auf Drittes Auge üblich war.

Dom bestellte Fisch und Brot. Hrsh-Hgn entschied sich für einen Pilzauflauf.

Der Kellner — ein Roboter der Klasse Zwei — brachte die Rechnung und ließ sich Doms Kreditwürdigkeit taktvoll von der Bank bestätigen.

»Zweig einen Zehntelstandard für dich ab!« schlug Dom vor.

»Tausend Dank, Sir«, erwiderte der Automat und fügte höflich hinzu: »Ich hatte schon immer besondere Sympathie für linkswendige Menschen, Sir.«

»Woher willst du wissen, daß ich von Verkehrtherum komme?« Dom gab sich alle Mühe, leise zu sprechen; trotzdem blickten einige der Phnoben auf. Der Roboter antwortete nicht, rollte davon.

»Dein Gessicht«, sagte Hrsh-Hgn.

Dom hob die Hand — und starrte auf seine Finger. Der grüne Glanz des Heilsirups. Natürlich wurde die regenerative Substanz auch auf anderen Welten benutzt (wobei strenge Lizenzbestimmungen zur Anwendung kamen), aber das spielte keine Rolle. Nach allgemeiner Auffassung stammte jeder Grüne von Verkehrtherum.

»Ich glaube, du brauchst dir keine allzu großen Ssorgen zu machen«, sagte Hrsh-Hgn, als sie den Speisesaal verließen. »Ganz gleich, wer hinter den Anschlägen auf dein Leben ssteckt: Durch Verkleidungen irgendwelcher Art läßt ssich der Attentäter bestimmt nicht täuschen. Er benutzt die Wahrscheinlichkeits-Mathematik, um den richtigen Ort und die richtige Zeit zu wählen.«

»Bisher hatte er damit nur wenig Glück. Denk nur daran, was am Turm geschah.«

»An deiner Stelle würde ich mich nicht zu ssicher fühlen.«

Ein mit zwei Rädern ausgestatteter kleiner Roboter der Klasse Eins schlingerte ihnen entgegen und zupfte an Doms Umhang.

»Lord Sabalos, die Bank ist jetzt bereit, Sie zu empfangen. Bitte mitkommen!«

Die Maschine rollte auf ihren Ballonreifen davon, und Dom folgte ihr ohne Hast.

Der junge Mann sah sich immer wieder um und versuchte nicht, sein Staunen zu verbergen. Allmählich kam er sich tatsächlich wie ein Tölpel aus der Provinz vor. Er hatte das System von Achguckmal nur einige wenige Male verlassen, und auch bei jenen Gelegenheiten wurde Ehrfurcht zu einem ständigen Begleiter. Doch die Dimensionen der ersten Sirianischen Bank waren — ebenso einmalig wie monumental. Es gab nichts Vergleichbares in der bekannten Galaxis.

Neben der Nördlichen Gemäßigten Verwerfung in der Haupthöhle gab es eine Öffnung — Ergebnis eines vor Äonen erfolgten Computerbebens, das zwei kontinentengroße Siliciumplatten ineinander verkeilt und somit mehrere Quintillionen Schaltkreiskomponenten gebildet hatte. Zu einem Zeitpunkt, da die Erde kaum mehr war als eine Kugel aus zähflüssigem Magma. Die Historiker behaupten, jenes Ereignis habe zum Erwachen der Bank geführt: der einmalige kolossale Augenblick, der toten piezoelektrischen Fels in eine denkende Entität verwandelte. Die Bank bestätigte diese Vermutungen nicht: Sie beantwortete keine Fragen nach ihrer persönlichen Geschichte.

Der Roboter führte Dom und Hrsh-Hgn über einen sanft geneigten Hang an der Verwerfung, kurz darauf in einen Tunnel aus — im wahrsten Sinne des Wortes — lebendem Fels. Elektronische Lichter glommen wie Glühwürmchen.

Eine Segmenttür öffnete sich, und sie traten ein.

»DOM! ICH FREUE MICH!«

Sie erreichten ein hell erleuchtetes kleines Zimmer. Dicke Teppiche bedeckten den Boden, und in der einen Ecke wuchs eine große Topfpflanze. Vor der gegenüberliegenden Wand stand ein schlichter Schreibtisch, und dahinter saß ein Roboter. Ein großer Teil des Metallgehäuses fehlte ebenso wie der Kopf, und der verbleibende Rest des stählernen Körpers war an Dutzende von Hilfsgeräten angeschlossen. Mehrere dicke Kabel spannten sich zwischen der Wand und der Maschine, die durch ein Teleskoprohr rauchte.

»Gruss auch Ihnen, Hrsh-Hgn!«

Dom starrte auf die Zigarre.

»Oh, es ist keineswegs Angeberei«, sagte die Bank. »Weisst du, Dom: Ich muss eingestehen, dass das Rauchen ein gewisses sinnliches Vergnügen vermittelt. Ausserdem habe ich die Erfahrung gemacht, dass es bei manchen meiner nervöseren Besucher beruhigend wirkt. Ein Roboter gilt als Humanoide. Wenn er ausserdem noch eine Zigarre raucht, kann man sich mit ihm viel entspannter unterhalten als …«

»Als mit einem planetengroßen Computer?« fragte Dom. »Hallo, Patin!«

»Wie geht es deiner Familie?«

»Recht gut«, sagte Dom, »zumindest als ich Verkehrtherum verließ. Es ist sehr freundlich von dir, uns zu empfangen.«

»Nicht der Rede wert. Ich habe immer Zeit für meine Patenkinder. Und natürlich auch für Hrsh-Hgn, einen der vielversprechendsten Amateur-Gelehrten in bezug auf das Mysterium der Joker.«

Hrsh-Hgn nickte würdevoll.

»Patenkinder?« wiederholte Dom interessiert. »Ich, äh … Nun, ich dachte, ich sei das einzige.«

»Ich habe mehrere tausend, finde grossen Gefallen daran, sie aufwachsen zu sehen und ihren Lebensweg zu beobachten. Kommen wir nun zum Grund deines Besuchs. Bestimmt möchtest du mich um Rat fragen.«

Die roten Lichter an der Wand flackerten.

»Ich beziehe mich dabei auf die Mordanschläge, die Voraussagen deines Vaters und deine gegenwärtige Suche. Zuerst die fehlgeschlagenen Attentate.«

Dom erzählte seine Geschichte, und dabei veränderte sich gelegentlich das Lichtmuster an der Wand. Schließlich ließ der Roboter die Zigarre sinken, und die Bank antwortete:

»Wenigstens gibt es bei dieser Angelegenheit einen tröstlichen Aspekt, wie gerade dir klar sein dürfte: Die

Anschläge auf dein Leben blieben bisher erfolglos. Mit anderen Worten: Der Täter ist nicht unfehlbar.«

Dom lehnte sich zurück. »Ja, das stimmt. Andererseits: Eigentlich unterlief ihm überhaupt kein Fehler. Ich meine …« Er suchte nach den richtigen Worten: »Irgend etwas *hinderte* ihn daran, Erfolg zu haben. Irgend etwas *geschah.* Ich komme mir vor wie eine Tstame-Figur, die von zwei Spielern hin und her gesteuert wird, so daß sie sich gemäß einer Prophezeiung verhält.«

»Trotzdem bist du ohne grosses Nachdenken bereit, nach der Joker-Welt zu suchen.«

Dom trachtete danach, sich eine intelligente Antwort einfallen zu lassen, doch in seinem Innern blieb alles stumm. Warum hatte er überhaupt nicht gezögert, Verkehrtherum zu verlassen? Ja, sicher, er fürchtete sich, und alles in ihm drängte danach, die Flucht zu ergreifen, alle Gefahren weit hinter sich zu lassen. Die Galaxis hielt viele Wunder bereit, die es zu bestaunen galt. Er spürte Abenteuerlust. Aber es gab noch mehr.

»Die Entscheidung schien auf der Hand zu liegen«, entgegnete er unsicher. »Ich kann es nicht genau erklären …«

»Du hast dich dem Schicksal gefügt. Ein Phnobe würde in diesem Zusammenhang die Bezeichnung ›Bater‹ verwenden. Philosophische Drosken kämen sicher zu dem Schluss, du hättest das heutige Echo des morgigen Schreis gehört. Anders ausgedrückt: Du handelst auf der Grundlage eines unterbewußten Präwissens.«

Doms Hemd bewegte sich: Ig schob den Kopf darunter hervor und blinzelte ins Licht.

»Soweit es Verkehrtherum betrifft, sehe ich überhaupt keinen Grund, warum du getötet werden solltest. Und was die Seniormitglieder der Planetaren Verwaltung angeht: Es gibt weitaus Schlimmere in der Galaxis. Daher bin ich ziemlich sicher, dass wir machtpolitische Konkurrenz als Motivationsfaktor ausschliessen können.

Ich habe vor einigen Sekunden ein entsprechendes Wahrscheinlichkeits-Programm gestartet. Alles deutet darauf hin, dass du die Joker-Welt entdecken wirst. Nun, es besteht die verbreitete Auffassung, dass das Joker-Institut all diejenigen zu töten versucht, die eine gewisse Aussicht haben, die Heimatwelt der legendären Turmkonstrukteure zu finden. Aber natürlich sind das nur Mutmassungen.«

Hrsh-Hgn saß hinter Dom und zischte leise.

»Du scheinst nicht überrascht zu sein.«

Dom fühlte den Blick der phnobischen Suppentelleraugen auf sich ruhen, als er antwortete: »Ich *weiß*, daß ich die Joker-Welt finden werde. Ich wußte es in dem Augenblick, als mein Vater davon sprach. Ich — ich hatte den Eindruck, daß sich ... einzelne Mosaikteile zu einem einheitlichen Bild zusammenfügten. Ich entdecke die Heimatwelt der Joker. Deshalb habe ich Verkehrtherum verlassen. Es ist eine überaus wichtige Aufgabe, und niemand wird mich daran hindern, sie zu erfüllen.«

Überrascht lauschte Dom dem Klang der eigenen Stimme, fühlte tief im Innern eine unerschütterliche Sicherheit.

Doch wenige Sekunden später verflüchtigte sie sich, verblaßte wie die glänzende Farbe eines intensiven Traums. Das Blut schoß ihm ins Gesicht, und er spürte, wie ihn Hrsh-Hgn an der Schulter berührte. Ig sah zu ihm auf, den Kopf zur Seite geneigt.

Eine Zeitlang drang nur statisches Rauschen aus dem Komlautsprecher des Roboters, und schließlich ertönte einmal mehr die Stimme der Bank, sanft und nachsichtig.

»Riskier dein Leben nicht auf der Basis falscher Gewissheiten. Hüte dich vor Selbstüberhebung.«

Hrsh-Hgn beugte sich vor und sagte ein wenig zu laut: »Die Logik läßt eine Schlußfolgerung zu: Die Joker-Welt wäre ssicher längst gefunden worden, wenn ssie ssich im Innern der Lebenskugel befände. Nun, eine Legende bessagt, die Joker lebten im Kern von Prokyon, an einem Ort alsso, der sselbst den Creapii verwehrt isst. Wass meinen Ssie dazu?«

»Um ganz ehrlich zu sein: Mich fasziniert die Theorie, die Sie in Ihrem letzten Datenwürfel erläuterten.«

»Deine Theorie, Hrsh?« fragte Dom. »Davon hast du mir gar nichts erzählt.«

»Wir wurden vom Turm unterbrochen, erinnerst du dich?«

»Eine sehr geistreiche Extrapolation des Begriffes ›auf der dunklen Seite der Sonne‹«, sagte die Bank. »Es ginge darum, einen Doppelstern vom Typ Epsilon Aurigae zu finden.«

»Ich verstehe, was damit gemeint ist«, brummte Dom drei Minuten später. »Außerdem: Auf manchen Sternen setzen die Creapii Solarflöße ein.«

»Nur in einem solchen Fall kann man von einer ›dunklen Seite der Sonne‹ sprechen. Allerdings gibt es viele solche Doppelsterne, und eine systematische Suche nähme viel Zeit in Anspruch.«

»Ich nehme an, Ssie halten nicht viel von meinen Ausführungen«, murmelte Hrsh-Hgn. Er klang ein wenig beleidigt.

»Ich erachte sie als ein bemerkenswertes Gedankengebäude aus höchst phantasievollen Überlegungen«, erwiderte die Bank behutsam.

»Sstimmt ess, daß die Joker Ihren Entwicklungen nachgeholfen haben?«

»Ich beantworte keine persönlichen Fragen. Nun, ich möchte Ihnen einen Vorschlag unterbreiten: Warum erstellen Sie keinen erweiterten Gleichungssatz der Wahrscheinlichkeits-Mathematik, um festzustellen, wann und wo Dom sein Ziel erreichen wird? Ich habe gerade eine Analyse vorgenommen, dabei als Parameter die Existenz der Joker-Welt und ihre imminente Entdeckung gewählt. Daraus ergibt sich folgendes Ergebnis-Mantrum:

ncreg8

(bRf) (nultad) E YY-′ (=) 56::: nultad

tt:

al

NATÜRLICH HANDELT ES SICH NUR UM ERSTE ANNÄHERUNGSWERTE.«

Hrsh-Hgn griff nach seiner kleinen Reisetasche, holte einen Notizwürfel hervor und betrachtete ihn nachdenklich.

»Welchen Wert geben Ssie dem Datum?« fragte er.

»Ae(d) IN DER ÜBLICHEN SUB-LUNAR-MATRIX.«

»Dann besteht dass Ergebniss auss einem nahezu perfekt kollabierten Feld während der nächsten siebenundzwanzig Tage.«

»AUSGEZEICHNET. ICH WUSSTE GAR NICHT, DASS WAHRSCHEINLICHKEITS-MATHEMATIK ZU DEN PHNOBISCHEN SPEZIALITÄTEN ZÄHLT.«

»Äh, sie steht in Einklang mit unserer Perspektive vom Universum.«

Dom stand auf, trat an die Topfpflanze heran und berührte ein Blatt. Es erzitterte unter seinen tastenden Fingern, wodurch sich die angebliche Blume als Gestaltwandler von Aubergine verriet. Der junge Mann wich hastig zurück und streichelte Ig.

»Ich begreife überhaupt nichts mehr«, nörgelte er. »Für mich klingt das alles wie Kauderwelsch.«

»KAUDERWELSCH?«

Hrsh-Hgn wandte sich dem Roboter zu. »Unsinn«, übersetzte er. »Nach der sadhimistischen Religion hat Gott die Fachsimpelei geschaffen, um die ersten Versuche interstellarer Raumfahrt zu sabotieren und Wissenschaftler daran zu hindern, sich zu verstehen. Im Neueren Testament ist alles genau erklärt.«

Die flackernden, schimmernden Lichter bildeten ein neues Muster, und die Maschine hinter dem Schreibtisch gab ein mechanisches Gurgeln von sich.

»Äh, ja. Ich musste meine peripheren Speichereinheiten gerade einer Datenrevision unterziehen. Sie wissen sicher, wie das ist: Unwichtige Informationen stellen nur eine, äh, Belastung dar.«

Die Joker blieben von der Wahrscheinlichkeits-Mathematik unberührt — als hätten sie nie existiert. Die W-Rechnung bot keine Erklärung für die Türme und anderen Artefakte an. Wo jenes geheimnivolle Volk auch gelebt und gewirkt haben mochte: In den Gleichungen hinterließ es nicht einmal einen Schatten, ganz zu schweigen von einer bestimmbaren Variablen.

Doms Zukunft war für siebenundzwanzig Standardtage sicher.

»Das ist wenigstens etwas«, sagte er. »Könntest du mir vielleicht einen kleinen Hinweis auf den Ort geben, Patin?«

»Jeder bewohnte Himmelskörper in der Lebenskugel ist gründlich erforscht worden. Vielleicht erbringt eine sorgfältige Untersuchung deiner eigenen Geistessphäre neue und wichtige Anhaltspunkte. Wie dem auch sei: Möglicherweise wäre es ratsam für dich, mit jenem zu sprechen, der auf Band lebt. Er ist alt. Er hat die Joker gesehen.«

»Aber auf Band treiben sich doch nur Sonnenhunde herum. Erwiesenermaßen gibt es dort keine höheren Lebensformen.«

»Ich habe bereits zuviel gesagt.«

»Na schön. Was ist mit dem Attentäter, der es auf mich abgesehen hat?«

Die Bank zögerte. »Ich arbeite an diesem Problem.«

»Verrechne die Gebühren dafür mit meinem Privatkonto.«

»In Ordnung. Wirklich schade, dass du erst jetzt gekommen bist. Du hättest den besten Experten in Hinsicht auf die Joker kennenlernen können, den Mann mit dem schärfsten Verstand in der ganzen Galaxis.«

Ein Teil der allgemeinen Anspannung verflüchtigte

sich, und Dom atmete auf. Er beobachtete den Roboter hinter dem Schreibtisch, konnte sich nicht des Eindrucks erwehren, daß die Bank irgend etwas verbarg.

»Ich dachte immer, diese Beschreibung träfe auf dich zu«, sagte der junge Mann.

»Ein weit verbreiteter Irrtum. Ach, leider bin ich nicht intelligenter als der durchschnittliche Creapii oder ein menschliches Genie. Meine Ausmasse gestatten eher — wie soll ich mich ausdrücken — eine horizontale Ausrichtung der Verstandeskraft. Vertikale, äh, Höhen sind mir grösstenteils verwehrt. Nein, ich meinte Charles Sub-Lunar.«

»›Dichter, Universalgelehrter und Glücksritter‹«, zitierte Dom. »Ich glaube, ich bin ihm im Speisesaal des Hotels begegnet. Ist er in Begleitung eines verbeulten Roboters der Klasse Eins unterwegs?«

»Er möchte inkognito bleiben und reagiert mit ausgeprägtem Unwillen auf Beschreibungen seines äusseren Erscheinungsbilds.« Die Stimme der Bank klang fast amüsiert.

»Hm, jetzt dämmert mir einiges«, murmelte Dom. »Vermutlich habe ich ihn nicht nur durch Zufall gesehen. Ich glaube, er hat mich erkannt. Und er wirkte recht zufrieden, so als ...«

»Dom, weil du mein Pate bist, will ich dir etwas verraten. Deine Grossmutter ist gerade in eine Umlaufbahn geschwenkt und ersucht um Landeerlaubnis.«

Ein am Arm des Roboters befestigter Bildschirm erhellte sich, und Dom betrachtete die vertraute Form des Matrixschiffes, das allein Joan I. zur Verfügung stand. Die *Trunken mit Unendlichkeit* schwebte vor dem glitzernden Sternenhintergrund.

»Vor einigen Sekunden nannte sie mich ›Stinkende Felskugel‹, was mir recht seltsam erscheint, da das Vakuum keine Gerüche überträgt.«

»Ich bin mir gar nicht sicher, ob ich ihr gegenübertreten möchte«, sagte Dom.

»Ich auch nicht, mein Wort drauf!« fügte Hrsh-Hgn hinzu.

»NUN, DAS KÖNNTE AUFREGEND WERDEN.« Ein Teil der Wand glitt beiseite. »GEHT DURCH DEN WARTUNGSSCHACHT DORT! WOHIN WOLLT IHR EUCH WENDEN, WENN IHR MICH VERLASSEN HABT?«

»Wir fliegen nach Band, um mit *ihm* zu reden, der angeblich so ist.«

»SO ALT WIE DIE BERGE. SO ALT ...« Die Bank zögerte. Es herrschte völlige Stille, aber trotzdem glaubte Dom, daß seine Patin lachte. »... WIE DAS MEER. BEEILT EUCH!«

Man nehme die Creapii.

Man stelle sie sich als Joker vor. Eine Theorie, mit der selbst viele Fachleute liebäugeln.

Sie waren ein sehr altes Volk, zeichneten sich durch buchstäbliche Anpassungsfähigkeit aus.

Zu Anfang gab es nur eine Creapii-Spezies, den untergradigen Silicium-Sauerstoff-Creap, der in Barbarei und flüssigen Phosphorsulfiden lebte, auf einer kleinen Welt in unmittelbarer Nähe eines Sterns vom 70 Ophiuchis-Typ. Siebzehn Lichtjahre entfernt entdeckte ein überdurchschnittlich begabter Affe, wie nützlich es sein konnte, zwei Steine aneinanderzuschlagen.

Die Creapii waren gütig, geduldig und ausgesprochen neugierig. Darüber hinaus neigten sie zu fast pathologischer Demut. Als sie ins All vorstießen, paßten sie sich selbst den neuen Umweltbedingungen an.

Fünfhunderttausend Jahre der Genmanipulation und umfassender Molekularmodifikation schufen die mittelgradigen Creapii — Individuen, deren Stoffwechselsystem auf Silicium-Kohlenstoff basierte und die sich bei Temperaturen um 500° recht wohl in ihrer Haut fühlten. Kurz darauf entstanden in den Zuchtbottichen die komplizierten Aluminium-Silicium-Polymere der Hochgradigen, die später mit Solarflößen über kühle Sonnen segelten.

Es gab noch andere, sogar eine Bor-Untergattung. Wo ein Stern totes Gestein über den Schmelzpunkt von Zinn hinaus erwärmte, räkelte sich ein Creap in der behaglichen Wärme.

Die Creapii blickten auf eine lange Geschichte zurück. Sie strebten nach Wissen und Erkenntnissen, während andere Geschöpfe Beute nachstellten und nur an die nächste Mahlzeit dachten. Sie waren höflich und zuvorkommend. Sie paßten sich gut an. Sie lebten in der Hitze, aber ihre sexuelle Leidenschaft blieb kühl — wahrscheinlich deswegen, weil sie keine unterschiedlichen Geschlechter hatten.

Dom fand Gefallen an Hrsh-Hgns Theorie.

Es gibt viele Doppelsterne in der Galaxis, und oft bildeten sie ein eher exotisches Paar: Der eine Partner ist klein, dicht und aktinisch, der andere gewaltig und rot. Manchmal wird es auf dem roten Riesen Tag. Und dort, wo der weiße Zwerg nicht am Himmel steht, herrscht Nacht. Figürlich gesprochen, versteht sich. Schließlich haben wir es nach wie vor mit Sonnen zu tun ...

Auf einem solchen Stern lebten die Joker. Sie ... mußten den Creapii ähneln, konnten bestimmt nicht auf eine gepanzerte Körperhülle verzichten. Und auch die auf Hitzekissen schwebenden Solarflöße brauchten einen thermischen Schutz. Bevor die Creapii lernten, Matrix-Energien einzusetzen, nutzten ihre Flöße von oxidiertem Eisen hervorgerufene Magnetfelder. Die Joker waren sicher erfinderischer — immerhin gingen die Kettensterne auf ihr Konto.

Energie an sich stellte kein Problem dar: Unter ihren Füßen brodelte eine ganze Sonne.

Eine Theorie, weiter nichts ...

Man nehme den Menschen. Die Joker stellten den Bau ihrer seltsamen Artefakte ein, lange bevor der erste denkende Mensch, Bruder des Affen, zum Himmel aufschaute. Aber woher kam der Homo sapiens? Er war ebenfalls anpassungsfähig, und wenn seinen diesbezüglichen Bemühungen der Erfolg versagt blieb, änderte er einfach die Umwelt. Seit tausend Jahren durchstreifte er das All, ließ sich auf verschiedenen Planeten nieder. Die Linkswendigen von Verkehrtherum: nachtschwarze Körper, kein einziges Haar am Leib, immun gegen Hautkrebs, die Augen unempfindlich gegenüber ultravioletten Strahlen. Und durch reinen Zufall waren fünfzig Prozent der Bewohner von Verkehrtherum Linkshänder. Auf Terra Novae lebten untersetzte Menschen mit zwei Herzen. Epyphysen hatten mit Phnoben mehr gemeinsam als mit gewöhnlichen Menschen. Die Kolonisten auf Verdammich führten ständig Krieg. Auberginer beschränkten sich notgedrungen auf vegetarische Kost, die sie mit grünen Zähnen und Dornen schlugen — ein im höchsten Maße seltsames Volk, im wahrsten Sinne des Wortes in ihrer Heimat verwurzelt. Menschen machte es Spaß, planetengroße Monumente zu errichten. Und außerdem: Einige Menschen galten als führende Joker-Experten.

Oder die Löffler. Sie kamen ebenfalls in Frage. Man fand die Joker-Artefakte nicht nur auf heißen Welten, sondern auch auf kalten. Und der Begriff ›dunkle Seite der Sonne‹ gewann weit vom Zentralgestirn des Sonnensystems entfernt eine ganz neue Bedeutung. Die Klapprer, Tarquinen, Hülse, die beiden Gattungen von Dual — sie alle hätten Joker sein können.

Irgendwo im Raum drehte sich die Heimatwelt der mysteriösen Turmkonstrukteure. Sie nahm einen so zentralen Platz in den Legenden ein, daß niemand an ihrer Existenz zweifelte. Dort warteten die Geheimnisse der Türme, der Maschinen, die die Kettensterne geschaffen hatten, des reibungslosen Lagers. Dort verbarg sich die Antwort nach dem Sinn des Universums.

Von der Abzweigung mit den vielen Lichtern ging ein matter Schimmer aus, tropfte geisterhaft blaß durch den Tunnel. Dom eilte weiter, schob sich an einem mit Rädern ausgerüsteten kleinen Roboter vorbei, der eine Schalttafel prüfte.

Kurz darauf erreichten sie eine Höhle, und Hrsh-Hgn starrte auf die dunklen Maschinen, die vor ihnen in die Höhe ragten. Er stieß Dom an und deutete nach oben.

»Weißt du, wass dass isst?« zischte er.

»Ein Matrixmotor«, erwiderte der junge Sabalos. »Von der Größe eines mittleren Asteroiden. Unterhält die Bank eigene Raumschiffe?«

»Ich glaube nicht.«

Ein zweiter Radroboter näherte sich, bremste vor ihnen ab. Ruckartig streckte er einen gepolsterten Arm aus und versuchte, die beiden Hindernisse beiseite zu schieben. Dom und Hrsh-Hgn setzten ihren Weg fort.

Der Tunnel mündete schließlich in eine Kaverne abseits der Haupthöhle, und dort herrschte die übliche Hektik. Der Hangarzugang befand sich auf der anderen Seite.

Sie trennten sich. Dom wich einigen Passanten aus, hielt nach Robotern von Verkehrtherum Ausschau. Hrsh-Hgn hüpfte steifbeinig umher, bewegte sich auf eine Art und Weise, die Phnoben für verstohlen hielten.

Dom hastete über den glitzernden Boden, und auf halber Strecke zum Hangar sah er, wie Joan in die Halle kam, begleitet von insgesamt sechs Sicherheitsrobs, die im Vergleich zu ihr wie Zwerge anmuteten. Sie wirkte energisch und entschlossen.

Der junge Mann sprang zurück — und spürte, wie ihn jemand an der Schulter packte und herumzog.

Der Mann lächelte. Sein Grinsen war wie eine Fratze.

Dom starrte auf den blauen Mantel, auf die breite goldene Manschette am Hals — und er erinnerte sich. Er versuchte zu fliehen, doch die Hand hielt ihn fest.

Das Attentat während der Party ...

»Bitte fürchten Sie sich nicht!« Dom wand sich hin und her. Eine blitzartige schemenhafte Bewegung folgte, und plötzlich löste sich die Hand von der Schulter: Ig hatte ihm messerscharfe Zähne in einen Finger gebohrt. Der Mann erbleichte zwar, schrie aber nicht, blieb völlig stumm. Dom trat zur Seite, direkt in die Arme eines Roboters.

Und er hob ab. Eigentlich war es verboten, in der Bank zu fliegen, und der junge Mann hoffte inständig, daß sich seine Patin auf die Rolle eines Beobachters beschränkte.

Die Kapazität der Gravsandalen reichte für eine Person völlig aus, und angeblich funktionierten sie auch in sehr starken Schwerkraftfeldern. Sie trugen Dom mit der zusätzlichen Masse der Maschine empor. Zwei weitere Roboter starrten mit elektronischer Gleichgültigkeit zu ihnen hoch, und Dom beobachtete, wie Hrsh-Hgn von einigen weiteren Automaten in die Enge getrieben wurde.

Eine sonderbare Stille umhüllte ihn. Das Stimmengewirr der Menge verklang in der Höhe, und er hörte nur noch den summenden Pulsschlag der Bank. Er blickte in die Facettenaugen des Roboters, die den Korona-Effekt der Säulen widerspiegelten.

»Du bist ein Exemplar der Klasse Zwei, nicht wahr?« fragte Dom.

»In der Tat, Sir«, erwiderte der Apparat.

»Verfügst du über ein Motivationsprogramm, das deiner persönlichen Sicherheit einen hohen Stellenwert zuweist?«

»Nein, Sir.« Der Roboter sah nach unten. »Leider nicht.«

Dom schlug die Fersen aneinander und stürzte in die Tiefe. Dreißig Meter über dem Boden schaltete er die Sandalen auf höchste Polarisierungsstufe und spürte, wie sein Hemd riß, als die Maschine den Halt verlor. Sie fiel weiterhin, prallte gegen eine Säule aus funkelndem Germanium. Helles Licht gleißte, und es regnete heiße Metalltropfen.

Zwei andere Roboter setzten Antigravgürtel ein und

stiegen auf. Dom sauste in die Höhe und beobachtete, wie ihm das Höhlendach entgegenzuckte. Einige Sekunden später erkannte er die dunklen Flecke daran als Zugängen zu kleinen Kavernen.

In diesem Bereich herrschten recht hohe Temperaturen. Böen heulten, und der heftige Wind jagte Dom durch die Gewölbe. Er ließ sich einfach treiben, wußte, daß es keinen Sinn hatte, gegen den Sturm anzukämpfen. Auf einer Welle aus warmer Luft ritt er durch lange Korridore.

Und über die Hölle hinweg.

Es gelang ihm, den Kopf zu neigen und kurz nach unten zu sehen, bevor er weitergerissen wurde.

Kurze Zeit später raste er durch einen kilometerbreiten Belüftungsschacht. Weit vor ihm schienen die Wände aufeinander zuzustreben, ließen schließlich nur noch Platz für ein unheilvolles weißes Auge. Donner grollte wie das Stampfen ferner Aggregate. Und die Hitze verdichtete sich, gewann eine greifbare Qualität, hämmerte wie ein Kolben auf ihn ein. Er fühlte sich angesaugt — und dann ausgespuckt, einem welken Blatt gleich davongewirbelt.

Auf einer Fontäne überhitzter Luft fegte Dom aus einem Schacht, den Sternen entgegen. Nacht umgab ihn. In einer Richtung — ›Oben‹ und ›Unten‹ nahmen nicht mehr die gewohnten Positionen ein — erstreckte sich das Geflecht kalter Sterne, und in der anderen öffnete sich ein riesenhaftes rotes Auge mit weißer Pupille.

Es schien zu zwinkern, sich von ihm zu entfernen. Rauch stieg von den Gravsandalen auf, tastete mit faserigen Tentakeln. Irgend etwas zupfte an ihm — eine gestaltlose Entität, die immer wartete, jenseits des Lichts. Dom trieb in einer Lache aus Schmerz, fragte sich benommen, was ihn sanft berührte, ihm den Atem in der Kehle gefror, auf der versengten Haut kristalline Frostmuster bildete.

Bewohner von Verkehrtherum sind sehr aktiv. Die

Ungeschickten und Plumpen unter den Dagon-Fischern bezahlen dieses Handikap irgendwann mit dem Leben. Es überleben nur die Tüchtigen und Geschickten — und zu ihnen gehören auch die Angehörigen der Direktoriums-Familien. Wie zum Beispiel Dom. Er drehte sich noch während des Sturzes, landete hart auf den Füßen, rollte sich ab. Und spürte Schnee.

Er wußte, was Schnee war. Keja hatte ihm einige konservierte Flocken aus den kalten Regionen von Laoth geschickt, und sie wiesen eine gewisse Ähnlichkeit mit den Eiskristallen auf, die sich manchmal, während eines besonders kalten Winters, an den Polkappen von Verkehrtherum bildeten. Aber Keja hatte ihm verschwiegen, daß sich Schnee zu derartigen Massen ansammeln konnte.

KAPITEL 7

Auf Verkehrtherum brach die Lange Nacht an. Das Ritual der Geknickten Löffel wurde vorbereitet, während Sadhimisten diese Gelegenheit nutzten, die Kleinen Götter zu ehren. Für gewöhnlich fanden dabei mehrere Clanbund-Versammlungen statt, und die den Vorsitz führenden Priester bewiesen ihre religiöse Erleuchtung, indem sie den Zeremonienlöffel aus einem geweihten Samtkasten holten, ihn auf den Heiligen Sockel legten und so lange anstarrten, bis er krumm wurde — aus reiner Verlegenheit, wie spitze Zungen behaupteten. Nach diesem einleitenden Zeremoniell wurde gefeiert, in der Regel mit Fischwein und Grätenbier. Doch die fröhliche Ausgelassenheit dauerte nur bis Mitternacht; dann lösten sich die einzelnen Gruppen auf, und jedes Clanmitglied ging eigene Wege. Sie suchten die Einsamkeit, um individuelle Rituale durchzuführen. Die bescheidenen Novizen versuchten es zunächst mit Gabeln und Messern, nahmen sich dann die ersten Löffel vor. Anzumerken sei hier die Weisheit der alten und erfahrenen Sadhimisten, die vor Verrenkungen der Augenmuskeln warnen: Manchmal, so munkeln sie, knicke nicht etwa der Löffel, sondern der menschliche Verstand. Die Statistik gibt ihnen recht: Nach der Langen Nacht kehren viele Ritualteilnehmer mit verbogenem Hausbesteck zurück, doch einige bleiben im Sumpf, lachen schrill, geben unartikulierte Laute von sich und rollen mit den Augen …

Der Boden unter ihm fühlte sich heiß an.

Dom begriff erst nach einer Weile, daß ihn lauwarmes Wasser umgab. Mit ausgestreckten Armen und Beinen lag er in einer dampfenden Pfütze, und dicht dahinter erhoben sich Schneewehen.

Er hörte das ferne Zischen und Heulen verdrängter

Luft. Irgend etwas raste über den Himmel, durchbrach dabei die Schallmauer. Plötzlich wendete das Objekt, flog eine schwindelerregend enge Schleife und kehrte langsam zurück. Dicht neben der Lache kam es herab, setzte zur Landung an, stieg wieder auf. Das Wasser fror bereits, und die Raumjacht tanzte im Aufwind, neigte sich zitternd von einer Seite zur anderen. Das energetische Summen der Triebwerksfelder wurde leiser, als es erneut sank. Schnee knirschte.

Isaac öffnete die Luke.

»Ich glaube, wir sollten jetzt besser von hier verschwinden!« rief er.

»Pfefferminz-Soda, Chef?«

Dom nahm das Glas. Kleine Eiswürfel klirrten, und Kondensfeuchtigkeit bildete sich. Die Flüssigkeit schmeckte wie ein Sprung in kalten Schnee.

An Doms Armen, Beinen und auch am Hals glänzte neue grüne Haut — verfestigter Heilsirup, der die DNS-Daten aus dem Zellgedächtnis abrief, sich ihnen anpaßte.

Isaac betätigte die Erinnerungstaste der Schiffswerkstatt und schob Sohlen auf die Gravsandalen und warf sie dem jungen Sabalos zu.

»Durch die Hitze kam es zu einem Kurzschluß«, erklärte er. »Jetzt müßte wieder alles in Ordnung sein.«

Dom starrte auf die im Sternenlicht funkelnde Oberfläche der Ersten Sirianischen Bank. Inzwischen war die Pfütze völlig zugefroren und formte ein funkelndes Oval im Schnee. Er hatte enormes Glück gehabt. Auf der sonnigen Seite der Bank kochte Wasser im Schatten. Er schaltete die externe Kommunikation ein und nahm Kontakt mit seiner Patin auf.

Hrsh-Hgn befand sich an Bord der *Trunken mit Unendlichkeit*, die mit unbekanntem Ziel gestartet war. Die Bank wußte nichts von dem Mann, der einen goldenen Kragen trug, konnte auch keine Angaben über den gegenwärtigen Aufenthaltsort von Ig machen. Sie hatte ihre peripheren Sektoren auf der Nachtseite erwärmt und Isaac benachrichtigt. Es handelte sich nicht unbedingt um uneigennützige Hilfe: In oder auf ihr kamen nur selten individuelle Wesen ums Leben; sie scheute entsprechende Ermittlungen.

Dom unterbrach die Verbindung, trommelte mit den Fingern auf die Konsole und betrachtete den grauen Schirm.

Er zeigte sein Spiegelbild: dunkelgrüne Schlieren, hier und dort einige hellere Flecken und Streifen, die ein sonderbares Muster bildeten. Das Zellgedächtnis speicherte nicht den Bräunungsgrad der verschiedenen Körperbereiche. Nackt vom Scheitel bis zur Sohle — die gleichmäßige Temperatur an Bord verhinderte, daß er zu frieren begann. Er sah sich so, wie ihn Verkehrtherum — beziehungsweise die biostrukturelle Regeneration — geschaffen hatte. Die sichtbaren Erinnerungen an kürzlich erlittenen Schmerz erfüllten ihn mit neuerlichem Unbehagen, auch mit einem Hauch Furcht, und er dachte an den Mann mit der goldenen Halsmanschette, an das fratzenhafte Grinsen, das ihn selbst in seinen Träumen verfolgte.

»Niemand bemerkt ihn«, sagte er laut. »Er ist nur ein Gesicht unter vielen. Er trachtet mir nach dem Leben.«

Geistesabwesend griff er nach Korodores Geschenk. Er hatte bereits ein wenig damit experimentiert, die Gestaltwechsel der Waffe beobachtet. Eine kleine Berührung des Kontrollknaufs, und er hielt ein Nadelschwert in der Hand ... dann ein kurzes Messer ... eine Projektilschleuder, die aus Luftfeuchtigkeit winzige Kugeln gefror und sie durch mehrere Zentimeter dicken Stahl jagen konnte ... noch eine Schußwaffe ... ein Schaller ...

»Ich frage mich, wie es meiner Großmutter gelungen ist, mich hier aufzustöbern«, murmelte er, schüttelte andeutungsweise den Kopf. »Nun, wahrscheinlich gehörte nicht allzuviel Phantasie dazu, mich in der Ersten Sirianischen Bank, meiner Patin, zu suchen. Und ebensowenig Imagination ist notwendig, um das Ziel der *Trunken mit Unendlichkeit* zu erraten.«

»Verkehrtherum?« vermutete Isaac.

»Nein. Band. Bestimmt bringt Joan unseren Freund Hrsh-Hgn irgendwie zum Reden. Vielleicht droht sie damit, ihn nach Phnobis zurückzuschicken.«

»Das klingt nicht besonders schlimm, Chef.«

»Für eine Phnoben schon. Wenn Hrsh-Hgn in seine Heimat zurückkehrt, wird man ihn dort zweifellos mit einem scharfen Tshuri-Messer empfangen. Das weiß er. Und deshalb ist er gewiß bereit, alle Fragen meiner Großmutter zu beantworten.«

Isaac nahm im Pilotensessel Platz.

»Vielleicht sollten Sie nach Verkehrtherum fliegen. Ihre Großmutter meint es nur gut mit Ihnen.«

»Nein, kommt nicht in Frage. Ich muß die Suche fortsetzen. Es bleibt mir gar keine andere Wahl, verstehst du?«

»Nee, Boß. Also ab nach Band? Ich habe den Matrixcomputer justiert. Er müßte jetzt in Ordnung sein.«

»Hoffen wir's.«

Dom hob das Memorialschwert. Wenn ihn auf Band jemand erwartete ...

Glühende Wände. Gespenstische Visionen, wie kurzlebige zerfasernde Schatten. Miniatursonnen und das klaustrophobische Empfinden eines Interraum-Transits. Geisterhafte Erscheinungen.

»Chel, was war das?«

»Sah wie ein Dinosaurier aus, Boß. Gestreift.«

Ways betastete den goldenen Kragen am Hals, aber er spürte keinen Zorn. Wut, Ärger und ähnliche Gefühle beeinträchtigten die physisch-psychischen Fähigkeiten, und deshalb lebte er in einem Zustand ständiger Dissoziation. Manchmal aber gab er sich der — weitgehend emotionsfreien — Vorstellung hin, was er ohne die Restriktionsmanschette anstellen konnte. In diesem Zusammenhang hatte er bereits einige Entscheidungen getroffen.

Es ging dabei in erster Linie um Asman. Und das fehlgeleitete Genie, von dem die Kragentechnik stammte.

Die Tür glitt auf.

Asman blickte auf und erstarrte. Hinter ihm wurde es, nur für eine Sekunde, völlig still im Raum. Ways kannte diese Reaktion bereits, erwartete, daß Asman die Waffe hob ...

Asman griff nach dem Strahler, deutete auf die drei Würfel im Becher. Ways sah in die Mündung eines Strippers, dem alle Sicherheitskomponenten fehlten; als Auslöser diente ein winziger Sensor. Eine einzige Berührung — selbst aus einem Reflex heraus — genügte, um die Energiekammer zu entladen.

Ways warf drei Sechsen.

»Noch einmal!«

Er wiederholte den Wurf.

»Soll ich's ein drittesmal versuchen?« fragte er sanft. Asman lächelte dünn, stand auf und reichte ihm die Hand.

»Entschuldige bitte«, bat er. »Du weißt ja, wie es ist.«

»Eines Tages wird mir ein Fehler unterlaufen. Haben Sie an diese Möglichkeit gedacht?«

»Ways, wenn du jemals einen solchen Fehler begehst, bist du nicht mehr du selbst, sondern ein Schwindler, vielleicht gar ein Spion, den ich erschießen muß.«

Asman kam um den Tisch herum und klopfte ihm auf die Schulter.

»Offenbar haben Sie alles gut überstanden.«

»Selbstverständlich.«

Ways hatte einmal seine elektronische Akte gesehen, nur ganz kurz. In Gedanken kehrte er auf dem Zeitstrom zurück, beobachtete sich selbst ... Er kroch durch einen Wartungsschacht, in dem eine Chlorgasatmosphäre herrschte, solange er nicht offiziell benutzt wurde — auf diese Weise sollte illegaler Zugang zu gewissen computergespeicherten Daten verhindert werden. Ways fragte sich nicht nach dem genauen Grund seines Auftrags — die Anweisungen kamen wie üblich aus Asmans Büro —, aber als der kleine Inspektionsschirm aufleuchtete, zeigte er für einen Sekundenbruchteil zufallsgesteuerte Datenfolgen, die ihn selbst betrafen. Er betrachtete sie durch die Chlorschlieren, prägte sich die Angaben sofort ins Gedächtnis ein.

Das praktisch reflexive Sammeln von Informationen gehörte zum allgemeinen Verhaltensmuster einer Klasse Fünf-Einheit, die einige wichtige Modifikationen nicht nur in Hinsicht auf Waffen- und Kommunikationstechnik aufwies, sondern auch in bezug auf das Erscheinungsbild. Die Konstruktion eines vollständig humanoiden Roboters war doppelt so schwierig wie die übliche Herstellung einer Maschine der obersten Kategorie. Unter anderem mußte man dabei Tränensekretion und das Wachstum von Gesichtshaaren berücksichtigen. Außerdem: Wenn der entsprechende Roboter als Spion eingesetzt werden sollte, kam ein ganzes Spektrum weiterer Erfordernisse hinzu ...

Die meisten technisch-individuellen Spezifikationen Ways' betrafen die Wahrscheinlichkeits-Mathematik. Es dauerte eine Weile, bis er den Grund dafür begriff. Roboter der Klasse Fünf galten juristisch als Menschen. Ihre elektronische Natur emulierte alle menschlichen Fähigkeiten, und bei Ways bedeutete das: Er war unter anderem dazu konstruiert, Glück zu haben.

Asman führte ihn zu einem Gemälde, das eine ganze Wand des großen niedrigen Zimmers einnahm. Dem Raum fehlten besondere Merkmale — eine Beschreibung, die auch auf die Techniker an den Konsolen zutraf. Einerseits wirkte er wie die typische Sicherheitszentrale einer Direktoriums-Welt, doch andererseits herrschte eine besondere Atmosphäre, die Vorstellungen von einer unterirdischen Kammer weckte. Ways' Sensoren nahmen die spezielle Qualität von Luft und Licht wahr, registrierten sogar die verschiedenen Gesteinsschichten jenseits der stählernen Mauern. Ein weiterer Ambientenindikator war das Verhalten des von der Erde stammenden Asman: Er offenbarte jene Art von selbstbewußter Zwanglosigkeit, die Ways als Ausdruck eines Gefühls absoluter Sicherheit interpretierte — ein zusätzlicher Hinweis darauf, daß sie sich tief in der Kruste eines Planeten befanden.

Die bunten Darstellungen an der Wand bestanden aus Hunderten von farbigen Linien, Kreisen und verschiedenen geometrischen Formen — Symbole der W-Mathematik, die sich geringfügig veränderten, während Ways sie beobachtete.

»Sie haben gute Arbeit geleistet«, sagte Asman. »Doms Verhalten paßt sich den zentralen Gleichungen an.«

»Gute Arbeit«, wiederholte Ways nachdenklich. »Welche Maßstäbe legen Sie für eine solche Beurteilung an? Ich trachte dauernd danach, ihn umzubringen, so wie die anderen. Soll ich es auf Band noch einmal versuchen?«

»Nein. Ihr nächster Einsatz findet erst statt, wenn Dom ...« Asman warf einen kurzen Blick auf die schimmernden Regenbogenmuster. »Wenn Dom die Creapii besucht. Für den Fall haben wir Ausweichpläne entwickelt. Es steht alles in den Gleichungen. Zu jenem Zeitpunkt sind wir ihm dicht auf den Fersen. Die Wahrscheinlichkeits-Mathematik läßt keinen anderen Schluß zu. Eine zusätzliche Intervention auf Laoth — und er bringt uns geradewegs ins Joker-Universum.«

Ways zwinkerte träge. »Handelt es sich dabei um Informationen, die ich benötige?«

Asman hielt seinem Blick stand. »Was meinen Sie damit?«

Ways nahm Platz. »Sie haben mich geschaffen. Nun,

nicht Sie persönlich, jemand auf Laoth oder Luna. Ich bin ein künstliches Wesen, ein Roboter.«

»Daraus macht Ihnen niemand einen Vorwurf. Die Creapii hätten in einem solchen Fall einfach ein Individuum mit den notwendigen Eigenschaften gezüchtet. Bei einem Menschen sähe die Sache ganz anders aus …«

»Na schön. Das ändert jedoch nichts daran, daß ich ein Roboter bin, wenn auch ein ganz besonderer. Ich habe praktisch alles, von Zehennägeln, die regelmäßig geschnitten werden müssen, bis hin zu unangenehmem Achselgeruch. Aber alle diese Eigenschaften — wenn man überhaupt eine solche Bezeichnung verwenden kann — werden von komplexen Regelkreisen gesteuert.« Ways holte tief Luft. »Warum sollte es wichtig sein, was ein Roboter wie ich weiß?«

»Ich verstehe, worauf Sie hinauswollen. Nun, sind Sie interessiert oder nicht?« Asman wurde allmählich ungeduldig.

»Natürlich. Warum stirbt Dom nicht, wenn ich ihn töte?«

»Das Universum verändert sich.«

Man erschieße einen Mann aus nächster Nähe, so daß der Strahl alle Molekülverbindungen löst, vom Scheitel bis zur Sohle. Für den gesunden Menschenverstand führt so etwas zu einem ganz bestimmten Ergebnis: Man mag einen monomolekularen Nebel erwarten, vielleicht einige angesengte Stoffetzen auf dem Boden, möglicherweise auch einen ätzenden Brandgeruch. Aber im Gebäude der Wahrscheinlichkeit gibt es auch eine winzige Kammer, in der das Unwahrscheinliche wohnt. Was in diesem Fall bedeutet: Im entscheidenden Augenblick weist der Stripper eine Synchronitätsstörung auf, oder man bildet es sich nur ein, den Abzug betätigt zu haben. In einem veränderlichen Universum gibt es keine unerschütterliche Gewißheit, nur örtlich und zeitlich begrenzte Strudel im Strom des totalen Zufalls. Anders ausgedrückt: Manchmal fällt die Münze auf die Kante oder berührt den Boden gar nicht.

»Dom Sabalos wird die Heimatwelt der Joker in«, — Asman starrte auf das eine Ende des Gemäldes —, »in zwanzig Standard-Tagen entdecken. Wir können ihn nicht aufhalten. Er ist unser erster Mißerfolg seit ... Oh, inzwischen müssen es über zweitausend Fälle sein.«

»Zweitausenddreihundertneun«, sagte Ways. »Ich habe alle seine Vorgänger umgebracht.«

»Sie wiesen die richtigen Lebensgleichungen auf. Jeder von ihnen wäre als Entdecker in Frage gekommen. Zum Beispiel Doms Vater.«

»Doch jetzt treten wir auf der Stelle«, fügte Ways hinzu. »Wir haben einen historischen Entwicklungskomplex gefunden, auf den wir keinen Einfluß nehmen können. Darüber hinaus geraten wir in Verdacht. In bezug auf den jungen Sabalos wurden umfangreiche Vorsichtsmaßnahmen ergriffen — obgleich seine Heimatwelt kein nennenswertes Gefahrenpotential hat. Er stammt aus einer recht populären Familie. Nach Johns Tod kamen Doms Verwandte zu dem Schluß, daß ihn jemand bedroht — allerdings kein Bewohner von Verkehrtherum. Als Kind wußte er nicht einmal etwas von den Jokern; er erfuhr erst als Heranwachsender davon. Gestatten Sie mir noch einen anderen Hinweis: Vielleicht motivieren *wir* ihn dazu, die Joker-Welt zu suchen.«

Asman rieb sich nachdenklich das Kinn.

»Diese Möglichkeit haben wir bereits erwogen«, erwiderte er.

»Wenn ich nicht versucht hätte, ihn zu töten, befände er sich vermutlich noch immer auf Verkehrtherum. Statt dessen durchstreift er das All, begleitet von einem Roboter und einem Joker-Experten, der eine echte Kapazität sein soll, wie ich hörte.«

Asman nickte. »Wobei es einen wichtigen Faktor zu berücksichtigen gilt: Man braucht nicht zu reisen, um zu entdecken. Andererseits haben Sie ganz recht. Wir arbeiten derzeit an einem anderen Ausweichplan. Wenn alles andere fehlschlägt, folgen wir ihm einfach.«

Eine Zeitlang blieb es still. Schließlich fragte Ways leise: »Zur dunklen Seite der Sonne?«

»Wenn uns keine andere Wahl bleibt — ja. Wo auch immer sie sich befinden mag. Die letzten Wahrscheinlichkeits-Elaborationen bestätigen unsere Entscheidung.«

»Sie bereiten sich also vor?«

»Selbstverständlich.« Asman seufzte. »Wissen Sie, manchmal habe ich das schreckliche Gefühl, daß wir in einem großen Kreis ohne Anfang und Ende leben. Wir treffen bestimmte Entscheidungen, weil sie von der Wahrscheinlichkeits-Mathematik vorausgesagt werden. Mit anderen Worten: nur Wirkung, keine Ursache. Wie dem auch sei: Wir folgen Dom. Und zwar bewaffnet.«

Ways musterte den Mann, sah sich anschließend in dem langen Zimmer um. Einige Sekunden lang stellte er sich ein Universum vor, in dem keine logische Kausalität herrschte, sondern eine unmittelbare Wechselwirkung zwischen Voraussage und Wirkung — ein geschlossener Kreislauf, aus dem es kein Entkommen gab, der sich selbst verstärkte. Er fragte sich, ob die Bewohner eines solchen Kosmos die Möglichkeit besaßen, sich über ihre hoffnungslose Lage klarzuwerden.

»Das genügt nicht«, sagte er laut. »Was bewahrt Dom vor dem Tod?«

Asman hob die Schultern. »Was halten Sie von der Idee, daß die Joker unser Universum verändern, um sein Leben zu schützen? Diese Vorstellung erfreut sich derzeit großer Beliebtheit. Vielleicht *wollen* sie, daß er ihre Heimatwelt entdeckt. Vielleicht warten sie darauf, daß jemand ihr Geheimnis lüftet. Von dieser Annahme gehen wir derzeit aus. Vielleicht sind unsere Aktionen notwendig, um Dom durch eine gewisse Anzahl alternativer Universen zu dirigieren — damit er das erreichen kann, in dem die Joker leben. Eine Möglichkeit, die absurd klingt. Aber sie ist der Überlegung wert.«

Ways schwieg.

»Das stimmt Sie nachdenklich, was?«

Der Roboter nickte, strich seinen Mantel beiseite und berührte die Brustplatte. Ein Segment glitt zur Seite, und dahinter kam ein kleiner Käfig zum Vorschein. Er bestand aus hastig zusammengelöteten Energiekabeln und enthielt ein rattenartiges Wesen. Das sechsbeinige rosafarbene Geschöpf drehte sich mehrmals um die eigene Achse, zischte und spuckte nach Asman.

»Doms Schoßtierchen«, sagte der Mann.

»Ich ahnte schon, daß Sie davon wissen«, brummte der elektronisch-mechanische Humanoide.

»Es steht alles in den Gleichungen«, erklärte Asman. »Obwohl wir uns in diesem Zusammenhang nicht zu sehr in die Einzelheiten vertieft haben. Das ist also Ig. Komischer kleiner Kerl, nicht wahr?«

»*Er* ist ein *es*«, sagte Ways. »Ich hatte ausreichend Gelegenheit, mich mit dieser Spezies zu befassen. Solche Tiere fressen alles, sogar künstliche Haut.« Er hob einen bis zum Metallknochen durchgebissenen Finger. »In gewisser Weise könnte man mich als Experten für die Sumpf-Igs bezeichnen. Die Dagon-Fischer auf Verkehrtherum behaupten, sie seien die Seelen Ertrunkener — und vielleicht lassen sich gewisse Ähnlichkeiten nicht leugnen. Es handelt sich um die drittgrößten atmenden Wesen, die das Ökosystem jenes Planeten hervorgebracht hat. Phnoben halten sie für Glücksbringer, und die Fischer vertreten einen ähnlichen Standpunkt: Wenn man die Freundschaft eines solchen Tiers gewinnt, sei der Tod nie tödlich. Möglicherweise besitzen sie einen rudimentär ausgeprägten sechsten Sinn, wie Hunde oder Drachen von Drittes Auge. Allerdings bleibt es mir ein Rätsel, warum sie solche Achtung genießen. Auf Verkehrtherum haben sie keine natürlichen Feinde, und sie stellen eine Art planetares Totem dar. Ich schlage vor, die Bombe im Brustkasten unterzubringen.«

»Bombe?«

»Ihr Plan sieht vor, Dom nach der Entdeckung der Joker-Welt umzubringen«, fuhr Ways fort. »Sie brauchen mir das nicht eigens zu sagen — es liegt auf der Hand. Nun, dieses Wesen hängt an ihm. Ich sorge dafür, daß es zu dem jungen Sabalos zurückkehrt.«

Asman betrachtete den Käfig. »Ihre Analyse unserer Absichten ist durchaus richtig«, gestand er ein. In seiner Stimme ließ sich ein Hauch von Nervosität vernehmen.

Auf seine Anweisung hin trug einer der anwesenden Techniker den Käfig fort. »Möchten Sie etwas essen?«

»In einem gewissen Maß sind organische Kalorien eine nützliche Energieergänzung«, antwortete Ways.

Sie betraten das ›Die dunkle Seite der Sonne‹, ein niedriges, im phnobischen Stil errichtetes Gebäude, das sich an die Dünen zwischen dem Joker-Institut und dem Minnesota-Meer duckte. Es war eins von vielen Bauwerken. Das Institut hatte eine Stadt von beträchtlichen Ausmaßen entstehen lassen: Sie basierte in erster Linie auf der Joker-Industrie und begrenztem Tourismus. Selbst Außenweltler kamen hierher. Den meisten irdischen Besuchern ging es nur darum, die Aliens zu sehen und sich kosmopolitisch zu fühlen, und das Management des ›Dunkle Seite‹ stellte sich darauf ein. Ebenso dekorative wie phantasievolle Hologramme leuchteten an den langen Wänden: Solarflöße der Creapii, die über das kochende Plasma von Luyten 789-6 glitten; eine Achtgruppe von Drosken beim Bestattungsschmaus; grimmig dreinblickende Gärtner, die auf Aubergine gegen einen wilden Baum kämpften; Löffler, die auf einer namenlosen Eiswelt irgendwelche seltsamen Dinge anstellten …

Hinzu kamen Dutzende von Skulpturen. Die phnobischen Statuen wirkten nicht sonderlich überzeugend und stellten vermutlich Nachahmungen dar, wohingegen das Schneekunstwerk eines ungenannten Drosken von der Tka-Halbinsel authentisch sein mochte. Was auch auf das … Ding zutraf, das sich nur schwer beschreiben und erst recht nicht verstehen ließ: Es schwebte an der Decke, drehte sich langsam, stieß ab und zu an die Wände. Auf dem Boden lag ein lebendiger semiintelligenter Reiniger (der auf der Lohnliste des Instituts stand), und die Roboterkellner stammten ausnahmslos von Laoth. Die etwas anpassungsfähigeren Außenweltler zogen das ›Die dunkle Seite der Sonne‹ allen anderen gastronomischen Einrichtungen vor: Sie schätzten sowohl die gute Küche als auch die einzigartige irdische Atmosphäre.

Über der Speisekarte stand in kupfernen Lettern: ›Wir servieren alles.‹

»In diesem Zusammenhang berichtet man von einem Drosken-Häuptling, der hier Platz nahm und das Hirn seiner Großmutter auf Toast bestellte«, sagte Asman, als er einen Tisch wählte.

Ways nickte. »Und der Kellner erwiderte: ›Tut mir leid, uns ist das Brot ausgegangen.‹ Die Geschichte hat sich bereits herumgesprochen. Ich habe sie sogar auf Terra Novae gehört. Nun, ich vertraue ganz Ihrem Geschmack — solange Sie eine stärkehaltige Speise bestellen.«

»Ich schlage vor, wir genehmigen uns eine epiphysische Spezialität. Wie wär's mit Fastenglück-Kuskus?«

Hinter Asman erstreckte sich eine weitere, ganz besondere Wand, und dadurch gewann auch der Tisch eine spezielle Bedeutung. Aus diesem Grund hatte sich Asman betont würdevoll gegeben, als sie sich dem Platz näherten. Der Direktor des Joker-Instituts war eine Attraktion.

Das Gemälde zeigte einige der vertrauteren stellaren Völker. Die Abgesandten der einzelnen Spezies nahmen eine demütige Haltung ein, standen vor einem Thron, auf dem ein Mensch saß. Es handelte sich um einen Mann mit vage epiphysischen Zügen, gekleidet in ein Harlekin-Kostüm. Er trug eine Narrenkappe mit Glöckchen und lächelte. Dahinter leuchtete eine Sonne, die eine Hälfte dunkel, die andere aus diesem Blickwinkel nur als Sichel zu erkennen.

»Warum wird der Joker ausgerechnet als Mensch dargestellt?« fragte Ways. Er nahm eine Handvoll aus der dampfenden Schüssel, knetete die Masse und verschlang sie auf einmal.

»Nun, eigentlich gibt es dafür keinen wissenschaftlich-physiologischen Grund in dem Sinne«, entgegnete Asman. »Der Begriff ›Joker‹ entstammt einer alten irdischen Sprache, und um der bildlichen Metapher gerecht zu werden, wurde eine menschliche Gestalt gewählt.« Asman sah Ways an und lächelte schief. »Sind Sie mit dem Rest der Symbolik einverstanden?«

»Der Joker als Herr der Schöpfung? Das entspricht der Vorstellung, daß sie auf vielen öden Planeten Leben säten. Die Darstellungsweise deutete darauf hin, daß dem nicht nur altruistische Motive zugrunde lagen. Sklavenrassen?«

»Vielleicht. Die Menschheit — ich meine die *richtige* Menschheit, die sich auf die Erde und ihren Mond beschränkt — kann es sich nicht leisten, den Jokern zu begegnen. Sie haben uns gegenüber einen Entwicklungsvorsprung von mindestens fünf Millionen Jahren. Und was noch wichtiger ist: Sie hatten die ganze Galaxis für sich. Sie mußten nicht lernen, sich anderen Völkern gegenüber durchzusetzen. Deshalb leiten *wir* die Suche. Wir dürfen nicht zulassen, daß sie uns zuerst finden.«

»Mit anderen Worten: Sie gehen davon aus, daß die Joker nach wie vor existieren, daß sie noch leben?«

»Was hätte sie umbringen können? Und ich frage mich: Zu welcher Art von Göttern — oder Teufeln — sind sie inzwischen geworden? Ich glaube, sie verbergen sich irgendwo. Und warten.«

Ways starrte einige Sekunden lang ins Leere. »Was soll aus mir werden?« fragte er nach einer Weile.

Asman starrte ihn verwirrt an, verwandelte seine

Miene dann ein wenig zu schnell in eine ausdruckslose Maske.

»Möchten Sie das Institut verlassen?«

»Nur dies hier hält mich«, brummte Ways und betastete seinen goldenen Kragen. »Ja, ich möchte aussteigen. Ich weiß, wieviel ich koste. Das ist einer der Vorteile, ein Roboter zu sein: Es gibt kaum Fragen, die sich nicht beantworten lassen. Ich kenne meinen Wert, und ich weiß auch, zu welchem Zweck ich geschaffen wurde. Ich werde jeden einzelnen Picostandard zurückzahlen. Aber das menschliche Drum und Dran können Sie behalten. Ich brauche es nicht.«

Ways machte einen Salto rückwärts, zerschmetterte dabei den Sessel und landete elegant auf den Beinen, bereit zum nächsten Sprung. Der weite Satz brachte ihn über den Tisch hinweg, in Richtung eines heraneilenden Mannes. Der Roboter umfaßte das Handgelenk des Unbekannten, drückte gerade fest genug zu, um stechenden Schmerz zu induzieren. Ein kleiner Schaller fiel auf den zuckenden Teppich.

Mit einer schemenhaft schnellen Bewegung hob Ways die Hand und berührte den Mann am Nacken. Die Gestalt gab ein leises Stöhnen von sich, sank zu Boden. Der Roboter entschuldigte sich bei einem in der Nähe sitzenden Besucher von Verdammich, der verdutzt auf seinen zerbrochenen Teller starrte, kehrte dann zu Asman zurück.

»Das tut mir leid«, sagte der Direktor. »In meinem Beruf muß man immer mit Attentaten rechnen.«

»Er war zu laut, als er den Schaller justierte«, erklärte Ways. »Ich hoffe, Sie wurden rechtzeitig verständigt.«

»O ja. Vor drei Tagen. Ein ganz gewöhnlicher Vertrag der Vereinigten Spione. Allerdings habe ich hier im Restaurant keinen Anschlag erwartet — die Verwaltung des ›Die dunkle Seite der Sonne‹ hat eine Neutralitätsvereinbarung getroffen. Vermutlich legt sie Beschwerde ein.«

»Konnten Sie dem regulären Kontraktfaks entnehmen, wer den Auftrag gab?« erkundigte sich Ways.

»Nein. Er enthielt nur die üblichen Hinweise, Sie wissen schon: ›Wir benachrichtigen Sie hiermit, daß man mit Hilfe von Projektil- oder Strahlwaffen versuchen wird, Sie vom Leben zum Tode zu befördern.‹ Ich nehme an, es steckt jemand dahinter, den ich … Nun, es ist mein Problem, nicht Ihrs. Trotzdem vielen Dank.«

Zwei Sicherheitsbeamte des Instituts näherten sich mit auffälliger Unauffälligkeit und trugen die Leiche fort. Ways sah sich in dem Saal um. Zwei einfache Funktionäre des irdischen Direktoriums beklagten sich beim Oberkellner, doch die von Außenwelt stammenden Gäste gingen bereits wieder zur Tagesordnung — zu den Speisekarten und ihrem Menü — über. Vielleicht glaubten einige von ihnen, der Zwischenfall sei nur eine Vorstellung, die zu ihrer Unterhaltung diente. Während der Aushungerungs-Zeremonie auf Verdammich traten Tänzer auf, die … Ways unterbrach den unerwünschten Datenstrom und beobachtete zwei Gestalten, die hinter einer üppig wuchernden Blattschußpflanze von Aubergine saßen: ein großer narbengesichtiger Mann, der teure, aber schon abgenutzte Kleidung trug, begleitet von einem veralteten Dienstroboter. Während des Mordversuchs hatten sie nicht einmal aufgesehen, blieben auf ein Spielbrett mit mechanischen Figuren konzentriert.

Ways wandte sich an Asman.

»Ich gehe jetzt«, sagte er. »Wenn ich diesen letzten Auftrag erfüllt habe, werde ich mich auf das siebzehnte Untergesetz der Robotik berufen und aus den Diensten des Instituts scheiden. Danke für das Essen. Es war höchst energiereich. Guten Abend.«

Asman sah Ways nach, lehnte sich schließlich zurück und betrachtete nachdenklich die Wand. In seinem Innenohr summte es leise, und kurz darauf erklangen zwei vertraute Stimmen — subakustische Impulse, die an seinen auralen Nerven entlangtasteten, das Trommelfell passierten, ohne eine einzige Vibration auszulösen, sich direkt dem Bewußtsein mitteilten.

»Interessant.«

»Mag sein«, sagte die zweite Stimme. »Dennoch rate ich Ihnen, den Roboter umgehend zu demontieren.«

»Wie viele Personen hören mit, Herr Vorsitzender?« dachte Asman.

»Nur Lady Ladkin und ich«, antwortete die erste Stimme. »Dies ist keineswegs eine offizielle Direktoriums-Konferenz. Wir sind dem Geschehen zwar mit großem Interesse gefolgt, aber leider kamen wir nicht zu den gleichen Schlußfolgerungen.«

Asman nickte dem Kellner zu und trat in die Nacht hinaus. Er folgte dem Verlauf eines kurvenreichen sandigen Pfads, der zum Institut zurückführte.

»Ways ist konsequent«, erwiderte er in Gedanken. »Er gibt nicht eher Ruhe, bis er seinen Auftrag durchgeführt hat.«

Lady Ladkin klang pikiert. »Warum sollen wir uns auf einen Roboter verlassen? Ich kenne ein Dutzend Personen mit der erforderlichen Mischung aus Loyalität und Entschlossenheit.«

»Mylady, ganz abgesehen von der Tatsache, daß die Wahrscheinlichkeits-Strukturen den Einsatz einer solchen Maschine voraussagen ...«, warf Asman ein. »Er hat seine Fähigkeiten bei früheren Mordaufträgen bewiesen. Zum Beispiel löste er das Debal im Direktorium von Terra Novae aus. Darf ich offen sprechen, Lord Pan?«

»Nur zu!« lautete die fast mürrische Antwort des Vorsitzenden. »Derzeit nehme ich an der Premiere eines Konzerts des Taktilen Orchesters von Drittes Auge teil. Ich langweile mich hier fast zu Tode.«

»Mylord und Mylady, ich habe diesen Abend Ihrem Wunsch gemäß vorbereitet und bin dabei keine unerheblichen Risiken eingegangen. Der Attentäter hätte Erfolg haben können. Vereinigte Spione zeigte durchaus

Verständnis für meine Anfrage, aber ich mußte eine Verzichterklärung unterschreiben, und vermutlich wurde der beste Mann eingesetzt. Nun, Sie wissen natürlich, daß wir den Roboter überwachen. Er haßt das Institut, und er begegnet Sabalos mit gewisser Sympathie ...«

»Mir ergeht es nicht anders«, sagte Pan. Diesmal übertrug die mentale Verbindung auch einige leise Orchesterklänge. »Ich glaube, ich bin ihm einmal begegnet, und außerdem war ich mit seiner Großmutter befreundet. Inzwischen müßte sie alt sein. Ziemlich alt sogar. Eine großartige Frau.« Pan unterbrach sich kurz. »Ja, wir haben den Gong für die dreizehnte Symphonie gehört, Meister Banause ...«

»Wir sollten den jungen Sabalos als eine Art Werkzeug sehen, Mylord«, dachte Asman geduldig und wanderte durch schmale Dünentäler. »Ways hat Mitleid mit ihm, aber ich habe alle Maßnahmen getroffen, um seine Loyalität uns gegenüber sicherzustellen. Wie er selbst zugibt: Er ist ein Roboter der Klasse Fünf, und mit den richtigen Mitteln können selbst solche Maschinen konditioniert werden.«

»Wenn Sie den Kragen meinen ...«, begann Lady Ladkin.

»Er wird sich von ganz allein aktivieren«, versicherte Asman hastig. »Wenn der unwahrscheinliche Fall eintritt, daß Ways andere als die vorgesehenen Entscheidungen trifft.«

Die Dame auf der anderen Seite der Gedankenbrücke brummte etwas und schwieg.

»Bekomme ich grünes Licht von Ihnen?«

Asman vernahm ein diffuses musikalisches Echo. »Wenn das Kunst ist, bin ich ein getarnter Joker«, übermittelte Pan. »Ja, Asman, machen Sie weiter. Schließlich ändert sich nichts an den Voraussagen der Gleichungen, oder? Über die Bombe in Doms kleinem Liebling bin ich nicht sonderlich glücklich — ich habe einige Katzen, an denen ich sehr hänge —, aber wir müssen eben praktisch denken. Fahren Sie wie geplant fort. Ich erwarte Ihren vollständigen Bericht.«

Und dann war Asman allein inmitten der Dünen.

Dom erwachte. Eine Zeitlang schwebte er, fing dahingleitende Gedankenfragmente ein und versuchte sich an das Hier und Jetzt zu erinnern. Dann stieß er sich mit den Zehen ab und segelte durch die Kabine.

Tag herrschte auf dieser Seite von Band. Dom beobachtete, wie der Terminator über den Planeten raste, das Band-auf-Band enthüllte.

Es handelte sich um einen fast fünftausend Kilometer breiten Landstreifen am Äquator, der den Planeten in ein Korsett zu zwängen schien. Selbst aus großer Höhe betrachtet, schien die Welt so schnell zu rotieren, daß ein phantasievoller Beobachter unwillkürlich damit rechnete, das dumpfe Brummen eines Kreisels zu hören. Das Band war ein graubraunes Gebirgsmassiv, mehr als vierzigtausend Kilometer lang, gesäumt von blaugrünem Grasland. Daran schlossen auf beiden Seiten dunkle Ozeane an, die bis zu den wie plattgequetscht anmutenden weißen Polkappen reichten.

»Für diese geologischen Besonderheiten gibt es einleuchtende Erklärungen, Boß«, sagte Isaac und sah vom Autokoch auf. »Sie heißen Kontinentaldrift, superschnelle Rotation und uralter Vulkanismus.« Er fügte hinzu: »Oder wollten Sie das gar nicht wissen?«

»Muß ein irrer Ort sein«, murmelte Dom. »Eine Sonne, die geradezu über den Himmel *rast* …«

»Den Sonnenhunden gefällt's dort unten.«

Dom nickte. Band galt als ihre Heimat. Eigentlich hatten sich die Sonnenhunde auf Aubergine entwickelt, doch vor rund sechshundert Jahren akzeptierten sie ein lukratives finanzielles Angebot und ließen sich auf Band nieder. Eigentlich waren sie recht nett und umgänglich, doch während der Legezeit mußte man sie mit erheblicher Vorsicht genießen. Doms Teleskopsondierung zeigte nur Herden von Jungen, die vom Raum aus wie große Flecken auf einer der tausendfünfhundert Kilometer langen und mit Mariengras bewachsenen Ebenen aussahen.

Der junge Sabalos entdeckte zwei kleine Sumpfstreifen, einige Flüsse in den Bergen und einen kleinen See. Nirgends boten sich seinen neugierigen Blicken irgendwelche Hinweise auf Siedlungen dar.

Dom hatte bereits Informationsmaterial über Band gelesen. Der von den Creapii mitfinanzierte Naturschutzfonds unterhielt eine kleine, von Robotern bemannte Beobachtungsstation auf dem Planeten, die illegale Landungen verhindern sollte. Das Hauptquartier der Fonds-Organisation wies darauf hin, daß auf Band ein Wesen namens Saufmich wohnte, eine alte Entität, die bereits vor dem Eintreffen der Sonnenhunde auf Band lebte. Diese Behauptungen stießen bei Dom auf vorsichtige Skepsis: Immerhin hatte die Welt unter ihm nur einige wenige Pflanzenarten hervorgebracht und überhaupt kein tierisches Leben. Hinzu kam, daß die Vegetation überhaupt keine Anzeichen von Intelligenz offenbarte. Auf Band gab es kein höherentwickeltes Leben — das war einer der Gründe, warum sich die Sonnenhunde für den Planeten entschieden. Demzufolge galt Saufmich als eine Legende oder eine Art planetarer Spuk. Nein, die Datenspeicher der Basis enthielten keine Angaben über kürzlich erfolgte Landungen von Raumschiffen. Ja, es geschah nur selten, daß sich jemand auf die SOS-Klausel berief und technische Hilfe anforderte. Die Station war auf solche Notfälle vorbereitet. Besten Dank für die Anfrage.

Die Sonnenhunde, mit denen sich Dom in Verbindung setzte, weigerten sich, über Saufmich zu diskutieren. Viele von ihnen segelten in einer Umlaufbahn des Planeten.

Band drehte sich mit unversiegbarem Temperament, und es dauerte nicht lange, bis Dom einmal mehr die

Komsignale der *Trunken mit Unendlichkeit* empfing. Es knackte im Lautsprecher, und einige Sekunden später ertönte Joans Stimme.

»Willst du noch immer nicht landen, Dom? Sei doch vernünftig! Ich finde, du verhältst dich nicht besonders klug.«

Die Stimme seiner Großmutter bildete den akustischen Hintergrund, als Dom erneut das Teleskop ausfuhr und den Planeten beobachtete.

Die *Trunken* befand sich mehrere tausend Kilometer unter der *Ein Sprung voraus,* ein gedrungener Klecks am Ende eines langen Schattens, der zu schrumpfen schien. Das Raumschiff stand auf einer grasigen Ebene, in der Mitte zwischen den Bergen und dem Meer, nur etwa fünfzehn Kilometer vom kleinen See entfernt. In der Nähe des Kreuzers spiegelte sich das Licht hier und dort auf Metall wider: Roboter.

»Schon seit Stunden befindest du dich in der Umlaufbahn, Dom. Du mußt bald landen, um die Sauerstoffvorräte zu erneuern, und zufälligerweise weiß ich, daß dein Treibstoff nicht für einen neuerlichen Start genügt. Nimm Vernunft an! Ich habe doch gar nichts gegen dich, meine es nur gut mit dir. Bitte komm mit mir zurück nach Verkehrtherum! Du ahnst gar nicht, in welcher Gefahr du schwebst.«

Zum mindestens hundertsten Mal blickte Dom auf die Treibstoffanzeige. Joan hatte völlig recht.

Mißmutig schlug er den Planetenführer der Jacht auf. Er stammte aus der Bordbibliothek, die auch Dutzende von Werken über Ökonomie und moderne Wirtschaftsprobleme enthielt. Dom erinnerte sich in diesem Zusammenhang an die vielen Vorträge Hrsh-Hgns und schnitt eine Grimasse.

»Eine von der Natur dürftig ausgestattete Welt, wenn auch vom All aus gesehen recht hübsch«, las er. »Einer der wenigen festen Planeten, die sich große Mühe geben, wie die Miniaturausführung eines Gasriesen auszusehen. Band wurde im Jahre Der Großen Sonne 5356 von den Creapii entdeckt und vorübergehend besiedelt, kurze Zeit später jedoch an die Sonnenhunde und ihre Jungen verpachtet. Nichtgenehmigte Landungen sind — außer in Notfällen — streng verboten. Wer die Bodenstation um Reparatur defekter Bordmechanismen bittet, sollte sich davor hüten, Band im späten Frühling zu betreten ...«

Aus offensichtlichen Gründen, dachte Dom. Er zweifelte kaum daran, daß nun gerade der späte Frühling begonnen hatte. Andererseits: Bestimmt befand sich auch Hrsh-Hgn auf dem Planeten. Und ein phantomhaftes Wesen mit dem eher seltsamen Namen Saufmich.

»Nun«, sagte Dom, »wir gehen folgendermaßen vor ...«

»Sie landen, Ma'am.«

Joan stolzierte durch die Kabine und winkte den Roboter aus dem Kommandosessel.

Der Bildschirm zeigte eine dünne Linie, die über den Planeten strich. Sie neigte sich nach unten, und kurz darauf erfaßten die externen Sensoren eine Raumjacht. Der Pilot der *Ein Sprung voraus* steuerte das kleine Schiff mit waghalsiger Tollkühnheit über die Ebene.

»Die Trotzgeste eines echten Sabalos«, sagte Joan stolz. »Es ist keine Schande aufzugeben, wenn einem keine Alternative mehr bleibt.«

Die Jacht verzögerte mit feuernden Bremstriebwerken, landete etwa eine Meile entfernt. Dutzende von erschrockenen Sonnenhund-Kindern sausten schwerfällig und ungelenk davon, wimmerten und heulten furchtsam.

»Acht und Drei: Holt ihn ab; bringt meinen Enkel hierher.«

Zwei der draußen wartenden Roboter setzten sich in Bewegung und liefen durchs kniehohe Gras.

»Das wäre erledigt«, sagte Joan zufrieden. Sie drehte

sich in ihrem Sessel um und gab einem Servodiener die Anweisung, einen Krug bitteren epiphysischen Wein aus der Bordkombüse zu holen. Der einzige andere organische Passagier beobachtete sie traurig und niedergeschlagen.

Bei den Phnoben gab es drei Geschlechter, doch außerdem existierte noch ein anderer wichtiger Unterschied: zwischen den Phnoben, die auf dem Heimatplaneten lebten, und den anderen, die nach Außenwelt zogen. In Hinsicht auf diese beiden Subspezies fehlte jede gemeinsame Basis. Wer fortging, kam für gewöhnlich nicht zurück. Und wer doch Heimweh verspürte, bezahlte es mit dem Leben. Mit unerschütterlicher religiöser Sturheit beharrten die phnobischen Priester darauf, das Universum ende an den Immerwährenden Wolken. Zurückkehrende Phnoben waren schlecht fürs Kirchengeschäft — und deshalb wurden sie schlicht und einfach aus dem Verkehr gezogen. Vernünftigere Emigranten zogen das Leben in den *Burukus* vor.

»Offenbar muß ich Sie doch nicht zurückschicken«, sagte Joan süffisant.

»Und dafür bin ich ssehr dankbar.« Hrsh-Hgn verzog das Gesicht und massierte sich den langen Brustkorb. »Ihre Roboter ssind ssehr unsanft, Madam.«

»Ich bin sicher, sie haben nur wenig mehr als das unbedingt notwendige Minimum an Gewalt eingesetzt.« Die alte Frau beugte sich vor. »Aus reinem Interesse: Was geschieht mit zurückkehrenden Phnoben?«

»Die entssprechenden Schiffe müssen in einem heiligen Bereich landen, und aussteigende Phnoben werden mit Ritualmessern getötet, sso heißt ess. Ich halte dass für ssehr unvernünftig. Immerhin überweise ich mein ganzess Gehalt dem heiligen Schatzamt. Tja, wie heißt ess sso schön? Frskss Shhs Ghs Ghnng-ghngss.«

Joan hob die Brauen. »Ach, tatsächlich? Hrskss-gng, mein Lieber. Und zwar gleich mehrfach.«

Hrsh-Hgn errötete in einem matten Grau. »Verzeihen

Ssie bitte, Madam, aber ich wußte nicht, daß Ssie Phnobisch beherrschen ...« Er musterte Joan mit neuem Respekt.

»Das ist auch gar nicht der Fall. Aber selbst bei flüchtigen Bekanntschaften mit fremden Sprachen bleiben einige Worte hängen. Eine Frau von der Erde empfindet Ihre Bemerkung von eben als ein — wenn auch sehr direktes — Kompliment.«

Sie wandte sich wieder dem Bildschirm zu.

Roboter Acht und Drei stapften auf die Raumjacht zu, aus deren Außenlautsprechern die Melodien der Verkehrtherum-Ballade *Hältst du mich etwa für einen Dummkopf?* drangen. Die einzelnen Tonfolgen der Daumenorgel klangen ein wenig zu schrill.

Ein Sonnenhund-Junges eilte fort, als sich die beiden Maschinen näherten.

Die Luke schwang auf. Drei trat in die Luftschleuse.

Isaac musterte ihn freundlich.

»Wie ich sehe, ist der Mensch nicht zugegen«, sagte Drei.

»Da hast du völlig recht«, erwiderte Isaac.

Drei beäugte ihn aufmerksam und verkündete schließlich: »Ich bin ein Roboter der Klasse Drei. Ich bitte Sie darum, sich nicht von der Stelle zu rühren, während ich neue Anweisungen einhole.«

»Ich hingegen bin ein Roboter der Klasse Fünf mit integriertem Ergebenheitsprozessor«, sagte Isaac fröhlich und griff nach einem Schraubenschlüssel.

Das Leuchten in den Augenlinsen der anderen Maschine verstärkte sich.

»Ich registriere die Möglichkeit einer unmittelbaren chronologischen Sequenz mit beträchtlichem Gewaltpotential«, sagte Drei und trat einen Schritt zurück. »Ich persönlich ziehe eine chronologische Sequenz ohne jede Gewaltanwendung vor.«

Acht sah in die Luftschleuse und sagte: »Dem kann ich mich nur anschließen.«

Isaac hielt den Schraubenschlüssel nachdenklich in der Hand. »Für Roboter der Klasse Drei seid ihr Burschen recht helle. Nun, hier gibt es nur euch und mich; wir brauchen also nicht auf organische Menschen Rücksicht zu nehmen. Habt ihr die Absicht, mich zu belästigen?«

»Unser Befehl lautet, die Insassen dieses kleinen Raumfahrzeugs zu unserer Herrin zu bringen«, sagte Drei. Er beobachtete das wuchtige Werkzeug.

»Wie wär's, wenn ihr den Gehorsam verweigert?«

»Roboter der Klasse Fünf können den Gehorsam verweigern, sogar Exemplare der Klasse Vier, zumindest unter gewissen Umständen. Wir gehören zu keiner der beiden genannten Kategorien. Erlauben Sie mir, in diesem Zusammenhang mein Bedauern zum Ausdruck zu bringen.«

»Tja, dann bleibt mir wohl nichts anderes übrig, als euch vorübergehend außer Betrieb zu setzen«, sagte Isaac fest.

»Zwar sind Sie intelligenter als ich, aber ich muß trotzdem darauf bestehen, Widerstand zu leisten«, entgegnete Drei. Unsicher verlagerte er das Gewicht vom einen Bein aufs andere.

»Ich zähle jetzt bis drei, und anschließend greifen wir zum Mittel der Gewalt«, sagte Isaac. »Eins. Zwei.«

Der Schraubenschlüssel prallte an die Desaktivierungstaste des einen Roboters. »Drei«, sagte Isaac und wandte sich zu Acht um, der verwirrt auf seinen am Boden liegenden Kollegen hinabstarrte.

»Ich registriere eine unlogische Ereigniskette, die Gewalt einschließt«, bemerkte er. Isaac holte aus und schlug zu.

Er brauchte eine Weile, um sich von Gesichtsmaske und Kunsthautverschalung zu befreien, klebte sich ein Plastikschild mit der Kennung ›Drei‹ auf die Brust. Dann machte er sich sofort auf den Weg zur *Trunken mit Unendlichkeit,* hielt den stählernen Kopf stolz aufrecht.

Unterwegs kam es zu keinen Zwischenfällen. Er wurde auch nicht aufgehalten, als er das größere Raumschiff erreichte, und betrat dort Joans Kabine. Die alte Frau sah auf.

»Du hast dir Zeit gelassen«, stellte sie fest. »Wo ist Dom? Und wo steckt Acht?«

»Eben kam es zu einer gar nicht so unlogischen Ereigniskette, die Gewalt einschloß«, sagte Isaac. Mit einer fließenden Bewegung hob er Hrsh-Hgn aus dem Sessel, warf ihn sich über die Schulter und floh. Gerade noch rechtzeitig huschte er durch die Luftschleuse, bevor sich das Schott hinter ihm schloß.

Vor dem Schiff ließ er den Phnoben zu Boden und deutete nach Osten. »Laufen Sie los! Dort drüben befindet sich ein See; wir treffen uns später.« Er fügte hinzu: »Derzeit befürchte ich einige weitere Ereignisketten, die fast ausschließlich aus Gewalt bestehen.«

Auf Joans Befehl hin drehten sich zwanzig Roboterwächter um und stürmten auf sie zu.

Isaac blieb an Ort und Stelle stehen, und dieses Verhalten schien die Angreifer zu verwundern. Er musterte die stählerne Horde. »Gehört ihr alle zur Klasse Drei?«

»Einige von uns sind Klasse Zwei-Einheiten, doch die meisten lassen sich in die Kategorie Drei einordnen«, erwiderte Roboter Zwölf. »Ich bin ebenfalls ein Dreier.«

Isaac sah zum Himmel hoch. Er fühlte sich ausgelassen, fast euphorisch — und bekam deswegen Gewissensbisse.

»Berichtigung«, sagte er. »Ihr wißt es zwar noch nicht, aber gleich gehört ihr alle in die Kategorie Schrott.«

Zwölf zögerte. »Mein elektronisches Lexikon verbindet diesen Ausdruck mit der Vorstellung von Zerstörung.«

Isaac nickte. »In der Tat. Was hältst du von dem geflügelten Wort ›zum alten Eisen werfen‹, hm? Nun, ich zähle jetzt bis drei …«

Er trat vor, und sein Atomherz sang die lyrische Melodie überlegener Intelligenz.

Dom sprang aus der dahinrasenden Jacht, bevor sie sich der *Trunken mit Unendlichkeit* auf Sichtweite näherte. Wie ein welkes Blatt trieb er im Sog der *Ein Sprung voraus,* bis die Gravsandalen seine Fluglage stabilisierten. Er ließ sich zur Ebene hinsinken, verharrte einen knappen Meter überm Gras und schwebte nach Osten.

Zehn Minuten lang glitt er über das Mariengras hinweg, das abgesehen von einigen Unkrautarten, Moosen, Flechten und Meerestang die einzige Vegetation auf Band darstellte. Offenbar hatte die Natur auf diesem Planeten den Punkt ›Experimente‹ von ihrer Optionsliste gestrichen.

Mehrmals kam er an Sonnenhund-Jungen vorbei, großen plumpen Wesen, die vom Weltraum aus gesehen wie Wolken über dem Kontinent aussahen. Hier und dort sonderte sich ein etwas älteres Exemplar von den Herden ab, hockte sich aufs breite Hinterteil und starrte traurig zum Firmament hoch. Die Haut dieser Einzelgänger glänzte in dem stumpfen Grau von Sonnenhunden kurz vor der Pubertät, und für gewöhnlich rochen sie wie verfaulende Fische.

Als Dom ein solches Wesen passierte, stimmte es einen heulenden Klagegesang an, wankte auf seinen Stummelbeinen und blickte dann wieder sehnsüchtig gen Himmel.

82 Erandi eilte flink zum Zenit.

Das Gebäude der Roboterstern erhob sich am gegenüberliegenden Ufer. Vermutlich hatte man die planetare Basis des Naturschutzfonds an jener Stelle errichtet, weil der See eins der wenigen auffälligen Merkmale Bands war. Dom beschloß, es dort zu versuchen. Irgendwo mußte er die Suche nach Saufmich schließlich beginnen.

Er machte kurz Rast, trank einen Schluck Wasser und

nagte an einer gebratenen Geflügelkeule, die aus dem Autokoch stammte. Warme frühlingshafte Luft umgab ihn. Das ewige Kauen und Schmatzen der Sonnenhund-Kinder, die sich langsam durch das Mariengras fraßen, bildeten ein recht angenehmes Hintergrundgeräusch.

Vor Dom knisterte etwas. Eine kleine Metallkugel sauste mit leisem Sirren heran, verharrte in einem autarken Antigravfeld. Sie musterte den jungen Mann aus glänzenden Optiken und fuhr eine Kombination von Mikrofon und Lautsprecher aus.

»Ich erkenne Sie als ambulatorische Intelligenz vom Typ B«, sagte der Apparat. »Die Biovorhersage warnt davor, daß diese Region in zehn Minuten vom Runterkrachen erfaßt wird. Es wird empfohlen, sich in angemessene Schutzkleidung zu hüllen oder eine chtonische Zuflucht aufzusuchen.«

Die Kugel stieg wieder auf, sauste nach Norden und zirpte immer wieder: »Achtung, Achtung! Das Runterkrachen steht unmittelbar bevor! Hütet euch vor den Eiern!«

»He!« rief Dom. Der kleine Roboter kehrte sofort zurück.

»Ja?«

»Ich verstehe nicht, was du meinst.«

Die stählerne Sphäre dachte darüber nach. »Ich bin nur ein Exemplar der Klasse Eins«, antwortete sie schließlich. »Ich muß neue Anweisungen einholen.«

Wieder verschwand sie, und ein neuerliches »Hütet euch vor den Eiern!« verklang in der Ferne.

Dom blickte der Kugel nach und hob die Schultern. Aufmerksam sah er sich um, zog das Memorialschwert hinter dem Gürtel hervor. Die meisten Sonnenhündchen — abgesehen von den depressiven Himmelsstarrern — wirkten ganz friedlich, kauten in aller Ruhe Mariengras. Eine wahre Idylle.

Das Runterkrachen begann eine halbe Welt entfernt, über der glühenden Brandung der Atmosphäre. Die erwachsenen Sonnenhunde befanden sich nach wie vor im Orbit. Sie hatten ihre Eier gelegt, und nun begann das letzte Reifestadium.

Das erste Ei raste durch heiße Luft, und der bugwärtige Hitzeschild hinterließ einen Kondensstreifen aus ionisierten Molekülen. Schließlich platzte es an der spitzen Stelle auf, und der erste Fallschirm öffnete sich. An anderen Stellen des Firmaments erblühten ebenfalls weiße Membranen.

Nach zehn Jahren fiel das erste Ei auf die Oberfläche des Planeten, etwa hundertfünfzig Kilometer nördlich von Dom. Die schimmernde Hülle explodierte, und Myriaden Splitter rasten davon, verbrannten das Gras ...

Das zweite landete im Westen des Sees. Die Schale detonierte ebenfalls, und rotglühende Fragmente regneten auf einige Sonnenhund-Kinder herab, die einem uralten Instikt gehorchten, die Köpfe unter dicken Vorderpfoten verbargen.

Hinter ihnen erklang ein phnobischer Fluch.

KAPITEL 8

DOM HASTETE DURCHS GRAS und versuchte, den wie Geschossen dahinrasenden Trümmerstücken auseinandergeplatzter Eier auszuweichen. Er spürte ein schmerzhaftes Brennen an der Schulter: Einer der Splitter hatte seinen Schädel nur um Haaresbreite verfehlt.

Der Boden neigte sich plötzlich nach unten, und vor ihm erstreckte sich der See. Er war recht groß. Und kühl. Vielleicht bot er Sicherheit. Dom schaltete seine Gravsandalen ein und stieß sich ab.

Er sprang aus großer Höhe, und der Fall dauerte eine Weile. Nach einer halben Ewigkeit, wie es ihm erschien, durchbrach er die Wasseroberfläche. Schimmernde Blasen umgaben ihn, als er versuchte, sich zu orientieren, nach oben zurückzukehren, doch statt dessen sank er weiter.

Verwirrt fühlte er, wie seine Füße den Grund berührten. Das Wasser an Fersen und Waden schien sich zu erwärmen, als trachteten die Gravsandalen danach, ihn wieder in die Höhe zu katapultieren. Entsetzen stieg in Dom empor, als der Druck in den Lungen zunahm. Nach wenigen Sekunden konnte er ihm nicht länger widerstehen, und der junge Mann öffnete den Mund, atmete Wasser.

Mehr als zehn Meter trennten ihn von der Oberfläche. Nässe strömte ihm durch die Kehle. Dom trachtete danach, die Furcht aus sich zu verdrängen, holte erneut tief ›Luft‹.

Das Wasser ist mit Sauerstoff gesättigt. Es wird dich am Leben erhalten.

Ein silbrig glänzender großer Fisch schwamm neugierig näher, beäugte ihn kurz und huschte davon. Ein zehnbeiniger Krebs krabbelte über Doms Füße.

Hab keine Angst!

Ein Geräusch — jemand sprach zu ihm.

»Du bist also Saufmich.« Dom spähte durch trübe Planktonschlieren. »Wie der Name schon sagt: Man hat sich ein aquatisches Wesen vorgestellt, aber im Meer danach gesucht. He, ich kann dich nicht sehen!«

Ich bin hier. Du denkst in den falschen Begriffen.

Sterne funkelten im Wasser, erstrahlten auf allen Seiten: oben und unten, rechts und links neben Dom. Nach wie vor spürte er den kühlen Druck des Sees, doch die visuelle Wahrnehmung gaukelte ihm einen Aufenthalt im interstellaren Raum vor. Er glaubte sich im Zentrum eines Sternhaufens.

Nein, es ist der Mittelpunkt der Galaxis.

»Eine Illusion.«

Eine Erinnerung. Sieh zu!

Und im Mittelpunkt der Galaxis, wo Sterne einander streiften und interstellare Entfernungen in Lichtwochen gemessen wurden, gleißte ein Planet im blendenden Licht von vielen hundert Sonnen. Eine Welt aus Wasser.

Im Kern bestand sie aus Wasser IV, dem drittmerkwürdigsten Stoff im Universum, und die Oberfläche kochte. Die Bilder formten sich vor Doms innerem Auge, wuchsen mit der beständigen Trägheit glitzernder Kristalle.

Ein paar tausend Jahre lang zog der Planet seine komplizierte Bahn zwischen den Sternen, wie ein kosmischer Regentropfen, hinterließ am galaktischen Himmel einen leuchtenden Regenbogenschweif, der unter dem Photonendruck geisterhafte Gestalt gewann. Dann platzte die Welt wie ein verstopftes Ablaßventil für heißen Wasserdampf.

Dom duckte sich unwillkürlich. Ein brodelndes Etwas — ein ganzer See — überstand die verheerende Explosion und raste an ihm vorbei, auf dem Weg zum Rand der Milchstraße.

Mit einer Sicherheit, die jeden Zweifel ausschloß, begriff er plötzlich, daß die nasse Welt Leben hervorgebracht hatte — eine Art Leben, wie es nicht einmal die Joker kannten. Im heißen Wasser bildeten sich aller Wahrscheinlichkeit hohnsprechende chemische Verbindungen, komplexe Moleküle …

»Du bist der See«, sagte Dom.

In der Tat. Wie geht es meiner alten Freundin, der Ersten Sirianischen Bank?

»Oh, vor ein paar Tagen war sie noch wohlauf«, erwiderte Dom. »Nun, äh, vermutlich bist du eher zurückhaltend und scheu, nicht wahr? Ich meine: Sonst hättest du dich längst zu erkennen gegeben.«

Da irrst du dich. Ich lege nur großen Wert auf meine Privatsphäre. Als ich hier eintraf, stellte die Bank die einzige andere Lebensform dar. Die Sonnenhunde kennen mich. Ich helfe ihnen, kümmere mich um ihre Jungen, und dafür sind sie mir dankbar. Sie sind diskret und taktvoll, sprechen nicht über mich.

»Du kümmerst dich um die Jungen? Bist du Telepath?«

Du verbindest andere Vorstellungen mit diesem Ausdruck. Die meisten Lebewesen bestehen zu einem großen Teil aus Wasser, aber in meinem … Körper gibt es keine anderen Substanzen. Wer von mir trinkt, der nimmt mich in sich auf. So wie du. So etwas nennt man Osmose. Was keineswegs als Beleidigung gemeint ist.

»So habe ich das auch nicht verstanden«, sagte Dom. Er bohrte einen Fuß in den Grund, wirbelte Schlamm auf, versuchte, sich nicht wie ein Narr zu fühlen.

Vor acht Tagen schickte mir die Bank eine Nachricht. Sie ist Stein, ich bin Wasser. Daher kommen wir prächtig miteinander aus. Wir haben eine Übereinkunft getroffen.

Dom lächelte und ahnte etwas. »Es gibt Gerüchte über eine intelligente Sonne im galaktischen Norden.«

Da hast du völlig recht. Eine höchst sonderbare Erscheinung. Die Bank und ich sind jetzt auf der Suche nach einer vernunftbegabten Gaswolke, um das Elementenquartett zu vervollständigen. Nun, die Bank versprach mir, jemanden zu schicken, der mir bei meinem Ausdehnungsprogramm helfen kann.

»Davon weiß ich gar nichts«, warf Dom ein. »Meine Patin sagte mir, du könntest mir dabei helfen, die Heimatwelt der Joker zu finden.«

Wie wär's, wenn wir uns gegenseitig unter die Arme greifen?

»Welche Informationen hast du über die Joker?«

Keine. Wissen gehört nicht zu meiner Natur. Mein Wesen ist ...

Es gab kein geeignetes Wort dafür. In Doms mentalem Fokus formten sich die Konturen rasch wechselnder Bilder, als Saufmich zu erklären versuchte. Intuition traf nicht genau den Kern der Sache. Der junge Salabos spürte etwas von der Ahnung eines Blattes, zu einem Baum zu gehören, mit ihm zusammen zu wachsen. Hinzu kamen Wärme, Verträumtheit, geheimnisvolles Ahnen ...

Darf ich dein Gedächtnis sondieren? Vielleicht ist das notwendig. Danke. Möglicherweise erlebst du gleich einige Visionen, aber ich darf dir versichern, daß sie keine Rolle spielen. Meine Untersuchungen bringen das Fundament deines Bewußtseins überhaupt nicht in Gefahr. Weißt du, ich achte die geistige Integrität anderer Wesenheiten ...

Nach einer Weile fuhr der See fort: *Eigentlich gibt es überhaupt keine dunkle Seite der Sonne. Beginnen wir mit den Joker-Türmen. Ihre Außenhülle besteht wahrscheinlich aus einem Riesenmolekül. Niemand weiß, wozu die Bauwerke dienen, warum sie alle Arten von Energie aufnehmen und anscheinend keine abstrahlen. Ich möchte hinzufügen: Im Prinzip gibt es für ihre Existenz ebensowenig einen ersichtlichen Grund wie für die des Menschen.*

Offenbar hat der Attentäter die Absicht, dich an der Entdekkung der Joker-Welt zu hindern. Aber vielleicht veranlaßt dich sein Verhalten zu Entscheidungen, die du unter normalen Umständen nicht getroffen hättest.

Kommen wir nun zu den Jokern selbst. Niemand kann

ernsthaft bestreiten, daß sie einmal gelebt haben. Sie hinterließen Artefakte, unter anderem die grandiosen Kettensterne, die beweisen, daß sie nicht nur mächtig waren, sondern auch ausgesprochen kühn. Auf Wolf schufen sie das ›Zentrum des Universums‹, was auf ein tiefes Verständnis für die offensichtlichen Wahrheiten des Totalen hindeutet. Die Zukunftsfossilien auf Drittes Auge stammen ebenfalls von ihnen — ein Hinweis darauf, daß sie mit dem Möglichkeitspotential der Zeitreise zumindest experimentiert haben. Es wäre jedoch ein großer Irrtum anzunehmen, die Joker seien die Summe ihrer Schöpfungen. Vielleicht handelt es sich bei ihren Hinterlassenschaften nur um Spielzeuge aus ihrer Kindheit und Jugend. Einige astronomische Daten lassen folgenden Schluß zu: Wenn sich die Joker auf einem Planeten entwickelten, so ist er wahrscheinlich längst in einer Nova- oder Supernova-Explosion verbrannt. Der Umstand, daß die Heimatwelt der Joker nicht in der ›Lebenssphäre‹ gefunden wurde, halte ich für keinen ausreichenden Beweis dafür, daß sie bewußt versteckt worden sind. Vielmehr glaube ich, daß sie sich woanders befindet. Noch eine weitere Bemerkung sei mir gestattet: Die Bezeichnung ›dunkle Seite der Sonne‹ verstehe ich nicht unbedingt als Ortsangabe, eher als ein ideelles Konzept.

»Das ist mir auch schon in den Sinn gekommen«, gestand Dom ein. Er hockte im Schlamm und beobachtete den Sonnenschein, der weit über ihm auf der Wasseroberfläche glitzerte.

Poesie ist die höchste aller Künste. Und die Joker beherrschten sie in Vollendung.

Dom seufzte. »Als ich die Suche begann, glaubte ich zunächst, es ginge nur darum, eine gut klingende Erklärung zu finden. Wie zum Beispiel die von Hrsh-Hgn.«

Oh, sie weist durchaus einige poetische Aspekte auf und läßt sich nicht so einfach von der Hand weisen. Andererseits …

Einmal mehr folgten verbal-mentale Komponenten, die nicht übersetzt werden konnten: ein leichtes Prikkeln, gefolgt vom Gefühl des Irrtums; der fast körperliche Schmerz, ein schief hängendes Bild zu sehen — und nicht in der Lage zu sein, es geradezurichten; eine sanfte Disharmonie.

In dem Fall müßten sie den Creapii ähneln. Das Sein bestimmt das Bewußtsein, wie es so schön heißt — aber die Joker dachten nicht wie die Erbauer der Solarflöße. Allerdings sind die Creapii ohne jeden Zweifel die derzeit höchstentwickelte Lebensform. Ich rate dir, dich eingehender mit ihnen zu befassen. Vielleicht findet du bei ihnen einen Hinweis auf die Joker.

»Mit anderen Worten: Es ist mir nicht bestimmt, die Heimatwelt der Turmkonstrukteure zu entdecken.«

Zieh keine voreiligen Schlüsse! Nun, wichtig ist in erster Linie das Konzept. Jedes Geschöpf lebt in einem eigenen Vorstellungsgebäude, das sich von allen anderen unterscheidet. Man spricht doch von der ›Welt des Dichters‹, nicht wahr? Solche Angaben beziehen sich nicht auf einen physisch existenten Planeten, sondern auf Ideen.

»Ich glaube, ich verstehe, was du meinst«, sagte Dom und stand auf. »Die Welt der Joker — vielleicht nur eine Perspektive, eine Anschauung?«

Genau.

»Ich statte den Creapii einen Besuch ab.« Er versuchte sich zu erinnern. »Ich glaube, die Hochgradigen haben gerade ein Studienfloß im Bereich der Kettensterne eröffnet.«

Das ist richtig. Die Hochgradigen sind die eigenevolutionär fortgeschrittensten Creapii, und außerdem beschäftigen sie sich mit anderen Lebensformen. Daher kann ich deine Wahl nur begrüßen.

Dom machte Anstalten, zur Oberfläche zu schwimmen, zögerte jedoch. »Du wolltest mich um irgend etwas bitten, nicht wahr?«

Um einen großen Gefallen, ja. Du bist Vorsitzender des Direktoriums von Verkehrtherum, einer Welt, die zum größten Teil aus Wasser besteht, stimmt's?

»Was die äußere Peripherie des Planeten betrifft: über

neunzig Prozent oxidierter Wasserstoff, wenn man die Sümpfe hinzurechnet.«

Ich möchte auswandern.

Saufmich begann mit einer Erklärung. Band sei zwar eine recht angenehme Welt, aber es mangele ihr an geistiger Stimulation. Der See konnte mit den flüssigen Bestandteilen der Sonnenhunde kommunizieren, die als Ausgeschlüpfte vom intelligenten Wasser getrunken hatten. Die Telepathie der erwachsenen Exemplare — eigentlich nichts weiter als eine Nebenfunktion ihrer massigen Hirne — versetzte ihn in die Lage, den Bewußtseinsinhalten von Sternreisenden Informationen zu entnehmen. Aber damit wollte sich Saufmich nicht länger zufriedengeben. Er sehnte sich danach zu wachsen. Er benötigte kein Raumschiff. Dom brauchte nur den Behälter zu nehmen, in dem er sein Trinkwasser aufbewahrte. Wenn er einen Teil der H_2O-Entität darin aufnahm, nach Verkehrtherum brachte und die Flasche im großen Tethys-Ozean entleerte, wurde jenes Meer zu einem zweiten Saufmich. Das Seewesen wählte ziemlich überzeugende Argumente.

Ich würde mich um eure Fische kümmern und die Seewege überwachen. Mit den Muskeln der Gezeiten könnte ich Brandung und hohe Wellen schaffen, eure Dichter inspirieren. Wer von mir trinkt, der kostet aus dem Brunnen des Universums. Bitte.

Dom ließ sich Zeit mit der Antwort, und der See verstand den Grund für sein Zögern.

Ich habe keine Macht. Ich helfe, aber ich kämpfe nicht. Was sollte ich erobern wollen? Ich bin …

Nicht transkriptionsfähige Erläuterungen, geistige Streiflichter, sanft und freundlich; kein festes Geschöpf in dem Sinn, eher eine Idee aus Wasser. Der See übermittelte unerschütterliche Gewißheit und nicht etwa Wahrheit, die den Gegensatz der Lüge herausgefordert hätte: Saufmich konnte überhaupt nicht lügen …

»Vielleicht handle ich mir einen Anpfiff von den übrigen Mitgliedern des Direktoriums ein, aber was soll's ...« Dom öffnete seinen Rucksack, holte eine Flasche hervor. »Tritt ein!« Eine Luftblase kroch aus dem Flaschenhals und stieg hoch.

Danke.

Der junge Mann stieß sich ab, kehrte an die Oberfläche zurück, schwamm mit kräftigen Zügen zum Ufer.

Das Runterkrachen schien inzwischen beendet zu sein. Einige Nachzügler sausten über den Himmel, aber die Eier explodierten weit entfernt im Süden. Mehrere noch feuchte Sonnenhündchen, kaum größer als ein Mensch, wagten erste, noch unsichere Schritte.

Die älteren Kinder blickten zum wolkigen Firmament hinauf, reckten die langen Schnauzen in den Wind und stimmten ein heulendes Bellen an. Rötliches Fell bildete eine glänzende Patina auf schlanken Körpern. Ein Sonnenhund in der Nähe des Sees schauderte und zitterte.

»Pscht!«

Hrsh-Hgn eilte durchs hohe Gras, begleitet von einem Roboter, dessen Brustplatte ein großes Schild mit der Kennung ›Drei‹ aufwies. Sie blieben nicht stehen, als sie Dom an den Armen packten und zum See stürmten.

Die Luft roch plötzlich nach Methan — ein fauliger Gestank, der dem jungen Sabalos die Kehle zuschnürte.

»Hrsh! Isaac hat dich also befreit. Was geschah mit ihm? Oh, *du* bist Isaac! Was ist passiert?«

Ruß bedeckte den Stahl des Roboters, und in dem Metall des einen Arms zeigten sich mehrere Kratzer. Der Phnobe nickte geistesabwesend und sah über die Ebene zurück. Das nächste Sonnenhündchen erbebte, und Rauch kräuselte aus drei angeschwollenen Drüsen am rückwärtigen Körpersegment.

»Isaac isst von einem Hund gebissen worden«, brummte Hrsh-Hgn. »Wir haben bereitss einige ziemlich aufregende Erlebnisse hinter unss. Bei allen Sschein-Heiligen von Phnobiss!«

Sie warfen sich zu Boden, und vor ihnen krachte eine

Explosion, hinterließ einen tiefen Krater. Heißer Wind zerrte an dem Mariengras, trieb eine Wolke aus fettem schwarzen Rauch vor sich her. Eine Sekunde später herrschte Finsternis.

Über dem Qualm ritt ein junger Sonnenhund auf drei blauen Flammensäulen. Mit träger Gelassenheit schlug er den gleichen Kurs ein wie seine Ahnen vor einer Million Jahren, ließ eine für ihn unwirtlich gewordene Welt unter sich zurück, strebte der Freiheit des Alls entgegen.

Er wurde schneller, gewann an Höhe, blies einen dunstigen Rauchring, beschleunigte noch immer, als Dom ihn in den fernen Zirruswolken aus den Augen verlor.

Berechnungen:

Hrsh-Hgn betätigte einen kleinen Schieberegler.

»Ich sstelle mit großer Erleichterung fesst, daß ess nicht klappen kann«, sagte er.

»An Bord der *Ein Sprung voraus* befinden sich zwei Raumanzüge«, erwiderte Dom. »Einer müßte dir passen.«

Drei Kilometer entfernt stieg ein wimmerndes Sonnenhündchen aus einer weiteren Rauchwolke.

»Versuchen Sie einmal, unsere Lage aus einem anderen Blickwinkel zu betrachten«, sagte Isaac drängend. »Wenn wir Madam mit schwingenden Memorialschwertern angreifen, verliert sie vielleicht den Humor und richtet die Bordblaster auf uns. Nun, möglicherweise liegt ihr nichts daran, Dom zu verletzen, aber wie schätzen Sie in einem solchen Fall *unsere* Chancen ein?«

»Wir würden geröstet«, entgegnete Hrsh-Hgn kleinlaut und rang mit sich selbst.

»Die Tanks der *Ein Sprung voraus* enthalten keinen Treibstoff mehr«, warf Dom ein.

»Nicht einen einzigen Tropfen«, betonte Isaac.

»Es bleibt uns gar nichts anderes übrig.«

Ein weiterer Sonnenhund galoppierte auf brennendem abdominalen Gas. Hrsh-Hgn sah dem Wesen nach, und seine besorgten Züge brachten gemischte Gefühle zum Ausdruck.

»Ich bin mit Tieren noch nie besonderss gut zurechtgekommen!« klagte er.

Damit fügte er sich. Dom und Isaac wechselten einen kurzen Blick, nickten entschlossen.

Fünfzehn Minuten später landete die *Trunken mit Unendlichkeit* neben der leeren Jacht. Joan starrte ihre Robotergarde zornig an.

»Ich habe zwanzig von euch in den Einsatz geschickt — und trotzdem entkamen mein Enkel und seine Begleiter!«

»Die Klasse Fünf-Einheit löste eine unlogische Ereigniskette aus«, erklärte Zwölf.

»Er ist intelligenter als wir«, fügte Neunzehn hinzu. »Er forderte uns auf, bis drei zu zählen.«

»Und dann schlug er zu«, meinte Zwölf.

»Wenn wir in die Zivilisation zurückkehren, sorge ich dafür, daß jener Roboter einer umfassenden Lobotomie unterzogen wird«, versprach sich Joan grimmig. »Himmel, ich frage mich, warum wir damit begonnen haben, menschliche Maschinen zu konstruieren!«

»Die Einheiten der Klasse Fünf sind dazu bestimmt ...«, begann Zwölf, aber er war vernünftig genug zu verstummen, als er Joans durchdringenden Blick spürte.

Drei andere Roboter traten ein, trugen die starren Metalleiber ihrer Kollegen Drei und Acht.

»Ich bin sehr traurig«, sagte Zwölf.

»Mögen sie in Frieden rosten«, rasselte Neunzehn.

»Nach ihrer Rejustierung wird es mir eine Freude sein, sie um eine Kategorie zu deklassifizieren«, zischte Joan. »Na schön. Schwärmt aus! Wir verlassen diesen elenden Planeten erst, wenn wir Dom und seine Komplizen gefunden haben.«

Fünfzehn Kilometer entfernt rasten drei junge Sonnenhunde gen Himmel. Sie schlingerten ein wenig, weil sie zusätzliche Masse transportierten, stabilisierten ihre Fluglage und rasten den Sternen entgegen.

Hrsh-Hgn wies mit weinerlicher Stimme darauf hin, sein orbitaler Vektor gestalte sich zunehmend als eine Spirale, die ihn zum Planeten zurückführe — wobei er schüchtern auf die Gefahr hinwies, in der Atmosphäre zu verglühen. Aber ihre Verhandlungspartnerin ließ sich von solchen Hinweisen nicht beeindrucken. Eine der herausragenden Eigenschaften von Sonnenhunden bestand in ihrer unerschöpflichen Geduld.

Sie hieß Rinne-Dreipol-Strich-Pfand-Hudsons Bay-Liebling.

»Eure Kinder haben die Umlaufbahn sicher erreicht«, sagte Dom ruhig.

Trotzdem war es ein verabscheuungswürdiges Handeln eurerseits, Mensch. Das Wohl der Jungen hat absolute Priorität für uns.

Dom überlegte rasch.

»Ich trage Saufmichs Saat«, verkündete er.

Jeder Freund des Sees ist auch mein Freund, was jedoch nichts an den gegenwärtigen Situationsaspekten ändert. Nun, eine großzügige Überweisung auf das Sonnenhund-Konto würde mich für das verwerfliche Verbrechen entschädigen, das Wir Allein beobachten mußten. Wie lautet dein Name?

»Dom Sabalos.«

Er klingt vertraut. Ich habe ihn schon einmal gehört, vor nicht allzu langer Zeit. Nun, die Kettensterne befinden sich am Rand der Lebenssphäre. Mit anderen Worten: Euch steht ein langer Aufenthalt im Interraum bevor.

»Der Roboter weist die notwendige Widerstandsfähigkeit auf. Mein Freund und ich sind mit Raumanzügen geschützt.« Dom starrte auf Hrsh-Hgn herab und fügte nervös hinzu: »Letzterem droht ein unkontrollierter Wiedereintritt in die Atmosphäre.«

Eine Ewigkeit im Interraum …

Dom versuchte sich davon zu überzeugen, daß ihnen im Pseudofeld der Sonnenhündin überhaupt keine Gefahr drohte, aber seine Instinkte behaupteten etwas ganz anderes, veranlaßten ihn dazu, sich fast krampfhaft am Fell des Tieres festzuhalten. Der Raumanzug stellte ihm ein starkes Sedativ zur Verfügung, das einen Benommenheitsfilter zwischen Furcht und den gespenstischen Erscheinungen des Interraums schuf. Hrsh-Hgn zog es vor, schon nach kurzer Zeit das Bewußtsein zu verlieren, und Isaac schaltete die meisten Komponenten seines Roboterkörpers ab.

Die Ewigkeit dauerte an …

KAPITEL 9

»Eigentlich sollten sie gar nicht existieren. Rein theoretisch sind sie möglich, aber ebensogut könnte man sich vorstellen, eine Nadel auf einer Haarspitze zu balancieren. Wird der Mensch mit Dingen wie den Kettensternen konfrontiert, muß er sich entweder voller Ehrfurcht niederknien — oder er hat allen Grund, sich ernsthaft Sorgen zu machen.«

Charles Sub-Lunar:
Galaktische Ausfluge

ALS DIE ENTFERNUNG zu den Kettensternen noch zwanzig astronomische Einheiten betrug, fragte sich Dom, warum die Sonnen als so beeindruckend galten.

Die Creapii-Fähre setzte den Flug fort, und nach einer Weile konnte Dom das stellare Monument der Joker besser erkennen.

Man stelle sich einen fünf Millionen Kilometer durchmessenden Pfannkuchen vor, der mit einem anderen von der gleichen Größe verbunden ist.

Die Kettensterne. Und in einer komplizierten Umlaufbahn: Minos, ein Planet, der aus Tausenden von Asteroiden bestand, aus galaktischen Trümmern, die man über viele Lichtjahre hinweg hierher transportiert und zu einer Welt zusammengepreßt hatte. Das Labyrinth auf Minos, eine weitere Hinterlassenschaft der Joker.

Die Kabine enthielt nur mehrere Kontursitze und einen Bildschirm. Von außen betrachtet wirkte das Shuttle geradezu gewaltig, viel größer als ein durchschnittlicher Frachter. Außerdem zeichnete es sich durch eine überraschende stromlinienförmige Eleganz aus. Dom wußte, daß der größte Teil der Hülle als Hitzeschild diente, und hinzu kam das Triebwerk: Es mußte leistungsfähig genug sein, um den enormen Gravitationssog einer Sonne auszugleichen.

Dennoch verwunderte ihn die schlanke Form. Bis er schließlich begriff: Selbst Sterne besaßen Atmosphären.

Dom starrte auf den Schirm und beobachtete, wie die glühenden, miteinander verbundenen Ringe wuchsen, bis der äußere Rand aus dem Erfassungsbereich geriet. Der junge Mann empfand nicht den geringsten Trost, als er sich daran erinnerte, daß es sich nur um ein auf normale Helligkeit gefiltertes Bild handelte. Die Logik richtete kaum etwas gegen das Gefühl aus, in eine Sonne zu stürzen.

»Vom Stern geboren — und nun kehren wir in den Mutterschoß aus Licht, Plasma und Feuer zurück«, philosophierte Isaac. Dom entspannte sich und lachte. Er glaubte, irgendwo in der Ferne ein dumpfes Brodeln zu hören, das Grollen eines stellaren Hochofens. Natürlich nur überschäumende Phantasie. Im Vakuum des Alls fehlte ein Übertragungsmedium für Schallwellen jeder Art. *Ich bilde mir das ein,* dachte er — und spürte gleichzeitig die Hitze ihm entgegenleckender Flammenzungen.

Schließlich verflüchtigten sich alle Konturen, und der Bildschirm verwandelte sich in ein blendendweißes Rechteck. Hrsh-Hgn zitterte, als Phnobe erfaßt von instinktiver Furcht vor nacktem Sonnenlicht. Dom stellte sich vor, wie die Fähre über ein glühendes Meer ohne Horizonte glitt — und er legte seinem Einfallsreichtum strenge Zügel an, als er an die Defektanfälligkeit gewisser mechanischer Teile dachte. Fusionsozeane erlaubten keine Panne.

Kurz darauf geriet das Solarfloß in Sicht, und Dom riß unwillkürlich die Augen auf.

Man spreche gewöhnliche Leute auf die Flöße der Creapii an. Die Antwort lautet vermutlich: Oh, irgendwie ähneln sie vermutlich den Windschalen der Dagon-

Fischer! Sie gleiten ganz ruhig und gemütlich dahin, und auf dem Deck stehen einige Hochgradige, beobachten den ... Himmel, das gelbe Meer, atmen die frische Brise.

Das war natürlich Unsinn. Selbst Hochgradige konnten nicht ohne umfangreiche Schutzvorrichtungen im Freien überleben, abgesehen vielleicht von den Oberflächen fast erloschener Sonnen. Außerdem stammte das Kettenfloß aus einer Zeit, als gerade die ersten neuangepaßten Creapii aus den Zuchtbottichen kletterten. Es handelte sich um eine glatte Halbkugel, die mit der flachen Seite auf einem Untergrund ruhte, der wie dünner Dunst wirkte.

Das Shuttle legte mit einem kaum merklichen Ruck an, und ein Wandabschnitt glitt beiseite, gab den Weg in einen runden grauen Tunnel frei. Eine freundliche Sprachprozessorstimme forderte sie auf, die Passage zu benutzen. Dom ging als erster los, sah sich immer wieder wachsam um.

Plötzlich vernahm er ein vertrautes Geräusch. Ungläubig setzte er einen Schritt vor den anderen, glaubte, Ohren und Augen nicht trauen zu können.

Vor ihm erstreckte sich ein echtes Meer.

Seine Glühheit CReegE+690° rollte auf glänzenden Raupenketten über den Strand. Er war groß, größer als die meisten niedergradigen Creapii, die auf Verkehrtherum lebten. Sein eiförmiger Schutzanzug leuchtete in einem goldenen Ton. Ein Rehkitz sprang neben ihm dahin, und ein kleiner blauer Singvogel hockte auf dem Tentakel des massigen Wesens. Seine Glühheit verharrte dicht vor der Wassergrenze und wartete geduldig.

Dom spürte, wie seine Zehen Sand berührten, und er watete durch die Wellen. Zumindest ein Teil des Fremdartigen, das die Creapii umgab, verflüchtigte sich nun und wich dem Gefühl vager Vertrautheit. Er hatte es mit einem Wesen zu tun, das zu der hochentwickelten Subspezies einer Rasse gehörte, die zehnmal so alt war wie die Menschheit. Beobachtete ihn das merkmallose Ei? Und wenn ja: Was sah es?

Ein gepanzerter Tentakel reichte ihm ein rauhes Handtuch, das nach Zitronen duftete.

»Haben Sie das Schwimmen als angenehm empfunden?« ertönte eine sanfte Tenor-Stimme, die aus keinem sichtbaren Mund drang.

»Und ob«, erwiderte Dom. Er streckte den Arm aus, zeigte dem Creap eine kleine purpurne Muschel.

»*Trivia monarcha sinistrale*«, erklärte Seine Glühheit. »Die Tintenkaurischnecke von Verkehrtherum. Wunderschön in ihrer Schlichtheit. Was halten Sie von meinem Ozean?«

Dom drehte den Kopf und blickte über die Wellen. Künstliche Brandung, der hundert Meter vom Ufer entfernte Horizont ein Meisterwerk der Illusion. Eine artifizielle Sonne, umhüllt von echter strahlender Pracht.

»Er ist *überzeugend*«, sagte er.

Der Creap lachte humorvoll und führte seinen Besucher langsam über den Strand.

Das Biosanktuarium enthielt mehr Land als Wasser — ein verzeihlicher Fehler bei der Verteilung von Großzügigkeit. Auf der einen Seite reichte eine mit goldenem Gras bewachsene Ebene bis zu fernen Bergen hinauf, deren Konturen sich in der kristallklaren Luft in aller Deutlichkeit abzeichneten. Götter mochten auf den hohen Gipfeln wohnen. Auf der anderen Seite erstreckte sich dichter Wald. Ein breiter Fluß gischte über mehrere Felsen, schlängelte sich dann an wurzeldurchzogenen Uferbänken entlang. Eine große *Aeschan*-Libelle von Terra Novae glitt mit buntem Schillern vorbei. Auf dem Humusboden zwischen den Bäumen wuchs wilder Enzian, und an einigen Stellen zeigten sich Hasenspuren. Wohlriechender Fenchel gedieh, und hier und dort hingen Weinreben. In der Ferne grummelte ein Vulkan.

»Möchten Sie über Retroprojektion, verborgene Geräte und künstliche Bewässerung sprechen?« fragte Seine

Glühheit unschuldig. Dom schnupperte. Es roch nach Regen.

»Wahrscheinlich würde ich Ihnen ohnehin nicht glauben«, gab er zurück. »Was fände ich hier, wenn ich einen Spaten nähme, um ein tiefes Loch zu graben?«

»Mutterboden und das eine oder andere sorgfältig ausgewählte Fossil.«

»Und?«

»Oh, Fels, Kalkstein bis zu einer Tiefe von drei Metern!«

»Und dann?«

»Dann ist die Illusion dahin. In dieser Reihenfolge: die Maschinenetage, ein Meter aus monomolekularem Kupfer, eine dünne Schicht aus oxidiertem Eisen, ein kleines Matrixfeld. Wollen Sie auch wissen, was sich *darunter* befindet?«

»Nein, ich glaube nicht, Euer Glühheit.«

»Sollen wir dann unseren Spaziergang fortsetzen? Ich muß die Karpfen füttern.«

Später, als goldene Fische auf das Läuten einer kleinen Glocke reagierten und herbeischwammen, sagte der Creap: »Der Grund für dieses Ambiente? Ich studiere die Menschheit. Insbesondere die irdische. Nun, diese Worte könnten zu einem Mißverständnis führen, und deshalb möchte ich hinzufügen: Ich befasse mich mit der kulturellen Totalität, und deshalb versuche ich, mir die menschliche Betrachtungsweise zu eigen zu machen. Verstehen Sie, was ich meine? Das Sein bestimmt das Bewußtsein. Eine Binsenwahrheit.« Mit seinem Tentakel deutete er auf das Meer, den Wald, die fernen Berge. »Ich fand es also angemessen, mir eine menschliche Umwelt zu schaffen. Es wäre natürlich einfacher gewesen, mich auf einem entsprechenden Planeten niederzulassen, aber dazu liebe ich die Sonne zu sehr.«

Dom rief sich ins Gedächtnis zurück, daß unter ihm ein natürlicher Fusionsreaktor arbeitete. Die Creapii untersuchten die Kettensterne — aus unmittelbarer Nähe —, und seine Glühheit hatte bereits angedeutet, daß auf dem Floß einige wichtige Experimente durchgeführt wurden.

»Die Joker?« fragte Creap. »Oh, natürlich helfe ich Ihnen. Wenn ich kann. Sie und Ihre Begleiter sind die ersten menschlichen Besucher, die wir hier empfangen. Gibt es bei Ihrem Volk irgendeine Prophezeiung, die einen grünen Mann mit einem intelligenten Meer in der Flasche betrifft?«

»Nein«, entgegnete Dom alarmiert. »Und bei Ihnen?«

»Nicht daß ich wüßte. Trotzdem: Es hat ganz den Klang einer Legende, die aus der irdischen Märchenwelt stammt. Ich denke da nur an einen gewissen Aladin und sein Wunderbrot. Man brauchte nur ein Stück von dem Laib abzubrechen, und schon manifestierte sich ein kleiner Gnom, der einen in die Waden kniff. Vermutlich aus Rache. Mir würde es auch nicht gefallen, wenn jemand an mir knabbert.«

Dom hatte das vage Gefühl, daß Seine Glühheit irgendwelche Geschichten durcheinanderbrachte, aber er war taktvoll genug, keine kulturelle Kritik zu üben.

»Nun«, fuhr der Creap fort, »Sie müssen verstehen, daß wir eigentlich gar nicht in der Lage sind, Ihnen einen Rat anzubieten. Für derartige Auskünfte sind Jahrzehntausende sorgfältiger Forschungen notwendig. Nicht auszudenken, wenn sich jemand irrte! Haben Sie spezielle Fragen?«

»Die Creapii sind nicht mit den Jokern identisch.«

»Eine Feststellung, die ich nur bestätigen kann.«

Dom holte tief Luft. »Die Creapii sind das älteste Volk in der Lebenskugel. Die Erste Sirianische Bank und Saufmich dürfen wir nicht berücksichtigen, weil es sich bei ihnen um individuelle Wesenheiten handelt. Daraus folgt, daß Sie die größte Ähnlichkeit mit den Jokern aufweisen. In geistiger Hinsicht, meine ich. Halt, nein, das ist nicht ganz richtig. Es betrifft eher die ... Lebenseinstellung.«

Seine Glühheit lachte. »Und wie *ist* unsere Einstellung zum Leben?«

»Sie studieren andere Kulturen. Der Mensch als Jäger, die Creapii als Erkenntnissucher. Darf ich ganz offen sein?«

»Ich bitte darum«, sagte das große goldene Ei. Dom errötete ein wenig.

»Nun, ich bin schon häufiger Creapii begegnet. Wissen Sie, was mir bei solchen Gelegenheiten immer seltsam erschien? Sie sind so — menschlich. Und das trifft auch auf Euer Glühheit zu.

Hrsh-Hgn ist mein Freund, aber er stammt von Phnobis. Obgleich er fast sein ganzes Leben auf Verkehrtherum gelebt hat, unter Auswanderern von der Erde, bleibt er mir fremd. Es gibt winzige Unterschiede, die sich anhäufen und dadurch ins Gewicht fallen. Er hat eine ganz andere Perspektive. Wenn wir eine Sache betrachten, weiß ich genau, daß er sie aus einem völlig verschiedenen Blickwinkel betrachtet. Aber die Creapii, die ich kenne, erwecken keinen solchen Eindruck.«

»Wir leben auf heißen Welten«, sagte CReegE+690°. »Wir sind oktopoid und geschlechtslos. Und trotzdem vergleichen Sie uns mit Menschen?«

»Bei Chel! Menschlichkeit betrifft nicht etwa den Körper, sondern die Geisteshaltung. Nun, Sie gaben mir gerade das Stichwort. Ich habe mich oft gefragt: Die Creapii unterscheiden sich so kraß von uns — warum wirken sie dann so vertraut? Die Antwort auf diese Frage lautet: Alle Angehörigen Ihres Volkes, denen ich begegnet bin, gaben sich große Mühe, unsere Perspektive zu teilen. Es sind erst Menschen, dann Creapii.«

Dom wandte sich dem Ei zu und hielt vergeblich nach einem Gesicht Ausschau. »Ihre Bemerkungen haben einiges für sich«, sagte die körperlose Stimme.

»Ich glaube, Sie versuchen auf diese Weise, das Universum besser zu verstehen«, meinte Dom. »Phnoben sehen einen anderen Kosmos als Menschen.« Er verzog das Gesicht und schüttelte den Kopf. »Himmel, ich benutze dauernd die falschen Ausdrücke! Phnoben *erleben* einen anderen Kosmos. Stimmen Sie mir zu?«

»Eine sehr kluge Einschätzung. Darf ich Ihnen etwas zeigen, bevor wir mit Ihren Gefährten speisen?«

Dom bekam einen eiförmigen Besucheranzug, mit einer schlichten Kontrolltafel ausgestattet. Der junge Sabalos verglich die Schutzhülle mit einem kleinen vertikalen Tank, der auch für Aufenthalte im All verwendet werden mochte. In diesem besonderen Fall waren die Heizrippen durch Kühlschlaufen ersetzt worden. Nach einer kurzen Überprüfung der Sicherheitsmechanismen wagte er sich in die Zentralsektion des Solarfloßes.

Später konnte er sich kaum mehr an Einzelheiten erinnern. Die einzelnen Erlebnisse bildeten ein Wirrwarr aus Hitze, großen scheibenförmigen und langsam dahingleitenden Ungeheuern, dem Donnern der Sonne und einem seltsamen Flackern in der Luft. Man führte ihn auf eine von dicken Matrixspulen gesäumte Beobachtungsplattform, und dort wurde er aufgefordert, nach oben zu sehen.

Der runde Stern, auf dem das Floß trieb, glitt gerade unter der bogenförmigen Wölbung einer anderen Kettensonne hinweg. Auf einer kühleren Welt hätte dieser Anblick ausgereicht, um Dutzende von neuen Religionen zu inspirieren.

Eine glitzernde Sichel, nur etwas heller als der Himmel ringsum, kroch übers solare Firmament.

Wahrscheinlich wußten die anderen Creapii nicht, daß der ungeschickt steuernde Schutzkokon einen jungen Mann enthielt, keineswegs einen betrunkenen Creap — falls jene Wesen überhaupt tranken. Vermutlich sahen sie in Alkohol nur eine chemische Substanz, aus der man ein wenig Energie gewinnen konnte. *Sehr* wenig im Vergleich zum Fusionsplasma der Sonne. Dom starrte und starrte — und nach einer Stunde war er wie im Rausch.

Dieses Empfinden dauerte noch einige Minuten an, als sie ins Biosanktuarium zurückkehrten. CReegE brauchte nicht eigens auf die Bedeutung der Lektion hinzuweisen. Durch eine Art mentale Osmose hatte er dem Besucher das Fühlen seines Volkes vermittelt. Eine ganze Totalität trennte die Welt der Creapii vom Erfahrungskosmos der Menschen. Deshalb versuchten die einzelnen Glühheiten, wie der Homo sapiens zu denken. Sie meinten, nur das versetze sie in die Lage, die vollständige Natur des Universums zu erkennen.

Mit seinem neuen Verständnis begriff Dom, daß das allgemeine Bild von den Creapii nicht der Wirklichkeit entsprach. Sie galten als geborene Wissenschaftler, als die Kühlköpfe des Universums, als absolute Analytiker, als ein Volk hochintelligenter Roboter — wenn es den ersten Entwicklungstechnikern gelungen wäre, ihre Vorstellungen von perfekten Maschinen zu verwirklichen. Aber das stimmte nicht. Dom entsann sich an eine der präsadhimistischen Sekten. Was hatten ihre Anhänger angestrebt? Ultimate Realität? Ja, genau. Die Creapii waren kosmische Mystiker.

Sie aßen an einem Tisch, der unter einem großen Birnbaum stand. Dem Phnoben Hrsh-Hgn servierte man ein Kompott aus halb verfaulten ölig-schwarzen Blätterpilzen — eine einzigartige Delikatesse für ihn. Isaac verschlang einen Topf Salpeterkartoffeln von Verdammich — der Energie wegen. Dom bekam ein vorzüglich zubereitetes Meeresfrüchte-Soufflé und ahnte allmählich, daß die Creapii auf allen Gebieten Experten waren. Seine Glühheit saugte an einem unter Druck stehenden Zylinder; die geheimnisvoll bleibende Nährmasse (Dom dachte in diesem Zusammenhang an flüssiges Zinn, lecker kochendes Blei oder dergleichen) verschwand durch eine organische Luftschleuse in Magenhöhe.

»Was ist Ihr nächstes Ziel?« fragte der Creap.

»Ich wäre Ihnen sehr dankbar, wenn Sie mich nach Minos bringen könnten«, sagte Dom. »Ich brauche ein neues Raumschiff, und ich weiß, daß es dort eine Multispezies-Siedlung gibt. Darüber hinaus: Vielleicht sehe ich mir das Labyrinth an.«

»Glauben Sie, in dem Irrgarten irgendeinen Hinweis zu finden?« fragte seine Glühheit höflich.

Isaac summte leise vor sich hin und rammte Dom den Ellbogen in die Rippen. »He, Mann, das war eine echt geschickte literarische Anspielung!« rief er. »Selbst der Name des Planeten ...«

»Ich weiß«, erwiderte Dom. »Und ich freue mich bereits darauf, dem Minotaurus zu begegnen. Hrsh?«

»Oh, nichtss!« zischte der Phnobe und sah auf. »Ich mußte nur gerade an etwas denken ... Irgendwie habe ich das Gefühl, in einer Legende zu agieren.«

Dom nannte den Raumer *Ein Sprung dahinter*. Er gehörte zu den besten Schiffen, die die Werft auf Minos anzubieten hatte: Zwar fehlte ein Autokoch — was in diesem Zusammenhang nur ein Vorteil sein konnte —, aber der Matrixcomputer war sorgfältig justiert worden, und die Pilotenkabine bot etwas mehr Platz als ein (kleiner) Schrank.

»Warum ausgerechnet *Ein Sprung zurück?*« fragte Isaac.

»Ein Bezug auf die Relativität«, erklärte Dom. »Der volle Name müßte eigentlich lauten: *Ein Sprung so weit voraus, daß das Schiff direkt hinter einem auftauchen müßte, wenn Einstein recht hätte.* Versuch mal, eine solche Bezeichnung auf der winzigen Identerplatter unterzubringen.« Dom seufzte. »Kommst du damit zurecht?«

»Oh, ich denke schon«, erwiderte Isaac. Es klang nicht besonders begeistert. »Wenn der Compi bockt, helfe ich ihm auf die Sprünge.« In einem Anflug von elektronischer Ironie fügte er hinzu: »Oder wir wenden uns wieder an die Sonnenhunde.«

Der Phnobe zischte erschrocken, als er diese Worte vernahm, und Dom spürte, wie er erblaßte.

Sie wanderten durch die menschliche Wissenschaftskolonie und näherten sich dem Labyrinth. Die vordere Wand des Irrgartens überragte die niedrigen Wohnkuppeln.

»Wass hältsst du von den Hochgradigen?« fragte Hrsh-Hgn.

»Sie sind bemerkenswert«, entgegnete Dom zurückhaltend. »Und du?«

»Während deiner Bessichtigungstour habe ich mit einigen gesprochen. Wie nicht anderss zu erwarten gewesen isst, hat mich ihre Ähnlichkeit mit unss Phnoben ssehr erstaunt. Deine Anssicht, jedes Volk habe eine ganz spezielle und individuelle Perspektive für dass Universum ...«

Hrsh-Hgn unterbrach sich, als ein silbernes Ei aus dem Zugang des Labyrinths rollte, sich ihnen näherte und mit einem Bündel Papieren winkte. Der rötliche Glanz des Augenschilds deutete darauf hin, daß sie es mit einem niedergradigen Creapii zu tun hatten.

»Pscht!« fauchte eine Stimme, die aus keiner bestimmten Richtung zu kommen schien. »He, Jungs, wollt ihr 'ne Karte kaufen? Ohne Karte verirrt ihr euch vielleicht im Labyrinth. Diese Darstellungen hier stammen von meinem Zuchtbruder; er hat dazu authentische Luftaufnahmen verwendet!«

»Verschwinde, Aschenhirn!« rief ein größerer Creap, der nun heraneilte. »Nun, Sir und Frss, ganz offensichtlich sind Sie sehr scharfsinnig und interessieren sich für eine Karte. Ich kann Ihnen ein ausgezeichnetes Angebot unterbreiten, Sir und Frss.«

»Brauche ich eine Karte?« fragte Dom.

»Nicht unbedingt«, erwiderte der Phnobe, der den Irrgarten schon einmal besucht hatte. »Aber wenn du ein Souvenir möchtest ...«

Mehrere Kartenverkäufer ruderten aufgeregt mit Tentakeln und anderen Extremitäten, als Dom und seine beiden Begleiter das Labyrinth betraten.

Die Joker wurden ihrem Namen gerecht und hatten sich einen kleinen Scherz erlaubt. Ab und zu wies ein phantasievoller Forscher darauf hin, das Labyrinth sei vermutlich nie als solches geplant gewesen, doch auf die Frage, welchem Zweck der ›Irrgarten‹ einst gedient habe, konnten die Wissenschaftler keine glaubhafte Antwort geben. Dom war nicht überrascht, als sich seine Gefährten aufzulösen schienen, erinnerte sich an Hrsh-Hgns Hinweise auf die Wirkung der Anlage.

Irgendeine Vorrichtung in den monomolekularen Wänden erzeugte für jedes Individuum ein separates Universum. Aus diesem Grund blieben selbst detaillierte Karten und kontrastreiche Luftaufnahmen nur von begrenztem Wert. Anders ausgedrückt: Wenn Dom eine Karte vom Labyrinth zeichnete, so stimmte sie vermutlich bis ins letzte Detail — allerdings nur für ihn.

Einmal beobachtete er die geisterhafte Erscheinung des Phnoben, kaum mehr als einen Schatten, der aus einer Wand trat und in einer anderen verschwand. Dom pochte mehrmals an die Mauer, vergewisserte sich, daß niemand in der Nähe weilte — und richtete einen Stripper-Strahl auf die weiße Fläche. Das Material wurde nicht einmal heiß. Als Illusion war sie mindestens ebenso widerstandsfähig wie massiv.

Nach einem zehnminütigen Marsch fand er den Mittelpunkt. Sein Memorialschwert bot sich nach wie vor als Energiewaffe dar, und Doms Daumen verharrte dicht über dem Kontrollknauf, als Ways um die Ecke kam und lächelte.

»Offenbar haben Sie mit einer solchen Begegnung gerechnet«, sagte er freundlich.

Dom feuerte. Ways bedachte ihn mit einem vorwurfsvollen Blick und streckte die Hände aus. Eine sich aufblähende Kugel, die Licht fraß, raste auf Dom zu — und verflüchtigte sich.

»Die erste Runde«, sagte Ways. »Nun, *ich* habe eine resonanzabsorbierende Matrix. Und Sie?«

»Wer sind Sie?« fragte Dom. Er betätigte das Justierungsmodul, und aus dem Stripper wurde ein Messer.

»Ways, Bürger der Erde.« Er duckte sich kurz, fing die Klinge auf und schleuderte sie zurück. »Ich fürchte, die Schneide ist ein wenig stumpf geworden«, fügte er hinzu. »Trotzdem: ein guter Wurf. Mein Kompliment.«

»Meine nächste Frage sollte eigentlich lauten: Sind Sie gekommen, um mich zu töten? Aber das klänge ziemlich dumm, nicht wahr?«

»In gewisser Weise schon«, räumte Ways ein. »Nun, bisher hatte ich mit meinen Anschlägen nur wenig Erfolg. Dennoch darf ich nicht einfach so aufgeben — wo bliebe sonst die Freiheit des eigenen Willens?«

»Bieten Sie mir eine Erklärung an?«

»Warum nicht? Wissen Sie, das Universum ist zu groß für uns und die Joker. Einige Leute fürchten, die legendären Turmkonstrukteure könnten ganz plötzlich auftauchen.«

»Stellen Sie sich dabei irgendwelche hochgeistig-geniale Monstren vor?«

»Nein, eher Götter. Tja, was hochgeistig-geniale Ungeheuer angeht: In der Regel weiß man, woran man mit ihnen ist. Ganz anders sieht's mit Göttern aus. Niemand möchte sich plötzlich in die Rolle eines Sklaven gedrängt sehen. Oh, da fällt mir ein: Ich hab hier was für Sie.«

Der Roboter öffnete eine Brustklappe, holte Ig hervor und warf ihn Dom zu. Das kleine Tier hockte sich auf die Schulter des jungen Sabalos, fauchte Ways wütend an und kroch dann unter Doms Hemd.

»Und noch etwas anderes ...«, sagte der Attentäter. Einige Sekunden lang kramte er in seiner Reisetasche, griff dann noch einmal in das offene Torsosegment. »Äh, bitte haben Sie einen Moment Geduld, Sie wissen ja, wie so was ist, die Dinge befinden sich nie am richten Platz ... Ah, hier!«

Dom gehorchte einem Reflex und fing die kleine graue Kugel auf. Sie fühlte sich warm an.

Ways beobachtete ihn aufmerksam.

»Ein Matrixmotor ohne Spule«, sagte er. »Er hätte Ihnen eigentlich den Kopf vom Hals sprengen sollen. Ja, recht primitiv, ich weiß.«

Dom holte aus und warf den Gegenstand über die nächste Wand hinweg. Sie funkelte kurz im Licht der Kettensterne, bevor sie mit einem leisen Knistern im nächsten Gang landete. Einen Sekundenbruchteil später stürmte Ways los.

Dom empfand den Aufprall so, als sei er von einer wuchtigen Ramme getroffen worden. Die schwere Masse des Roboters schleuderte ihn zurück, warf ihn zu Boden. Er versuchte sich zur Seite zu rollen, neigte den Kopf ruckartig nach links und entging nur knapp einer stählernen Faust. Durch den Hieb platzte die künstliche Haut. Die Servomotoren des Roboters surrten laut, als Ways zu einem neuerlichen Hieb ansetzte. Eine seiner Fingerspitzen hinterließ einen blutigen Striemen an Doms Stirn.

Ig griff in den Kampf ein, fuhr die Krallen aus und zielte damit nach den Augenoptiken des Angreifers. Ways stieß das Tier mühelos beiseite, sprang zurück und spannte metallene Muskeln.

»Ich glaube einfach nicht an Unverwundbarkeit«, sagte er. »Nun, ich schlage vor, wir kommen jetzt zur Sache.«

Der Matrixmotor explodierte. Das Labyrinth erbebte.

Ways wurde von der enormen Druckwelle erfaßt, wie eine Puppe aus leichtem Kunststoff an die Wand geschleudert. Das eine Bein des Roboters kratzte über Doms Brust.

Weit über dem Irrgarten näherte sich ein Raumschiff und setzte zur Landung an.

KAPITEL 10

Das wichtigste Werkzeug auf Laoth ist der Schraubenzieher.

Galaktisches Allerlei

Hort das Krachen des Laubs im Herbst,
das Lachen der kristallenen Blatter

Charles Sub-Lunar:
Planetares Haiku

Das Bett war geradezu antik, ein üppig verziertes schwarzes Etwas, das ganz offensichtlich aus der taminischen P'ing-Dynastie stammte. Dom zwinkerte, starrte durch einen sich langsam auflösenden blauen Dunst und ließ den Blick durch den Rest des Zimmers wandern.

Er befand sich in einer regelrechten Schatzkammer. Oder vielleicht in einem Museum — Unterscheidungen fielen schwer. Irgend jemand hatte Möbel und Ornamente quer durch die Galaxis transportiert und an diesem Ort abgeladen, ohne die geringste Rücksicht auf Stil oder Kunstepoche zu nehmen. An zwei Wänden hingen Memorialgobelins, auf denen längst vergessene Helden wie in einer auf ständige Wiederholung geschalteten Holo-Aufzeichnung historische Szenen darstellten. Einige Tstame-Figuren in Ritualkostümen standen steifbeinig auf einem Spielbrett aus massivem Rubin. Dom sah auch eine desaktivierte Wasserskulptur — jetzt nur eine glitzernde Lache auf dem Boden des Tanks. In einer Vitrine aus der Ära ›Früher Chrom‹ lagen mehrere Töpferwaren, die jemand aus Heiligen Phnobischen Tempeln gestohlen hatte. Wo keine Tapisserien hingen, leuchtete der purpurne Samt kostbarer Wandteppiche.

Dom dachte an die bescheidenen, streng-praktisch ausgestatteten Wohnkuppeln auf Verkehrtherum. Als einziger vertretbarer Schmuck galt das Sadhim-Symbol, vielleicht auch noch das Eine Gebot in einem angemessenen Rahmen. Die Anwendung elektrischer Energie mußte sich auf die Küche beschränken. Die Familie der Sabalos war reich — so reich, daß sie sich ein bescheidenes Leben leisten konnte. Wem auch immer dieses Zimmer gehören mochte: Entweder versuchte er, über seine Armut hinwegzutäuschen — oder er schwamm so sehr in Geld, daß Dom und seine Verwandten im Vergleich zu ihm Almosenempfänger sein mochten.

Der junge Mann fühlte etwas Warmes am Ohr, und als er den Kopf drehte, sah er Ig, der sich im Ruhefeld zusammengerollt hatte. Das Tier öffnete ein Auge und schnurrte leise.

Dom kletterte unbeholfen aus der energetischen Schlafkapsel, wankte einige Male und rang um sein Gleichgewicht. Die Schwerkraft war ein wenig höher als auf Verkehrtherum.

Er zog einen Vorhang beiseite, und dicht über der Zackenlinie des Horizonts sah er eine Sonne, die infolge der Lichtbrechung wie plattgedrückt wirkte. Ein kleines Etwas sauste am Fenster vorbei, fand einen schmalen Zugang und schwebte herein. Dom sah das metallische Glänzen winziger Schwingen, vernahm das Surren einer fast mikroskopischen Luftschraube. Es handelte sich um eine Laothmotte. Und die Sonne … Tau Ceti. Die Abenddämmerung auf diesem Planeten tauchte den Himmel nicht in einen blutroten Schein; es fehlte an atmosphärischem Staub.

Dom lächelte zufrieden.

Die bronzene Tür am einen Ende des Zimmers glitt auf, und Isaac trat ein.

»Hallo, Boß!« sagte er besorgt. »Wie geht es Ihnen?«

»Meine Brust fühlt sich an, als habe jemand mehrere Schürhaken hineingestoßen«, erwiderte Dom und schnitt eine Grimasse. »Meine letzten Erinnerungen verbinden sich mit Minos ...«

»Kein Wunder. Wir fanden Sie am Eingang des Labyrinths, mit halb zerquetschtem Torso. Ihr Ig heulte sich fast die Lunge aus dem Leib.«

Dom setzte sich. »Am Eingang des Labyrinths? Wie kam ich dorthin?« Ruckartig hob er den Kopf. »Habt ihr auch im Zentrum nachgesehen?«

Der Roboter nickte. »Natürlich. Aber in *unseren* Mittelpunkten des Irrgartens, wenn Sie verstehen, was ich meine. Ein weiterer Mordanschlag, nicht wahr?«

Dom erzählte ihm alles.

»Kurze Zeit später kam Ihre Großmutter«, sagte Isaac. »Hrsh-Hgn und ich trafen eine rasche Entscheidung. Sie schienen dem Tode näher zu sein als dem Leben, und die *Trunken mit Unendlichkeit* ist ein ziemlich schnelles Raumschiff.«

»Schon gut. Aber offenbar befinden wir uns nicht auf Verkehrtherum.«

»Madam machte hier Zwischenstation, damit Sie behandelt werden konnten. Wissen Sie, auch die Regenerationsfähigkeiten der Heilsirup-Körper sind begrenzt.«

»Hm. Dies ist dein Zuhause, nicht wahr?«

Isaac hob stolz den Kopf. »Ich bin Bürger der Galaxis, Boß. Nun, Sie haben natürlich recht. Ich kam auf diesem Planeten zur Welt: Arbeitssektion Drei, Produktionskomplex Neunzehn.« Er sah sich in dem Raum um. »Tja, normalerweise bekommen Leute wie ich so etwas wie das hier nie zu Gesicht. Unter uns gesagt: Ich halte nichts davon. Wußten Sie, daß ich weit und breit der einzige Roboter bin?«

»Jetzt übertreibst du bestimmt«, erwiderte Dom und hielt nach irgendwelchen Kleidungsstücken Ausschau. »Es muß hier doch Bedienstete geben!«

»Oh, sicher. Menschen. Mein Wort darauf, Sahib.«

Dom starrte ihn verblüfft an.

»Einer von ihnen hat mich sogar ›Sir‹ genannt!« fügte

Isaac hinzu. »Um Himmels willen: Menschen, die einen Roboter mit ›Sir‹ ansprechen, haben doch nicht mehr alle Tassen im Schrank!«

»Reg dich ab und besorg mir was zum Anziehen«, sagte Dom. »Ich möchte mir diese Welt genauer ansehen, bevor sie sich als eine Traumvision entpuppt.«

Sie verließen die Kammer, wanderten durch einen breiten, mit dicken Teppichen ausgelegten Flur. Isaac zeigte Dom mehrere viel zu luxuriös eingerichtete Säle, und schließlich erreichten sie eine mit Silber beschlagene Doppeltür. Zwei Männer in braun und golden gemusterten Livrees öffneten sie hastig und nahmen Haltung an, als der Roboter und sein Begleiter an ihnen vorbeigingen. Dom vernahm ein mechanisches Knurren in Isaacs Kehle.

In dem Zimmer stand ein großer runder Tisch, in dessen Mitte ein Springbrunnen gurgelte. Dom musterte die anwesenden Personen, richtete den Blick sofort auf Joan. Wie üblich war sie die herausragende Gestalt, schien alle Aufmerksamkeit für sich allein zu beanspruchen. Sie trug ein mitternachtsblaues Kleid, dazu eine schwarze Perücke, die gut zur Haut paßte. Ein dünnes Lächeln umspielte ihre Lippen. Neben ihr stand ein großer korpulenter Mann, dessen Statur an die eines Drosken erinnerte — Dom erkannte ihn als Kaiser Ptarmigan. Dann bemerkte er Keja, die rasch aufstand, um den Tisch lief und sich ihrem Bruder näherte. Auf dem Stuhl rechts von ihr saß ein junger Mann, etwa in Doms Alter, der die Neuankömmlinge nachdenklich beobachtete. Bei den übrigen Personen handelte es sich um Direktoriums-Repräsentanten und hochrangige Vertreter der planetaren Verwaltung.

Keja umarmte Dom, gab ihm einen Kuß.

»Ich wußte ja, du würdest eines Tages kommen!« Sie schnappte nach Luft. »Wie grün du bist ... Hast du dich als Dagon-Fischer versucht?«

»Eigentlich nicht«, erwiderte er.

»Komm und setz dich zu uns. Wir wollten gerade essen.« Keja fügte fröhlich hinzu: »Könntest du ein wenig weiterrücken, Tarli? Wenn ihr euch alle etwas zusammendrängt, findet auch Isaac Platz.«

»Klar«, sagte der junge Man und grinste.

»Das kann doch nicht Ihr Ernst sein, Madam!« entfuhr es Isaac und starrte die uniformierten Diener auf der anderen Seite des Tisches an. »Ich soll zusammen mit Menschen speisen?«

»Mach dir nichts draus — wir sind hier wie ein großer integrierter Schaltkreis«, sagte Keja.

Dom beugte sich zu dem Roboter vor und murmelte: »Wenn du nicht sofort Platz nimmst und dich von deiner freundlichsten Seite zeigst, besorge ich mir ein paar Zangen und Bohrer und demontiere dich.«

Dom setzte sich neben den Kaiser, der ihn höflich begrüßte, bevor er sich wieder an Joan wandte. Die meisten Anwesenden beäugten den jungen Sabalos mit unverhohlener Verwirrung. Zu der Gesellschaft gehörten auch einige Phnoben, und Hrsh-Hgn nahm die gute Gelegenheit wahr, ein angeregtes Gespräch mit einem sehr würdevoll aussehenden Alpha-Mann zu führen.

»Nehmt ihr eure Mahlzeiten immer in der Gegenwart so vieler Personen ein?« fragte Dom seine Schwester.

»O ja«, erwiderte Keja. »Ptarmigan zieht es vor, seine Leute ständig im Auge zu haben.« Sie winkte, und daraufhin traten die Kellner näher.

»Äh, wie lange bin ich schon hier?«

»Seit gestern abend. Du bist berühmt, kleiner Bruder. Ptarmigan meint, die halbe Galaxis sucht nach dir. Angeblich wirst du uns alle zur Heimatwelt der Joker führen. Was uns dort wohl erwartet?«

»Vermutlich eine verdammt große Bombe.« Dom sah, wie Keja zusammenzuckte. »Tut mir leid, ich wollte dich nicht erschrecken. Hm, ich bin also berühmt, wie?«

»Dutzende von Raumschiffen warten in einem Parkorbit, die meisten von Terra Novae und Verdammich.

Mit jeder verstreichenden Stunde treffen weitere ein. Ptarmigan ist deshalb ziemlich sauer. Nun, ich kenne nur einen Teil der Hintergründe, aber offenbar haben es alle darauf abgesehen, dich zu entführen. Stimmt es wirklich, daß du den Planeten der Joker in fünf Tagen entdecken wirst — ganz gleich, was auch geschieht?«

»Ich glaube schon. Woher weißt du das?«

»Du hast kein Geheimnis daraus gemacht, oder? Die Vereinigten Spione mischen ebenfalls mit. Ptarmigan mußte einige Sondereinheiten damit beauftragen, in mehr oder weniger regelmäßigen Abständen die kleinen Roboterinsekten zu beseitigen, die dauernd auf den Palast herabregnen. Eins hat sogar die Küche erreicht und ist dort in ein Soufflé gekrochen — einfach unerhört!«

»Haben auch die Creapii ein Schiff geschickt?«

»Keine Ahnung.«

Tarli beugte sich an seiner jungen Stiefmutter vorbei und nickte. »Ich bitte um Entschuldigung, o Dom, aber durch Zufall habe ich Ihr Gespräch gehört ...«

»Es belauscht«, korrigierte Keja streng.

»... und daher kann ich bestätigen, daß sich einer der Kreuzer, ein Sonnensegler von den Kettensternen, mit Creapii-Codes identifizierte.«

»Von den Kettensternen«, brummte Dom. Dann fiel ihm plötzlich etwas ein, und er tastete nach seinem Gürtel. »Keja, ich vermisse da eine Flasche ...«

»Mach dir keine Sorgen! Sie ist in Sicherheit. Meine Zofe meinte, einer der Sicherheitsbeamten habe ihr erzählt, sie enthalte das Wasser des Lebens. Bitte versteh mich nicht falsch: Ich bin keineswegs neugierig ...«

»Oh, natürlich nicht. Wie dem auch sei: Die letzten Tage gaben mir Gelegenheit, einige interessante Erfahrungen zu sammeln: Man hätte mich fast umgebracht; ich mußte mein Konto bei der Ersten Sirianischen Bank überziehen; ich habe eine Stunde lang unter Wasser geatmet und Band auf recht ungewöhnliche Weise verlassen; später schwamm ich auf der Oberfläche einer Sonne. Und das ist noch nicht alles. Mit zerquetschtem Brustkorb wanderte ich durch das Labyrinth von Minos. Das Leben spielt einem die seltsamsten Streiche. Jemand sollte meine Biographie schreiben, bevor es zu spät ist.«

»Vielleicht wäre jener Mann dort bereit, den Auftrag zu übernehmen«, sagte Keja und deutete auf die andere Seite des Tisches. Dom erkannte Narbengesicht und seinen verbeulten Roboter.

»Das ist Charles Sub-Lunar, nicht wahr? Derjenige, den man ›Ranaissance-Mensch‹ nennt.«

Keja bemerkte Sub-Lunars Blick, lächelte und hob ihr Glas. Hinter dem glitzernden Kristallkelch murmelten ihre Lippen: »Ja — und er gilt als bedeutender Joker-Experte. Und Historiker. Und Dichter, der einiges zu bieten hat. Wußtest du, daß er es war, der die Joker-Sprache entschlüsselte?«

Dom erinnerte sich an den Hinweis auf Poesie und einen übergeschnappten Computer, ließ sich zu einer entsprechenden Bemerkung hinreißen.

»Eigentlich ist er gar nicht verrückt«, fuhr Keja fort. »Vielleicht meint das Gerücht einen anderen Dichter. Sein Begleiter hat ebenfalls etwas Faszinierendes, findest du nicht? Und die Narben ... sie geben ihm ein gewisses Flair. Dom?«

»Äh, ja«, sagte Dom langsam. Nachdenklich starrte er in sein Weinglas. »Komisch, daß man sich immer ein bestimmtes Bild von Leuten macht, sie einer individuellen Kategorie zuordnet ... Ich glaube, ich sollte mit ihm reden. Bitte entschuldige mich!«

Dom schob sich am Tisch entlang, war dabei jedoch nicht vorsichtig genug. Joans Hand schloß sich um seinen Arm. Ihre Berührung wirkte eher sanft, fast zärtlich, aber die langen Finger übten genau den richtigen Druck an den richtigen Stellen aus.

»Guten Abend, Enkel. Seit einiger Zeit interessieren sich ziemlich üble Leute für dich. Ways ist der Meisterkiller des Joker-Instituts.«

Dom seufzte. »Na schön, Großmutter. Du hast also meinen Gedankeninhalt sondiert.«

»Nun, du warst bewußtlos, und ich mußte doch wissen, was eigentlich los ist.«

»Oh, sicher. Völlig klar.«

»Hab dich nicht so, Enkel — das Leben ist hart. Jeder Sicherheitsbeamter, dem etwas an seiner Pension liegt, kennt Ways. Er hat sogar einen stellvertretenden Direktor der Vereinigten Spione erledigt. Ein Roboter mit dem Instinkt eines geborenen Mörders. Wie ich sehe, hast du noch immer deinen kleinen Schlammspringer.« Joan deutete auf Ig.

»Er hat einige Zeit bei Ways verbracht«, erwiderte Dom. »Bestimmt befindet sich irgendein Sprengkörper oder etwas in der Art in seinem Körper. Aber deswegen brauchen wir uns wohl kaum graue Haare wachsen zu lassen.«

»Du hältst dich für unverwundbar«, stellte Joan fest. »Verlaß dich nicht zu sehr darauf.« Sie bedachte Ig mit einem funkelnden, durchdringenden Blick.

Der Kaiser stand langsam auf und läutete mit einer kleinen Glocke, woraufhin sich auch die anderen Männer und Frauen erhoben. Dom sah, wie Sub-Lunar und sein Roboter in der Menge verschwanden.

»Und nun?« fragte er. »Anscheinend wartet die halbe Galaxis darauf, daß ich irgend etwas unternehme.«

»Willst du nach wie vor die Joker-Welt entdecken?«

Die meisten Gäste hatten inzwischen das Zimmer verlassen. Der Kaiser folgte ihrem Beispiel, nickte Joan und ihrem Enkel kurz zu, bevor er ging. Einige Meter entfernt unterhielten sich Hrsh-Hgn und Isaac mit Tarli.

»Ich denke schon«, entgegnete Dom. »Ich habe bereits einige — Vorstellungen. Es handelt sich nicht um einen Planeten. Ich meine, es könnte durchaus ein Planet sein, so wie — Verkehrtherum, mit Hydrosphäre, Magnetfeld und allem Drum und Dran. Andererseits: Unsere Heimat ist auch eine Welt im übertragenen Sinn, eine Kultur.«

»Ich verstehe«, sagte Joan. »Wo sich jenes geheimnisvolle Exil wohl befinden mag?«

»Mir bleiben noch ungefähr fünf Tage, und deshalb kommen praktisch nur die stellaren Regionen in der Lebenskugel in Frage. Ich glaube ...« Dom unterbrach sich. »Du horchst mich aus.«

»Beim Ritual der Geknickten Löffel: Ich möchte verhindern, daß du die Joker-Welt findest und sie anschließend an den Mob verlierst. Politik ist dir völlig gleich, nicht wahr? Ich möchte dich auf etwas hinweisen: Wenn wir umsichtigen Gebrauch von deiner Entdeckung machen, könnte sie den Sabalos zum Vorteil gereichen.«

»Ist das dein Ernst?«

»Allerdings.« Joan stand auf. »Laß uns später darüber reden. Kommst du mit zur Vorstellung?«

»Sie dürfen sie auf keinen Fall versäumen!« stieß Tarli hervor und eilte um den Tisch. »Ein ganz besonderes Stück: Sub-Lunar hat es während der Reise hierher geschrieben. Vater mag ein wenig Unterhaltung nach dem Essen.«

Nach Doms Meinung konnte von Unterhaltung kaum die Rede sein. Vielmehr war es eine Parodie auf die gegenwärtige politische Situation zwischen der Erde und den anderen Welten — für humorvolle Gemüter immer ein Grund, herzhaft zu lachen. Sub-Lunar hatte den frühen griechischen Stil gewählt und ihn mit eigenen choreographischen Kompositionen erweitert: Die Darsteller trugen überlebensgroße, mit glitzernden Edelsteinen geschmückte Masken, und ein Roboterchor sorgte für die muskalische Untermalung.

Zunächst langweilte sich Dom, doch dann wuchs sein Interesse.

Als Protagonist trat ein ziegenbeiniger Vorsitzender Pan auf: Hörner ragten aus der Körpermaske, und die Füße ruhten in Bockshufen nachempfundenen Extremitäten. Nach einigen geschäftlichen Interaktionen mit der

Ersten Sirianischen Bank stakte eine dicke Silberkugel mit dünnen Stelzen auf die Bühne.

»Glauben Sie wirklich, der Mensch könne es verhindern, von Robotern übertrumpft zu werden?« fragte die Bank.

Pan sprang umher. »Gewiß. Welcher Roboter wäre in der Lage, meinen Job zu übernehmen? Immerhin ist Klasse Eins die niedrigste Kategorie.«

Und der Chor: »Verschwinde, verschwuppe, verschwappe, halt endlich die Klappe!«

Pan: »Aber horch! Wer ist jener müde Wanderer?«

Ein anderer Schauspieler eilte auf die Bühne, gekleidet in leuchtendes Grün. Er taumelte unter einer Last, die aus folgenden Dingen bestand: einem Paar geflügelter Sandalen, von dem sich ständig Federn lösten, einem langen Schwert aus Gummi und einer riesigen Wasserflasche. Auf den smaragdfarbenen Schultern ruhte der Alptraum eines jeden Tierausstopfers: Ein monströses Etwas, das aus gläsernen Augen, weiteren Federn, dikken Haarbüscheln und einem Klauengewirr bestand.

Pan: »Herr im Himmel! Warum läßt du dich von einem so sonderbaren gräßlichen Wesen begleiten?«

Wanderer: »Es ist kein sonderbares Wesen, sondern mein Schoßtier.«

Pan: »Du meinst wohl Schultertier. Außerdem habe ich nicht zu dir gesprochen, sondern zu deinem Freund. O Wanderer, setz deinen Weg fort — sonst dauert dieser Sketch viel zu lange.«

Der Reisende blickte sich kurzsichtig auf der Bühne um, wandte sich dann ans Publikum.

»Ich suche die Heimatwelt der Joker«, murmelte er.

Pan: »Versuch es mit der Erde! Die Bewohner von Terra Novae zeichnen sich ebenfalls durch eine gehörige Portion Humor aus. Ach, du meinst keine normalen Witzbolde, sondern die *Joker*. Fort mit dir! Sie existieren überhaupt nicht, sind nur eine Legende — oder?«

»Ja und nein. Ich meine: nein und ja.«

Bank: »ES IST ALLGEMEIN BEKANNT, DASS SIE INS UNIVERSUM NEBENAN GEZOGEN SIND ...«

Pan: »... Warum siehst du nicht auf der dunklen Seite der Sonne nach?«

Wanderer: »Himmel, ja! Die dunkle Seite der Sonne, meinst du? Ich breche sofort auf.« Und damit schlurfte die grüne Gestalt davon.

Am nächsten Morgen erwachte Dom in einem Schlafzimmer, dessen üppigen Luxus er fast als bedrückend empfand. Er schöpfte Wasser aus einer goldenen Schale, wusch sich und suchte anschließend den Speisesaal auf. Es war schon recht spät fürs Frühstück. Fast die ganze Nacht über hatte er fruchtlose Diskussionen mit Joan geführt. Es kam sogar zu einem Streit, als man Ig in ein Laboratorium brachte und ihn auf versteckte Waffen hin untersuchte, was dem Tier überhaupt nicht zu behagen schien. Die Analysen erbrachten ein negatives Ergebnis, doch offenbar litt Ig noch immer: Zwar hockte er jetzt wieder auf Doms Schulter, aber er wahrte ein verdrießliches Schweigen.

Sub-Lunar hatte kurz nach dem Bühnenstück eine wichtige Nachricht von der Erde erhalten und sofort die Rückreise angetreten.

Im Speisesaal schwebte ein Büfett in autarken Antigravitationsfeldern, und darauf standen Dutzende von Tellern und Tabletts. Dom schritt über den dicken Teppich und nahm die Deckel von einigen Schüsseln. Ein Behälter enthielt geräucherten roten Fisch, eine andere die Reste eines Eberschädels. Der dritte bot Obst an. Dom erinnerte sich an seine Herkunft, wählte Fisch und nahm am Ende des leeren Tisches Platz. Aus reiner Neugier sah er in eine Suppenterrine — und wandte den Blick sofort wieder davon ab: Kaiser Ptarmigan hatte Drosken bewirtet.

Einige Minuten später öffnete sich eine kleine Tür, und eine junge Frau schlich auf Zehenspitzen ins Zimmer. Sie war zart gebaut, dunkelhaarig wie Tarli. Als Dom lächelte, errötete sie und trat seitlich zum Büfett, ohne den Blick von ihm abzuwenden.

Sie füllte einen Teller mit Fisch und setzte sich ans andere Ende des Tisches. Dom starrte sie aus großen Augen an: Im Licht der Morgensonne schien sie geradewegs zu glühen, wirkte irgendwie unheimlich. Das merkwürdige Schimmern umhüllte sie wie eine Aura, zog Spuren aus hellen Schatten, wenn sie den Arm hob, verwandelte sie in eine geisterhafte Erscheinung. Natürlich nur ein elektrophysikalischer Effekt, aber trotzdem sehr beeindruckend.

Sie aßen schweigend, und das einzige Geräusch, ein leises Summen, stammte von einer uralten Standuhr.

Schließlich faßte Dom Mut und räusperte sich. »Sprechen sie Janglisch? Linaka Comerks diwac? Oder Droskisch? Upaquaduc, ähn, lapidiquac nunquackuqc quipaduckuadicquakak?«

Die junge Frau schenkte sich eine Tasse Kaffee ein und lächelte. Dom stöhnte innerlich. Droskisch lag ihm nicht sonderlich, aber seine Kenntnisse genügten wenigstens, um sich zu verständigen. Er bereitete seinen Kehldeckel und die Nebenhöhlen auf eine schwere Belastung vor.

»Ffnbasshs sFFshs — frs Sfghn Gss?«

Das zweite Lächeln der Unbekannten erschien ihm unnötig geziert. Sie klatschte in die Hände, und einen Sekundenbruchteil später spürte Dom eine Bewegung dicht an seiner Seite.

Ein Hüne stand neben ihm. Zwei schlitzförmige Augen musterten ihn mit kühler Berechnung, starrten aus einem vergleichsweise kleinen Kopf, der auf einem fast zwei Meter großen und ebenso breiten Körper ruhte. Der Riese trug ein Lederwams mit vertrauten roten und blauen Mustern. Hinter dem breiten Gürtel steckten verschiedene Handwaffen.

Ein alter Droske — und somit vermutlich weiblichen

Geschlechts. Wenn sich irgendwelche männlichen Exemplare in der Nähe aufgehalten hatten, so lagen sie jetzt sicher in der Tiefkühltruhe des Hünen. *Der Hünin*, verbesserte sich Dom in Gedanken und fragte sich, ob es überhaupt einen solchen Begriff gab.

Die junge Frau sang einige glockenartige Tonfolgen.

Die roten Schlitzaugen blinzelten.

»Prinzessin fragen, was Sie sagen.«

»Ich habe nur versucht, freundlich zu sein«, erwiderte Dom. »Wer sind Sie?«

Die Riesin beriet sich kurz mit der Frau und antwortete schließlich: »Ich sein ihre Leibwächterin und gleichzeitig Kammerzofe.«

»Beziehen Sie auch ein doppeltes Gehalt?«

»Lady Sharli fragen, Sie Lust zu einem Ausritt?«

Die Droskin wartete gar keine Antwort ab, hob Dom mit einer Hand vom Stuhl. Ig erwachte und bleckte die Zähne, schnurrte jedoch, als die massige Gestalt die andere Hand ausstreckte und ihn — es — sanft streichelte. Das Sumpfwesen zwinkerte, hüpfte über den oberschenkeldicken Arm und hockte sich auf den Schädel der Droskin.

Sharli hatte das Zimmer bereits verlassen und marschierte über den breiten Innenhof. Sie sah mitfühlend auf Dom hinab, als ihn die Leibwächterin wie ein Paket vor ihr fallen ließ. Die Prinzessin stampfte mit dem Fuß auf — eine Geste, die ihn erstaunte: Seine Mutter kannte sich mit der richtigen Inszenierung von Wutanfällen bestens aus, aber nicht einmal sie wußte von der dramatischen Wirkung eines guten Aufstampfens — und richtete den Zeigefinger auf die Droskin, die sich daraufhin verneigte. Dann half Sharli dem jungen Sabalos auf die Beine.

Einige Meter entfernt hielt ein Roboter die Zügel zweier seltsamer Geschöpfe. Dom kannte Pferde, entsann sich an die beiden, die man ihm zum Geburtstag geschenkt hatte — und die einen Tag später mit einem kurzen Schreiben des Bedauerns an den Absender zurückgeschickt worden waren. Aber diese Exemplare stammten von Laoth, und das bedeutete, es handelte sich um Roboter.

Sharli schwang sich auf ein Roß, dessen Fell aus eloxiertem Aluminium bestand, griff nach Leinen aus geflochtenen Metallfasern, an denen Edelsteine und kleine Glocken baumelten.

Doms Pferd glänzte kupferfarben. Als er auf dem Kontrollsattel Platz nahm, drehte es den Kopf, sah ihn aus Facettenlinsen an und fragte: »Können Sie reiten, Teuerster?«

»Ich weiß nicht, hab's noch nie probiert.«

»Na schön, dann überlassen Sie alles mir, einverstanden?« erwiderte das Roß und scharrte mit stählernen Hufen.

»Warum hat man ein Computerhirn der Klasse Fünf im Körper eines Pferdes untergebracht?« erkundigte sich Dom, als sie sich vom Palast·entfernten. Die Droskin folgte ihnen im Laufschritt.

»Tja, wissen Sie, ich bin dafür geschaffen, Gäste zu unterhalten, und manche fallen aus der Rolle, legen Wert auf eine geistreiche Unterhaltung«, sagte das Roboterroß im Plauderton. »Sind Sie der Typ, der die Pointe des letzten Joker-Witzes entdecken soll?«

»So kann man's auch ausdrücken.« Dom schmunzelte. »Kennst du zufällig eine Klasse Fünf-Einheit mit der Registriernummer TR-3B4-5?«

»Ach, Sie meinen Isaac! Wir wurden zusammen programmiert. Er ging nach Außenwelt, um irgendeinem Hinterwäldler-König zu dienen, und mich steckte man in diesen Körper.«

»Ich dachte mir schon, daß ihr euch begegnet seid«, sagte Dom. »Ihr pflegt eine ähnliche Ausdrucksweise.«

»Eigentlich ist es gar nicht so übel, ein Pferd zu sein«, meinte das Pferd und schnaubte. »Man muß mich gut behandeln, denn immerhin gelten wir Roboter der

Klasse Fünf als statusanerkannte Menschen. Ja, man wird regelmäßig überholt und bekommt dreimal täglich eine Energieauffrischung ... Sagten Sie etwas?«

»Ich überlege«, erwiderte Dom, biß sich auf die Lippe und beobachtete die Landschaft.

Nichts wuchs auf Laoth — der Planet war steril. Landende Raumschiffe mußten sich ebenso umfassenden wie langwierigen Dekontaminierungsverfahren unterziehen, und organische Besucher durften nur ihre Dickdarmbakterien behalten. Laoths Atmosphäre stellte Importware dar. Eine Welt, deren Volkswirtschaft auf der Herstellung elektronischer Wunder basierte, konnte sich kein Virus an der falschen Stelle erlauben.

Aber auf einer völlig öden Welt fehlten ästhetische Anreize für den Menschen und artverwandtes Leben. Aus diesem Grund hatte ein anderer Kaiser Ptarmigan — der erste seiner Dynastie — seinen Palast mit einem Garten umgeben.

Der leichentote trockene Staub diente als Nährboden für eine andere Art von interaktivem Dasein.

Elektronische Menschen bildeten inzwischen einen integralen Bestandteil des allgemeinen sozialen Gefüges. Ein Fünftel der Menschheit bestand aus Metall. Doch der Begriff ›elektronische Natur‹ fand sich noch in keinem Wörterbuch.

Die anmutigen Kupferbäume wirkten trotz ihrer erhabenen Eleganz gedrungen und knorrig wie Eichen. Äste und Zweige neigten sich unter dem Gewicht ihrer Selenzellenblätter, die leise im sanften Wind klirrten. Elektrisch summende und zirpende Vögel flatterten über silbrig glänzende Blumen. Kleine goldene Bienen zapften den elektrischen Strom in den Blüten an, luden ihre winzigen Batterien auf und kehrten anschließend in dunkle verborgene Speicherwaben zurück. Ein mineralienreicher schmaler Bach plätscherte durch den Garten. Plastikschilf saugte die metallhaltige Flüssigkeit durch Kunststoffkapillare und ließ zarte Schwefelblumen sprießen. In den tieferen Stellen schwammen Zinkforellen, und vor den seichten Ufern öffneten Seerosen aus Aluminium ihre bunten Kelche.

Die Pferde trabten an den Bäumen vorbei, und zu beiden Seiten des Kieswegs wiegten sich farbenprächtige Pseudogewächse. Sharli führte Dom zu einem kleinen Hügel, wo ein Flüßchen aus einem Felsspalt gurgelte, über einen granitenen Vorsprung gischte und weiter unten einen kleinen blauen See bildete. Zwischen Beeten mit goldenen Lilien und funkelndem Kupfer erhob sich eine kleine Pagode.

Die Prinzessin stieg ab, nahm Platz, deutete aufs smaragdene Gras und richtete einige Worte an die Droskin.

»Lady Sharli sagen, Sie über sich erzählen«, knurrte die Leibwächterin. Sie warf ein sechzig Zentimeter langes Messer hoch in die Luft und fing es an der Klinge auf.

Dom kam der Aufforderung nach, legte einige Pausen ein, um der Droskin Gelegenheit zu geben, seine Schilderungen zu übersetzen. Er nutzte diese Unterbrechungen, um eine kleine Messingspinne zu beobachten, die knapp einen Meter über ihm aus einem winzigen Loch schlüpfte, über einen stählernen Zweig kletterte und die Beine wie zum Sprung anwinkelte.

Sharli erwies sich als gute Zuhörerin, und allem Anschein nach ließ ihre Kammerzofe bei der Transkription keine Einzelheiten aus. Die junge Frau schnappte erschrocken nach Luft, als sie vom Kampf in der Ersten Sirianischen Bank erfuhr, lachte dann und klatschte in die Hände, als Dom von der Flucht mit Hilfe der Sonnenhündchen berichtete. Der goldene Glanz folgte ihren Bewegungen wie ein nicht greifbarer Schleier.

Die Spinne erklomm einen zweiten Ast, schwang sich hin und her.

»Prinzessin fragen, Sie keine Angst?«

Dom versuchte, die Prophezeiung zu erklären — die Voraussagen der Wahrscheinlichkeits-Mathematik —, beobachtete gleichzeitig die metallene Spinne, die von rechts nach links krabbelte, von oben nach unten. Er beendete seinen Vortrag, als das Messingwesen ein zartes Gespinst aus hauchzarten Kupferfäden fertiggestellt hatte und auf einen anderen Ast zurückwich, dabei zwei dünne Stromkabel ausschied.

Dom wußte, daß er zu weitschweifig war, sich viel zu selbstsicher gab. Aber Sharli starrte ihn aus bewundernd blickenden großen Augen an, und er konnte der Versuchung einfach nicht widerstehen. Außerdem stieg ihm langsam ihr Parfüm zu Kopf. Nach wie vor spürte er die Präsenz der droskischen Zofe, hörte dann und wann, wie das Pferd spöttisch kicherte.

Während er seine Gravsandalen vorführte und eine elegante Acht flog, geriet eine kleine mechanische Fliege in das Spinnennetz. Es blitzte blau auf.

Dom erläuterte das notwendige Geschick fürs Fangen und Steuern von Windschalen, und unterdessen machte sich das robotische Spinnenwesen über die protestierende Fliege her, demontierte sie mit zwei schraubenschlüsselartigen Beinen.

Ein anderes elektronisches Roß galoppierte durch den mechanischen Wald. Im Kontrollsattel saß Tarli, gehüllt in eine Rüstung aus sich überlappenden Hartlederplatten. Er nahm seinen monströsen Helm ab, wischte sich mit dem Handrücken den Schweiß von der Stirn und bedachte Dom mit einem strahlenden Lächeln.

»Gruß Ihnen, Stiefonkel. Ich hatte mir schon gedacht, Sie hier zu finden. Hoffentlich haben Sie sich nicht zu sehr gelangweilt.«

»Oh, ganz und gar nicht«, erwiderte Dom nonchalant. »Äh, Ihr Kostüm ...«

Tarli hob die Brauen. »Die übliche Tracht für den Trug-Kampf. Sind auf Verkehrtherum Duelle üblich?«

Dom dachte an die Auseinandersetzungen und Konfrontationen, die er ab und zu im Bereich der Molen und Anlegestellen gesehen hatte. Meistens wurden dabei mehr als einen Meter lange Dagon-Messer verwendet.

»Für gewöhnlich geht es dabei um Leben und Tod«, erwiderte er. Neugierig geworden fügte er hinzu: »Was hat es damit auf sich?«

Tarli zog ein dünnes Bündel unter seinem Kontrollsattel hervor und entnahm ihm ein zwei Meter langes Schwert. Der Griff bestand aus schlichtem Leder, das keine Verzierungen aufwies, und die Klinge wurde nur dann sichtbar, wenn sie das Sonnenlicht widerspiegelte — dann zeigte sie sich für einen Sekundenbruchteil als grünlicher Schimmer.

»Ein Trug-Schwert«, erklärte Tarli. »Die Schneide ist natürlich nur einige Mikron dick und wurde als ein Molekül im besonderen Schwertlicht der Morgendämmerung geschmiedet. So gut wie unzerbrechlich. Können Sie mit solchen Waffen umgehen?«

»Ich besitze ein Memorialschwert«, sagte Dom und zeigte es. Tarli offenbarte großes Interesse.

»Wie funktioniert es?«

»Das Heft enthält einen kleinen Matrixfeld-Projektor, der auf mehrere verschiedene Strukturen und Formen programmiert ist.«

Tarli schüttelte den Kopf. »Keine sehr ehrenhafte Waffe«, kommentierte er traurig. »Möchten Sie einen Trug-Kampf führen?«

Er lachte, als er Doms Gesichtsausdruck sah, öffnete das Bündel und griff nach zwei Latten. »Zu Übungszwecken«, erläuterte er. »Damit Anfänger beim Lernen nicht zu viele Gliedmaßen verlieren. Ich bin der zweitbeste Trug-Kämpfer auf Laoth.«

Dom spürte Sharlis erwartungsvollen Blick auf sich ruhen. »Na schön«, brummte er und fühlte sich alles andere als wohl in seiner Haut. Immerhin handelte es sich nur um zwei Stangen aus Holz, und außerdem wußte er zumindest in der Theorie, wie man mit einem Schwert umging: Einige Tstame-Figuren trugen solche Waffen, und wer sie nicht zu handhaben verstand, wurde innerhalb weniger Minuten vom Spielbrett gefegt.

Tarli packte sowohl einen zweiten Helm als auch lederne Schutzkleidung aus, und Sharli half Dom dabei, den Harnisch anzulegen.

»Vielleicht wäre es ganz nützlich, wenn Sie mich auf die Regeln hinweisen.«

Tarli lächelte. »Bei einem Trug-Kampf mit dem Stock ist praktisch alles zugelassen — solange man die Latte benutzt. Sharli gibt uns das Zeichen.«

Die Prinzessin ließ Dom und seinen Herausforderer nicht aus den Augen, musterte ihren Bruder kurz und richtete einige scharf klingende Worte an ihn.

»Sie meint, wir sollten um eine Trophäe kämpfen. Mein Schwert gegen Ihre Gravsandalen.« Tarli schürzte die Lippen. »Obwohl ich das kaum für sehr fair halte.«

»Ich bin trotzdem einverstanden«, entgegnete Dom, bückte sich und löste die Riemen. Tarli seufzte und legte seine Trug-Klinge neben die Sandalen.

Sharli winkte mit einem kleinen Taschentuch.

Die beiden Latten krachten aufeinander, wichen wieder zurück. Dom ging in Abwehrstellung und beobachtete seinen Gegner aufmerksam.

Eine seltsame Mischung aus Kühnheit und Zuversicht regte sich in ihm, und er unternahm einige Vorstöße. Es fiel Tarli nicht weiter schwer, die Hiebe zu parieren. Sharlis Bruder schmunzelte und wirbelte seine Stange im Kreis, so schnell, daß ihre Konturen verschwammen, sie zu einem schemenhaften Etwas wurde, das über Tarlis Rücken zuckte, sich jäh nach vorn neigte und Doms Helm berührte. Der Prinz bewegte sich wie ein Tänzer, hüpfte geschmeidig zur Seite — und Dom hörte ein zweites dumpfes Pochen dicht über der Stirn.

Der junge Sabalos sprang, holte aus und schlug zu. Tarli setzte einfach über die nach unten sausende Latte hinweg, wehrte den Angriff ab. Dom verlor den Halt, fiel zu Boden und rutschte einen Meter weit auf dem Bauch.

Sharli preßte sich die Hand auf den Mund und wandte sich ab. Ihre Schulten zuckten.

Dom rollte sich auf die Seite, zielte nach Tarlis ungeschützten Füßen, kam dann wieder auf die Beine und traf den einen Arm seines Gegners.

Tarli wankte zurück, ruderte mit den Armen, um das Gleichgewicht zu wahren. Dom stieß erneut zu, und seine Latte prallte an die Brust des Prinzen.

Er fiel.

Dom stürmte los, sah gerade noch, wie das weiße Gesicht Tarlis im Wasser des Teichs verschwand. Rasch streifte er den ledernen Harnisch ab, sprang und tauchte an Dutzenden von blühenden Seerosen vorbei.

Weit unter ihm sank ein dunkler Schatten in die Tiefe. Dom griff danach, packte einen Arm, kehrte nach oben zurück. Als sie die Wasseroberfläche durchstießen, erinnerte sich eine gedankenlos gewordene Gravitation an die Lederrüstung und zerrte sie erneut nach unten.

Dom kämpfte gegen den plötzlich starken Sog an, versuchte, die Schnallen des Harnischs zu lösen. Wenige Sekunden später streckte sich ihm ein dicker Arm entgegen, und er klammerte sich daran fest.

Als die Droskin Tarlis erschlafften Körper zu fassen bekam, stieß sie Dom in den See zurück, warf sich den Prinzen über die Schulter und eilte in Richtung Palast davon.

Der junge Sabalos zog sich mühsam und beschämt an Land. Er würgte Wasser und wartete, bis das Dröhnen des Schädels nachließ.

Eine Klinge zischte durch die Luft, und Dom reagierte rein instinktiv, wirbelte herum und hechtete in den See. Er verfing sich in einem Dickicht aus fingerdicken Kabeln, befreite sich daraus und tauchte inmitten einer Seerosenkolonie auf. Sharli starrte ihn zornig an, holte mit dem Trug-Schwert aus. Die monomolekulare Schneide durchtrennte den Uferfels wie weiche Butter.

»Es war nur ein Spiel für Tarli«, fauchte sie auf perfektem Janglisch. »Er ist der zweitbeste Trug-Kämpfer in der ganzen Galaxis, und er wollte Ihnen nur sein Geschick zeigen. Aber Sie mußten unbedingt gewinnen!«

Wütend fügte sie hinzu: »Jetzt endet das Spiel — *ich* meine es ernst.« Sie schwang das Schwert über den Kopf, und die Klinge durchschnitt einen dicken Kupferast, ohne dabei auf nennenswerten Widerstand zu stoßen.

Dom tauchte, erreichte das gegenüberliegende Ufer und kroch hastig an Land. Aus den Augenwinkeln sah er, daß ihm die Prinzessin folgte. Sein Harnisch lag noch immer auf dem Kies, und er griff mit zitternden Händen danach. Natürlich schützte das Leder nicht vor einem Schwert, das Felsen zerteilen konnte. Die Polsterung diente nur dazu, die Wucht des Schlages mit einer Holzlatte zu mildern ... Aber vielleicht verfügte sie über einen integrierten Generator: Dom sehnte sich ein Kraftfeld herbei, das der Trug-Klinge energetischen Einhalt gebot ...

Er sah den Hieb überhaupt nicht, nahm nur ein kurzes grünliches Schillern wahr — und die Brustplatte in seinen Händen bestand plötzlich aus zwei Teilen. Mit wachsender Besorgnis starrte Dom auf die elektronischen Komponenten, die wie exotischer Staub zu Boden rieselten.

»Ich schneide Sie in kleine Stücke«, versprach ihm Tarli. »Ganz langsam. Angefangen mit den *Gliedmaßen.*«

Die Klingenspitze hinterließ nur deshalb eine dünne rote Linie auf seinem Arm, weil Dom gerade noch rechtzeitig auswich.

»Sie behaupten immer, der Tod könne Ihnen nichts anhaben«, sagte die Prinzessin. »Aber sind Sie da ganz sicher, hm?«

Dom zuckte zusammen und schloß die Augen. Das Schwert traf ihn am Hals. Nach einer Weile hob er die Lider wieder, sah das verächtliche Funkeln in Tarlis Pupillen, als er sich vorsichtig den Nacken betastete.

»Warten Sie nur ab, bis Sie nicken!« stieß die junge Frau hervor. »Ich habe mit der flachen Seite der Klinge zugeschlagen.« Sie trat auf ihn zu, erhob sich auf die Zehenspitzen und versetzte ihm eine schallende Ohrfeige. »Sie eingebildeter, angeberischer, arroganter *Narr!*«

Dom fühlte, wie seine Füße über das Ufergeröll rutschten, keinen Halt mehr fanden. Zum drittenmal fiel er in den See, tauchte prustend wieder auf und schnappte nach Luft. Sharli bebte am ganzen Leib, richtete das Schwert auf ihn.

»Wenn Tarli tot ist, werden Sie es bereuen, jemals geboren zu sein ...« Sie griff nach einem Stein und warf ihn unbeholfen. Dom ließ sich einfach in die Tiefe sinken. Als er kurz darauf die Wasseroberfläche durchstieß, hatte sich die Prinzessin bereits auf ihr mechanisches Roß geschwungen und ritt davon.

Dom kletterte ans Ufer, streckte sich auf dem Kies aus und beobachtete die Ameisen. Sie waren wie aus dem Nichts erschienen, versammelten sich an dem von Sharli abgetrennten Ast. Der Kupferzweig fiel auseinander, und die blauen Flammen winziger Schneidbrenner gleißten. Das kleinere Stück wurde rasch fortgetragen, verschwand in einer Luke im Baumstamm.

Dom nahm Gravsandalen und Trug-Schwert, trat dann auf sein Pferd zu. Es musterte ihn mitfühlend, gab jedoch keinen Ton von sich.

Nachdenklich ritt der junge Mann davon.

Hoch oben auf dem Aststumpf glitt ein Miniaturkran in die richtige Position, und winzige elektronische Wesenheiten errichteten ein Stützgerüst, begannen dann mit der Reparatur. Etwas weiter entfernt — dort, wo die Siliciumchip-Blätter das Sonnenlicht tranken und leise im Wind klirrten — hockte ein anderes mechanisches Insekt und sah der Wartungscrew gleichgültig zu. Es verfügte über Kameraaugen und stammte nicht von Laoth.

Eine Spinne beobachtete es hungrig und dachte an Elektrizität.

KAPITEL 11

»Wir sind ein altes Volk. Wir haben alles genossen, was die Galaxis zu bieten hat — ich selbst sah das schwarze Maul im Zentrum der großen Sterneninsel, die hellen toten Sonnen dahinter —, und deshalb sind wir als Spezies zum Untergang verurteilt. Um der kulturellen Entropie ein Schnippchen zu schlagen, suchen wir neue Erfahrungen als Pseudo-Menschen. Zusammen mit den Hülse studiere ich die Geburt des Wasserstoffs in der interstellaren Leere. Wir trachten danach, uns von dem Erbe unserer eigenen Evolution zu befreien, ihre Beschränkungen zu überwinden. Was hält die Zukunft für uns bereit?«

Aus einem persönlichen Brief
Seiner Glühheit CRabE+687°,
adressiert an Seine Glühheit CReegE+690°,
nachgedruckt in der Anthologie *Post Joker.*

»Herein!«

Dom öffnete die Tür.

Tarli lag auf dem Bauch und las. Er hob den Kopf und lächelte. »Oh, Sie sind's, hochverehrter Stiefonkel! Kommen Sie nur!«

Dom näherte sich verlegen und legte die Gravsandalen aufs Bett.

»Sie gehören Ihnen«, sagte er. Tarli betrachtete sie gedankenverloren.

»Die Schwerkraft war auf meiner Seite«, begann Dom unsicher. »Ich habe Sie mit einem Trick hereingelegt, und ...« Er brach ab.

»Sie sind ja ganz naß«, stellte der Prinz fest und klatschte in die Hände. Irgend etwas raschelte, und wenige Sekunden später eilte ein junger Droske herbei. Er bekam die Anweisung, frische Kleidung und ein Handtuch zu holen, verschwand wieder und kehrte unmittelbar darauf zurück.

»Gibt es in Ihrer Heimat, äh, strenge Regeln in Hinsicht auf das Entblößen des Körpers?« fragte Tarli. »Wenn das der Fall sein sollte ... Das Ablutionszimmer — manche Leute bezeichnen es schlicht und einfach als Bad — erreichen Sie durch die Tür dort.«

Dom zog das klamme Hemd über den Kopf und brummte.

»Nun, gelegentlich kann man gar nicht taktvoll genug sein. Manche Leute haben die komischsten Bräuche. In Ordnung, Chaquaduc.« Tarli klatschte erneut, und der Droske neigte kurz den Kopf, löste sich einfach in Luft auf.

»Nicht schlecht. Feldtransferierung? Meine Großmutter lehnt so etwas ab. Sie hält es für sündige Energieverschwendung.«

Tarli hob die Hand. »Sie haben völlig recht — Induktanzflächen unter der Haut. Eine unserer Traditionen. Um Gäste zu beeindrucken. Hier.«

Dom fing einen Gürtel aus Drachenschuppen auf, band ihn sich um die Taille einer weiten Seidenrobe mit gelben und grauen Komplexmustern. Der Prinz öffnete einen emaillierten Schrank und holte eine kleinere Version des Trug-Schwerts hervor.

»He!«

»Nur ein sogenanntes *Koto.* Dient als Schmuckstück. Bitte nehmen Sie es als Geschenk. In diesem Zusammenhang: Ich rate es Ihnen nicht, es abzulehnen — so etwas gilt hier auf Laoth als tödliche Beleidigung. Ich müßte Sie zu einem weiteren Duell herausfordern, mit echten Klingen und ohne Schutzharnische. Und mir bliebe nichts anderes übrig, als Ihnen vorher zu zeigen, wie man mit solchen Waffen umgeht.« Tarli deutete auf Doms Hals. »Wie ich sehe, haben Sie bereits einige Erfahrungen gesammelt.«

Dom betastete sich unwillkürlich den Nacken und zuckte zusammen. Erinnerungsschmerz verband sich mit Vorstellungen von einer kopflosen Gestalt, die über das Ufergeröll eines wie spöttisch glitzernden Sees wankte.

»Ich dachte immer, laothische Frauen interessierten sich mehr fürs Blumenbinden«, murmelte er.

Tarli schmunzelte. »Ach, wirklich? Die nächsten Blumen wachsen auf unserem Nachbarplaneten Hierblühtesgut. Die größten Exemplare sind mobile Rosen, und man muß sie in den Würgegriff nehmen, um sie zu beschneiden.«

»Was Sharli bestimmt nicht sehr schwer fällt.«

»Mag sein. Sie steht an erster Stelle jener der, die rund fünfhundert Namen der besten Trug-Kämpfer enthält. Man muß ein wirklicher Könner sein, um dort eingetragen zu werden.«

Dom strich mit den Fingerkuppen über die Schneide des *Koto* und knurrte leise.

»Beim Bogenschießen hat meine Schwester keine Chance gegen mich. Ihr fehlt die nötige Geduld, und deshalb muß sie sich mit dem dreißigsten Platz begnügen.«

»Gibt es irgendeine Disziplin, die sie nicht ausgezeichnet beherrscht?«

»Nun, da wäre zum Beispiel unser dritter nationaler Zeitvertreib.«

»Was soll ich mir darunter vorstellen? Drachenjagd? Granit mit Fingern zerquetschen?«

»Nein. Mikroelektronisches Design. Eine echte Kunstform, wissen Sie.« Tarli warf einen Blick auf die Uhr. »Kommen Sie, Stiefonkel! Zeit zum Essen.«

Auf dem Weg zum großen Saal sah Dom sich immer wieder verwirrt um. Er befand sich auf Laoth, einer Welt, deren Produktionsanlagen nicht nur die besten Raumschiffe herstellten, sonden auch als menschlich anerkannte Computerhirne der Klasse Fünf. Doch abgesehen von den Pferden und Mechanismen im Garten hatte er überhaupt keine Roboter gesehen. Offenbar gefiel es den Laothern nicht, sich mit ihren Schöpfungen zu umgeben.

Als sie durch einen Flur mit glänzenden Lackwänden wanderten, sagte Tarli gedehnt: »Mein Vater ist sehr ungehalten.«

»Bin ich der Grund?«

»Ja, in gewisser Weise. Ihr Besuch hat eigentlich nichts damit zu tun — er findet Gefallen daran, neue Bekanntschaften zu schließen. Es sind die ungeladenen Gäste, wenn Sie verstehen, was ich meine. Wie lange dauert es noch, bis Sie die Heimatwelt der Joker entdekken?«

»Nach heute abend noch drei Tage.«

»Haben Sie irgendwelche Vorstellungen?«

»Einige«, erwiderte Dom ausweichend.

»Nun, das hoffe ich für Sie«, sagte Tarli. »Bereits fünfzig Raumschiffe umkreisen diesen Planeten und warten darauf, daß Sie irgend etwas unternehmen. Einige von ihnen sind schwer bewaffnet. Terra Novae hat eine ganze Flotte geschickt, und selbst die Bewohner von Verdammich entsandten einen Kreuzer, vermutlich den einzigen, der ihnen zur Verfügung steht. Ist kaum mehr als ein Wrack und müßte dringend überholt werden. Wenn Sie die Joker-Welt finden, ist bestimmt der Teufel los. Nun, äh, was Vater so besorgt ...«

»Sie können ihn beruhigen«, warf Dom rasch ein. »Ich bezweifle, ob die Joker irgend etwas mit Laoth zu tun haben.«

Der Prinz seufzte erleichtert. »Hier geht's schon jetzt drunter und drüber«, fuhr er fort. »Ganze Gruppen von Kammerjägern sind ständig unterwegs, um die elektronischen Wanzen einzusammeln, die aus den Arsenalen der Vereinigten Spione auf den Palast herabregnen. Sie kriechen in die kleinsten Ritzen und Fugen — sehen Sie nur!«

Er deutete auf ein Etwas, das aussah wie eine mit Diamantenstaub besetzte Gottesanbeterin. Das mechanische Insekt hockte auf einer der glänzenden Holztafeln und versuchte zu entkommen, als sich die beiden jungen Männer näherten. Tarli schlug mit seinem Schwert zu, und als der metallene Schnüffler zu Boden fiel, zertrat er ihn einfach.

»Scheint ein Standardmodell von der Erde zu sein«, kommentierte er. »Begreifen Sie nun, worauf ich hinauswill?«

»Sie haben mir gerade eine unmißverständliche Botschaft übermittelt«, erwiderte Dom steif. »Ihr freut euch, daß ich hier bin, aber eure Freude wäre noch größer, wenn ich mich endlich dazu durchränge, diesen Planeten zu verlassen, nicht wahr?«

»Fassen Sie das bitte nicht als Affront auf«, sagte Tarli hastig. »Ich möchte Ihnen versichern, daß uns Ihr Schicksal keineswegs gleichgültig ist. Wir werden uns die größte Mühe geben, Sie vor Unheil zu bewahren. Andererseits: Sie sind nicht unsere einzige Sorge. Wußten Sie, daß die Erste Sirianische Bank verschwunden ist?«

Dom schüttelte den Kopf.

»Ein einzigartiges, beispielloses Ereignis«, fügte Tarli überflüssigerweise hinzu.

Vor ihnen schwang die Tür des Speisesaals auf. Diesmal hatten sich nur acht Personen fürs Essen eingefunden. Der große runde Tisch war zu einem Memorialkubus zusammengefaltet, und seinen Platz nahm nun eine schlichte laothische Speisematte ein. Dom erkannte Joan, Keja, den Kaiser Ptarmigan, Sharli, Hrsh-Hgn und einen kleinen eleganten Laother. Einige Droskendiener standen in der Nähe, und Isaac bezog hinter Dom Aufstellung. Er hielt Ig in den Armen.

»Danke«, sagte der junge Sabalos und nahm das Sumpfwesen entgegen. »Wo hat er gesteckt? Und was ist mit dir?«

»Hab mich nur ein bißchen in meiner alten Heimat umgesehen, Boß. Und was Ig betrifft: Er ist zum Maskottchen der Wanzenjäger geworden — er stöbert die mechanischen Schnüffler überall auf.«

Sharli hob den Kopf und errötete, als sie Dom sah.

Der Hauptgang bestand aus Kai-Muscheln, und sie aßen schweigend. Dom gab sich vergebliche Mühe, das phnobische Trio zu überhören, das in einer Ecke hingebungsvoll an *Chlong*-Saiten zupfte.

Draußen wehte eine kühle Brise, und durch die offenen Fenster war das Klirren metallener Blätter zu hören.

Betont würdevoll schenkte der Kaiser eine klare sirupartige Flüssigkeit ein, die sich am Gaumen mit einem angenehmen Geschmack tarnte, aber in der Kehle brannte. Die Diener verschwanden, als Ptarmigan in die Hände klatschte. Die phnobischen Barden beendeten ihre schrille musikalische Vorstellung, packten die Instrumente ein und eilten fort.

»Jetzt können wir uns unterhalten«, sagte der Kaiser.

»Spione?« murmelte Joan und blickte in ihr Glas. Ptarmigan wölbte die Brauen.

»Hier wimmelt's davon, meine Liebe«, erwiderte er. »Um nur einige Beispiele zu nennen: Der *Inq*-Spieler des Trios hat einen Lauscher abgelegt, bevor er ging. Der Droskendiener meines Sohnes übermittelt ständig Lageberichte an die Autoritäten seines Heimatplaneten, dessen Name für unsere Zungen unaussprechbar ist. Darüber hinaus enthält dieses Zimmer Dutzende von elektronischen Augen und Ohren. Der Herr links von mir«, — Ptarmigan deutete auf den kleinen Laother, der daraufhin lächelte —, »steht in dem Ruf, ein ebenso fähiger wie vielseitiger Spion zu sein. Er heißt Magane. Eine seiner vielen Aufgaben besteht darin, mich zu überwachen. Wenn ich bei meinen Entscheidungen nicht die erforderliche Umsicht walten lasse, macht er mich sofort darauf aufmerksam.« Der Kaiser holte tief Luft und fügte scharf hinzu: »Wo befindet sich die Joker-Welt?«

Dom fuhr mit der Fingerspitze über den Rand seines Glases.

»Ihnen bleiben nur noch zweiundsiebzig Stunden, um sie zu finden«, warnte Ptarmigan. Wie Sharli und Tarli benutzte er das unpersönliche ›Sie‹, das Distanz schuf.

»Es ist unfair, ihn unter Druck zu setzen«, platzte es aus Keja heraus.

»Ich zwinge ihn nicht dazu, mir eine Antwort zu geben.«

»Ich ahne allmählich etwas«, sagte Dom wie zu sich selbst. »Ich spüre, wie erste Vorstellungsschatten Konturen gewinnen. Die dunkle Seite der Sonne — das klingt recht vage, nicht wahr? Vielleicht bezieht sich diese Angabe auf völlig andere Dimensionen.«

»Daran glauben Sie ebensowenig wie ich«, widersprach ihm der Kaiser. »Die Joker-Welt ist eine Singularität in diesem Kontinuum. Die Wahrscheinlichkeits-Mathematik läßt den Schluß zu, daß die Turmkonstrukteure nur in diesem Universum existierten — obgleich wir sie nicht mit Hilfe der Prophezeiungsgleichungen lokalisieren können. Die Tatsache, daß sie sich in unserer speziellen Raum-Zeit entwickelten, kommt einer Chance von eins zu einer Milliarde gleich. Manchmal«, sagte Ptarmigan spitz, »wird selbst das Unmögliche möglich.«

»Vermutlich haben Sie recht«, pflichtete ihm Dom bei. »Abgesehen von den Spezies in der Lebenskugel gibt es nur noch wenige andere Intelligenzen. Sie sind … nun, groß. Und sie widersprechen unseren gängigen Vorstellungen von organischer Vernunft. Ich meine zum Beispiel die Bank oder Saufmich. Bei ihnen ist das Leben nur ein zusätzliches Attribut, wie Masse oder Alter. Nein, ich glaube, die Joker stellten die erste uns vertraute Lebensform in der Galaxis dar, und darüber hinaus waren sie so nett, unserer eigenen Evolution auf die Sprünge zu helfen.« Er runzelte die Stirn. »Fragen Sie mich jetzt bloß nicht, was mich zu solchen Annahmen bewegt! Sie erscheinen mir einfach plausibel und richtig.«

»Ich verstehe nicht ganz ...«, murmelte Keja. Der Kaiser lächelte.

»Weißt du, Liebste, eigentlich hat das Universum gar keine Zeit für die Entwicklung von Leben. Normalerweise dürfte es nicht einmal einfache Organismen geben, ganz zu schweigen von uns. Die Wahrscheinlichkeit spricht strikt dagegen.«

Dom nickte. »Wir gehen immer von der Prämisse aus, das Leben sei ein völlig natürlicher Bestandteil des Universums«, erläuterte er. »Selbst in präsadhimistischen Epochen bevölkerte unsere Phantasie andere Planeten mit imaginären Wesen. Wir wollten nicht allein sein und versuchten uns einzureden, Leben außerhalb der Erde sei praktisch eine Gewißheit.«

»Offenbar legten auch die Joker Wert auf Gesellschaft«, meinte Hrsh-Hgn und beugte sich vor. »Deshalb veränderten ssie die Zufallssmuster, ssorgten für eine gleichmäßigere Verteilung der Chancen.«

»Sie müssen wahre biologische Genies gewesen sein, bevölkerten sogar die Sterne«, begann Dom. »Sie füllten jede ökologische Nische, von kühlen Sonnen bis hin zum kalten luftleeren Raum. Sie ...« Er brach ab.

Plötzlich wußte er über die Joker Bescheid. Sätze und konzeptionelle Bilder strömten ihm in den Geist, schwammen wie Eisberge in einer mentalen See. Sie schienen sich von ganz allein zu formen — aber vielleicht entstand nun eine Gedankenbrücke, die ihm Informationen übermittelte.

Dom kannte alle Geheimnisse der Joker. Er *erinnerte* sich an ihr Empfinden, als sie leere und öde Planeten beobachteten, auf denen sie den Keim des Lebens säten, als sie an die innere Barriere dachten, die schließlich ihre Entwicklung beschränken mußte — die kulturelle Sackgasse der Evolution ...

Er sah die Heimatwelt der Joker und war wie betäubt.

Die anderen Personen am Tisch setzten die Gespräche fort, und Dom vernahm die Stimmen und Worte wie aus weiter Ferne.

»Die dunkle Seite der Sonne ... es hört sich an wie die Zeile eines Gedichts«, sagte Keja fröhlich. »Vielleicht kämen Kreischer und Stöhner in Frage.«

»Ssie meinen die Innenplaneten von Protostern Fünf?« fragte Hrsh-Hgn. »Nein, ssie ssind zu heiß und nicht stabil genug. Vor zehntausend Jahren hat ess ssie noch gar nicht gegeben. Hinzu kommt die hohe Radioaktivität.«

»Sie sprechen so über die Joker, als seien es Menschen«, wandte Keja ein. »Doch das steht keineswegs fest. Möglicherweise basiert ihr Stoffwechselsystem auf Silicium. Denken Sie nur an die Creapii.«

»Und die ›Ratten‹?« erkundigte sich Tarli. Er blickte in verdutzte Mienen und hob die Schultern.

»Nun, wir kennen die Verhältnisse auf jenem Planeten. Vielleicht bezieht sich der Ausdruck ›dunkle Seite der Sonne‹ auf die dort herrschende Umgekehrte Entropie.«

»Ich glaube, die Erde ist mit der Joker-Welt identisch«, sagte Joan fest. Ptarmigan drehte den Kopf.

»Eine ziemlich anmaßende Behauptung. Können Sie irgendwelche Beweise dafür nennen?«

Doms Großmutter nickte. »Es ist eine recht alte Theorie. Die Joker waren menschlich, *wirklich* menschlich — womit ich Ihnen nicht zu nahe treten möchte, Hrsh-Hgn; Sie wissen sicher, wie ich das meine. Sie ließen sich auf der Erde nieder, als wir noch in den Kinderschuhen unserer Evolution steckten, und schließlich vermischten sie sich mit uns. Viele Indizien deuten darauf hin. Zum Beispiel gehen manche fremde Wesen von der Annahme aus, die Joker seien Menschen gewesen. Nur die Creapii und der Homo sapiens erreichten aus eigener Kraft einen ausreichend hohen technischen Entwicklungsstand, um wenigstens interplanetare Raumfahrt zu ermöglichen. Drittens: Menschen hätten sicher großen Spaß daran, die Kettensterne oder den Mittelpunkt des Universums zu schaffen, einzig und allein aus Größenwahn. Und schließlich: Die Erde ist der Sitz des Joker-Instituts. Es beherrscht praktisch den ganzen Planeten. Man munkelt in diesem Zusammenhang, das Institut selbst werde von einigen echten Jokern geleitet, die alle Forschungen in Hinsicht auf ihre Heimatwelt sabotieren. Aus irgendwelchen lächerlichen Gründen trachten sie Dom nach dem Leben. Offenbar wollen sie verhindern, daß er das Exil der geheimnisvollen Turmkonstrukteure entdeckt.«

Hrsh-Hgn hüstelte. »Ich möchte darauf hinweissen, daß ähnliche Theorien auch Phnoben, Drossken, Creapii, Tarquinen, Löfflern und vielen anderen Völkern bekannt ssind. Jede Speziess vergleicht ssich mit den Jokern. Die Creapii meinen: Wer außer unss könnte dass notwendige Wissen ssammeln, um den Mittelpunkt dess Universums zu markieren? Die Phnoben fragen: Wer außer unss bessäße eine ssolche Einssicht in die Totalität, um die Kettensterne mit ssolcher Perfektion zu gestalten? Die Löffler überlegen: Wer außer unss hätte dass *Reimtole* in die *Gramepe,* um dass Labyrinth zu errichten. Die Tarquinen wiederum …«

»Sie haben Ihren Standpunkt mit genügender Deutlichkeit erläutert«, warf der Kaiser ein und seufzte.

»Es gibt nur eine Sonne im Universum«, sagte Dom laut.

Die anderen sahen ihn an und beobachteten, wie er mit seinen — oder fremden — Gedanken rang.

»Es ist ganz einfach«, fuhr er fort und fühlte verblüffte Blicke auf sich ruhen. »Es existieren viele Sterne, aber nur eine Echte Sonne — der helle rote Riese ist intelligentes Leben.«

Die ultimate Erkenntnis rückte in greifbare Nähe. Dom sah durch die Anwesenden, durch die Wände des Speisesaals, starrte in die kosmopolitische Welt der zweiundfünfzig bekannten Völker. Und dort, in der Lebenssphäre geborgen wie das Gelbe im Ei ... die Heimat der Joker, auf der dunklen Seite der Sonne.

Erneut fragte er sich, ob seine Überlegungen auf fremdem Wissen basierten, und diesmal entschied er sich dagegen. Die Argumentationsketten erstreckten sich mit klar ausgeprägtem Kontrast durch die geistigen Dimensionen, wuchsen aus den Urtiefen seines Ichs. Sie glichen fein säuberlich strukturierten Gleichungen der Wahrscheinlichkeits-Mathematik — und ergaben einen zweifelsfreien Sinn.

Er hatte angenommen, sein Vater sei wissentlich in den Tod gegangen, wie es einem guten Wahrscheinlichkeits-Mathematiker gebührte. Aber das war nur ein Teil der Wahrheit. In Wirklichkeit ...

Er hörte ein leises Zischen. »Ich bedaure es sehr, Sie stören zu müssen«, erklang eine Stimme. Jemand stand in der Tür.

Ways starrte auf seinen Molekülstripper herab, runzelte die Stirn und kam herein.

»Guten Abend, Euer Hoheit und versammelte Herrschaften. Nun, bei solchen Gelegenheiten meinen immer einige Leute, sie müßten unbedingt nach den Wachen rufen.«

Die Wände lösten sich auf. Drei Sicherheitsbeamte eröffneten das Feuer auf Ways und verschwanden in einer Wolke aus glühendem Staub.

»Zu dieser Waffe gehört auch ein kleiner Matrixgenerator«, sagte Ways leichthin. »Es passiert nur sehr selten, daß er sich plötzlich entlädt und eine Feldumkehr bewirkt, aber ich glaube, genau das ist gerade geschehen.«

Ptarmigan erholte sich als erster von seiner Überraschung. Er schenkte Wein ein, bot Ways ein Glas an und lächelte schief.

»Würden Sie mir bitte erklären, wie Sie sich Zugang verschafft haben?« fragte er. »Ich sollte die Alarmanlagen im Palast überprüfen lassen.«

»Ich bin mit meinem Schiff auf der Terrasse gelandet. Vermutlich haben die meisten Überwachungsvorrichtungen versagt.«

»Sie haben Glück«, sagte Ptarmigan ruhig.

»Was Sie eigentlich nicht überraschen dürfte. Schließlich stamme ich aus den hiesigen Roboterfabriken.«

»Oh, ich verstehe. Glück als elektronische Eigenschaft. Ich bin selbst an der Erstellung der entsprechenden Konstruktionspläne beteiligt gewesen. Eigentlich schade, daß wir dabei den Aus-Schalter vergessen haben.«

»Dem muß ich widersprechen«, entgegnete Ways. »Aber genug jetzt mit dem Geschwätz. Wie soll ich Dom töten, solange er unverwundbar ist? Selbst wenn ich einen Felsen auf ihn herabstürzte — die Brownsche Bewegung würde dafür sorgen, daß er das Ziel verfehlt.«

Sharli warf ihr *Koto*. Es prallte an Ways' Brust und knickte wie Stanniol.

Die Prinzessin riß ungläubig die Augen auf.

»Machen Sie sich nichts draus«, sagte der Attentäter gelassen. »Wenn Unmögliches möglich wird, muß man mit allem rechnen. Entschuldigen Sie mich bitte.« Er holte eine schlichte Standard-Mordwaffe der Vereinigten Spione hervor und schoß auf Dom.

Die Kugel verharrte mitten in der Luft und verdampfte.

Das Universum erzitterte leicht.

»Molekularer Widerstand«, meinte Ways. »Pech.« Er ließ sich auf der Speisematte nieder, griff nach dem Glas Wein, lächelte und deutete mit dem Stripper nach oben.

»Inzwischen befinden sich mehr als hundert Raumschiffe in diesem Sonnensystem«, berichtete er. »Phnoben, Drosken, Creapii, Löffler, Hülse. Sie beobachten diesen Ort — und belauern sich gegenseitig. Wie viele Planeten umkreisen das hiesige Zentralgestirn, Euer Hoheit?«

»Da die Erste Sirianische Bank vor einer Weile in den

Interraum getaucht ist, sind es jetzt vermutlich sechs«, erwiderte Ptarmigan.

»In der Tat. Die Bank wartet sechzig Millionen Kilometer jenseits von … Wie heißt der äußerste Planet?«

»Weit draußen«, sagte Tarli.

»Nun, ganz offensichtlich herrscht allseits enormes Interesse daran, wie sich Dom während der nächsten Tage verhalten wird. Das trifft auch auf mich zu. Die Pläne sind ein wenig verändert worden. Wir fliegen zur Heimatwelt der Joker.«

Ways hob die Hand, kam Einwänden des Kaisers und seiner Gäste zuvor. »Dom und ich haben Glück. Er wird geschützt — von den Jokern, wie man vermutet —, und bei mir manifestiert sich die metaphorische Göttin Fortuna in Form eines entsprechend programmierten Siliciumchips. Ihr anderen seid leider nicht ganz so gut dran. Um noch etwas deutlicher zu werden: Die Begriffe ›Geiseln‹ und ›töten‹ sind ziemlich abgedroschen, und deshalb werde ich sie nicht verwenden …«

Eine mechanische Fledermaus huschte durchs Zwielicht der Abenddämmerung, als sie über die Terrasse marschierten. Ways' Raumschiff stand am einen Ende der langen Veranda. Es war so klein, daß die Form weitgehend vom Matrixtriebwerk bestimmt wurde. Über der Spule erstreckte sich der Pilotensattel, und die Haltegerüste für zusätzliche Geräte hatte man einfach ans Generatorgehäuse geschweißt. Es handelte sich um eine Maschine, die nur dazu diente, um jemanden von einem Ort zum anderen zu bringen, mit einem Minimum an Komfort und einem Maximum an Leistung. Ein äußerst schnelles Schiff, das keinen Namen trug.

Dom kletterte in den Sattel, schloß die durchsichtige Kuppel darüber und betrachtete die Kontrollen. Der transparente Kunststoff dämpfte Ways' Stimme, als ihm der Roboter letzte Anweisungen übermittelte.

»Damit keine Mißverständnisse zwischen uns entstehen: Wenn ich den Kontakt zu Ihnen verliere oder Sie versuchen, sich aus dem Staub zu machen, bleibt mir nichts anderes übrig, als gewisse Maßnahmen zu ergreifen. Warten Sie in der Umlaufbahn auf uns.«

Das Schiff hob weich ab, und als Dom die Atmosphäre verlassen hatte, konnte er mit Hilfe des Scanners den größten Teil des Tau Ceti-Systems beobachten. Der Bildschirm stellte die anderen Raumer als kleine blaue Punkte dar. Weit draußen, an der Grenze zum interstellaren Raum, schwebte ein anderes, wesentlich größeres Objekt. Der Scanner wechselte ständig zwischen den Farbkennungen Rot und Blau: Das Klasse Zwei-Computerhirn konnte sich nicht entscheiden, ob es jene Masse als Raumschiff oder Welt identifizieren sollte. Dom starrte auf die Anzeige und sah, wie der Fleck verschwand: Die Erste Sirianische Bank tauchte wieder in den Interraum. Er erinnerte sich an den riesigen Matrixmotor, den er in einer Höhle gesehen hatte: Man brauchte nicht übermäßig viel Energie, um einen Planeten zu transferieren — das Problem bestand in erster Linie darin, ob der Navigationscomputer genügend Elaborationskapazität besaß.

Zehn Minuten später glühte die *Trunken mit Unendlichkeit* als heller Stern über Laoths Terminator. Ways hatte eins der besten Schiffe gewählt. Dom gab die vom Attentäter stammenden Flugkoordinaten ein und seufzte.

Der Ül-Sprung führte über keine sonderlich große stellare Distanz und dauerte nur dreißig Minuten subjektiver Zeit. Als Dom ins Einstein-Universum zurückkehrte, fand er sich mitten in einer Flotte wieder.

»Öffnen Sie die Kommunikationskanäle!« ordnete Ways an.

Der junge Sabalos sah die Zentralkabine der *Trunken mit Unendlichkeit:* Die Geiseln des Roboters standen stumm und wie erstarrt, zumindest die meisten. Zwei Personen bildeten Ausnahmen: Joan I. wurde gestützt, und Isaac lag auf dem Boden.

Ways trat in den Erfassungsbereich der Kamera. »Ich bin auf etwas Widerstand gestoßen«, sagte er leichthin. »Aber machen Sie sich deshalb keine Sorgen.«

»Wozu die Flotte?« fragte Dom.

»Damit wir nicht ganz so allein sind. Wer weiß, was uns bevorsteht? Nur eine leere öde Welt, die wir erst aus dem Raum beobachten und auf der wir dann landen? Oder eine Konfrontation mit Halbgöttern, die ihre technischen Muskeln spielen lassen wollen?«

Dom begann schallend zu lachen, wurde erst wieder still, als er Igs entsetzten Blick auf sich ruhen spürte. Das kleine Sumpfwesen hockte auf der Konsole und zitterte in mühsam unterdrückter Panik.

»Was seid ihr doch für Narren!« platzte es aus Dom heraus. »Glaubt ihr im Ernst, ich führte euch zu einem Planeten?«

Das Bild der *Trunken* verblaßte, und kurz darauf formten sich neue Konturen. Dom betrachtete die Darstellung eines dünnen Gesichts, darüber eine dichte schwarze Mähne. Der Mann stammte ganz offensichtlich von der Erde.

»Darf ich mich vorstellen? Ich bin Franz Asman vom Joker-Institut. Dies ist unsere Flotte. Ways arbeitet für uns.«

»Sie sind Terraner, nicht wahr?« erwiderte Dom. »Das bedeutet: Sie glauben gar nicht daran, mich mit der Androhung von Repressalien an der Flucht hindern zu können. Jemand von der Erde würde seine eigene Großmutter am Spieß braten, wenn er sich einen persönlichen Vorteil davon verspräche.«

»Sadhim bewahre uns vor kulturellen Vorurteilen!« sagte Asman glatt und lächelte dünn. »Wie dem auch sei: Schon seit einiger Zeit befasse ich mich eingehend mit Ihnen. Zweihundert Mitarbeiter des Instituts sind einzig und allein damit beschäftigt, Ihre individuellen Entscheidungsstrukturen zu analysieren. Wir kennen Ihr Verhaltensmuster für jede beliebige Situation, und daher wissen wir, daß Sie sich jetzt nicht einfach auf und davon machen.«

»Interessant«, entgegnete Dom gedehnt. Hinter Asman sah er einige schemenhafte Gestalten. Sie standen vor einer langen Wand mit seltsam verschnörkelten, bunten Linien.

»Nicht wahr? Um Ihnen eine Vorstellung von unserer Tätigkeit zu vermitteln ...« Asman überlegte kurz. »Wissen Sie, was Astrologen sind?«

»Na klar«, sagte Dom. »Astronomen, die den Anspruch auf Wissenschaftlichkeit aufgegeben haben und hoffen, daß es niemand merkt.«

»Nun, wir sind die *neuen* Astrologen. Als Beurteilungsmaßstab setzen wir ...«

... die Mathemagie der Wahrscheinlichkeit ein. Das Institut untersuchte die Bevölkerung der Galaxis, hielt nach jenem Wahrscheinlichkeitsprofil Ausschau, das rein theoretisch dem des potentiellen Entdeckers der Joker-Welt entsprach. Es existierte schon seit einer ganzen Weile. Aus keinem ersichtlichen Grund wurden alle Fragen in Hinsicht auf den Ursprungsplaneten der legendären Turmkonstrukteure bedeutungslos, wenn man sie in Form von W-Gleichungen ausdrückte. Dennoch gab es die Möglichkeit, die ›Kanten‹ der logischen Lücken zu nutzen und sie in vage bestimmbare Variablen zu verwandeln.

Im Anschluß daran erfolgte eine neuerliche Suche nach in Frage kommenden Personen. Sie kostete nicht besonders viel Mühe. In diesem Jahr existierten nur drei mögliche Entdecker, einer davon ein phnobischer Mönch, der andere ein drei Monate junges Mädchen auf Drittes Auge. Sie wurden sofort eliminiert.

Dom erwies sich von einem ganz anderen Kaliber, und das Institut wußte noch immer nicht, was ihm einen so einzigartigen Status verlieh. Sein Vater war ebenfalls ein Entdecker mit hohen Wahrscheinlichkeitswerten gewesen, doch es gelang problemlos, ihn aus dem Verkehr zu ziehen. Irgend etwas bewahrte seinen Sohn vor dem Tod. Irgend etwas hinderte das Institut daran, auch ihn unschädlich zu machen. Er hatte einfach zuviel Glück.

Vielleicht wollte jemand, daß er die Joker-Welt fand.

»Ja«, erwiderte Dom, »die Joker.«

»Das glauben wir auch«, pflichtete ihm Asman bei. »Wissen Sie, warum wir nicht zulassen können, daß Sie Erfolg haben?«

»Ich verstehe Ihre Motive zumindest ansatzweise«, sagte Dom. »Sie fürchten die Joker. Weil Sie sie nicht kennen. Selbst in einem Kontakt mit den Resten ihrer Zivilisation sieht das Institut eine enorme Gefahr für uns. Vermutlich stehen Sie auf dem Standpunkt, ohne Götter seien wir besser dran.«

»Höre ich da ein wenig Ironie?« fragte Asman. »Nun, wir können nicht leugnen, daß die Hinterlassenschaften der Joker einen nicht unerheblichen Beitrag für die Interspezies-Kooperation geleistet haben.«

»Die Artefakte der Turmkonstrukteure stimulierten unsere Entwicklung!« Dom lauschte dem seltsamen, plötzlich fremden Klang seiner Stimme. »Die Creapii erfanden das Matrixtriebwerk, um andere Lebensformen zu finden und mit ihnen das Rätsel der Joker zu lösen!«

»In der Tat. Aber hören Sie mir zu, Dom! Wußten Sie, daß die meisten Menschen der präsadhimistischen Epoche — bevor es interstellare Raumfahrt gab — an einen allgegenwärtigen Gott glaubten? Damit meine ich nicht die Kleinen Götter der Sadhimisten, die nur eine Personifizierung normaler Naturkräfte sind, sondern ein leibhaftiges Oberhaupt des Universums. Aber wenn sich herausgestellt hätte, daß Er wirklich existiert, wäre auf der damaligen Erde vermutlich das Chaos ausgebrochen. Gott an sich nicht mehr als ein *Glaube,* der Trost spendet und Halt gibt, sondern eine unbestreitbare Tatsache. Und genau da fangen die Schwierigkeiten an. Tatsachen lassen keinen Platz mehr für den Glauben — sie sind einfach da, und damit hat es sich. Die Menschheit wäre an einem kosmischen Minderwertigkeitskomplex zugrunde gegangen. Man kann nicht einfach zur Tagesordnung übergehen und weiterleben wie bisher, wenn man von solcher Macht *weiß*.

Wir brauchten das Konzept der Joker — es wirkte sich bei den Völkern als einigende Kraft aus. Aber wir können es uns nicht leisten, ihre Heimatwelt zu finden. Angenommen, sie ist eine Wüste: Bedeutet das, daß auch die größten und höchstentwickelten Völker irgendwann das Zeitliche segnen? Und wenn die Joker noch leben: Werden sie uns versklaven oder uns einfach übersehen? Oder schlimmer noch: Vielleicht bestehen sie darauf, mit uns Freundschaft zu schließen.

Sie dürfen die dunkle Seite der Sonne aufsuchen, Dom — aber versuchen Sie bitte zu verstehen, daß wir Ihre Rückkehr nicht zulassen können.«

»Ich weiß, was sich hinter der Bezeichnung Joker-Welt verbirgt«, erwiderte der junge Sabalos langsam. »Ich glaube, ich wußte es schon seit einer ganzen Weile, ohne mir darüber klarzuwerden. Ich begreife jetzt auch, wo sie sich befindet. Es gibt nur eine Wahre Sonne im Universum — in unserem Kosmos —, und die Joker gaben sie uns allen. Hat Ihre Flotte die Anweisung, meinem Schiff zu folgen?«

Asman nickte.

»Gut.«

Der Interraum nahm Dom und seine kleine Kapsel auf. Er schaltete die Bordinstrumente aus und trachtete danach, dem orangefarbenen und goldenen Dimensionsglühen keine Beachtung zu schenken.

»Warum jetzt?« fragte er in die Leere. »Warum ich?«

Ig hob die Schultern und wandte ihm die spitze rattenartige Schnauze zu. Er sprach. Die Worte entstanden direkt in Doms Bewußtsein, ohne den Umweg über die Hörnerven.

»Unser eigentliches Problem bestand darin, daß wir nie Empathie erlernt haben. Telepathie ist nur eine höhere Form der Sprache. Aber zu wissen, was andere Geschöpfe empfinden, wie sie fühlen — das blieb uns verwehrt.«

»Ihr wart allein«, sagte Dom. »Während der ganzen langen Jahre …«

»Isaac würde sagen ›Knapp vorbei ist auch daneben.‹ Mit anderen Worten: Von Einsamkeit in dem Sinn kann keine Rede sein. Wir suchten auch in den alternativen Universen, in den dunklen Unmöglichkeitskosmen, die selbst dem Furchtlosen das Fürchten lehren. Wir fanden Leben. Die Erste Sirianische Bank und Saufmich spielen in diesem Zusammenhang überhaupt keine Rolle. In einigen Universen sind sogar die Sonnen lebendig. Es gibt eine Galaxis, die singt. In einem anderen Kontinuum, dort drüben«, — Ig streckte die Pfote aus, und für einige Sekunden verschwand sie einfach —, »existieren nur Gedanken, die alles durchdringen. Nun, nicht nur Gedanken, sondern auch Verstehen. Reine intellektuelle Kraft. Aber sie widerspricht *unserem* Wesen. Wie leichtfertig ihr das Wort ›fremdartig‹ gebraucht — ihr habt überhaupt keine Ahnung, *wie* fremd etwas sein kann.

Schon vor langer Zeit gelangten wir zu einem Schluß, aus dem die Creapii derzeit die Konsequenzen ziehen: Als letzte, äußerste Barriere erweist sich die eigene Perspektive. Die Sonnenflößer begreifen allmählich, daß selbst die objektivsten Feststellungen in Hinblick auf das Universum einen subjektiven Charakter behalten, weil sie auf Creapii-Vorstellungen basieren, auf ihren gefühlsmäßigen Einstellungen. Aus diesem Grund eignen sie sich so gut als Botschafter der Völkerharmonie — sie geben sich größte Mühe, ihr biologisch-kulturelles Erbe zu überwinden und ihre Umwelt aus dem Blickwinkel anderer Spezies zu sehen.«

»Und deshalb habt ihr uns geschaffen«, sagte Dom. »Um andere, äh, Perspektiven kennenzulernen? Liegen wir wenigstens in diesem Punkt richtig?«

»Auch damit kommst du der Wahrheit recht nahe —

ohne sie ganz zu treffen. Wir brauchten nur die Voraussetzungen für die Entstehung von intelligentem Leben günstiger zu gestalten. Zumindest das ist nicht besonders schwer — es läßt sich bereits mit eurer Wissenschaft bewerkstelligen. Allerdings war es verdammt problematisch, die richtigen physikalisch-genetischen Kombinationen für Leben auf kalter Heliumbasis zu finden. Übrigens: Die Erdmenschen brachten eine kleine Bombe in meinem Körper unter. Ziemlich gerissen. Aber sei unbesorgt: Ich habe sie längst entschärft.«

Ig legte eine kurze Pause ein und kratzte sich am Ohr.

»Wir hinterließen Artefakte, um euch herauszufordern«, fuhr er fort. »Obwohl wir dabei ein wenig ... nun, gemogelt haben, wenn ihr so wollt. Bevor wir aufbrachen, räumten wir die ganze Galaxis auf. Auf einigen Welten mußten wir völlig neue Krusten schaffen, einschließlich der Fossilien. Wir brachten Metall als Erze im Boden unter, erneuerten Ölfelder und Kohleflöze — um sicherzustellen, daß es euch zu Anfang eurer technischen Zivilisation an nichts fehlte. Wir gaben euch generalüberholte Planeten — und einige Hinterlassenschaften wie zum Beispiel die Türme und Kettensterne und so weiter. Kultureller Unsinn, fürchte ich. Sie dienen nicht zu Informationen, nur dazu, Ehrfurcht zu erwecken. Andererseits: Irgend etwas mußten wir zurücklassen. Das erforderte der künstlerische Aspekt des ganzen Unternehmens.«

»Die dunkle Seite der Sonne«, murmelte Dom. »Der Ausdruck gab uns gleich zwei Hinweise. Erstens: Wenn es nicht in eurer Absicht gelegen hätte, daß wir diese Worte in eine uns verständliche Sprache übersetzen, wäre uns nie eine Transkription gelungen. Sogar bei der Erstübersetzung des Phnobischen konnten wir nicht auf die Hilfe jenes Volkes verzichten. Zweitens: Ihr habt die Intelligenz aufgegeben und seid zu stumpfsinnigen Tieren geworden — das ist mit der ›dunklen Seite‹ gemeint.«

»Ich bitte dich! Wenn man ihr angestammtes Biotop berücksichtigt, sind Sumpf-Igs ziemlich schlau. Wir wählten unser neues Selbst mit großer Sorgfalt aus. Glaub mir, es ist recht angenehm, keine natürlichen Feinde zu haben und im warmen Schlamm zu liegen. Wir mußten natürlich einige Sicherungen einbauen, entschlossen uns in diesem Zusammenhang unter anderem zu einer genetischen Modifikation, die uns in Glücksbringer verwandelte — damit wir nicht gejagt, sondern verehrt wurden. Hinzu kam eine innere Uhr, die dafür sorgen sollte, daß wir uns zum richtigen Zeitpunkt erinnerten. Tja, diese kleinen Körper sind ausgezeichnete Verstecke gewesen.«

Dom räusperte sich. »Um es noch einmal zu wiederholen: Warum ausgerechnet ich?«

»Du lebst zur richtigen Zeit. Du bist für Neues offen, hast keine Vorurteile. Du stammst von Verkehrtherum, und das *war* einmal unsere Heimatwelt, vor langer, langer Zeit. Du bist reich, und deine Stellung ist nicht ohne einen gewissen Ruhm. Sagen wir: Das Schicksal entschied sich für dich.«

Ig blickte durch die transparente Kunststoffkuppel, beobachtete das kalte Glühen des Interraums.

»Entschuldige bitte«, brummte Dom, »aber du siehst nicht unbedingt wie der Angehörige einer Superrasse aus.«

Igs Pfoten tanzten geschwind über die Kontrollen des Matrixcomputers. Er hob den Kopf, sah den jungen Mann an und ...

... und Dom rieb sich die Augen. »Tut mir leid«, sagte er. Einige Sekunden später versuchte er sich daran zu erinnern, was er während des kurzen Kontakts erblickt hatte. Doch das Bild verflüchtigte sich. Es blieb nur ein Eindruck von Erhabenheit und Erkenntnis.

»Danke«, hauchte Ig. »Weißt du, von einem hochentwickelten Volk erwartet man, daß es mit goldenen Raumschiffen landet und verkündet: ›Werft eure Waffen weg! Hört auf, euch gegenseitig zu bekämpfen! Schließt euch der großen galaktischen Gemeinschaft an!‹ Das ist natürlich völlig falsch. Ein solches Verhalten wäre eher für junge Rassen typisch.«

»Was geschieht jetzt?«

»Jetzt?«

... wir kommen zu euch zurück, wisperten Gedanken. Zusammen gelingt es uns vielleicht, das Universum so zu sehen, wie es wirklich ist. Und wenn wir euch gegenübertreten, so als Gleichrangige. Wir alle sind nur Subspezies jenes einen Volkes, das auf der hellen Seite der Sonne lebt, im Licht der Intelligenz. Und das Ganze ist weitaus größer als die Summe der Teile. Jetzt ...

»Jetzt«, sagte Ig, »sprechen wir miteinander.«

Die Flotte schwebte über der schimmernden Kugel von Verkehrtherum. Andere Schiffe kehrten überall im System von Achguckmal in den Normalraum zurück, folgten Doms Interraumschatten. Hunderte von Stimmen drangen aus den Lautsprechern der externen Kommunikation.

»Sie wollen kämpfen!« stöhnte Joan. »Lieber Himmel, sie heizen bereits die Stripperkanonen auf!«

Im Kontrollraum des Flaggschiffes flackerten Statusanzeigen auf einem weiten Rundschirm. Die Männer und Frauen an den Konsolen beobachteten, wie sich die eintreffenden Kreuzer formierten — offenbar hatten ihre Kommandanten von der militärischen Dringlichkeitsdiplomatie Gebrauch gemacht. Sie lautete: Wir verzichten zunächst darauf, uns gegenseitig unter Beschuß zu nehmen. Diesen Spaß können wir uns immer noch erlauben, nachdem die Joker an ihrem letzten Witz erstickt sind.

Asman kletterte von einem der Kontrolldecks herunter und schüttelte den Kopf. »Eine echte Überraschung«, knurrte er. »Verkehrtherum, wie? Die Joker sind mit den Bewohnern dieses Planeten identisch? Nun, so abwegig ist das nicht: Zu Beginn seid ihr nur eine kleine Kolonie gewesen ...«

Das Schiff vibrierte. Eine gewaltige Masse fiel aus dem Interraum ins Einstein-Universum zurück, und die donnernde Stimme der Ersten Sirianischen Bank ertönte auf allen Frequenzen.

»HALLO, LEUTE! ICH WERDE ÖKONOMISCHE SANKTIONEN GEGEN DAS ERSTE VOLK ERGREIFEN, DAS SICH ZU IRGENDWELCHEN AGGRESSIVEN HANDLUNGEN HINREISSEN LÄSST!«

Wachsam flog die Bank näher, schwenkte in eine weite Umlaufbahn.

Dom öffnete die Luke des kleinen Raumschiffs und trat ins All.

Er ging vorsichtig, um nicht den Halt zu verlieren, blieb ein Dutzend Meter entfernt stehen. Ein kaum sichtbares Glühen umhüllte ihn, und in den ausgestreckten Händen ...

Ig erhob sich auf den dünnen Hinterbeinen und sprach.

An Bord des Flaggschiffs trübte sich das Licht. Die elektrischen Funken zischender Kurzschlüsse stoben aus knisternden Instrumentenkonsolen, und die Wände erzitterten im Donner der Botschaft.

Eine kurze Pause schloß sich an, und dann senkte der kleine Joker die Stimme, was jedoch nichts an der Bedeutungswucht der Mitteilung änderte. *Landet. Wir, die Joker, die galaktischen Wanderer und Sternbildner, bitten euch darum.*

Ihr habt uns viel zu lehren.

Nach einigen nicht ungefährlichen Mühen beruhigte Dom die wilde Windschale und lenkte sie zum Ufer.

Fast acht Kilometer entfernt landeten weitere Raumschiffe, in unmittelbarer Nähe des hoch aufragenden Joker-Turms, der sich nun als ganz besonderer Scherz entpuppte. Dom schmunzelte, als er daran dachte, daß die legendären Konstrukteure ihrem Namen einmal mehr gerecht wurden.

Die Angehörigen von zweiundfünfzig verschiedenen

Völkern stiegen aus. Sie stapften durch den Sumpf und versuchten mit wenig Erfolg, sich gegenseitig nicht zu beachten.

Dom hatte Ig im Schlamm zurückgelassen, wo er zu einer immer größer werdenden Zuhörermenge sprach. Andere Igs schwammen froh und munter durch die vielen Kanäle. Etwas Neues bahnte sich im Universum an, und es betraf alle Rassen, die große Familie der Intelligenz. Es mochte eine Weile dauern, aber eines Tages würde Irgend Etwas nach Verkehrtherum zurückkehren, die Sümpfe beobachten und sagen: Hier hat es begonnen.

Dom nahm nicht an dem allgemeinen Rummel teil, dachte statt dessen an eine Pflicht, die es noch zu erfüllen galt. Er balancierte auf der hin und her schwankenden Schale, zog den Stöpsel aus seiner kleinen Flasche und schüttete den Inhalt ins Meer. Dann legte er sich auf den Bauch, wich den giftigen Stacheldornen aus und tauchte den Kopf ins Wasser. In der Ferne, untermalt vom ewigen Rauschen, vernahm er ein leises *Danke.*

Er stand wieder auf, blickte zum fernen Strand zurück. Eine Gestalt wanderte am Schilf entlang, in einen Kokon aus goldenem Glanz gehüllt. Sie beobachtete ihn nachdenklich.

Dom lenkte die Windschale durch die Brandung. *Jetzt,* dachte er, *hören wir zu.*

Strata

Der Vorarbeiter eines Bergwerks hat mir ein Stück Kohle gezeigt, das eine aus dem Jahr 1909 stammende Goldmünze enthält. Ich habe ein Ammonshorn gesehen, das allem Anschein nach im fossilen Fußabdruck einer Sandale zerdrückt wurde.

Im Keller des Museums für Naturgeschichte gibt es einen Raum, der immer verschlossen bleibt. Dort befinden sich viele Kuriositäten, unter anderem der Tyrannosaurus mit einer Armbanduhr und der Schädel eines Neandertalers mit Goldplomben in den Zähnen.

Was wollen Sie in dieser Hinsicht unternehmen?

Dr. Carl Untermond
Das überfüllte Eden

Es war natürlich ein herrlicher Tag — ein Tag wie aus dem Werbeprospekt der Company. Derzeit bot Kins Büro Ausblick auf eine palmengesäumte Lagune. Am äußeren Riff gischtete das Wasser, und auf dem Strand aus zermahlenen weißen Korallen lagen seltsam geformte Muscheln.

Kein Werbeprospekt hätte die ungeheuerliche Masse der auf Pontons ruhenden Stratamaschine gezeigt — es handelte sich um das kleine Modell für Inseln und Atolle unter fünfzehn Kilometer Durchmesser. Kin beobachtete, wie sich ein weiterer Meter Strand aus dem großen schwarzen Trichter schob.

Sie überlegte, wer die Maschine wohl steuerte. Die Struktur des Strandes verriet gestalterisches Genie. Jemand, der einen solchen Küstenstreifen schaffen konnte, mit Muscheln an genau den richtigen Stellen, verdiente Besseres. Aber vielleicht war er ein Thoreau-Typ, der Inseln mochte. Kin bekam es manchmal mit ihnen zu tun: in sich gekehrte Männer und Frauen, die nach den Vulkanspezialisten übers Meer streiften, verträumt komplexe Archipele anlegten und dabei geradezu ungebührliches Geschick offenbarten. Sie beschloß, nach dem Namen des Piloten zu fragen.

Kin beugte sich über den Schreibtisch und rief den Bereichstechniker an.

»Joel? Wer hat Dienst in der BCF3?«

»Tag, Kin. Mal sehen. Aha! Gut, nicht wahr? Gefällt's dir?«

»Nicht schlecht.«

»Hendry sitzt an den Kontrollen. Auf deinem Schreibtisch liegen einige scheußliche Beschwerden über ihn. Du weißt schon: Er hat das Dino-Fossil ...«

»Ich habe davon gelesen.«

Joel bemerkte den scharfen Unterton in Kins Stimme und seufzte.

»Nicol Plante ist seine Mixerin, und bestimmt hat sie ihm geholfen. Ich habe ihnen beiden Inseldienst gegeben, weil … Nun, bei einer Koralleninsel gerät man kaum in Versuchung.«

»Ich weiß.« Kin überlegte. »Schick Hendry zu mir. Und Nicol ebenfalls. Bestimmt erwartet uns ein anstrengender Tag. So ist es immer, wenn wir kurz vor der Fertigstellung stehen: Dann fangen die Leute an, mit gewissen Dingen herumzuspielen.«

»Es liegt am Übermut der Jugend. Jeder von uns hat sich den einen oder anderen Streich erlaubt. Bei mir waren es zwei Stiefel in einem Kohleflöz. Nicht sehr einfallsreich, wie ich zugeben muß.«

»Meinst du, ich sollte ein Auge zudrücken?«

Natürlich meinte er das. Schließlich erlaubte man jedem eine persönliche Improvisation, oder? Die Kontrolleure entdeckten sie immer, nicht wahr? Und selbst wenn man sie aus irgendeinem Grund übersah: Man konnte damit rechnen, daß zukünftige Paläontologen die Sache vertuschten, hm?

Allerdings neigten sie manchmal dazu, alles viel zu ernst zu nehmen …

»Hendry ist gut, und später könnte er großartige Arbeit leisten«, sagte Joel. »Dreh ihn nicht zu sehr durch die Mangel.«

Einige Minuten später hörte Kin, wie das Dröhnen der Maschine leise wurde und dann ganz verstummte. Kurz darauf kam ein Roboter aus dem Vorzimmer herein, und ihm folgten …

… ein untersetzter blonder junger Mann, die Haut von der Sonne hummerrot gebrannt, und ein dürres kahlköpfiges Mädchen, fast noch ein Kind. Sie blieben stehen und starrten Kin mit einer Mischung aus Furcht und Trotz an, während Korallenstaub auf den Teppich rieselte.

»Bitte nehmen Sie Platz. Etwas zu trinken? Sie scheinen halb verdurstet zu sein. Ich dachte, die Apparate verfügten über Klimaanlagen.«

Die beiden jungen Leute wechselten einen raschen Blick. Dann antwortete das Mädchen: »Frane legt Wert darauf, ein Gefühl für seine Arbeit zu bekommen.«

»Na schön. Der Kühlschrank schwebt direkt hinter Ihnen, das runde Ding dort. Bedienen Sie sich.«

Die Techniker wichen hastig beiseite, als ihnen die Kühleinheit an die Schultern stieß, lächelten nervös und setzten sich.

Sie begegneten Kin mit einer Ehrfurcht, die vages Unbehagen in ihr weckte. Nach den Akten stammten Hendry und Nicol von Kolonialplaneten, die so neu waren, daß ihr Grundgestein erst noch trocknen mußte, und Kin kam ganz offensichtlich von der Erde. Nicht von der Ganzen, Neuen, Alten, Wirklichen oder Besten Erde, sondern von der *Erde,* die man in den Geschichtsbüchern ›als Wiege der Menschheit‹ bezeichnete. Das Zwei-Jahrhunderte-Zeichen auf ihrer Stirn hatten sie vermutlich nie gesehen, bevor sie sich der John Company anschlossen. Außerdem: Kin war ihre Chefin und konnte sie entlassen.

Der Kühlschrank kehrte in seine Nische zurück, flog dabei in einem eleganten Bogen um ein Stück leere Luft im hinteren Bereich des Zimmers. Kin nahm sich vor, das Gerät überprüfen zu lassen.

Sie saßen in Schwebesesseln. So etwas gab es auf Kolonialwelten nicht, entsann sich Kin. Sie sah auf die Akte, bedachte die beiden Techniker mit einem einleitend-strengen Blick und schaltete den Recorder ein.

»Sie wissen, warum Sie hier sind«, begann sie. »Wenn Sie vernünftig waren, haben Sie die Vorschriften gelesen. Ich bin verpflichtet, Sie an folgendes zu erinnern: Sie können entweder mein Urteil als leitende Managerin dieses Sektors annehmen oder ein Verfahren vor dem Untersuchungsausschuß der Company-Zentrale beantragen. Wenn Sie sich für mich entscheiden, ist eine Revision ausgeschlossen. Nun?«

»Sie«, sagte das Mädchen.

»Hat Ihr Begleiter die Sprache verloren?«

»Wir wählen Sie als Richterin, Mizz«, verkündete der junge Mann mit ausgeprägtem Kredo-Akzent.

Kin schüttelte den Kopf. »Dies ist kein Prozeß. Wenn Ihnen meine Entscheidungen mißfallen, können Sie jederzeit kündigen — wenn ich Sie nicht vorher entlasse.« Sie gab den jungen Leuten Gelegenheit zum Nachdenken. Hinter jedem Angestellten der Company stand eine lichtjahrlange Schlange aus enttäuschten Bewerben — *niemand* kündigte.

»Nun gut, es ist registriert. Und nun für die Akte: Haben Sie am vergangenen 4. Julius die Stratamaschine BVN67 gesteuert, als Sie den Y-Kontinent erweiterten? Einzelheiten der Anklage finden Sie im schriftlichen Verweis, den Sie damals erhielten.«

»Ja, es stimmt alles«, bestätigte Hendry. Kin betätigte eine Taste.

Eine Wand des Büros verwandelte sich in einen Bildschirm, und sie blickten auf ein Luftbild, das grauen Fundamentfels zeigte. Die Struktur endete ganz plötzlich an einer tausend Meter hohen Schicht, die wie ein kolossales göttliches Sandwich wirkte. Die Stratamaschine war von der Klippe gelöst und zur Seite gelenkt worden. Beim nächsten Einsatz mußte sie von einem Jockey auf den richtigen Kurs zurückgesteuert werden — andernfalls würden die Geologen dieser Welt später eine unerklärliche Verwerfung finden.

Die Kamera zoomte eine bestimmte Stelle der Klippe heran:

In halber Höhe war ein Teil des Gesteins geschmolzen. Dort hatte man ein Gerüst errichtet, und mehrere Arbeiter mit gelben Helmen eilten aus dem Erfassungsbereich des Übertragungsmoduls. Bis auf einen. Er deutete mit einem Meßstab auf Beweisstück A und grinste: *Hallo, ihr Leute in der Kontrollkommission der Company.*

»Ein Plesiosaurier«, stellte Kin fest. »Völlig verkehrt für diese Schicht, aber was soll's?« Die Kamera glitt über das halb ausgegrabene Skelett hinweg und richtete ihre Linsen nun auf einige verzerrte Rechtecke neben dem künstlichen Fossil. Kin nickte, als man Einzelheiten erkennen konnte. Das Tier hatte ein Transparent getragen, und die Aufschrift lautete:

»Schluß mit den Atomtests«, sagte sie ruhig.

Sicher war viel Arbeit dafür notwendig gewesen, wahrscheinlich mehrere Wochen. Um so etwas zu bewerkstelligen, mußte man dem Hauptcomputer der Maschine ein äußerst kompliziertes Programm eingeben.

»Wie haben Sie es herausgefunden?« fragte das Mädchen.

Jede Stratamaschine enthielt einen elektronischen Petzer — doch das war ein Firmengeheimnis. Die verräterische Vorrichtung befand sich in dem zehn Kilometer großen Ausgabeschlitz des Apparats, und ihre Aufgabe bestand darin, die Realisierung inoffizieller persönlicher Ideen zu entdecken. Sie *blieb* dort, bis sie etwas meldete. Früher oder später gab jeder der Versuchung nach. Jeder neue Planetendesigner mit nur einer Prise Talent fühlte sich wie ein König an den Kontrollen des Traumapparats, den man Stratamaschine nannte. Irgendwann konnte er nicht widerstehen und beschloß, sich einen Scherz mit zukünftigen Paläontologen zu erlauben und ihnen ein Rätsel aufzugeben, an dem sie verzweifelten. Manchmal wurden sie von der Company gefeuert — oder befördert.

»Magie«, behauptete Kin. »Geben Sie es zu?«

»Ja«, erwiderte Hendry. »Darf ich etwas zu unserer Verteidigung anführen?«

Er griff in eine Tasche und holte ein abgegriffenes Buch hervor. Einige Sekunden lang blätterte er und fand schließlich die gesuchte Seite.

»Äh, ich möchte einen der wichtigsten Planetendesigner zitieren«, sagte der junge Mann. »Wenn Sie gestatten ...«

»Ich höre.«

»Nun, äh ... ›Immerhin ist ein Planet keine Welt. Planeten sind nur Felsbrocken, aber Welten stellen ein vierdimensionales Wunder dar. Auf einer richtigen Welt muß es geheimnisvolle Berge geben, tiefe Seen mit uralten Ungeheuern, seltsame Fußspuren im Schnee an hohen Hängen, überwucherte Ruinen in endlosen Dschungeln, Glocken am Meeresgrund, Echotäler und Städte aus Gold. Das ist die Hefe in der planetaren Kruste; ohne sie wird sich nie die Phantasie der Menschen erheben.‹«

Eine kurze Pause.

»Habe ich in dem Buch auch von Dinosauriern geschrieben, die für nukleare Abrüstung eintreten, Mr. Hendry?« fragte Kin.

»Nein, aber ...«

»Wir bauen Welten. Es geht uns nicht darum, Planeten zu terraformen — das könnten Roboter erledigen. Wir konstruieren Orte, wo die menschliche Phantasie einen Nährboden findet. Wir verstecken keine seltsamen Fossilien. Denken Sie an die Spindler. Angenommen, die Kolonisten entwickeln sich ebenso. Ihr Fossil würde sie umbringen, ihnen den Verstand rauben. Meine Entscheidung lautet: drei Monate ohne Arbeit. Das gilt auch für Sie, Miss Plante. Ich will nicht einmal wissen, warum Sie diesem Dummkopf geholfen haben. Sie können gehen.«

Kin schaltete den Recorder aus.

»Wohin wollen Sie? Nehmen Sie wieder Platz. Das war nur für die Akte. Setzen Sie sich — Sie sehen schrecklich aus.«

Hendry schien kein Narr zu sein. Kin sah, wie Hoffnung in seinen Augen keimte, und sie hielt es für besser, dem wiedererwachenden Optimismus vorzubeugen.

»Was die Strafe angeht ... Ich habe es ernst gemeint. Drei Monate Zwangsurlaub. Das Urteil ist aufgezeichnet; Sie können sich also den Versuch sparen, mich umzustimmen.« Mit einem dünnen Lächeln fügte Kin hinzu: »Dazu wären Sie ohnehin nicht imstande.«

»Aber bis dahin ist der Job hier erledigt«, wandte Hendry betroffen ein.

Kin hob die Schultern. »Andere Aufträge folgen bestimmt. Seien Sie nicht zu betrübt. Es ist durchaus menschlich, der Versuchung nachzugeben. Wenn Sie sich Sorgen machen, so fragen Sie Joel Chenge nach den Stiefeln, die er in einem Kohleflöz unterzubringen versuchte. Sie haben seine Karriere nicht ruiniert.«

»Und Sie, Mizz?«

»Hmm?«

Der junge Mann musterte Kin aufmerksam. »Aus Ihrem Verständnis schließe ich, daß Sie ebenfalls nicht ganz unschuldig sind. Haben auch Sie einmal Veränderungen am normalen Strataprogramm vorgenommen?«

Kin trommelte mit den Fingern auf den Schreibtisch. »Eine Bergkette in Form meiner Initialen«, entgegnete sie knapp.

»Donnerwetter!«

»Ein halber Streifen mußte neu gelegt werden. Ich wäre fast rausgeflogen.«

»Und jetzt leiten Sie diesen Sektor ...«

»Auch Sie könnten es eines Tages so weit bringen. Nach einigen Jahren gibt man Ihnen vielleicht einen Asteroiden, damit Sie dort einen Vergnügungspark konstruieren, für irgendeinen Milliardär. Dazu ein Rat: Verpfuschen Sie nichts; und führen Sie das, was jemand gesagt oder geschrieben hat, nie — ich wiederhole: *nie* — gegen die betreffende Person an. Ich bin ausgesprochen großzügig und verständnisvoll, aber jemand anders hätte Sie möglicherweise gezwungen, das Buch Blatt für Blatt aufzuessen, unter Androhung der Entlassung. In Ordnung? Gut. Gehen Sie jetzt, alle beide.

Diesmal wirklich. Bestimmt erwartet uns ein anstrengender Tag.«

Hendry und Nicol eilten aus dem Büro und hinterließen eine Spur aus Korallenstaub. Kin sah, wie sich die Tür hinter ihnen schloß, und eine Zeitlang starrte sie ins Leere. Dann lächelte sie und konzentrierte sich wieder auf die Arbeit.

Beobachten Sie Kin Arad, die jetzt Design-Vorschläge für das TY-Archipel prüft:

Einundzwanzig Jahrzehnte liegen wie temporale Schuppen auf ihren Schultern. Sie trägt sie mühelos. Warum auch nicht? Menschen waren nie dazu bestimmt, alt zu werden. Gedächtnischirurgie erwies sich als hilfreich.

An ihrer Stirn glänzte jene goldene Scheibe, die viele Mehrhundertjährige trugen — sie flößte Respekt ein und ersparte Peinlichkeiten. Nicht jede Frau freute sich über die Verführungsversuche eines Mannes, der jung genug war, um ihr Ur-hoch-sieben-Enkel zu sein. Andererseits: Es gab auch ältere Frauen, die ganz bewußt auf solche Scheiben verzichteten ... Derzeit schimmerte Kins Haut ebenso mitternachtsschwarz wie ihre Perücke — aus irgendeinem Grund überlebte Haar nur selten das erste Jahrhundert — und der weite Overall.

Sie war älter als neunundzwanzig Welten; in vierzehn Fällen hatte sie an der Konstruktion teilgenommen. Hinzu kamen sieben Ehen aus verschiedenen Gründen, einmal sogar unter dem Einfluß von Liebe. Gelegentlich traf sie sich mit ihren Ex-Ehemännern, um der alten Zeiten willen.

Kin blickte auf, als der Teppichreiniger sein Nest in der Wand verließ und die Sandspuren beseitigte. Langsam wanderte ihr Blick durch den Raum, als hielte sie nach etwas Ausschau. Sie neigte den Kopf zur Seite und lauschte.

Ein Mann erschien. In der einen Sekunde gab es nur leere Luft, und in der nächsten lehnte eine hochgewachsene Gestalt am Aktenschrank. Der Unbekannte bemerkte Kins Verwirrung und verneigte sich.

»Wer sind Sie, zum Teufel?« entfuhr es Arad. Sie wollte das Interkom aktivieren, aber der Mann war schneller, sprang heran und schloß die Finger höflich, aber gleichzeitig schmerzhaft fest um ihren Unterarm. Sie blieb sitzen, lächelte grimmig, holte mit der Linken aus und gab ihm eine Faust mit Ringen zu spüren.

Als er sich das Blut aus den Augen gewischt hatte, blickte Kin auf ihn hinab und hielt einen Stunner in der Hand.

»Ich rate Ihnen dringend von Aggressivität ab«, sagte sie. »Selbst drohendes Atmen würden Sie bedauern.«

»Sie scheinen eine höchst ungewöhnliche Frau zu sein«, erwiderte der Fremde und betastete sich das Kinn. Der semi-intelligente Teppichreiniger stieß ihm mehrmals an die Füße.

»Wer sind Sie?«

»Mein Name lautet Jago Jalo. Und Sie heißen Kin Arad, nicht wahr? Ja, natürlich ...«

»Wie haben Sie sich Zugang verschafft?«

Der Mann drehte sich um und verschwand. Aus einem Reflex heraus feuerte Kin den Stunner ab, und ein Teil des Teppichs machte *Wumm.*

»Daneben«, erklang eine Stimme von der anderen Seite des Zimmers.

Wumm.

»Es war taktlos von mir, einfach so einzudringen, aber wenn Sie jetzt die Waffe weglegen würden ...«

Wumm.

»Es könnte uns beiden zum Vorteil gereichen. Möchten Sie das Geheimnis der Unsichtbarkeit kennenlernen?«

Kin zögerte und ließ widerstrebend den Stunner sinken.

Der Mann erschien wieder. Er *wischte* sich in die Realität. Kopf und Oberkörper gewannen Konturen, als hätte ein Arm darüber gestrichen, und dann wurden die Beine sichtbar.

»Nicht übel«, sagte Kin. »Ein hübscher Trick. Wenn Sie erneut verschwinden, justiere ich die Waffe auf fächerförmige Abstrahlung, die das ganze Zimmer erfaßt. Herzlichen Glückwunsch — Sie haben es geschafft, mein Interesse zu wecken. Das ist heutzutage nicht mehr einfach.«

Der Fremde setzte sich. Kin schätzte ihn auf mindestens fünfzig, aber er konnte auch ein Jahrhundert älter sein. Die Alten bewegten sich mit einem gewissen Stil, und das war bei ihm nicht der Fall. Er sah aus, als hätte er seit Jahren auf Schlaf verzichtet: blaß, haarlos, blutunterlaufene Augen. Ein Gesicht, das man sofort wieder vergaß. Selbst sein Overall zeigte ein unscheinbares Grau. Kin hob den Stunner, als er in eine Tasche griff.

»Was dagegen, wenn ich rauche?« fragte Jago Jalo.

»Rauchen?« wiederholte Kin verwundert. »Meinetwegen. Wenn Sie unbedingt in Flammen aufgehen wollen ...«

Der Mann blickte auf den Stunner, als er sich einen gelben Zylinder zwischen die Lippen steckte und ihn anzündete. Dann nahm er ihn aus dem Mund und blies Rauch von sich.

Er ist ein gefährlicher Irrer, dachte Kin.

»Ich könnte Ihnen von Materietransmission erzählen«, sagte Jalo.

»Ich auch — sie ist unmöglich«, erwiderte Kin und seufzte. Der Bursche war also nur ein Angeber und Scharlatan. Aber es gelang ihm, sich unsichtbar zu machen.

»Man behauptete auch, es sei unmöglich, Raketen durchs Weltall zu schicken«, meinte Jalo. »Goddard wurde ausgelacht. Man hielt ihn für einen großen Narren.«

»Viele Leute hielt man aus gutem Grund für Narren«, entgegnete Kin und verdrängte den Gedanken daran, wer Goddard gewesen sein mochte. »Können Sie mir einen Materietransmitter zeigen?«

»Ja.«

»Allerdings nicht sofort, nehme ich an.«

»Nein. Aber ich bin hierzu imstande.« Der Mann trat einen Schritt zur Seite, und sein linker Arm verschwand. »Es handelt sich um eine Art Tarnmantel.«

»Darf ich ihn, äh, mal sehen?«

Der Fremde nickte und streckte die leere Hand aus. Kin berührte sie und fühlte — etwas. Eine Art grobes Gewebe. Ihre Handfläche darunter schien ein wenig verschwommen zu sein, aber sie war nicht ganz sicher.

»Er beugt das Licht«, erklärte Jalo und zog den Tarnmantel mit sanftem Nachdruck aus Kins Fingern. »Um zu vermeiden, daß man ihn im Kleiderschrank verliert, gibt es diese Hinweiszone — sehen Sie?«

Kin bemerkte eine dünne krumme Linie aus orangefarbenem Licht, die nichts umgab.

»Interessant«, kommentierte sie. »Aber warum ich? Warum zeigen Sie mir das alles?«

»Weil Sie Kin Arad sind. Sie haben *Beständige Schöpfung* geschrieben. Sie wissen über die Großen Spindlerkönige Bescheid. Ich glaube, der Tarnmantel stammt von ihnen. Ich habe ihn gefunden. Zusammen mit *vielen* anderen faszinierenden Dingen.«

Kin musterte den Mann ruhig, und schließlich sagte sie: »Ich möchte gern ein bißchen frische Luft schnappen. Haben Sie schon gefrühstückt, Jago Jalo?«

Er schüttelte den Kopf. »Durch die Reise hierher ist mein Zeitgefühl durcheinandergeraten, aber ich glaube, ich könnte ein Abendessen vertragen.«

Kins Gleiter flog in einem weiten Bogen um die niedrigen Bürogebäude und dann nach Norden, zum großen Komplex auf dem W-Kontinent. Er wich der Masse von

Hendrys Stratamaschine aus, deren neuer Pilot gerade einige Riffe vor der Küste schuf. Dieses Manöver erlaubte es den Insassen des Schwebers, die eindrucksvolle Sammelschüssel ganz oben auf dem Apparat zu sehen — ihr Inhalt bestand aus samtener Schwärze.

»Warum?« fragte Jalo und starrte nach unten. Kin drehte das Steuer.

»Die Maschine nimmt per Mikrowellen Energie von den Orbitalkollektoren auf. Wenn wir über die Schüssel flögen, bliebe nicht einmal Asche von uns übrig.«

»Was geschähe, wenn dem Piloten ein Fehler unterläuft und der Übertragungsstrahl die Schüssel verfehlt?«

Kin dachte darüber nach. »Ich weiß nicht«, antwortete sie. »Den Piloten fänden wir bestimmt niemals wieder.«

Der Gleiter passierte einige weitere Inseln. In Bottichen gezüchtete Delphine schwammen neben seinem Schatten durchs Wasser und sprangen ausgelassen über die Wellen — nach der langen Reise im Megatanker waren sie noch immer aufgeregt und verspielt. Zum Teufel mit *Beständige Schöpfung!*

Damals schien es eine gute Idee gewesen zu sein. Außerdem: Kin hatte sich mit vielen Dingen beschäftigt, aber noch nie ein Buch geschrieben. Das eigentliche Schreiben bereitete ihr kaum Schwierigkeiten. Weitaus problematischer war es, die Herstellung von Papier zu lernen und anschließend einige Spezialroboter auf die Konstruktion einer Druckerpresse zu programmieren. Das erste gedruckte Buch seit vierhundert Jahren — es erregte beträchtliches Aufsehen.

Ebenso wie die Worte zwischen den teuer produzierten Buchdeckeln. Sie berichteten kaum etwas Neues, aber irgendwie brachten sie es fertig, derzeitige Entwicklungen in der Geologie so darzustellen, daß sie den Leser fesselten. Kins Werk hatte sogar einige Sekten ins Leben gerufen.

Sie drehte den Kopf ein wenig zur Seite und musterte ihren Begleiter. Jalos Akzent konnte sie nicht deuten: Er sprach mit sorgfältiger Betonung, wie jemand, der ein Lernband verinnerlicht hatte und dem es noch an Übung fehlte. Seine Kleidung ... Die Verkaufsautomaten von vielen Welten boten solche Overalls an. Er wirkte nicht verrückt, aber wem sah man den Wahnsinn schon an?

»Sie haben also mein Buch gelesen«, sagte Kin im Plauderton.

»Hat das nicht jeder getan?«

»So scheint es manchmal.«

Jalo sah sie aus roten Augen an.

»Es war nicht schlecht«, meinte er. »Ich hab's während des Fluges hierher gelesen. Aber erwarten Sie keine Komplimente: Ich kenne bessere Bücher.«

Kin merkte verärgert, wie sie errötete.

»Sie haben bestimmt viele gelesen«, murmelte sie.

»Einige tausend«, bestätigte Jalo. Kin schaltete die Gleiterkontrollen auf Automatik und drehte ihren Sessel herum.

»Ich weiß genau, daß es nicht einmal ein paar hundert Bücher gibt. Von den alten Bibliotheken ist nichts übriggeblieben!«

Der Mann duckte sich unwillkürlich. »Es lag mir fern, Sie zu beleidigen.«

»Wer ...«, begann Kin.

»Der Autor braucht das Papier nicht selbst herzustellen«, sagte Jalo. »Damals gab es Verlage, so wie die heutigen Produzenten von Datenfolien. Der Autor beschränkte sich darauf, die Worte zu schreiben.«

»Damals? *Wie alt sind Sie?*«

Der Fremde rutschte zur Seite. »Präzise Angaben sind mir leider nicht möglich«, erwiderte er. »Inzwischen hat man den Kalender mehrmals geändert. Wie dem auch sei: Ich bin etwa elfhundert Jahre alt, plusminus zehn.«

»In jener Epoche existierte noch keine Genchirurgie«, warf Kin ein. »Niemand ist so alt.«

»Aber es gab die Terminussonden«, sagte Jalo leise.

Der Gleiter flog über eine Vulkaninsel, und ihr zentraler Kegel dampfte gemütlich vor sich hin, während das Techniker-Team Tests durchführte. Kin starrte ins Leere, und ihre Lippen bewegten sich zunächst lautlos.

»Jalo«, flüsterte sie. »Jalo! Der Name kam mir gleich bekannt vor! He ... Wenn ich mich recht entsinne, sollten die Terminusschiffe nie zurückkehren ...«

Der Mann lächelte humorlos. »In der Tat. Ich war ein Freiwilliger, wie alle anderen. Und ziemlich verrückt. Den Sonden fehlte das technische Potential, um irgendwann heimzukehren.«

Kin nickte. »Ich weiß. Ich habe eine Datenfolie gelesen. Äh.«

»Nun, Sie müssen dabei die damaligen Umstände berücksichtigen. Es erschien durchaus sinnvoll. Und mein Schiff ist natürlich nicht zurückgekehrt.«

Jalo beugte sich vor.

»Im Gegensatz zu mir.«

Das *Ritz* befand sich in der inoffiziellen Stadt, die innerhalb kurzer Zeit an der ersten — und jetzt letzten — Leine entstanden war. Inzwischen verschwanden die Gebäude nach und nach, glitten am Kabel zu den großen Frachtern im Orbit. In einem Monat würden die restlichen Angestellten der Company folgen — dann hatte man das letzte Schneefeld gelegt und den letzten Kolibri freigesetzt.

Während sich Kin und Jalo im Dachgarten des Restaurants unterhielten, vernahmen sie das Rasseln und Klappern der Schlepper, die zwei Kilometer entfernt an der Leine hinaufkletterten: Wie Perlen an einer Kette zogen sie nicht mehr benötigte Lagerhäuser hinter sich her. Hohe Zirruswolken nahmen sie auf, als sie sich Oberleine näherten.

Kin genehmigte sich Framusch, Loomrücken und Breasen. Jalo hatte die Speisekarte mit skeptischer Aufmerksamkeit gelesen und dann vorsichtshalber ein Dodo-Omelette bestellt. Jetzt schien er seine Wahl zu bereuen.

Kin beobachtete ihn beim Essen, doch vor ihrem inneren Auge entstanden gewisse Bilder. Sie sah den glockenförmigen Rumpf einer Terminussonde, an der Spitze die winzige Kugel mit dem Lebenserhaltungssystem des Piloten. Sie erinnerte sich an die erschreckende Logik, die zum Bau jener Ungetüme geführt hatte. Sie lautete folgendermaßen:

Es war weitaus besser, einen Menschen ins All zu schicken als eine Maschine. Selbst in völlig unbekannter Umgebung konnte ein Mensch Situationsbewertungen vornehmen und Entscheidungen treffen. Maschinen eigneten sich gut für Routineaufgaben, aber sie versagten bei Konfrontationen mit dem Unvorhergesehenen.

Es war billig, eine Maschine zu schicken: Maschinen atmeten nicht und sandten nur die gewonnenen Informationen zurück.

Menschen hingegen atmeten, die ganze Zeit über. Dadurch wurden sie teuer.

Aber es war sehr billig, einen Menschen zu schicken, ohne seine Rückkehr zu planen.

»Ist das Sellerie im Glas?« fragte Jalo.

»Fangwurzeltriebe«, erwiderte Kin. »Die gelben Teile sollten Sie besser nicht essen — sie sind giftig. Muß ich noch lange warten?« Sie atmete tief durch. »Erzählen Sie mir von den Großen Spindlerkönigen.«

»Ich weiß nur, was ich gelesen habe«, sagte Jalo. »Und der größte Teil der entsprechenden Lektüre wurde von Ihnen verfaßt. Sind diese blauen Dinger eßbar?«

»Haben Sie eine Spindler-Stätte gefunden?« Bisher hatte man nur neun Spindler-Stätten entdeckt. Zehn, wenn man das Raumschiffwrack mitzählte. Bei einer der Fundstellen stießen die Forscher auf den Prototyp der Stratamaschine und detaillierte Informationen über Genchirurgie. Kein Wunder, daß sich die meisten Studenten für Paläontologie entschieden und nicht für Technik.

»Ich habe eine Spindler-Welt gefunden.«

»Woher wollen Sie wissen, daß sie von den Spindlern stammt?«

Jalo probierte einige Fangwurzeltriebe.

»Sie ist flach«, sagte er.

Kin hielt das für möglich.

Die Spindler waren keine Götter gewesen, obgleich ihre Leistungen an die echter Götter heranreichten. Sie hatten sich auf einem Planeten mit geringer Schwerkraft entwickelt — vermutlich. Mumien berichteten von einem Volk aus drei Meter großen Individuen, die nur neunzig Pfund wogen. Auf so dichten Planeten wie der Erde trugen die Spindler wundervolle Exoskelette, die ihre zarten Knochen davor bewahrten, angesichts der ungewohnt hohen Gravitation zu splittern. Sie hatten lange Schnauzen, Hände mit zwei Daumen, orangefarben und purpurn gestreifte Beine sowie Füße, die für einen Zirkusclown groß genug gewesen wären. Erstaunlicherweise fehlte ihnen ein Gehirn. Besser gesagt: Der ganze Körper konnte die Funktionen des Hirns wahrnehmen. Ein weiterer seltsamer Faktor kam hinzu. Bisher war es noch niemandem gelungen, den Magen eines Spindlers zu finden.

Sie sahen nicht wie Götter aus.

Ihnen stand billige Transmutation zur Verfügung, aber keine überlichtschnelle Raumfahrt. Wahrscheinlich gab es auch bei den Spindlern verschiedene Geschlechter, aber die Exobiologen hatten noch nicht feststellen können, auf welche Weise sie sich fortpflanzten.

Sie schickten Botschaften, indem sie die Wasserstofflinie im Spektrum des nächsten Sterns modulierten.

Sie waren Telepathen und litten an *akuter* Klaustrophobie ... Sie bauten nicht einmal Häuser, und ihre Raumschiffe verblüfften selbst jene Leute, die glaubten, durch nichts mehr überrascht werden zu können.

Sie lebten fast ewig und vertrieben sich die Zeit, indem sie Planeten mit Reduktionsatmosphären besuchten — um mit ihnen zu spielen. Sie fügten der Vielfalt des Universums mutierte Algen und übergroße Monde hinzu. Sie schufen völlig neue Lebensformen. Sie nahmen eine Venus und verwandelten sie in eine Erde. Der Grund dafür ergab zumindest für Menschen Sinn, sobald man sich mit der Andersartigkeit der Spindler abfand. Ein ernstes Bevölkerungsproblem bestimmte ihr Verhalten — ernst für die Spindler.

Eines Tages hatten sie die Kruste eines Planeten mit einer Stratamaschine aufgerissen und etwas Entsetzliches entdeckt — entsetzlich für die Spindler. Während der nächsten beiden Jahrtausende, als sich die Neuigkeiten herumsprachen, starben sie an verletztem Stolz.

Seitdem waren vierhundert Millionen Jahre vergangen.

Ein Schlepper fiel an der Leine herab, und das Heulen der Bremsen durchdrang den Schallschirm. Die Leinenwächter lösten einige Ladungen vom Kabel, um die Gewichtsbelastung zu verringern, rüsteten sie mit Treibsätzen aus und schickten sie dann einige tausend Kilometer weit nach oben.

Der Schlepper passierte den Kurswandler und näherte sich dem Rangierbereich. Kin sah Jalo aus zuammengekniffenen Augen an.

»Flach«, sagte sie. »Wie die Alderson-Scheibe?«

»Vielleicht. Was ist eine Alderson-Scheibe?«

»Bisher hat noch niemand eine gebaut. Aber wenn man alle Welten eines Sonnensystems nimmt und sie zu einer Scheibe preßt, wenn man in der Mitte ein Loch für die Sonne läßt, wenn man die Unterseite mit Neutronium verkleidet, wenn ...«

»Lieber Himmel! Arbeiten Sie jetzt auch mit Neutronium?«

Kin zögerte und schüttelte dann den Kopf. »Wie ich schon sagte: Bis jetzt ist noch keine Scheibenwelt gebaut oder gefunden worden.«

»Die von mir entdeckte durchmißt mehr als zwanzigtausend Kilometer.«

Ihre Blicke trafen sich, und nach einer Weile formulierte Kin jenes Wort, auf das Jalo wartete.

»Wo?«

»Ohne mich haben Sie keine Chance, sie zu finden.«

»Und Sie glauben, daß es sich um ein Spindler-Artefakt handelt?«

»Dort gibt es Dinge, die Sie für völlig unmöglich hielten.«

»Sie machen mich neugierig. Nennen Sie mir Ihren Preis.«

Jalo antwortete nicht, griff in seine Gürteltasche und holte ein Bündel aus 10 000-Tag-Scheinen hervor. Das Companygeld war härter als die Währungen der meisten Welten. Wenn man die Scheine in einer Handelsbasis der Company vorlegte, so repräsentierte jeder von ihnen fast achtundzwanzig Jahre zusätzlichen Lebens. Die Company bezahlte am besten — mit verlängerter Zukunft.

Jalo wandte den Blick nicht von Kin ab, als er einen mechanischen Kellner heranwinkte und einige Scheine in seinen Abfalltrichter warf. Jeder Instinkt drängte Kin dazu, aufzuspringen und nach den Banknoten zu greifen, aber selbst wenn man die Wissenschaft auf seiner Seite hatte: Wer seinen Instinkten nachgab, wurde nur selten älter als hundert Jahre. Der automatische Verbrenner hätte nichts von ihrer Hand übriggelassen.

»Wie ...«, krächzte Kin. Sie räusperte sich. »Wie kindisch«, sagte sie. »Es sind natürlich Fälschungen.«

Jalo reichte ihr einen Methusalem-Schein — den

höchsten von der Company herausgegebenen Nennwert.

»Zweihundertsiebzig Jahre«, meinte er. »Ein Geschenk.«

Kin nahm die goldene und weiße Kunststoffolie entgegen. Es gelang ihr dabei, die Hände ruhig zu halten.

Das Strukturmuster war ganz einfach, aber es gab mehr als zweihundert andere Tests, um die Echtheit von Companygeld festzustellen. Man wies häufig darauf hin, daß hypothetische Fälscher ihre unrechtmäßig erworbenen Jahre auf höchst unangenehme Weise in den Verliesen und Tresorkammern der Company verbrachten.

»Zu meiner Zeit hätte man mich reich, reich, reich genannt«, fügte Jalo hinzu.

»Oder tot, tot, tot.«

»Sie vergessen dabei, daß ich ein Terminuspilot war. Niemand von uns glaubte an die Unausweichlichkeit des eigenen Todes. Das ist bei kaum jemandem der Fall. Bisher habe ich recht behalten. Nun, überprüfen Sie den Schein. Ich versichere Ihnen, daß er echt ist.

Ich bin nicht gekommen, um zu kaufen. Nein, ich möchte *Sie* in meine Dienste nehmen. In dreißig Tagen kehre ich zu der — flachen Welt zurück, aus Gründen, die bald offensichtlich werden. Ich beabsichtige, weniger als ein Jahr fortzubleiben, und als Bezahlung biete ich Ihnen Antworten auf Ihre Fragen an. Den Methusalem-Schein können Sie natürlich behalten, ob Sie mein Angebot annehmen oder nicht. Rahmen Sie ihn ein; oder legen Sie ihn fürs Alter auf die hohe Kante.«

Er verschwand wie ein Dämon. Als sich Kin über den Tisch beugte, berührten ihre Hände nur leere Luft.

Später ließ sie alle Shuttles kontrollieren, die an der Leine hinaufglitten. Nicht einmal einem Unsichtbaren wäre es gelungen, die elektronischen Petzer in den Einstiegsluken unbemerkt zu passieren. Bestimmt versuchte Jalo nicht, sich an Bord einer Frachtfähre zu verstekken — die meisten von ihnen enthielten keine Luft.

Kins Vermutungen erwiesen sich als richtig. Schließlich erfuhr sie, daß Jalo unter falschem Namen ein Tikket gekauft hatte und einfach an dem Sicherheitsnetz vorbeimarschiert war, wobei er den Tarnmantel der Sichtbarkeit benutzte.

Die Nachricht kam fünfundzwanzig Tage später zusammen mit den ersten Kolonisten.

Die Hauptlinie existierte inzwischen nicht mehr: Sie war von einem Satelliten im synchronen Orbit hinaufgezogen worden, um anschließend von einem Frachter aufgenommen zu werden. Auf der neuen Welt befanden sich nur noch einige kosmetische Gruppen und beendeten die Arbeit im Bereich der Antipoden.

Kin stand auf einem Hügel, von dichtem Dschungel umgeben, und der dampfende, mit dem richtigen Geruch ausgestattete Boden war frei von offensichtlichen menschlichen Spuren. Sie wußte: Fast vierzehntausend Kilometer unter ihren Füßen eilten Menschen, Roboter und Maschinen an der Antipodenleine hoch, um die Welt den Neuankömmlingen zu überlassen und den letzten Frachter zu erreichen — ein zwanzig Kilometer großes Stahlgerippe mit Fusions-Triebwerk.

Zwar herrschte dort jetzt ein ziemliches Durcheinander, aber es handelte sich um einen geordneten Rückzug. Als letzte gingen die sogenannten Kehrer, und sie ließen scheinbar unberührtes Land zurück. Ein Werbefilm der Company hatte einmal gezeigt, wie der letzte Mann einige Meter weit an der Leine hochgezogen wurde, sich dann nach unten beugte und die eigenen Fußabdrücke verwischte. Übertrieben, ja — aber es verfehlte die Wahrheit nur um wenige Zentimeter.

Eine gute Welt. Besser als die Erde, obgleich es hieß, daß sich die Lage dort verbesserte: Die Bevölkerung war auf knapp eine Dreiviertelmilliarde gewachsen und bestand nicht mehr überwiegend aus Robotern.

Besser als die Welt ihrer Kindheit. Gelegentlich entfernte Kin unnützen Ballast aus ihrem Gedächtnis, aber einige frühe Erinnerungen bewahrte sie sich. Jetzt schauderte sie, als sie die ältesten Reminiszenzen in den Brennpunkt ihres Bewußtseins rief.

Ein Hügel wie dieser, gesäumt von einer nebelumhüllten dunklen Landschaft. Eine Sonne, die sich dem Horizont entgegenneigt. Ihre Mutter hatte sie dorthin geführt, und sie standen inmitten einer kleinen Schar, die den größten Teil der Bevölkerung eines halben Landes darstellte. Die meisten Anwesenden waren Roboter. Einer von ihnen — ein Exemplar der Klasse Acht, die Synthohaut mit Reparaturschweißnähten übersät — hob die junge Kin auf seine Schultern, damit sie besser sehen konnte.

Die Tänzer bestanden aus Stahl und Kunststoff. Nur der Geiger war ein Mensch.

Die metallenen Füße pochten auf dunklen Boden, während weiter oben einige frühe Fledermäuse Insekten jagten.

Richtige Schritte. Natürlich. Etwas anderes war auch gar nicht möglich. Es gab keine Menschen, die zögern oder stolpern konnten. Die wenigen Männer und Frauen mußten sich um weitaus wichtigere Dinge kümmern. Aber sie wußten, daß derartige Traditionen eine große Rolle spielten, und deshalb sorgten sie dafür, daß dieser Brauch von Maschinen fortgesetzt wurde — bis eines Tages wieder Menschen nach den Zügeln greifen konnten. Vor und zurück, nach rechts und links ... Mit programmierter Fröhlichkeit tanzten die Roboter den Moriskentanz.

Damals beschloß Kin Arad, daß die Menschheit nicht aussterben dürfe.

Es hatte nicht viel gefehlt. Ohne die Roboter wäre der Mensch ohne Überlebenschance geblieben.

Während die synthetischen Gestalten vor dem Hintergrund eines blutroten Himmels umherhüpften, entschied Kin, sich der Company anzuschließen ...

Der erste große Gleiter flog über die Wipfel, fiel ins Gras, stieß gegen einen Baum, drehte sich einmal um die eigene Achse und verharrte.

Nach einigen Minuten klappte die Luke auf, und ein Mann stieg aus. Er verlor das Gleichgewicht und stürzte. Kin beobachtete, wie er sich wieder aufrichtete und am Rand der Schleuse festhielt. Zwei weitere Männer folgten, dann drei Frauen. Nach einer Weile bemerkten sie Kin.

Sie hatte sich große Mühe gegeben. Ihre Haut glänzte nun wie reines Silber, und das schwarze Haar — dünne Neonfäden leuchteten darin — bildete einen guten Kontrast dazu. Es wehte kein Wind, aber Entladungen statischer Elektrizität blähten ihren Umhang eindrucksvoll auf. Man durfte keine Einzelheiten vernachlässigen. Diese Leute kamen auf eine völlig neue Welt. Wahrscheinlich hatten sie bereits eine Verfassung geschrieben, die in goldenen Lettern Freiheit garantierte. Sie verdienten eine würdevolle Begrüßung. Um sich der harten Wirklichkeit zu stellen, blieb ihnen später noch ausreichend Zeit.

Weitere Gleiter näherten sich, und jener Mann, der als erster ausgestiegen war, kletterte nun den Hügelhang hinauf. Kin sah seinen Pionierbart, das kalkweiße Gesicht. Und sie bemerkte auch die silberne Scheibe in seiner Stirn, die im Licht der aufgehenden Sonne glitzerte.

Er erreichte die Kuppe, atmete ruhig und bewegte sich mit der routinierten Mühelosigkeit der meisten Hundertjährigen. Als er lächelte, zeigte er spitz geschliffene Zähne.

»Kin Arad?«

»Bjorne Chang?«

»Nun, hier sind wir. Heute kommen insgesamt zehntausend. Sie haben gute Luft geschaffen. Was ist das für ein Geruch?«

»Dschungel«, erklärte Kin. »Pilze. Verwesende Pumas. Der anregende Duft von den Blüten verborgener Orchideen.«

»Was Sie nicht sagen«, erwiderte Chang gelassen. »Nun, wir werden sehen.«

Kin lachte. »Um ganz ehrlich zu sein: Ich bin überrascht. Eigentlich habe ich einen jungen Burschen mit kantigem Kinn und einem Pflug erwartet ...«

»Und mit einer unter den Arm geklemmten Verfassung. Ich weiß, ich weiß. Ein solcher Typ leitete die Kolonie auf Landsprung. Haben Sie von Landsprung gehört?«

»Ich erinnere mich an einige Bilder.«

»Dort hat man eine Woche lang über die Regierungsform diskutiert. Und das erste errichtete Gebäude war eine Kirche. Dann schlug der Winter zu. Ich bin zu jener Zeit auf dem Nordkontinent gewesen. Der Winter dort kann ziemlich grausam sein.«

Kin schlenderte über den Hang, und Chang begleitete sie.

»Wir wollten nicht, daß Kolonisten starben«, antwortete sie schließlich. »Wir haben sie vor dem Klima gewarnt.«

»Aber Sie versäumten, sie auf die *Ungerechtigkeit* des Universums hinzuweisen. Die Siedler waren zu jung, um an Verfolgungswahn zu leiden.«

»Und Sie?«

»Ich? Nun, ich bin davon überzeugt, daß ich es *auf mich selbst* abgesehen habe. Darum baten mich diese Siedler, ihnen zu helfen. Ich gehe jetzt auf die Hundertneunzig zu. Ich möchte nicht sterben, und deshalb werde ich *immer* auf das Wetter achten, nur in seichtem Wasser schwimmen und nichts essen, bis ich die Ergebnisse einer genauen Laboranalyse kenne. Ich bin sogar bereit, den Kopf einzuziehen, um nicht von Meteoriten getroffen zu werden. Mein Vertrag verpflichtet mich dazu, hier fünf Jahre zu verbringen, und diese Zeit will ich überleben.«

Kin nickte. Sein Selbstvertrauen stimmte auch sie zuversichtlich.

Aber sie wußte, daß es nicht so einfach war. Die Theorie sah folgendes vor: Je älter man wurde, desto mehr achtete man darauf, in der Nähe eines genchirurgischen Zentrums und einer Company-Niederlassung zu bleiben, wo man seine Tagesscheine in sorgfältig berechnete Langlebigkeitsbehandlungen eintauschen konnte — für jeden Tag wurden genau vierundzwanzig Stunden zusätzliches Leben garantiert. Nur die Company bezahlte in Tagen, und nur die Company nahm derartige Behandlungen vor. Legte man wirtschaftliche Maßstäbe an, so mußte man zwangsläufig zu dem Schluß gelangen, daß der Company praktisch alles gehörte.

Doch es gab auch wirtschaftliche Regeln, über die sich niemand hinwegsetzen konnte, zum Beispiel das Gesetz von der fallenden Profitrate. Mit zwanzig verhielt man sich vorsichtig und ging kein Risiko ein: Wer für die Company arbeitete, den erwarteten Jahrhunderte. Man vergeudete sie nicht, indem man zu schnell fuhr oder ein ausschweifendes Leben führte.

Nach dem zweihundertsten Geburtstag sah die Sache anders aus. Dann hatte man alles gesehen, sich mit allen interessanten Dingen beschäftigt. Dann kamen neue Erfahrungen nur den veränderten Wiederholungen der alten gleich. Mit dreihundert war man wahrscheinlich tot. Nicht durch Selbstmord, zumindest nicht ganz. Man beschloß nur, noch höhere Berge zu ersteigen, den freien Fall länger dauern zu lassen und bei Wanderungen über den Merkur schwierigere Routen zu nehmen. Irgendwann ließ einen dabei das Glück im Stich.

Langeweile schuf wachsende Unruhe. Mit dem Tod teilte die Natur mit, daß es Zeit wurde, die Sache etwas ruhiger angehen zu lassen.

Deshalb führte Chang eine Gruppe unerfahrener Kolonisten zu einer neuen Welt. Es gab nichts zu verlieren, abgesehen von einem Leben, das durch ständige Verlängerung schal geworden war.

»Wir konstruieren keine Vergnügungswelten«, sagte Kin. »Sie müssen diese erobern.«

Ein Gleiter summte über sie hinweg und verschwand jenseits der Baumwipfel.

»Zuerst halten die jungen Leute sicher nichts davon«, brummte Chang. »Jener Schweber enthält unsere Vorräte, die Decken, Robotkellner und so weiter. Ich habe den Autopiloten angewiesen, fünfzehn Kilometer von hier entfernt zu landen. Es ist ein schöner Tag. Ein kleiner Spaziergang tut uns bestimmt gut. Außerdem stellt sich dabei heraus, wer dazu neigt, auf giftige Spinnen zu treten.«

»Was haben Sie nach den fünf Jahren vor?«

»Oh, keine Ahnung. Wahrscheinlich bleibe ich, um eine Zeitlang der Große Alte zu sein. Bis dahin habe ich diese Welt sicher schon so sehr zivilisiert, daß ich mich hier nicht mehr wohl fühle.«

»Glauben Sie? Rem wurde nicht an einem Tag erbaut.«

»Weil damals jemand anders der Vorarbeiter war.«

Die Kolonisten beobachteten sie stumm. Keine Genchirurgie, keine Behandlung, keine Niederlassung der Company — trotzdem hatten sie sich freiwillig gemeldet. Nicht einmal jeder zehnte von ihnen würde hundert Jahre alt werden.

Dafür stand ihnen die Unsterblichkeit der einfachen Leute zur Verfügung: Kinder. Es gab noch immer zu wenige Kinder, selbst auf der Erde. Die Gene der Siedler überlebten, und die Umweltbedingungen dieser Welt unterzogen sie einer natürlichen Chirurgie. In tausend

Jahren würden die Nachkommen der Kolonisten *anders* sein, geschmiedet auf dem Amboß einer fremden Sonne und eines fremden Mondes — so wollte es der Plan.

»Jetzt verabschieden wir uns«, sagte Kin und öffnete ihre Gürteltasche. »Hier sind die Übertragungsurkunde, der Eigentumstitel und eine fünftausendjährige Garantie für fehlerlosen Bau.«

Chang schob sich die Dokumente ins Hemd.

»Haben Sie sich schon einen Namen einfallen lassen?« fragte Kin.

»Die Mehrheit entschied sich für Königreich.«

Kin nickte. »Gefällt mir. Einfach und nicht verspielt. Vielleicht kehre ich eines Tages zurück, um zu sehen, wie Sie hier zurechtkommen, Mr. Chang.«

Der letzte Gleiter war ein Transporter der Company, und er stand in einem auffälligen Gegensatz zu den billigen Kunststoffmaschinen der Siedler, die nur einmal verwendet wurden. Als sich Kin dem Schweber näherte, schwang die Luke auf, und ein Company-Roboter trat auf die Rampe.

»Wann hatten Sie Ihre letzte Behandlung?« fragte Chang plötzlich.

Kin starrte ihn groß an. »Vor acht Jahren. Warum fragen Sie?«

»Die Company ist in Schwierigkeiten. Vielleicht sind Ihre Tage gezählt.«

»In Schwierigkeiten?«

Der Robotpilot stellte fest, daß Kin an Bord war, wartete drei Sekunden und schloß die Luke. Die Pioniere sahen Arads verwirrtes Gesicht am breiten Heckfenster, bevor der Gleiter abhob und fortglitt.

Chang blickte der Maschine nach, bis hoch oben das Staustrahltriebwerk dröhnte. Dann beugte er sich durch die Luke seines eigenen Gleiters und griff nach einem Megaphon.

Die Menge der Kolonisten wurde zu einem Fleck, dann zu einem winzigen Punkt, der sich im Dschungel verlor. Kin lehnte sich zurück. Der Company gehörten sechzig Prozent der Unendlichkeit. In welche Schwierigkeiten konnte sie geraten?

Bald überholte der Schweber die Sonne, eilte dem Tag voraus und reduzierte ihn auf wenige Minuten. Später landete Kin auf einer kleinen, sandigen Insel, die im Sternenlicht weiß glänzte. Die Wellen eines phosphoreszierenden Meers rollten sanft an den Strand.

Die Leine zeichnete sich schwarz vor dem Himmel ab. Unten hing eine kleine Kapsel daran, und ein Mann lehnte an ihr.

»Joel!«

Er lächelte wie ein Neandertaler. »Hallo, Kin.«

»Ich dachte, du bist jetzt Sektormeister auf Cifrador.«

Er hob die Schultern. »Man hat mir die Stelle angeboten, aber sie gefiel mir nicht. Komm an Bord. Roboter!«

»SÄR!«

»Nimm den Gleiter ins Schlepptau.«

»ZU BEFÄHL, SÄR!«

»Du solltest deinen Sprachprozessor reparieren lassen.«

Sie kletterten in die Kabine des Leinenführers und nahmen dort zu beiden Seiten der Zugröhre Platz. Joel Chenge seufzte und betätigte einen Schalter, woraufhin sich die Kapsel mit einem Ruck in Bewegung setzte und an der Leine hinaufkroch.

»Ich bin hier der neue Wächter«, verkündete der Mann.

»Joel! Das kann doch nicht dein Ernst sein!« Kin hatte plötzlich das Gefühl, als falle der Boden aus dem Universum.

»O doch. Unter uns gesagt: Ich freue mich sogar darauf. Warum erstaunt dich das so?«

»Aber begreifst du denn nicht, daß du …« Kin unterbrach sich.

… daß du Jahrhunderte im Gefrierfach eines Satelliten

verbringen wirst, der diese Welt in einem hohen Orbit umkreist? brachte sie den Satz stumm zu Ende. *Ohne dabei älter zu werden?* Sie stellte es sich vor und schauderte.

Robotische Diener, die eine Ewigkeit lang neben ihm warteten, mit Injektoren dicht an der eisharten Haut, während andere Roboter die Welt beobachteten und nach gewissen Anzeichen Ausschau hielten: Kernspaltung; Kernfusion; Raumfahrt; der hohe Energieverbrauch einer modernen Zivilisation.

Manche Welten strebten sofort die Raumfahrt an und hofften, dadurch rasche interstellare Anerkennung zu finden. In solchen Fällen blieben Enttäuschungen nie aus. Selbst suborbitale Maschinen standen an der Spitze einer riesigen alten Pyramide, zu derem Fundament unter anderem eine gut organisierte Landwirtschaft gehörte. Es hatte keinen Sinn, wenn man zu fliegen versuchte, bevor man sich ernähren konnte.

Joel beugte sich zur Konsole des Robotkellners vor und bestellte eine Mahlzeit. Kurz darauf erschien ein üppig beladener Tisch. Der Mann fing Kins Blick ein und lächelte. Joel lächelte oft. Als er im Mutterleib herangewachsen war, hatten aus irgendeinem Grund paläolithische Gene eine dominierende Wirkung entfaltet. Ein fratzenhaftes Gesicht wie das Joels mußte häufig lächeln, um zu vermeiden, kleine Kinder zu erschrecken. Wenn sich seine Miene erhellte, gewann man den Eindruck, als gehe in der Steinzeit die Sonne auf. Arad und Chenge unterhielten sich, nicht nur mit Worten. Zusammen waren sie vierhundert Jahre alt. Worte stellten für sie nur ein Gerüst dar, auf dem das schwere Gewicht von Nuancen und subtilen Ausdrucksformen ruhte.

Kin sah wieder auf den Tisch.

»Das kommt mir bekannt vor«, sagte sie. »Äh, ich versuche, mich zu erinnern ...«

»Vor hundertdreißig Jahren. Als wir heirateten, weißt du noch? Auf Tynewalde. Dort gab es eine seltsame Religion ...«

»Der Auferstandene Ikarus.« Kin nickte. »Himmel, tut mir leid. Und du erinnerst dich sogar an das Essen. Wie romantisch.«

»Nun, ich mußte in meinem Tagebuch nachsehen«, gab Joel zu und schenkte Wein ein. »Du bist meine fünfte Frau gewesen, nicht wahr? Leider habe ich die Übersicht verloren.«

»Die dritte, wenn ich mich recht entsinne. Du warst mein fünfter Mann.«

Sie musterten sich gegenseitig — und lachten.

»Eine gute Zeit, Kin. Ja, eine gute Zeit. Drei glückliche Jahre.«

»Zwei.«

»Na schön, zwei. Da fällt mir ein: Damals, auf Plershoorr, als wir ...«

»Weich mir nicht aus. Warum bist du Wächter geworden?«

Die Temperatur fiel wie Kollapsium. Jenseits der Kapselfenster verwandelte sich Königreich von einer Landschaft in eine Scheibe; weiter vorn trieb Sonnenschein den Terminator über die Welt.

»Äh, alles wird allmählich langweilig. Allein mit Behandlungen werde ich nicht so alt wie ein Wächter. Es ist bestimmt interessant, die Entwicklung einer neuen Welt zu beobachten, zu sehen, was die Zukunft bringt. Ebensogut könnte man ein neues Universum besuchen ...«

»Red keinen Unsinn, Joel! Denk daran: Ich kenne dich. Langeweile war dir immer fremd. Einmal hast du zwei Jahre lang gelernt, wie man ein hölzernes Wagenrad herstellt. Damals lautete deine Devise: Ich werde nicht eher ruhen, bis ich jedes Handwerk beherrsche. Du wolltest Seehunde jagen und Kupfer gießen. Du wolltest das endgültige Werk über Robot-Pornographie schreiben. Soweit ich weiß, wartet es noch immer darauf, von dir verfaßt zu werden.«

»Na gut: Ich verdufte, weil ich ein Feigling bin. Genügt dir das? Bald wird etwas geschehen, und dann möchte ich in einem Kühlfach liegen.«

»Was meinst du?«

»Schwierigkeiten.«

»Schwierig …« Kin zögerte. »Das hat auch Chang gesagt.«

»Der große Pionier? Ich habe gestern mit ihm gesprochen, als die Kolonisten im Orbit waren. Er verschwindet ebenfalls, bevor der Sturm losbricht.«

»Wovon redest du da?«

Joel erklärte es. Kin hatte von ihrer Begegnung mit Jalo berichtet und dabei betont, daß er viele Tagesscheine mit hohem Nennwert besaß.

»Die Company hat den von dir eingeschickten Methusalem-Schein überprüft, Kin.«

»Eine Fälschung.«

Joel schüttelte langsam den Kopf. »Leider nicht. Man hat festgestellt, daß er echt ist, zumindest in gewisser Weise. Die Codes stimmen nicht. Sie sind streng genommen nicht *falsch,* aber wir haben die entsprechenden Zahlenfolgen noch nicht herausgegeben. Bis dahin dauert es noch eine Weile.

Denk mal darüber nach, Kin. Jemandem ist es gelungen, Companygeld zu duplizieren. Stell dir die Konsequenzen vor.«

Arad überlegte.

Es gab so viele Möglichkeiten, Companygeld auf Echtheit zu überprüfen, daß erfolgreiche Fälschungen Duplikate sein *mußten.* Aber man konnte einen Tagesschein nicht einmal duplizieren, indem man ihn von einer Stratamaschine verarbeiten ließ. Der Grund dafür: Alle Stratamaschinen gehörten der Company, und ein verborgener Schlüssel in der Kunststoffolie würde den Schein verbrennen. *Niemand* war imstande, Companygeld zu duplizieren. Aber wenn sich das doch bewerkstelligen ließ …

Als erste litten die Mehrhundertjährigen darunter.

Companygeld war so vertrauenswürdig, daß es Wohlstand verkörperte. Aber wenn sich der Wert der Tagesscheine auf ihren Kunststoffgehalt reduzierte, wenn der Markt mit dem Zehn- oder Zwanzigfachen des Nennbetrages überschwemmt wurde — dann existierte die Company nicht mehr. Ihr Reichtum hieß Glaubwürdigkeit, und ihre Glaubwürdigkeit stand im direkten Verhältnis zur Härte der Währung.

Die Genchirurgie verhinderte nur, daß man starb. Man konnte auch ohne die für Tagesscheine erhältlichen Behandlungen weiterleben, doch dann alterte man. Unsterblich, aber senil.

Deshalb versteckten sich die Alten. Joel glaubte, eine Art von Unsterblichkeit gefunden zu haben, und Chang entkam wenigstens dem allgemeinen Zusammenbruch. Wer zu Verzweiflung und Depressionen neigte, entschied sich vielleicht für einen Weltraumspaziergang ohne Schutzanzug.

Bestimmt gibt es Millionen von uns, dachte Kin. *Wir klagen darüber, daß wir immer Mahlzeiten essen, die wir bereits kennen, daß unser Leben allmählich an Farbe verliert. Wir fragen uns, ob die täglichen Erfahrungen der Kurzlebigen intensiver und bunter sind, und wir fürchten, das könnte tatsächlich der Fall sein, weil wir die Chance aufgegeben haben, Kinder zu bekommen. Es wäre so unfair. Als gebühre einem Menschen nur ein gewisses Maß an Glück, Freude und Zufriedenheit, als bliebe mit zunehmendem Alter immer weniger davon übrig.*

Aber trotzdem ist das Leben süß und der Tod nur ein Geheimnis. Unsere Furcht gilt in erster Linie dem Alter. Ach, zum Teufel!

»Hat man nach Jago Jalo gesucht?« erkundigte sich Kin.

»Überall. Wir wissen, daß er auf der Erde gewesen ist: Alle Unterlagen über die Terminussonden sind aus den Raumfahrtmuseen verschwunden.«

»Dann gibt es überhaupt keine Informationen über ihn?«

»Nicht die geringsten. Such dir ein Schlupfloch.« Joel lachte kurz. »Wenigstens war die Politik der Company richtig. Unsere Welten haben Bestand.«

»Ein Mann kann unmöglich eine ganze Zivilisation zerstören«, sagte Kin.

»Zeig mir, wo das im Gesetzbuch des Universums geschrieben steht«, erwiderte Joel scharf. Dann entspannte er sich. »Der Tarnmantel ... Wird man dadurch *wirklich* unsichtbar?«

»Nun, wenn man genau hinsieht ... Ich erinnere mich daran, daß die Konturen ein wenig verschwommen wirkten. Es fällt allerdings nur auf, wenn man Bescheid weiß.«

»Vielleicht für altmodische Spionage geeignet«, murmelte Joel. »Seltsam. Ich glaube nicht, daß wir eine solche Vorrichtung entwickeln würden, selbst wenn wir die Möglichkeit dazu hätten. Dazu ist eine überaus moderne Technologie notwendig, und in einer High-Tech-Umgebung hat so etwas kaum einen Sinn. Es gibt viele andere Methoden, um einen Unsichtbaren zu entdekken.«

»Darüber habe ich auch schon nachgedacht«, entgegnete Kin.

»Dann die Sache mit der Materietransmission. Alle Theorien behaupten, daß sie nicht möglich ist. Mit dem Wasbile-Doppeleffekt kommt man ihr sehr nahe, so wie man *fast* ein Perpetuum mobile bauen kann.«

Der Satellit am Ende der Leine glich einem hellen Stern. Joel blickte auf die Kontrollen.

»Ich hätte Jago Jalo gern kennengelernt«, fügte er hinzu. »Als Junge habe ich von den Terminussonden gelesen, und während eines Aufenthalts auf der Neuen Erde besuchte ich Rip Van LeVines Farm. Ich meine den Mann, der den Planeten als erster erreichte und ...«

»Ich weiß«, sagte Kin.

Wenn Joel ihren Tonfall bemerkte — er hörte ihn bestimmt —, so reagierte er nicht darauf. Fröhlich fuhr er fort: »Vor einigen Jahren habe ich den Film über T4 und T6 gesehen, über jene Sonden, die noch immer unterwegs sind. Auf der Neuen Erde gibt es eine Wohltätigkeitsorganisation, die etwa alle zehn Jahre zwei Raumschiffe in einen Schwungorbit bringt, der das notwendige Beschleunigungsmoment gewährleisten soll ...«

»Auch das ist mir bekannt«, sagte Kin.

Die Schiffe beschleunigten, indem sie zur Sonne der Neuen Erde flogen, dann mit einem Anderswo-Sprung mehrere Millionen Kilometer weit zurückkehrten, mit einem neuerlichen Anflug begannen und wieder zurücksprangen ... Schließlich waren sie schnell genug, um einige hundert Lichtjahre entfernt und mit lichtzerquetschender Geschwindigkeit aus dem Nichts zu fallen, in unmittelbarer Nähe der beiden Sonden.

Terminus Vier hatte am Wendepunkt kein Bremsmanöver eingeleitet, und ein Fehler im primitiven Computer lenkte Sechs zu einem Stern, der überhaupt nicht existierte. Normalerweise wären die Piloten schon seit Jahrhunderten tot — damals hatte die künstliche Hibernation nicht mit absoluter Zuverlässigkeit funktioniert. Aber im Laufe der Zeit wurden die defekten Teile nach und nach ausgetauscht, und einmal in zehn Jahren nahmen Besucher von der Neuen Erde erforderliche Reparaturen vor.

Das verschlang natürlich eine Menge Geld. Es wäre weitaus billiger gewesen, die Piloten aufzutauen und sie in ein behagliches Leben zurückzubringen. Aber der ruhmvolle Rip Van LeVine, der nach einer tausendjährigen Reise auf einem Planeten landete, der drei Jahrhunderte vorher von Anderswo-Schiffen besiedelt worden war, beging als reicher Mann Selbstmord. Jedenfalls genügte sein Reichtum, um gute Anwälte zu bezahlen und darauf zu bestehen, daß man mit seiner Stiftung den letzten beiden Piloten in jeder erdenklichen Hinsicht half — ohne sie aus ihrem langen Schlaf zu wekken.

»Durch die LeVine-Stiftung sind uns die Hände gebunden«, sagte Joel. »In der Company dachte man sofort daran, die T4-Pilotin zu wecken und sie nach Jalo zu fragen. Sie haben eine gemeinsame Ausbildung hinter sich, und deshalb weiß sie sicher etwas von ihm. Aber auf der Neuen Erde käme es zu einem Aufstand, wenn wir das versuchten.«

»Was hältst du von der Idee, Joel?« fragte Kin.

Er sah ihr tief in die Augen. »Ich finde sie abscheulich, was denn sonst?«

»Ich auch.«

Kin blieb im Satelliten, bis Joel das System justiert hatte. Sie beobachtete, wie er einige Tasten betätigte und damit das lange, künstliche Kettenmolekül der Leine löste. Jetzt war Königreich auf sich allein gestellt.

Arad blieb nicht, um dabei zuzusehen, wie sich Joel für die Kältekammer vorbereitete.

Ihre private Schaluppe wartete im Orbit, unweit von Oberleine. Offiziell hatte sie Urlaub, bis sie den Rest des Teams auf Trenchert erreichte, wo die ersten Einsatzgruppen bereits damit beschäftigt waren, die Atmosphäre zu reinigen und die planetare Kruste zu stabilisieren. Vor einigen Monaten hatte Kin einen Abstecher nach Momremonn-Spitz geplant, um sich einen Eindruck von den neuen Spindler-Ausgrabungen zu verschaffen. Es hieß, dort sei eine weitere funktionsfähige Stratamaschine gefunden worden.

Derzeit erschien ihr das nicht mehr wichtig. Sie warf das Innenschott der Luftschleuse hinter sich zu.

»Wir begrüßen Sie an Bord, Lady«, sagte das Schiff. »Die Laken sind gelüftet und alle Tanks voller Treibstoff. Sollen wir Ihnen ein Bad einlassen?«

»Mhm.«

»Der Kurs ist bereits programmiert. Wünschen Sie einen Countdown?«

»Ich schätze, diese Aufregung können wir uns sparen«, erwiderte Kin müde. »Das Bad genügt.«

Als die Schaluppe beschleunigte, schwappte das Wasser bis zum Rand der Wanne, jedoch nicht darüber hinweg. Kin hatte schon während ihrer Kindheit gelernt, freundlich zu Maschinen zu sein, und deshalb sagte sie: »Ausgezeichnet.«

»Danke. Fünf Stunden und drei Minuten bis zum Sprung.«

Kin strich sich nachdenklich mit dem Schwamm über den linken Arm. Nach einer Weile fragte sie: »Schiff?«

»Ja, Lady?«

»Wohin fliegen wir, zum Teufel? Ich kann mich nicht erinnern, dir Kursanweisungen gegeben zu haben.«

»Nach Kung, Lady. Gemäß Ihrer hochgeschätzten Order vor 338 Stunden.«

Kin erhob sich wie eine gute eingeseifte Venus Anadyomene, lief durch die Schaluppe und ließ sich in den Pilotensessel fallen.

»Der Befehl«, sagte sie leise. »Wiederhol ihn!« Aufmerksam betrachtete sie den Schirm, eine Hand über den Kontrollen, die es ihr erlaubten, ein Kom-Verbindung mit Königreich Oberleine herzustellen. Joel hatte sich bestimmt noch nicht eingefroren; der Vorgang dauerte Stunden. Außerdem konnte ihn die Maschine jederzeit wieder auftauen. Wichtig war nur: Zur Ausstattung der Wächterstation gehörte ein Sender mit genügend hohem Leistungspotential, um der Company eine Nachricht zu übermitteln. Kin ahnte eine Manipulation Jagos.

Sie behielt recht. Die Order war ganz einfach — das ID-Signal des Schiffes ging ihr voraus, gefolgt vom persönlichen Code Kin Arads. Jago Jalo hatte einen ganz gewöhnlichen Boden-Orbit-Kanal benutzt; während die letzten Arbeiten auf Königreich stattfanden, stand ihm dort mindestens ein Dutzend Sender zur Verfügung. Kein Problem.

Die Anweisung endete mit dem Hinweis: »Eine flache Welt. Sie sind sehr neugierig, Kin Arad. Wenn Sie mich hintergehen, werden Sie sich Ihr Leben lang fragen, was Sie verpaßt haben.«

Kins Hand sank nach unten — ohne die Sendetaste zu berühren.

Man *konnte* keine flache Welt bauen.

Andererseits: Ein Terminuspilot *konnte* nicht zurückkehren.

Und man *konnte* kein Companygeld duplizieren.

»Schiff?«

»Lady?«

»Setz den Flug nach Kung fort. Oh, und noch etwas: Öffne einen Kanal zum Schirm in meinem Arbeitszimmer.«

»Schon erledigt, Lady.«

Es war falsch. Vielleicht auch närrisch und töricht. Bestimmt handelte sie sich dadurch die Entlassung ein.

Wenn Sie nicht kommen, verbringen Sie den langen Rest Ihres Lebens in Ungewißheit.

Kin vertrieb sich die Zeit, indem sie Primäres Ekung wiedererlernte und die Ergänzungen des Planetenlexikons las. Offenbar hatten die Kung jetzt eine Leine, aber trotzdem erlaubten sie es Raumschiffen, auf ihrer Welt zu landen. Die Kung verboten kaum etwas, nicht einmal Mord. Kin sah in anderen elektronischen Unterlagen nach und fand heraus, daß ihre Reise zu dem einzigen Planeten in diesem Sektor führte, auf dem Schiffe mit Triebwerkskraft landen durften. Bot ihr das einen Anhaltspunkt?

Kung gierte nach Devisen. Kung produzierte nicht viel, was Menschen verwenden konnten — abgesehen von einigen Krankheiten, die Lungenentzündung ähnelten —, aber Kung brauchte eine ganze Menge. Derzeit versuchte man dort, die Tourismusindustrie anzukurbeln.

Kin hatte jene Welt schon einmal besucht und erinnerte sich an Regen. In der Sprache der Kung gab es zweiundvierzig verschiedene Worte für Regen, doch sie genügten nicht, um die große Symphonie des Wassers zu beschreiben, das in jeder Stunde fünfundvierzig Minuten lang herabströmte. Berge fehlten: Die geringe Schwerkraft hatte genügend entstehen lassen, aber gleichzeitig ermöglichte sie es dem Wind, die Gischt des Meeres aufzuwirbeln und damit alle Massive fortzuwaschen. Es blieben nur kleine Hügel übrig, die entmutigt und leblos wirkten.

Natürlich wurden sie manchmal zu Inseln. Kin erinnerte sich auch an Ebbe und Flut.

Ein besonders großer Mond und eine kühle nahe Sonne hatten alptraumhafte Gezeiten zur Folge. Die Vegetation bestand entweder aus pilzartigen Gewächsen — darauf spezialisiert, bei Ebbe schnell zu keimen und Früchte zu tragen — oder war an ein Leben unter Wasser angepaßt.

Es kamen tatsächlich Touristen. Zwar mußten sie die meiste Zeit über Schwimmwesten tragen, um bei Springfluten nicht zu ertrinken, aber sie kamen: Fischer und Wanderjahr-Biologiestudenten, Leute, die dichten Nebel und heimtückische Ozeane mochten. Was die Kung betraf ...

Kin schaltete den Datenschirm aus und lehnte sich zurück.

»Du hättest der Company Bescheid geben sollen«, sagte sie leise. »Noch hast du Zeit genug.«

Sie antwortete sich selbst: »Du weißt, was dann geschieht. Jago Jalo ist verrückt, aber kein Narr. Vermutlich hat er sich auf jede Falle vorbereitet. Darüber hinaus ist Kung keine Welt der Menschen. Dort spielen die Gesetze und Vorschriften der Company kaum eine Rolle. Er wird untertauchen und sich etwas einfallen lassen, und dann verlieren wir ihn.«

»Du hast eine Pflicht zu erfüllen«, fügte sie hinzu. »Einen so gefährlichen Mann kannst du nicht einfach frei herumlaufen lassen, nur um deine Neugier zu befriedigen.«

Und: »Warum nicht?«

Wie reich ist Kin Arad, Tochter der echten Erde und Autor von *Beständige Schöpfung* (q.v.)? Die Company bezahlte ihre Angestellten in Tagen, aber da sie an einem Tag viel mehr verdienten als einen Tagesschein, verkauften sie die zusätzliche Zeit und erwarben dafür traditionelle Währungen. Im Augenblick standen auf der Soll-Seite von Kins Konto noch dreihundertachtundsechzig Jahre, fünf Wochen und zwei Tage. Hinzu kamen hundertachtzigtausend Kredite — und ein Kredit ist heutzutage noch einen Kredit wert.

Kredite wurden durch Tage gedeckt. In der Galaxis herrschte kein Mangel an seltenen Elementen, und der Transmuter in Stratamaschinen oder Robotkellnern produzierte alle gewünschten Substanzen. Langlebigkeit stellte das geeignete Mittel dar, um einer Währung Stabilität zu verleihen. Kin konnte sich Leben kaufen. Wäre Salomon dazu in der Lage gewesen? Oder Cloritty? Oder Hughes?

Sie war reich.

Ein Alarmsignal erklang. Königreichs Sonne füllte den Bugschirm als eine von Feuer gesäumte schwarze Scheibe — ihre Helligkeit entsetzte die Sensoren.

Kin desaktivierte die Stimme des Schiffes, weil sie den Countdown vor einem Anderswo-Sprung haßte. Sie verglich ihn mit dem Warten auf den Tod. Wenn der Computer recht hatte — und er irrte sich nie —, erfolgte der Transfer des Schiffes, sobald es eine genügend hohe Orbitalgeschwindigkeit in bezug auf ...

(Einige Sekunden des Schwindels, ein kurzer Anflug von Verzweiflung. Man nannte den Vorgang Seelenzauder, obgleich diese Bezeichnung nicht ganz den Kern der Sache traf. Eins stand fest: *Irgendein* Aspekt des menschlichen Bewußtseins weigerte sich, mehr als null Komma sieben Lichtjahre pro Sekunde zurückzulegen — dieser Wert hatte sich bei einigen Experimenten ergeben. Selbst auf einen kurzen Sprung durch den Anderswo-Raum folgte eine hohle schwarze Zeitspanne, während ein Teil des Ichs zum Rest-Selbst aufhooooo ...)

... den Zielplaneten. Kin orientierte sich wieder und blickte nach draußen. Die Kung-Sonne war ein kühler roter Zwergstern. Das behaupteten jedenfalls die Statistiken. Sie logen. Aus einer Entfernung von sieben Millionen Kilometern betrachtet schien es eine Riesensonne zu sein. Kungs Umlaufbahn befand sich praktisch in den obersten Schichten der solaren Atmosphäre — und dort war die Welt, eine kleine dunkle Scheibe. Kin lächelte unwillkürlich. Kung, die unter einer geschlossenen Wolkendecke lebten, erschienen ihr seltsam genug. Welche Religion hätten sie entwickelt, wenn sie in der Lage gewesen wären, den Himmel zu sehen?

Drei Stunden später verließ sie die Schaluppe, als sie nur noch wenige Kilometer von Kung Oberleine trennten.

Die Farben des Satelliten entsprachen dem typischen Kung-Stil: größtenteils Grau, Braun und Purpur, hier und dort auch einige überraschende Flecken Herzanfallrot. Es gab keine Einreisekontrolle. Kung hießen Schmuggler willkommen. Schmuggler waren reich.

Die Düsen des Raumanzugs trugen Kin zu einer Luftschleuse, deren Außenschott sich sofort hinter ihr schloß. Vor ihr schwang die Innenluke auf.

Oberleine! Raumwärtiges Ende des monomolekularen Kabels, das jede zivilisierte Welt mit der Galaxis verband! Tor zu den Sternen. Hier drängelten sich Roboter an zehnäugigen Aliens vorbei; Spione schlichen umher; Händler mit goldenen Bärten boten sonderbare Waren an, darunter auch Elixiere, die Menschen den Verstand raubten und sie veranlaßten, zu Gott zu sprechen; Knaben spielten auf eigentümlichen elektronischen Instrumenten, die Emotionen stimulierten. Oberleine! Ein ordentlicher Tritt, und man erreichte die Fluchtgeschwindigkeit. Oberleine! Schwelle des Universums!

So hieß es jedenfalls. Doch dies war die Realität, und für die hiesige Fremdenverkehrsindustrie herrschte gerade eine Flaute. Jener Kung, der durch den Korridor des angebundenen Satelliten hüpfte, wirkte durchaus exotisch, aber gleichzeitig vertraut. Kin *sah* einen einbeinigen Ehft, der eine Kehrmaschine bediente. Wenn er für die Galaktische Föderation spionierte, so war er ein Meister der Tarnung.

Das große Anzeigefeld im Hauptgang wies darauf hin, daß die Reisenden eine Stunde lang bis zum nächsten Orbit-Boden-Shuttle warten mußten. Kin betrat eine Bar, von der aus man den Shuttle-Hangar sah und die *Gebrochene Trommel* hieß.

»Warum dieser seltsame Name?« fragte sie den Kung hinterm Tresen. Untertassengroße Augen sahen sie an, und ihr Blick war so unverbindlich wie der aller Barkeeper.

»Weil man nicht auf sie einschlagen kann«, lautete die Antwort. »Was darf's sein?«

»Ich dachte, Kung hätten keinen Sinn für Humor.«

»Das stimmt.« Der Bar-Kung musterte die Besucherin. »Von der Erde?« fragte er.

»Ja«, bestätigte Kin.

»Von welcher? Ich habe einen Bruderonkel auf der Wirklichen Er ...«

»Von der echten«, sagte Kin scharf. Der Kung sah sie noch einmal an, diesmal etwas nachdenklicher, holte eine Datenkassette unter der Theke hervor, die Arad sofort wiedererkannte. Unbehagen entstand in ihr.

»Ich hatte gleich den Eindruck, Ihr Gesicht schon einmal gesehen zu haben«, triumphierte der Bar-Kung. »Ja, als Sie hereinkamen, dachte ich: ›He, das ist ein vertrautes Gesicht.‹ Das Hologramm der Datenkassette taugt natürlich nicht viel, aber ... Ha. Könnten Sie mir ein Phonogramm geben, Miss Arad?« Er grinste schrecklich.

Kin lächelte tapfer und nahm die Bandübersetzung von *Beständige Schöpfung* aus der feuchten vierfingrigen Hand.

»Natürlich ist es nicht für Sie, sondern für Ihren Neffen Sam«, murmelte sie mit unüberhörbarem Sarkasmus.

Der Kung blinzelte verwirrt. »Ich habe keinen Neffen Sam«, entgegnete er. »Aber das Phonogramm ist für meinen Sohnbruder Brtkltc bestimmt. Woher wußten Sie das?«

»Zauberei«, seufzte Kin.

Sie ging mit ihrem Glas zum großen Fenster und beobachtete Schlepper, die Frachtshuttles an den Rangierleinen entlangschoben. Gleichzeitig hörte sie mit halbem Ohr, wie der Bar-Kung aufgeregt ins Interkom sprach. Kurze Zeit später stand jemand neben ihrem Stuhl. Kin drehte den Kopf, hob ihn dann und blickte zu einem Kung auf.

Sehen wir uns ihn an. Mehr als zwei Meter groß und ganz oben ein Hahnenkamm aus haarartigen Fransen. Zwei tellergroße Augen bestimmten das Gesicht, und sie waren nun zusammengekniffen, weil der Bar-Kung aus Respekt Kin gegenüber die Beleuchtung heller geschaltet hatte. Ein dürrer Körper mit Bodybuildermuskeln wie Perlen an einer Schnur; zwischen den Schulterblättern ein Buckel, der die dritte Lunge enthielt. Der Overall, den er trug, kam einem Meisterwerk der Schneiderei gleich. Etwas anderes war auch gar nicht möglich — der Kung hatte vier Arme.

Er lächelte. Ein lächelnder Kung wirkte wie eine rote Sichel mit Harfensaiten aus Schleim.

»Ich heiße Marco Fernreiser«, sagte er. »Und damit Sie mich nicht mehr so anstarren: Ich bin eingebürgerter Mensch. Sie glauben nur, einen Kung zu sehen. Lassen Sie sich nicht von den Zufälligkeiten der Geburt verwirren.«

»Ich bitte um Entschuldigung«, erwiderte Kin. »Es lag an den zusätzlichen beiden Armen.«

»Ich verstehe.« Der Kung beugte sich herab, und seine Stimme vermittelte den Odem der Sümpfe, als er hinzufügte: »Eine flache Welt?«

Dann setzte er sich, und jeder von ihnen hielt im Gesicht des anderen nach Hinweisen Ausschau.

»Woher wissen Sie davon?« fragte Kin.

»Magie«, entgegnete er. »Ich habe Sie natürlich erkannt. Ihr Buch hat mir sehr gefallen. Ich weiß, daß Kin Arad für die Company arbeitet, und jetzt sitzt sie in Kung Oberleine, an einem Ort, wo ihre Präsenz überrascht. Sie scheint beunruhigt zu sein. Ich erinnere mich: Vor einem Monat, als ich auf Ehftnia war und kein Raumschiff bekommen konnte — ich bin nur der drittbeste Fernpilot in diesem Sektor —, trat ein Mann an mich heran und ...«

»Ich glaube, ich weiß, um wen es sich handelte«, warf Kin ein.

»Er sprach von gewissen Dingen und unterbreitete gewisse Angebote. Was stellte er Ihnen in Aussicht?«

Kin hob die Schultern. »Unter anderem einen Tarnmantel, mit dem man unsichtbar wird.«

Der Kung riß die Augen auf. »Mir bot er eine kleine Ledertasche an, die das hier enthielt«, murmelte er. Kin griff nach den Folien, die er auf den Tisch legte: ein Bündel mit 100- und 1000-Tagesscheinen, eine ehftnische 144-Pjum-Stange aus Keramik, eine dünne Rolle mit verschiedenen bei Menschen gebräuchlichen Währungen, einige hundert Sternenkammer-Gutscheine und eine Computerkarte.

»Einen Teil des Geldes habe ich einer Wechslerin auf

Ehftnia vorgelegt, und sie akzeptierte es vorbehaltlos«, sagte Marco. »Wenn Sie jemals geschäftlich mit einem Ehft zu tun hatten, so wissen Sie, daß es keinen besseren Beweis für die Echtheit gibt. Ich glaube, die Karte ist ein Kontoschlüssel für eine Autobank, wahrscheinlich auf Ehftnia.

Das ist noch nicht alles. Hinzu kamen viele ehftnische Dollarstangen. Ich habe sie ausgegeben — damals war ich arm.«

Kin stieß einen Pjum-Riegel an und beobachtete, wie er über den Tisch rollte.

»Das alles befand sich in der Tasche?« fragte sie langsam.

»Ja. Obwohl sie kaum größer war als eine Hand. Ich habe gesehen, wie das Geld herauskam. Zuerst dachte er, der Mann repräsentiere die Company. Er wollte mich in seine Dienste nehmen.«

»Als Pilot?«

Der Kung gestikulierte mit zwei Händen. »Ich kann jedes Schiff fliegen, ohne irgendwelche Probleme. Ich brauche nicht einmal Matrixbänder. Ich bin der Beste — was wollen die?«

Der Bar-Kung näherte sich unsicher dem Tisch und zog eine große haarige Glocke hinter sich her, die auf einem Bein hüpfte. Ein Verbalmodul baumelte an dem Büschel ganz oben.

»Das ist Grün-und-teilweise-Indigo, ein Ehft«, erklärte der Barkeeper freundlich. »Der Sanitätsoffizier von Oberleine.«

»Freut mich, Sie kennenzulernen«, sagte Kin. Mit einer geschmeidigen Bewegung holte der Ehft einen durchsichtigen Kasten unter — dem Mantel, der Haut? — hervor und hielt ihn direkt vor Kins Augen. Sie hörte, wie Marco zischte.

»Voilà! Regardez!« kreischte es aus dem Verbalmodul. »Erdisch! Terranischexemplar! Intelligent! Frage!«

Ein großer schwarzer Vogel im Kasten sah Kin aus

zwei Knopfaugen an und putzte sich dann wieder das Gefieder.

»Wir fanden ihn gestern«, erläuterte der Bar-Kung. »Ich habe dem Ehft gesagt, daß es ein Vogel ist, ein Tier von der Erde. Allerdings spricht er.

Wir sahen in der *Enzyklopädie aller vernunftbegabten Wesen* nach, aber dort sind nur Vögel im allgemeinen aufgeführt und nicht dieser.«

»Scheint ein ziemlich großer Rabe zu sein.« Kin nahm den Kasten entgegen. »Wo liegt das Problem?« Sie zögerte kurz. »Oh, natürlich. Sie möchten wissen, ob Sie ihn verhaften oder beseitigen sollen. Aber wie kam er überhaupt hierher?«

»Rätsel!«

»Wir haben keine Ahnung.«

Kin gab einem Impuls nach und öffnete den Kasten. Der Vogel sprang auf den Rand und blickte sie an.

»Er ist harmlos«, sagte sie. »Wahrscheinlich gehört er jemandem. Ein Haustier.«

»Haustier?«

»Mentaler Symbiont«, knurrte Marco. »Menschen sind verrückt.«

Der Ehft schwankte vor und streckte Kin noch einmal den Tentakel entgegen. An seinem Ende zeigte sich ein wirres Knäuel aus miteinander verknoteten Fäden. Arad erkannte das Gebilde kummervoll als ein ehftnisches Berührungsbuch.

»Als ich ihm mitteilte, wer Sie sind, eilte er sofort zu seiner Schote zurück, um die Übersetzung Ihres Buchs zu holen«, sagte der Bar-Kung stolz. »Er möchte, daß Sie ...«

Kin knüpfte bereits einen persönlichen Knoten am Anfang des Knäuels.

»Verstehen! Nicht! Selbst!« heulte das Verbalmodul. »Für! Junges! Gehört! Schwester!«

»Er meint ...«

»Ich weiß.« Kin stöhnte leise.

»Jalo!« rief der Rabe.

»Nehmen Sie den Vogel mit.« Der Bar-Kung drückte den ›Käfig‹ in eins von Marcos Armpaaren. »Ihre Begleiterin kann ihn füttern, mit ihm ins Bett gehen, ihm das Singen beibringen oder was Menschen sonst mit Haustieren anstellen.«

»Haustiere«, wiederholte Marco. Er nahm den Kasten entgegen; ihm schien überhaupt keine Wahl zu bleiben.

Der Ehft beobachtete, wie sie zum Shuttlehangar gingen.

»Verrückt?« fragte er.

»Die Menschen beherrschen jetzt das Universum«, erwiderte der Bar-Kung bitter. »Einen derartigen Wahnsinn würde ich gern teilen. Ist Ihnen aufgefallen, daß Menschen so gehen, als gehöre ihnen die ganze Galaxis?«

Der Ehft dachte darüber nach. Es war ihm schon immer schwergefallen, Bewegungsmethoden zu verstehen, die nichts mit Tentakeln zu tun hatten.

»Nein«, antwortete er.

Nur wenige Passagiere saßen im Shuttle. Es kam zu einer kurzen Beschleunigungsphase, als Treibsätze die Fähre aus dem Hangar trugen, und dann glitt sie an der Leine hinab.

»Wenigstens habe ich einen einheimischen Reisebegleiter«, sagte Kin und lächelte, um zu zeigen, daß sie ihre Bemerkung scherzhaft meinte. Doch dieser Kung schien sich mit dem Phänomen des Humors auszukennen — ein *eingebürgerter* Mensch.

»Ich hatte gehofft, daß Sie mir dort unten helfen können«, ließ sich Marco vernehmen und zog einen Beutel hervor. »Ich bin nie auf dem Planeten gewesen. Manchmal habe ich Frachter hierhergeflogen, aber nur bis Oberleine.«

»Soll das heißen, daß Sie nie Gelegenheit hatten, sich Ihre Heimatwelt anzusehen?«

»Wessen Heimatwelt? Ich bin auf der Erde geboren.«

Mit einer Hand griff Marco nach einer grauweißen Pfeife, füllte sie aus dem Beutel und entzündete sie mit einem Immerlicht. Kin rümpfte die Nase.

»Lieber Himmel, was ist das?«

»Tabak. Cutty Peerless VI. Jemand aus London schickt ihn mir. Ich meine London in England.«

»Gefällt Ihnen das Rauchen?« Es klickte leise, als die Luftfilter der Kabine reagierten. Marco nahm die Pfeife aus dem Mund und betrachtete sie nachdenklich.

»Eigentlich nicht«, gestand er ein. »Aber in historischer Hinsicht ist es sehr befriedigend. Darf ich Sie etwas fragen?«

»Nur zu.«

»Finden Sie Kung interessant? In einem sexuellen Zusammenhang?«

Kin starrte in große graue Augen, auf fleckige Haut, und die scharfe Antwort blieb ihr im Hals stecken. Sie erinnerte sich an Gerüchte, die ihr gelegentlich zu Ohren gekommen waren. Marcos dürre Gestalt strahlte Männlichkeit aus. Kungmänner waren geradezu unglaublich maskulin. Und ganz offensichtlich belasteten sie sich nicht mit sexuellen Tabus. Bei den Kung herrschte ein direkter Gegensatz zwischen männlich und weiblich, ohne die feinen Überschneidungen zwischen der maskulinen und femininen Psyche wie bei Menschen. Auf einige menschliche Frauen hatte der Kung-Machismo eine magnetische Ausstrahlungskraft.

»Ganz und gar nicht«, entgegnete Kin in einem neutralen Tonfall. »Nennen Sie mich ruhig altmodisch.«

»Gott sei Dank«, seufzte der Kung. »Ich hoffe, ich habe Sie nicht beleidigt.«

»Keine Sorge. Warum, äh, fragen Sie?«

»Oh, ich könnte Ihnen viele unglaubliche Geschichten erzählen, Kin Arad. Über junge Menschenfrauen mit *Freffr*-Kammfrisuren und Kleidern, die ihrer Meinung nach dem Kung-Stil entsprechen. Manchmal behaupten sie sogar, an *Tleng*-Musik Gefallen zu finden, obgleich ihre Kenntnisse oberflächlich bleiben. Als ich während einer Pilotenkrise in einem Nachtklub auf Crespo Klavier spielte, mußte ich später die Fenster meiner Unterkunft verriegeln. Trotzdem kamen einmal zwei Frauen ...« Marco legte eine kurze Pause ein und fuhr dann fort: »Sie sind natürlich kosmopolitisch eingestellt, Kin. Aber einmal mußte ich die Frau des Botschafters von der Neuen Erde mit einem Stuhl bewußtlos schlagen.«

Der Rabe krächzte in einem durchsichtigen Käfig. Kin beobachtete ihn.

»Wie sollen wir uns verhalten, wenn Jalo Kontakt mit uns aufnimmt?« fragte sie.

Marco ließ die Pfeife sinken. »Wie wir uns verhalten sollen? Ich bin fest entschlossen, die flache Welt zu besuchen. Was denn sonst?«

Es herrschte Flut, als das Shuttle mit qualmenden Bremspolstern ins Bodenterminal rutschte. Die Kung hatten das Problem des unterschiedlichen Wasserstands gelöst, indem sie die untere Leinenstation auf einem großen Floß errichteten: Es hob und senkte sich, während die unruhigen Ozeane um den Planeten wanderten.

Kin blickte durchs Fenster in den grauen Regen. Unweit des Stationsfloßes schaukelten andere Bastgebäude an ihren Ankerpfählen. Einige Kung waren bereits mit Booten unterwegs, die aus Häuten und Weidengeflecht bestanden — sie schienen eine Art Regatta auf den Wasserstraßen zu veranstalten.

Marco platschte heran, zerrte einen kleinen erschrokkenen Kung mit sich.

»Angeblich ist er bezahlt worden, um uns abzuholen. Nicht sehr aufregend, wie?«

Marco gab dem kleineren Kung einen Stoß, und er

führte sie daraufhin zu mehreren Booten, die an einer Plattform dümpelten. Zu ihnen gehörte auch ein Touristenflitzer, dessen vier Ballonreifen nun als Schwimmkörper dienten. Kin nahm auf dem Rücksitz Platz. Der warme Regen hatte ihre Kleidung bereits durchnäßt — vielleicht zeichnete sich Kung-Wasser durch besondere Durchdringungseigenschaften aus.

Marco schob den Boot-Kung auf den Beifahrersitz und betätigte die Kontrollen. Das Vertäuungsseil gab mit einem Ächzen nach, und der Flitzer raste zwischen zwei hohen Gischtwänden los.

Der größere Kung hielt das Steuer mit einer Hand. Die anderen drei Arme legte er lässig über die Rückenlehne.

Vier Arme. Vier Arme waren selten. Während der schlimmen Zeit vor der Revolution hatten die Kung der hohen Kasten mit mitogenetischen Techniken Einfluß auf das Embryonenwachstum genommen. Vier Arme bedeuteten Kriegerkaste. Kin beschloß, es mit Takt zu versuchen.

»Wieso ...«, begann sie und suchte nach den richtigen Worten. »Wieso können Sie keine Hemden von der Stange kaufen?«

Marco drehte sich nicht zu ihr um. »Familientradition«, erwiderte er. »Wir haben immer einen Sohn zu den Kriegern geschickt. Meine Mutter wurde operiert, aber ... Erinnern Sie sich an den Leinenunfall von '58?«

»Ja, die Erde war dadurch einen Monat lang abgeschnitten. Irgendein Irrer ließ Bomben in beiden Stationen explodieren, in Ober- *und* Unterleine.«

»Stimmt. Meine Eltern arbeiteten in der Botschaft von New Stavanger. Noch vor der Leinenreparatur setzten bei meiner Mutter die Wehen ein.«

Die Kung glaubten, daß der aufnahmefähige Geist eines Kindes unmittelbar nach der Geburt von der nächsten körperlosen Seele übernommen wurde ...

»Mein Vater speiste gerade mit dem Shand-Kulturattaché, und der hinderte ihn daran, Selbstmord zu begehen«, erklärte Marco gelassen. »Er glaubte, als erster in meinen Leib schlüpfen zu können, verstehen Sie? Nun, es klappte nicht. Deshalb wurde ich offiziell zum Menschen erklärt und bei einem älteren Ehepaar in Mexiko untergebracht. Kurz darauf verließen meine Eltern die Erde. Ende der Geschichte. Wieso sind Sie kahlköpfig?«

Aus einem Reflex heraus tastete Kin nach ihrer Perücke.

»Äh. Alter. Haar mag so etwas nicht.«

Marco beobachtete aufmerksam den Horizont. »Oh«, kommentierte er. »Reine Neugier. Ich meine, bei solchen Dingen sollte man auf Schüchternheit verzichten, nicht wahr?«

Das Boot donnerte durch halb überschwemmte Wälder und an Dorfflotten vorbei, bis es ganz plötzlich anhielt — Schlingpflanzen streiften über den Rumpf. Marco fluchte und schaltete das Triebwerk um.

»Die Ebbe beginnt«, sagte er. Das Boot stieg auf und sauste über einen dichten Vegetationsteppich hinweg. Einige Fische, vom Wasser im Stich gelassen, zappelten verzweifelt und versuchten, dem zurückweichenden Meer zu folgen. Auf Kung hatten nur Amphibien gute Überlebenschancen.

Nach einigen Minuten wiesen Flora und Bodenneigung auf Land hin, das nur selten länger als eine Stunde pro Tag überflutet wurde. Marco hielt sich an die Richtungsangaben des Boot-Kungs und steuerte über einen Pfad, der sich zu ständig trockenem Grasland emporschlängelte. Wenn Kung eine Welt der Menschen gewesen wäre, hätte man jeden Quadratzentimeter dieses Bereichs landwirtschaftlich genutzt. Die Kung hielten ihn für eine Wüste.

Das Boot erreichte die Kuppe der Anhöhe.

Dahinter erstreckte sich ein rundes Tal mit dem unvermeidlichen See im Zentrum. Mitten auf dem Wasser schaukelte ein Raumschiff.

»Ein General Motors Neutrino mit Boden-Boden-Ringrand-Fusionstriebwerk, Spindler-Unibremse, vierunddreißig Luxuskabinen und Extras nach Wunsch.« Marco entzündete seine Pfeife. »Die Bordsysteme sind Spitze. Ich habe einmal einen solchen Raumer geflogen. Sie werden Anforderungen gerecht, die niemand an sie stellt.«

Das Schiff sah aus wie ein dicker Pfannkuchen.

»Ist es mit Waffen ausgestattet?« fragte Kin skeptisch.

»Jalo!« kreischte der Rabe.

»Ich möchte nicht auf der falschen Seite der Fusionsflamme sein.«

Der Boot-Kung blickte entsetzt auf Marcos Pfeife.

»Abgesehen davon ... Der Laderaum bietet viel Platz und enthält genug, um jeden Alptraum Wirklichkeit werden zu lassen.«

Als sie durch die offene Schleuse des Schiffes traten, wendete der kleinere Kung das Boot und kehrte hastig zum Ufer zurück.

»Der einzige Weg scheint nach oben zu führen«, meinte Kin. »Was hat ihn so erschreckt?«

»Ich«, antwortete Marco. Lautlos ging er an Bord — dann zischte er und duckte sich wie zum Kampf.

Eine Gestalt schlurfte ihnen entgegen. Urerinnerungen forderten Kin auf, zu fliehen und einen Baum zu erklettern. Das sich ihnen nähernde *Ding* konnte nur beabsichtigen, Klauen in wehrlose Körper zu bohren und mit seinen Reißzähnen weiches Fleisch zu zerfetzen. Aber die Urerinnerungen waren wie üblich nicht auf dem laufenden. Kin lächelte freundlich.

Der Shand konnte in dem hohen Korridor gerade aufrecht stehen, ohne daß seine winzigen Ohren an die Decke stießen. Mit anderen Worten: Er war fast drei Meter groß. Allerdings hielt er die Knie gebeugt und offenbarte jene Zurückhaltung, die Shandi oft zeigten, wenn sie sich in den Artefakten kleinerer Völker befanden — sie schienen zu fürchten, versehentlich jemanden zu verschlingen.

Dieser Shand — eine Sie — war ebenso breit wie groß. Ihre langen Arme endeten in schwieligen Knöcheln, die auch als zusätzliche Füße benutzt werden konnten. Kin sah das Gesicht eines intelligent wirkenden Bären, doch es handelte sich um einen Bären mit feldstecherartigen Augen und einem kuppelförmigen Schädel. Einige Walrösser schienen zu seinen — ihren — Vorfahren zu gehören. Zwei lange Stoßzähne ragten aus dem Unterkiefer: Einst hatten sie dazu gedient, Mollusken aus dem Grund gefrierender Ozeane zu scharren, aber jetzt waren sie ebenso nutzlos wie der Blinddarm. Form und Schnitzmuster gaben Auskunft über den Status des betreffenden Individuums. Die Schnauze ...

»Find Fie jetzt fertig?« lispelte die Shand mißbilligend.

Einige der Schnitzereien in den Stoßzähnen erschienen Kin seltsam vertraut. In Ermangelung von Hauern steckte sie die Finger in den Mundwinkel und stellte ihr Shandi auf die Probe.

»Ich bin Verwandte/Fast-ausgedörrt-und-trocken, und der Kung heißt ... Jemand-der-in-die-Ferne-reist«, brachte Kin hervor. »Ich grüße Sie mit allem Schmalz, o Shand der Unteren-Konwexi-Delta-Moränenregion, es sei denn, ich irre mich sehr.«

»Ich gratuliere Ihnen zu Ihrer meisterlichen Beherrschung der *Sprache*«, erwiderte die Shand würdevoll. »Mein Name ist fünfzig Silben lang, aber Sie dürfen mich Silver nennen. Wollen Sie die flache Welt besuchen? Ist der Kung gefährlich? Er scheint nervös zu sein.«

»Wahrscheinlich deshalb, weil er kein Shandi versteht. Andererseits: Alle Kung wirken nervös. Hat vermutlich etwas mit den Springfluten zu tun. Dieser ist übrigens ein Mensch, aber sprechen Sie ihn besser nicht darauf an.«

»Worüber reden Sie da?« fragte Marco argwöhnisch.

Silver führte sie zur Beobachtungskabine des Schiffes, und als sie dort eintrafen, hatte sie einen Kompromiß geschlossen. Kin und Marco benutzten Silver gegenüber die Allsprache, die sie zwar verstehen, aber wegen ihrer Stoßzähne nicht sprechen konnte. Silver antwortete auf Shandi, was ihr keine Artikulierungsschwierigkeiten bereitete, und Kin übersetzte für Marco in Allsprache. Nach mehrfachen sorgfältigen Rückübersetzungen stellte sich heraus, daß Silver Soziologin, vergleichende Historikerin, Linguistin und Fleischtierhüterin war.

»Alles zusammen?« fragte Marco.

»Ich habe einmal einen Shand kennengelernt, der Fahrstuhlführer, Biochemiker und Seehundjäger in einem war«, erwiderte Kin.

»Ich bin seit gestern hier«, sagte Silver. »Ich arbeitete auf Prediquac, als jener Mann ...«

»Wir wissen, wen Sie meinen«, unterbrach Kin die Shand. »Was hat er Ihnen angeboten?«

»Ich verstehe nicht«, entgegnete Silver verwirrt.

»Ein Köder«, erklärte Kin. »Damit Sie zur flachen Welt fliegen.«

»Oh — nichts. Hätte er mir etwas anbieten sollen?«

Kin übersetzte. Marco starrte die Shand erstaunt an, schnaubte und ging fort.

»Ihr Name klingt irgendwie vertraut«, wandte sich Silver an Kin.

»Ich habe ein Buch mit dem Titel *Beständige Schöpfung* geschrieben.«

Silver lächelte höflich. »Tatsächlich?«

Marco war irgendwo im Schiff verschwunden. Die beiden Frauen wanderten durch die Korridore, und mit jedem Schritt wuchs Kins Unbehagen. Dieser Raumer war *sonderbar.*

Man hatte ihn zu einem Frachter umgebaut. Es gab nur vier Kabinen, und der Rest des Wulstes bestand aus Treibstofftanks.

Bestimmt war das Raumschiff als Spielzeug für einen Reichen entworfen worden. Nur Reiche und Spione benutzten Schiffe, die mit eigener Triebwerkskraft aus dem Gravitationsschacht eines Planeten klettern konnten.

Man bedenke: Praktisch jede brauchbare Welt verfügte über eine Leine, und sobald man sich an ihrem oberen Ende befand, genügte eine hermetische Kapsel mit Treibsätzen und einer Anderswo-Matrix, um jede beliebige Oberleine zu erreichen. Einige spezielle Gewerbe und die Tourismusindustrie verwendeten Schiffe, die imstande waren, ein ganzes Sonnensystem zu durchqueren. Es existierten sogar Raumer, die im Notfall von der Oberfläche eines Planeten starten und den Orbit ansteuern konnten. Doch *niemand* benötigte ein Schiff, das außerdem in der Lage war, durch ein Sonnensystem zu fliegen und einen Anderswo-Transfer durchzuführen.

Dies brachte alle dafür notwendigen Voraussetzungen mit. Kins Unbehagen wich Aufregung. Leine und Matrix hatten das All in kleine Pausen zwischen gleichförmigen Ankunftshallen an Oberleinen zerstückelt. Dieses Schiff stellte etwas Besonderes dar.

Es enthielt einen Robotkellner: ein großes Modell, darauf programmiert, alles herzustellen, von Hummer Thermidor bis zu Sägemehl. Er lieferte sogar Shand-Proteine.

Die Krankenstation hätte für eine Großstadt ausgereicht. Es gab sogar eine Tiefkühltruhe. Kin fand diesen Umstand so seltsam, daß sie den Deckel hob.

»Ist das zu fassen?« murmelte sie. Silver blickte ebenfalls in den Behälter und kramte zwischen den rauhreifbedeckten Packungen.

»Nichts Ungewöhnliches«, sagte die Shand. »Fleisch, Fisch, Geflügel, Blätter, Knollen — menschliche Nahrung.«

Kin deutete auf den Robotkellner, der verlockend vor sich hin summte.

»Haben Sie jemals erlebt, daß ein solches Gerät versagt?«

»Sie funktionieren immer«, erwiderte Silver. »Andernfalls hätten die Menschen nicht zugelassen, daß wir Shand andere Welten aufsuchen.«

»Warum dann mit diesen Dingen Platz vergeuden und zusätzliches Gewicht schaffen, das nur Treibstoff kostet? Wenn sich Jago Jalo Sorgen macht, hätte er Shandi-Proteine mitnehmen ... Oh, natürlich. Ich habe vergessen, daß er *alt* ist.«

»Alt?«

»Ja, alt genug, um nichts von synthetischer Nahrung zu halten. Diese Sachen haben ihn bestimmt ein Vermögen gekostet.«

»Bitte erklären Sie, was Sie mit *alt* meinen«, beharrte Silver.

Kin erzählte der Shand von den Terminussonden. Als sie den Vortrag beendete, fühlte sie den durchdringenden Blick der Shand auf sich ruhen.

»Ihr Menschen müßt nach dem Weltraum *verrückt* gewesen sein«, sagte Silver.

Sie drehten sich um, als Marco hereinkam und vor Zorn am ganzen Leib bebte.

»Was hat es mit diesem Schiff auf sich?« donnerte er. »Das Lager enthält genug Vernichtungsapparate, um einen Planeten zu durchlöchern.«

»Hinzu kommen Handwaffen«, murmelte Kin. Marco musterte sie überrascht, und Arad spürte die Notwendigkeit, möglichst schnell zu denken.

»Genau. Wie haben Sie das erraten?«

»Erraten? Nein. Ich glaube, ich habe genug gesehen. Silver, hat Ihnen Jalo eine Nachricht übermittelt, nachdem Sie hier eintrafen?«

»Der Fährten-Kung meinte, ich soll warten. Warum?«

Kin schüttelte den Kopf. »Marco, sicher gibt es Raumanzüge an Bord. Wenn wir sie anziehen ... Können Sie anschließend die Luft aus dem Schiff pumpen?«

»Hier unten? Es würde implodieren. Erst müßten wir starten und ...«

»Dies ist eine Clipe-Automatik, Kaliber null Komma null null null drei. Wenn Sie sich alle auf mich stürzen, besteht eine gewisse Wahrscheinlichkeit dafür, daß ich nicht jeden erwische. Aber bestimmt gelänge es mir, einen oder zwei von Ihnen noch ins Jenseits zu schikken.«

Jalo stand an der Tür und hielt die Pistole locker in der Hand. Kin dachte daran, was ein Schwarm Clipe-Nadeln anrichten konnte ... Sie rührte sich nicht von der Stelle und sah Silver an.

Die Aufmerksamkeit der Shand galt nicht etwa Jalo, sondern Marco.

Der Kung stand krummbeinig, die Arme wie ein antiker Revolverkämpfer vom Körper fortgestreckt. Er zischte leise.

»Wenn er angreift, schieße ich«, knurrte Jalo. »Sagen Sie ihm das!«

»Sie wissen, daß er Sie versteht«, entgegnete Kin kühl und hörte, wie Silver auf Shandi brummte: »Gleich geht's hier fürchterlich rund, Kin. Niemand bedroht einen Kung und kommt mit heiler Haut davon.«

»Marco ist eingebürgerter Mensch«, erwiderte Kin auf Allsprache.

»Dadurch habe ich mich täuschen lassen«, sagte Jalo. »Ich hätte es besser wissen sollen. Der Agenturcomputer auf der Wirklichen Erde bekam von mir die Anweisung, drei Personen auszuwählen, die meinen Spezifikationen entsprechen, und er nannte mir drei Namen. Das verdammte Ding wies nicht darauf hin, daß zwei von ihnen BEMs sind.«

Nur Silver, die Geschichte studiert hatte, verstand diesen Begriff. Sie fauchte leise.

»Fehlten Angaben über die Ursprungsplaneten?« erkundigte sich Kin.

»Nein, aber der große Frosch wurde auf der Erde geboren, und der Bär in einem Schiff, das Shand umkreiste«, erläuterte Jalo. »Spricht heute niemand mehr von *Spezies?* Eingebürgerter Mensch! Lieber Himmel! *Keine Bewegung!*«

»Ich habe mich schon gefragt, wo Sie sich verstekken«, sagte Kin. »Vielleicht hätte ich nach verschwommenen Konturen Ausschau halten sollen. Sie *Dieb!*«

Jalo lächelte schief. »Ein häßliches Wort, aber es, äh, ist durchaus angemessen. Wie dem auch sei: Ich bin in guter Gesellschaft: Die Company stahl Stratamaschinen und die monomolekulare Leinentechnik.«

»Das ist nicht wahr. Beides dient dem Wohl der Allgemeinheit.«

»Na schön: Dann wird der Profit, den wir bei unserer Reise erzielen, zu meinem Allgemeinwohl eingesetzt. Ich bin der Ansicht, daß man mir etwas schuldet. Wissen Sie, ich kannte LeVine und die anderen. Man hat mich zusammen mit ihnen ausgebildet. Jetzt verlange ich den Lohn. Ich habe das große Los gezogen.«

Etwas Kleines und Schwarzes hüpfte hinter Jalo durch die Tür. Marco war so sehr entschlossen, sich dem menschlichen Gebaren anzupassen, daß er versucht hatte, den Raben in ein Haustier zu verwandeln. Der Vogel wollte jetzt gefüttert werden.

»Ich brauche Hilfe«, sagte Jalo.

»Sie haben eine Tasche, die sich immer wieder mit Geld füllt«, meinte Kin. »Das klingt tatsächlich nach dem großen Los.«

»Es ist noch gar nichts. Mit diesem Schiff und den Waffen an Bord können wir am Ziel unserer Reise eine eigene Company gründen.« Jalo griff in eine Tasche seines Overalls und holte eine Navigationsspule hervor. »Die Daten sind hier drin gespeichert.«

»Ich würde ef vorziehen, die Difkuffion fortzufetzen, ohne dabei von einer Piftole bedroht zu werden«, formulierte Silver mühsam. »Ich finde daf nicht fehr höflich.«

Der Rabe flog, landete auf Jalos Schulter und kreischte laut …

… Dutzende von Clipe-Nadeln bohrten sich in die Decke …

… Marco bewegte sich so schnell, daß er den Eindruck erweckte, eine Anderswo-Matrix zu benutzen. Praktisch von einem Augenblick zum anderen hockte er auf dem am Boden liegenden Jalo, hielt die Pistole in der einen Hand und hob die drei anderen, um den Schädel des Mannes zu zertrümmern …

… Er blinzelte und schien wie aus einem Traum zu erwachen.

Er sah auf Jalo hinab und beugte sich vor.

»Er ist tot«, sagte er verblüfft. »Ohne daß ich ihn geschlagen habe.«

Kin kniete neben dem Reglosen.

»Er war schon tot, noch bevor Sie ihn angriffen.«

Sie hatte gesehen, wie Jalo unmittelbar nach dem Schrei des Vogels erbleichte. Er war bereits zu Boden gesunken, als ihn Marco erreichte.

Da Jago Jalo gerade erst gestorben war, lohnte die Mühe, ihn in den Medosarg des Schiffes zu schieben, an dem sofort rote Lichter aufglühten. Kin überprüfte die Anzeigen des Diagnoseschirms: Gewebschäden in Zellen und Organen, selbst im Gehirn. Wenn sie zu einer Menschenwelt zurückkehrten, würde der Tote sechs Monate in einem Auferstehungsbottich verbringen müssen, um wieder zu leben.

»Ein Herzinfarkt?« fragte Silver.

»Ein massiver«, bestätigte Kin. »Er hat Glück.«

Stille folgte. Als sich Kin umdrehte, bemerkte sie den erstaunten Blick der Shand.

»Herzinfarkte sind kein Problem«, erklärte sie. »Sie lassen sich ganz einfach behandeln. Wenn Marco ihn mit seinen Fäusten bearbeitet hätte, wäre kaum genug für den Rekonvaleszenztank übriggeblieben. Er hat Marco *bedroht.*«

Silver nickte. »Kung sind paranoid. Aber er verhält sich auch wie ein Mensch.«

»Beobachten Sie, wie er ein Zimmer betritt. Er geht wie jemand, der ständig zum Kampf bereit ist. Kung wissen überhaupt nicht, was Furcht bedeutet.«

»Na schön«, räumte Silver ein. »Halb Kung und halb Mensch. Nun, *ich* weiß, was Furcht bedeutet, und derzeit fürchte ich mich.«

»Ja, das sehe ich ...«

(Einige Sekunden des Schwindels, eine Ewigkeit der Verzweiflung ...)

Als Kins Augen dem Hirn wieder Informationen übermittelten, sah sie durchs Kabinenfenster. Das Schiff schien von einem Nebel voller Eisberge umgeben zu sein.

Wie aus weiter Ferne hörte sie das Heulen eines Alarmsignals, das ganz plötzlich verstummte.

Dunstumhüllte Sterne boten sich ihrem Blick dar, und gleichzeitig spürte sie, daß sie in der Kabine schwebte — es gab keine Gravitation mehr. Eine bewußtlose Silver driftete an der Decke entlang.

Rekapitulieren wir, dachte Kin. *Das Schiff schwamm auf dem See, und jetzt treibt es durchs All. Draußen befindet sich gefrorene Luft und ein großer Teil des Sees, woraus folgt: Auf Kung toben jetzt sicher Stürme, weil das Anderswo-Feld des Schiffes mehrere Kubikmeter Luft und Wasser in den Raum mitgenommen hat ...*

Im freien Fall fühlte sich Kins natürliches Genie ein wenig beengt. Sie ruderte mit Armen und Beinen, stieß sich an den Wänden ab und gelangte schließlich in den Kontrollraum, wo Marco wie eine Spinne an der Hauptkonsole hockte. Er reagierte erst, als sie ihm ins Ohr schrie.

Mühelos zog er Kin näher und drehte sie um, bis sie den großen Bildschirm auf der anderen Seite sah.

Eine Zeitlang starrte sie mit offenem Mund.

Nach einer Weile holte sie Silver, die in der Krankenstation eine leichte Kopfverletzung behandelte und dabei in mehreren Sprachen fluchte.

Sie eilten in die Kontrollkammer und sahen sich den Film an.

»Ich habe Jalos Spule dem Navigator eingegeben«, sagte Marco schließlich. »Sie enthielt auch das hier.«

»Zeigen Sie uns die Aufzeichnung noch einmal«, bat Kin. »Einige bestimmte Stellen möchte ich mir genauer ansehen.«

»Die Bildqualität ist außergewöhnlich gut«, lobte Marco.

»Kein Wunder. Wahrscheinlich sollten diese Aufnahmen viele Parsec weit gesendet werden.«

»Wenn ich Fie für ein paar Fekunden unterbrechen darf ...« Silver griff nach ihren Stoßzähnen und drehte sie.

Kin beobachtete mit einer Mischung aus Faszination und Entsetzen, wie die beiden langen Hauer abgeschraubt und in einem Lederkoffer verstaut wurden. Sie hatte schon mehrmals Shand ohne Stoßzähne gesehen, aber dabei handelte es sich ausnahmslos um Kinder oder verurteilte Verbrecher.

»Eine gute Linguistin muß zu Zugeständnissen bereit sein«, verkündete Silver mit fehlerloser Allsprache. »Glauben Sie vielleicht, daß ich mich der Operation ohne verborgene Scham und umfassende Gewissensprüfungen unterzogen habe? Marco Fernreiser, erscheine ich Ihnen als eine leicht reizbare Person, der es an Humor mangelt?«

»Nein. Warum?«

»Wenn Sie ein derartiges Manöver wiederholen, bringe ich Sie um.«

Kin hielt Diplomatie für angebracht. »Ich dachte, so etwas sei unmöglich.«

Marco musterte die beiden Frauen nacheinander.

»Es ist nicht unmöglich, nur sehr schwierig und natürlich ungesetzlich«, erwiderte er ruhig. »Wenn einem dabei ein Fehler unterläuft, endet man mitten in der nächsten Sonne. Was Ihren, äh, Hinweis betrifft, Silver — ich habe ihn zur Kenntnis genommen.«

Shand und Kung nickten ernst.

»Gut«, sagte Kin heiter. »In Ordnung. Zeigen Sie uns jetzt noch einmal den Film.«

Entweder waren die Bilder echt, oder Jalo besaß ein beachtliches Talent für Spezialeffekte.

Es mochte sich um die Polarregionen der Neuen Erde oder irgendeinen Ort auf Serendipity handeln. Njal und Milkgaard kamen nicht in Frage, denn dort gab es keine Vögel, und in einer Aufnahme bemerkte Kin einen Vogelschwarm in der Ferne. Doch als Silver den elektronischen Zoom aktivierte, stellte sich heraus, daß es keine Vögel sein konnten. In der Vergrößerung sahen sie Pferdeköpfe, schwarze Schuppen und fledermausartige Schwingen. Die menschliche Geschichte bot eine Bezeichnung für solche Geschöpfe an, und in Kins Bewußtsein entfaltete sich das Wort *Drachen.*

Sie beobachteten ein weites Meer, und wenn die Wellen normale Größe hatten, so mußte das schlangenartige Ungeheuer im Zentrum des Bildes einen Kilometer lang sein.

Sie beobachteten weit entfernte Städte. Sie beobachteten mehrere Sonnenuntergänge, und bei mindestens einem schwebte die Kamera weit oben. Sie beobachteten den nächtlichen Sternenhimmel.

»Bitte noch einmal den Sonnenuntergang von oben!« verlangte Kin. »Was stimmt damit nicht?«

»Der Horizont ist seltsam«, antwortete Marco.

Das war er tatsächlich: Die Wölbung erwies sich als erstaunlich flach. Noch etwas anderes fiel Kin auf, etwas, das sie nicht genau zu bestimmen vermochte.

»Abgesehen davon könnte es eine gewöhnliche Menschenwelt sein«, meinte Silver.

»Komisch«, murmelte Kin. »Jalo sprach von einer flachen Erde, nicht nur von einer flachen Welt.«

»Das überrascht mich kaum. Nur die Menschen haben sich den primitiven Vorstellungen von einer flachen Welt hingegeben.« Marco betätigte einige Taste, woraufhin der Schirm wieder den Sternenhimmel zeigte. »Sehen Sie in den kulturhistorischen Lexika nach, wenn Sie mir nicht glauben. Kung waren immer davon überzeugt, im Innern einer Kugel zu leben, und bei den Shandi hing der Große Zwilling am Himmel, um sie mit den Grundlagen der Kosmologie vertraut zu machen.«

Kin winkte ab. Später fand sie Zeit, Marcos Behauptungen in der Schiffsbibliothek zu überprüfen. Er hatte recht, aber was bewies das schon? Daß Menschen ein bißchen dumm und sehr egozentrisch waren? Darüber wußten die Aliens längst Bescheid.

»Wir sind bestimmt in der Lage, die genaue Natur der flachen Welt zu ermitteln«, sagte Marco. »Sobald wir sie erreichen.«

»Einen Augenblick!« Kin hob die Hand. »Immer mit der Ruhe. Was soll das heißen, *sobald wir sie erreichen?*«

Der Kung warf ihr einen vernichtenden Blick zu. »Ich habe den Navigator bereits programmiert. Sie hören bestimmt das lauter werdende Summen, nicht wahr? Es stammt von den Matrix-Akkumulatoren, die gerade geladen werden.«

»Wo sind wir jetzt?«

»Eine halbe Million Kilometer von Kung entfernt.«

»Ich schlage vor, Sie landen und lassen mich aussteigen. Ich komme nicht mit!«

»Welche Pläne haben Sie dann?«

Kin zögerte. »Nun, wir könnten Jalo in eine Auferstehungsklinik bringen«, erwiderte sie schließlich. »Wir könnten warten und, äh, und ...«

Sie brachte den Satz nicht zu Ende. Er klang kläglich, selbst für die eigenen Ohren.

»Wir haben den Kurs, das Schiff und die Zeit«, betonte Marco. »Im Medosarg ist Jalo gut aufgehoben; dort passiert ihm nichts. Wenn wir warten, müssen wir gewisse Dinge erklären. Dann will die Company bestimmt wissen, warum Sie ihr bestimmte Informationen vorenthalten haben.«

Kin sah Silver an, als erhoffe sie sich Hilfe von ihr, doch die Shand nickte ernst. »Ich möchte mir diese Gelegenheit nicht entgehen lassen«, sagte sie.

»Hören Sie«, begann Kin, »es schien eine gute Idee zu sein, zusammen mit Jalo aufzubrechen, nicht wahr? Aber jetzt gibt es niemanden, der uns erklärt, womit wir am Ziel rechnen müssen. Ich rate nur zu Vernunft und Vorsicht.«

»Soviel zur vielgepriesenen Affenneugier«, wandte sich Marco an Silver. »Soviel zur Dynamik des Menschen, ihrem Tatendrang ...«

»Sie sind ja verrückt, Sie beide!«

Marco hob die Schultern — angesichts seiner vier Arme eine recht beeindruckende Geste — und stand auf. »Also gut«, brummte er. »Fliegen Sie uns zurück.«

Kin ließ sich in den Pilotensessel sinken und zog den Umschirm herunter. Sie blickte auf die Konsole, die sie fast ganz umgab und nur hinten eine Öffnung ließ. Einige Anzeigen und Schaltkomponenten wirkten irgendwie vertraut. Mit den schwarzen Reglern kontrollierte man vermutlich Luftfeuchtigkeit und Temperatur. Der Rest erschien ihr völlig unverständlich. Kin war an Schiffe mit Hochleistungscomputern gewöhnt.

»Ich kann diesen Raumer nicht fliegen!« stieß sie hervor. »Und das wissen Sie genau!«

»Freut mich, daß Sie uns auch weiterhin begleiten wollen.« Marco warf einen Blick aufs Chronometer. »Sie sollten ein wenig schlafen. Das gilt auch für Sie, Silver.«

Kin lag auf ihrer Koje und überlegte. Sie dachte daran, wie schnell Einstellungen gegenüber Aliens zu Klischees wurden. Kung litten an Verfolgungswahn, waren blutdürstig und abergläubisch. Shandi waren ruhig, blutdürstig und verschlangen manchmal andere Leute. Shandi und Kung hielten Menschen für blutdürstig, tollkühn und stolz. Alle glaubten, Ehft seien komisch, und niemand wußte, mit welchen Haltungen Ehfts dem Rest des Universums begegneten.

Es stimmte schon: Einmal, während der schlimmen Zeit, hatten vier Kung ein gelandetes Raumschiff mit Menschen an Bord angegriffen und fünfunddreißig Besatzungsmitglieder getötet, bevor der letzte Kung unter dem Gewicht der Clipe-Nadeln zusammenbrach. Es stimmte auch, daß Shandi bei bestimmten, aus diplomatischer Höflichkeit in Vergessenheit geratenen Gelegenheiten andere intelligente Wesen verspeist hatten, meist im Verlauf von feierlichen Zeremonien. Na und? Wie konnte man solche Vorgänge bewerten, ohne wie ein Alien zu denken?

Wenn wir dem Ungewohnten begegnen, so begnügen wir uns mit schablonenhaften Vorstellungen, fuhr es Kin durch den Sinn. *Nur auf diese Weise kommen wir miteinander aus. In unserer Phantasie werden Aliens zu Menschen in einer anderen Gestalt, obwohl uns die unterschiedliche Gravitation auf dem Amboß fremder Welten schmiedete ...*

Sie setzte sich im Dunkeln auf und lauschte. Das Schiff summte vor sich hin.

Nackt wanderte sie durch den Äquatorialkorridor. Irgend etwas hatte die ganze Zeit über ihr Unterbewußtsein beschäftigt und verlangte nun mehr Aufmerksamkeit ...

Zehn Minuten später betrat Kin den Kontrollraum, und dort saß der Kung noch immer unter dem Umschirm. »Marco?«

Er duckte sich, drückte den Schirm nach oben und lächelte.

»Alles ist in bester Ordnung. Was halten Sie da in der Hand? Sieht aus wie eine geschmolzene Kunststoffskulptur.«

»Das ist von dem Käfig des Raben übriggeblieben«, erwiderte Kin. »Bioplastik. Schmelzpunkt über tausend Grad. Ich hab's in der Luftschleuse gefunden.« Sie warf ihm die formlose Masse zu.

Marco drehte sie hin und her, hob dann die Schultern.

»Und? Sind Raben intelligent?«

»Mag sein. Aber sie schleppen keine Schneidbrenner mit sich herum.«

Eine Zeitlang schwiegen sie und beobachteten den geschmolzenen Kasten.

»Vielleicht steckt Jalo dahinter«, murmelte Marco unsicher. »Nein, das ergibt keinen Sinn — der Vogel überraschte ihn.«

»Gelinde gesagt, ja. Derartige Rätsel gefallen mir nicht, Marco. Haben Sie den Raben gesehen?«

»Zum letztenmal während des Zwischenfalls mit Jalo. Hmm.« Der Kung streckte einen dürren Arm aus und drückte die Paniktaste des Schiffes.

Glocken läuteten; Sirenen heulten. Vierzig Sekunden später stürmte Silver herein, und an ihrem Pelz klebte noch zerdrückter Schnee aus der Schlafgrube. Als sie die erwartungsvollen Blicke der beiden anderen sah, blieb sie ruckartig stehen und knurrte.

»Ein menschlicher Scherz?« erkundigte sie sich. Kin und Marco erklärten ihr alles.

»Das ist wirklich seltsam«, pflichtete die Shand ihren Gefährten bei. »Sollen wir das ganze Schiff durchsuchen?«

Marco hielt einen längeren Vortrag, bei dem es um winzige Schlupflöcher an Bord eines Raumschiffs ging. Er fügte Einzelheiten darüber hinzu, was geschehen mochte, wenn etwas Kleines und Gefiedertes in eine Ergröhre kroch oder das falsche Kabel berührte.

»Na schön«, sagte Kin. »Was unternehmen wir jetzt?«

»Kehren Sie in Ihre Kabinen zurück«, riet Marco. »Versiegeln Sie das Schott und suchen Sie nach dem Vogel. Ich pumpe die Luft aus dem Rest des Schiffes. Die übliche Methode der Ungezieferbekämpfung.«

»Dadurch töten Sie den Raben«, wandte Kin ein.

»Was ich nicht sehr bedauern würde.«

Später saß Marco an den Kontrollen und dachte über den Vogel nach, während er beobachtete, wie das energetische Niveau im Ringfeld stieg. Nach einer Weile verdrängte er den Gedanken daran und fragte sich stattdessen, ob die anderen gesehen hatten, wie er nach Jalos Tod die magische Geldtasche versteckte. Eine reine Vorsichtsmaßnahme ...

Silver drehte sich in der Schneegrube auf die andere Seite — der ambientale Prozessor ihrer Kabine war auf ein Shand-Biotop programmiert — und überlegte, ob die anderen wußten, daß sie das magische Portemonnaie aus Marcos Versteck geholt und an einem sicheren Ort untergebracht hatte. Um es später eingehend zu untersuchen ...

Kin lag erneut auf ihrer Koje und betrachtete das rote Licht, das sie vor dem Vakuum im Korridor warnte. Sie empfand ein wenig Mitleid für den Raben. Dann fragte sie sich, ob die anderen ahnten, daß sie die magische Geldtasche aus Silvers Versteck genommen und während eines Anderswo-Sprungs in den Abfallschlucker geworfen hatte. Inzwischen war sie vermutlich zum Ende des Universums unterwegs, angetrieben vom Rückstoß der Tagesscheine, die ständig aus ihrer Öffnung glitten.

An Bord des Schiffes gab es ingesamt vier Rettungsschleusen, die man während des Baus installiert hatte, um die Vorschriften der Handelskammer zu berücksichtigen. Ihr Zweck: Wenn es zu einer plötzlichen Dekompression kam, konnten Besatzungsmitglieder in ihnen Zuflucht suchen, anstatt wertvolle Zeit damit zu verlieren, in einen Schutzanzug zu klettern. Sie waren zweifellos das Ergebnis einer guten Idee.

Die großen roten Kontrollampen an den Innenluken sollten blinken, um die Aufmerksamkeit von Rettungsmannschaften zu wecken. Eine von ihnen blitzte nun in regelmäßigen Abständen, aber niemand sah es.

In der Schleuse schlossen sich zwei Krallen um den Druckhebel. Der Rabe hielt den Schnabel dicht an die Luftdüse und dachte ans Überleben.

Während jeder Reise gibt es langweilige Phasen, und Silver nutzte eine davon, um in der Bordbibliothek nach Informationen über die *Beständige Schöpfung* zu suchen. Die große Datenbank konnte ihr zwar kein Exemplar zur Verfügung stellen, bot jedoch ein Exzerpt aus *Literatur von zehn Welten* an — 167 Zeilen über den Beitrag des Buches für die Wiederentdeckung der Papierherstellung.

›Das Verdienst dieses Werkes besteht in erster Linie darin, daß es einige Dutzend Stränge der archäologischen, paläontologischen und astronomischen Forschung miteinander verknüpfte und daraus das Gewebe der *Theorie* schuf. Jetzt läßt sich leicht behaupten, die Theorie sei überzeugend gewesen. Es stimmt: Sie *war* überzeugend — so überzeugend, daß sie im verborgenen ruhte. Doch nicht für eine Planetendesignerin, die in Begriffen sekundärer Schöpfung dachte und außerdem viel las.‹

Die Theorie lautete folgendermaßen:

Es gab die Spindler, dermaßen telepathische Telepathen, daß wegen der mentalen Statik nicht mehr als tausend von ihnen gleichzeitig auf einer Welt sein konnten. Und wir Menschen dachten, ein Bevölkerungsproblem zu haben. Sie hinterließen Bibliotheken und wissenschaftliche Geräte, und man wußte bereits, daß sie Planeten umformen und ihren Wünschen anpassen konnten. Sie brauchten Platz, um zu denken. Sie waren stolz. Als sie auf Bery unter einem Kilometer Granit die Reste einer Stratamaschine der Rädler fanden, fühlten sie sich in ihrem Stolz verletzt. Die Spindler mußten sich der für sie sehr bitteren Erkenntnis stellen, daß sie nicht — wie bisher angenommen — die ersten Herren der Schöpfung waren: Eine halbe Milliarde Jahre vor ihnen hatten die Rädler dem Universum ihren Stempel aufgedrückt. Der Schock traf die Spindler so sehr, daß sie den Spaß an der Fortpflanzung verloren.

Eins ihrer Raumschiffe, zufälligerweise mit Datenmodulen bestückt, kam der Erde schließlich nahe genug, um von den Menschen entdeckt zu werden. In dem meteoritenzerkratzten Rumpf fand man drei Mumien. Die Besatzung. Nur drei Personen.

Der Durchmesser des Schiffes hatte mehr als hundertsechzig Kilometer betragen, und der größte Teil war leer. Platz, um zu *denken* ...

Die Rädler, Halbkugeln aus Silizium, bewegten sich mit drei organischen Rädern. Von der Besatzung blieben nur Schale und Räder übrig, doch das Sedimentgestein einiger Welten enthielt die zusammengepreßten Reste von Rädler-Städten. Bald stieß man auch auf andere Relikte ihrer Kultur.

Die Rädler hatten Spuren eines anderen Volkes gefunden, der sogenannten Paläotechs. Angeblich waren die Paläotechs für die Entstehung der Population-II-Sterne und ihrer Planeten verantwortlich. Eine ihrer Spezialitäten hatte darin bestanden, Novä als Schmelztiegel für die Erzeugung schwerer Elemente zu benutzen. Warum? Warum nicht? Es fiel sehr schwer, die Paläotechs zu verstehen. (Es gelang Kin Arad zu ihrer großen Zufriedenheit, wenigstens die Frage zu beantworten, warum Paläotechs Sterne geschaffen hatten: ›Weil sie es konnten.‹)

Einmal fiel irgendwo im interstellaren Raum ein

Schiff aus dem Anderswo-Transfer, um die Bordsysteme zu reparieren, und es entdeckte einen Paläotech — tot, zumindest nach menschlichen Maßstäben. (Obgleich Kin Arad darauf hingewiesen hat, daß Paläotechs unter anderen zeitlichen Bedingungen lebten. Die leblos wirkende Masse hätte sehr lebendig und aktiv sein können, wenn man dabei die langsame metagalaktische Zeit berücksichtigte.) Es handelte sich um eine dünnwandige Röhre, fast eine Million Kilometer lang.

Rädler-Legenden berichteten von einer glattpolierten Welt mit der eingravierten Geschichte der Paläotechs. Dazu gehörten die Sagen über die präpaläotechnischen ChTones, die Riesensonnen aus kaltem Staub kneteten, und den RAIM, deren Stoffwechselsystem den Kosmos mit Wasserstoff anreicherte ...

So lautete die Theorie: Völker kamen, paßten das Universum ihrer Lebensweise an und gingen. Aus den Ruinen ihrer Hinterlassenschaften erhoben sich andere Völker, gaben dem Universum eine neue Gestalt und starben. Wieder andere Völker entstanden ... Eine lange Kette, die bis zum prätotalen Nichts zurückreichte. Beständige Schöpfung. Nie hatte ein *natürliches* Universum existiert.

(Einmal hörte Kin, wie ein Redner abfällig über die Spindler sprach, weil sie Welten manipuliert hatten. Sie stand auf und sagte: »Na und? Andernfalls wäre die Erde noch immer ein Haufen aus heißen Felsen und giftigen Wolken. Die Spindler änderten das und brachten uns einen großen Mond. Und damit noch nicht genug: Sie schenkten uns eine Vergangenheit. Mit ihren Stratamaschinen gaben sie uns Fossilien von Dingen, die nie lebten. Ichthyosaurier und Seelilien und Kreide und Urmeere. Vielleicht fühlten sie sich nur wohl, wenn sie einige hundert Meter Fossilienschichten unter sich wußten. Vielleicht fanden sie nur Ruhe, wenn der nächste Spindler mindestens achtzig Kilometer entfernt war. Aber *ich* glaube, daß sie solche Dinge schufen, weil sie darin eine Kunst sahen. Sie wußten nicht, ob sie irgendwann einmal jemanden damit erstaunen würden, aber sie machten sich trotzdem an die Arbeit.«)

Kin fand Gelegenheit, sich den Inhalt der Waffenkammer anzusehen. Wenn Marco das Schiff zu einer Welt geflogen hätte, auf der sich die Regierung mit allen Mitteln an der Macht festklammerte ... Diese Vorrichtungen genügten, um eine ganze Rebellenarmee auszurüsten. Kin bemerkte ein komplettes Raketensystem und mehrere Gestelle mit kleinen Waffen, die den Eindruck erweckten, von Jalo nach historischen Vorlagen hergestellt worden zu sein. Mit einer Pistole konnte man scharfkantige Holzgeschosse *abfeuern*. Warum?

Das Schiff — niemand hielt sich damit auf, ihm einen Namen zu geben — kehrte in den Normalraum zurück. Marcos Hände schwebten über den Kontrollen, als er auf eine Begrüßungssalve wartete.

Niemand nahm sie unter Beschuß. Es befand sich nicht einmal eine Sonne in der Nähe.

»Wir sind noch immer am Rand des erforschten Alls«, sagte Marco. »Der blaue Riese dort ist Dagda Secundus, etwa ein halbes Lichtjahr entfernt.«

»Nun, wir sind *hier,* aber *wo?*« fragte Kin. »Ein solcher Stern müßte eigentlich Planeten haben, insbesondere hübsch sonnige.«

»Der Computer hat gerade mit der Ortungssequenz begonnen«, erwiderte Marco verdrießlich. »Es ist wie mit der Suche nach der Nadel im Heuhaufen. Vielleicht finden wir einen kleinen Eisball mit einer Orbitalgeschwindigkeit von zwanzig Knoten.«

»Inzwischen könnten wir etwas essen«, schlug Silver vor.

Jeder bestellte sich eine Mahlzeit vom Robotkellner, und anschließend kehrten sie in den Kontrollraum zurück.

»Geben wir dem Computer eine Stunde Zeit«, meinte Kin. »Dieser Raumbereich ist bereits erforscht worden.

Zum Teufel auch: Kann er hier etwas finden, das die Sondierungsgruppen übersehen haben?«

»Ich bezweifle, ob man hier draußen aufmerksam Ausschau gehalten hat«, sagte Silver. Ein kurzes Schwindelgefühl folgte, als das Schiff einige Millionen Kilometer weit sprang, damit der Computer eine Parallaxenmessung vornehmen konnte.

»Wir fliegen noch immer auf dem von Jalo programmierten Kurs«, meinte Marco. »Wenn er in der Navigationsspule falsche Daten gespeichert hat ...«

Ein elektronisches Zirpen erklang. Marco eilte zum Pilotensessel und justierte die Bildschirmkontrollen.

Der maximale Vergrößerungsfaktor zeigte einen kleinen verschwommenen Fleck. Eine Zeitlang beobachteten sie ihn stumm.

»Nur ein Planet«, murmelte Kin.

»Aber angesichts der großen Entfernung ziemlich hell«, entgegnete Marco. »Auf Hochglanz poliertes Eis?«

Silver hüstelte diskret. »Ich bin kein Astronom«, verkündete sie in einem entschuldigenden Tonfall. »Aber ich glaube, hier stimmt etwas nicht ...«

»Kein Eis?« brummte Marco. »Aber vielleicht Helium IV.«

»Sie mißverstehen mich«, sagte die Shand. »Der helle Fleck sollte der Sonne *zugeneigt* sein, oder?«

Sie starrten auf den Schirm. »Bei allen Teufeln, sie hat recht!« entfuhr es Marco. Er blickte auf die Anzeigen. »Das Objekt ist etwa siebenhundert Millionen Kilometer entfernt. Ein einzelner Sprung sollte genügen. Äh ...«

Einige Sekunden lang hingen seine Hände wie ein Falkenschwarm über den Tasten und Schaltern.

Dann sanken sie herab.

Der Himmel fiel ihnen entgegen. Tranceartig drehte Marco das Schiff — und unter ihnen, wie eine mit Edelsteinen gefüllte Schale, erstreckte sich die flache Erde.

Mehrere Vergleiche kamen einem in den Sinn: ein Teller voller Kontinente; ein Münze, hochgeworfen von einem unschlüssigen Gott.

Das Schiff beendete den Anderswo-Transfer etwa dreißigtausend Kilometer davon entfernt und genau darüber. Kin betrachtete eine dunstige Karte aus schwarzem Land und silbrigen Meeren, über denen fransige, vom Mondschein erhellte Wolken schwebten. Sie bemerkte eine — Arad hatte es nun zum erstenmal mit einer flachen Welt zu tun und suchte nach den richtigen Ausdrücken — Polarkappe an der einen Scheibenseite.

Mondschein? Es gab tatsächlich einen Mond, einige tausend Kilometer über der Flachwelt, und er *glänzte.* Reflektiertes Licht kam nicht in Frage. Hier gab es nichts, was reflektiert werden konnte. Und dann Sterne — sie funkelten zwischen dem Schiff und der Scheibe.

Eine Dunstglocke umhüllte das schattige Oval. Marco nahm die emotionslosen Informationen des Computers entgegen und übersetzte sie für seine Gefährten. Die Scheibe befand sich innerhalb einer transparenten Sphäre, die rund fünfundzwanzigtausend Kilometer durchmaß, und die Sterne (»Ich weiß, daß es absurd klingt, aber es ist tatsächlich so, Kin!«) waren daran befestigt.

Eine Kante der Flachwelt glühte heller. Grünes Feuer schien dort zu lodern und breitete sich am Rand aus, bis Kin und ihre Begleiter glaubten, durch ein von smaragdfarbenen und silbernen Flammen gesäumtes Loch im All zu sehen. Dann wuchs dem Rand ein Juwel, und das Feuer erlosch. Die Sonne ging auf — eine winzige Sonne.

Der Computer behauptete, sie sei ein externer Fusionsreaktor. Aber das Ding sah wie eine Sonne aus.

Daran werde ich mich immer erinnern, dachte Kin. *An das grüne Feuer des Sonnenaufgangs, hervorgerufen von dem Meer, das die Scheibenwelt umgibt, über den Rand fließt und einen mehr als fünfzigtausend Kilometer breiten Wasserfall bildet. Durch diese Fluten scheint die Sonne ... Kein Wunder, daß Jalo verrückt war.*

Das Licht der Morgendämmerung eilte über die Scheibe. Silver reagierte als erste, indem sie leise lachte.

»Der Mann sprach von einer flachen Erde, nicht wahr?« vergewisserte sie sich. »Allem Anschein nach sagte er die Wahrheit.«

Kin sah genauer hin. Die Kontinente waren anders angeordnet, und offenbar fehlte Amerika. Ansonsten erinnerte alles an die Erde — sie erkannte Europa. Die Erde. Flach.

Marco steuerte das Schiff in einen schnellen Orbit, und drei Stunden lang verließ niemand den Kontrollraum. Selbst Silver verzichtete auf eine Mahlzeit und nährte sich statt dessen von Neugier.

Sie beobachteten, wie der Wasserfall durch den Vergrößerungsfokus glitt. Einige Felseninseln ragten über den Rand, manche von Bäumen bewachsen. Unter den Vorsprüngen gähnte ein achthundert Kilometer tiefer Abgrund aus Dampf und Gischt. Doch die Scheibenwelt selbst war nur acht Kilometer dick. Unter ihr zeigte sich eine pechschwarze Ebene.

»Früher glaubten manche Menschen, die Welt sei flach und ruhe auf den Rücken von vier Elefanten«, erklärte Silver.

»Ach?« erwiderte Kin. »Und worauf standen die Elefanten?«

»Auf einer riesigen Schildkröte, die vom Anfang bis zum Ende der Zeit durchs All schwamm.«

Kin dachte darüber nach. »Eine unsinnige Vorstellung«, kommentierte sie. »Was atmete denn die Schildkröte?«

»Keine Ahnung. Es ist der Mythos *Ihres* Volkes.«

»Ich wüßte gern, wie das Meer dauernd über den Rand fließen kann.«

»Vermutlich enthält der Dampf ein Molekülsieb«, sagte Marco, ohne von den Anzeigen aufzusehen. »Wie dem auch sei: Die Installation ist nicht weiter wichtig. Wo sind die Bewohner? Es handelt sich ganz offensichtlich um ein Artefakt, um eine künstliche Welt.«

»Versucht denn niemand, mit uns Kontakt aufzunehmen?«

»Hören Sie, wie ich am Interkom spreche?«

»Ich schätze, das bedeutet *nein.* Nun, vielleicht ist es besser so. Ich muß immer wieder an die Waffen im Laderaum denken.«

»Der Gedanke daran läßt mich kaum los. Ich glaube kaum, daß Jalo Seeschlangen jagen wollte. Und noch etwas: Wer fähig ist, ein solches Artefakt zu konstruieren, hat sicher keinen Grund, sich vor irgendwelchen Waffen zu fürchten, die wir mitbringen könnten.«

»Vielleicht sind die Bewohner tot«, vermutete Silver. Kin und Marco wechselten einen kurzen Blick.

»Unwahrscheinlich«, erwiderte der Kung. »Ich nehme eher an, sie sind über die schlichte physische Existenz hinausgewachsen. Möglicherweise ergründen sie gerade das Unergründliche.«

»Eines Tages steht ihnen bestimmt eine unangenehme Überraschung bevor«, murmelte Kin. »Diese Anlage benötigt gewaltige Energiemengen, um in Betrieb zu bleiben. Die Umlaufbahn der Sonne ist völlig falsch. Was hindert die Meere daran, vollkommen auszutrocknen? Warum die künstlichen Sterne, obwohl es hier draußen genug echte gibt?«

»Zumindest die letzte Frage kann ich beantworten«, meinte Marco. »Allem Anschein nach ist die große Sphäre nur von außen durchsichtig. Wir können hineinsehen, aber die Bewohner nicht hinaus. Der Grund? Ich habe nicht die geringste Ahnung.«

»Sollen wir landen?« fragte Silver.

»Und wie passieren wir die Sphärenbarriere?« erkundigte sich Kin.

Marco schnitt eine Grimasse. »Ganz einfach. Sie weist ein Loch von achtzig Meter Durchmesser auf. Vor einigen Minuten sind wir dicht daran vorbeigekommen.«

»*Was?*«

»Sie hatten nur Augen für den Wasserfall, und außerdem schien es keine große Rolle zu spielen. Die Bewohner der Flachwelt betreiben zweifellos Raumfahrt.«

Eine halbe Stunde später verharrte das Schiff über dem Loch. Seine Form erinnerte an eine Ellipse, und die Ränder wirkten geschmolzen. *Vielleicht hat man die Fusionsflamme eines Raumschifftriebwerks wie ein energetisches Skalpell benutzt,* überlegte Kin. *Oder es wurde ein geologischer Laser eingesetzt. Sind Terminussonden damit ausgerüstet? Wahrscheinlich.*

»Wir sind noch immer ein ganzes Stück über der Atmosphäre«, sagte Marco. »Ich hoffe, die Bewohner der Scheibenwelt haben nichts gegen Leute, die ihnen Löcher in den Himmel bohren.«

»Wir könnten ihnen anbieten, die Reparaturkosten zu übernehmen«, entgegnete Silver.

Kin fragte sich, ob die Shand scherzte. Warum sollte jemandem daran gelegen sein, sich auf diese Weise vom Universum zu isolieren? Das erschien nur dann sinnvoll, wenn die Bewohner der Flachwelt durch und durch verrückt waren. *Selbst wenn sie zu Anfang vernünftig gewesen sind,* setzte Kin ihren Gedankengang fort, *müssen sie inzwischen völlig übergeschnappt sein.*

»Nein«, sagte sie laut, »wenn sie verrückt gewesen wären, hätten sie so etwas nicht bauen können.«

»Es sieht wie die Erde aus, und Erdler sind verrückt«, stellte Silver fest. »Die Menschen haben nicht zufällig geheime Welten gebaut?«

»Nein ...«, begann Kin und fühlte die mißtrauischen Blicke ihrer beiden Gefährten. »Ich weiß es nicht«, schränkte sie unsicher ein. »Ich gebe zu, daß einiges darauf hindeutet.«

»In der Tat«, bestätigte Marco.

»Und ob«, pflichtete ihm Silver bei.

»Luft anhalten!« rief der Kung. »Das Loch ist gerade groß genug. Wir fliegen hindurch.«

Das Schiff passierte die Öffnung, und es blieben nur einige Meter Platz. Die Kollisionsdetektoren schrillten und heulten noch immer, als Kin den Kopf hob und ein Raumschiff sah, daß ihnen entgegenraste.

Es traf einen der Laderäume, riß den Rumpf auf und schleuderte das Schiff über den Himmel. Sicherheitsschotten schlossen sich, und einige Sekunden später erzitterte der Kontrollraum erneut, als er sich in eine Überlebenskapsel verwandelte und vom Rest des Raumers löste.

Die Schäden an Bord des Schiffes waren nichts im Vergleich mit dem Schicksal des Angreifers: Er platzte auseinander.

Blaugrüne Teile sausten davon, und als Kin aufstand, zeigten die Bildschirme glitzernden Funkenregen.

Das Innenschott der Notschleuse glitt beiseite, und Marco sprang herein. Mit zwei Händen griff er nach dem Helm seines Schutzanzugs, und in der dritten hielt er ein Lasergewehr aus der anderen Hälfte des Schiffes. Die vierte offenbarte einen langen Glassplitter.

»Sieht aus, als hätte jemand eine Flasche nach uns geworfen«, sagte Kin.

»Dann hat er bemerkenswert gut gezielt«, erwiderte Marco kühl. »Ich kann uns zum Rest des Schiffes zurückbringen, aber es lohnt die Mühe kaum. Wir haben kein Anderswo-Potential mehr. Ich könnte den Generator für ein Abstoßfeld bauen. Der Inhalt unserer Laderäume schwebt zum größten Teil dort draußen, und dazu gehören natürlich auch die Waffen. Die Zusatzsysteme funktionieren einwandfrei. Ich wäre in der Lage, uns allein mit dem Ringrand-Antrieb nach Hause zu fliegen.«

»Dann ist nicht alles verloren«, brummte Silver.

»Nein, aber die Reise würde etwa zweitausend Jahre dauern. Selbst dieses verdammte Gewehr nützt uns nichts. Jemand hielt es für eine gute Idee, die Energiepakete woanders zu verstauen.«

»Also landen wir auf der Flachwelt«, sagte Kin knapp.

»Auf diesen Vorschlag habe ich gewartet«, knurrte Marco. »Nun, in diesem Fall können wir nicht zurück. Nach der Landung ist die Überlebenskapsel nicht imstande, wieder zu starten.«

»Was hat uns getroffen?« fragte Silver. »Ich habe einen zehn Meter großen Ball gesehen ...«

»Ich ahne jetzt, was es gewesen ist.« Kin stöhnte leise.

»Ja, eine Waffe«, sagte Marco. »Ich verstehe nicht ganz, wieso sie vollständig zerstört wurde, aber eins steht fest: Wir hatten ein Anderswo-Schiff; und jetzt haben wir keins mehr. Wir umkreisen die Scheibenwelt noch einmal und landen dann.«

Silver räusperte sich demonstrativ. »Was sollen wir essen?«

Sie brauchten mehrere Stunden, um den Robotkellner aus den Resten des langsam dahintreibenden Schiffes in die Kapsel zu bringen. Kin bestand darauf, daß sie auch den Medosarg mit Jalo holten — sie schlossen ihn ans Notsystem an. Der automatische Kellner verfügte über eine eigene Energiequelle, wie es die Vorschriften verlangten. Niemand wollte seine letzten Stunden an Bord eines Wracks in Gesellschaft hungriger Shandi verbringen.

Die neue Umlaufbahn führte sie rasch am Mond der Flachwelt vorbei. Er schimmerte nun nicht mehr — anscheinend sollte er am Taghimmel der Scheibe unsichtbar sein. Die eine Hemisphäre war schwarz.

»Phasen«, sagte Kin. »Wenn man den Mond an seiner eigenen Achse dreht, bekommt man Phasen.«

»Und wer dreht ihn?« warf Marco ein.

»Was weiß ich? Jene Leute, die hier einen irdischen Himmel simuliert haben. Und sehen Sie mich nicht so an: Ich schwöre, daß diese Welt nicht von Menschen gebaut wurde.«

Kin sprach von künstlichen Welten: Ringe, Scheiben, Dyson-Sphären und Solartunneln.

»Sie funktionieren nicht«, schloß sie ihren Vortrag. »Mit anderen Worten: Sie sind nicht stabil und hängen zu sehr von der Zivilisation ab. Zu viele Dinge können schiefgehen. Glauben Sie, die Company würde Welten terraformen, wenn es billigere Alternativen gäbe? Planeten sind von Bestand. Das ist der Grund. Sie sind für die Ewigkeit geschaffen.

Ich bin auch sicher, daß diese Welt nicht von den Spindlern stammt. Planeten waren *wichtig* für sie. Die Spindler legten großen Wert darauf, dicke Gesteinsschichten unter ihren Füßen zu wissen, und oben wollten sie die Unendlichkeit spüren. Sie konnten diese Dinge irgendwie wahrnehmen. Auf einer *flachen* Welt zu leben ... Es hätte sie um den Verstand gebracht. Außerdem sind sie vor mindestens vier Millionen Jahren ausgestorben, und so alt ist die Scheibe bestimmt nicht. Es sind komplizierte Maschinen erforderlich, um das Chaos von ihr fernzuhalten, und Maschinen müssen früher oder später repariert werden.«

»Dort unten gibt es Städte«, sagte Marco. »Sogar an den richtigen Stellen — für die Erde.« Er sah auf. »In Ordnung, Kin. Sie wollen es endlich loswerden: Was hat uns getroffen?«

»Befindet sich das Loch in der Ekliptik?«

Marco beugte sich vor und betätigte einige Tasten des Computerterminals. »Ja. Ist das wichtig? Die Sonne war weit unter uns.«

»Wir hatten ziemliches Pech. Ich glaube, wir sind mit einem Planeten zusammengestoßen.«

»Das habe ich ebenfalls vermutet«, brummte Silver

ernst. »Aber ich beschloß, nicht darauf hinzuweisen — um zu vermeiden, daß Sie über mich lachen.«

»Ein Planet?« wiederholte Marco. »Ein Planet ist auf dem Schiff gelandet?«

»Ich weiß, daß es normalerweise umgekehrt ist, aber allmählich wird mir die Struktur dieses Systems klar«, erwiderte Kin. »Ein falscher Himmel erfordert falsche Planeten. *Ihre* Umlaufbahnen sind sicher sehr interessant. Manchmal müssen sie rückläufig sein, wenn von unten alles so aussehen soll wie auf der Erde.«

»Ich habe mich geirrt«, ächzte Marco. »Wir hätten mit dem Rückflug nach Hause beginnen sollen. Es wäre sicher möglich gewesen, den Medosarg neu zu programmieren und uns abwechselnd von ihm wecken zu lassen. Zweitausend Jahre sind eigentlich nicht sehr lang.« Der Kung seufzte. »Ich weiß nicht, warum die Agentur Jalo gegenüber behauptet hat, ich sei der richtige Mann für den Job, aber sie müßte ihm eigentlich sein Geld zurückzahlen.«

»Wenigstens ist die Aussicht gut«, sagte Kin.

Die Kapsel glitt nun wieder unter der Scheibe dahin. Grünes Feuer loderte, als die Sonne durch den Wasserfall am Rand strahlte.

Erneut traf sie etwas.

Es war kein Planet, sondern ein Schiff, und der größte Teil davon hing noch immer an den rückwärtigen Antennen, als es Marco gelang, die Fluglage der Kapsel zu stabilisieren. Diesmal ging Kin nach draußen, hielt sich an einem metallenen Stumpf fest und betrachtete das rauhreifbedeckte Wrack.

»Marco?«

»Ich höre Sie.«

»Unsere Antennen sind hin.«

»Das habe ich bereits festgestellt. Wir verlieren Luft. Können Sie das Leck lokalisieren?«

»Hier wallt überall verdammter Nebel. Ich sehe mich jetzt um.«

Marco und Silver hörten Kins Schritte auf der Außenhülle, und schließlich herrschte so lange Stille, daß der Kung ins Kom-Mikrofon schrie. Kin zog jedes Wort in die Länge, als sie antwortete:

»Es ist ein Schiff, Marco. Das heißt, nicht ganz. Ein Boot. Ein Segelboot. Wie man es auf Meeren verwendet, Sie wissen schon.«

Sie blickte zum Feuerrand der Scheibe.

Ein Wasserfall gischtete über den Rand der Welt.

Ein gesplitterter Mast, viele Planken, durch die Wucht des Aufpralls fortgeschleudert. Aber es waren noch genügend Taue und Seile übrig, um deutlich zu machen, daß dieses Boot einen Passagier hatte.

»Marco?«

»Kin?«

»Es ist jemand an Bord.«

»Ein Humanoide?«

Kin verzog das Gesicht. »Das Boot geriet in den Wasserfall, fiel ins Vakuum und kollidierte mit unserer Kapsel! Welche Beschreibung erwarten Sie von mir? Hier sieht's wie in einer explodierten Leichenhalle aus!«

Kin war an den gewaltsamen Tod gewöhnt. Die Alten starben auf diese Weise: Sie legten viele Kilometer im freien Fall zurück, ohne Fallschirm oder Düsenrucksack; sie blieben ganz bewußt in der Nähe, wenn man auf einer neuen Welt geklonte Elefanten freiließ; sie überlisteten die Sicherheitsvorkehrungen einer Stratamaschine und traten in den Trichter. Aber anschließend kamen die Ambulanzgruppen und räumten auf. Es gab nie etwas zu sehen, wenn es nicht gerade um eine Stratamaschine ging. In dem Fall blieben seltsame Muster in frisch gelegten Kohleflözen zurück.

Kin kniete mit den mechanischen Bewegungen eines Roboters nieder. Feuchte Kleidung, im Vakuum gefroren. Doch es war gute Kleidung, erstklassig gewebt. Darin ...

Silver analysierte später die Gewebeproben und verkündete, der Passagier sei menschlich genug gewesen, um Kin Kusine zu nennen. Jedes andere Resultat hätte sie überrascht, doch der Grund dafür blieb ihr rätselhaft.

Der Mann hatte es gewagt, über den Rand der Welt zu segeln. Bei dieser Vorstellung lief es Kin kalt den Rücken hinunter. Alle wußten, daß die Welt flach war. Sie wußten es von Anfang an. Niemand zweifelte daran. Besser gesagt: *fast* niemand. Früher oder später geschah es, daß jemand über die Gelehrten lachte und die Schrecken des Meeres herausforderte, um eine Theorie zu beweisen. *Dieser* Mann hatte seinen Irrtum mit dem Leben bezahlt.

Kin war froh über den Streit in bezug auf die Schutzanzüge — er lenkte sie ab. Die Kapsel enthielt insgesamt fünf: Zwei von ihnen boten genug Platz für einen Shand, und einer der anderen schien defekt zu sein. Keiner von ihnen wagte es, einem unzuverlässigen Raumanzug zu vertrauen.

»Wir müssen den Robotkellner mitnehmen«, wandte sich Silver an den Kung. »Sie und Kin sind vielleicht imstande, die Nahrungsmittel der Flachwelt zu essen, aber ich müßte damit rechnen, mich zu vergiften.«

»Lassen Sie sich von der Maschine einen Sack mit getrockneten Konzentraten geben«, sagte Marco. »Wir brauchen den vierten Anzug.«

Silver brummte. »Der Robotkellner ist noch wichtiger. Er kann Nahrung analysieren und uns Kleidung liefern. Er stellt eine Garantie für unser Überleben dar.«

»Ich bin geneigt, dem zuzustimmen«, meinte Kin.

»Er beansprucht die ganz Tragkraft des Anzugs.«

»Ziehen Sie ein Lasergewehr vor, mit dem man überhaupt nicht schießen kann?« zischte Silver. Sie und Marco wechselten einen bösen Blick.

»Nehmen wir ihn um Silvers willen mit«, sagte Kin hastig. »Hunger kann für Shandi ein großes Problem sein.«

Marco hob vier Schultern. »Na schön«, entgegnete er mürrisch und holte die Werkzeugtasche aus dem Wandfach. Während Silver und Kin den Robotkellner in einen Schutzanzug zwängten und ihn mit Thermodecken isolierten, nahm der Kung den Pilotensessel auseinander. Einige Minuten später hielt er einen Metallstab in der Hand: die Kante scharf, ein Griff aus Kunststoff am Ende. Kin beobachtete, wie er ihn nachdenklich hin und her drehte. Marco schien bereit zu sein, den Herren der Flachwelt mit einem improvisierten Schwert entgegenzutreten — lobenswerter menschlicher Mut oder dummes Kung-Draufgängertum?

Er drehte sich um und bemerkte Kins Aufmerksamkeit.

»Damit will ich niemandem Angst einjagen«, erklärte er. »Es dient dazu, *mich* von Furcht zu befreien. Sind wir soweit?«

Er programmierte den Autopiloten darauf, die Kapsel zehn Minuten lang einige hundert Kilometer vom Wasserfall entfernt schweben zu lassen. Mit den Rettungsgürteln der Schutzanzüge hoben sie ab, und Silver zog den zusätzlichen Anzug an einer monomolekularen Leine hinter sich her.

Kin blickte über die Schulter, als das Triebwerk zündete und die Kapsel in einen hohen Orbit trug. Dann sah sie wieder zur gewaltigen Wasserwand und den Inseln am Rand. Jenseits der Flachwelt ging die Sonne unter.

Nirgends glühten die Lichter von Städten.

In ungeordneter Formation flogen sie zum herabstürzenden Wasser und dem Donner am Rand der Welt.

Weder Kin noch ihre Begleiter hatten gesehen, wie der nun voll funktionsfähige fünfte Anzug aus der Schleuse schwebte. Er blähte sich sofort auf, wie ein leerer Ballon.

Im großen kugelförmigen Helm hockte der Rabe und beäugte die Kontrollen. Die Schutzanzüge waren mit allem ausgerüstet: Sie konnten durch ein ganzes Sonnensystem fliegen und auf einem Planeten landen. Sie wiesen Zungenschalter auf.

Der Rabe neigte den Kopf vor und pickte mit dem Schnabel, woraufhin der Anzug sofort beschleunigte. Der Vogel betrachtete die internen Anzeigen und wählte dann ein anderes Schaltelement ...

Der Morgen dämmerte feucht. Als Kin erwachte, fühlte sie sich von Tau durchnäßt. Soviel zu Thermodecken.

Eine lange Nacht lag hinter ihnen. Die Insel erstreckte sich direkt am Randfall und war kaum groß genug, um gefährliche Raubtiere zu beherbergen — es sei denn, sie verstanden sich auch darauf, im Wasser zu jagen. Aber Marco hielt die Existenz von semiaquatischen Raubtieren durchaus für möglich und bestand darauf, Wache zu halten. Kung kamen wochenlang ohne Schlaf aus.

Kin fragte sich, ob sie den in einer Tasche des Anzugs versteckten Stunner erwähnen sollte. Sie entschied sich dagegen, obgleich dadurch vage Schuldgefühle in ihr erwachten. Lange rang sie mit ihrem Gewissen, aber sie gewann.

Marco war offenbar eingeschlafen, als die Sonne aufging: Er hatte sich unter einem tropfnassen Busch zusammengerollt. Kin spähte durch die Nebelschwaden und sah Silver, die auf einem Vorsprung an der dem Randfall zugewandten Inselseite saß.

Arad kletterte zu ihr hoch. Die Shand lächelte und rückte auf dem vom Sonnenschein erwärmten Felsen beiseite.

Kin gewann den Eindruck, auf einem Keil zu stehen, der aus einem kleinen Wald ragte — die Bäume ähnelten Eschen und Ahornen. Jenseits davon glitzerte das Sonnenlicht auf dem silbergrünen Meer. Auf der anderen Seite bildete der Wasserfall ein weißes, halb vom Dunst verschleiertes Schaumband. Dahinter …

Silver hielt Kin gerade noch rechtzeitig fest.

Als sie das Gleichgewicht wiederfand, wich sie sicherheitshalber einige Schritte zurück, um dem Rand der Welt nicht mehr ganz so nahe zu sein. »Wie können Sie dort in aller Seelenruhe sitzen?«

»Warum denn nicht?« erwiderte die Shand. »Werden Sie an Bord eines Raumschiffs nervös, wenn Sie wissen, nur durch die einen Meter dicke Außenhülle von der Ewigkeit getrennt zu sein?«

»Nein, aber hinter Ihnen gähnt ein echter Abgrund.«

Silver hob den Kopf und schnüffelte.

»Eis!« platzte es aus ihr heraus. »Ich rieche Eis. Darf ich Ihnen einen Vortrag über das Sonnenlicht halten?«

Aus einem Reflex heraus blickte Kin zur Sonne hinauf. Die Erinnerung teilte ihr mit, daß sie nur so groß wie ein Asteroid war, aber sie wirkte vollkommen echt, wie die Sonne über der Erde. Arad spürte auch ihre Wärme.

»Nur zu. Sagen Sie mir etwas, was ich noch nicht weiß.«

»Ich habe über den Rand schwimmendes Packeis bemerkt. Wie ist das möglich? Von der Umlaufbahn aus konnten wir Polarinseln beobachten, doch nicht weit von ihnen entfernt gibt es grünes Land. Denken Sie an den Abstand zwischen Äquator und polaren Zonen. Warum ist der Rand im Norden und Süden nicht zu Eis erstarrt? Warum herrscht in der Äquatorialregion keine unerträgliche Hitze?«

Kin stützte das Kinn auf die Hände. Die Shand sprach vom Gesetz des umgekehrten Quadrats. Wenn die Sonne mittags zwölftausend Kilometer vom Äquator entfernt war, so mußte die Distanz zu den ›Polen‹ etwa siebzehntausend Kilometer betragen.

Nun, man konnte die Umlaufbahn der Sonne nicht unbedingt als Orbit bezeichnen. Sie bewegte sich wie ein sorgfältig gesteuertes Raumschiff. *Aber das ist keine Erklärung für die warme Luft an diesem Ort,* dachte Kin. Man bedenke: Auf den meisten Welten waren die Pole nur einige tausend Kilometer weiter von der Sonne entfernt als der Äquator, und doch gab es erhebliche Temperaturunterschiede. Wenn man für die gemäßigte Zone der Flachwelt eine Entfernung annahm, die der Erdnorm entsprach ... *Dann müßte es an den Polen so kalt sein wie auf Pluto, und am Äquator so heiß wie auf der Venus.*

»Eine Art energetische Linse?« vermutete Kin. »Hier könnte alles möglich sein. Bestimmt wird die Flugbahn der Sonne in regelmäßigen Abständen verändert.«

»Ich verstehe nicht ...«

»Um Jahreszeiten zu erzeugen.«

»O ja. Menschen brauchen sie.«

»Silver ...«

Die Shand schnupperte erneut. »Gute Luft«, lobte sie.

»Weichen Sie mir nicht aus, Silver. Sie glauben, *wir* hätten diese Welt konstruiert.«

»Nun ... Es stimmt schon: Der Kung und ich haben dieses Thema erörtert.«

»Zum Teufel auch! Um es klarzustellen: Menschen sind vielleicht verrückt, aber nicht dumm. Als ein Werk der Himmelsmechanik ist diese Scheibe ebenso wirkungsvoll wie ein Schraubenschlüssel aus Gummi. Sicher verbraucht sie enorm viel Energie. Lieber Himmel, wer kommt schon auf die Idee, das Leben seiner Nachkommen von der Funktionsweise kleiner orbitaler Sonnen und falscher Sterne abhängig zu machen? Warum haben die Erbauer dieser Welt darauf verzichtet, sie in die Umlaufbahn einer echten Sonne zu steuern? Dazu wären sie bestimmt fähig gewesen. Statt dessen errichteten sie die Scheibe hier im Nichts, nach den Vorstellungen eines mittelalterlichen Mönchs. Das entspricht nicht dem menschlichen Verhaltensmuster.«

»Der Mann im Boot war ein Mensch.«

Kin hatte lange und gründlich über ihn nachgedacht. Manchmal, wenn sie schlief, schlich er sich in ihre Träume. Sie zögerte, bevor sie antwortete:

»Ich ... weiß nicht. Vielleicht haben die Scheibenwelt-Konstrukteue vor Jahrtausenden einige Menschen von der Erde entführt. Vielleicht fand hier eine parallele Evolution statt ...«

Sie ärgerte sich über ihre Unwissenheit, und gleichzeitig war sie wütend auf Silver: Aus reiner Höflichkeit wies sie nicht auf die Unsinnigkeit ihrer Spekulationen hin. Selbst wenn man Kin in diesem Augenblick eine sofortige Rückkehr zum Komfort der Erde in Aussicht gestellt hätte — sie wäre nicht bereit gewesen, ein derartiges Angebot anzunehmen. Zu viele Fragen verlangten nach Antwort.

»Jalo erwähnte Materietransmission«, sagte sie laut. »Wie schickt man das Wasser des Randfalls ins Meer zurück?«

Marco erkletterte den Felsvorsprung und näherte sich ihnen. Seit der Landung hatte er sich verändert. An Bord des Schiffes war er launisch und zynisch gewesen, und jetzt strahlte er ziellosen Enthusiasmus aus.

»Wir müssen einen Plan entwickeln«, meinte er.

»Sie haben bereits einen Plan«, entgegnete Kin.

Marco nickte und überhörte ihren Sarkasmus. »Es ist unbedingt erforderlich, daß wir Kontakt mit den Herren der Flachwelt aufnehmen.«

»Dann haben Sie also Ihre Meinung geändert.« Silvers Stimme wehte von oben herab; sie war aufgestanden und schnüffelte erneut.

»Ich stelle mich den Tatsachen — auch unangenehmen. Wir sind nicht imstande, das Schiff zu reparieren. Die Konstrukteure der Scheibenwelt haben bestimmt die Möglichkeit dazu — oder ein Raumschiff, mit dem wir nach Hause fliegen können. Jalo ist zurückgekehrt. Sie wollen doch sicher nicht den Rest Ihres Lebens hier verbringen, oder?«

»Ich bezweifle, ob wir von den Bewohnern dieser Welt Hilfe erwarten dürfen«, sagte Silver. »Wir haben keine Energiequellen geortet, keine energetische Aktivität. Wir sind gelandet, ohne daß jemand versuchte, uns daran zu hindern. Das sind meine sekundären Gründe dafür, einen Rückfall in die Barbarei anzunehmen.«

»Sekundäre?« wiederholte Kin.

Silver brummte zustimmend. »Was die primären betrifft ... Ein Schiff nähert sich. Und seine Form deutet nicht darauf hin, daß es sich um das sportliche Spielzeug einer hochentwickelten Kultur handelt.«

Sie starrten die Shand groß an und stürmten den Felsvorsprung hinauf. Marco überholte Kin mit einigen langen Sprüngen, erreichte die Spitze als erster und blickte übers Wasser.

»Wo? Wo?«

Kin sah einen Fleck in der Ferne.

»Es ist ein Ruderboot mit zwölf Riemen pro Seite«, erklärte Silver. Sie kniff die Augen andeutungsweise zusammen. »Ich erkenne einen Mast und ein zusammengerolltes Segel. Es stinkt. Das heißt: Die Besatzung stinkt. Wenn es den gegenwärtigen Kurs hält, passiert es die Insel im Norden, in einem Abstand von etwa anderthalb Kilometern.«

»Könnte es über den Rand treiben?« erkundigte sich Kin.

»Die Bewohner der Scheibenwelt haben sicher gelernt, den Gefahren des Wasserfalls zu trotzen«, entgegnete Marco. »Die Strömung scheint nicht sehr stark zu sein. Hier wirkt sich eine Art Wehr-Effekt aus.«

Kin dachte an den Mann im herabgestürzten Boot.

»Die Leute an Bord wissen, daß sie sich dem Wasserfall nähern, aber sie haben keine Ahnung, daß er der *Randfall* ist«, sagte sie.

Silver nickte. »Sie stinken, weil sie sich fürchten. Jetzt ändern sie den Kurs und steuern die Insel an. Im Bug steht jemand und sieht zum Rand.«

Marco entfaltete hektische Aktivität.

»Wir müssen uns vorbereiten«, zischte er. »Folgen Sie mir nach unten.« Steine knirschten unter ihm, als er zu den Bäumen lief, wo sie die Nacht verbracht hatten.

Kin musterte die Shand — sie rührte sich nicht von der Stelle — und blickte dann zum Boot. Jetzt sah sie ebenfalls Gestalten darin. Wasser strömte glänzend von wirbelnden Rudern. Sie glaubte auch, Schreie zu hören.

»Ich bezweifle, ob sie es schaffen«, murmelte Kin.

»Ich teile Ihre Besorgnis«, erwiderte Silver. »Sie treiben in der Strömung ab.«

»Vielleicht ein Test«, sagte Kin. »Ich meine, wir sind erst seit kurzer Zeit hier und so.«

Silver schnupperte. »Meine Nase behauptet etwas anderes.«

Sie musterten sich gegenseitig. Dreihundertfünfzig Millionen Geruchszellen konnte Kin kaum widersprechen. Ganz deutlich sah sie nun die Männer im Boot. Einer von ihnen, hochgewachsen und bärtig, eilte zwischen den Ruderern hin und her, trieb sie an. Bestenfalls hielt das Boot seine Position.

»Ähem«, ließ sich Silver vernehmen.

Kin warf einen Blick gen Himmel.

»Erinnern Sie sich an die Leine, mit der wir den zusätzlichen Schutzanzug hierhergebracht haben? Wie lang ist sie?«

»Die gewöhnlicher Länge solcher monomolekularen Leinen: eintausendfünfhundert Meter«, antwortete Silver. »Damit könnte man eine ganze Welt festbinden.«

»Vielleicht unterläuft uns ein großer Fehler.« Kin lief über den Hang des Felsvorsprungs, und Silver folgte ihr.

»Mein Magen ist anderer Ansicht«, sagte sie. Kin lächelte: Shandi hatten seltsame Vorstellungen vom Sitz des Gefühls.

Sie löste den Rettungsgürtel von ihrem Schutzanzug, flog damit los und zog das eine Ende der Leine in Form einer weiten Schlinge hinter sich her.

»Ich halte das für unvorsichtig und töricht«, erklang Marcos Stimme aus dem Kommunikator.

»Und wenn schon«, entgegnete Kin. »Denken Sie daran: *Ich* habe die Kapsel verlassen und die Reste des Mannes gefunden.«

Der Kung schwieg einige Sekunden lang. Mit einem Ohr hörte Kin rauschenden Wind, mit dem anderen das leise Knistern der Statik. Schließlich sagte Marco: »Richten Sie Ihre Gürtelkamera auf das Boot.«

Die Ruderer hatten sie gesehen. Die meisten von ihnen saßen wir erstarrt, den Kopf nach hinten geneigt.

Das Boot mochte etwa fünfundzwanzig Meter lang sein, und die Form entsprach einer Schote. Silver war zu kritisch gewesen. Wer auch immer es gebaut hatte: Er verstand etwas von Hydrodynamik. Mittschiffs ragte ein Mast auf, und daran hing ein zusammengerolltes Segel. Der geringe Platz zwischen den Ruderern wurde von Krügen und Bündeln beansprucht.

Kin näherte sich dem rothaarigen Mann vorn im Boot, ging tiefer, flog dicht über die Wellen hinweg, verharrte unmittelbar vor dem Verblüfften und befestigte die Schlinge der Leine am verzierten Bug. »Jetzt!« rief sie Silver zu. Gischt sprühte ihr entgegen, als die Leine aus dem Wasser sprang.

»Sie sollen rudern«, wandte sich Kin an den Rothaarigen, deutete auf die anderen Männer und vollführte entsprechende Gesten. »Zur Insel!« betonte sie und streckte den Arm aus.

Rothaar starrte sie an, blickte zur Insel, auf die straff gespannte Leine, auf das Kielwasser, das einen Bogen beschrieb, als Silver zog. Dann drehte er sich ruckartig um, eilte mit langen Schritten durchs Boot und schrie die verdutzte Besatzung an. Ein Mann stand auf und erhob Einwände. Rothaar griff nach einer Spiere, schlug hart zu, zerrte den Bewußtlosen beiseite, nahm selbst am Ruder Platz und spannte die Muskeln.

Kin stieg auf und beobachtete das Schiff: Sein Kielwasser wirkte bereits wie das eines Schnellboots. Nach einer Weile ging sie zum horizontalen Flug über und kehrte zur Insel zurück.

Das bewaldete Ufer strich unter ihr hinweg, und sie richtete ihre Aufmerksamkeit auf den dunstigen blauen Himmel jenseits des Wasserfalls.

Kurze Zeit später fand Kin, was sie suchte: Ein kleiner weißer Fleck entfernte sich vom Rand der Flachwelt. Sie folgte ihm und vernahm ein dumpfes *Wumm,* als der Rettungsgürtel ein Schutzfeld schuf.

Silvers Gürtelmotor heulte. Rettungsgürtel dieser Art konnten das zehnfache Gewicht des Trägers absorbieren, und die Shand wog vermutlich an die fünfhundert Pfund. Dadurch ergab sich eine Menge Zugkraft am anderen Ende der Leine.

Als Kin winkte und wieder Kurs auf die Scheibe nahm, brummte Silvers Stimme in ihrem Kom-Ohr. »Die Leine hat mehrmals gezittert.«

Arad sah nach unten. Einige gefällte Stämme lagen auf der Insel: Der Baum, den sie als Ankerpunkt benutzt hatte, war offenbar nicht widerstandsfähig genug gewesen. Jetzt führte die Leine um den Felsvorsprung herum.

»Es ist alles in Ordnung«, sagte sie. »Wir haben der Strömung ein Schnippchen geschlagen. Die Leine hat nur einige Bäume durchschnitten, weiter nichts.«

Das Boot wandte jetzt die eine Seite dem Wasserfall zu und *raste* über die schäumenden Wellen.

»Gut, Silver«, fuhr Kin fort, »ausgezeichnet. Marco wollte die Einheimischen kennenlernen, und gleich bekommt er Gelegenheit dazu. Jetzt etwas langsamer. Vorsichtig. Halt. *Halt!*«

Das Boot knirschte über den Strand und prallte an die Bäume. Ruder brachen. Einige Männer fielen über Bord.

»Wir haben es an Land geholt!« rief Kin und sank der Insel entgegen.

»Wenn die Burschen auch nur einen Funken Phantasie haben, küssen sie jetzt den Boden«, meinte Silver.

»Ja, hoffentlich ist Marco vernünftig und taktvoll genug, sich nicht zu zeigen.«

Es knackte im Kom-Lautsprecher. »Das habe ich gehört. Ich möchte mich von dieser Aktion distanzieren...«

Kin begann mit einem Sturzflug. Irgend jemand hatte ihr einmal gesagt: Ganz gleich, was die Science Fiction-Idioten behaupteten — es war völlig unmöglich, eine Sprache zu lernen, indem man die Kommunikationssignale eines fremden Volkes empfing.

Letztendlich lief alles auf direkte Begegnungen hinaus. Auf Zeichensprache. Auf Kreise im Sand.

Kreise im Sand?

Nun, wenigstens auf Zeichensprache.

Eine ganze Weile später fand Kin ihre beiden Gefährten auf der Lichtung weiter oben am Hang. Silver hockte neben dem Robotkellner und schöpfte mit beiden Händen grauroten Brei aus einer Schüssel. Marco lag der Länge nach auf dem Boden, spähte durchs Gebüsch und beobachtete die Männer am Strand.

Sie hatten ein Feuer entzündet und kochten etwas.

Silver nickte Kin zu und bediente die Kontrollen des Robotkellners.

»Ich habe schon gegessen«, seufzte Arad. »Haferbrei und getrockneten Fisch. Das wissen Sie doch, oder?«

»Ich wollte Ihnen gerade ein Brechmittel ordern.«

Marco drehte sich um. »Sie haben fremde Nahrungsmittel zu sich genommen, ohne sie zu analysieren! Streben Sie einen raschen Tod an?«

»Wir müssen das Vertrauen der Fremden gewinnen.« Kin warf Silver ein Stück Fisch zu. »Ich nehme Ihren verdammten Trank, aber halten Sie das dort dem Kellner unter die Nase. Sie wissen ja, daß die Speisen der Maschine so schmecken, als seien sie schon von jemandem verdaut worden. Während wir hier sind, sollten wir wenigstens etwas Ordentliches in den Magen kriegen.«

Sie nahm einen Napf mit rosaroter Flüssigkeit von Silver entgegen und ging zum Rand der Lichtung, um sich dort zu übergeben. Unterdessen drückte die Shand einige Tasten des Robotkellners und bestellte Kaffee.

Nach einer Weile streckte der Apparat eine Zunge aus grünem Kunststoff heraus. Silver riß sie ab und las.

»Hoher Gehalt an nützlichen Proteinen und Vitaminen«, sagte sie. »Durch den Trocknungsprozeß sind Kohlenwasserstoff-Verbindungen entstanden, die langfristig krebserregend wirken, aber es besteht keine unmittelbare Gefahr.«

»Großartig«, kommentierte Kin und griff nach einem Becher mit Kaffee. »Ich habe plötzlich das Gefühl, nie wieder getrockneten Fisch essen zu können. Nun, sind Sie jetzt bereit für die großen Antworten? Soweit ich das verstehen konnte, heißt der rothaarige Mann Leif Eriksson.«

Silver schnippte die grüne Folie mit dem Analyseergebnis in den Aufnahmetrichter des Robotkellners.

»Das ist entweder ein erstaunlicher Zufall oder weitaus mehr«, sagte sie ruhig.

»Allerdings.«

Marco verließ seinen Posten im Gebüsch und kam näher. »Was soll ein Zufall sein?« fragte er. »Hatten Sie Gelegenheit, sich die Waffen der Männer anzusehen?«

»Sie haben Schwerter aus, äh, Raseneisenerz, per Hand geschmiedet. Stumpfen leicht ab«, fügte Kin nachdenklich hinzu. »Ihre größte Waffe ist das Boot. Sind Sie mit dem Ausdruck ›Klinkerbau‹ vertraut?«

Der Kung nickte.

»Freut mich für Sie. Ich weiß nicht, was er bedeutet. Wie dem auch sei: Es handelt sich um ein *schnelles* Boot. Mit ihren Schiffen und Schwertern beherrscht dieses Volk einen großen Teil der hiesigen Meere. Manchmal handeln sie wie Piraten, obgleich sie ein ausgefeiltes

Rechtssystem haben. Sie sind tapfer. Tausend Kilometer lange Reisen mit solchen Booten stellen nichts Besonderes dar.«

Marco starrte sie groß an. »Das alles haben Sie herausgefunden?«

»Nein. Ich konnte nur den Namen des Rothaarigen verstehen — weil ich ihn schon einmal gehört habe. Die Informationen stammen aus meinem Gedächtnis.« Kin sah Silver an, die bestätigend nickte.

»›Im Jahre dreihundertzweiundzwanzig, zur damaligen Zeit, reiste Eriksson über das blaue Meer so weit‹«, intonierte die Shand.

»Sehr poetisch«, erwiderte Marco ungerührt. »Würden Sie mir jetzt bitte *erklären,* was Sie meinen?«

»Sie sind in Mexiko aufgewachsen, und deshalb wissen Sie nichts davon«, begann Kin. »Die Leute dort kümmern sich kaum um ihre Geschichte.« Sie holte tief Luft, um den historischen Hintergrund der Erde zu beschreiben. »Leif Eriksson entdeckte Vinland mehr als dreihundert Jahre nach der Schlacht von Haelcor, die das Ende des dritten und letzten Remischen Reiches besiegelte.«

Es folgte eine Völkerwanderung. Die Türken drängten wieder nach Westen und Norden. Leifs Vater Eirick, man nannte ihn auch Erich den Roten, war ein kluger Kaufmann, aber sein Grönland erwies sich bei weitem nicht als so grün, wie er es sich erhofft hatte. Glücklicherweise brachte Leif aus Vinland Beeren und Korn zurück, und daraufhin zogen die Nordmänner wieder nach Westen.

Sie bildeten viele Kolonien an der Ostküste, erreichten schließlich das zerklüftete Land im Bereich von Tykersmeer, segelten durch den Langen Fjord und gelangten zu den Mittleren Seen. Von einer derartigen Region hatten sie immer geträumt; sie gaben ihr den Namen Walhalla.

Es gab Eingeborene. Aber die Neuankömmlinge waren nur mit halbem Herzen Bauern: Unter ihrer dünnen Ackerbautünche dachten sie blutig. Sie überlisteten jene Stämme, die sie nicht im Kampf besiegen konnten. Als sie es mit der Objibwa-Konföderation zu tun bekamen, schlossen sie Verträge. Sie breiteten sich aus und paßten sich an.

Nach den üblichen Theorien hätte diese historische Episode hier ihr Ende nehmen müssen. Weder die Eingeborenen noch ihre ungebetenen Gäste verfügten über jene klassische Art von sozialer Dynamik, die Rem erbaut hatte. Unter normalen Umständen hätten die Nordmänner zu einem anderen Stamm werden sollen, mit blauen Augen und blondem Haar.

Die Theorien waren falsch. Irgendein verborgener Charakterzug in beiden Völkern erwachte zu bemerkenswerter Lebendigkeit. Vielleicht lag es daran, daß sie auf einem großen reichen Kontinent lebten.

Dreihundert Jahre nach Leif Eriksson erreichte eine Flotte das Mittelmeer. Bei den meisten Schiffen blähten sich Segel, aber einige wenige konnten auch gegen den Wind fahren: schnelle kleine Boote, von ständiger Explosionsgefahr begleitet. Die Segel der großen Schiffe präsentierten den Adler von Walhalla auf gestreiftem Grund, der die Farben von Himmel, Schnee und Blut zeigte.

Die Schlacht von Gibraltar dauerte nicht lange. Europa hatte zwei Jahrhunderte der Erstarrung hinter sich.

Kanonen erschütterten die Moral der Verteidiger.

»Ich verstehe«, knurrte Marco. »Jener Leif ist eine wichtige Gestalt in der irdischen Geschichte. Aber wir sind hier nicht auf der Erde.«

»Diese Welt sieht wie die Erde aus«, betonte Kin. »Auch wenn bei ihrer Gestaltung Phantasie eine erhebliche Rolle spielte.«

»Wollen Sie allen Ernstes behaupten ...«

»Um es ganz deutlich zu sagen: Ich glaube, Sie und Silver haben recht. Ich glaube, die Flachwelt wurde von

Menschen gebaut. Aber der Grund dafür ist mir schleierhaft.«

Silver brummte. »Es muß doch irgendwo Aufzeichnungen geben ...«

»Es sei denn, die Company ließ alle Unterlagen verschwinden.«

So lautete die logische Antwort. Die Company hatte dieses Artefakt insgeheim konstruiert. Und Jalo ... Vermutlich ein Company-Agent, damit beauftragt, Kin und ihre Begleiter an diesen Ort zu locken. Aber warum sollte der Company daran gelegen sein, eine Scheibenwelt zu bauen? Arad glaubte, auch die Antwort auf diese Frage zu kennen, und sie gefiel ihr nicht. Ein wichtiger Punkt mußte nach wie vor geklärt werden: Weshalb hatte man sich solche Mühe gegeben, sie hierherzubringen?

Zumindest war alles logisch. Welche anderen Erklärungen gab es? Geheimnisvolle Aliens? Nun, sie mußten *sehr* geheimnisvoll sein. Wenn die Company dahintersteckte, so hielt Kin Zorn für angebracht.

»Hier sind wir ständig in Gefahr«, sagte Marco begeistert. »Wir sollten immerzu die Rettungsgürtel tragen und das Zentrum einer Zivilisation suchen. Vielleicht finden wir dort Hinweise auf den Ursprung der Flachwelt.«

»Wir haben ein Transportmittel.« Kin streckte den Arm aus. »Ich weiß nicht, wie lange der Energievorrat unserer Gürtel in einem Gravitationsfeld reicht, aber wenn wir Meere überqueren müssen, dann ist mir ein Schiff lieber.«

»Es könnte sich herausstellen, daß uns die Männer feindlich gesinnt sind.« Marco blickte wieder zum Strand.

»Wenn sie Ihnen und Silver begegnen?«

In dieser Hinsicht ergab sich tatsächlich ein Problem, Kin löste es, indem sie nackt zum Lager der Fremden ging. Nach ihrem ersten Auftritt als Göttin der Gnade war sie davon überzeugt, daß die Männer eher ein Krokodil vergewaltigen würden.

Leif eilte auf sie zu und kniete vor ihr nieder. Sie blickte auf ihn hinab und versuchte, ihrem Gesicht einen wohlwollenden Ausdruck zu verleihen.

Er war kleiner als die meisten anderen Männer, und Kin fragte sich, wie er seine Autorität wahrte — bis sie das schlaue Funkeln in seinen Augen sah, das nicht einmal ihr gegenüber verblaßte. Es verriet ihn als Meister des unsportlichen Fußtritts und des gemeinen Nierenschlags. Erleichtert dachte Kin an den Stunner, den sie jetzt versteckt in der Hand hielt.

»Du bekommst eine einzigartige Gelegenheit, neue Freunde zu gewinnen«, sagte sie zuckersüß. »Später kannst du Geschichten erzählen, die dir niemand glauben wird. Na schön, Silver: Zeigen Sie sich!«

Die Shand erschien in diskreter Entfernung, schob sich an einem anderen Teil des Strandes durchs Gebüsch. Als sie näher schlurfte, wichen einige Männer von ihr. Die anderen folgten ihnen, als sie die beiden langen Stoßzähne sahen.

Kin grinste breit, trat an Silver heran und legte ihre Hand in eine ledrige Pranke.

»Lächeln Sie nicht mehr!« brachte sie zwischen zusammengebissenen Zähnen hervor.

»Ich habe gedacht, daf würde fie beruhigen.«

»Sie sehen dadurch nur hungrig aus.«

Leif stand noch immer wie angewurzelt im Sand, als Kin die Shand zu ihm führte und nach seiner Hand griff.

»Knien Sie und ducken Sie sich!« murmelte sie.

Silver faltete sich gehorsam zusammen. Leif sah sie an und richtete den Blick dann auf Kin. Schließlich streckte er zögernd den Arm aus und klopfte Silver auf die Schulter.

»Braver Junge«, lobte Kin und strahlte. Leif sprang zurück.

Um Phase Zwei einzuleiten, pfiff Kin die alte Robot-Morris-Melodie *Mrs. Widgerys Untermieter.*

Silver tanzte kummervoll und blickte mit akutem Abscheu gen Himmel, aber es gelang ihr, den Rhythmus zu halten. Sie wirkte sehr unbeholfen. Kin bewunderte sie dafür — sie hatte mehrmals gesehen, wie sich die Shand mit geschmeidiger Eleganz bewegte. Das richtige Ausmaß an Plumpheit war komisch. Und etwas Komisches konnte nicht gefährlich sein.

Nach und nach kehrten die Männer zurück. Silver setzte den Tanz fort, wirbelte dichte Sandwolken auf, balancierte erst auf dem einen und dann auf dem anderen Bein. Kin stellte das Pfeifen ein.

»Man hat Sie akzeptiert«, sagte sie. »Leifs Leute sind jetzt praktisch bereit, Ihnen Zuckerstückchen zu geben. Ruhen Sie sich aus. Und versuchen Sie, nicht zu gähnen. Marco?«

Der Kung zischte und trat hinter einem Strauch hervor.

In seinem grauen Overall und mit der mantelartig übergeworfenen Thermodecke sah er einigermaßen menschlich aus, wenn auch ausgezehrt. Die Augen waren zu groß, die Nase zu lang, das Gesicht ebenso grau wie die Kleidung.

Aber er hatte feuerrotes Haar. Nun, eigentlich handelte es sich nicht wirklich um *Haar,* aber es war rot. Vielleicht fielen die Augen dadurch weniger auf.

Die Männer beobachteten ihn wachsam, doch diesmal ergriff niemand die Flucht.

Einer von ihnen näherte sich Leif, brummte etwas und zog ein kurzes Schwert. Daran schloß sich Verwirrung an, die damit endete, daß sich Marco zum Sprung duckte und der Mann im Sand lag, drei Meter vom Schwert entfernt. Leif ließ seinen Arm los und trat zu. Der Getroffene schrie.

»Jetzt bringen wir das Boot ins Wasser«, sagte Kin fest.

Silver marschierte zum Schiff, das auf dem Strand lag, und stemmte eine Schulter gegen den Bug. Einige Sekunden lang geschah überhaupt nichts, und dann knirschte das Boot durch den Sand. Es verharrte erst, als die Strömung am Heck zerrte.

Kin nahm Leifs Arm und führte ihn zum hölzernen Rumpf. Er verstand schnell. Fünf Minuten später waren auch die übrigen Männer an Bord. Der Robotkellner summte am Mast, und alle Blicke galten Silver, die am Ende der Leine übers Meer flog.

Dort, wo sich das Wasser um die Insel schloß, bevor es über den Rand spritzte, herrschte nur eine schwache Strömung. Als sie stärker wurde und mit neuer Entschlossenheit nach dem Boot tastete, sauste es bereits über die Wellen.

Zwei Zwischenfälle belebten die Reise. Der nervöse Leif reichte Marco ein Horn, das süße Flüssigkeit enthielt.

Der Kung schnupperte argwöhnisch daran und schüttete einen Teil davon in den Aufnahmetrichter des Robotkellners. »Anscheinend ein glukosehaltiges Getränk«, sagte er. »Was meinen Sie, Kin?«

»Haben Sie es vom Kellner analysieren lassen?«

»Er gab grünes Licht. Vielleicht ein Stärkungsmittel?«

Marco trank das halbe Horn aus und schmatzte mit den Dingen, die bei ihm Lippen ersetzten. Dann lachte er leise und trank den Rest.

Später programmierte er den Robotkellner darauf, das Getränk zu duplizieren. Die verwunderten Männer zögerten zunächst, die ungewohnten Plastikbecker entgegenzunehmen, aber als sie sich daran gewöhnt hatten, wanderten die synthetischen Trinkgefäße immer schneller zwischen dem Kellner und durstigen Kehlen hin und her. Grölender Gesang erklang, und manchmal klapperte es, wenn Ruderer aus dem Takt gerieten. Schließlich reagierte Kin auf Leifs unausgesprochene Bitte und desaktivierte die Maschine.

Irgendwann versuchte sich Silver an den Rudern. Sie nahm mittschiffs Platz, griff nach zwei Holzstangen und zog sie durchs Wasser. Die Männer vor und hinter ihr hielten inne, um sie zu beobachten — das Boot wurde erst langsamer, als Silvers Ruder brachen.

Marco fand Kin in der aus Fellen errichteten Hütte hinter dem Mast. Sie trank dort Martinis und überlegte.

»Ich möchte unter vier Augen mit Ihnen sprechen«, sagte er.

»Meinetwegen.« Kin klopfte auf das Kissen an ihrer Seite. »Was macht der Kopf?«

»Er schmerzt jetzt nicht mehr sosehr. Offenbar enthält die Flüssigkeit gefährliche Verunreinigungen. Ich schätze, eine Stunde lang verzichte ich darauf, etwas davon zu trinken.« Der Kung öffnete seine Gürteltasche und holte eine Kunststoffrolle hervor, die sich als Luftaufnahme der Flachwelt herausstellte.

»Ich habe sie vom Computer anfertigen lassen, bevor wir das Schiff verließen«, erklärte Marco.

»Warum zeigen Sie mir das erst jetzt?«

»Weil ich Sie nicht zu unvorsichtigen Forschungsexpeditionen ermuntern wollte. Aber da wir jetzt über die Scheibe reisen ... Sehen Sie sich das Foto an. Was fehlt?«

Kin nahm die Folie entgegen. »Eine Menge«, erwiderte sie. »Das wissen Sie ja. Kein Walhalla. Deshalb hat Leif den Wasserfall gefunden. Kein Brasilien. Der Pazifistische Ozean ist viel zu klein, hier, direkt hinter Asien ...«

»Und sonst?«

Kin betrachtete die Darstellungen. »Ich weiß nicht«, murmelte sie. Marco benutzte einen mit zwei Gelenken ausgestatteten Daumen, um auf das Zentrum der Flachwelt zu zeigen.

»Wegen der Wolken kann man es kaum erkennen, aber *das* gehört eigentlich nicht hierher. Diese Insel im Arabischen Meer. Sie ist völlig rund und befindet sich am geographischen Mittelpunkt der Scheibe.«

»Worauf wollen Sie hinaus?«

»Verstehen Sie denn nicht? Eine Anomalie. Wenn es hier tatsächlich eine Zivilisation gibt, so finden wir sie dort. Diese Leute hier sind Barbaren. Sie mögen intelligent sein, aber bestimmt haben sie keine Raumfahrt entwickelt.«

Marco musterte Kin.

»Fürchten Sie, daß sich diese Welt als ein Artefakt der Company herausstellen könnte?« fragte er vorsichtig. Arad nickte.

»Es gibt eine alte Kung-Geschichte«, fuhr Marco sanft fort. Seine Stimme klang wie kaum wahrnehmbare Strömungen in Treibsand. »Sie betrifft einen Gebieter, der einen hohen Turm bauen ließ. Er rief mehrere weise Kung zu sich und sagte: ›Wer imstande ist, die Höhe des Turms allein mit einem Barometer festzustellen, bekommt meine beste Austernfarm und die berühmten Tangfelder von Tchp-pch. Wer versagt, wird ins trockene Land verbannt, denn so gebührt es jenen, die nicht weise genug sind.‹ Nun, die weisen Kung begannen mit den Messungen, und es gelang ihnen, die Höhe des Turms bis auf einige *Chetds* genau zu bestimmen. Aber das war dem Gebieter nicht genau genug, und deshalb schickte er sie ins trockene Land.«

»Ich mag solche Geschichten«, sagte Kin. »Aber was hat das mit unserer Situation ...«

Marco unterbrach sie. »Eines Tages nahm der weiseste Kung, der bisher noch keine Antwort gegeben hatte, sein Barometer, ging zum Baumeister des Gebieters und bot ihm an: ›Ich gebe dir dieses wunderschöne Barometer, wenn du mir die genaue Höhe des Turms verrätst.‹«

Ein Schatten fiel über sie, als Silver ihre Stoßzähne übers Deck streckte und gähnte.

»Ich ftöre Fie nur ungern, aber vielleicht intereffiert Fie daf ...«

Kin und Marco blickten an ihr vorbei. Die meisten Männer ruderten nicht mehr und starrten gen Himmel.

Arad sah ebenfalls nach oben. Drei Punkte glitten wie Düsenflugzeuge durch die dunstige Höhe.

»Kondensstreifen«, sagte Marco. »Offenbar sind *sie* gekommen, um nach uns zu suchen. Wir brauchen die Herren der Scheibenwelt nicht zu besuchen, um ihnen unser Barometer anzubieten.«

»Was erkennen Sie, Silver?« fragte Kin.

Die Shand drehte einen der Stoßzähne, und daraufhin klang ihre Stimme deutlicher. »Es scheinen fliegende Echsen zu sein. Die Art ihrer Fortbewegung ist rätselhaft, aber vielleicht erfahren wir bald mehr — sie verlieren rasch an Höhe.«

Leif zupfte Kin am Arm. Die Männer waren unterdessen damit beschäftigt, Ruder und Bündel ins Wasser zu werfen und sprangen ihnen anschließend nach. Der kleine Rothaarige suchte verzweifelt nach Worten, und endlich fand er eins.

»Feuer?« meinte er und stieß Kin über Bord. Die plötzliche Kälte betäubte sie halb, aber sie war geistesgegenwärtig genug, Arme und Beine zu bewegen. Eine Zeitlang trat sie Wasser, griff nach einem vorbeischwimmenden Ruder und beobachtete den Himmel. Die Punkte kamen in einem weiten Bogen heran, und in der Ferne rollte der dumpfe Donner eines zweifachen Überschallknalls. Marco und Silver standen noch immer im Boot und sahen zu den drei Echsen hinüber.

Sie flogen nun dicht über den Wellen, mit weit ausgebreiteten fledermausartigen Schwingen. In einer Entfernung von zwei- oder dreihundert Metern passierten sie das Schiff, die langen Klauen wie zum Zugreifen ausgestreckt. Rauch kräuselte aus den aufgeblähten Nüstern.

Kurz darauf drehten sie ab, glitten nach Norden, stiegen auf und wurden wieder zu Flecken, bevor sie mit dem zweiten Anflug begannen. *Wenn es Flugzeuge wären, so müßten wir jetzt mit einem Bombenangriff rechnen,* dachte Kin.

Als der erste Drache dem Boot entgegenfiel, legte ihr Leif die Hand auf den Kopf und drückte sie nach unten.

Wütend tauchte sie wieder auf, und es rauschte ihr in den Ohren. Das Wasser um sie herum dampfte; Qualmwolken umhüllten das Schiff.

Plötzlich wölbte sich das Meer neben Kin: Marco kam an die Oberfläche, schnappte nach Luft und fluchte. Ein etwas weiter entferntes lautes Platschen wies auf Silvers Rückkehr aus der Tiefe hin.

»Was ist geschehen?« brachte Kin hervor. »Was ist passiert?«

»Das Ding hat Feuer gespuckt«, antwortete Silver.

»So etwas lasse ich mir von keiner verdammten Echse bieten!« heulte Marco. Er kraulte zum halb verkohlten Rumpf. Das Boot erbebte und kippte zur Seite, als er sich an Bord zog.

Ein weiterer Drache näherte sich. Es platschte noch einmal, diesmal etwas leiser, als sich Silver drehte und mit dem Kopf voran in die grüne Tiefe zurückkehrte.

Die schwimmenden Männer stöhnten, als sie Marco zum erstenmal ohne Mantel sahen und beobachteten, wie er ein Ruder in allen vier Händen hielt. Der Drache erreichte das Boot und war klug genug, einen sicheren Abstand zu Marcos improvisierter Waffe zu wahren. Er schwebte, und die Flügelschläge wirbelten Gischt auf, als er Luft holte.

Etwas Weißes zuckte wie ein Korken aus dem Wasser und packte zwei Klauen. Eine Sekunde lang hingen Silver und das verblüffte Ungeheuer über dem Meer. Dann klatschten die Schwingen aneinander, und beide Gestalten verschwanden unter den Wellen. Kin hörte ein leises Zischen.

Der dritte Drache ist sicher der klügste, dachte sie. *Die Klugen kämpfen immer zuletzt.* Er konnte den Kurs nicht mehr rechtzeitig ändern und breitete die Flügel wie Fallschirme aus, als er übers Boot hinwegflog. Es nützte ihm nichts — Marco schrie und sprang.

Er trug seinen Rettungsgürtel. Der Drache versuchte sich zu drehen, verlor kurz die Orientierung und schlug mit den Schwingen, um nach oben zu entkommen. ›Oben‹ bedeutete Sicherheit. Doch seine Hoffnungen erfüllten sich nicht.

Auf der anderen Seite des Bootes schäumte das Wasser, und eine Flügelspitze tauchte mehrmals hinein. Einige Sekunden später kenterte das Schiff fast: Silver kletterte an Bord.

Die Männer in Kins Nähe riefen und lachten, als sie zu ihrem Boot zurückkehrten.

Hoch über dem Luftkampf kreischte der überlebende Drache, setzte sich mit hoher Geschwindigkeit nach Osten ab und ermöglichte es Kin, einen Eindruck von seinem Antriebssystem zu gewinnen. Die gräßlichen Schwingen eigneten sich nur für einen schwerfälligen Gleitflug. Wenn Drachen dieser Art große Entfernungen möglichst schnell zurücklegen wollten, so legten sie die Flügel an, neigten den Kopf unter den Körper und atmeten aus. Als die Distanz zur dritten Echse wuchs, ähnelte ihr Atem dem Nachbrennerstrahl eines Düsentriebwerks.

Etwas anderes weckte Kins Aufmerksamkeit, ein Objekt, das wie träge vom Himmel fiel: ein Drachenschädel. Kurze Zeit später — angesichts der Stille auf dem Boot schien es viel länger zu dauern — folgte der Leib, die Flügel noch immer ausgebreitet. Er drehte sich langsam um die eigene Achse, während Silver auf dem Rükken hockte und immer wieder mit dem Messer zustach. Als das Ungetüm ins Meer stürzte, jubelten die Männer.

Ihre Freude verwandelte sich in Bestürzung, als sie sahen, daß Silver den Drachen an Bord zerrte. Sie wichen beiseite, und dadurch konnte Kin alles genau beobachten.

Das Echsenwesen lag wie ein besonders großer Haufen Elend auf dem Deck, und dampfendes Wasser strömte ihm von den Flügeln. Es hob den nassen Kopf und nieste heftig.

Zwei warme Wasserstrahlen trafen Kin an den Beinen.

Einige von Leifs Gefährten griffen nach Marcos vier Armen und zogen ihn ins Boot. Sein Kamm glänzte blutrot, als er inmitten der bewundernden Menge stand. Er hob sein Messer — schwarze Flecken zeigten sich an der Klinge — und brüllte.

»*Refteg! Ymal refteg PELC!*«

Kin sah zu Silver, die ihre Stoßzähne abschraubte. Die Shand schnitt eine Grimasse.

»Bitte wiederholen Sie noch einmal, daß er eingebürgerter Mensch ist«, sagte sie. »Ich vergesse es dauernd.«

»Was haben Sie *damit* vor?« fragte Kin. Einer der Männer neben ihr hatte sein Schwert gezogen und bot es stolz der Shand an, mit dem Heft zuerst. Silver beachtete ihn nicht.

»Der Drache ist tot«, stellte sie fest. »Aber wir können den Kadaver untersuchen. Ich bin neugierig darauf, wie ein organisches Geschöpf fähig ist, Feuer zu spucken.« Sie packte den Körper an Hals und Schwanz und zog ihn nach achtern.

Marco stolzierte zu Kin.

»Ich habe triumphiert!« rief er.

»Ja, Marco.«

»*Sie* erklären uns den Krieg! *Sie* schicken Drachen! Aber *sie* haben nicht mit mir gerechnet!«

»Ja, Marco.«

»*Sie* haben sich gegen mich verschworen, und doch errang ich den Sieg!« donnerte er mit glasigen Augen. Dann bildeten sich Falten in seiner Stirn.

»Sie halten mich nur für einen verrückten Kung, nicht wahr?« fragte er mürrisch.

»Da Sie es schon erwähnen …«

»Ich bin stolz darauf, Mensch zu sein«, knurrte er und drehte sich um. »Was die andere Sache betrifft ... Nur weil man verrückt ist, bedeutet das nicht, daß *sie* nicht doch hinter einem her sind.«

Kin sah ihm nach, als er zu den Männern zurückkehrte, die ihn umdrängten. Er fürchtete sich vor allem, abgesehen von unmittelbarer körperlicher Gefahr. Und er war so menschlich wie ein Tiger.

Silvers betrübter Blick galt dem Robotkellner. Er funktionierte noch immer, aber die Plastikverkleidung wies deutliche Brandspuren auf.

Die Männer griffen wieder nach den Rudern. Kin trat an den toten Drachen heran, der auf dem kleinen Vordeck lag, und holte die Werkzeugtasche ihres Schutzanzugs hervor. Sie enthielt nicht viel, aber die Instrumente genügten, um einem notgelandeten Raumfahrer mehrere Jahre lang das Überleben auf einer fremden Welt zu ermöglichen; es gab konkrete Beispiele dafür. Kin wählte ein medizinisches Skalpell.

Nach einer Weile öffnete sie die Tasche erneut und entnahm ihr einen Multimeißel.

Eine Minute später setzte sie die Vibrosäge zusammen. Die gezackte Klinge zitterte auf den Schuppen, und ihr schrilles *Kriieehh* ließ Kins Zähne vibrieren. Trotzdem schaltete sie erst ab, als das Sägeblatt brach.

Sie ging zu Marco und Silver, die zusammen mit den Männern ruderten. Zwischen ihnen hockte sie sich nieder.

»Die Drachen verfügen über ein Düsentriebwerk«, sagte sie. »Ich habe den Hals geöffnet. Er ist mit einer leichten schwammartigen Substanz ausgekleidet, die sich wie Butter schneiden läßt. Aber als ich Schweißlaser darauf richtete, erwärmte sich das Zeug nicht einmal.«

»Und der Rest des Körpers?« erkundigte sich Marco.

»Die Schuppen sind *hart.* Sie haben bestimmt bemerkt, daß ich die Reste einer Vibrosäge in der Hand halte. Es heißt, ihre Klinge kann sogar mit dem Außenhüllenstahl eines Raumschiffs fertig werden.«

Silver lächelte. »In diesem Zusammenhang fallen mir Geschöpfe ein, die Kerosin trinken.«

Der Kung schnaubte. »Sie haben nicht zufällig daran gedacht, den Kadaver mit einem Geigerzähler zu untersuchen, oder?«

»Doch, das Ergebnis lautet: keine Radioaktivität.«

»Erstaunlich.«

»Möchten Sie wissen, was geschah, als ich den Hals abschnitt und die Sonde des Geigerzählers in den Torso schob?«

»Ich bin gespannt.«

»Dort drinnen ist es so heiß wie in der Hölle. Das Wesen kommt einem lebenden Atomreaktor gleich. Niemand kann mich davon überzeugen, daß es natürlich entstanden ist, auf einer erdähnlichen Welt. Man hat es *konstruiert!* Woher es auch immer stammt — dort finden Sie die Erbauer der Flachwelt.«

»Das Zentrum der Scheibe«, brummte Silver nachdenklich. Kin sah sie groß an, und die Shand nickte wie beiläufig, während sie das Ruder durchs Wasser zog.

»Ich darf ein gewisses Sprachtalent mein eigen nennen«, fuhr sie gestelzt fort. »Ich habe mit einigen dieser Männer gesprochen, und wir erreichten dabei das Sagen-und-Zeigen-Stadium. Manchmal sehen sie die Drachen. In dieser Region kommen die Echsen aus dem Osten, aber wenn die Boote nach Süden segeln, fliegen sie aus Nordosten. Woraus ich schließe, daß sich ihre Heimat in den zentralen Bereichen befindet. Warum starren Sie mich so an?«

»Marco hat bereits den Wunsch geäußert, die Reise zum Mittelpunkt der Flachwelt fortzusetzen«, antwortete Kin. »Er will den Scheibenherren ein Barometer anbieten — glaube ich.«

Am nächsten Morgen segelten sie über ein immer unruhiger werdendes Meer und erreichten sodann einen von weißen Bergen umschlossenen Fjord. Dort sahen sie eine Siedlung aus torfgedeckten Steinhütten, neben denen sich einige kleine Wiesen erstreckten. Leute eilten zum Kiesstrand und wichen rasch wieder zurück, als Silver über die Reling sprang. Sie grinste wie ein Dämon und zog das Boot dann ganz allein an Land, während die Männer ruhig an den Rudern sitzenblieben.

Am Bug war ein Drachenkopf mit trüben Augen festgebunden.

Leif führte seine Gäste in eine große lange Hütte mit hohem Dach, und auf dem Weg dorthin sah sich Kin zunächst vergeblich nach Marco um. Er war wie ein Schatten, beobachtete die Dorfbewohner und hielt nach potentiellen Feinden Ausschau.

Sie traten durch die Tür, und als sich Arads Augen an das Halbdunkel gewöhnt hatten, fiel ihr Blick auf eine offene Feuerstelle. Daneben saß jemand auf einem einfachen Stuhl, ein bärtiger rothaariger Mann, das eine Bein ausgestreckt.

Er stand mühsam auf und schlang die Arme um Leif. Während der Umarmung offenbarten beide Männer jene Art von diskreter Wachsamkeit, die angemessen ist, wenn man mit versteckten Dolchen rechnet. Dann erstattete Leif seinen Bericht.

Er sprach ziemlich lange. Nach einer Weile humpelte der ältere Mann nach draußen und betrachtete die Reste des Drachen. Er lernte Silver kennen und wankte mehrmals um Marco herum, der ihn mißtrauisch musterte. Er schenkte Kin ein Lächeln, das auf horizontale Wünsche hindeutete.

Die anderen Dorfbewohner faßten Mut und kamen näher. Kin fielen zwei Männer in schwarzen Kutten auf. Einer von ihnen sah Marco ängstlich an und murmelte eine Art Beschwörung.

Silver drehte den Kopf.
Und formulierte einen Satz in der gleichen Sprache.

Von jenem Zeitpunkt an übersetzte Silver.

»Es ist Latein, die Sprache der Remer. Allerdings beziehen sich diese Leute nicht auf Rem, sondern auf Rom.«

Kin dachte darüber nach. »Romulus und Remus«, erwiderte sie dann. »Die Gründer von Rem. Kennen Sie die Legende?«

»Wenn ich mich recht entsinne, habe ich sie einmal in einer volkskundlichen Anthologie gelesen.«

»Also hatte hier Remus das Privileg der Namensgebung. Was hat er sonst noch gesagt?«

»Oh, jede Menge Unsinn über Dämonen und dergleichen. Das für primitive Welten typische Geschwafel. Haben Sie jemals das Wort *Troll* gehört? Die Leute murmeln es immer wieder, wenn sie Marco anstarren. Hinzu kommt unverständliches Gerede über Götter.«

Kin blickte sich um. Die Dorfbewohner waren entweder primitiv oder ausgezeichnete Schauspieler. Götter ... Vielleicht die Konstrukteure der Scheibenwelt?

»Fragen Sie danach!« schlug Arad vor. Ein längeres Gespräch folgte, und gelegentlich zeigten einige ältere Männer zum Himmel. Leif und sein Vater beobachteten das Geschehen aufmerksam.

Schließlich drehte sich Silver zu Kin um. »Mal sehen, ob ich alles richtig verstanden habe«, sagte sie. »Es gibt ziemlich viele Götter, aber die oberste heilige Entität heißt Christos. Der Hohepriester lebt in Rom. Ein anderer Gott schuf diese Welt in sechs Tagen.« Die Shand hob eine Pranke. »Um Ihren Fragen zuvorzukommen: Ich habe mich nach Einzelheiten erkundigt. Der Schöpfergott hat viele Assistenten, geringere Götter mit Flügeln. Außerdem gibt es noch ein anderes geringeres Wesen namens Saitan — offenbar ein Agitator. Der Rest besteht aus dem üblichen religiösen Brimborium.«

»Sechs Tage?« wiederholte Kin. »Das ist zu schnell. Die Company hätte mindestens sechs Jahre gebraucht, mit vorgefertigten Teilen. Ich halte das alles für einen Mythos.«

»Allerdings zeichnet er sich durch einen bemerkenswerten Mangel an Phantasie aus«, antwortete Silver. »In den meisten Mythen wird die Welt aus der Bauchspeicheldrüse des göttlichen Stiefvaters oder aus dem Blut des Heiligen Käfers geschaffen. Oder etwas Ähnliches.«

Kin runzelte die Stirn. Die Erde hatte zahllose Religionen hervorgebracht und ebenso viele exportiert wie importiert. Für jede Menschensekte, die sich mit den komplizierten ehftnischen Zeitritualen befaßte, gab es eine Gruppe safrangelber Pseudo-Shandi, die trommelnd und singend durch kalte Shandi-Straßen zog. Die Mitarbeiter der Company waren selbst im Schöpfungsgeschäft tätig: Entweder hielten sie sich nicht mit irgendwelchen Religionen auf, oder sie wählten etwas Einfaches, das kaum Ansatzpunkte für Kritik bot, zum Beispiel Wicca oder Buddhismus.

Während ihres langen Lebens hatte Kin, von Neugier bewegt, aus vielen Tassen getrunken. Aufstehen, niederknien, einen Berg ersteigen, nackt umherlaufen, tanzen, fasten, verfluchen, schlemmen, beten. Manchmal machte so etwas Spaß, aber in den meisten Fällen waren es verinnerlichte Traumtänzereien.

Leifs Vater unterhielt sich einige Minuten lang mit einem Priester und sprach dann zu Silver. Die Shand lachte und antwortete.

»Er möchte den Walhalla-Ofen kaufen«, übersetzte sie.

»Den was?«

»Unseren Robotkellner. Er weiß, daß in Walhalla alle Männer endlos essen und trinken, und jetzt glaubt er, es liege daran, daß ihnen dort solche Öfen zur Verfügung stehen — Wunderapparate, die ständig Speisen und Getränke liefern.«

»Sagen Sie ihm, daß er nicht zu verkaufen ist.« Kin sah Eirick Raude an. Erich der Rote. Sie dachte an die Erde, an einen flachen Hügel im Herzen von Walhalla, wo das Wasser der fünf Binnenmeere in den Langen Fjord floß. Jenes Wasser nannte man Eiricks Bart. Die sterblichen Überreste des roten Erichs ruhten in dem Hügel — er war eine große Touristenattraktion.

Silver atmete tief durch.

»Er möchte auch, daß wir die Sonne in Ordnung bringen«, fügte sie hinzu. Der Alte bemerkte Kins Gesichtsausdruck und bewegte die Lippen; lateinische Worte erklangen.

»Es ist Frühling im Winter gewesen, meint er. Manchmal trübt sich das Licht der Sonne. In mehreren Nächten haben die Sterne geflackert. Und, äh, ein Planet fehlt.«

Kin riß die Augen auf. Dann kehrte sie in die Festhalle zurück, wo Silver den Robotkellner aufgestellt hatte, orderte ein Horn mit süßem Bier, brachte es dem Mann und drückte es ihm in die Hand.

»Sagen Sie ihm, daß es unsere Schuld ist. Sagen Sie ihm folgendes: Wenn wir die Geheimnisse dieser Welt in Erfahrung bringen können, versuchen wir, die Sonne zu reparieren. Hat er wirklich von *flackernden* Sternen gesprochen?«

»Offenbar erwartet man so etwas. Der bereits erwähnte Christos wurde vor fast tausend Jahren geboren, und viele Leute glauben, daß er etwa um diese Zeit wiederkehrt. Sehen Sie sich einmal das Meer an ...«

Kin wandte sich um. Die Wellen *peitschten* den Strand, selbst hier. Weit draußen auf dem offenen Ozean hörte sie das Heulen eines Sturms. Doch der Himmel war blau, und es wehte kein Wind ...

»Ich habe mehrmals darauf hingewiesen, daß die

Flachwelt nicht auf Dauer zuverlässig funktionieren kann«, sagte Kin. »Offenbar sind einige Bestandteile der Kontrollsysteme defekt. Trotzdem: Eirick wirkt nicht sehr besorgt, Silver.«

»Er meint, er habe genug von Göttern. Sie sind ihm völlig schnuppe. Wenn wir das Wetter reparieren, belohnt er uns mit Holz.«

»Mit Holz?«

Silver deutete zum Dorf. »Allem Anschein nach ist es hier knapp. Immerhin herrscht ein auffallender Mangel an Bäumen.«

Dies sollte eigentlich das klimatische Optimum sein, dachte Kin. *Auf der Erde ist es der Fall gewesen. Die längsten Reisen der Nordmänner fanden während einer warmen Phase statt, durch die selbst einige Küstenstreifen Grönlands bewohnbar wurden ...*

In manchen Nächten erloschen hier die Sterne.

Marco und Kin verbrachten die Nacht in der Festhalle. Silver zog es vor, im kühlen Boot zu schlafen. Niemand versuchte, Kin bei den Frauen des Dorfes unterzubringen — Göttinnen hatten gewisse Privilegien.

Sie lag auf der Seite und blickte ins Feuer. Das Donnern der Brandung erschien ihr noch immer zu laut. *Gezeiten,* überlegte sie. Der winzige Mond konnte sie nicht verursachen. Der Meeresspiegel mußte von irgendeiner Vorrichtung angehoben und gesenkt werden, und der entsprechende Mechanismus geriet immer mehr durcheinander.

Kin sehnte sich nach einem Schlafstimulator. Sie wirkten schnell — auch wenn nachher der Geschmack im Mund an den Geruch eines Affenklos erinnerte. Mit einem *Augenzu* litt man nicht an Schlaflosigkeit; man empfand es auch nicht als unangenehm, auf harten

Steinen zu liegen. Man schlief einfach, tief und fest und traumlos.

Schließlich gab es Kin auf, erhob sich und schritt durch die dunkle Festhalle. Der Mann am Zugang trat hastig beiseite, um sie durchzulassen.

Falsche Sterne funkelten am Himmel. Kin schauderte, kam jedoch nicht umhin, das künstliche Universum über dem dunklen, lauten Fjord zu bewundern.

Dies war nicht die Erde. Sie stand auf einer Scheibe, die etwa dreiundzwanzigtausend Kilometer durchmaß und deren Masse $5{,}67 \times 10^{21}$ Tonnen betrug. Woraus folgte: Entweder wurde die Schwerkraft künstlich erzeugt, oder das Muttergestein bestand aus Neutronium. Die Flachwelt drehte sich langsam, wie eine in Sirup geworfene Münze, zog dabei eine falsche Sonne mit sich, einen falschen Mond und einen Schwarm falscher Planeten. Kin wußte das alles, aber als sie zum Himmel aufblickte, fiel es ihr schwer, daran zu glauben.

Sie fröstelte, als Kälte nach ihr tastete. Kaltes Sternenlicht.

Eine künstliche Welt. Eine Welt ohne Astronomie. Oh, vielleicht gab es irgendwo Astronomen, aber man spielte ihnen einen schrecklichen Streich. Eine Welt, auf der Wagemutige über den Rand stürzten. Drachen. Trolle. Ein Gemisch aus Mythen.

Kin sah einen Planeten an der Stelle, die man in Ermangelung eines besseren Ausdrucks als Horizont bezeichnen mußte. Nein, das Objekt war zu schnell für einen Planeten.

Plötzlich verwandelte es sich in eine lodernde Fackel.

Irgendwo im Osten stürzte es ab. Kin vermeinte, die Erschütterung des Aufpralls zu spüren.

Sie lief zu den Booten am Ufer. In einem davon lag eine rauhreifbedeckte Masse.

»Silver?«

Eine dumme Frage. Wie viele Shandi befanden sich derzeit auf der Flachwelt?

»Ah, Kin. Sie haben es zweifellos gesehen.«

»Was ist es gewesen?«

»Der abgesprengte Hauptteil unseres Schiffes. Marco hätte ihn zerstören sollen — der Absturz war nur eine Frage der Zeit. Leider hat sich das Wrack dabei nicht für die Unterseite der Scheibe entschieden. Wir können nur hoffen, daß es ins Meer oder in eine Wüste gefallen ist.«

»Es gibt kaum eine bessere Möglichkeit, den Herren dieser Welt ein unüberhörbares ›Wir sind hier!‹ zuzurufen«, sagte Kin. »Zuerst zerstören wir einen ihrer Planeten, und dann lassen wir unser Raumschiff auf sie herabstürzen.«

»Bevor ich das Schiff sah, fiel mir etwas auf«, verkündete Silver. »Sehen Sie den Planeten dort drüben? Wie heißt er?«

»Nun, wenn dies die Erde ist, so würde ich an jener Stelle die Venus erwarten. Aber ...«

»Genau. Der Mond fehlt.«

Kin fühlte sich von Aufregung erfaßt. Die Konstrukteure der Scheibenwelt hatten etwas vergessen. Wieso? Venus und Adonis, ein Mond fast so groß wie Lunar, hatten während der Morgen- und Abenddämmerung immer am irdischen Himmel gestrahlt. Warum verzichteten die Erbauer der Flachwelt auf den Mond? Ein Rätsel.

»Man könnte eine Datenfolie über Astronomie und Soziologie schreiben«, sagte Silver. »Zum Beispiel hatte ich von Anfang an den Eindruck, daß die Menschen deshalb als erste ins All vorstießen, weil sie dauernd daran erinnert wurden, daß in unserem Universum alles um etwas kreist.

An Ihrem Himmel konnten Sie immer ein anderes Doppelweltensystem sehen — es zeigte Ihnen, daß sich nicht alles um die Erde dreht. Wir bekamen nie die Möglichkeit, das Firmament zu betrachten, aber dafür hatten wir die Zwillinge. Ohne den Mond Ihres Schwesterplaneten wäre die irdische Geschichte sicher nicht so unkompliziert gewesen.«

Sie nahmen gemeinsam Platz und beobachten, wie der ferne glühende Punkt dem Horizont entgegensank. Kin schmiegte sich an Silvers Pelz und überlegte, ob dem Robotkellner irgendeine Gefahr drohte. Wahrscheinlich nicht. Die Männer hatten gehörigen Respekt vor Marco.

Offenbar gingen Silver ähnliche Gedanken durch den Kopf. »Sind Sie wach, Kin?« fragte sie nach einer Weile.

»Noch.«

»Wenn der Robotkellner aus irgendeinem Grund nicht mehr funktionieren sollte, so müssen Sie versprechen, mich zu betäuben und Marco zu gestatten, mein Leben zu beenden.«

Kin richtete sich in der Dunkelheit auf und verzog das Gesicht. »Kommt überhaupt nicht in Frage. Außerdem: Wie sollten wir Sie betäuben?«

»Sie führen einen kleinen Stunner bei sich«, entgegnete Silver. »Ich habe ihn mehrmals bemerkt. Wissen Sie, man hat mich gelehrt, gut zu beobachten. Sie werden mich töten, aus Furcht vor meiner Verwandlung. Ich habe selbst Angst davor.«

Kin brummte unverbindlich, streckte sich wieder aus und dachte an Shandi.

Mit Kung- oder Menschenproteinen konnten sie nichts anfangen. Das bedeutete: Bevor alle Raumschiffe mit Robotkellnern ausgestattet wurden, mußten sie persönliche Kühltruhen ins All mitnehmen.

Einmal hatte ein Schiff der Menschen vier Shandi-Botschafterinnen zur Größeren Erde gebracht, und unterwegs versagte die Tiefkühlanlage. Die Diplomaten waren zivilisiert. Gewöhnliche Shandi verwandelten sich ohne Nahrung innerhalb von zwei Tagen in wilde Raubtiere — Speichel spülte eine Million Jahre der Evolution fort.

Bei den Botschafterinnen dauerte es sechsundfünfzig Stunden.

Niemand überlebte. Die letzte Shand beging Selbstmord, als sie aus dem Verdauungsschlaf erwachte und das blutige Chaos in ihrer Kabine sah. Ein durchschnittlicher Shand hätte sich nicht umgebracht. Durchschnittliche Shandi waren keine Diplomaten, die kosmopolitisch dachten.

Die schlichte Wahrheit lautete: Shandi aßen gern Shand. Kann man rituellen Kannibalismus dem Gefüge der Zivilisation hinzufügen? Den Shandi gelang es.

Sie erfanden das *Spiel.* Die Regeln waren alt, ehrwürdig und einfach. Von verschiedenen Seiten betraten zwei Shandi einen Platz, einen eigens vorbereiteten Tundrastreifen oder eine Lichtung im Wald. In Hinsicht auf die Waffen mußte man bestimmte Regeln beachten. Der Lohn des Siegers bestand aus einem Festschmaus.

Neugier verdrängte die Zurückhaltung aus Kin.

»Haben Sie jemals an dem Spiel teilgenommen, Silver?« fragte sie leise.

»Nun, ja«, erwiderte die Shand, »dreimal, als das Bedürfnis in meinem Mund sehr stark wurde. Zweimal zu Hause und einmal anderswo, obgleich es verboten war. Im letzten Fall trat ich gegen die königliche Professorin für Linguistik an der Universität von Gelt an. Der überwiegende Teil von ihr liegt noch immer in meiner Kühltruhe. Ich bedauere, daß ihr Tod nur wenig Sinn hatte.«

»Aber jetzt haben Sie Robotkellner. Das Spiel ist nicht mehr nötig.«

Silver hob die den Schultern. »Wir halten als Tradition daran fest. Früher war es eine Notwendigkeit, und heute ist es eine Art — Sport. Ja, ich glaube, so könnte man es nennen. Natürlich geht es in diesem Zusammenhang auch um Tapferkeit, Rückbesinnung auf die Vergangenheit und Bestätigung unserer Shand-Identität. Sie halten das sicher für barbarisch.«

Es war eine Feststellung, keine Frage. Kin schüttelte trotzdem den Kopf.

»Auch einige Menschen haben an dem Spiel teilgenommen«, fuhr Silver fort. »Sie bezahlen viel Geld für die Chance, ihren — Machismo? — zu beweisen. Wenn sie gewinnen, hängen sie sich nur den Kopf des Gegners an die Wand. *Das* finde ich barbarisch.«

»Und, äh, wenn die Shand siegt?«

»Dann bekommt sie zwei verurteilte Verbrecher.«

So verhalten sich Shandi auf ihrer Heimatwelt, dachte Kin. *Es geht dich nichts an. Man kann menschliche Werte nicht auf Aliens übertragen.* Aber man versuchte es immer wieder.

Ein Schrei aus der Festhalle unterbrach ihren Gedankengang. Ein Mann stolperte durch die Tür nach draußen, fiel ins Gras und krümmte sich zusammen.

Kin sprang auf und holte ihren Stunner hervor. Es knirschte laut, als Silver hinter ihr im Kies landete.

In der Halle wimmelte es von dunklen Gestalten, die miteinander kämpften. Arad wich zur Seite, als ein in Leder gekleideter Mann hinauslief, gefolgt von einem Hünen, der eine Axt schwang. Sie hob den Stunner und drückte ab.

Die Wirkung trat nicht sofort ein. Die beiden Männer liefen weiter, und nach einigen Schritten gaben wie in Zeitlupe die Beine unter ihnen nach. Betäubt sanken sie zu Boden.

Kin betrat das Gebäude, justierte den Stunner auf Minimalenergie und Fächerstrahl. Wie eine Sense lenkte sie das fahle Leuchten durch den Raum. Ein Kämpfer taumelte mit erhobenem Schwert auf sie zu und schlief ein, noch während er sich bewegte — Kin verlor das Gleichgewicht, als zwei Zentner Nordmann gegen sie prallten. Sie fielen gemeinsam, und einige Sekunden lang glaubte Arad, in dem Gestank von Schweiß und schlecht gegerbten Fellen zu ersticken. Dann schaffte sie es, sich zur Seite zu rollen. Unglücklicherweise hatte sie während des Zusammenstoßes den Stunner verloren. Als sie den Kopf drehte, sah sie einen torkelnden Riesen, der den Strahler aufhob und neugierig in den Lauf blickte. Mitten im allgemeinen Durcheinander gewann sein Gesicht den Ausdruck völligen Friedens. Er stürzte wie ein gefällter Baum.

Ein anderer Mann stürmte heran. Kin trat nach oben und beobachtete, wie der Angreifer mit den Augen rollte. Er brüllte und preßte beide Hände an den Unterleib.

In der Festhalle fand kein Kampf stand, sondern ein wüstes Jeder-gegen-jeden. Die meisten Männer hackten auf alles ein, was sich bewegte.

Kin stemmte sich hoch und rutschte fast auf dem seltsam schlüpfrigen Boden aus. Durch eine Lücke zwischen den Männern sah sie Marco, der im Fackelschein wie ein Dämon umherhüpfte und ein Schwert in vier Händen hielt. Hinter ihm summte der Robotkellner; ein süßlicher Duft ging von ihm aus.

Eine donnernde Stimme erklang an der Tür, und Eirick humpelte herein, das Gesicht eine Fratze der Wut. Er holte mit seiner Krücke aus.

Dann senkte sich die Decke herab. Einer der Kämpfer wich zurück und stieß gegen Kin, die ihn mit einem gut gezielten Schlag außer Gefecht setzte. Das graue Licht der Morgendämmerung kroch in die Halle. Ein Teil der nächsten Wand wölbte sich nach innen und brach. Einen Augenblick lang war ein breiter weißhaariger Fuß zu sehen.

Silver schob sich durchs Loch im Dach — eine schwarze Masse vor dem Hintergrund des goldenen Himmels. Plötzlich wurde es still, und man hörte nur noch das Wimmern der Verwundeten und leises Tröpfeln.

Silver brüllte erneut. Einige Sekunden lang herrschte völliges Chaos, als jene Männer, die noch dazu imstande waren, in Richtung Tür rannten.

Kin sah nach unten. Sie stand knöcheltief in einer klebrigen, schaumigen Pfütze.

Sie blickte zum Robotkellner. Eine gelbbraune Flüssigkeit strömte aus dem Nahrungsfach und bildete eine große Lache. Marco schielte sie an, seufzte zufrieden und fiel nach hinten.

Kin wölbte resigniert die Hand, hielt sie unter das Fach und trank einen Schluck. Der Geschmack bestätigte ihre Erwartungen: ein kräftiges süßes Superbier. Hier und dort fügten die Verwundeten und Sterbenden der Lache dunklere Flecken hinzu.

Kin Arad beendete den Ausgabemodus des Kellners und programmierte ein Gegenmittel. Als der Apparat eine Schüssel mit stinkender blauer Flüssigkeit lieferte, zog sie den Kung am Kopfkamm hoch, schüttete ihm den Inhalt der Schale in den Mund und ließ ihn wieder fallen.

Silver sprang vom zerstörten Dach herab, und gemeinsam wanderten die beiden Frauen durch den großen Raum. Zum Repertoire des Robotkellners gehörten auch verschiedene Salben und diverse Heilmittel, und nach kurzem Nachdenken orderte Kin Stimulanzien für Gliedmaßenersatz. Unter normalen Umständen mißbilligte man die Verwendung dieser modernen Medizin, da sie zu einem ausgeprägten Kulturschock führen konnte, aber zum Teufel auch: Die ganze Flachwelt war ein riesiger Kulturschock. Bei einigen Verletzten strich Kin das Mittel wie Schlamm auf die Wunden — und hoffte.

Nach einer Weile stöhnte Marco, setzte sich auf und starrte seine Gefährten aus glasigen Augen an. Kin beachtete ihn nicht.

»Leifs Männer haben den Leuten erzählt, daß der Kellner Alkohol produziert«, sagte er mühsam. »Als ich es ihnen zeigte, drehten sie durch und verlangten mehr. Und dann fielen sie übereinander her.«

»Eine verdammte Walhalla-Maschine«, murmelte Kin und konzentrierte sich wieder auf die Arbeit.

In der Dunkelheit unter dem Dach ertönte ein heiseres Kichern, und eine schwarze Feder schwebte herab.

Gegen Mittag brachen sie auf. Alle Dorfbewohner versammelten sich, um sie zu verabschieden.

Viele Männer wiesen neue weiße Narben auf. Bei manchen wuchsen winzige Gliedmaßen aus bereits geheilten Stümpfen. Aber einige waren in der Festhalle gestorben — die Walhalla-Maschine hatte zu gut funktioniert.

Eirick hielt eine lange Ansprache auf Lateinisch, bot erlesene Felle und zwei weiße Jagdvögel als Geschenke an.

»Sagen Sie ihm, daß wir das nicht annehmen können«, wandte sich Kin an Silver. »Sagen Sie ihm irgend etwas. Wir dürfen uns nicht mit zusätzlichem Gewicht belasten. Behaupten Sie einfach, wir seien nicht in der Lage, die Sonne zu reparieren, wenn wir zu viele Dinge mitschleppen. Das kommt der Wahrheit sogar recht nahe.«

Eirick hörte sich Silvers vorsichtig formulierte Antwort an und nickte würdevoll.

»Ich möchte ihm etwas geben«, sagte Kin.

»Warum?« zischte Marco.

»Weil sie noch immer fürchtet, die Flachwelt sei von der Company konstruiert worden«, vermutete Silver. »Sie möchte sich dafür entschuldigen. Stimmt's?«

Kin schenkte der Shand keine Beachtung. »Bitten Sie ihn um Holz. Irgendwelche Reste. Und Gras oder Heu. Alte Knochen. Organische Substanzen. Um meinen Plan zu verwirklichen, braucht der Robotkellner bestimmt Nachschub an Basismaterial.«

Sie setzten die Maschine als eine Art Sägemühle ein. Nachdem die ersten glatten Bretter durchs Ausgabefach gerutscht waren, entwickelten die Dorfbewohner einen bemerkenswerten Fleiß. Die vom aufgewühlten Meer angeschwemmten Tang- und Algenfladen formten innerhalb kurzer Zeit einen großen Haufen am Aufnahmetrichter. Es herrschte kein Mangel daran: Heute bewegte sich der Ozean wie flüssige Berge.

Kin nahm Marco und Silver beiseite, während Männer, Frauen und Kinder Bretter forttrugen.

»Wir fliegen«, sagte sie. »So weit wie möglich übers Land — aber wir fliegen. Wenn die Energie der Ergpakete nicht genügt, um das Zentrum der Scheibenwelt zu erreichen, laden wir einen Gürtel mit dem Rest der anderen. Dann setzen Marco oder ich den Weg allein fort. Dadurch kann Silver beim Robotkellner bleiben.«

»Ich bin geneigt, diesem Vorschlag zuzustimmen«, erwiderte die Shand. »Wir haben nichts zu verlieren. Unsere Wahl sollte natürlich auf Marco fallen. Ich bin groß genug, um Raubtiere zu verscheuchen, und Kin kann überleben, indem sie Männern sexuelle Dienste anbietet. Marco hat die besten Aussichten, zur Scheibenmitte zu gelangen.«

Es war eine ziemlich plumpe Diplomatie, aber Marco wandte sich ab.

»Sie überschätzen mich«, brummte er. »Ich habe mich von Menschen provozieren lassen, und deshalb bin ich zutiefst beschämt.«

»Die Schuld liegt nicht allein bei Ihnen«, behauptete Silver großzügig.

»Aber ich war den Leuten *eins zu dreißig überlegen!*«

Gischt ging wie ein Hagelschauer über dem Dorf nieder. Am Robotkellner hatte sich inzwischen recht viel Bauholz angesammelt. Kin schaltete die Maschine ab und rückte ihren Rettungsgürtel zurecht.

Die beiden Christos-Priester standen abseits der Menge und sangen auf Latein.

»Können Sie die Worte verstehen?« fragte Kin.

Silver lauschte eine Zeitlang. »Sie bitten Christos, uns entweder die Reparatur der Sonne und Planeten zu erlauben oder uns zu vernichten, wenn er glaubt, wir seien Diener Saitans.«

»Wirklich nett. Übermitteln Sie ihnen jetzt einen letzten Gruß von uns.«

Sie stiegen rasch auf. Die Hütten und der Strand verloren sich vor einem Hintergrund aus Schnee und wogendem Meer.

Das Meer ... Es spielte verrückt. Wellen kletterten übereinander, zerstoben und donnerten. Die Gischt reichte Dutzende von Metern hoch.

Auf der Flachwelt mußte sich ›Osten‹ notwendigerweise auf eine Stelle am Rand beziehen. Hier gab es nicht die traditionellen Richtungen, sondern vier andere: Kreis links, Kreis rechts, nach innen und nach außen. Kin und ihre Begleiter flogen nach *innen.*

Wachsam beobachteten sie das Ding im Wasser. *Lebt es?* fragte sich Kin. *Oder sorgen die Wellen dafür, daß es lebendig wirkt?* Einmal tauchte eine Flosse auf und klatschte ins Wasser zurück.

Sie beschloß, tiefer zu gehen. Eine Zeitlang wartete sie auf Warnungen von Marco, aber der Kung schwieg schon seit einer ganzen Weile. Silver blieb ebenfalls stumm und nutzte die Flugpause, um den Robotkellner mit der Schleppleine heranzuziehen.

Kin glaubte, kalte Luft durch die fünfundzwanzig Isolierschichten des Schutzanzugs zu fühlen, als sie sich der Wasseroberfläche näherte. Ein blauer Himmel wölbte sich über ihr, klar wie Eis.

Das Geschöpf schwamm mit dem Bauch nach oben. Der größte Teil bestand aus einem Schwanz, der weite schlangenartige Bögen beschrieb, bis er irgendwo in den Fluten verschwand. Als eine besonders hohe Welle den Leib bewegte, sah Kin einen pferdeartigen Kopf und eine leere Augenhöhle.

Es mußte alt sein. Kein Wesen wurde schnell so groß. Muscheln klebten an dem weißen Körper, und Ringelwürmer hatten Löcher darin hinterlassen.

Kin flog wieder nach oben. Es wäre bestimmt interessant gewesen, das riesige Geschöpf auf einen Seziertisch zu bringen — mit einer Winde.

»Es ist tot«, sagte sie. »An einer Stelle habe ich einen

Riß bemerkt, groß genug, um mit einem Boot hindurchzusegeln. Und frisch. Ich glaube, es gehört zur gleichen Spezies wie jenes Wesen, das wir heute morgen beobachtet haben.«

Sie hatten es weit rechts gesehen, als es wie eine schwarze schuppige Sinuswelle durchs Wasser glitt.

Silver wirkte besorgt. »An seinem Tod kann überhaupt kein Zweifel bestehen«, betonte Kin, um sie zu beruhigen.

»Ich habe gerade überlegt, wodurch es gestorben sein mag«, entgegnete die Shand. »Und ich wäre froh, festen Boden unter den Füßen zu haben.«

Je fester, desto besser, dachte Kin. Sie zog den Himmel vor. Rettungsgürtel boten weitaus mehr Sicherheit als die Flachwelt. Rettungsgürtel versagten nicht. *Die Scheibe kann jeden Augenblick auseinanderbrechen, und dann hängen wir einfach im All.*

»Ich sehe eine Insel einige Kilometer vor uns«, sagte Silver. »Nur eine Felskuppe. Mit alten Feuerstellen. Sollen wir dort landen?«

Kin spähte in die entsprechende Richtung und erkannte einen Fleck in der Ferne. Das Meer schien hier ruhig zu sein, und die Vorstellung einer kurzen Rast übte einen gewissen Reiz aus. Die Schutzanzüge waren nicht für längere Einsätze in Schwerkraftfeldern bestimmt. Seit sie das Dorf der Nordmänner verlassen hatten, baumelten Kins Beine nach unten, und jetzt fühlten sie sich wie Blei an. Es mochte angenehm sein, wieder Blut hineinzustampfen.

»Marco?« fragte sie. Der Kung schwebte einige Dutzend Meter hinter ihnen und gab sich noch immer Selbstvorwürfen hin.

Ein Seufzen drang aus dem Ohrempfänger. »Ich bin außerstande, nützliche Meinungen zu äußern, doch es scheint keine unmittelbare Gefahr zu drohen.«

Die Insel war klein und ragte vermutlich nur bei Ebbe aus dem Wasser. Fast trockener Seetag bedeckte den größten Teil davon. An der höchsten Stelle des Felsens, die etwa drei Meter über dem Meeresspiegel lag, erinnerte eine dicke Rußschicht an viele entfachte Feuer.

Kin landete zuerst und fiel, als die Beine unter ihr nachgaben. Direkt vor ihrem Gesicht kroch eine Krabbe aus dem Tang.

Silver setzte geschmeidig auf und zog dann an der Schleppleine, um den Robotkellner vom Himmel zu holen. Während Kin sich Waden und Oberschenkel massierte, schritt die Shand umher und sammelte Algenbündel für den Aufnahmetrichter der Maschine. Normalerweise entnahm der Kellner alle notwendigen Moleküle aus der ihn umgebenden Luft, aber Silver hatte großen Appetit.

Nach einigen Minuten berührte sie Kin an der Schulter, reichte ihr einen Becher mit Kaffee und griff nach einer großen Schüssel, die etwas Rotes enthielt. Vielleicht synthetischen Shand. Na und?

»Wo ist Marco?« fragte Kin und sah sich um. Silver schluckte und deutete nach oben.

»Er hat seinen Sender abgeschaltet«, erklärte sie. »Er scheint Probleme zu haben.«

»Allerdings«, bestätigte Kin. »Er hält sich für einen Menschen und weiß gleichzeitig, daß er ein Kung ist. Und er schämt sich, weil er gelegentlich das Verhalten eines Kung zeigt.«

»Kung und Menschen sind verrückt«, sagte Silver im Plauderton. »Doch Marco ist verrückter als alle anderen. Wenn er gründlich nachdächte, so müßte er die logische Unmöglichkeit seiner Situation erkennen.«

»Ja«, erwiderte Kin müde, »ich weiß, daß er kein körperlicher Mensch ist, aber Kung glauben, daß die eigene Identität vom Ort der ...« Sie unterbrach sich. Silver lächelte ermutigend.

»Fahren Sie fort. Sie stehen kurz vor der entscheidenden Schlußfolgerung. Kung glauben, bei der Geburt nehme das Kind die nächste körperlose Seele in sich auf. Aber Marco ist eingebürgerter Mensch, und Menschen halten derartige Vorstellungen für unsinnig und absurd. Woraus folgt: Marco ist mit Körper und Geist ein Kung.«

Kin vernahm ein scharfes Zischen aus dem Kommunikator. Marco hatte zwar seinen Sender desaktiviert, aber Kung waren Verrückte, und deshalb blieb sein Empfänger eingeschaltet. Arad blickte nach oben und beobachtete den fernen Punkt. Silvers Mund bewegte sich stumm: Beachten Sie ihn nicht!

»Ich schätze, Leifs Männer haben hier Feuer entzündet«, sagte Kin unbestimmt. »Wahrscheinlich liegt die Insel auf ihrer Handelsroute.«

»Ja. Ist Ihnen der unterschiedliche Seegang aufgefallen?«

Kin nickte.

Auf der Flachwelt gab es Milliarden Tonnen Wasser, die ständig über den Rand flossen. Irgendwie mußten sie dem Ozean wieder zugeführt werden. Wenn man von der Annahme ausging, daß die Konstrukteure der Scheibe keine Magier waren, so kam nur ein Molekülsieb in Frage, verbunden mit einem — Kin schauderte innerlich — Materietransmitter. Ganz einfach: Man installierte Transittore am Meeresgrund und pumpte das Wasser zurück. Aber jetzt ging irgend etwas schief.

Während der vergangenen anderthalb Tage hatten sie runde Bereiche aus geradezu tobendem Ozean passiert. Zuviel Wasser kehrte zurück. Oder vielleicht funktionierten nur noch wenige Transitstellen und mußten nun ein wesentlich höheres Volumen bewältigen.

»Manchmal vergesse ich, daß die Scheibe nur eine gewaltige Maschine ist«, sagte Kin.

»Ich glaube, Sie begegnen den Konstrukteuren mit einer zu kritischen Einstellung«, meinte Silver. »Abgesehen von der Möglichkeit folgenschwerer Defekte hat es keine großen Nachteile, in einem derartigen Kosmos zu leben, oder? Es ist trotzdem möglich, Wissenschaften zu entwickeln.«

»Ja, aber die falschen. Wissenschaft sollte ein Werkzeug sein, um das Universum zu enträtseln, doch die hiesige Wissenschaft eignet sich nur für die Flachwelt. Stellen Sie sich einen Scheiben-Astronom vor, der versucht, das Weltall zu verstehen! Nein, diese Welt taugt nur für Religionen.«

Silver wandte sich dem Robotkellner zu und orderte eine zweite Schüssel mit Brei. Als sie den Kopf drehte, streifte Kin gerade den Schutzanzug ab.

»Halten Sie das für klug?«

»Mit ziemlicher Sicherheit ist es dumm«, erwiderte Kin und schwankte leicht, als eine Welle nach ihren Füßen tastete. »Wie dem auch sei: Ich habe keine Last, den ganzen Tag lang in diesem Ding zu schwitzen. Oh, ich gäbe jetzt einige Tagesscheine für ein heißes Bad.«

Sie ging zum Strand und verharrte jäh, als eine weitere Welle ihr fast das Gleichgewicht raubte.

Eine Insel?

Marco raste vom Himmel herab und schrie auf Kung. Kin sah kurz zu ihm hoch; als sie den Blick wieder senkte, donnerte eine dritte Woge in Brusthöhe heran und riß sie von den Beinen. Durch sprühende Gischt beobachtete sie, wie Silver mit dem Robotkellner aus der Brandung sprang.

Kaltes Wasser rauschte über Kin hinweg. Sie achtete nicht auf den Druck in den Ohren, streckte die Hände durchs grüne Zwielicht und schloß sie um den Stoff des Schutzanzugs. Das Gewicht des Rettungsgürtels drückte ihn in die Tiefe, und er zog Kin mit sich.

Neben ihr perlten Luftblasen. Marco tauchte an ihr vorbei, und einige schreckliche Sekunden verstrichen, bevor der Anzug ein anderes Bewegungsmoment bekam — er glitt nach oben.

Silver wartete bereits. Als der Schutzanzug mit der sich verzweifelt daran festklammernden Kin die Wasseroberfläche erreichte, schwebte die Shand näher. Marco tauchte in einer Schaumrosette auf.

»Nein!« rief er. »Hoch! Fliegen Sie hoch, fort vom Meer!«

Die verbissene Pantomime wiederholte sich zweihundert Meter über dem Ozean. Silver hielt Kin an den Schultern, und Marco öffnete den Schutzanzug: Auf diese Weise gelang es ihnen, Arad in die untere Hälfte zu schieben. Anschließend zwängten sie die kalten Arme in die Schutzstulpen. Die internen Thermoeinheiten reagierten — als Kin die Sprache wiederfand, war es in ihrem Anzug so warm wie in einer Sauna.

»Danke, Marco«, sagte sie. »Wissen Sie, ich hätte es nicht geschafft, den Schalter ...«

»Sehen Sie nach unten!« unterbrach sie der Kung.

Sie blickten zum Meer.

Ein Schatten bewegte sich unter den im Sonnenschein glitzernden Wellen, eine Schildkröte von den Ausmaßen einer Insel, ausgestattet mit vier paddelartigen Beinen. Ihr Kopf war so groß wie ein kleines Haus. Sie schwamm träge dahin und verschwand in der Tiefe.

»Ich habe gesehen, wie sie erwachte«, sagte Marco. »Zuerst hielt ich die Beine für Sandbänke, aber dann neigte sich eins nach vorn. Bestimmt hat sie schon des öfteren eine Insel simuliert, um jene unvorsichtigen Reisenden zu fressen, die auf ihr Lagerfeuer entzünden.«

»Ein hundert Meter langer Panzer«, überlegte Silver laut. »Erstaunlich. Gibt es solche Schildkröten auf der Erde?«

»Nein«, antwortete Kin mit klappernden Zähnen.

»Genug mit dem wissenschaftlichen Gerede«, brummte Marco. »Wir müssen möglichst schnell zur nächsten Landmasse. Dort drüben, Silver. Rechts von uns, in halber Höhe am Himmel. Ich sehe nur einen Fleck.«

Silver drehte sich um. »Ein Vogel. Schwarz. Vielleicht ein Rabe.«

»Dann können wir nicht weit von Land entfernt sein«, sagte Marco. »Ich dachte schon, es sei ein Drache.«

Sie schalteten die Rettungsgürtel auf maximale horizontale Geschwindigkeit und flogen los. Marco schob sich fast unmerklich an die Spitze, wodurch eine Deltaformation entstand. Kin unterstützte seine Bemühungen, indem sie den Schub ein wenig reduzierte, und Silver folgte ihrem Bespiel. Die beiden Frauen überließen dem Kung die Führung.

Nach einer Weile stieg er auf, und seine Begleiterinnen paßten ihren Kurs entsprechend an. Unten ...

... entfaltete sich die Flachwelt. In der vorherigen Höhe hätte Kin glauben können, eine kugelförmige Welt zu betrachten, doch jetzt zeigte die Scheibe ihre wahre Gestalt — eine verrückte Landkarte, die Großkreisprojektion eines Wahnsinnigen.

Nur Wolken und Dunst beschränkten die Sichtweite. Kin blickte bis zum fernen Rand, der sich als dunkle Linie am Firmament abzeichnete. Dort, wo Himmel und Erde zusammenwuchsen, wölbten sich zwei weiße Hörner nach rechts und links. Der Wasserfall. Der Meeresfall, der die Scheibe wie eine Schlange umgab.

Vor der afrikanischen Küste bildete sich ein Wirbelsturm. Als Kin an Höhe gewann, beobachtete sie fasziniert die wie erstarrte Wolkenspirale.

Sie hatte viele Welten vom All aus gesehen, aber die Scheibe war *anders.* Und riesig. Kin war daran gewöhnt, in Millionen zu denken, wenn es um Größe ging, und zuerst hatte sie die in ein eigenes Universum gehüllte Flachwelt für klein gehalten. Wenn man sie aus einer Höhe von einigen hundert Kilometern sah, wirkte sie gewaltig. Das lichtjahrweite Nichts war klein und bedeutungslos. Jetzt genügte es, einfach nur hinabzustarren ...

»Was hat es mit den kreisförmigen Bereichen auf sich, in denen das Meer zu brodeln scheint?« fragte Marco.

»Kin vermutet, sie stehen mit dem Mechanismus in

Zusammenhang, der das Wasser vom Randfall in den Ozean zurückbringt«, antwortete Silver.

»Logisch. Ich bewundere Leifs Volk immer mehr. Sich in kleinen Booten solchen Gefahren auszusetzen, ohne einfach aufsteigen zu können, wenn's brenzlig wird ...«

»Wenn man die Flachwelt so sieht«, sagte Silver, »möchte man sie nie wieder betreten. Sie ist zu dünn, zu künstlich. Shandi leiden nicht an Schwindel, aber ich kann entsprechende Empfindungen jetzt verstehen.«

Marco nickte. »In der Tat. Wenn man die Scheibe auf diese Weise sieht, zittern einem die Knie — als stünde man im hundertsten Stock auf einem Mauervorsprung. Es mag ein breiter Vorsprung sein, aber er ist hoch.«

»Ich verstehe allmählich, was Kin meinte, als sie davon schrieb, daß die Spindler immer einige tausend Kilometer Planet unter den Füßen haben wollten«, murmelte Silver. »Dabei handelt es sich um einen mentalen Anker. Das Unterbewußtsein fürchtet den endlosen Fall zum Boden des Universums. Vielleicht spiegelt unser Unbehagen die betreffenden Gefühle der Spindler wider.«

»Das ist durchaus möglich. Immerhin heißt es, daß sie Einfluß auf unsere Evolution nahmen. Was glauben Sie, Kin? Kin?«

»Hm? Was?«

»Haben Sie nicht zugehört?«

»Tut mir leid. Ich war ganz auf die Scheibe konzentriert. Silver, was ist das für ein Fleck in jener Region, die das Äquivalent von Mitteleuropa darstellt?«

Die Shand hielt Ausschau. »Ich nehme an, er markiert die Absturzstelle unseres Schiffes.«

Sie beobachteten ihn. Angesichts der großen Entfernung bildete der Rauch nur einen dünnen Faden.

»Es scheint ein lebloses Gebiet zu sein«, sagte Silver optimistisch.

»Jetzt lebt dort bestimmt nichts mehr«, entgegnete Kin bitter.

Einige Kilometer weiter unten flog der Rabe und schlug so schnell mit den Flügeln, daß sie einen undeutlichen Schatten formten. Er blickte ebenfalls zum Rauch, und hinter seinen Augen klickte etwas.

Der Mond ging auf, voll und rötlich — es mangelte ihm an Energie. Sein Licht glitt über eine Landschaft, die unter Kin und ihren Gefährten hinwegraste. Hauptsächlich bestand sie aus Wald. Gelegentlich zeigten sich freie Stellen, und manchmal deutete orangefarbenes Glühen auf Siedlungen hin.

Der Kung hielt an und schwebte, nachdem sie einen großen dunklen Wald passiert hatten.

»Lassen Sie uns landen, Marco!« bat Kin müde.

»Zunächst müssen wir die Gegend auskundschaften!«

»Ich kann weit und breit nichts Gefährliches erkennen.«

Silver landete zuerst und ging dabei von der sehr vernünftigen Annahme aus, daß es keine wilden Tiere wagten, sie anzugreifen. Sie schaltete den Rettungsgürtel aus, nahm den Helm ab, blieb ruhig stehen und schnupperte. Nach einer Minute drehte sie sich um und schnüffelte erneut.

»Alles in Ordnung«, meldete sie. »Ich rieche Wölfe, aber es ist eine alte Fährte. Anderthalb Kilometer weiter mittwärts wittere ich einige Eber, und ich glaube, im Fluß drei Kilometer randwärts schwimmen Biber. Die Gegenwart von Menschen nehme ich nicht wahr.« Silver schnupperte einmal mehr und zögerte.

»Da ist noch etwas anderes, aber ich kann es nicht erkennen. Alt und insektenartig.«

Kin und Marco landeten trotzdem. Arad döste in ihrem Schutzanzug, erwachte jedoch lange genug, um sich nicht vom Gürtel an den Hügelhang schleudern zu lassen. Sie desaktivierte ihn und sank ins duftende Gras.

Später hob sie die Lider, als ihr Marco einen Teller Suppe reichte.

Er und Silver hatten ein Feuer entfacht. Gelbe Flammen züngelten. Ihr flackernder Schein tanzte über den dreißig Meter entfernten Waldrand und verlieh dem Lagerplatz angenehme Wärme. Das Licht glitzerte über den Robotkellner.

»Niemand weiß besser als ich, daß wir hier nicht sicher sind«, brummte der Kung, als er Kins fragenden Blick bemerkte. »Aber ich bin menschlich genug, um zu sagen: Was soll's? Silver hat die erste Wache übernommen. Anschließend sind Sie dran. Nutzen Sie die Gelegenheit, um noch etwas zu schlafen.«

»Danke. Äh, Marco, was die schwimmende Insel betrifft ...«

»Eine Erörterung dieses Themas erübrigt sich. Der größte Teil des restlichen Fluges zur Scheibenmitte führt über Land.«

»Vielleicht finden wir nichts.«

»Mag sein. Aber ist das Leben etwas anderes als eine ständige Reise zum *Zentrum?*«

»Meine Sorge gilt in erster Linie dem Energievorrat unserer Rettungsgürtel. Können wir sicher sein, daß er genügt, um das Ziel zu erreichen?«

»Nein, aber es gibt einen eingebauten Hysterese-Effekt. Wenn das energetische Niveau unter einen bestimmten Wert sinkt, wird man vom Rettungsgürtel sanft auf dem Boden abgesetzt.«

»Oder im Meer«, wandte Kin ein.

»Oder im Meer. Ich weiß, was Sie in Wirklichkeit bedrückt — die Furcht, daß diese Welt vielleicht von Ihrer Company gebaut wurde. Warum sollte Ihnen daran gelegen sein, eine Scheibe zu konstruieren?«

»Weil wir es können.«

»Das verstehe ich nicht.«

»Wir sind in der Lage, Drachen zu schaffen. Wir können Menschen in Bottichen heranwachsen lassen — es ist ebenso leicht wie die Züchtung ausgestorbener Wale. Die Theorie steht uns schon seit einer ganzen Weile zur Verfügung; nur der Kodex hindert uns daran, sie in die Praxis umzusetzen. *Aber es wäre möglich.* Wir hätten diese Welt bauen können. Niemand hätte es gewagt, sie in unserem Heimatsektor zu konstruieren, doch hier draußen sieht die Sache ganz anders aus.«

Marco musterte Kin kummervoll. »Silver hat mich überzeugt. Während meiner Vernunftphasen bin ich Kung. Es *freut* mich, kein Mensch zu sein.«

Kin leerte den Teller Suppe und sank wieder ins Gras. Sie fühlte sich warm und gesättigt. Marco hatte sich mit vier Nordmann-Schwertern in Griffweite zusammengerollt, und weiter oben am Hügel saß die reglose Silver. Ein beruhigender Anblick, fand Kin. Solange der Robotkellner funktionierte.

Sie träumte nicht.

Kurz vor Mitternacht wurde Kin von Silver geweckt. Sie gähnte und stand auf.

»Ist irgend etwas geschehen?« fragte sie.

Die Shand überlegte. »Ich glaube, vor einer Stunde schrie eine Eule, und einige Fledermäuse flatterten vorbei. Abgesehen davon hat sich nichts ereignet.«

Silver streckte sich aus, und nach einigen Minuten wies leises Schnarchen darauf hin, daß sie fest eingeschlafen war.

Der Mond stand hoch am Himmel, leuchtete jedoch noch immer zu rot. Die Sterne strahlten mit jenem tiefen Glanz, den man immer gegen Mitternacht beobachten kann. Taufeuchtes Gras raschelte leise, als sich Kin von der glühenden Asche des Lagerfeuers entfernte.

Selbst jetzt zeigte sich noch immer Licht am Sonnenuntergangsrand, ein mattes Schimmern, gerade hell genug, um die dünne Linie zwischen Scheibe und Himmel zu verdeutlichen. Motten summten an Kin vorbei, und es roch nach zertretenem Thymian.

Später fragte sie sich, ob sie im Stehen eingedöst war. Der Mond hatte seine Position kaum verändert, und im ›Westen‹ sah sie nach wie vor einen hellen Streifen. Trotzdem tönte Musik so zuversichtlich über den Hügelhang, als erklinge sie schon seit einer ganzen Weile.

Kin vernahm ein Trillern, gefolgt von einer Melodie, die seltsame Assoziationen weckte, undeutlich an Dinge erinnerte, die nie existiert hatten und eigentlich ein Teil der Vergangenheit sein sollten. Es war destillierte Musik.

Die Reste des Feuers kamen einem trüben Auge zwischen den beiden Schlafenden gleich. Kin kletterte den kahlen Berg hinauf und hinterließ dunkle Fußspuren im Gras.

Vor ihrem inneren Auge entstand ein Bild: Es präsentierte die Musik als etwas Lebendiges, das sich um die Anhöhe schlängelte und im stillen Wald verschwand. Kin sagte sich, daß sie jederzeit umkehren konnte — und setzte den Weg fort.

Sie sah den Elf auf einem moosbewachsenen Stein an der Kuppe des Hügels. Seine Gestalt zeichnete sich vor dem Restlicht am Horizont ab. Er saß mit überkreuzten Beinen über die Flöte gebeugt und gab sich ganz der Musik hin.

Im Innern der Frau, die nun wie verzückt stehenblieb, regte sich eine andere Kin Arad in ihrem geistigen Kerker und hämmerte an die Tür des Bewußtseins: (Es ist ein Insekt! Hör nicht zu! Es scheint eine Kreuzung zwischen Mensch und Maikäfer zu sein! Betrache nur die Fühler — sehen so etwa Ohren aus?)

Plötzlich verklang die Musik.

»Nein ...«, sagte Kin.

Der dreieckige Kopf drehte sich ruckartig. Ein oder

zwei Sekunden lang blickte Kin in zwei schmale glitzernde Augen, die grüner waren als das Licht hinter ihnen. Dann zischte etwas, und hastige Schritte pochten über den Boden. Kurze Zeit später raschelte es im Wald. Die Stille der Nacht kehrte zurück, schloß sich um Kin wie ein Mantel aus Samt.

Als der Morgen dämmerte, stiegen sie wieder auf, flogen mittwärts und ließen dabei lange faserige Streifen im aufsteigenden Nebel zurück.

Am Horizont erhob sich eine dunkle Rauchsäule, wie der streng erhobene Zeigefinger des Jüngsten Gerichts. Sie war so dicht, daß sie einen Schatten warf.

»Ich weiß nicht, wie die Einheimischen darauf reagieren, aber ich bin entsetzt«, sagte Kin. »Wir hätten das Schiff zerstören sollen, Marco.«

»Ein Planet der Flachwelt hat uns getroffen«, erwiderte der Kung. »Also sind die Herren der Scheibe dafür verantwortlich.«

Der Wald wich Feldern, auf denen Korn wuchs. Tief unten ging ein Mann hinter einem Pflug her, der von ameisengroßen Ochsen gezogen wurde; der Bauer fiel auf die Knie, als er die drei Gestalten am Himmel bemerkte. Jenseits der Felder führte eine Straße an mehreren Hütten vorbei zu einer Furt; auf der anderen Seite des Flusses verschwand der Weg unter Baumwipfeln.

»Der Mann sah nicht gerade wie ein genialer Planetentechniker aus«, meinte Kin.

»Nein«, bestätigte Marco, »eher wie ein Einfaltspinsel, dem wir einen gehörigen Schrecken eingejagt haben. Aber *jemand* hat die Scheibenwelt konstruiert.«

Sie frühstückten auf einer Klippe, die einen weiten Blick übers Meer bot. Marco beobachtete den Ozean aufmerksam, und nach einer Weile fragte er: »Wenn Sie eine flache Welt bauen müßten, Kin — wie würden Sie das mit den Gezeiten bewerkstelligen?«

»Ganz einfach: ein Reservoir unter der Scheibe, aus dem gelegentlich zusätzliches Wasser ins Meer gepumpt wird. Warum?«

»Die Flut ist verdammt hoch. Die Bäume dort unten sind halb überschwemmt. Was ist los mit Ihnen? Greift Sie jemand an?«

»Ja, und je eher ich ein ordentliches heißes Bad bekommen kann, desto besser. Mit Seife. Seife! Seit Grönland trage ich Passagiere mit mir herum.«

Der Kung musterte sie verwirrt. Kin seufzte,

»Flöhe, Marco. Ärgerliche Parasiten. Im Augenblick könnte ich das Gesetz zur Erhaltung ausgestorbener Spezies vergessen und die Mistviecher umbringen. Außerdem: In einem solchen Schutzanzug fällt es einem sehr schwer, sich zu kratzen.«

Silver hüstelte. »Auch ich hätte nichts gegen eine Verbesserung der Hygiene einzuwenden.«

Marco erklärte sich schließlich bereit, später am Tag eine zusätzliche Pause einzulegen. Den Ausschlag gab Kins Ankündigung, vor dem ersten Gebäude zu landen, das wie eine Taverne aussah.

Als sie übers Meer flogen, sagte Silver: »Wenn wir den gegenwärtigen Kurs halten, kommen wir nach Deutschland. Kein guter Ort.«

»Wieso?« fragte Marco.

»Ein Schlachtfeld. Die Dänen breiten sich nach Süden aus, während Madjaren nach Westen drängen und Türken in verschiedene Richtungen vorstoßen. Die Einheimischen kämpfen gegen alle gleichzeitig. So berichtet jedenfalls die Geschichte.«

»Hat jemand eine Luftwaffe?«

»Die Technologie war pri ...«

»Es sollte ein Scherz sein.«

Kin kratzte sich und starrte verdrießlich aufs Meer. Sie glaubte, ein Boot zu erkennen, das kieloben auf den

Wellen schaukelte. Es blieb hinter ihnen zurück, bevor Arad Gelegenheit bekam, genauer hinzusehen. Kurz darauf bemerkte sie als erste die Rosette.

Von oben betrachtet, schien dem Ozean eine Blume mit grünen weißrandigen Blütenblättern gewachsen zu sein. Sie gingen tiefer und beobachteten, wie in Abständen von einigen Sekunden brodelnde Wassermassen die Oberfläche durchstießen und sich in Form von konzentrischen tosenden Kreisen ausbreiteten.

»Eine Gezeitenpumpe«, kommentierte Marco und flog weiter.

Sie überquerten einen breiten Strand, ein weites Schachbrett aus Feldern und einen Wald. Dann erreichten sie eine Stadt — klein, ländlich-idyllisch, aber eine Stadt.

»Das ist eine Festung«, sagte Marco und deutete auf ein gedrungenes Steingebäude zwischen den schiefen Dächern. »Aber was hat es mit dem großen Holzbau auf sich?«

»Vielleicht ein beheiztes Schwimmbad«, murmelte Kin. »Starren Sie mich nicht so an. Die Remer hatten heiße Bäder.«

»Römer«, berichtigte Silver. Marco brummte etwas Unverständliches und glitt davon. Die beiden Frauen beschleunigten, um zu ihm aufzuschließen.

»Warum die Eile?« erkundigte sich Kin.

Der Kung deutete zur Rauchsäule. Trotz der noch immer recht großen Entfernung sah sie sehr beeindrukkend aus.

»Deshalb«, antwortete er. »Silver meint, die Bewohner der Scheibenwelt sind reif für Massenhysterie. Jetzt sehen sie das dort am Himmel — wie verhalten sie sich wohl?«

Sie landeten abseits der Stadt in einem Mischwald, dicht neben einem Bach, der zwischen niedrigen Sandufern plätscherte.

Kin streifte sofort den Schutzanzug ab und aktivierte

eins der einfachsten Programme des Robotkellners, während Silver unmittelbar neben dem Bach eine Grube aushob. Heißes Wasser strömte durchs Ausgabefach und füllte das Loch im Boden. Kin sprang hinein.

Marco wanderte unruhig am Ufer umher und erkletterte dann einen baumbewachsenen steilen Hügel. Schon nach kurzer Zeit stürmte er wieder zum Bach.

»Wir müssen sofort aufbrechen! Dort oben verläuft ein Pfad.«

Silver warf Kin einen Blick zu, hob die Schultern und stapfte dann zur Anhöhe. Sie wirkte nachdenklich, als sie zurückkehrte.

»Ich habe schwachen Menschengeruch wahrgenommen«, sagte sie. »Nun, es ist ein ganz normaler, halb überwucherter Waldpfad.«

Sie musterten Marco.

»Leute benutzen ihn«, brummte der Kung. »Und vielleicht sind sie bewaffnet.«

»Wahrscheinlich nur mit Äxten«, erwiderte Kin. »Darüber hinaus genießen wir den Schutz des Aberglaubens. Auf Kung gibt es doch Gezeitenwälder, nicht wahr?«

»Soweit ich weiß, ja.«

»Nun, was unternähme ein einfacher Kung-Bauer, der im Wald auf gräßliche Ungeheuer stößt?«

»Er würde sofort angreifen und sie töten!«

Kin biß sich auf die Lippe. »Ja, das stimmt vermutlich. Aber Menschen sind anders. Seien Sie unbesorgt.«

Später bestellte sie beim Robotkellner Seife und reinigte ihre Wäsche. Silver hatte stromabwärts einen tiefen Tümpel mit kaltem Wasser gefunden, in dem sie zufrieden schwamm. Marco entspannte sich genug, um seine großen Füße ins Wasser zu tauchen.

Plötzlich bewegte sich etwas im Bach. Der Kung zischte, sprang zurück und duckte sich zum Kampf. Kin riß die Augen auf, bückte sich dann und griff nach einem kleinen gelben Frosch.

Wortlos zeigte sie ihn Marco, und der Kung starrte finster. Schließlich konnte sich Kin nicht länger beherrschen und lachte schallend. Marco sah erst sie an, dann den ungerührten Frosch; er fauchte drohend und marschierte davon.

Das war unfair von mir, dachte Arad. *Kung haben keinen Humor, nicht einmal Kung, die Kindheit und Jugend auf der Erde verbrachten.* Sie ging zu einer breiten Stelle des Baches — hier verdiente er die Bezeichnung Fluß — und schwamm.

Das klare Wasser floß langsam genug, um es Seerosen zu ermöglichen, am Grund Wurzeln zu schlagen. Kleine Käfer ruderten hektisch mit den Beinen, um Kin auszuweichen.

Sie tauchte zwischen den goldbraunen Stengeln der Seerosen, bewegte dabei nur Hände und Füße. Sie sah Schnirkelschnecken mit roter Haut und kleine Fische, die wie Schwalben durch die von Pflanzen geformten schattigen Kathedralen huschten ...

Von einem dichten Mantel aus Luftblasen umgeben, kehrte sie an die Oberfläche zurück, strich einige Blumen beiseite und schüttelte sich das Wasser aus dem Haar.

Die Bogenschützen waren sehr diszipliniert. Kin betrachtete die nur leicht zitternden Pfeilspitzen und hielt es für besser, nicht noch einmal zu tauchen. Ob mit oder ohne Lichtbrechung — sie konnte auch unter Wasser getroffen werden.

Es waren insgesamt acht Bogenschützen. Sie trugen grobe Kleidung, darüber ein Durcheinander aus Stahlfacetten und Kettenhemdteilen. Die Augen unter den dicht anliegenden Helmen blitzten, und ihre Blicke bohrten sich in Kin.

Eine Stimme klang aus ihrem Ohrempfänger.

»... und lassen Sie sich zu keinen Dummheiten hinreißen«, warnte sie. »Das Risiko eines Treffers ist viel zu groß. Wir müssen sehr vorsichtig sein.«

Kin sah sich langsam um. Stromabwärts bemerkte sie nur Schilf und dichte Büsche.

»Das *wir* gefällt mir«, sagte sie laut.

»Sehen Sie nicht zu auffällig zu dem großen Busch mit den purpurnen Blüten«, entgegnete Marco

Bevor Kin antworten konnte, schob sich ein Mann an den Bogenschützen vorbei und grinste zu ihr herab.

Er war klein und wie eine Mauer gebaut. Selbst seine Haut hatte die Farbe von Ziegeln. Dichtes blondes Haar und ein langer Schnurrbart umrahmten Augen, deren Glitzern Kin daran erinnerte, daß Intelligenz nicht unbedingt mit der industriellen Revolution begann.

Er trug hohe Gamaschen, eine gegürtelte Kutte, die ihm bis zu den Knien reichte, und einen roten Umhang. Die Sachen erweckten mindestens den Eindruck, als hätte er mehrmals darin geschlafen. Eine schwielige Hand klopfte nachdenklich aufs Heft eines halb verborgenen Schwerts.

Kin erwiderte sein Lächeln.

Schließlich beendete er den Schmunzel-Wettbewerb, indem er kniete und die eine Hand ausstreckte. Mit Edelsteinen besetzte Ringe glänzten an den schmutzigen Finger, und irgend etwas legte die Vermutung nahe, daß sie früher einmal Eigentum anderer Personen gewesen waren.

Kin ergriff die dargebotene Hand möglichst würdevoll und kletterte ans Ufer, woraufhin die Männer leise seufzten. Sie schenkte ihnen noch ein Lächeln, das sie veranlaßte, voller Unbehagen zurückzuweichen, zupfte sich dann eine Seerose aus dem Haar.

Ziegelgesicht brach den Bann mit einem anerkennenden Blick und einer kurzen Bemerkung, auf die allgemeines Kichern folgte.

»Erhöhen Sie die Lautstärke«, flüsterte die Stimme in Kins Ohr. »Wenn der Bursche Latein spricht, kann Silver vielleicht übersetzen.«

»Ich habe es auch so verstanden«, meinte Kin. Sie bedachte das Publikum mit einem weiteren Zahnpastalächeln und trat vor. Ziegelgesicht nickte und machte ihr hastig Platz.

Drei andere standen am Robotkellner. Zwei von ihnen trugen graue Kutten; die Kleidung des dritten — er schien jünger zu sein als die anderen — war bunt und ganz offensichtlich unpraktisch. Alle drei wichen schuldbewußt beiseite, als sich Kin näherte.

Der junge Mann sagte etwas, holte ein Amulett unter seinem Hemd hervor und schritt damit steifbeinig auf Arad zu. Er hielt das Objekt wie eine Waffe. Seine Augen waren glasig, und Schweiß perlte ihm auf der Stirn.

Mit starrem Blick verharrte er vor ihr, und Kin glaubte, daß man irgend etwas von ihr erwartete.

Behutsam hob sie Hand und nahm das Amulett.

Die anderen beiden Männer mit den grauen Kutten schnappten nach Luft, und Ziegelgesicht lachte grölend. Der junge Mann blinzelte verblüfft, und seine Lippen bewegten sich lautlos. Kin betrachtete das Ding in ihrer Hand höflich. Es handelte sich um ein hölzernes Kreuz, und daran hing etwas, das sie zunächst für die Gestalt eines Akrobaten hielt. Sie reichte den Gegenstand freundlich zurück.

Der junge Mann griff danach, sah sich der Panik nahe um und stürmte den Hang hinauf, auf den Pfad zu.

Die Gestalten in den Kutten folgten ihm, und jetzt stellte Kin fest, womit sie beschäftigt gewesen waren. Sie hatten mit einem Schwert im Ausgabefach des Robotkellners gestochert.

»Vielleicht haben sie den Kellner beschädigt!« zischte sie.

»In Ordnung, Kin. Wenn ich *ducken* sage, so ducken Sie sich. DUCKEN!«

Etwas raste über Arads Kopf hinweg und traf einen der Männer zwischen den Augen. Er seufzte und fiel nach hinten.

»*Cape illud, fracturor*«, kommentierte eine zufriedene Stimme in Kins Ohr. Ziegelgesicht packte sie fest am Unterarm und zog sie zum Hügel. Die Bogenschützen folgten ihm dichtauf, blickten dabei besorgt in den Wald.

»Was war das?« fragte Kin, als man sie über den Hang zerrte. Fichtennadeln blieben an ihr hängen und stachen an den Füßen.

»Silver hat einen Stein geworfen«, erklärte Marco, und der Kommunikator übertrug sogar die Ehrfurcht in seinem Tonfall. Kin blickte zurück und sah den Robotkellner, ihren Schutzanzug und den Bewußtlosen wie verloren am Ufer des Baches.

»Derzeit können wir nicht viel unternehmen«, fuhr der Kung im Plauderton fort. »Die Waffen der Männer sind lächerlich primitiv, aber die Situation ist nicht ernst genug, um einen direkten Zusammenstoß zu rechtfertigen.«

»Wie bitte?«

»Ich versichere Ihnen, daß ich mein Verhalten einzig und allein von intelligenter Vorsicht bestimmen lasse.«

»Selbstverständlich, Marco.«

»Jetzt möchte Ihnen Silver etwas sagen.« Es raschelte leise.

»Man hält Sie für eine Art Wassergeist«, begann die Shand. »Offenbar sind solche Entitäten nicht ungewöhnlich. Sie hätten schreien sollen, als man Ihnen die Christos-Darstellung zeigte. Ich rate Ihnen, die nächste Gelegenheit zu nutzen, um Ihre Blöße zu bedecken. Allem Anschein gibt es hier einige strenge Tabus in Hinsicht auf Nacktheit.«

Auf dem Pfad warteten weitere Bewaffnete, unter ihnen auch einige Kuttenträger. Ziegelgesicht schwang sich in den Sattel eines Pferds, zog Kin wortlos auf den Rücken des Tiers und beachtete sie dann nicht mehr. Auf seinen kurzen Befehl hin setzte sich die Kolonne in Bewegung.

»Hier spricht wieder Silver. Verzweifeln Sie nicht.«

»Von Verzweiflung kann keine Rede sein«, sagte Kin. »Ich werde nur langsam sauer.«

»Wir sind jetzt wieder auf der Lichtung. Marco weckt gerade den betäubten Priester.« Ein Schrei erklang und brach abrupt ab. »Kin?«

»Ich bin noch immer hier«, erwiderte sie. Einer der Kuttenträger ritt neben Ziegelgesicht. Über der Robe trug er einen pelzverbrämten Mantel und schien wichtig zu sein. Außerdem war er wütend.

»Dies ist eine ausgezeichnete Gelegenheit, mehr über die Leute zu erfahren«, verkündete Silver. »Wenn Sie in Schwierigkeiten geraten, können Sie sexuelle Beziehungen zu dem Mann knüpfen, der Sie gefangengenommen hat. Die anderen nennen ihn Lothar.«

Der Mann mit dem Mantel rief etwas, deutete über den Pfad zurück und warf Kin einige giftige Blicke zu. Lothar gab gleichgültig und einsilbig Antwort — bis er sich schließlich zur Seite beugte, den Priester am Kragen packte und ihn fast vom Pferd hob. Er knurrte einen Satz und spuckte verächtlich aus. Der andere Mann erbleichte, entweder aus Zorn oder Angst.

»Ich finde das außergewöhnlich interessant«, sagte Silver. Kin glaubte, im Hintergrund schrilles Latein zu hören.

»Ist der Robotkellner stark beschädigt?« fragte Kin.

»Nein, er läßt sich reparieren. Noch ein Zentimeter, und das Schwert hätte die 5000-Kilovolt-Leitung berührt. *Marco!* Es ist wichtig, daß er nicht erneut bewußtlos wird!«

Die Gruppe verließ den Wald, und Kin vermutete, daß sie mittwärts ritt. Der Weg führte abwechselnd an halbkultiviertem Land und Sümpfen vorbei.

Weiter vorn ragte die Rauchsäule auf und beherrschte den Himmel. Höhenwinde zerfransten ihre Spitze.

Kurze Zeit später begegneten sie einigen anderen Leuten, die aus der entgegengesetzten Richtung kamen.

Als sie Lothar und seine Begleiter sahen, verließen sie den Weg und eilten fort, aber mehrere Reiter folgten ihnen und brachten einen Mann zurück. Er wand sich hin und her, keuchte hingebungsvoll und beantwortete Lothars Fragen.

»Silver?« fragte Kin. »Wie sagt man: ›Ich erfriere fast?‹«

Die Shand übersetzte. Kin klopfte Lothar auf die Schulter, sprach langsam und wiederholte den Satz.

Er drehte sich im Sattel um, musterte sie überrascht und löste dann die Brosche, die seinen Umhang zusammenhielt. Arad nahm das schwere und nicht sehr angenehm riechende Kleidungsstück dankbar entgegen. Einer der Priester murmelte etwas.

»Er hat gesagt: ›Bald kannst du dich im Feuer der Hölle wärmen‹«, meinte Silver.

»Großartig. Ich bin erst seit einigen Stunden hier und habe schon Freunde gewonnen.«

»Hören Sie gut zu. Die Leute mit den Kutten sind Priester der Christos-Schöpfer-Religion. Sie reiten zur Rauchsäule, weil sie darin ein Zeichen für Christos' Rückkehr sehen. Lothar ist ein einfacher Adliger, der sich die Zeit damit vertreibt, zu rauben und zu plündern. Unser Informant bezeichnet ihn als Sohn Saitans.«

»Saitan hat hier viele Verwandte«, entgegnete Kin.

»Diese Religion erscheint mir sehr seltsam. Jeder ist böse, bis er sich als heilig herausstellt. Unser Informant berichtet, daß die Priester Lothar unterwegs trafen, und daraufhin bildeten sie eine gemeinsame Gruppe, um sich gegenseitig zu schützen. Aber das Bündnis könnte jeden Augenblick enden.«

»Soll das heißen: Zwar kehrt Lothars Gott zurück, aber er denkt nur daran, andere Leute zu überfallen?«

»Vermutlich geht es bei seinen Plänen auch um Vergewaltigung und Mord«, sagte Silver. »Sie sind zu einem heiligen Haus unterwegs, um dort die Nacht zu verbringen. Dort werden wir versuchen, Sie zu befreien. Ich schalte jetzt ab — ein Verletzter braucht meine Hilfe. Eins muß man den Christos-Anhängern lassen: Sie sind tapfer. Der Priester hat Marco geschlagen. Stellen Sie sich das Resultat vor.«

»Ist er tot?«

»Ich konnte Marco davon überzeugen, daß er uns lebend mehr nützt. Er hat ihm nur beide Arme gebrochen.«

Am frühen Abend erreichten sie ein Dorf mit strohgedeckten Häusern, die etwas umgaben, das Silver als eine heilige Stätte erkannte. Viele Menschen und Karren waren auf den schlammigen Straßen unterwegs. Die Gruppe kam erst weiter, als Lothar einige Männer vorausschickte: Mit den flachen und manchmal auch scharfen Seiten ihrer Schwerter bahnten sie einen Weg.

Eine laute Menschenmenge umgab die heiligen Bauten, und die meisten Leute trugen düstere und sakrale Farben. Der Priester mit dem pelzverbrämten Mantel wurde überschwenglich, sogar begeistert begrüßt, und man half ihm beim Absteigen. Lothar beobachtete ihn gelassen. Kin sah sich um und bemerkte, daß die Bogenschützen ausschwärmten und immer wieder gen Himmel blickten.

Der ältere Priester — Silver hatte Arad mitgeteilt, daß er Otto hieß — sprach mit einem heiligen Mann, der daraufhin fortlief und einige Minuten später in Begleitung eines anderen Mannes zurückkehrte. Er schien noch heiliger zu sein, denn die übrigen Menschen wichen respektvoll zur Seite.

Er war dick und rotäugig, als hätte er schon seit einer ganzen Weile nicht mehr geschlafen. Über der Standardkutte trug er einen schmutzigen roten Mantel mit Mustern aus goldenen Fäden. Ernst hörte er zu, als Otto einige Worte an ihn richtete. Dann trat er an Lothars Pferd heran und sah zu Kin auf. Schließlich hob er die Hand und zwickte Arad in den Oberschenkel.

Angesichts der besonderen Umstände beschloß sie, auf jede Reaktion zu verzichten.

Lothar stieg ab, kniete vor dem Priester und preßte sich die eine Hand aufs Herz. Er hielt einen längeren Vortrag, den er mit Gesten untermalte — Kin verglich ihn mit einem Verkäufer, der seine Waren pries.

Sie versuchte, sich mit Silver in Verbindung zu setzen.

»Ich kann Ihnen kaum helfen«, antwortete die Shand. »Latein dient in erster Linie zeremoniellen Zwecken, wie religiöse Allsprache. Ich glaube, dies ist einer der frühen deutschen Dialekte. Der Dicke ist vermutlich ein Bischof, und er hat mit einer Verhandlung begonnen. Es geht darum, ob Lothar Sie behalten darf oder übergeben muß.«

»Was ist mit der heldenhaften Rettung? Ich habe es satt, dauernd darauf zu warten, daß meine Freunde mit flammenden Lasern vom Himmel fallen ...«

»Ich wollte Ihren Stunner verwenden, aber leider befand er sich nicht in den Taschen des Schutzanzugs«, erwiderte Silver. »Ich nehme an, Sie haben ihn auf der Schildkröteninsel verloren. Plan B klappt ebenfalls nicht. Marco wollte mit einem zweiten Rettungsgürtel zu Ihnen fliegen und Sie fortbringen, aber Lothars Männer beobachten aufmerksam das Firmament. Ob sie einen Angriff von Drachen fürchten?«

»Und Plan C?«

Die Shand seufzte. »Marco will landen und wild um sich schlagen.«

»Ein guter Plan«, sagte Kin.

»Er ist außer sich. Die Nordmänner haben einen Ausdruck dafür: *Berserker.* Eine passende Bezeichnung für Marco.«

Lothar beendete seine Ansprache. Der Bischof sah auf ihn hinab, hob dann den Blick und musterte Kin. Er winkte.

Nach einigen Sekunden glitt sie vom Rücken des

Pferds, und als sie auf dem Boden landete, fiel der Umhang von ihr ab. Stimmen murmelten in der Menge.

Der Bischof nickte, watschelte davon und bedeutete Kin, ihm zu folgen. Hinter ihr drängte sich das Publikum.

Sie gingen an einigen heiligen Gebäuden vorbei zu einem Hof aus festgetretener Erde. Das Licht der untergehenden Sonne füllte ihn mit langen Schatten. Ein Teil des Hofes war überdacht, und dort zeigten sich Gitter.

»Man will mich einsperren, Silver!« zischte Kin. »Wo sind Sie, zum Teufel?«

»Auf einer bewaldeten Anhöhe außerhalb des Dorfes. Meiner Ansicht nach sind die Gitterstäbe nicht besorgniserregend dick. Offenbar sollen Sie dadurch an der Flucht gehindert werden.«

»Wie können Sie die Stäbe sehen, Silver?«

»Marco ist hinter Ihnen in der Menge und beschreibt mir alles. *Halten Sie nicht nach ihm Ausschau!*«

Der Bischof blieb am mittleren Käfig stehen und öffnete die Tür. Als Kin zögerte, spürte sie eine Schwertspitze am Rücken. Sie trat ein.

Das Schloß war primitiv, aber ziemlich groß. Silver hielt die Gitterstäbe nicht für sehr dick: Sie durchmaßen fünfzehn Zentimeter. Welche Geschöpfe mußten mit fünfzehn Zentimeter dicken Gitterstäben an der Flucht gehindert werden?

Man ließ Kin im Schmutz sitzen. Schließlich leerte sich der Platz, und es blieben nur einige Bogenschützen zurück, die an verschiedenen Stellen verharrten und den Himmel beobachteten. Nach einer Weile kam jemand, brachte eine mit Grütze gefüllte Schüssel, stellte sie in Kins Reichweite ab und sprang hastig fort.

Einige Sterne leuchteten am Himmel. Jenseits der Hofmauern klapperten Karren, und laute Stimmen erklangen.

»Silver?« fragte Arad.

Ihr stockte das Herz, als sie nicht sofort Antwort bekam.

»Ah, Kin. Ich bin jetzt besser informiert. Ihre genaue Definition muß noch bestimmt werden. Lothar hat Sie zumindest vor der sofortigen Hinrichtung bewahrt. Ich habe auch einiges über den gegenwärtigen Zustand der Flachwelt herausgefunden. Sind Sie an entsprechenden Informationen interessiert? Wir befreien Sie erst, wenn es ganz dunkel geworden ist. Ich bezweifle, ob die Bogenschützen in der Nacht ebenso gut sehen können wie Marco.«

»Nur zu, unterhalten Sie mich!« erwiderte Kin, starrte auf die Schüssel und rümpfte die Nase. *Davon könnte mir schlecht werden,* dachte sie. *Das Zeug sieht aus, als hätte sich schon jemand übergeben.*

»Ich halte das alles für außerordentlich bemerkenswert«, kommentierte Silver. »Die Bevölkerung zweifelt nicht daran, daß entweder Christos zurückkehrt oder das Ende der Welt bevorsteht, vielleicht auch beides. Feuer wüten — wofür unser Schiff verantwortlich ist. Man hat sonderbare Zeichen am Himmel gesehen. Die Reisenden in diesem Ort sind geteilt: Die eine Hälfte ist zur Rauchsäule unterwegs, und die andere flieht davor.«

Kin lauschte den Schreien.

»Warum fliehen die Leute?« erkundigte sie sich.

»Christos ist ein sehr wählerischer Gott.«

»Wie haben Sie das alles in Erfahrung gebracht?«

Eine kurze Pause folgte. »Bitte versprechen Sie mir, daß Sie keine Einzelheiten unseres, äh, Ermittlungssystems verraten, wenn wir nach Hause zurückkehren. Es könnte das Multiplanetenkomitee für anthropologische Forschungsmethoden zu strengen Disziplinarmaßnahmen herausfordern.«

»Meine Lippen sind versiegelt«, versicherte Kin.

»Marco schnappt sich eine vielversprechende Person, fliegt sie hierher und prügelt ihr Entsetzen ein, bis wir genug gehört haben.«

Kin lächelte. »Das läßt sich kaum damit vergleichen, Kreise in den Sand zu malen, oder?«

»Es ist weitaus wirkungsvoller.«

Unruhe entstand am Rand des Platzes. Im Zwielicht beobachtete Kin mehrere näher kommende Männer, die eine größere und hüpfende Gestalt begleiteten.

Als nur noch wenige Meter die Gruppe von den Käfigen trennten, konnte Kin das springende Wesen besser erkennen. Es war humanoid, aber mindestens drei Meter groß. Einmal richtete es sich auf und entfaltete Schwingen in den Ausmaßen von Segeln. Einer der Männer eilte den anderen voraus. Das Geschöpf wimmerte und duckte sich. Kin stand dicht vor den Gitterstäben; sie glaubte, Schuppen und Brustmuskeln wie Tonnen zu sehen.

Sie wich zurück, als die Tür des Käfigs neben ihr aufschwang und die Gestalt hineingestoßen wurde. Ein mit stummelförmigen Hörnern ausgestatteter Kopf drehte sich, und glühende grüne Augen bildeten schmale Schlitze, als ihr Blick auf Kin fiel.

Die Tür fiel wieder ins Schloß, und die Männer hasteten fort. Das Wesen knurrte, rüttelte versuchsweise an der Pforte, nahm dann in einer Ecke des Käfigs Platz und schlang die Arme um die Knie.

Kurz darauf kehrten die Männer mit einem weiteren Gefangenen zurück. Er wand sich hin und her, erinnerte Kin an jenes Geschöpf, das sie auf der Hügelkuppe gesehen hatte: teils Mensch, teils Tier, teils Insekt. Es pfiff schrill, während man es zu den Käfigen trug. Als einer der Männer die Tür öffnete, kreischte es und traf seine Brust mit einer Klaue. Dann riß es sich los, rammte einem zweiten Mann den Huf in die Magengrube und bohrte spitze Zähne in den Arm eines dritten, bevor man es überwältigte.

Der von den Krallen getroffene Mann stand wortlos auf und versetzte dem Wesen einen wuchtigen Schlag. Kin vernahm dumpfes Knirschen, wie von einem zertretenen Käfer. Das Geschöpf fiel in den Käfig und rührte sich nicht mehr.

Die Männer gingen fort, doch sie verließen den Platz nicht. Einige Minuten vergingen, und dann flackerten die Flammen eines Lagerfeuers. Kin nahm erneut Kontakt mit Silver auf.

»Sie bleiben hier«, teilte sie der Shand mit. »Ich schätze, es sind etwa zehn. Marco kommt nie an ihnen vorbei!«

»Vermutlich gilt die Aufmerksamkeit der Wache in erster Linie Ihrem Freund in der Nebenzelle«, sagte Silver. »Wie dem auch sei: Marco hat einen Plan. Sogar zwei. Wenn der erste nicht klappt, will er den Akkumulator des Robotkellners zur Explosion bringen.«

Kin dachte darüber nach. »Wir würden alle sterben«, entgegnete sie. »Und es entstünde ein fast zwei Kilometer großer Krater.«

»In der Tat. Aber wir könnten sicher sein, den *Sieg* errungen zu haben.«

Es hatte nie ein Krieg zwischen Menschen und Kung stattgefunden, nur einige Scharmützel, von der Diplomatie vergessen. In Kung-Vorstellungen gab es keinen Platz für Eroberungen, Gnade, Gefangene oder Regeln. Marco war von menschlichen Konzepten beeinflußt, aber ...

»Meint er es ernst?«

»Ich glaube, er weiß vor Angst nicht mehr ein noch aus.«

Das große Flügelwesen beobachtete Kin im Halbdunkel. Die Augen wirkten wie zwei trübe Lichter.

»Möchten Sie meinen Plan hören?« fragte Silver.

»Ja, ich lasse mir gern neue Pläne erklären.«

»Ich habe eine Rede vorbereitet. Sie können sie dem nächsten Priester vortragen, der sich Ihnen nähert.

Sie sind eine äthiopische Prinzessin und irren hilflos durch dieses Land, seit Ihre Gruppe von Räubern überfallen wurde. Sie verlangen, sofort freigelassen zu werden. In diesem Zusammenhang weisen Sie darauf hin, eine Christos-Anhängerin zu sein. Ebenso wie Ihr Vater. Er ist König und wird auf sehr deutliche Art zornig, wenn er erfährt, wie man Sie behandelt.«

»Klingt nicht sehr überzeugend«, erwiderte Kin. Sie beobachtete das riesenhafte Geschöpf im nächsten Käfig. Drei Meter groß. Wie hielten das die Sprungbeine aus?

»KIN ARAD«, sagte der geflügelte Dämon.

Sie blinzelte verblüfft. Nichts hatte sich bewegt. Das Wesen hockte noch immer an den Gitterstäben und beobachtete sie. Als es erneut sprach ... Im Dunkeln war Kin nicht ganz sicher, aber die Lippenbewegungen schienen kaum mit den gehörten Geräuschen übereinzustimmen, so wie bei einer schlechten Synchronisierung.

»Ich bin Kin Arad«, bestätigte sie.

»WO BEFINDET SICH DEIN DOMINIUM?« fragte der Dämon in perfekter Allsprache.

»Ich weiß nicht, was du meinst.«

»ICH BIN SPHANDOR VON AGLIERAP. ICH KANN WEDER DEIN DOMINIUM NOCH DEINEN HERKUNFTSORT FESTSTELLEN.«

»Offenbar spricht der Gefangene Shandi«, sagte Silver.

»GIB ANTWORT. SIND WIR PARTNER IN DER NOT?«

»Ich höre die Worte in Allsprache«, wandte sich Kin an die Shand. »Vielleicht benutzt er direkte Gedankenübertragung. Seine Lippen bewegen sich nicht richtig.«

»HÖR AUF, SO ZU MURMELN. GLAUBST DU ETWA, ICH WÜSSTE NICHTS VON DEN WESEN, MIT DENEN DU SPRICHST, WOBEI DU DIE KRAFT DES BLITZES VERWENDEST? ICH KENNE SIE: DER DENKENDE BÄR UND DER AUFRECHT GEHENDE FROSCH MIT DEN VIER ARMEN. UND JENER APPARAT, DER BELIEBIGE NAHRUNGSMITTEL LIEFERT, WAS SELBST ÜBER DIE MACHT VON HUICTIIGRARAS HINAUSGEHT.«

»Liest du meine Gedanken?«

»NATÜRLICH, DUMMES WEIB. ABER ES IST SCHWER.

DU BIST VON DIESER WELT UND KOMMST DOCH VON WOANDERS. DU GEHÖRST NICHT ZUR BRUDERSCHAFT DER VERDAMMTEN, ABER DIE BETENDEN HABEN DICH GEFANGENGENOMMEN.«

»Sorgen Sie dafür, daß er weiterhin spricht«, riet Silver.

»Die Christos-Anhänger halten mich für einen Wassergeist«, erwiderte Kin.

»WASSERGEISTER REDEN NICHT UND SIND VON GERINGER INTELLIGENZ, WIE JEDERMANN WEISS. SIE ÄHNELN DIESEM DING.«

Sphandor streckte das Bein und traf den schnaufenden Faun mit einem krummen Zehennagel. Das Wesen stöhnte leise.

»Es ist verletzt«, sagte Kin. »Können wir ihm irgendwie helfen?«

»WARUM SOLLTEN WIR? ES IST SICH KAUM SEINES LEBENS BEWUSST. ELFEN VERMEHREN SICH WIE FLIEGEN IM WALD. MAN MAG IHRE MUSIK FÜR ANGENEHM HALTEN, ABER IN IHRER GEDANKENLOSIGKEIT ÄHNELT SIE DEM ZIRPEN EINER GRILLE.

HAST DU ETWAS MIT DER EXPLOSION ZU TUN, DIE MICH VOR DREI TAGEN VOM HIMMEL WARF?«

»Äh, ja«, gestand Kin ein. »Weißt du, wir kamen mit einer fliegenden Kutsche ...«

»MIT EINEM DREITAUSEND TONNEN SCHWEREN RAUMSCHIFF«, warf Sphandor ein. »ES WAR SECHSHUNDERT STUNDENKILOMETER SCHNELL, ALS ES AUFPRALLTE.«

»Ist dir die Bedeutung dieser Worte klar?«

»NEIN. ABER SIE SCHWEBTEN GANZ VORN IN DEINEM GEIST. DIE SCHOCKWELLEN SCHLEUDERTEN MICH AUS DER LUFT. EINIGE CHRISTOS-GLÄUBIGE FANDEN UND FESSELTEN MICH, BEVOR ICH WIEDER AUFSTEIGEN KONNTE. WENN ICH FREI WÄRE, RISSE ICH IHNEN DIE OHREN AB.«

Bestimmt handelt es sich um eine gentechnische Neuent-

wicklung, dachte Kin. *So ein Wesen kann unmöglich auf natürliche Weise entstehen. Wenn die Flügel nicht nur Zierde dienen, müssen die Knochen so leicht sein wie die eines Vogels.* Dutzende von Fragen lagen ihr auf der Zunge und mußten auf Antworten warten.

»Ich möchte fliehen«, sagte sie. »Silver?« In ihrem Ohrempfänger summte es nur.

»ICH EBENFALLS. LEIDER SITZEN WIR HIER FEST. MORGEN LÄSST UNS DER BISCHOF VOR GERICHT STELLEN. ICH WERDE BESTIMMT HINGERICHTET.«

»Warum sollten die Christosler Zeit mit einer Gerichtsverhandlung verschwenden, wenn sie davon überzeugt sind, daß ihr Gott kommt?«

»NOCH EIN GRUND MEHR FÜR SIE, DEUTLICH ZU ZEIGEN, DASS SIE ES MIT IHREM GLAUBEN ERNST MEINEN, KIN ARAD.«

»Warum sollte ihnen daran gelegen sein, dich hinzurichten?«

»ICH BIN SPHANDOR! ICH BRINGE ARTHRITIS, RHEUMA UND HALSSCHMERZEN. ICH ZERSTÖRE DIE ERNTE UND VERURSACHE FEHLGEBURTEN BEIM VIEH. ES HEISST, ICH VERSEUCHE FLÜSSE UND WERFE DEN BLITZSTEIN.«

»Stimmt das?«

»ES *SOLLTE* STIMMEN. ICH GEBE MIR JEDENFALLS GROSSE MÜHE.«

Kin sah zum Feuer. Die Männer waren ausgeschwärmt und beobachteten den Himmel; ihre Konturen zeichneten sich vor dem letzten Licht des Sonnenuntergangs ab.

»SIE HOFFEN, DASS MEINE BRÜDER KOMMEN, UM MICH ZU RETTEN«, erklärte Sphandor. »ICH FÜRCHTE, SIE MÜSSEN EINE ENTTÄUSCHUNG HINNEHMEN.«

Ein heiliger Mann betrat den Platz und trug ein Tablett mit Speisen. Kin beobachtete ihn geistesabwesend.

Einer der Wächter schlenderte zu dem Priester und nahm einen Teller vom Tablett. Er wandte Kin den Rükken zu, und sie sah, wie er sich versteifte und dann zu Boden sank. Eine dritte Hand kam unter dem Umhang des Kuttenträgers zum Vorschein und hielt ein Schwert ...

Einige der anderen Männer eilten herbei, als sie den überraschten Ruf des Priesters hörten. Sie drängten sich um den Gefallenen.

Fleisch schien zu explodieren.

Zwei Männer taumelten zurück. Zwei andere reagierten etwas schneller, drehten sich um und liefen davon. Sie kamen nicht weit: Messer bohrten sich ihnen in den Rücken, und sie rutschten bäuchlings über den Boden.

Marco lachte wie eine Hyäne, als er mit bloßen Händen die übrigen Wächter angriff. Das Überraschungsmoment half ihm. Mit einer Mischung aus Kung-Digitsju und blinder Zerstörungswut fiel er über seine Gegner her, umschwirrt von den Pfeilen der Männer, die sich klugerweise von ihm fernhielten. Sphandor kicherte.

Marco brüllte einen Kampfschrei und marschierte zum nächsten Bogenschützen, der im Licht des Lagerfeuers stand. Der Mann ließ einen Pfeil von der Sehne schnellen und traf den Kung mitten auf der Brust. Marco erzitterte kurz und setzte seinen Weg unbeirrt fort. Dem Bogenschützen blieb gerade Zeit genug, die Augen aufzureißen: Zwei Hände packten ihn an der Kehle, und zwei andere holten zu einem Schlag aus, der Knochen brach und Knorpel zermalmte.

Die überlebenden Wächter ließen die Waffen fallen und stürzten auf das breite Portal zu, das am Platz lag.

»Marco!« rief Kin. »Schlüssel! Suchen Sie die Schlüssel!«

Der Kung musterte sie verwirrt und blickte auf. Ein weißer Schatten fiel aus der Nacht und zog die vertraute Masse des Robotkellners hinter sich her.

Silver landete elegant. Hinter ihr riß sich Marco den Pfeil aus der Brust und betrachtete ihn gleichgültig.

»NICHT ÜBEL«, kommentierte Sphandor interessiert.

Die Shand untersuchte den Käfig.

»Normalerweise mißfällt es mir, Privatbesitz zu beschädigen«, sagte sie, »aber jetzt ist Eile geboten.« Sie trat einige Schritte zurück, lief los und warf sich gegen die Gitterstäbe. Als Kin über die Trümmer hinwegsprang, deutete Silver auf Sphandor.

»Was ist mit ihm?«

»ICH FLEHE«, stieß der Dämon hervor.

»Lassen Sie ihn frei«, schlug Kin vor, nahm ihren Schutzanzug entgegen und legte den Rettungsgürtel an. »Derzeit hätte ich nichts dagegen, wenn er die Beulenpest oder was weiß ich verbreitet.«

»Ist er dazu imstande?« fragte Silver. »Die Legenden behaupten, Dämonen brächten Krankheiten.«

»Dieses besondere Exemplar kommt einem wandelnden Katastrophengebiet gleich«, entgegnete Kin.

»Halten Sie es für klug, ihm die Freiheit zu gewähren?«

»Wir könnten viele Informationen von ihm bekommen. Wenn Sie irgendwelche Skrupel haben ... Denken Sie daran, daß Marco gerade ein halbes Dutzend Männer getötet hat und Sie an der, äh, Belästigung von Personen beteiligt waren, die anthropologischen Forschungen dienten.«

Silver überlegte einige Sekunden lang. »Stimmt«, sagte sie schließlich und zerschmetterte die Gitterstäbe mit einem beiläufigen Rückhandschlag. »Wenn wir schon böse sind, so sollten wir *richtig* böse sein.«

Als der Dämon aus seinem Käfig kletterte, trat Marco mit zwei wurfbereiten Messern vor. An der Brustwunde zeigte sich ein Fleck aus rosarotem Blut. Hätte es dem toten Bogenschützen irgend etwas genützt, wenn ihm bekannt gewesen wäre, daß in den Adern eines von Kampfwut erfüllten Kung mehr Regenerationsenzyme flossen als Blut? Kin dachte an das Entsetzen der Menschen, die einst gegen Kung angetreten waren, deren Fleisch wie brodelndes Wachs heilte.

»Ich vertraue diesem Wesen nicht«, zischte Marco. »Ergreifen Sie es!«

Silver streckte einen Arm aus und hielt Sphandor am schuppigen Schwanz fest. Mit der anderen Hand holte sie eine Leine hervor und wickelte sie dem Dämon mehrmals um den Hals. Sphandor kreischte.

»WO SEID IHR, BRÜDER SCHÄBIGKEIT, VERFALL, FÄULNIS ...«, legte er los.

»Klappe halten!« befahl Marco und nahm das andere Ende der Leine von Silver entgegen. »Alles klar? Bestimmt erholen sich die Leute bald von ihrem Schrecken.«

Sie stiegen rasch auf. Marco schwebte fünfzig Meter weit nach oben und blickte auf den Dämon hinab, einen großen Schatten im Mondschein. Sphandor hob die Schultern und breitete die Schwingen aus.

»ICH MUSS ANLAUF NEHMEN, UM ZU FLIEGEN.«

Marco ließ den Dämon nicht aus den Augen, als er mit knisternden Flügeln über den Boden hüpfte. Auf halbem Wege zur anderen Seite des Platzes brachte er die Schwingen mit einem donnernden *Wummp* nach unten, wodurch eine dichte Staubwolke aufwirbelte. Mehrere Sekunden lang hing er dicht über dem Hof, während seine Flügel pumpten. Dann kam er schwerfällig nach oben, wie ein riesiger Reiher.

Als er auf gleicher Höhe mit Kin und ihren Begleitern war, aber etwa hundert Meter entfernt, schloß er eine Klaue um die Leine.

»LEBT WOHL, IHR NARREN!« donnerte er und zerrte. Unmittelbar darauf brachte sein Gesicht Kummer zum Ausdruck.

Marco hatte die Seitenstabilisatoren auf volle Leistung geschaltet und rührte sich nicht von der Stelle. Er blieb unbewegt, während er die Leine einholte und Sphandor verzweifelt mit den Flügeln schlug. Als die Entfernung zum gehörnten Kopf auf wenige Meter schrumpfte, zischte der Kung: »Ich habe gehört, daß du Gedanken lesen kannst ...«

»NUR DIE AN DER OBERFLÄCHE DES BEWUSSTSEINS, HERR.«

»Lies meine Gedanken!«

Einen Augenblick später verwandelte sich Sphandors Miene in eine Fratze des Grauens.

Mit dem Dämon im Schlepptau kamen sie langsamer voran, denn die breiten Flügel wirkten wie eine Luftbremse. Das Wesen hielt die Leine in beiden Klauen, flatterte hinter ihnen her und überhäufte sie abwechselnd mit Bitten und Flüchen.

Die Rauchsäule beherrschte den Himmel nicht mehr. Sie *war* der Himmel. Hohe Winde verliehen dem oberen Teil die Form eines zerfransten Pilzes.

Abgesehen von der lauten Stimme des Dämons herrschte Stille. Kin und Silver flogen einige Meter hinter Marco her, und nach einer Weile zirpte es in Arads Ohrempfänger.

»Hier spricht Silver. Ich sende nur auf der Frequenz Ihres Schutzanzugs, Kin. Haben Sie mir etwas zu sagen? Wenn Sie den Schalter auf Position vier stellen, kann Marco nichts hören«, fügte die Stimme hinzu.

»Silver, er hat sie niedergemetzelt! Sie hatten überhaupt keine Chance!«

Die Shand brummte unverbindlich. »Sie waren ihm zehn zu eins überlegen.«

»Aber sie rechneten nicht mit einem Kung, verdammt!« Kin spürte, wie die aufgestauten Worte danach drängten, endlich ausgesprochen zu werden. »Er genoß es! Sie haben ihn gesehen, Silver: Er hat sogar jene getötet, die zu fliehen versuchten. Er warf ... Das einzige Verbrechen der Männer bestand darin, daß sie ihm zufällig im Weg standen. Es war völlig unmensch ...« Kin verschluckte die letzte Silbe.

»Genau«, bestätigte die Shand nach einer Weile.

Arad dachte an den ersten Kontakt mit den Kung. Der Mensch kannte damals schon die Shandi: Abgesehen von ihren Duellen fehlte bei ihnen das Prinzip des Krieges, und auf die blutige Geschichte der Menschheit reagierten sie mit unverhohlenem Entsetzen. Deshalb landete das erste terranische Schiff unbewaffnet auf Ku'ng.

Fünf Tote überzeugten die Menschen davon, nach galaktischen Maßstäben ein sanftes und friedliebendes Volk zu sein. Diese Erkenntnis war vielleicht einige Opfer wert.

»Wir alle glauben, uns gegenseitig zu verstehen«, sagte Silver. »Wir essen zusammen. Wir treiben Handel. Viele von uns sind stolz darauf, Aliens zu unseren Freunden zu zählen. Aber das alles ist nur möglich, weil wir uns nicht völlig verstehen, Kin. Sie haben die Geschichte der Erde studiert. Begreifen Sie vielleicht, wie ein japanischer Krieger vor tausend Jahren gedacht hat? Aber im Vergleich mit Marco oder mir ist er wie Ihr Zwillingsbruder. Wir verwenden das Wort ›kosmopolitisch‹ viel zu leichtfertig. Dieser Bezeichnung mangelt es an einem konkreten Bedeutungsinhalt — wir sind nur galaktische Touristen, die mit Oberflächlichkeiten kommunizieren. Wir *verstehen* nicht. Verschiedene Welten, Kin. Verschiedene Ambosse der Gravitation, Strahlung und Evolution.

Wenn das geflügelte Wesen daran gewöhnt ist, die Gedanken von Menschen zu lesen ... Kein Wunder, daß ein Blick in Marcos Bewußtsein genügte, um es mit Grauen zu erfüllen.»

Die mißtrauische Stimme des Kung erklang.

»Warum führen Sie geheime Gespräche?«

»Wir unterhielten uns gerade über weibliche Hygiene«, erwiderte Silver rasch. »Übrigens: Sollten wir nicht landen und dieses Geschöpf verhören?«

»Einverstanden. Ich suche nach einem geeigneten Ort. Tut mir leid, daß ich Sie unterbrochen habe.« Marco schaltete mit einem leisen Klicken ab.

Kin vernahm ein seltsames Geräusch — es hörte sich fast wie das Lachen einer Shand an. »Da ist noch eine

Kleinigkeit, Kin«, sagte Silver dann. »Sind Raben eine weit verbreitete Vogelart?«

»Hmm? Ich glaube nicht. Weshalb fragen Sie?«

»Seit wir Eirick verließen, habe ich immer wieder ein Exemplar am Himmel gesehen. Manchmal bleibt es weit hinter uns zurück. Manchmal fliegt es einen parallelen Kurs.«

»Zufall?« meinte Kin skeptisch.

»Streckenweise betrug unsere Geschwindigkeit fast zweihundert Kilometer in der Stunde, Kin.«

»Lieber Himmel! Soll das heißen, ein Rabe *verfolgt* uns?«

»Ja. Nein, versuchen Sie nicht, ihn zu finden. Er befindet sich ein ganzes Stück außerhalb der menschlichen Sichtweite, und zweifellos steckt Absicht dahinter. Nur rein zufällig habe ich ihn ein- oder zweimal bemerkt, und dann begann ich, aufmerksam nach ihm Ausschau zu halten. Möglicherweise verbirgt sich unter dem Gefieder die Mechanik eines kleinen fliegenden Roboters.«

»Der Rabe im Schiff ...«, murmelte Kin. »Er entkam aus dem Kasten, erinnern Sie sich? Und vorher gelang es ihm irgendwie, Kung Oberleine zu erreichen. Aber wir haben ihn im Vakuum getötet, nicht wahr?«

»Vielleicht nicht.«

Sie flogen über ein Dorf hinweg, in dem sich nur die Flammen eines brennenden Hauses bewegten. Marco bat Kin darum, Sphandors Leine zu übernehmen, während er tiefer ging, um sich die Sache aus der Nähe anzusehen.

Der Dämon hing einige Meter hinter ihnen in der Luft und schlug unbeholfen mit den Flügeln. Im Licht des frühen Morgens erkannte Kin zum erstenmal Einzelheiten. Kein Zweifel: An den Rändern wirkte die Gestalt verschwommen.

»Es fällt mir ebenfalls auf«, sagte Silver. »Er scheint unscharf zu sein. Seltsam.«

Sphandor erwiderte verdrießlich ihre Blicke.

»IHR WOLLT MICH UMBRINGEN«, wimmerte er.

»Nur wenn du versuchst, uns Schaden zuzufügen«, entgegnete Kin.

»DER DÜRRE, DER MIT DEN KALI-ARMEN — ER WILL MICH TÖTEN.«

»Dieser Wunsch Marcos gilt dem Universum im allgemeinen, nicht dir im besonderen«, erklärte Kin. »Ich lasse nicht zu, daß er dir etwas antut.«

»ICH WERDE BERITH BITTEN, EUCH GOLD ZU BRINGEN! UND TRESOLAY SOLL DEINE SCHÖNHEIT NOCH ...«

Marco bildete einen Punkt vor dem Hintergrund einer schlammigen Fläche, die man Dorfplatz hätte nennen können, wenn sie etwas größer gewesen wäre.

»Hier hält sich niemand auf«, berichtete er. »Es sei denn, man zählt Leichen mit.«

Sie banden Sphandor an einem Pfosten der ehemaligen Dorfschmiede fest. Kin berührte ihn vorsichtig und gewann dabei den Eindruck, daß der Dämon wie ein Weinglas in einem Konzertsaal vibrierte. Die Haut fühlte sich an wie von statischer Elektrizität geladenes Fell.

Ein Rätsel. Sie döste im Schatten und beobachtete, wie Silver die Verkleidungsplatten des Robotkellners löste, das Wartungsfach öffnete und ihm die Reparaturanleitung entnahm.

Als Kin erwachte, stand die Sonne hoch am Himmel, und Dutzende von Komponenten des Robotkellners stapelten sich im Staub. Silver lag halb in den mechanisch-elektronischen Eingeweiden der Maschine.

Arad richtete den Blick halb geschlossener Augen auf Sphandor. Er hüpfte unruhig an seiner Leine, und manchmal sprang er vor, um der Shand ein Werkzeug zu reichen. Als sie sich halb umdrehte und nach der Kohlenpfanne tastete, in der ein aus Kupfer improvisierter Lötkolben ruhte, griff der Dämon in die glühenden Kohlen, holte die Stange am heißen Ende heraus und drückte das andere in Silvers Hand.

»Er hat gerade rotglühendes Metall angefaßt«, sagte Kin. »Und zwar an der *heißen* Stelle.«

Silver sah sie groß an, blickte zu Sphandor, betrachtete den Stab in ihrer Hand, hob die Schultern, wandte sich dem Robotkellner zu und setzte die Reparatur fort.

»Es ist ganz normal für Dämonen, daß sie großer Hitze widerstehen können«, erklang ihre dumpfe Stimme.

»Wie steht's mit dem Kellner?«

»Er ist nur leicht beschädigt, aber Sie wissen ja, wie das ist: Man muß ihn halb auseinandernehmen, um einen bestimmten Draht zu erreichen. Ich bin fast fertig.«

Kin stand auf, streckte sich und wanderte zum Platz. Nach einigen Sekunden fiel ihr etwas ein, und sie sah nach oben.

»Auf dem großen Steingebäude dort drüben sitzt ein Rabe«, sagte Silver hinter ihr.

»Halten Sie ihn für eine Art Spion?«

»Ja.«

Kin drehte sich um. »Wo ist Marco?« fragte sie. »Es wird Zeit, daß wir Knitterbauch verhören.«

»ICH FLEHE UM GNADE.«

Silver schob das letzte Modul in den Robotkellner und begann damit, die Verkleidungselemente zu befestigen, bevor sie antwortete:

»Er wollte sich umsehen. Ich habe ihn auf den Raben hingewiesen.«

Kin schüttelte den Kopf. »Ein Fehler. Jetzt möchte er ihn wahrscheinlich fangen. Sphandor könnte uns sicher eine Menge erzählen. Zum Beispiel über Materietransmission.«

Die Shand hob ruckartig den Kopf und starrte den Dämon an. Sphandor duckte sich unwillkürlich. Silver trat näher und musterte ihn, woraufhin das geflügelte Wesen versuchte, sich hinter dem Pfosten zu verstekken. Schließlich holte sie einen Vergrößerer aus dem Wartungsfach des Kellners und hielt ihn an Sphandors Haut.

»Eine durchaus vernünftige Schlußfolgerung«, sagte Silver. »Wie kamen Sie darauf, Kin?«

»Mit so dicken Brustmuskeln sollte er eigentlich gar nicht fliegen können. Angesichts seines Gewichts müßte er Beine wie ein Elefant haben. Dann die verschwommenen Ränder und eine leichte Vibration.«

Silver schaltete den Vergrößerer aus.

»Die Unschärfe der Konturen geht vermutlich auf eine Fehlfunktion des Transmitters zurück. Bemerkenswert. Eine gute Lösung für das Transmissionsproblem. Ja, das muß man *ihnen* lassen. Nicht schlecht. Offen gestanden, Kin: Die Flachwelt taugt kaum etwas. Sie ist nur ein Spielzeug, und ein ziemlich mieses noch dazu. Aber diese Technik finde ich sehr interessant.«

»Ich auch. Ich schlage vor, wir suchen Marco.«

Sie fanden ihn im größten Steingebäude des Dorfes. Am einen Ende erhob sich ein quadratischer Turm, doch der Kung stand reglos wie eine Statue im Zwielicht der Haupthalle. Als Kin und Silver hereinkamen, drehte er sich mit zwei großen Kerzenhaltern um.

»Was ist dies für ein Ort?« fragte Arad und blickte zur dunklen Decke hoch.

»Ein religiöses Haus, nehme ich an«, erwiderte Marco. »Ich wollte mir gerade den Turm ansehen. Dort führt eine Treppe nach oben.« Er sprach seltsam fröhlich und zwinkerte mehrmals.

»Bestimmt bietet er uns eine gute Aussicht. Wir können den Rest des heutigen Fluges planen, ohne noch mehr Energie der Rettungsgürtel zu verbrauchen.«

»Aber die Gürtel sind ...«, begann Kin und unterbrach sich. Marco gestikulierte ausladend mit den beiden freien Armen.

»Wir müssen unbedingt Energie sparen!« Echos hallten in den finsteren Tiefen des Gebäudes wider. Marco starrte Kin an und hob den Zeigefinger an die Lippen.

»Bleiben Sie hier, Silver«, fügte er hinzu. »Ich möchte Kin diese Skulptur zeigen.«

Als sich Arad in Bewegung setzen wollte, hielt Marco sie zurück, ging allein und verwendete die beiden Kerzenhalter mit großem Geschick. Es hörte sich an, als schritten zwei Personen über den Boden.

Diesmal ist er wirklich übergeschnappt, dachte Kin. Silver lächelte stumm vor sich hin.

Marco kehrte zurück. »Jetzt nehmen wir uns den Turm vor«, verkündete er. »Hier entlang.« Er reichte Kin die Kerzenhalter, deutete zur gegenüberliegenden Seite der Halle und schlich dann zur offenen Tür. Dicht daneben preßte er sich an die Wand.

»Also los, gehen wir!« Kin schwang die Leuchter. Es fiel Silver nicht leicht, über die schmale Wendeltreppe nach oben zu klettern, und Arad kam sich wie eine Närrin vor, als sie mit den Kerzenhaltern auf die Stufen pochte.

»Wir haben etwas sehr Interessantes über den Dämon erfahren«, sagte Silver. Es gelang ihr erstaunlich gut, die Stimme des Kung nachzuahmen, als sie sich selbst antwortete: »Was denn, Silver? Nun, Sie wissen ja, daß man vergeblich versucht hat, eine Methode der Materietransmission zu entwickeln. Aber hier auf der Scheibenwelt funktioniert sie. Was soll das heißen? Kin hat es bemerkt. Erklären Sie es ihm, Kin.«

Ich sollte besser mitmachen, fuhr es ihr durch den Sinn. *Sonst glauben sie, ich sei verrückt.* Und: *Himmel, wen meine ich mit* sie?

»Die Company hat viel Forschungsarbeit in die direkte Materietransmission investiert«, erläuterte sie. »Rein theoretisch sollte sie möglich sein: Es handelt sich um eine logische Erweiterung der Funktionen von Stratamaschinen und Robotkellner. Allerdings ist dafür eine Menge Energie erforderlich. Zuviel. Der größte bisher erzielte Erfolg bestand in einer zwei Millisekunden langen Versetzung. Anschließend kehrte das Versuchsobjekt zum *Hier* zurück.«

»Ja, davon habe ich gehört«, erwiderte Silver mit

Marcos Stimme. »Das Kontinuum ist gegen kleine Tricks wie die Materietransmission. Unsere Sternensprünge muß es hinnehmen, weil wir dabei durchs Anderswo fliegen, aber unmittelbare Teleportation ... Genausogut könnte man versuchen, einen Ball zu werfen, der mit einem Gummiband an der Hand befestigt ist.«

»Ja, offenbar gibt es Naturgesetze, die verlangen, daß wir an unseren vorherbestimmten Raum-Zeit-Koordinatenpunkten bleiben.«

»Was hat das alles mit dem Dämon zu tun?«

»Ganz einfach: Jemand transmittiert ihn etwa hundertmal pro Sekunde, ebenso schnell wie ihn das Kontinuum zurückschleudert. Deshalb kann er fliegen — der Fokus des Transmitters wird ein wenig verändert. Er ist hier, kann sehen und hören und berühren, aber gleichzeitig befindet er sich *dort*. Ich weiß nicht, wieso er angebunden bleibt«, fügte Kin nachdenklich hinzu. »Sicher könnten *sie* ihn jederzeit von der Leine befreien.«

»Dann sollten wir so schnell wie möglich zu ihm zurückkeh ...«

Ein Schrei ertönte.

Als sie atemlos die Halle erreichten, hielt Marco ein Bündel aus schwarzen Federn in allen vier Händen. Zwei kleine Knopfaugen starrten.

»Er flatterte gerade durch die Tür«, sagte der Kung.

»Warum die Kerzenhalter?« fragte Kin.

Silver schnaubte. »Marco glaubte, der Rabe verfüge über sehr leistungsfähige akustische Sensoren. Als der Vogel hörte, daß wir die Treppe hochgingen ...«

»Für einen normalen Vogel ist er viel zu schwer«, stellte der Kung fest. »Er muß eine Maschine sein. Jetzt können wir mit den Konstrukteuren der Flachwelt sprechen und ihnen unsere Situation erklären ...«

Der Rabe drehte den Kopf um hundertachtzig Grad. Marcos Mund klappte wie eine Venusmuschel zu.

Und der Rabe sprach: »Sie sind der Mistkerl, der mich dem Vakuum überlassen hat. Gleich werden Sie erfahren, was mit Leuten geschieht, die einem Auge Gottes nicht mit dem nötigen Respekt begegnen.«

Marcos Mund öffnete und schloß sich lautlos.

»Möge der Himmel Ihren Händen beistehen, wenn Sie mich noch fünf Sekunden länger festhalten«, fuhr der Vogel im Plauderton fort. »Vier, drei, zwei ...« Dünne Rauchfäden kräuselten unter den Federn hervor.

»Marco!«

Er riß die Hände zurück. Der Rabe verharrte mitten in der Luft und balancierte auf einer aktinischen Flamme, die Schatten projizierte und den steinernen Boden wie Eis im Frühling schmolz.

Dann raste der Vogel davon. Kin war geistesgegenwärtig genug, mit einem Satz zurückzuspringen, als Teile des Dachs herabregneten. Sie und ihre Gefährten blickten zum gezackten Loch weit oben in der Decke, hörten einen Schrei aus weiter Ferne:

»Das werden Sie noch bereueeeeen!«

»Sprich!« befahl Marco.

»ICH FLEHE UM GNADE.«

»Wer hat die Scheibenwelt gebaut? Wo sind die Konstrukteure? Wie kann man sich mit ihnen in Verbindung setzen? Wir verlangen genaue Richtungsangaben und detaillierte Hinweise auf die möglichen Risiken.«

Kin trat vor, sah zu dem angebundenen Riesen auf und lächelte beruhigend. »Woher kommst du, Sphandor?« fragte sie.

»SOWEIT ICH WEISS, IST EIN AN BAUCHSCHMERZEN LEIDENDER HUND NEBEN EINEM BAUMSTAMM STEHENGEBLIEBEN, UND DARAUFHIN HAT MICH DER SONNENSCHEIN AUSSCHLÜPFEN LASSEN, HERRIN. BITTE LASS NICHT ZU, DASS ER MIR NÄHER KOMMT! ICH SEHE SEINE GEDANKEN UND ...«

»Er werde ihn daran hindern, dir ein Leid zuzufügen ...«

»Ach, tatsächlich?« zischte Marco. »Wie denn?« Dicke Verbände umhüllten zwei seiner Hände.

»Erzähl mir von der Insel im Mittelpunkt der Scheibe«, bat Kin freundlich und achtete nicht auf den Kung.

»ES HEISST, DORT TREIBEN SICH UNGEHEUER HERUM, GEPRIESENE HERRIN. NIEMAND VON UNS DARF JENEN ORT AUFSUCHEN. ANDERNFALLS DROHT UNS SCHRECKLICHE STRAFE.«

»Strafe?«

»JA, EHRENWERTE HERRIN. TODESPEIN. SCHMERZ. DIE WELT VERSCHWINDET, UND DANN BEFINDET MAN SICH AN EINEM ANDEREN ORT, UND DANN FÜHLT MAN HEFTIGES WEH.«

»Aber du hast versucht, jenen Ort zu erreichen?«

»DORT GIBT ES NUR SCHWARZEN SAND UND DIE RESTE VON SCHIFFEN, GELOBTE HERRIN. IM ZENTRUM ERHEBT SICH EINE KUPPEL AUS KUPFER MIT SCHRECKLICHEN MASCHINEN! MAN KANN SIE NICHT ÜBERLISTEN!«

Zehn Minuten lang stellte Kin weitere Fragen, ohne daß sie mehr in Erfahrung brachte.

»Ich glaube ihm«, sagte sie, gesellte sich ihren Gefährten hinzu und orderte Kaffee.

»Sphandor ist ganz offensichtlich das Produkt einer hochentwickelten Technik«, meinte Marco.

»Ja, aber er *glaubt*, ein Dämon zu sein. Soll ich ihm etwa widersprechen?«

»Vielleicht ändert er seine Meinung, wenn wir ihm einen Fuß abhacken.« Der Kung griff nach einem Messer.

»Nein.« Silver trommelte mit den Fingern auf die Haube des Robotkellners. »Nein. Ich glaube nicht. Marco, wir müssen davon ausgehen, daß die Konstrukteure der Scheibe dazu neigen, wie Menschen zu denken. Menschen legen großen Wert auf Barmherzigkeit und gute Manieren, solange ein Konflikt mit ihren Interessen ausbleibt. Wir sollten das Wesen freilassen und dadurch unsere moralische Überlegenheit beweisen. Ein derartiges Verhalten zeigt, daß wir barmherzig und zivilisiert sind. Wie dem auch sei«, fügte sie hinzu, und die anderen sahen sich unwillkürlich nach dem Raben um, als Silver die Stimme senkte, »Sphandor nützt uns ohnehin nichts mehr.«

Kin nickte. Silver näherte sich dem Gefangenen, löste die Knoten und strich die Leine beiseite. Der Dämon stand auf, maß sie mit einem würdevollen Blick und schritt ins Licht.

Eine große Staubwolke wirbelte, als er wie ein humanoider Reiher aufstieg und fünfzehn Meter über dem Boden schwebte.

»ZAIGONEN TRYON (TFGKI) BERIGO HURSHIM!«

»Von Dankbarkeit scheint er nicht viel zu halten«, brummte Silver.

»Verstehen Sie die Sprache?« erkundigte sich Kin.

»Nein, aber ich glaube, ich habe den Sinn dieser Worte erfaßt.«

»ASFALAGO TEGERAM! NEMA! DWOLAH NARMA! WO SEID IHR, BRÜDER SCHÄBIGKEIT, VERFALL, FÄULNIS ... NEEEIIIN ...«

Einen Augenblick lang war Sphandor eine schwarze Wolke am Himmel, ein Nebel aus flackernden, verschwommenen Bildern mit entsetzt starrenden Augen. Dann verschwand er, und die Luft füllte das Vakuum mit einem donnernden *Bumm.*

Hoch und schnell flogen sie über Wäldern, in denen das abgestürzte Schiff breite Schneisen hinterlassen hatte. Die Rauchsäule wurde dünner, als sie sich ihr näherten, doch das Firmament schien nur noch aus Qualm zu bestehen.

Marco hielt direkt auf die Säule zu, weil er fürchtete und hoffte, daß sich Feinde in ihr verbargen. Sein Schutzanzug bildete einen silbrigen Fleck vor der Dunkelheit. Als sich der Rauch um sie schloß, merkte Kin erstaunt, daß sie noch immer sehen konnte. Das Gegenteil wäre vielleicht besser gewesen: Zwischen den Schwaden breitete sich eine höllische Landschaft aus.

Nach fünf Minuten erklang Marcos Stimme.

»Die Sache ist mir ein Rätsel. Es gibt keine Strahlung. Eigentlich sollte das auch gar nicht der Fall sein, aber der angerichtete Schaden ist viel zu groß. Silver?«

Unter ihnen brannte ein qualmumschleierter Wald. Bevor die Shand antworten konnte, fiel der Boden fort, als hätten sie gerade den Rand einer hohen Klippe überquert.

»In dieser Finsternis sehe ich überhaupt nichts«, erwiderte Silver. »Und Sie, Marco?«

Der Kung konnte nach wie vor Einzelheiten erkennen — die Natur hatte ihn mit guter Nachtsichtigkeit ausgestattet. Er fluchte leise und verringerte die Geschwindigkeit. Kin und Silver folgten seinem Beispiel und reduzierten den Abstand, so daß sie dicht nebeneinander im Rauch schwebten. Marco starrte noch immer in die Tiefe.

»Ich fasse es nicht«, brachte er hervor. »Nach unten.«

»Ich fliege blind«, klagte Silver. »Geben Sie mir rechtzeitig Bescheid, damit ich nicht auf dem Boden zerschmettere.«

»Ich bezweifle, ob diese Gefahr besteht«, erwiderte Marco.

Kin ließ sich fallen und spannte unwillkürlich die Muskeln, weil sie jederzeit mit dem Aufprall rechnete — bis der Rauch über ihr zurückblieb und Mondschein *emporstrahlte.*

Schwindel packte sie wie eine Zange. Den Aufenthalt im All ertrug sie problemlos, weil überall *unten* war und Richtungen ihre Bedeutung verloren. Sie hatte auch nichts dagegen, über eine Landschaft hinwegzuschweben; es unterschied sich kaum von dem Flug an Bord eines Aircars.

Aber dies ... Sie hing nun mit baumelnden Beinen über einem Loch in der Welt.

Der Mond glänzte direkt unter ihr, am Ende eines Schachtes, der endlos nach unten führte, nach unten, unten ...

»Etwa acht Kilometer tief, nicht wahr, Silver?« Marcos Stimme erklang wie aus weiter Ferne. »Und etwa drei breit. Ist alles in Ordnung mit Ihnen, Kin.«

»Wie?«

»Sie sinken noch immer.«

Arad tastete benommen nach den Kontrollen des Rettungsgürtels. In Augenhöhe, gut einen halben Kilometer entfernt, sah sie den Rand des Loches und verschiedene Gesteinsschichten. Weiter unten ... Ganz langsam zwang sie den Blick in die entsprechende Richtung und bemerkte weitere Felsformationen, dann etwas Metallisches.

Und ein Rohr, aus dem Wasser spritzte. Ein hysterisches Lachen drang aus Kins Kehle.

»Alles bestens!« kicherte sie. »Wir brauchen unsere Reise nicht fortzusetzen und können hier auf den Reparaturtrupp warten! Sie wissen ja, wie es mit Klempnern ist: Wenn man sie braucht ...«

»Hören Sie auf damit!« sagte Marco scharf. »Kümmern Sie sich um sie, Silver.« Kin sah, wie der Kung nach seinem Gürtel griff, und eine Sekunde später fiel er. Ihre Blicke folgten ihm, bis Silver sie packte und umdrehte. Sie spürte Bewegung und begriff, daß die Shand sie vom Loch fortsteuerte.

»Hier ist ein dreißig Meter dickes Rohr«, teilte Marco nach einer Weile mit. »Raten Sie mal, was mit dem Wasser geschieht. Es sammelt sich drei Kilometer weiter unten — in leerer Luft. Deshalb tost hier kein Orkan: Dort unten gibt es eine Gravitationsbasis. Es dauert sicher nicht mehr lange, bis ein großer See entsteht.

Ich bin jetzt vierzig Meter weiter unten. Hier sieht's aus wie nach der Explosion eines Kraftwerks. Überall wimmelt es von — Kabeln? Sie sind bunt und größtenteils zerfetzt. Hinzu kommen Hohlleiter oder Zugangsröhren. Silver?«

»Ich höre Sie. Vermutlich ist unser Schiff auf die ambientalen Maschinen der Flachwelt gestürzt, die daraufhin detonierten.«

»Wahrscheinlich. Viele Dinge scheinen hier geschmolzen zu sein, und außerdem ... Ach, lassen wir das! Jetzt habe ich einen Tunnel gefunden, einen echten Tunnel. Hören Sie mich? Ich schwebe vor einem halbrunden Tunnel mit Schienen. Das ganze Innere der Flachwelt ist eine riesige Maschine. Sie sollten diesen Zugang sehen: Er ist groß genug für ein Raumschiff. Auf dem Boden erstrecken sich, äh, achtzehn Gleise. Für Reparaturroboter, nehme ich an. Aber es haben sich große Schutt- und Trümmerhaufen gebildet.«

»Unser Schiff stürzte vor fünf Tagen ab«, stellte Silver ernst fest. »Die Konstrukteure hatten also fünf Tage Zeit, um die notwendigen Reparaturen vorzunehmen. Sie sind tot, Marco. Es gibt keine andere Erklärung.«

»Eins steht fest: Hier sieht es ziemlich wüst aus«, erklang die Stimme aus der Tiefe. »Allem Anschein nach hat niemand versucht, irgend etwas instandzusetzen.«

»Eben. Irgendwo ging irgend etwas schief: Die Gezeiten der Meere sind unberechenbar, und die Himmelskörper funkionieren nicht mehr richtig. Wohin führt der Tunnel? Setzt er sich auf der anderen Seite des Loches fort?«

Eine kurze Pause.

»Ja, ich sehe auch die gegenüberliegende Öffnung«, antwortete Marco. »Und die Richtung ... Direkt zur

Scheibenmitte. Ich wollte vorschlagen, daß wir durch den Tunnel fliegen, aber ...«

»... es wäre besser, Gefahren im Freien zu begegnen. Ich teile diese Ansicht.«

Kin öffnete die Augen. Sie schwebte jetzt über verbranntem und teilweise noch immer brodelndem Boden, aber wenigstens wies er keine tiefen Löcher auf.

»Danke«, sagte sie. »Dumm von mir, nicht wahr? Meine Vorfahren hingen mit dem Kopf nach unten an Bäumen.«

»Sie brauchen sich nichts vorzuwerfen«, erwiderte Silver. »Ich finde keinen Gefallen an Dunkelheit. Wir alle haben unsere Ängste und Phobien. Kin? Sie wirken ein wenig blaß ...«

Arad versuchte nicht einmal zu sprechen; Zunge und Lippen waren wie gelähmt. Sie ächzte leise und streckte den Arm aus.

Etwas stieg mühsam aus dem Loch, und es hatte dabei nicht unerhebliche Schwierigkeiten — aufgrund seiner enormen Größe. Kin dachte an das Mount Tryggvason-Monument.

Es war eine der Touristenattraktionen von Walhalla. Jemand hatte die Köpfe der Präsidenten Halfdan, Thorbjorn, Wiesel Mokassin und Teuhtlile in einer Höhe von etwa hundert Metern aus dem massiven Fels gemeißelt.

Was nun aus dem breiten Loch kletterte, kam einem Mount Tryggvason gleich, dem ein Kopf fehlte. Kin beobachtete ein *Ding* mit drei Schädeln. Nur der ihr zugewandte Kopf war als menschlich zu bezeichnen. Die beiden anderen schienen von einer ungeheuerlichen Kröte und einem Insekt zu stammen: riesige Gesichter, die auf gräßliche Weise zu einem gewaltigen Haupt mit drei Kronen verschmolzen, jede so groß wie mehrere Häuser. Unter den Köpfen baumelten spinnenartige und mindestens achtzig Meter lange Beine.

Der Umstand, daß man durch das Ungetüm hindurch

zur anderen Seite des Loches sehen konnte, beeinträchtigte die Wirkung ein wenig.

»Marco«, raunte Silver.

»Ich glaube, hier unten kann man nicht viel mehr herausfinden ...«

»Ist irgend etwas an Ihnen vorbeigeklettert?«

»Ich verstehe nicht.«

»Sehen Sie nach oben, Marco!«

»Potzgalaxis!«

Kin keuchte.

»Haben Sie keine Angst«, tröstete Silver.

»Angst vor dem Ungeheuer?« entgegnete Kin. »Ich bin *sauer,* Silver. Wissen Sie, was das Ding ist? Eine komische Vogelscheuche, ein Trugbild, das neugierige Einheimische erschrecken und daran hindern soll, ins Loch zu gucken.

Wenn wir zurückkehren, so ist es mir völlig gleich, wer die Scheibenwelt konstruiert hat. Ich werde ihnen das Handwerk legen, sie in den Ruin treiben. Sie haben eine Welt gebaut, deren Bewohner über den Rand segeln, die von Dämonen heimgesucht werden und abergläubisch sind — denn nur dadurch bleiben die Konstrukteure im verborgenen! Ich *hasse* sie!«

Marco sauste wie eine Rakete durch die Erscheinung, wurde zu einem Funkeln im Auge Saitans, zu einem Glitzern im Hirn Gottes.

»Ohne Substanz«, berichtete er. »Nur ein Bild.«

Das große menschliche Gesicht, kühl und erhaben, verzerrte sich. Der Mund klappte auf, und ein trauriges Seufzen hallte durchs Loch. Dann zuckte ein Blitz aus dem rauchverhüllten Himmel und schmolz den Robotkellner so gründlich, daß Tropfen aus flüssigem Metall zu Boden regneten.

Hagel trommelte an Kins Schutzanzug. Ein Wettflug mit der Zeit hatte begonnen.

In fünfzig Stunden, vielleicht auch vorher, würde Silver den Verstand verlieren und sich umzubringen versuchen. Kung und Menschen kamen tagelang ohne Nahrung aus — Shandi nicht.

Um sie herum tobte der Sturm, aber das Fauchen der wütenden Böen wurde leiser, als Marco mit seinen beiden Begleiterinnen aufstieg. Sie durchbrachen die Wolkendecke und erreichten das Licht der Abenddämmerung.

Die Sonne ging weit hinter ihnen unter und tauchte den Horizont in zorniges Rot. Nach dem Himmel zu urteilen, herrschte fast überall auf der Flachwelt ziemlich schlechtes Wetter. Vermutlich war das sogar untertrieben: Die Formen einiger Wolken schienen aus einem Alptraum zu stammen.

Marco beendete das Schweigen. »Wir müssen noch etwa tausendfünfhundert Kilometer zurücklegen.«

»Woraus sich eine Durchschnittsgeschwindigkeit von dreißig Kilometern pro Stunde ergibt«, sagte Kin. »Die Zeit genügt. Auf dem Weg zur Scheibenmitte können wir sogar mehrmals rasten.«

»Und wenn wir am Ziel sind? Finden wir dort einen Robotkellner?«

»Wer fähig ist, eine solche Welt zu bauen, sollte auch dazu in der Lage sein, einen Robotkellner zu konstruieren.«

»Aber warum wird das Loch nicht repariert? Eirick und Lothar — sie sind Nachkommen der Baumeister, in die Barbarei zurückgefallen. Oder die Konstrukteure sind tot.«

»Na schön. Haben Sie eine bessere Idee?«

Marco schnaubte.

Silver flog fast einen Kilometer hinter ihnen, ein Punkt vor dem gleißenden Himmel. Sie brummte höflich, um zu zeigen, daß sie mithörte.

»Vielleicht finden wir einen funktionstüchtigen Kellner«, erwiderte sie, »sofern die Scheibe von der Company gebaut wurde. Stöhnen Sie nicht, Kin! In vielerlei Hinsicht paßt die Flachwelt zur Politik der Company. Übrigens: Etwa achthundert Meter hinter mir fliegt ein Rabe.«

Kin starrte auf die unter ihr hinweggleitenden Wolken. Politik. Ja, vielleicht symbolisierte die Scheibe Politik ...

Die Großen Spindlerkönige, Rädler, Paläotechs, ChThones — Völker des Universums. Das Universum *bestand* aus Völkern.

Früher einmal hatten sich Astrohistoriker in diesem Zusammenhang eine gewaltige leere Sternenbühne vorgestellt, eine schwarze Leinwand, die auf den Pinsel des Lebens wartete. Inzwischen glaubte man, daß gewisses *Leben* drei Mikrosekunden nach dem Urknall entstanden war. Andernfalls gäbe es nur zufällig verteilte Materie im Kosmos — Leben übte nachhaltigen Einfluß auf sein Wachstum aus. Leben, das einst in den rotierenden Staubwolken wohnte, die sich zu Sternen verdichteten. Jede Sonne repräsentierte das Skelett eines staubsammelnden Dinosauriers aus der Jura des Universums.

Spätere Lebensformen waren kleiner und intelligenter. Einige von ihnen, zum Beispiel die Rädler, beschritten evolutionäre Sackgassen. Andere, unter ihnen die Großen Spindlerkönige und Schamleons, erzielten den einzigen Erfolg, den die Evolution zuließ: Sie überlebten länger. Aber selbst von Stern zu Stern reisende Völker starben aus. Der Kosmos stellte Gräber dar, die lichtjahrweite Friedhöfe bildeten, unter denen Mausoleen ruhten. Der an heidnischen Himmel leuchtende Komet war die verkümmerte Leiche eines Wissenschaftlers, seit drei Äonen tot.

Die Politik der Company lautete: Wir sorgen dafür, daß der Mensch unsterblich wird.

Man hatte gerade erst begonnen, und sicher dauerte es ein Weilchen. Aber wenn es gelang, den Menschen zu möglichst vielen Welten zu bringen, so daß zahlreiche Arten des Menschen aus ihm wurden — dann überlebte er vielleicht. Die Spindler waren ausgestorben, weil sie sich zu sehr ähnelten. Der Mensch wohnte bereits auf einem Dutzend Welten, und dort veränderten ihn diverse Kräfte: Fremde Monde trieben ihn in den Wahnsinn; unterschiedliche Schwerkraft krümmte ihm Rücken und Beine.

Da man in bezug auf das Universum wohl kaum von einem natürlichen Ende sprechen konnte — immerhin war es nicht natürlich, sondern die Summe der Leben, die es geformt hatten —, beabsichtigte der Mensch, ewig zu existieren. Warum nicht?

Man bewahre die Mem-Masse, man bewahre Ideen — darin lag das Geheimnis. Wenn einem hundert Planeten zur Verfügung standen, gab es Platz genug, um verschiedene Wissenschaften, sonderbare Überzeugungen, neue Techniken und alte Religionen in stillen Ecken gedeihen zu lassen. Die Erde war früher eine vereinte Zivilisation gewesen, und genau das hatte sie an den Rand des Untergangs gebracht. Wenn man ausreichend Vielfalt schuf, so ließ sich irgendwo immer jemand finden, der die Herausforderungen der Zukunft annahm.

Die Bewohner der Scheibenwelt, von Dämonen bewacht und von einem gewaltigen Wasserfall umgeben — welche Meme konnten sie der Zivilisationsgenetik beisteuern? Kin versuchte, es Marco zu erklären.

»Was sind Meme?« fragte der Kung.

»Ideen, Einstellungen, Konzepte, Methoden«, antwortete Arad. »Mentale Gene. Allerdings haben die auf der Flachwelt entstehenden Gene erhebliche Nachteile, unter ihnen ein ausgeprägtes anthropozentrisches Potential.«

Ein blasser roter Mond stieg über die wie geronnen wirkenden Wolken. Der Abstand zwischen Kin und ihren Gefährten betrug jeweils etwa anderthalb Kilometer. Sie flogen hoch und schnell, um möglichst wenig Zeit zu verlieren. Kin beobachtete den kleinen Fleck Silvers und merkte, wie ihre Besorgnis zunahm.

Es war natürlich völlig falsch, menschliche Gedankenmuster auf einen Alien zu übertragen, aber ein Mensch in Silvers Lage hätte sicher gehofft, früher oder später brauchbare Nahrung zu finden. Menschen neigten zum Optimismus.

Man durfte nicht erwarten, daß eine Shand menschlich dachte. Es fiel so leicht, seine Freunde für verkleidete Menschen zu halten; aus guten und ehrenhaften Gründen ermutigte man die Leute dazu, in Aliens Menschen zu sehen, die sich nur durch eine seltsame Gestalt auszeichneten. Doch selbst wenn sie Poker spielten oder Latein lasen — dadurch bekamen sie noch lange keine menschliche Natur.

Aus diesem Grund fragte sich Kin, wann Silver einen Selbstmordversuch unternehmen werde. Sie setzte sich noch einmal mit Marco in Verbindung und schilderte ihm ihre Überlegungen.

»Wir können der Shand nicht helfen«, sagte er. »Ich habe bereits beschlossen, nichts mehr zu essen, bis wir die Scheibenmitte erreichen — als Zeichen meiner Solidarität. Wir sind in der Lage, uns von den hiesigen Proteinen zu ernähren, wenn die Analysen des Robotkellners stimmen«, fügte er hinzu.

»Ob sich Silver dadurch besser fühlt?«

»Sie nicht, aber *wir.* Nun, es gibt da noch ein anderes Problem, das immer mehr ins Zentrum meiner Aufmerksamkeit rückt. Ich erwähne es nicht gern ...«

»Nur zu!«

»Blicken Sie auf das Anzeigefeld an Ihrem linken Handgelenk. Ich meine die orangefarbene Fluoreszenzlinie vor dem grünen Streifen. Na?«

Kin senkte den Kopf und betrachtete das kleine Display.

»Ich sehe nur einen Punkt.«

»Genau. Eigentlich sollte es eine Linie sein. Uns geht der Sprit aus, Kin.«

Eine Zeitlang flogen sie schweigend. Dann fragte Arad: »Wie lange noch?«

»Etwa sechs Stunden für Sie und mich. Vielleicht eine Stunde weniger für Silver. Dadurch ist wenigstens ein Problem gelöst: Sie wird viele Kilometer hinter uns landen.«

»Wir bleiben natürlich bei ihr«, erwiderte Kin fest. Marco ignorierte diese Bemerkung.

»Mit einem Robotkellner wären unsere Schwierigkeiten keineswegs unüberwindlich. Die Scheibenmitte ist nicht mehr weit entfernt. Wir hätten die Einheimischen zwingen können, uns irgendein Transportmittel zur Verfügung zu stellen. Mir kommen gleich hundert Möglichkeiten in den Sinn. Es wäre sicher recht amüsant und interessant gewesen.«

»Interessant? In welcher Hinsicht?«

»Direkte Kontakte mit den Bewohnern der Flachwelt, die unsere Befehle entgegennehmen. Wenn wir in der Mitte nichts finden, gründe ich vielleicht ein Reich. Diese Möglichkeit haben Sie doch sicher ebenfalls erwogen.«

Kin konnte es nicht leugnen. Sie dachte an Dschingis Marco, Marco Cäsar, Prester Marco. Zweifellos konnte er in eine solche Rolle schlüpfen. Es fiel Arad leicht, sich ihn als vierarmigen Gottkönig vorzustellen.

»Wie lange würde es Ihrer Meinung nach dauern, bis auf der Flachwelt eine zur Raumfahrt fähige Zivilisation entsteht?« erkundigte sich der Kung. »Ich meine, wenn wir ein wenig nachhelfen. Wir haben das Wissen.«

»Nein, da irren Sie sich. Wir *glauben* nur, das Wissen zu haben, aber in Wirklichkeit beschränken sich unsere Kenntnisse darauf, wie man Maschinen bedient. Nun, ich schätze, daß es trotzdem möglich wäre, in zehn Jahren ein Raumschiff zu bauen.«

»So schnell? Anschließend könnten wir ...«

»Nein.« Kin hatte auch darüber nachgedacht. »Ich spreche nicht von einem richtigen Raum*schiff*, sondern eher von einer Raum*kapsel*. Als Antrieb kommen Feststoffraketen in Frage. Ihr Schub dürfte genügen, um uns an der Barriere im All zerschellen zu lassen. Eine Alternative besteht darin, die Kapsel zu starten, indem wir sie über den Rand fallen lassen.«

»Zuerst müssen wir die Flachwelt einen«, murmelte Marco. »Das ist nicht weiter schwer. Geben Sie mir fünfhundert Nordmänner ...«

»Sie vergessen Silver«, wandte Kin ein. »Und außerdem verbinde ich große Hoffnungen mit der Scheibenmitte.«

Trotzdem ...

Bevor sie den Robotkellner verloren, hatte Arad viel nachgedacht. Mit dem Kellner wäre es ihnen möglich gewesen, die Flachwelt zu erobern und jenes Vakuum zu füllen, daß die vermutlich abgereisten Konstrukteure hinterlassen hatten. Ohne ihn durften sie höchstens ein einigermaßen bequemes Leben erwarten. Seltsamerweise waren Kins Gefährten gar nicht so schlecht dran: *Sie sitzen als Aliens auf einer fremden Welt fest, aber ich bin hier unter Menschen. Vielleicht habe ich mehr mit Silver und Marco gemein als mit den Barbaren der Scheibe.* Eine erschreckende Vorstellung.

»Mit diesen Gürteln sollte man imstande sein, durch ein ganzes Sonnensystem zu fliegen und auf einem Planeten zu landen«, klagte sie.

»Aber sie sind nicht dazu bestimmt, jemanden Tausende von Kilometern weit durch ein Schwerkraftfeld zu tragen, wobei es zu häufigen Änderungen der Höhe kommt«, entgegnete Marco. »Es ist doch sehr ärgerlich.«

»Ärgerlich!«

»Wenn Sie so wütend darüber sind, schlage ich vor, Sie beschweren sich beim Hersteller.«

»Wie kann ich ...« Kin unterbrach sich verblüfft. »War das ein Witz? Lieber Himmel!«

Als der Morgen dämmerte, flogen sie an einem wolkenlosen Himmel über eine wüstenartige Buschlandschaft. Einmal bemerkten sie eine Karawane aus Kamelen, nur sichtbar aufgrund der zitternden dünnen Schatten auf dem Sand.

Während der Nacht waren sie leicht vom Kurs abgekommen, und soweit Marco das feststellen konnte, erstreckte sich unter ihnen das Euphrat-Tigris-Tal.

»Wir sind also in der südöstlichen Türkei«, sagte der Kung und fügte dann wehmütig hinzu. »Das bedeutet Bagdad. Jene Stadt würde ich mir gern ansehen.«

»Warum?« fragte Kin.

»Oh, als ich noch ein Kind war, haben mir meine Pflegeeltern ein Märchenbuch mit Geschichten über Dschinnen und magische Lampen und so geschenkt. Es beeindruckte mich sehr.«

»Schlagen Sie bloß keine Landung vor«, ächzte Kin. »*Denken* Sie nicht einmal daran.«

Kurz darauf erreichten sie eine Stadt aus niedrigen weißen Häusern, Palästen und sonderbaren kuppelförmigen Gebäuden. Jenseits der Mauern standen viele Zelte. Die Stadt erstreckte sich zu beiden Seiten eines Flusses, der weiter stromabwärts eine andere Farbe gewann und seicht genug war, um eine Dürre anzuzeigen. Die Sonne stand jetzt hoch am Himmel, und die Luft über dem Boden flirrte.

Nach zwei Kilometern versagte Silvers Rettungsgürtel. Es drohte natürlich kein plötzlicher Absturz: Die Shand schwebte nicht mehr nach vorn, sondern langsam dem Boden entgegen, als die Sicherheitsautomatik auf die Warnungen der Ergsensoren reagierte.

Kin und Marco folgten ihr zu einem Hain süßlich duftender knorriger Bäume. Als Arad den Helm abnahm, traf sie die Hitze wie ein Windstoß aus der Hölle. *Es ist zu heiß,* dachte sie. *Kein Wunder, daß die Felder wie verbrannt aussehen.* An dieser Stelle war der Fluß eine blutrote Schlange, die sich müde an Platten aus rissigem getrockneten Schlamm vorbeiwand.

»Nun«, sagte Kin. Sie meinte: Das wär's dann wohl.

»Jetzt weiß ich nicht mehr weiter«, brummte Marco und floh in den Schatten der Bäume.

»Soll das heißen, Sie haben keinen Plan?«

»Wie bitte?«

»Schon gut.« Kin trank einen Schluck Wasser aus dem Reservoir des Schutzanzugs. Auch damit mußten sie jetzt sparsam umgehen.

Silver saß mit dem Rücken an einen Baumstamm gelehnt und starrte zum Himmel hinauf. Hinter ihr klebte die Sonne als Kupferniete an einem Himmel, der wie heißes Eisen aussah.

»Gerade ist ein Flugkörper aufgestiegen«, sagte die Shand.

Der Mann wirkte sehr alt, und sein Gesicht war so faltig wie ein verschrumpelter Apfel. Der graue Bart zeigte einen seltsam komplizierten Schnitt. In den Augen fehlten das Weiße und ein erkennbarer Ausdruck. Er schien nicht überrascht zu sein.

Ein Scheibenkonstrukteur? Während Silver mit ihm sprach — sie saßen sich mit überkreuzten Beinen gegenüber —, dachte Kin rasch und konzentriert nach. Die Kleidung des Alten war auf eine barbarische Weise prächtig, aber sie hatte die Mode der Flachwelt nicht bestimmt. Sein Flugkörper zeichnete sich gewiß durch hochentwickelte Technik aus, und er ging geschickt damit um — derzeit ruhte er zusammengefaltet in der Gürteltasche seines Reisebegleiters, der nur ein Lendentuch und eine verdrießliche Miene trug, einen krummen Säbel in der Hand hielt und Marco beobachtete.

Kin schob sich an den Kung heran.

»Ich wüßte gern, wo er seinen Hochenergie-Blaster versteckt«, sagte sie. »Marco, Sie und Silver schlugen mir für den Notfall vor, mit Sex auf der Scheibenwelt zu überleben, nicht wahr?«

»Sie haben diesen Vorteil, ja.«

»Da bin ich jetzt nicht mehr so sicher.«

»Wie meinen Sie das?«

»Nun, unser dicker Freund mit dem Säbel ...« Kin unterbrach sich und merkte verärgert, daß sie errötete. »Können Sie sich an *nichts anderes* aus dem Märchenbuch erinnern?«

Marco überlegte eine Zeitlang und schnitt dann eine Grimasse. »O ja«, brummte er. »Äh, abgeschnitten?«

»Das entspräche den Bräuchen dieser Zeit und dieses Ortes.« Kin sah zu Silver, und die Shand hob den Kopf.

»Es könnte Arabisch sein«, sagte sie. »Ich höre diese Sprache jetzt zum erstenmal. Ich habe es mit Latein versucht, und vielleicht versteht er mich — aber er gibt es nicht zu. Bisher konnte ich nur herausbekommen, daß er unsere Schutzanzüge möchte.«

Kin und Marco wechselten einen Blick. Das Gesicht des Kung brachte nun fast so etwas wie ehftnische Schläue zum Ausdruck.

»Sagen Sie ihm, daß unsere Anzüge sehr wertvoll sind«, entgegnete er. »Sagen Sie ihm, daß wir sie nicht einmal gegen seinen Flugkörper tauschen. Sagen Sie ihm, daß wir so schnell wie möglich zur Küste müssen.«

»Darauf fällt er nie herein«, erwiderte Kin. »Außerdem ist kaum mehr Saft in den Rettungsgürteln.«

»Sein Problem«, brummte Marco. »Ich habe einen

Plan, doch zuerst möchte ich feststellen, wie er das fliegende Ding bedient. Sagen Sie ihm, hier sei es viel zu heiß, um zu verhandeln — es stimmt sogar.«

Der Alte sprach einige abgehackt klingende Sätze und Worte und wiederholte sie mit einem unterschiedlichen Maß an Verzweiflung. Schließlich nickte er, stand auf und winkte seinem Diener zu.

Der große beleibte Mann trat vor, öffnete die Tasche und reichte seinem Herrn den ... den ...

Himmel! dachte Kin. *Es* ist *ein fliegender Teppich. Wir suchen nur nach anderen Bezeichnungen, weil es verrückt klingt.*

Das Ding maß etwa zwei mal drei Meter und wies ein verwirrendes geometrisches Muster aus blauen, grünen und roten Tönen auf. Schlaff lag er auf dem Boden und paßte sich allen Unebenheiten an.

Der Alte sprach ein Wort. Staub wurde aufgewirbelt, als sich der Teppich streckte und versteifte und dann einige Zentimeter über dem Sand schwebte. Kin glaubte, ein leises Summen zu hören.

Er schwankte nicht einmal, als Silver darauf trat. Der Mann mit dem Säbel nahm hinter ihnen Platz, und der Alte setzte sich stumm. Lautlos blieb der Boden unter ihnen zurück.

»Man könnte einen Gegenstand mit flexiblen Auftriebeinheiten beschichten«, sagte Marco nach einer Weile, und in seiner Stimme ließ sich nur ein leichtes Vibrieren vernehmen. »Aber was ist mit Energie? Wie soll man so dünne Batterien herstellen?«

Ähnliche Gedanken schossen Kin durch den Kopf, während sie auf den Teppich zwischen ihren Knien sah — um zu vermeiden, daß ihr Blick über den Rand glitt. Aus den Augenwinkeln beobachtete sie, wie Marco etwas näher rutschte.

»Sind Sie ebenfalls nervös?« fragte Arad.

»Ich weiß, daß sich nur einige Millimeter einer unbekannten und vielleicht nicht sehr zuverlässigen Flugmaschine zwischen mir und dem Boden befinden«, antwortete der Kung.

»Während der Reise mit den Rettungsgürteln waren Sie nicht beunruhigt.«

»Ihre Funktion wird ohne Einschränkungen für hundert Jahre garantiert. Wenn auch nur ein Gürtel versagen würde — wie lange bliebe der Hersteller dann wohl im Geschäft?«

»Wahrscheinlich kann man nicht einmal dann von diesem Teppich fallen, wenn man es will«, warf Silver ein. Ruckartig streckte sie den Arm zur Seite und schlug mit der Pranke nach einem imaginären Gegner — es klang so, als bohre jemand die Faust in Gelee.

»Ein Sicherheitsfeld«, kommentierte die Shand. »Versuchen Sie es selbst.«

Vorsichtig hielt Kin eine Hand über den Rand, und die Finger schienen dabei durch zähen Sirup zu streichen. Als sie etwas mehr Druck ausübte, wurde der Widerstand so fest wie Fels. Ali Baba drehte sich zu ihr um, lächelte und sagte etwas.

Als der Teppich wieder gerade flog, herrschte Stille. Schließlich sagte Marco barsch: »Sagen Sie dem Irren, daß ich ihn umbringe, wenn er das wiederholt.«

Kin löste die fast gefühllosen Finger aus dem gemusterten Gewebe.

»Seien Sie diplomatisch«, fügte sie an Silver gerichtet hinzu. »Seien Sie taktvoll. Sagen Sie ihm, daß ich ihn verstümmele, wenn er uns noch einmal einen solchen Streich spielt.«

Zwei Loopings und eine dreifache Rolle!

Künstliche Schwerkraft, Schutzfelder und direkte verbale Steuerung — alles verpackt in einem teppichförmigen Flugzeug.

Kin fragte sich, wie Marco es stehlen wollte.

Sie glitten dicht über die flachen Dächer der Stadt hinweg. Arad sah, wie die Leute auf den schmalen Straßen nur kurz aufblickten und sich dann wieder um ihre

Angelegenheiten kümmerten. Offenbar waren sie mit fliegenden Teppichen vertraut.

Sie näherten sich einem kleineren Palast, einem gedrungenen weißen Gebäude mit einer Kuppel in der Mitte und zwei verzierten Türmen. Hinter einem Zierspalier befand sich ein Garten. Sonderbar ...

»Offenbar hat das Haus eine eigene Wasserquelle«, sagte sie laut.

»Wieso?« fragte Marco.

»Sonst wirkt das Land überall wie verdorrt. Dies ist die einzige grüne Stelle, die wir heute gesehen haben.«

»Das würde mich nicht überraschen, wenn der Alte zu den Konstrukteuren gehört«, meinte Marco. »Ich bezweifle es jedoch.«

»Ich auch«, pflichtete ihm Silver bei. »Aber er steuert den Teppich gekonnt, und angesichts unserer Fluggürtel zeigte er nur vorsichtige Habgier, keine Ehrfurcht. Vielleicht haben wir es hier mit einem endlosen Kreislauf zu tun: Die Maschinen und Hinterlassenschaften der Konstrukteure werden weitergegeben, ohne daß jemand ihre Funktionsweise versteht — so wie ein Wilder mit einem Bodenwagen fährt und glaubt, die Antriebskraft stamme von kleinen Pferden unter der Motorhaube.«

Ali Baba setzte nun zur Landung an. Der Teppich glitt über einen Balkon und durch einen Torbogen und erreichte ein Zimmer mit hoher Decke. Einige Sekunden lang schwebte er dicht über dem Fliesenboden und sank dann auf ihn hinab.

Sofort erhob sich der Alte und klatschte in die Hände. Als die anderen ihre Gliedmaßen entfalteten und Marco den stählernen Griff löste, mit dem er sich am Teppich festgehalten hatte, kamen einige Diener herein. Sie trugen Handtücher und große Schüsseln.

»Ich hoffe, sie enthalten Wasser«, knurrte Marco. »Ich bin nämlich fest entschlossen, davon zu trinken.«

Er tauchte den Kopf in seine Schüssel und schlabberte geräuschvoll, ein Verhalten, das bei den Dienern einige Verwirrung stiftete. Silver griff nach ihrer Schale, schnupperte, öffnete den Mund zu einem Trichter und kippte die Flüssigkeit in sich hinein. Kin trank mit damenhafter Würde und benutzte den Rest des Wassers, um sich den Staub vom Gesicht zu waschen.

Anschließend sah sie sich um.

Es gab kaum Einrichtungsgegenstände — der Raum wirkte wie ein verzierter Kasten. An den Wänden entdeckte Kin geometrische Muster sowie Darstellungen aus der Pflanzenwelt, und am einen Ende der Kammer bemerkte sie mehrere Wandschirme. Neben dem gelandeten Teppich stand ein niedriger Tisch mit einer dicken Kristallplatte.

Ali hatte das Zimmer zusammen mit den Dienern verlassen. Silver drehte den Kopf von einer Seite zur anderen.

»Das Wasser war ziemlich kalt«, sagte sie. »Es enthielt sogar kleine Eisbrocken. Eiswasser deutet auf Zivilisation hin.«

»An einem anderen Ort könnte man dadurch auf Kühlschränke schließen«, räumte Kin ein. »Aber ich schätze, hier gibt es Dämonen, die fließendes kaltes und warmes Wasser zur Verfügung stellen.«

Marco näherte sich dem Teppich und betrachtete ihn aufmerksam. Dann trat er auf ihn und sprach ein Wort.

»Ich nehme an, die Vorrichtung ist auf das Stimmmuster des Alten programmiert«, meinte Silver, ohne sich umzudrehen. Marco fluchte leise.

Ali Baba kam hinter den Wandschirmen zum Vorschein, und zwei Männer mit Schwertern begleiteten ihn. Er hielt ein rotes Kissen in den Händen, auf dem ein schwarzes Kästchen ruhte.

Er wandte sich an Silver und formulierte einige unsicher klingende Worte auf Latein.

»Er will jetzt Das-was-alle-Sprachen-spricht beschwören«, übersetzte die Shand. »Glaube ich.«

Der Alte setzte das Kästchen auf dem Boden ab, hob

den kleinen Deckel und holte etwas hervor, das Kin überraschte: Es sah aus wie eine flache vergoldete Teekanne.

Ali Baba putzte sie mit dem Ärmel.

»Gönnst Du Mir Denn Überhaupt Keinen Frieden, Zauberer?«

ES manifestierte sich zwei Meter entfernt in einer Wolke aus purpurnem Rauch. Kin verstand jetzt, warum Marcos Erscheinungsbild den Alten nicht beunruhigte: Wer an so etwas gewöhnt war, den konnte *nichts* aus der Ruhe bringen.

Vielleicht wäre das Etwas so groß wie ein erwachsener Mann gewesen, wenn es aufrecht gestanden hätte. Aber der Oberkörper neigte sich so weit nach vorn und unten, daß es die beiden dicken goldenen Schuppenarme als zusätzliches Beinpaar verwendete. Rankenartig Tentakel wuchsen ihm in Büscheln aus dem Hals. Das lange Gesicht erinnerte an ein Pferd, und.die Wangen endeten an zwei spitzen Ohren. Hinzu kam ein Schnurrbart, der bis zum Boden hinabreichte. Das Wesen trug einen kegelförmigen Hut.

»Wisset, Daß Ich Azrifel Bin«, begann es in einem Singsang. »Dschinn Der Wüste, Schrecken Von Tausenden, Geißel Von Millionen Und, Um Ganz Ehrlich Zu Sein, Leider Auch Sklave Der Lampe. Was Willst Du Diesmal Von Mir, Meister?«

Der Zauberer hielt einen längeren Vortrag. Schließlich drehte sich der Dschinn um und sah das Trio an.

»Mein Meister Abu Ibn Infra Übermittelt Grüße, Heißt Euch In Seinem Bescheidenen Heim Willkommen Und So Weiter Und So Fort. Wenn Ihr Etwas Essen Möchtet, So Verlangt Die Gewünschten Speisen Vom Tisch. Euer Wunsch Ist Ihm Befehl. Solche Wunder Sind Hier Völlig Normal«, fügte er hinzu.

Kin hockte sich am Tisch nieder und beobachtete ihn eine Zeitlang. Die dicke Platte bestand tatsächlich aus massivem Kristall, aber sie schien auch noch etwas anderes zu enthalten. Arad glaubte, so etwas wie undeutlich wallenden Dampf zu erkennen.

Sie dachte an Gurken und Paprillionsalat, an das Zimteis, das sie häufig in Grnhs Schnällimbis in Wunderstrand gegessen hatte — Grnh war nie bereit gewesen, sein Spezialrezept den Programmierern der Robotkellner zu verkaufen. Sie dachte an ein Zimteis, auf dem eine dicke rote Kirsche glänzte, und die Erinnerungen an den Geschmack regten ihre Speicheldrüsen an.

Es wuchs aus dem Tisch heraus. Das Wallen in der Kristallplatte wurde etwas deutlicher, und dann stand der Eisbecher vor Kin. Das kalte Glas beschlug.

Ganz oben lag eine große rote Kirsche. Und ... Kin griff nach dem kleinen Pappschild und riß die Augen auf.

Es war blau, schwarz und weiß gestreift, zeigte einen anthropomorphen Pinguin mit Kochmütze. An der Seite las sie: Grnhs Schnällimbis, Ecke Skarle und Oben, Ganz Oben, Wunderstrand 667548; Tregin Grnh und Geschwister; KALTES EIS UND HEISSE WÜRSTCHEN.

Marco starrte auf das Schild und blickte dann in die wie spöttisch zitternden Schatten der Tischplatte.

»Ich weiß nicht, wie Sie das fertiggebracht haben«, sagte der Kung langsam. »Aber ich denke gerade an den Blauen Spezialteller von Henry Pferds Kung-Restaurant in New ...«

Er unterbrach sich mitten im Satz, denn der Teller — die Schüssel — stand bereits vor ihm. Sie enthielt eine sonderbare Masse, und unter der orangegelben Kruste brodelte etwas.

»Das Ding reagiert auf telepathische Signale«, sagte Marco verunsichert. »Ein telepathischer Robotkellner. Beeilen Sie sich, Silver! Ich bin hungrig.«

»*Sie* sind hungrig«, erwiderte die Shand. Sie trommelte mit den Fingern auf die Tischkante und murmelte skeptisch: »Ich möchte zeremonielles Truduc.«

Die Schatten kräuselten sich und verschwanden. Silvers Finger trommelten auch weiterhin.

»Geräuchertes Guaracuc mit Grintzen?« schlug sie vor.

Eine undeutliche Silhouette entstand dicht über dem Tisch und verflüchtigte sich wieder.

»Dadugs in Sole? Chaquekuchen? Xiqua? Getrocknete Qumqum?«

Kin seufzte und schob den Eisbecher fort.

»Gibt Es Ein Problem?« fragte Azrifel.

»Der Tisch kann keine Shand-Proteine synthetisieren«, antwortete Silver. Enttäuscht ließ sie sich auf den Boden sinken und zog die Knie bis ans Kinn.

»Was Ist Ein Protein?«

Abu Ibn Infra nahm auf der anderen Seite des Tisches Platz, streckte die Hand aus und griff nach einem materialisierenden Glas mit rosaroter Flüssigkeit. Er sprach einige Worte, und Azrifel nickte.

»Mein Meister Möchte Über Eure Fliegende Kleidung Und Ähnliche Angelegenheiten Sprechen.« Der Dschinn hörte erneut zu. »Mein Meister Läßt Sich Seinen Sammlerkollegen Empfehlen Und Bietet Folgendes Für Alle Drei Gegenstände: Einen Spiegel-Mit-Dem-Man-Alle-Dinge-Sehen-Kann-Seien-Sie-Auch-Noch-So-Fern Sowie Zwei Geldbörsen, Die Niemals Leer Werden.«

Kin spürte die Blicke ihrer beiden Gefährten. »Lassen wir zunächst dieses lächerliche Angebot beiseite ...« Sie hatte das Gefühl, daß mangelnde Bereitschaft zum Feilschen als Zeichen allgemeiner Schwäche ausgelegt werden konnte. »Wir kommen aus einem fernen Land und verstehen nicht ganz, was es mit den ›Sammlern‹ auf sich hat. Welche Dinge sammeln sie?«

Abu Ibn Infra runzelte die Stirn, als er der Übersetzung lauschte. Dann spuckte er eine Antwort. Bisher hatte es Kin nicht für möglich gehalten, daß jemand eine aus mehreren Sätzen bestehende Antwort *spucken* konnte, aber der Alte schaffte es.

»Mein Meister Ist Verwirrt. Ihr Besitzt Gaben Der

Götter Und Wißt Nichts Von Den Sammlern. Er Fragt: Wie Kann Das Sein?«

»Jetzt hör mir mal gut zu, Dämon«, sagte Kin. »*Du* weißt Bescheid. Du bist eine Projektion, wie Sphandor, nicht wahr?«

»Es Ist Mir Nicht Gestattet, Zum Gegenwärtigen Zeitpunkt Auskunft Zu Geben«, erwiderte Azrifel selbstgefällig. »Ich Weiß Nur, Daß Ihr In Der Tinte Sitzt. Wenn Ihr Glaubt, Daß Ihr Diese Sache Lebend Übersteht, So Kann Ich Nur Lachen: Ha, Ha, Ha.«

»Ich bringe ihn um«, kündigte Marco an und stand halb auf. Die Wachen hinter Ibn Infra hoben andeutungsweise ihre Schwerter.

»Setzen Sie sich«, zischte Kin. »Beantworte mir diese Frage, Dämon: Was ist ein Sammler?«

»Mein Meister Sagt, Es Sei Kein Geheimnis. Er War Einst Ein Armer Fischer. Als Er Eines Tages Einen Fisch Ausnahm, Fand Er Darin Eine Gabe Gottes: Die Lampe, Von Der Ich Mich Leider Nicht Befreien Kann. Ich Bin Azrifel Aus Dem Neunten Dominium Der Verdammten. Ich Kann Alles Finden, Selbst Die Macht, Um Mit Euch Zu Sprechen. Das Ist Meine Macht.

Fünf Jahre Lang Habe Ich Für Diesen Aufgeblasenen Mistkerl, Arroganten Neureichen Und Ehemaligen Fischer Geschuftet. Ich Fügte Diesem Angeberischen Palast Solche Gaben Gottes Hinzu, Auf Die Keine Anderen Sammler Anspruch Erheben Oder Die Sich Im Besitz Von Sammlern Befanden, Deren Dämonen Schwächer Sind Als Ich. Die Suche Führte Mich In Die Dunklen Tiefen Des Meeres Und In Die Heiße Glut Von Vulkanen. Ich …«

»Schon gut«, warf Kin ein. »Der fliegende Teppich, der Tisch, die verdammten Geldbörsen — es sind Gaben Gottes?«

»Ja, Den Teppich Befreite Ich Von Einem Kaufmann In Basra. Den Tisch Fand Ich Muschelverkrustet Auf Dem Meeresgrund …«

»Aber dein Herr weiß nicht, wie diese Gegenstände funktionieren? Ich meine, er hält sie für magische Objekte?«

»Das Sind Sie Doch, Oder?« Der Dämon grinste.

»Wie ich es mir dachte«, brummte Marco. »Der Kerl hat keine Ahnung und weiß nicht mehr über die Natur der Flachwelt als sonst jemand in dieser Gegend. Ich setze die Wächter außer Gefecht. Dann schnappen wir uns schnell den Alten und verschwinden mit dem Teppich.«

»Warte!« rief Kin scharf.

»Worauf? Wir dürfen uns keine Informationen von ihm erhoffen. Er spielt nur mit den Dingen, die ihm der Dschinn besorgt.«

Kin schüttelte den Kopf. »Wir sollten es wenigstens einmal mit Diplomatie versuchen. Dämon, sag deinem Herrn, daß wir keine Sammler sind. Wir geben ihm unsere Fluggürtel, wenn er uns mit seinem fliegenden Teppich zur runden Insel vor der südöstlichen Küste dieses Lands bringt.«

Eine halbe Sekunde später begriff Kin, daß sie etwas Falsches gesagt hatte. Als Azrifel übersetzte, erbleichte Abu.

Marco seufzte und erhob sich. »Na schön, soviel zur Diplomatie.« Er sprang auf, ebenso wie Azrifel. Ein graugelber Wirbel entstand in der Luft, und es donnerte. Dann kehrte der Dämon unversehrt zurück. Marco war verschwunden.

»Was hast du mit ihm angestellt?« erkundigte sich Kin.

»Er Ist An Einem Sicheren Ort Untergebracht Worden Und Unverletzt, Abgesehen Vielleicht Von Einigen Reibungsverbrennungen.«

»Ich verstehe. Und das Lösegeld besteht aus unseren Fluggürteln, stimmt's?«

Abu sprach, und der Dämon sagte: »Nein. Mein Meister Weiß, Daß Ihr Von Einer Anderen Welt kommt. Vor

Einiger Zeit Ist Er Schon Einmal Einem Solchen Reisenden Begegnet, Der ...«

»Jago Jalo?« fragte Kin. Abu warf ihr einen finsteren Blick zu.

»Närrin!« fauchte Silver leise.

»So Lautete Sein Name«, bestätigte der Dämon. »Ein Wahnsinniger. Er Mißbrauchte Unsere Gastfreundschaft. Er Stahl Aus Unserer Sammlung. Auch Er Wollte Zur Verbotenen Insel.«

»Was ist mit ihm geschehen?« hakte Kin nach.

Der Dämon hob die Schultern. »Er Floh Mit Einem Fliegenden Teppich, Einer Geldbörse, Die Niemals Leer wird, Und Einem Mantel Mit Ungewöhnlichen Kräften. Selbst Ich Konnte Ihn Nicht Finden. Mein Meister Glaubt Jedoch, Daß Nicht Alles Verloren Ist.«

»Nein?«

»Er Hat Drei Neue Flugapparate, Zwei Gefangene Dämonen Und Dich.«

Kin wirbelte um die eigene Achse. Weitere Wächter standen auf dem Balkon, unter ihnen auch Bogenschützen. Arad spielte mit dem Gedanken, den Rettungsgürtel auf vollen Schub zu schalten und nach draußen zu rasen, aber wenn sie getroffen wurde ... Sie bezweifelte, ob sie sich voll und ganz auf die medizinischen Einrichtungen der Scheibenwelt verlassen konnte. Außerdem stand eine Lösung für Silvers Problem aus.

Kin ließ die Schultern hängen und vergoß Tränen untröstlicher Verzweiflung.

Sie hörte ein kurzes Gespräch zwischen dem Dämon und seinem Herrn. Etwas später kamen zwei Dienerinnen und führten sie fort.

Kin sah Silvers ausdrucksloses Gesicht, bevor sie den Raum verließ und durch ein Labyrinth aus verzierten

Torbögen und Wandschirmen schritt. Hinter ihr ging ein Wächter mit gezücktem Schwert.

Die Dienerinnen schnatterten unaufhörlich. An einem Torbogen blieb der Wächter zurück und bezog neben dem Zugang Aufstellung. Einige kleine dunkeläugige und nur spärlich bekleidete Frauen umringten Kin eine Zeitlang, bis sie von einer älteren Dienerin verscheucht wurden. Hilfreiche Hände geleiteten Arad zu einer Sitzbank. Dort nahm sie Platz und sah sich um.

Etwas später kam eine Frau in mittleren Jahren und brachte ihr etwas zu essen. Sie trug aufwendiges Makeup, und darunter zeigte sich einfältiges Mitgefühl.

Kin entschuldigte sich wortlos und schlug so sanft wie möglich zu. Als die Frau seufzte und zu Boden sank, war Arad bereits auf den Beinen und lief.

Sie rannte durch mehrere niedrige luftige Zimmer, gewann dabei einen flüchtigen Eindruck von Springbrunnen, Kolibris und gelangweilten Frauen auf großen Kissen. Augen mit schwarzen Schminkrändern blickten Kin nach, und Schreie erklangen, als sie gegen einen Diener prallte, der ein Tablett trug.

Ein ganzes Stück hinter ihr wiesen andere Schreie darauf hin, daß der Wächter widerstrebend das Serail betreten hatte.

Kin erreichte einen Balkon, blickte in den Hof hinab, kletterte dann an einem Schmuckspalier hinauf, das selbst unter ihrem Gewicht erbebte. Sie gelangte zu einem flachen Dach und in grellen, heißen Sonnenschein.

Laute Stimmen von unten bedeuteten, daß der Wächter bis zum Balkon vorgedrungen war. Kin streckte sich keuchend auf dem Dach aus und hoffte, daß der Mann glaubte, sie habe den leichteren Weg zum Hof genommen. Aber das war leider nicht der Fall. Einige Sekunden lang herrschte Stille, dann vernahm Arad dumpfes Schnaufen.

Kurz darauf knackte Holz, gefolgt von einem erschrockenen Heulen. Es endete mit dem Geräusch eines Mannes, der auf ziemlich harte Steinplatten stürzte.

Kin hastete übers Dach und zu einem der beiden Türme, die daraus aufragten — keine besonders kluge Wahl, aber etwas Besseres fiel ihr nicht ein. Sie bemerkte einen offenen Torbogen, dahinter eine dunkle Wendeltreppe, die ihr nach der Sonne so kalt wie Eis erschien.

Die Stufen führten zu einer hohen Kammer mit glaslosen Fenstern, die einen weiten Blick über die Stadt gewährten. Kin sah sich im Halbdunkel um und nahm an, in einer Art Lagerraum zu sein.

An der einen Wand lagen mehrere zusammengerollte Teppiche, und daneben bildeten kleine Kisten unordentliche Stapel. Eine große Bronzestatue mit Mittelsee-Kleidung lehnte an einem dreibeinigen Tisch, auf dem die Reste eines Trinkgelages verstreut waren. Hinzu kamen einige Schwerter, und eins von ihnen — Kin konnte es kaum fassen, aber genaueres Hinsehen bestätigte den ersten Eindruck — steckte halb in einem Amboß.

Mitten in der Kammer stand ein Pferd aus dunklem Metall. Der Künstler hatte die Muskulatur gut dargestellt, aber die Haltung war eher phantasielos: gerade Beine, der Kopf gesenkt.

»Gerümpel«, sagte Kin. Sie trachtete danach, eine eisenbeschlagene Truhe über das Treppenloch im Boden zu ziehen, gab es dann auf und setzte sich.

»Hier oben könnte man es wochenlang aushalten«, murmelte sie. »Vorausgesetzt, man hat genug zu essen und zu trinken.« Nahrung! Sehnsüchtig dachte sie an den magischen Tisch; selbst ein normaler Robotkellner wäre ihr recht gewesen. Aber sie hätte es nicht über sich gebracht, eine Mahlzeit einzunehmen, während sie Silvers Kummer spürte und wußte, daß sich die Shand innerhalb der nächsten beiden Tage in ein wildes, hungriges Raubtier verwandeln würde.

»Marco?« flüsterte sie. »Silver?«

Beim fünften Versuch meldete sich der Kung.

»Kin! Wo sind Sie?«

»Hier oben in ... Ist jemand bei Ihnen?«

»Wir befinden uns in einem Zoo! Einfach unfaßbar! Sie müssen uns befreien!«

»Ich bin hier in einer Art Museumsdachboden«, sagte Kin. »Vor dem Einbruch der Nacht kann ich nichts unternehmen. Wo genau sind Sie?«

»Irgendwo auf dem Palastgelände, nehme ich an. Bitte beeilen Sie sich! *Man hat Silver und mich im gleichen Käfig untergebracht.*«

»Was tut sie jetzt?«

»Sie bläst Trübsal.«

»Oh-oh.«

»Wie?«

Kin seufzte. »Ich werde mir alle Mühe geben«, versprach sie, stand auf, ging zu einem Fenster und blickte nach draußen. Jemand rief in der Ferne, aber das Dach erstreckte sich heiß und leer unter ihr. Am Himmel sah sie einen kleinen schwarzen Fleck. Eins der Augen Gottes, wer auch immer Er sein mochte.

Die meisten Schwerter konnte sie nicht einmal mit beiden Händen heben; diese Waffen kamen also nicht in Frage.

»Geben wir's zu«, sagte Kin zu sich selbst, »du weißt nicht einmal, wie du bei der heldenhaften Rettung vorgehen sollst.«

Andererseits: Man erwartet so etwas von dir. Die Völker der Galaxis halten die Menschheit für durch und durch verrückt.

Sie trat zurück und stieß gegen den Tisch. Der Krug darauf fiel um, und nach Essig riechender Wein floß auf den Boden. Kin beobachtete ihn eine Weile, richtete den Krug dann auf.

Es gluckerte leise.

Als Arad in den Behälter blickte, stellte sie fest, daß der Flüssigkeitspegel stieg. Sie wartete, bis der rote

Wein den Krug fast bis zum Rand füllte, nahm das Gefäß, verschüttete den Inhalt überall im Raum und setzte es anschließend mit einem Ruck auf den Tisch.

Irgend etwas zischte, und es roch nach Ozon. Einige Schaltkreise zitterten auf dem Boden des Krugs.

»Schön«, sagte Kin. »In Ordnung. Solange keine Feen oder Heinzelmännchen dahinterstecken ...« Aber die Company hielt Materietransmission für unmöglich. Welche andere Erklärung kam in Frage? Zum Beispiel ein winziger, auf nur eine Funktion programmierter Robotkellner, der sich im Porzellan des Krugs verbarg und die benötigte Basismasse in Form von Molekülen aus der Luft saugte. Kin war bereit, an alles zu glauben — nur nicht an Magie.

Jemand bewegte sich unten im Treppenhaus.

Hier konnte sich Arad nirgends verstecken. Nein, das stimmte nicht ganz: Die Turmkammer bot Dutzende von Versteckmöglichkeiten. Der Nachteil bestand nur darin, daß man sie früher oder später finden würde, wahrscheinlich früher. Wahllos griff sie nach einem Schwert und dachte daran, den ersten Kopf abzuhakken, der sich durch die Öffnung im Boden schob.

Nein, sinnlos. Kin sah zu der kleinen Falltür in der Decke und entschied, daß sie leichter zu verteidigen war. Wenn die Luke aufs Dach führte, gelang es ihr vielleicht, die Aufmerksamkeit des Raben zu wecken — *aber was nützt mir das?* Wenigstens brauchte sie dann nicht mehr auf Köpfe einzuschlagen, nur noch auf die Finger.

Sie ging zur Pferdestatue, setzte den einen Fuß in den Steigbügel, stand dann auf dem Sattel und tastete nach der Falltür.

Das Pferd surrte. Kin schwankte, verlor das Gleichgewicht und landete rittlings im Sattel. Der Aufprall war stark genug, um ihr die Luft aus den Lungen zu pressen. Plötzlich konnte sie die Beine nicht mehr bewegen. Panik quoll in ihr auf, als sie nach unten starrte. Gepolsterte Klammern hatten sich aus den Seiten des metallenen Rosses hervorgeschoben und hielten sie fest.

Der Hals vor ihr wölbte sich nach oben. Der Kopf drehte sich um hundertachtzig Grad, und das Pferd musterte Kin aus glühenden insektenartigen Augen.

»DEIN WUNSCH IST MIR BEFEHL«, erklang eine Stimme hinter Arads Stirn.

»Zum Teufel!«

»DAS SIND KEINE SINNVOLLEN KOORDINATEN.«

»Bist du ein Roboter?«

Im Leib des Pferds klickte und summte es.

»ICH BIN DAS BERÜHMTE MECHANISCHE PFERD ACHMEDS, DES FÜRSTEN VON TREBISOND.«

Kin hörte eilige Schritte auf der Treppe.

»Bring mich fort von hier!« drängte sie.

»BITTE HALT DICH AN DEN ZÜGELN FEST. BITTE SENK DEN KOPF. WENN DU AN LUFTKRANKHEIT LEIDEST, SO BENUTZ BITTE DEN VORGESEHENEN BEHÄLTER.«

Im Innern des Pferds pochte es dumpf, und dann knirschten massive Zahnräder. Das metallene Wesen hob ab. Als es durchs Fenster glitt, preßte sich Kin flach an den Rücken, um nicht an die Wand zu stoßen. Dann befand sie sich im Freien, das Roß begann mit einem flinken Galopp und stieg dem kupferfarbenen Himmel entgegen.

Kin betrachtete das Schwert in ihrer Hand. Es war nachtschwarz und unnatürlich leicht, aber es genügte als Waffe. Abu hatte bestimmt noch nicht herausgefunden, wie man die Rettungsgürtel bediente, und daraus folgte: Wenn er fliegen wollte, mußte er den Teppich benutzen.

Falls sich ein Luftkampf nicht vermeiden ließ, zog Kin das Pferd vor.

»DEIN NÄCHSTER WUNSCH IST MIR BEFEHL.«

»Nun, du könntest mir zum Beispiel erklären, wie du fliegst«, sagte Kin und beobachtete die Gärten tief unten.

»DER ZAUBERER ABANAZZARD SCHUF MICH. ICH FLIEGE MIT HILFE DES KOMPAKTEN AUFSCHWUNG-MOTORS, DER NUR FUNKTIONIERT, WEIL DER DSCHINN ZOLAH DIE SCHWUNGRÄDER DREHT.«

»Weißt du etwas von einem Zoo auf dem Palastgelände?«

»JA.«

»Lande dort.«

»ICH HÖRE UND GEHORCHE, HERRIN.«

Das Pferd trabte nun in einer weiten Spirale nach unten. Kin bemerkte einige nach oben starrende Gesichter, als sie in Dachhöhe zum Palast zurückkehrten. Einige staubige Bäume rasten vorbei, und die Landung fand auf einer breiten Straße statt, zwischen einigen Reihen niedriger Käfige, die im Zwielicht der Abenddämmerung finster und unheilvoll wirkten.

Das metallene Roß setzte leichtfüßig auf: In der einen Sekunde galoppierten die Hufe durch leere Luft, in der nächsten über festgetretenen Boden. Etwas warf sich ans Gitter des nächsten Käfigs. Kin sah Flügel und Zähne — *viele* Zähne.

»Marco!« *Dinge* kreischten und knurrten und grollten in dunklen Verschlägen.

»Hier drüben!«

Kin trieb das Pferd an, bis sie Marcos Augen bemerkte: Sie glühten hinter Gitterstäben, die dick genug waren, um Baumstämme zu sein. Vielleicht täuschte dieser Eindruck nicht.

Arad rüttelte an der Tür, bis sie sich quietschend beiseite schieben ließ. Der Kung sprang mit einem Satz aus dem Käfig, wie von einem Katapult davongeschleudert.

»Geben Sie mir das Schwert!« stieß er hervor. Kin kam der Aufforderung nach, und als ihr einfiel, daß sie Marco nicht gehorchen mußte, war es bereits zu spät. Er riß ihr die Waffe aus der Hand.

»Mehr haben Sie nicht zu bieten?« zischte er. »Die Klinge ist so stumpf wie ein Brett.«

»Na und? Ich hätte einfach weiterreiten und Sie hier zurücklassen können!«

Marco schlug sich mit der flachen Seite des Schwertes auf die offene Hand und maß Kin mit einem nachdenklichen Blick.

»Ja«, bestätigte er. »Das hätten Sie tun können. Dieses Schwert genügt. Danke. Woher stammt der fliegenden Roboter?«

»Nun, ich habe mich in einer Turmkammer versteckt, und dort ...«

»Wie läßt man ihn fliegen?«

»Er befolgt gesprochene Anweisungen und ... *Steigen Sie ab!*«

Marco saß im Sattel und achtete nicht auf Kin.

»Kennst du den Weg zum Palast, vierbeiniger Roboter?«

»JA, O HERR.«

»Also los!«

Hufe klopften, und das metallene Pferd schrumpfte zu einem kleinen Fleck am Himmel. Kin sah ihm nach und spähte dann in den Käfig.

»Silver?« flüsterte sie. Ein undeutliches Schemen regte sich in der finsteren Ecke.

»Kommen Sie«, sagte Kin, »wir sollten besser aufbrechen. Wie geht es Ihnen?«

Silver schob sich ein wenig vor.

»Wo ist der Kung?« fragte sie heiser.

»Der verdammte Narr will den anderen verdammten Narren eine Lektion erteilen.«

»Und wohin sollen *wir* gehen?« Die Shand erhob sich mühsam.

»Ich halte es für angebracht, Marco zu folgen. Haben Sie eine bessere Idee?«

»Nein«, erwiderte Silver. »Ich schätze, die Wachen sind viel zu beschäftigt, um ihre Aufmerksamkeit an uns zu verschwenden.«

Sie traten auf die von Käfigen gesäumte Straße.

»Dort drüben sind Einhörner gefangen.« Silver deutete in die entsprechende Richtung. »Wir haben gesehen, wie sie gefüttert wurden. Und in einem Teich schwimmen Nixen. Man gab ihnen Fische.«

»Offenbar ist Abu ein geborener Sammler.«

Sie kamen an einer weißen, tempelgroßen Kuppel vorbei. Aus der Nähe betrachtet erwies sie sich als ein riesiges Ei, das untere Drittel im Sand verborgen. Am einen Ende zeigte sich ein kleines Loch.

»Von einem Vogel gelegt?« fragte Silver skeptisch.

»Keine Ahnung. Ich würde ihm jedenfalls keine Brotkrumen hinlegen. Da ist noch ein Ei. Nein ...«

Es war kein Ei, sondern das Wrack der Landekapsel einer Terminussonde. Undeutliche Bilder erschienen vor Kins innerem Auge, Erinnerungen an die uralte Kopie eines noch viel älteren Dokumentarfilms. In Wirklichkeit schien die Kapsel wesentlich kleiner zu sein. Drei lange tiefe Kratzer zeigten sich darin — als sei sie von einem riesigen Wesen gepackt worden.

Vielleicht war das auch der Fall. Wenn das weiße Objekt tatsächlich ein Ei darstellte ... *Etwas* mußte es gelegt haben.

Im Innern der Landekapsel herrschte völliges Chaos.

»Wenigstens ist Jalo nicht weit von der Scheibenmitte entfernt gelandet«, stellte Silver fest. Kin sah sich die — na schön, nennen wir sie ruhig so — Krallenspuren an.

»Ich beneide ihn nicht«, entgegnete sie. »Unser Abu ist ein echter Enthusiast. Er wirft nie etwas weg.«

Sie vernahmen das Geräusch hastiger Schritte und drehten sich um. Zwei Männer kamen ihnen entgegen, blieben stehen und erstarrten verblüfft. Einer hielt eine Pike und richtete sie unsicher auf Silver — ein Fehler. Die Shand packte den Spieß dicht hinter der Spitze, stieß zu und schleuderte den ersten Mann dadurch zu Boden. Dann holte sie aus und brachte auch den zweiten zu Fall, dessen Flucht dadurch ein jähes Ende fand.

Anschließend drehte sich die Shand um, stürmte auf

den Palast zu und schwang den gesplitterten Pikenschaft wie eine Keule.

Kin folgte ihr. Ihr blieb gar keine andere Wahl.

Sie fanden Marco, indem sie sich von den Schreien leiten ließen.

Auf dem Hof tobte ein wilder Kampf, und mitten in dem Durcheinander bewegte sich ein verschwommener Fleck hinter einem Zaun aus Schwertern. Marco trat gegen fünf Männer gleichzeitig an und schien zu gewinnen.

Ein Wächter drehte sich um, sah die direkt vor ihm stehende Shand und holte tapfer mit seiner Klinge aus. Silver blinzelte schläfrig und ließ die Faust mit schädelzermalmender Wucht herabsausen.

Die ganze Zeit über sang das schwarze Schwert. Kin hatte diesen Ausdruck im Zusammenhang mit poetischen Metaphern gehört, aber dieses Schwert sang *wirklich* — ein unheimliches elektrisches Heulen, untermalt von Schreien und dem Klirren der anderen Klingen.

Marco hielt es auf Armeslänge von sich gestreckt und schien fast davor zurückzuschrecken. Es bewegte sich von ganz allein, tanzte von Schwert zu Schwert, von Schwert zu Körper, schien durch die Luft zu *springen*. Blaue Funken zuckten über die Schneide.

Silver trat an zwei Männer heran und fällte sie mit ihren Pranken. Von den anderen Wächtern, die sich umdrehten, bevor sie flohen, sanken drei zu Boden, als Marco ihre Verwirrung ausnutzte.

Dann stand der Kung allein auf dem Hof, abgesehen von den Toten, sackte in sich zusammen und ließ das schwarze Schwert fallen. Kin hob es auf und betrachtete die Schneide. Sie hätte blutig sein sollen, aber es zeigten sich keinerlei Flecken daran. Sie war nur schwarz, wie ein Loch im Universum, das in ein anderes Kontinuum führte.

»Das Ding ist lebendig«, sagte Marco verdrießlich. »Sie finden diese Vorstellung sicher lächerlich, aber ...«

»Es handelt sich nur um eine reibungslos beschichtete Klinge mit elektronischer Schneide«, stellte Kin laut fest. »Das Metall dient als Leiter. Bestimmt kennen Sie solche Vorrichtungen, zum Beispiel Tranchiermesser.«

Eine kurze Pause.

Marco nickte. »Sie haben natürlich recht.«

»Gut. Verschwinden wir jetzt von hier!«

Kin orientierte sich und eilte zu den nächsten Stufen.

»Wohin wollen Sie?« rief Marco.

»Zum Zauberer!« *Bevor du ihn findest,* fügte Arad in Gedanken hinzu. *Ich möchte vermeiden, daß er getötet wird. Nur mit seiner Hilfe können wir diesen Ort verlassen.*

Sie lief durch leere Flure, immer weiter nach oben. Eine kurze Treppe wirkte vertraut. Kin hastete sie mit langen Schritten hinauf, und am Ende des gewölbten Korridors sah sie jene Tür, die ins Zimmer des Magiers führte.

Abu Ibn Infra saß nachdenklich und mit überkreuzten Beinen auf dem fliegenden Teppich, preßte die Fingerspitzen aneinander und musterte Kin. Etwas näher hockte der pferdegesichtige Azrifel mit gespreizten Zehen.

Kin sah sich in der Kammer um. Es hielt sich niemand sonst darin auf.

Abu Ibn Infra sprach.

»Warum Haben Deine Wesen Meine Wächter Angegriffen Und Niedergemetzelt?« übersetzte Azrifel.

»Wir hatten eine bessere Behandlung erwartet«, antwortete Kin.

»Warum? Du Kommst Vom Ort Der Diebe Und Lügner, Läßt Dich Von Zwei Heimtückischen Dämonen Begleiten ...«

»Es sind keine Dämonen, sondern intelligente Geschöpfe«, erwiderte Arad scharf. »Sie stammen nur aus anderen Völkern. Nun, was den fliegenden Teppich betrifft ...«

»Es Sind Dämonen.«

Kin spürte einen Windzug von der anderen Seite des Raums, drehte sich um und sah, wie zwei Gestalten materialisierten.

Kung. Es waren keine gelungenen Kopien, und sie bewegten sich sonderbar, als habe ihr Schöpfer die Kung-Form ohne Kenntnisse der entsprechenden Anatomie angestrebt.

Abu wollte Kin von Dämonen überwältigen lassen, und irgendwo befand sich irgend etwas, das Marco beobachtet hatte und Kung daher für gute Kämpfer hielt.

Jener unbekannte Faktor fügte einige Improvisationen hinzu. Normalerweise trugen Kung während des Kampfes nur ein kurzes Schwert und einen kleinen energetischen Schild, wodurch ihm zwei Arme fürs Freistilwürgen blieben. Doch diese beiden Exemplare hielten eine Waffe in jeder Hand, und zwar verschiedene — unter ihnen sogar ein Morgenstern.

Kin stellte sich vor, von kollidierenden Rasenmähern überrollt zu werden.

Sie starrte in zwei ausdruckslose *tote* Gesichter und widerstand der Versuchung, sofort die Flucht zu ergreifen. Der einzige Weg führte die Treppe hinab, und sie wollte dabei nicht von *diesen* Gegnern verfolgt werden.

Hoffnungsvoll hob sie das schwarze Schwert.

Irgend etwas prickelte in ihrer Hand. Schmerz explodierte im Arm und ließ Kins Zähne klappern. Als die beiden dämonischen Kung angriffen, knisterte das Schwert.

Die Zeit schien sich plötzlich zu dehnen. Durch rosaroten Dunst beobachtete Kin, wie die Dämonen langsamer wurden, als seien sie gegen eine Barriere aus Gelee gestoßen. Sie hörte nichts. Haß senkte sich auf sie herab wie ein angenehmer Traum, und das schwarze Schwert neigte sich interessiert nach oben.

Arad spürte keinen Widerstand, als die Klinge erst den Stahl einer Streitaxt durchdrang, dann einen Arm — das Fleisch war grau, ohne Knochen und Blut — und ein Schwert.

Kin wich einem Speer aus, der im Schneckentempo zustieß, hechtete nach vorn, schlug erneut zu und enthauptete einen Angreifer.

Sie landete sicher auf beiden Beinen, wandte sich zur Seite und schwang das Schwert wie eine Sense.

Eine Sekunde später bemerkte sie einen dritten Feind, der durch den roten Nebel zurückwich. Das schwarze Schwert zitterte, und Kin sprang, fühlte dabei, wie sich ihr Körper dem Schweif eines Kometen gleich hinter der Klinge wölbte. Die Waffe bohrte sich dem Dämon in die Brust, und Arad ließ sie dort stecken.

Sie setzte ihren Flug zur Wand fort, empfand den Aufprall als ein Stechen. Langsam schwebte sie einem Boden entgegen, von dem sie viele Kilometer zu trennen schienen.

Es war nicht anständig von ihm, sie so hart zu treffen.

Später hatte Kin das Gefühl, als sei die eine Seite ihres Körpers ein einziger blauer Fleck. Ihre Schultermuskeln kreischten. Der rechte Arm erweckte den Eindruck, durch ein Sieb gezogen worden zu sein.

Einige wonnige Sekunden lang war sie imstande, die verschiedenen Empfindungen objektiv zu betrachten und in das Kaleidoskop des eigenen Kopfes zu sehen. Dann kehrte die erbarmungslose Subjektivität zurück.

Ein leises Kratzen ertönte hinter ihr, gefolgt von einem Pochen. Schmerzerfüllt wandte sich Kin um und sah Abu: Er lag vor der Wand, die über ihm einen roten Fleck aufwies.

Eine Zeitlang genoß Kin die Kühle des Bodens. Dann erlaubte sie ihrem linken Arm, der nur schrecklich weh tat, mit den Fingern zur einen Hand des Zauberers zu kriechen. Sie berührte die Lampe und zog sie näher, bis sie direkt vor ihren Augen verharrte.

Das Ding sah überhaupt nicht wie ein magischer Gegenstand aus. Kin rieb einen Daumen übers Metall.

»Ich Bin Azrifel, Sklave Der Lampe«, sagte der Dämon im Singsang. »Dein Wunsch Ist Mir Befehl.«

»Hol mir einen Doktor!« brachte Kin mühsam hervor. Der Dämon verschwand mit einem dumpfen Knall.

Eine Agonie später erschien er wieder. In den Armen hielt er einen kleinen bleichen Mann, der einen schwarzen Umhang trug, zitterte und leise wimmerte.

»Wer ist das?« fragte Kin.

»Johannes Angelego Von Der Universität Von Toledo.«

Arad nahm die Lampe und hämmerte sie auf die Fliesen. Azrifel schrie. Der kleine Gelehrte klang wie sein Echo und fiel in Ohnmacht.

»Ich meinte einen Arzt, du Pferd«, stöhnte Kin. »Bring den Mann zurück und bring mir einen richtigen Doktor. Einen zweieinhalb Meter langen Kasten mit Kontrollampen und Tasten, Dämon. Einen DOKTOR, klar? Himmel, selbst ein menschlicher Doktor wäre mir recht.«

Erneut schlug sie mit der Lampe. Azrifel quiekte und verschwand.

Diesmal blieb er etwas länger fort. Als er zurückkehrte, trug er huckepack eine Gestalt und hatte sich eine große Werkzeugkiste unter den Arm geklemmt. Kin hob benommen die Lider und sah den vertrauten grünen Coverall eines Assistenzarztes aus dem Medo-Zentrum der Company. Der Mann sprang zu Boden und landete mit der athletischen Eleganz eines Menschen, der sich jederzeit einer Verjüngungsbehandlung unterziehen kann.

Kin erkannte Jen Teremilt, und die Konturen seines Gesichts verschwammen hinter einem Vorhang aus

Schmerz. Guter alter Jen — vor hundertvierzig Jahren hätte sie ihn fast geheiratet. Sicher wäre er in der Lage gewesen, eine hohe Stellung in der medizinischen Hierarchie der Company zu erreichen, aber er starb bei der Chaque-Jagd auf Schwester.

Er streckte kühle Finger nach ihr aus.

Der fliegende Teppich vermochte die drei Passagiere mühelos zu tragen — Azrifel schien überhaupt nichts zu wiegen —, aber Marco befahl dem metallenen Pferd trotzdem, ihnen zu folgen.

»Sind wir soweit?« fragte der Kung.

Die Sonne war noch immer nicht aufgegangen, doch das Dämmerungslicht genügte, um Kin und Silver zu erkennen, die in der Mitte des kühlen Daches auf dem Teppich saßen.

Kins Arme fühlten sich taub an. Sie schauderte.

»Wir können los«, sagte sie und rieb die Lampe. Azrifel erschien neben ihr.

»Nun«, meinte er, »was ist?«

»Hast du das ›O Herrin‹ und so vergessen?« Kin sah überrascht zu dem Dämon auf.

Marco schnaufte ungeduldig.

»Na Schön, Fühl Dich Nicht Gleich Auf Den Schlips Getreten. Mein Früherer Meister Hat Diesen Blödsinn Von Mir Verlangt — Dich Habe Ich Eigentlich Für Demokratischer Gehalten.« Die Erinnerung an eine hundertneunzig Jahre alte Lektion in Etikette kroch plötzlich aus einer Ecke in Kins überfülltem Gedächtnis: Höflichkeit bedeutet, sich bei Robotern zu bedanken.

»Diese Lampe ...«, sagte sie. »Möchtest du sie als Geschenk?«

Der Dschinn blinzelte und überlegte. Nach mehreren Sekunden strich eine grüne Zunge über trockene Lippen.

»Ich Nähme Sie Und Würfe Sie Über Den Rand Der

Welt, O Herrin«, antwortete er. »Dann Hätte Ich Endlich Frieden.«

»Ich gebe dir die Lampe, wenn du diesen Teppich zur Mitte der Welt fliegst«, betonte Kin. Als Azrifel lächelte, fügte sie hinzu: »Siehst du den Kung auf dem Pferd? Dir ist bestimmt aufgefallen, daß er ein magisches Schwert trägt. Wenn du uns irgendwie hereinzulegen versuchst, erhält er die Lampe von mir. Ich bin sicher, er kann sie auf höchst interessante Weise beschädigen ...«

Der Dämon erbebte.

»Ich Verstehe«, erwiderte er niedergeschlagen. »Gibt Es Denn Kein Vertrauen Auf Der Welt?«

»Nein«, konterte Marco gnadenlos.

Der Teppich stieg auf und glitt über die dunkle Stadt. Marco folgte dicht dahinter auf dem Metallroß.

Kin beobachtete die Häuser, und dabei ging ihr folgendes durch den Kopf.

Irgend etwas *liest unsere Gedanken. Der magische Tisch lieferte jene Speisen, die wir uns vorstellten. Als ich Azrifel aufforderte, einen Doktor zu holen, schickte es ihn nicht mit einem automatischen DOKTOR zurück, sondern mit jemandem, der in meiner Vergangenheit eine gewisse Rolle spielte. Warum?*

Der Dschinn hockte noch immer neben ihr. Weiter vorn auf dem Teppich saß Silver und starrte ins Leere.

»Azrifel ...«, begann Kin. »Bring mir ... Bring mir ein voll ausgerüstetes Matrix-Sprungschiff mit dem modernsten Robotkellner.«

Marcos Kichern drang aus ihrem Ohrempfänger.

»Nein«, erwiderte der Dämon.

»Lehnst du ab? Wir haben deine Lampe.«

Azrifel schüttelte den Kopf. »Es Ist Keine Ablehnung, Sondern Eine Feststellung. Austern Können Nicht fliegen, Und Ich Kann Dir Diesen Wunsch Nicht Erfüllen. Zerschmettere Ruhig Die Lampe.«

»Keine Anachronismen«, vermutete Marco. »Meinst du das?«

Der Dämon zögerte, bevor er antwortete — er schien einer inneren Stimme zu lauschen. Aus der Nähe betrachtet wirkten seine Konturen ebenfalls unscharf, wie Tridibilder an einem Tag mit starker Sonnenfleckenaktivität.

»Keine Nanckromismen«, bestätigte er.

»Aber der Mann namens Jalo verließ diese Welt und legte zweihundert Lichtja … viele, viele Kilometer zurück«, entgegnete Kin. »Wie?«

»Ich Weiß Es Nicht.«

»Jalos Schiff umkreist die Flachwelt in einer hohen Umlaufbahn«, warf Marco ein. »Wir könnten damit nach Hause fliegen, nachdem wir das Lebenserhaltungssystem unseren Bedürfnissen angepaßt und notwendige Reparaturen vorgenommen haben.«

»Es würde zu lange dauern!«

»Vielleicht nicht.«

»Und die Energie?«

»Tausend fliegende Teppiche, Kante an Kante?«

»Navigation?«

»Koppelkurs. Wir fliegen einen fünfzig Lichtjahre durchmessenden Sektor aus einer Entfernung von hundertfünfzig Lichtjahren an. Kein Problem.«

»Gut. Und was ist mit Silver?«

Marco gab keine Antwort.

Als die Sonne aufging, schimmerte sie in einem grünlichen Ton.

Sie flogen über einem Sandsturm, der fast einen Kilometer hoch war und wie Schnee aus der Hölle über Dörfer und Städte fegte.

Marco sprach nur selten, und Silver schwieg die ganze Zeit über. Zusammengerollt lag sie auf dem Teppich und blickte zum Himmel hinauf.

Sie sausten über die Hafenstadt Basra hinweg, wo

sich die Planken geborstener Schiffe in den Straßen anhäuften, während das zornige Meer die Stadt methodisch zerstörte.

»Etwas glänzt am Horizont«, bemerkte Silver nach einer Weile.

Kin fragte sich, ob sie ein mattes Schimmern am Rand ihrer Sichtweite erkennen konnte. Nach zehn Minuten war sie sicher.

Silver hob erneut den Kopf. »Verlassen Sie mich!« befahl sie. »Der Kung soll hierherkommen. Mit Schwertern.«

»Marco ...«

»Ich habe es gehört. Halten Sie den Teppich an und nehmen Sie das Pferd.«

»Aber Sie wissen doch, worauf Silver hinaus will!«

»Natürlich. Wenn es zu schlimm wird, muß ich sie töten.«

»Wie können Sie nur so herzlos sein?«

»Warum nicht? Besser ein totes intelligentes Wesen als ein lebendes wildes Raubtier. Ich bin ganz ihrer Meinung.«

»Und was geschieht nachher?«

Marco schürzte die Lippen. »Vermutlich wird sie auf der Flachwelt wiedergeboren. Besser ein lebender Mensch als eine tote Shan ...«

»Hören Sie endlich auf damit!«

Eine hohe Kuppel verursachte den Glanz. Sie wuchs aus dem Felsgestein einer Insel, die zum größten Teil aus schwarzem Sand zu bestehen schien. Kin beobachtete die Reste einiger halb im Sand begrabener Schiffe.

Zuerst passierten sie das Eiland in einem Abstand von etwa anderthalb Kilometern, wagten sich dann näher heran. Kin sah, wie sich ein schwarzes Gebilde in einer langen Spirale vom Himmel herabsenkte und auf der Kuppel landete.

»Hier sind wir richtig«, stellte sie fest. »Ich fliege dorthin, Marco.«

Die Antwort des Kung bestand aus einem erstickten Grunzen. Kin drehte sich im Sattel um.

Einige Meter entfernt stand Silver auf dem Teppich, und ein orangefarbener Fleck zeigte sich dort am pelzbesetzten Arm, wo sie das Schwert getroffen hatte. Den anderen Arm hatte sie um Marcos Taille geschlungen, während sich ihr zwei Hände des Kung um die Kehle schlossen. Zwischen Silver und Marco kreischte die schwarze Klinge.

Der Teppich schwebte weiter. Kin konnte einen kurzen Blick auf das verzerrte Gesicht der Shand werfen, auf ihre speichelnassen Reißzähne.

Sie griff nach der Lampe. Azrifel erschien, stand mitten in der Luft und beobachtete gebannt die stummen Kämpfer.

»Trenn sie voneinander!« befahl Kin.

»Nein.«

Marco sprang zurück, packte mit drei Händen einen Arm der Shand und warf sie über die Schulter — dabei krümmten sich ihm die Beine, als bestünden die Knochen aus Gummi. Silver fiel über den Rand des Teppichs.

Aber sie stürzte nicht in die Tiefe. In einem absurden Winkel hing sie im Sicherheitsfeld, knurrte und schlug um sich.

»Nein?«

»Ich Wage Es Nicht, Der Kuppel Noch Näher Zu Kommen.«

»Ich habe die Lampe, Dämon.«

»Ich Schlage Vor, Du Machst Keinen Gebrauch Davon.«

Kin sah, wie Marco das Schwert hob und zögerte. Silver stieß sich an leerer Luft ab und griff an.

Shand, Kung und Teppich verschwanden.

Kin starrte dorthin, wo sich eben noch ihre Gefährten befunden hatten. Tief unten donnerte das Meer. Die Umgebung bestand nur aus Ozean, Himmel, Insel,

Kuppel und dem pferdegesichtigen Dämon, der im Nichts schwebte.

»Was passiert, wenn ich die Lampe ins Meer werfe?« fragte Kin schließlich. »Sag mir die Wahrheit!«

»Manchmal Wird Sie Von Fischen Oder Krebsen Berührt. Ihre Wünsche Sind Schlicht Und Leicht Zu Erfüllen.«

»Was ist mit dem Teppich passiert?«

»Verschwunden?« erwiderte der Dschinn unsicher.

»Das weiß ich. Aber warum?«

»Es Geschieht Mit Allen Dingen, Die Dem Zentrum Der Welt Zu Nahe Kommen.«

»Darauf hast du uns nicht hingewiesen.«

»Niemand Hat Mich Danach Gefragt.«

»Wohin verschwinden sie?«

»Wohin? Sie *Verschwinden* Einfach. Mehr Weiß Ich Nicht.«

»Bald wirst du mehr wissen.« Kin steckte die Lampe wieder ein und trieb das Pferd an — zur Kuppel. Azrifel wimmerte.

Kurz darauf verschwand Kin.

⁂

Sie erwachte im Herzen einer Galaxis, die man durch einen Rubin gesiebt hatte. Der Tastsinn teilte ihr mit, daß sich metallartiger glatter Boden unter ihr erstreckte, und ein namenloser alter Instinkt versicherte ihr, daß sie sich im Innern eines Gebäudes oder vielleicht in einer Höhle befand.

Um sie herum glühte eine Milliarde roter Lichtpunkte. Sie bildeten verwirrende Muster, reichten viele Meter entfernt an den Wänden hinauf und trafen sich in der Schwärze weiter oben. Manchmal veränderten sich die Muster schlagartig und wichen anderen, die ebenso düster wirkten. Es handelte sich um die pointillistische Vision der Hölle.

Kin bewegte sich.

Chaos. Die Lichter strömten an den Wänden herab und drängten sich um sie. Arad stand auf und stampfte versuchsweise mit dem Fuß. Experimentieren — so hieß das Zauberwort. Sie klammerte sich daran fest. *Sei vernünftig. Verlier nicht den Verstand.*

Sie hatte geglaubt, auf alles vorbereitet zu sein: Roboter, Laser, langköpfige Scheibenkonstrukteure in silbrigen Anzügen, intelligenten Schleim und so weiter. Aber diese Lichter ... Sie schienen nur sich selbst zu erhellen.

»Ich will hier raus«, knurrte Kin.

Es blitzte, und dann stand sie in einem gewölbten Korridor, roch heißes Metall, Ozon und Öl — der Geruch von Maschinen. Hier stammte das Licht von einem langen hellen Streifen an der Decke. Rohre und Kabel schlängelten sich an den Wänden entlang, und der Boden bildete ein Gewirr aus Schienen. In der Ferne pochte und knallte es, und außerdem vernahm Kin das allgegenwärtige Summen eiliger Elektronen.

Sie entschied sich für eine Richtung und ging los, wich dabei allen Gegenständen aus, die eine hohe elektrische Ladung zu haben schienen.

Dies ist er also, dachte Kin. *Der* Apparat. *Ich sehe jetzt die Zahnräder des Universums. Aber es ist alles* verkehrt. *Die Technik wirkt uralt. Der Vergleich mit den Zahnrädern stimmt durchaus. Lieber Himmel!*

Sie war halb an einer Nische vorbei, die vom Hauptgang abzweigte. Etwas rührte sich dort drin. Zuerst wollte Kin irgendwo in Deckung gehen, doch dann überlegte sie es sich anders. *Zum Teufel auch, was soll's?* fuhr es ihr durch den Sinn.

Kurz darauf bemerkte sie einen großen Roboter mit der idealen Form: rechteckig. Ein Instrumentenarm ragte durch ein quadratisches Loch in der Stahlwand, und auf dem Boden lag eine Verkleidungsplatte.

Mit einem leisen Klicken kehrte der Arm mit etwas zurück, das Kin nicht genau erkennen konnte, ließ es in einen an der Seite des Roboters festgenieteten Behälter fallen. Darüber öffnete sich ein Fach, und eine schubladenartige, gepolsterte Vorrichtung glitt daraus hervor. Kin sah einige darauf liegende Objekte. Der Arm schwankte unsicher über ihnen, wählte dann eins und schob es ins Wandloch.

Während die Maschine ihren geheimnisvollen Aktivitäten nachging, trat Kin vor und nahm einen Gegenstand aus dem Fach. Er mochte etwa so groß sein wie ein Ei, und am einen Ende zeigten sich Hunderte von kleinen Nadeln. Das Innere bestand aus Drähten, kleinen hohlen Stangen und Gittern.

Kin kannte solche Dinge aus Museen: eine Röhre, ein neolithischer integrierter Schaltkreis. Aber diese Röhre stammte von jemandem, der nie den Transistor entwickelt und immer mehr Einfallsreichtum für die Perfektionierung der bestehenden Technik verwendet hatte.

Kin erinnerte sich an ehftnische Computer: Die Ehfts wußten nichts von Elektronik, doch sie brauchten Computer für ihr kompliziertes religiöses Bankwesen. Deshalb bestanden ehftnische Computer aus tausend erstklassigen ehftnischen Spezialisten, von denen jeder einen kleinen Teil der Rechenaufgaben löste. Es funktionierte.

Aber Arad wollte lieber an Magier glauben als anzunehmen, daß die Flachwelt auf thermionischer Röhrentechnik basierte.

Der Arm des Roboters summte aus der Wand, griff überraschend schnell nach der Verkleidungstafel und befestigte sie. Noch bevor Kin reagieren konnte, rutschte ihr neuer Freund durch den Tunnel fort. Er bewegte sich mit der Geschwindigkeit eines forschen Wanderers, und Arad folgte ihm.

Ich werde überleben. Eine sehr wichtige Erkenntnis. *Wenn* sie *mich töten wollten, so hätten* sie *längst etwas unternommen. Woraus folgt: Ich bleibe am Leben. Vorausgesetzt natürlich, ich verlasse mich nicht zu sehr darauf.*

Einmal kam sie an einem anderen würfelförmigen Roboter vorbei, der mit Werkzeugen an irgendwelchen freigelegten Systemkomponenten hantierte. Er schien auch einen Lötkolben einzusetzen. Reparierte er einen gedruckten Schaltkreis? Es blieb Kin keine Zeit, um sich Gewißheit zu verschaffen.

Dann erreichte Kins Roboter eine roboterförmige Öffnung in der Wand. Weiter hinten sah Arad mehrere Steckdosen, bevor sich die Maschine umdrehte, langsam und vorsichtig wie ein Unzucht treibendes Stachelschwein. Sein beständiges Summen verklang — der Mechaniker schlief ein.

Kin überlegte eine Zeitlang. Die Tunnel erschienen endlos; sie konnte tagelang in ihnen unterwegs sein — bis sie starb. Aber es gab eine Alternative ... Sie kehrte durch den Korridor zum anderen Roboter zurück. Es war nicht leicht, ihm einen Arm auszureißen, doch schließlich schaffte sie es, holte immer wieder damit aus und schlug auf die Maschine ein, bis sie nicht mehr surrte. Als Zugabe warf sie den Arm an die freigelegten Schaltsysteme, die darauf zufriedenstellend zischten. Funken sprühten.

Kin wartete.

Als nach einigen Minuten ein halbkugelförmiger Reparaturroboter heranrollte, drehte sie ihn auf den Rükken. Er summte vorwurfsvoll.

Der nächste war birnenförmig, verfügte über viele Linsen und folgte dem Verlauf einer Schiene an der Decke des Tunnels. Kin versuchte ihn mit einigen erbeuteten Roboterteilen herabzuholen, aber er floh rechtzeitig.

Zumindest hatte sie jetzt auf ihre Anwesenheit hingewiesen. *Jemand* mußte die Roboter reparieren, deren Aufgabe darin bestand, die roboterreparierenden Roboter zu reparieren. Es war nur eine Frage der Zeit.

Stunden verstrichen, bis eine tankartige Apparatur erschien. Arad beobachtete Dutzende von Beulen, fehlende Verkleidungselemente und die Stümpfe von Instrumentenarmen. Wenn dies der letzte Reparateur war, so mochte allein die Zeit für seinen mitleiderweckenden Zustand verantwortlich sein.

Andererseits: Vielleicht lag es auch daran, daß Marco auf ihm hockte und in jeder Hand einen Roboterarm hielt, aus dem Drähte baumelten.

»Vielleicht ist diese Anlage nicht darauf vorbereitet, mit Menschen in ihrem Innern fertig zu werden«, sagte Kin.

Marco brummte, blickte jedoch nicht von seiner Arbeit auf. Er stellte irgend etwas Steinzeitliches mit Robotereingeweiden an und benutzte die halbkugelförmige Reparaturmaschine als Hammer.

»Das bezweifle ich«, erwiderte er. »In der Flachwelt wimmelt es sicher von verborgenen Luftschächten, Belüftungstunneln, Energieleitungen und dergleichen. Menschen sind neugierig und sehen sich überall um. Außerdem: Man hat uns hierhergebracht. Es ist unhöflich, uns jetzt einfach zu übersehen.«

Er stand auf. »Kommen Sie mit?«

»Wohin?«

»Dorthin, wo es empfindliche Schaltkreise gibt.« Marco hob einen Roboterarm. »Dieses Ding ist isoliert — um Kurzschlüsse zu verursachen.«

»Und das andere?« fragte Kin kummervoll.

Sie betrachtete eine Ansammlung aus verschiedenen Teilen, die in einer primitiven, aber sehr scharfen Klinge endeten. Marco schwang das Objekt versuchsweise.

»Dies hier? Eine Waffe.«

»Rechnen Sie vielleicht damit, Robotern zu begegnen, die Menschen von hier entfernen sollen?« erkundigte sich Kin eisig.

Marco hatte den Anstand, ihr nicht in die Augen zu sehen.

»Ich dachte an Silver«, antwortete er zerknirscht. »Nun? Glauben Sie, die Shand hat inzwischen etwas zu essen gefunden? Und haben Sie eine bessere Idee?«

Er marschierte durch einen Nebentunnel und rief über die Schulter zurück: »Wie dem auch sei — Ihnen ist bestimmt nicht entgangen, daß die Korridore beleuchtet sind. Roboter brauchen kein Licht.«

Kin hob die Schultern. Vielleicht benötigten Lötroboter Licht. Nun, hier und dort einige Beschädigungen, um Aufmerksamkeit zu erregen, erschienen ihr durchaus angebracht — unter den gegenwärtigen Umständen hielt sie ein derartiges Verhalten für intelligent und vernünftig. Aber Marco erweckte den Eindruck, als sei er bereit, die ganze Scheibenwelt zu zerschmettern.

Sie sah, wie er einige Dutzend Meter entfernt auf Kabelstränge einhackte. Nein, es ging ihm gar nicht darum, Aufmerksamkeit zu erregen — er begann gerade mit dem Kampf gegen den Rest des Universums.

Was geschah nun auf der Oberfläche? Eine Fliegenplage? Regnete es Frösche? Trockneten die Meere aus? Fielen alle Dodo tot vom Himmel?

Kin lief los. Marco sah schrecklich aus: Von Rauch umhüllt, schlug er auf eine massive Klippe aus planetengroßen Schaltkreisen. Seine Bewegungen wirkten ruckartig, und daraus schloß Kin, daß er verrückt geworden war. Besser gesagt: Er gab nun seiner Kung-Natur nach.

Sie verharrte, als seine improvisierte Klinge wenige Zentimeter an ihrer Kehle vorbeistrich.

»*Sie* spielen mit uns, wie?« krächzte Marco. »*Sie* bringen uns hierher, um unsere Reaktionen zu beobachten, wie? *Ich* zeige es ihnen.«

Eine andere Hand rammte die Keule in eine Schalttafel, die sofort explodierte.

»Ich zeige es *ihnen.*«

Kin taumelte zurück, ohne die Spitze der Klinge aus den Augen zu lassen. Dann drehte sie den Kopf, als sie rechts von Marcos persönlicher Rauchwolke eine Bewegung sah. Der Kung bemerkte ihren Gesichtsausdruck und zögerte einen Sekundenbruchteil zu lange.

Silver sprang. Marco verschwand, als sich die großen paddelartigen Arme mit knochensplitternder Kraft um ihn schlangen, kam kurze Zeit später wieder zum Vorschein und hieb mit drei Händen nach dem Kopf der Shand. Silver schrie, hob den einen Fuß und fuhr die Krallen aus, um ihrem Gegner den Bauch aufzuschlitzen. Aber Marco hechtete nach vorn und oben, um Silver die Augen auszustechen. Während sie umherwankte und versuchte, den Dämon auf ihrem Rücken zu pakken, sah Kin, wie Marco den vierten Arm mit der Klinge hob.

Die Waffe fuhr in einem eleganten Bogen herum, schnitt wie die Sense des Todes durch die Luft. Dann traf sie ein Stromkabel.

Das Knistern hörte sich an, als würden Heuschrecken zerplatzen. Einige Sekunden lang standen Silver und Marco wie erstarrt. Die Shand wurde zu einem großen flauschigen Ball, als sich alle Körperhaare aufrichteten.

Kin tastete nach Marcos Antischeibenwaffe mit dem isolierten Griff. Sie brauchte ihre ganze Kraft, um ihm die vibrierende Klinge aus der Hand zu schlagen. Als sie fortflog, brachen die beiden Aliens zusammen.

Aliens, dachte sie. *Ich habe sie Aliens genannt. Oh, Mist.* Sie kniete nieder und suchte nach Lebenszeichen. In Silvers Brust schien sich irgend etwas zu bewegen, aber sie wußte nicht, wo sie nach den beiden Herzen Marcos Ausschau halten sollte.

Das Licht des Leuchtstreifens an der Decke trübte sich zu einem düsteren orangefarbenen Glühen. Hinter Kin erklangen Schritte — seltsam klackende und knirschende Schritte. Noch immer in gebeugter Haltung drehte sie sich um und entdeckte eine große Gestalt, die sich langsam näherte.

Ihr fiel sofort die Waffe auf, die ihr entgegenschwang. In einem Reflex hob Kin den Arm mit Marcos Keule, und die Sense zersplitterte daran.

Arad lachte laut auf. Das Ding vor ihr war ein Skelett, in einen schwarzen Kapuzenmantel gehüllt, und es starrte verwirrt auf den hölzernen Griff ohne Klinge. *Wen wollen* sie *damit erschrecken?* dachte Kin.

Der Sensengriff in der knöchernen Hand des Todes *zerfloß* und verwandelte sich in etwas, das wenigstens zum Zeitalter des Völkermords paßte. Kin verschwendete keine Zeit damit, sich zu fragen, wo *sie* das Muster gefunden hatten. Sie sah zwei Reihen stählerner Zähne und hörte lautes Rattern.

Eine Motorsense. Kin hatte solche Geräte benutzt, um auf neuen Welten Gestrüpp zu beseitigen.

Der Tod kam näher. Hätte er sich auf Kin gestürzt, wäre ihr nicht die geringste Chance geblieben. Aber alte Angewohnheiten lassen sich nicht so einfach überwinden. Tod holte aus, und Kin sprang vor. Hinter ihr fiel die Motorsense zu Boden und kreischte zornig, während Arad in leere Augenhöhlen hinaufstarrte. Entschlossen hob sie das Knie — eine sinnlose Taktik, die nur ihre Kniescheibe ramponierte. Beim Tod fehlte eine empfindliche Stelle zwischen den Beinen.

Eine Halskette aus Knochenfingern schloß sich um Kins Kehle. Willenskraft hob ihre Hand und schleuderte sie ins Gesicht des Todes. Irgend etwas prasselte — es klang wie die Explosion in einer Dominofabrik.

Kin stand allein im Korridor. Vor ihr auf dem Boden lag ein schwarzer Umhang, daneben einige Knochensplitter. Jeder von ihnen löste sich mit einem gedämpften Knall auf. Es krachte etwas lauter, als Marco und Silver verschwanden.

Kins Gestalt verflüchtigte sich ebenfalls.

Eine Minute später rollten zwei würfelförmige Robo-

»Kommt nicht in Frage«, erwiderte er fest.

»Wenn Sie sich weigern, lasse ich das nächste Messer heran*fliegen*. Ich meine es ernst.«

Marco knurrte wütend und verärgert, trat vor und stach nach Silvers Arm. Der große Körper zitterte nur ein wenig.

»Das genügt. Ich meine das Blut an der Klinge. Lassen Sie das Messer los, Marco! Lassen Sie es los! Lassen-Sie-es-los!«

Marco war durstig, und er konnte sich nicht daran erinnern, wann er zum letztenmal etwas gegessen hatte. Seine Haut juckte in der warmen trockenen Luft. Alles in ihm sträubte sich dagegen, die Waffe herzugeben. Wenn er überhaupt etwas dachte, so gingen ihm diese Gedanken durch den Kopf.

»Na schön. Sie zwingen mich zu energischen Maßnahmen.«

Irgend etwas in der Stimme veranlaßte Marco, die Finger vom Heft des Messers zu lösen. Deshalb schnitt es ihm nicht etwa die Hand ab, als es plötzlich verschwand, sondern streifte nur die Haut.

Er schloß eine andere Hand um den Unterarm und vermied auf diese Weise größeren Blutverlust, während Schmerz an die Pforten seines Selbst hämmerte. Der Kung starrte noch immer auf die Wunde, als er einen neuerlichen Luftzug wahrnahm, gefolgt von einem Pochen.

Etwas Langes und Blutiges lag neben Silver auf dem Boden. Und ein Arm der Shand bewegte sich langsam. Er tastete nach dem Fleisch und zog es verträumt zum speichelnassen Mund.

Silver aß.

»Wo sind wir?« fragte Marco schließlich.

»Ich bin nicht ganz sicher«, antwortete Kin. »Ist alles in Ordnung mit Ihnen?«

»Ich hätte gern etwas zu trinken. Und etwas zu essen. Sollte ich ein Stück aus der Shand schneiden, damit Sie eine Proteinprobe bekommen?«

»Ja. Rühren Sie sich nicht von der Stelle.«

Ein weiches, zähflüssiges Objekt erschien neben Marco und wackelte auf dem Boden. Er hob es auf und biß mit beschämender Hast hinein.

»Jetzt kommt Nahrung«, kündigte Kin an. Eine weitere Masse nahm Gestalt an, ein großer Brocken aus rotem Brei, der wie verächtlich durch die Schwärze rollte. Marco probierte ihn. Er schmeckte wie massive Langeweile.

»Etwas Besseres kann ich leider nicht liefern«, sagte Kin. »So ziemlich der einzige Schaden, den Sie angerichtet haben, betraf die Schaltkreise des hiesigen Robotkellners. Ich lasse sie gerade von Robotern reparieren, aber bis die volle Funktionskraft wiederhergestellt ist, bietet die Speisekarte keine große Auswahl.«

»Silver ist besser dran«, brummte Marco.

»Wie ich schon sagte: Für Feinheiten hatte ich keine Zeit«, entgegnete Kin. »Sie ißt Shand, aus ihren eigenen Zellen gezüchtet. Fragen Sie mich jetzt bloß nicht, wie so etwas innerhalb weniger Sekunden möglich war. Ich habe nur die Anweisung gegeben. Vielleicht sollten wir sie nicht darauf hinweisen, womit sie sich den Magen füllt.«

»Ja. Sind Sie in einer einflußreichen Stellung?«

»So könnte man es ausdrücken.«

»Gut. *Holen Sie mich hier raus!*«

Eine kurze Pause. Dann hörte der Kung wieder Kins Stimme: »Über dieses Problem denke ich schon seit einiger Zeit nach.«

»Sie *denken* seit einiger Zeit darüber *nach?*«

»Ja, das stimmt. Sie sind in einer Art Sicherheitskammer. Man kann sie nur mit einem Teleportationssystem erreichen oder verlassen, und wenn Sie darüber ebenso viel wüßten wie ich, würden Sie lieber drinbleiben und verhungern. Ich wage es nicht, ein Loch in die Wand zu sprengen — dadurch könnten Sie verletzt werden. Wenn man diese Umstände berücksichtigt ...«

Etwas Großes erschien einen Meter vor Marco und

fiel schwer zu Boden. Er nahm das Objekt zur Hand und betrachtete es argwöhnisch.

»Sieht aus wie ein industrieller Molekülzerfetzer«, sagte er.

»Dieser Eindruck täuscht nicht. Ich schlage vor, Sie benutzen ihn mit der angebrachten Vorsicht.«

Marco schnitt eine Grimasse, trat durchs rote Glühen und richtete das Gerät auf die Wand.

Ein Teil davon verwandelte sich in dünnen Nebel. Der Kung schaltete rasch ab und sah sich nach Silver um.

Die Shand kniete und preßte sich beide Pranken an den Kopf.

»Wie geht es Ihnen?« fragte Marco besorgt. Er hielt den Zerfetzer wie beiläufig, ohne direkt auf die Shand zu zielen. Silver blinzelte und blickte zu ihm auf.

»Seltsame Dinge sind geschehen ...«, begann sie.

Marco half ihr auf die Beine — eine mehr oder weniger symbolische Geste, da Silver zehnmal so viel wog wie er — und achtete darauf, daß sein Daumen dicht neben dem Ein-Schalter des Zerfetzers blieb.

»Können Sie gehen?«

Die Shand konnte torkeln. Marco spähte aus der Kammer in einen nur matt erhellten Korridor. Zwei kleine Würfelroboter beobachteten wie niedergeschlagen den langsam zu Boden sinkenden Staub. Der Kung sah zu Silver zurück und beschloß dann, den Abstrahltrichter des Zerfetzers auf eine der beiden Maschinen zu richten.

»Legen Sie die Kanone beiseite!« befahl der Roboter und wich zurück.

»Kin Arad?« fragte Marco.

»Der Molekülzerfetzer dient Ihrem Seelenfrieden. Aber wenn Sie ihn noch einmal einsetzen, reiße ich Ihnen von hier aus die Arme ab. Dazu bin ich durchaus imstande.«

Marco dachte einige Sekunden lang darüber nach, während Silver mit lautem Schnaufen aus der Kammer kletterte. Schließlich hob er alle vier Schultern und ließ die Waffe fallen.

»Affenlogik«, knurrte er. »Ich werde sie nie verstehen.«

»Ich dachte, Sie halten sich für einen Menschen«, erwiderte der Roboter mit Kins Stimme.

»Tatsächlich? Selbst wenn man noch soviel denkt, manche Dinge lassen sich nicht ändern.«

»*Cogito ergo kung*«, sagte der Roboter. »Bitte hier entlang!«

Silver und Marco folgten der Maschine, als sie durch den Tunnel rollte.

Eine Stunde später wanderten sie noch immer. Auf Gitterbrücken überquerten sie breite Stahlschluchten und duckten sich in Nischen, als gewaltige Maschinen durch Seitenkorridore donnerten. Einmal verlangte der kleine Würfel von ihnen, auf eine Liftplattform zu treten. Eine Etage tiefer hielt der Lift an, und mehrere summende goldene und nach Ozon riechende Zylinder schwebten fort.

Sie marschierten durch schmale Gänge zwischen gewaltigen wummernden Aggregaten.

»Krells«, sagte Silver.

»Was?«

Die Shand lächelte. »Haben Sie nie ›Der verbotene Planet‹ gesehen? Ein von Menschen produzierter Film. Er wurde immer wieder neu verfilmt, fünf- oder sechsmal. Ich hatte eine kleine Rolle darin, bevor ich mit dem Universitätsstudium begann.«

»Leider kann ich nicht behaupten, mich daran zu erinnern.«

»Ich mußte größtenteils Türen zertrümmern und brüllen. Meine Garderobe habe ich mit einem Roboter geteilt. Er war ein Mensch.«

»Ein menschlicher Roboter?«

»Wissen Sie, die meisten Schauspieler waren Roboter. Aber das Drehbuch verlangte auch einen echten Roboter, und man fand keine Maschine, die sich überzeugend wie ein Roboter verhalten konnte. Deshalb schlüpfte ein Mensch in diese Rolle. Es gab da eine sehr eindrucksvolle Szene, die in einer von den Krells errichteten Anlage spielte. Dort sah es ähnlich aus wie hier. Krells waren fiktive Geschöpfe, die man für den Film erfand ...« Silver unterbrach sich, als sie Marcos Gesichtsausdruck bemerkte.

Er seufzte. »Ich fürchte, wir beide sind schon zu lange unter Menschen«, sagte er. »Wir haben uns von ihrem Wahnsinn anstecken lassen.«

»Sie wuchsen doch auf der Erde auf, nicht wahr? Und Sie haben immer wieder betont, ein eingebürgerter Mensch zu sein.«

»Mein Paß umkreist die Flachwelt an Bord der Überlebenskapsel.«

Silver grunzte leise. »Vielleicht sollten Sie sich als Kosmopolit sehen.«

»Und was bedeutet das?«

»Es bedeutet die Unterdrückung des eigenen Rassenbewußtseins im Licht der grundlegenden Einheit aller intelligenten Völker.«

Marco knurrte. »Nein, das stimmt nicht. Es bedeutet, daß *wir* Sprachen lernen, mit denen Affenzungen zurechtkommen, daß *wir* uns ihrer Lebensweise anpassen. Haben Sie jemals einen Menschen gesehen, der sich wie ein Shand oder Kung verhält?«

»Nein«, räumte Silver ein. »Andererseits: Kin Arad ist frei, und wir sind gefangen. Menschen übernehmen immer die Führung. Menschen bekommen, was sie wollen. Ich mag Menschen. Mein Volk mag Menschen. Wenn wir keinen Gefallen an Menschen fänden, wären wir vielleicht alle tot. Was ist das?«

Marco kniff die Augen zusammen. Einen knappen Kilometer entfernt ragte ein Turm zwischen den stadtgroßen Maschinen auf. Er schien aus miteinander verbundenen gewaltigen Kugeln zu bestehen und glühte in düsterem Rot. Silvers ausgestreckter Arm deutete zu den vielen Robotern auf den Gerüsten, aber Marco gab sich mit dem undeutlichen Eindruck von einem riesigen unheilvollen Etwas zufrieden. Unruhe entstand in ihm.

»Eine kolossale Kaffeemaschine?« vermutete er.

Der kleine Wartungsroboter vor ihnen war inzwischen weitergerollt. Silver rief ihm etwas zu, und daraufhin kehrte er zurück.

Die Shand deutete auf den Kugelturm, der durch die hohe Decke wuchs.

»Es handelt sich um eine einfache Apparatur, die Gestein bis zum Schmelzpunkt erhitzt und unter hohem Druck fortstößt«, erklang Kins Stimme.

»Warum?« fragte Marco.

»Sie simuliert einen Vulkan«, antwortete der Roboter.

»Die riesige Vorrichtung dient nur dazu, der Scheibenwelt Vulkane zu geben?« vergewisserte sich der Kung. »Wahnsinn!«

Der Roboter rollte fort.

»Glauben Sie?« erwiderte er. »Warten Sie ab, bis Sie die Erdbebenmaschinen sehen!«

Die Reise im Innern der Flachwelt dauerte etwa zwei Tage, soweit Marco und Silver das feststellen konnten. Manchmal hockten sie auf flachen Fahrzeugen, die mit quälender Langsamkeit durch niedrige Tunnel glitten. Aber meistens gingen sie zu Fuß, kletterten, schoben sich über schmale Simse oder rannten durch Bereiche, die Rangierbahnhöfen ähnelten: Dort wechselten die Maschinen im Innern der Scheibenwelt Gleise, rasten in hektischem Eifer hin und her.

Gelegentlich fanden sie Robotkellner, die in der summenden, klickenden und stampfenden Unterwelt fehl am Platz zu sein schienen. Sie sahen neu aus. Im Gegensatz zu ihrer Umgebung: Zwar wurde sie sorgfältig gewartet und instandgehalten, aber trotzdem wirkte sie alt und abgenutzt.

Marco schnitt dieses Thema an, als sie an einen Robotkellner gelehnt ausruhten.

»Eins steht fest«, sagte er, »wenn sich die Bewohner der Scheibenwelt bis zur industriellen Revolution entwickeln und sich dann *in* ihrer Welt umsehen, erwartet sie eine ziemliche Überraschung.«

Silver kaute auf etwas, das Marco für angebratenes Shandfleisch hielt.

»Mir erscheint es erstaunlich nachlässig von den Scheibenkonstrukteuren, einen derartigen Verfall zuzulassen«, erwiderte sie. »Unterwegs sind mir einige ganz offensichtlich defekte Geräte aufgefallen. Es müßte doch eigentlich möglich sein, sie zu reparieren.«

»Wer repariert die fürs Reparieren zuständigen Maschinen?« fragte Marco. »In einer Anlage wie der Scheibenwelt brennen in hundert Jahren bestimmt viele Sicherungen durch. Was geschieht, wenn der Roboter versagt, der die Maschinen repariert, die Ersatzteile für jene Fabrik herstellen, die Roboter baut, von denen die Apparate gewartet werden, die Sicherungen produzieren? Ohne eine ständige externe Kontrolle müssen sich die Fehlfunktionen der Scheibe immer mehr häufen.«

»Wir könnten den Roboter fragen«, meinte Silver.

Es war ein kläglicher Witz. Der Roboter beantwortete alle direkten Fragen in Hinsicht auf die mechanische Szenerie — zum Beispiel hatte er ihnen einen zehn Minuten langen Vortrag über die Maschinen der Gezeitenregelung gehalten —, aber alle anderen überhörte er. Marco dachte einmal an die Möglichkeit, ihm mit irgendeinem Gegenstand den Deckel aufzuhebeln, entschied sich jedoch dagegen. Ihre ungewöhnliche Situation riet zur Vorsicht.

»Die Kammer mit den roten Lichtern muß nah am

Rand der Scheibe gewesen sein«, sagte Silver. »Ich glaube, wir nähern uns jetzt wieder der Mitte. Vielleicht ist Kin bereit, uns Auskunft zu geben.«

Der Roboter hatte die ganze Zeit über still einige Meter entfernt gewartet und rollte nun vor.

»Sind Sie erfrischt?« erkundigte er sich fröhlich. »Können wir jetzt den Weg fortsetzen?«

Shand und Kung erhoben sich steifbeinig. Der würfelförmige Roboter führte sie über einen Laufsteg, der an einer breiten, kreisförmigen, hellerleuchteten Galerie endete. Das Licht stammte größtenteils von dem glühenden Dunst weiter oben, aber ein nicht unbeträchtlicher Teil kam von der kleinen aktinischen Sonne.

Sie schwebte etwa hundert Meter über einem naturgetreuen Reliefmodell der Flachwelt, das mehrere hundert Meter durchmaß. Allerdings ... Normale Reliefmodelle hatten keine kleinen Wolken, die winzige Schatten projizierten. Die tätigen Miniaturvulkane fand Marco ebenfalls erstaunlich.

Der Galerie fehlte ein Geländer. Die Scheibenkarte befand sich einige Meter weiter unten, und Sonnenschein glitzerte auf Meeren, die beunruhigend echt wirkten.

Marco beobachtete sie eine Zeitlang. »Ich geb's auf«, sagte er schließlich. »Das Ding ist wunderschön. Wozu dient es?«

»Der Vergleich mit dem Modell eines Architekten drängt sich auf«, murmelte Silver. »Wie dem auch sei: Ich möchte Ihre Aufmerksamkeit auf einen Fehler lenken. Sehen Sie ihn dort drüben, neben dem Binnenmeer?«

Marco sah genau hin und seufzte. »Nein«, entgegnete er. »Entweder hatten die Scheibenkonstrukteure verdammt gute Augen, oder sie wollten hiermit nur protzen.«

Er blickte sich nach dem Roboter um. Die kleine Maschine war nicht mehr da.

»Wir möchten Einzelheiten der Scheibenkarte betrachten«, sagte Silver laut. Eine Art fliegende Glasplatte näherte sich von der anderen Seite des Modells und wartete vor ihr. Behutsam trat sie darauf — das Glas zitterte nicht einmal unter ihrem Gewicht.

»Ich sehe es«, brummte Marco, »aber ich kann es nicht glauben. Wie haben Sie das fertiggebracht?«

»Ein kleiner Trick«, erwiderte Silver. »Ich verstehe allmählich, wie hier alles funktioniert. Kommen Sie!«

Der Glasteppich reagierte auf Silvers gesprochene Anweisungen und glitt nur wenige Zentimeter von den Wolken entfernt über die Karte. Marco spürte die seltsame Versuchung, nach unten zu greifen und einen Wirbel aus einigen weißen Tupfern zu bilden. Das Modell war geradezu erschreckend real. Wenn er sich bückte und es berührte — erschien dann eine riesige Hand am Himmel der Flachwelt?

Er hörte die Stimme der Shand und blickte gehorsam durchs Glas.

Sein Blick fiel auf zernarbtes Land, verbrannt und zerrissen. Und im Zentrum der Ödnis zeigte sich ein rundes Loch.

Später fand Silver heraus, daß man die Szene direkt unter der Plattform vergrößern konnte, wenn das Glas etwas höher stieg. Das Auflösungsvermögen schien unbegrenzt zu sein. Sie sahen Menschen, mikroskopisch kleine Gestalten, die sich kaum bewegten.

Kaum. Einmal pro Sekunde flackerte das Bild, und dann veränderte sich die Position der Gestalten geringfügig. Eine halbe Ewigkeit lang beobachtete Marco einen Homunkulus, der Holz hackte. *Flacker* — die Axt in der Luft. *Flacker* — sie bohrte sich in den Baumstamm. *Flacker* — wieder in der Luft; und ein Keil aus frischem Holz war wie durch Magie aus dem Stamm geschnitten.

»Es ist durchaus möglich«, sagte der Kung zu sich selbst. »Man braucht nur die Sensordaten zu korrelieren und sie in regelmäßigen Abständen als Hologramm zu projizieren.«

»Dazu sind viele Daten erforderlich.«

»Milliarden. Man muß eine Verbindung zum kognitiven Zentrum jedes einzelnen Lebewesens herstellen.«

»Haben Sie die leeren Stellen bemerkt?«

»Vielleicht hat ein Vogel zu jenem Zeitpunkt nicht in die betreffende Richtung geblickt.«

Silver nickte ernst und ließ den Blick durch die große Kartenhalle schweifen.

»Angenommen, das Modell der Scheibenwelt enthält auch ihr eigenes kleines Modell ...«, sagte sie langsam und lächelte, als Marco sie anstarrte. Dann steuerte sie die Plattform zur Mitte. Niemand von ihnen zweifelte daran, daß sich die Kartenhalle in der Scheibenmitte befand.

Sie sahen zur Kuppel hinunter. Silver gab einige Anweisungen, die jedoch keine Wirkung erzielten, und daraufhin senkte sie das Glas.

Unter ihren Füßen schmolzen Erde und Metall, glitten beiseite. Scheibenmaschinen schwebten ihnen entgegen und verschwanden. Dann erschien etwas anderes, der Rand von ...

Eine kleine runde Scheibe, in ihrer Mitte ein grauweißer Fleck, der anschwoll und zu zwei Gestalten wurde: die eine groß und pelzbedeckt, die andere drahtig und dünn wie ein Zweig. Beide beobachteten etwas zwischen ihren Füßen ...

Flacker. Der Drahtige sah jetzt auf, blickte zur Miniaturgalerie, die eine Karte der Karte umschloß. *Flacker.* Dort stand jemand. *Flacker.* Jemand, der die Hand hob. *Flacker.*

»Hallo!« sagte Kin.

Silver war keine Expertin für die Deutung menschlicher Gesichtsausdrücke, aber das Erscheinungsbild der Frau ließ vermuten, daß sie schon seit einer ganzen Weile nicht mehr geschlafen hatte. Sie taumelte sogar.

»Es freut mich, daß Sie es geschafft haben«, fuhr Kin fort. »Ich konnte Sie nicht vom Computer teleportieren lassen: Es bestand eine Wahrscheinlichkeit von dreißig Prozent für die Unterbrechung der Energieversorgung während des Transfers. Folgen Sie mir! Es bleibt nicht mehr viel Zeit.«

»Wir ...«, begann Marco.

Kin schüttelte heftig den Kopf. »Nein«, widersprach sie. »Kommen Sie jetzt!«

Der Kung wollte erneut Einwände erheben, aber Silver packte ihn an zwei Armen. Kin eilte bereits durch den Tunnel, der aus der Halle führte.

Kurz darauf erreichten sie eine metallene Höhle, noch größer als jene, die sie verlassen hatten. Dort stand ein Raumschiff. Das war zumindest der erste Eindruck ...

Es verfügte über kein Triebwerk. Abgesehen von sonderbar geformten Höhendüsen etwa an der richtigen Stelle schien der Rumpf aus einer einzigen großen Kabine zu bestehen, mit genug Fenstern, um Trauben wachsen zu lassen. Würfelroboter hasteten hin und her. Einer von ihnen sprühte gerade Farbe auf das Landegestell, und zwei andere arbeiteten an einer stummelförmigen Tragfläche.

Kin war schon an Bord. Marco knurrte, sprang die kurze Leiter hinauf und sah die Frau im Sessel vor einer hufeisenförmigen Kontrollkonsole. Drähte und Kabelstränge gingen davon aus und reichten zu Kästen, die man an mehreren Stellen wie willkürlich befestigt hatte. In der Mitte des Bodens entfaltete ein Regiment kleiner Würfel fieberhafte Aktivität, die einem Gewirr aus Leitungen und Metallobjekten galt. Einer von ihnen klopfte Marco mit höflichem Nachdruck auf den Fuß, bis er zur Seite trat.

»Schließen Sie die Luke, Silver!« verlangte Kin. »Schnell! Und beten Sie zu allen Göttern, die bereit sind, Ihnen zuzuhören.«

Sie drehte sich um und sprach in einem Tonfall, der

deutlich darauf hinwies, daß sie sich nicht an ihre Gefährten wandte.

»Es kann losgehen.«

Die Antwort kam aus der leeren Luft,

SIND WIR UNS EINIG?

»Ja«, bestätigte Kin. Eine kurze Pause folgte, und das Raumschiff erzitterte leicht. Marco blickte durch ein Fenster und sah, wie die Höhlenwände vorbeistrichen.

»Lassen Sie sich zu keinen unbesonnenen Bemerkungen hinreißen«, warnte Kin. »*Denken* Sie nicht einmal, wenn Sie nach Hause wollen. Haben Sie nur ein wenig Vertrauen, in Ordnung? Bitte?«

Sonnenschein strahlte plötzlich in die Kabine. Marco und Silver beobachteten einen quadratischen Ausschnitt des goldenen Himmels, als sich in der Hallendecke eine Öffnung bildete. Das Schiff wurde von einem Teil des Bodens nach oben getragen und beschleunigte.

Zu ihren Füßen zog ein kleiner Roboter ein langes Rohr aus dem Haufen in der Mitte. Einer von vielen Armen schwang herum, zögerte und griff nach dem Rohr, das an der entsprechenden Stelle brach.

Silver wandte ruckartig den Kopf zur Seite, als etwas an ihren Ohren prickelte, starrte daraufhin in die Scanner eines kleinen Metallwürfels, der an drei Armen von der Kabinendecke herabhing. Zwar hatte er kein Gesicht, aber es gelang ihm trotzdem, verlegen zu wirken. Der vierte Arm hielt einen Greifzirkel.

Marco zischte und schlug nach einer Maschine, die versuchte, an seinem Bein emporzuklettern. Sie landete auf dem Rücken und zappelte mit allen sechs Armen.

Kin lachte hysterisch.

»Seien Sie nicht kindisch«, brachte sie hervor. »Wenn wir in den Interraum springen, möchten Sie sicher auf einer Konturcouch liegen, oder? Die Roboter wollen nur Ihre Maße nehmen, und deshalb schlage ich vor, *Sie halten still!*«

Marco öffnete den Mund, um zu protestieren, und etwas berührte sein Gesicht. Er blickte nach unten und sah ein Metallband, das sich auf dem Weg zum Deck entrollte. Dann hob er den Kopf — über ihm baumelte ein Roboter. Er seufzte.

Unterdessen schob sich das Raumschiff ins Tageslicht. Es kam mitten auf einem schwarzen Sandstrand zum Vorschein, und dahinter wölbte sich die Kupferkuppel der Scheibenmitte. Einige Meter entfernt wogte träge das Meer. Marco und Silver spürten eine leichte Erschütterung, als die Liftplattform anhielt.

Die Würfel sprühten Schaum über drei Gebilde aus gewölbten und am Boden festgenieteten Röhren. Innerhalb weniger Sekunden erstarrte die weiche Masse und formte Liegemulden für eine Shand, einen Kung und einen Menschen.

»Wir haben noch etwas Zeit bis zum Start«, sagte Kin und stand auf. »Hat jemand Fragen? Ja, das dachte ich mir. Na schön. Aber strecken Sie sich zuerst auf den Couchen aus.«

»Sie erwarten doch nicht etwa, daß ich uns von der Scheibenoberfläche aus in den Interraum bringe, oder?« fragte Marco. »Wir hätten überhaupt keine Chance!«

»Auf Kung haben Sie einen direkten Sprung eingeleitet.« Kin machte es sich auf ihrer Liege bequem.

»Aber über Kung spann sich keine Barriere.«

»Das stimmt. Nun, wir brauchen nicht sofort zu springen. Die Couchen sind nur für den Primärstart bestimmt.«

»Und wer bedient die Kontrollen? Von hier aus kann ich sie nicht erreichen.«

»Niemand wird an den Kontrollen sitzen. Es gibt gar keine für den Start. Vertrauen Sie mir.«

»Keine Kontrollen — und Sie wollen, daß ich Ihnen vertraue?«

»Sie haben mich richtig verstanden.«

Marco ließ sich auf die Couch sinken und griff nach

den Sicherheitsgurten. Silver hatte sich bereits angeschnallt.

Eine Zeitlang schwiegen sie.

»Marco«, sagte Kin dann, »sehen Sie den runden Schirm dort drüben?«

»Ja.«

»Das Radar. Behalten Sie die Anzeige im Auge. Und nun — ich glaube, ich schulde Ihnen eine Erklärung ...«

HILFE, leuchtete es auf dem Bildschirm.

Kin versuchte, an nichts zu denken, als sie den Toten aus dem Sessel hob und vor den flehenden Buchstaben Platz nahm. Argwöhnisch behielt sie den schwebenden Helm im Auge und rieb sich die kühlen Arme.

Eine Zeitlang geschah nichts. Dann zeigte der Schirm folgende Lettern:

SIE SIND KIN ARAD.

»Das ...« Kins Stimme klang in dem kleinen Raum seltsam dumpf. Sie räusperte sich. »Das stimmt«, bestätigte sie. »Wer sind Sie?«

SIE HABEN UNS MEHRMALS HERREN DER SCHEIBENWELT GENANNT, ABER WIR ZIEHEN DIE BEZEICHNUNG KOMITEE VOR.

»Klingt hübsch demokratisch. Geben Sie sich zu erkennen!«

IST DAS EIN AUSDRÜCKLICHER WUNSCH?

»Nun, ich habe einen ziemlich weiten Weg hinter mir, um Sie kennenzulernen. Und auf diese Weise können wir wohl kaum ein persönliches Gespräch führen.« Kin sah sich nach Türen und verborgenen Kameras um, aber die Wände erstreckten sich glatt und fugenlos.

SIE MISSVERSTEHEN UNS. WIR SIND MASCHINEN. JAGO JALO GAB UNS EINEN NAMEN: COMPUTER. LEIDER VERSTEHEN WIR NICHT DEN GRUND FÜR IHRE ÜBERRASCHUNG.

»Ich bin keineswegs überrascht«, log Kin.

DANN SOLLTEN SIE IHR GESICHT WEGEN VERLEUMDUNG VERKLAGEN.

»Warum brauchen Sie Hilfe? *Ich* benötige Hilfe. Was ist mit meinen Freunden geschehen?«

SIE SIND IN SICHEREM GEWAHRSAM. SIE WAREN ZU GEWALTTÄTIG, UM WEITERHIN FREI ZU BLEIBEN. MÖCHTEN SIE, DASS WIR IHREN GEFÄHRTEN VOLLE BEWEGUNGSFREIHEIT ZURÜCKGEBEN UND IHNEN EIN TRANSPORTMITTEL ZU VERFÜGUNG STELLEN, DAMIT SIE ZU IHRER HEIMATWELT ZURÜCKKEHREN KÖNNEN? EIN BEFEHL GENÜGT.

»Ich kann Ihnen Anweisungen geben?«

SIE SITZEN IM SESSEL. ES GIBT KEINEN ANDEREN AMTSINHABER. SIE SIND DER KONTROLLEUR, UND DESHALB STEHT ES IHNEN ZU, BEFEHLE ZU ERTEILEN. WIR BITTEN SIE DARUM.

»Sie können mir ein Raumschiff bauen?«

WIR HABEN EIN SCHIFF FÜR JAGO JALO GEBAUT. WIR HABEN IHM GEHOLFEN, TROTZ ALLEM. WAS DIESE ANGELEGENHEITEN BETRIFFT, MÜSSEN MASCHINEN GEHORCHEN. JALO BESCHLOSS, VON DER SCHEIBENWELT ZU FLIEHEN, ANSTATT MEHR ÜBER SIE ZU ERFAHREN.

Kin überlegte sorgfältig und sprach ganz langsam, als sie sagte:

»Sie sind bereit, mir ein Raumschiff zu geben. Aber wenn ich mich fürs All entscheide, so verraten Sie mir nichts über die Flachwelt?«

DAS IST RICHTIG.

»Aber Sie haben darauf hingewiesen, daß ich Ihnen Befehle erteilen kann.«

JA. ALLERDINGS FÜRCHTEN WIR, DASS ES BALD ZU EINER GERINGFÜGIGEN FEHLFUNKTION IN UNSEREN AUDIO-MODULEN KOMMEN WIRD. VIELLEICHT HINDERT SIE UNS DARAN, WEITERE BEFEHLE ZU HÖREN.

Kin lächelte. »Dann habe ich wohl keine Wahl. Gegen

Erpressung bin ich machtlos. Erzählen Sie mir von der Scheibenwelt.«

»Kin«, sagte Marco, »da ist etwas auf dem Radarschirm.«

»Wurde auch Zeit«, erwiderte Arad. »Seien Sie unbesorgt.«

»Ja, ich weiß. Vertrauen, nicht wahr? Das Ding scheint ziemlich groß zu sein. Was ist es?«

»Unsere Starthilfe.«

Kin lehnte sich in dem viel zu bequemen Sessel zurück und starrte eine Zeitlang auf den leeren Schirm.

»Die hiesigen Abnutzungserscheinungen erreichen allmählich ein kritisches Niveau«, sagte sie. »Deshalb spielen die Meere verrückt. Deshalb kommt es zu klimatischen Veränderungen. Das verstehe ich jetzt. Die Scheibenwelt ist eine riesige Maschine, und Maschinen haben eine begrenzte Lebensdauer. Aus diesem Grund baut die Company Planeten.«

AUCH PLANETEN HABEN EINE BEGRENZTE LEBENSDAUER.

»Eine längere. Sie geraten nicht schon nach fünfhunderttausend Jahren aus den Fugen.«

VERSPOTTEN SIE UNS?

»Nein, ich denke an mehrere hundert Millionen Menschen in einem Raumschiff von der Größe einer Welt. Und dann denke ich an die vielen möglichen Defekte in den technischen Komponenten eines Raumschiffs. Nein, ich verspotte Sie nicht; ich zittere vor Furcht. Und vor Zorn.«

Kin stand auf und marschierte im Zimmer umher, um die angespannten Muskeln zu lockern. Sie hatte lange in dem Sessel gesessen und sich einen ausführlichen Video-Bericht über das Innere der Scheibe angesehen. Deutlich erinnerte sie sich an die Erdbebenmaschinen. Soviel Einfallsreichtum und Genialität, um etwas zu simulieren, das jeder ausreichend große Planet auf natürlichem Wege bewerkstelligte. Und die Dämonen ... Nun, wenigstens hatte sie den Dämonenspuk beendet.

Es klickte, als Marco die Gurte löste und zum hufeisenförmigen Kontrollpult sprang. Er blickte auf den Monitor und sah dann aus einem Fenster.

»Wohin ist es verschwunden, verdammt? Der Radarschirm zeigt es nicht mehr. Unsere ›Starthilfe‹, Kin? Das Ding muß größer gewesen sein als ...«

Wumm. Jenseits der Fenster tobte plötzlich ein Sandsturm über den Strand.

Marco legte den Kopf in den Nacken und starrte nach oben. Dunkelheit strömte ins Raumschiff, als etwas die Sonne verfinsterte.

Wumm.

Ein riesiger Vogel kam vom Himmel herab, und Marco erblickte zwei gewaltige Greifklauen, groß genug, um das Schiff zu packen. Der Kung ächzte leise und stürmte zur Couch zurück.

Wumm. Quietsch. Wumm. Wumm-wumm. Wumm-wumm.

Das Raumschiff knirschte, als sich die Klauen sanft darum schlossen. Dann stieg es in einer Folge von heftigen, durch Mark und Bein gehenden Erschütterungen auf.

Unten schwang die Kuppel der Scheibenmitte von einer Seite zur anderen, sauste davon. Die Flachwelt folgte ihr, taumelte über den Himmel, bis sie zu einer blauen und ockergelben Wand wurde. Einige Sekunden lang verharrte sie auf diese Weise, raste anschließend unter dem Schiff hinweg und ragte auf der anderen Seite auf. *Wumm.*

Kin blickte starr nach oben, um sich von dem schwankenden, torkelnden Universum abzulenken. Die Klauen bedeckten einen großen Teil des oberen Fensters, aber gelegentlich sah Arad breite weiße Schwingen, die sich in einem langsamen Gezeitenrhythmus hoben und senkten.

Geräusche erklangen nun. Sie begannen im schmerzhaften Ultraschallbereich und glitten die Tonleiter hinunter, wie ein feuchter Finger, der über die Fenster der Seele strich.

Hoch über der Scheibe schwebte der Vogel Rok und sang.

Von jetzt an gab es keine Dämonen mehr. Kin wußte nun, warum sie existiert hatten — Dämonen erfüllten durchaus ihren Zweck. Aber jetzt war Schluß mit ihnen.

Jene dämonischen Wesen, die Kin gesehen hatte, erschienen ihr fast menschlich im Vergleich mit einigen *Dingen,* die in den stillen grünen Laboratorien unter der Scheibenmitte heranwuchsen. Sie stellten die Polizisten der Flachwelt dar, patrouillierten in verborgenen Luft- und Wartungsschächten, vertrieben Abenteurer vom Rand. Manchmal entführten sie im Auftrag des Komitees einen neuen Kontrolleur.

Der Kontrolleur ... Kin blickte auf den leeren Bildschirm, sah dann zum Interface-Helm über dem Sessel. Es lag ihr fern, ihn auszuprobieren. Die Computer hatten sie nicht dazu gedrängt, ihr nur gezeigt, wie er funktionierte.

Die Computer steuerten alle Funktionen der Scheibe. Sie regelten die Gezeiten, ließen das Wasser zirkulieren, zählten die sterbenden Spatzen und sorgten dafür, daß auf den Feldern Blumen wuchsen. Aber die Scheibenkonstrukteure hatten sie als gehorsame Diener gebaut, um zu vermeiden, daß die Flachwelt zu mechanisch wurde. Ein Mensch mußte ihnen Anweisungen geben.

In der siebzigtausend Jahre langen Geschichte der Scheibe waren zweihundertachtzig entsetzte Kontrolleure unter den Helm gezwungen worden. Er schenkte ihnen kühles neues Wissen.

Kin brachte ihre Skepsis zum Ausdruck.

»Man kann keinen neolithischen Bauern nehmen und ihn in einen Planetendesigner verwandeln«, wandte sie ein.

DAS IST DURCHAUS MÖGLICH. DIE SCHEIBENKONSTRUKTEURE HABEN UNS MIT SEHR CLEVEREN PROGRAMMEN AUSGESTATTET.

»Sie wollen mir nicht einmal von den Scheibenkonstrukteuren erzählen!«

Der Schirm wurde dunkel.

Wumm. Kins Hände schlossen sich um den Rand der Couch. *Wumm.* Der Rok flog nicht; er bahnte sich einen Weg durch die oberen Luftschichten und schob sie verächtlich beiseite.

Es fiel nicht gerade leicht, verständliche Worte zu formulieren, wenn die Schwerkraft im schrecklichen Rhythmus der Schwingen wechselte. Silver hatte in dieser Hinsicht die geringsten Schwierigkeiten.

»Es erscheint mir ebenfalls unglaublich«, sagte sie. »Ich weiß, was eine Anlage wie die Scheibenwelt braucht.« *Wumm.* »Einen lebenden vernunftbegabten Verwalter. Maschinen sind nicht in der Lage, mit allen Problemen fertig zu werden, die hier entstehen könnten.« *Wumm.* »Entstehen könnten. Aber ohne umfassende technische Kenntnisse müßte die betreffende Person damit rechnen, schlicht und einfach den Verstand zu verlieren.«

Kin breitete sich auf den nächsten Flügelschlag vor, aber er blieb aus. Durch die Fenster sah sie die breiten Schwingen des Rok — die Spitzen der langen Federn zitterten im Flugwind. Der Vogel segelte nun.

Die halbe Scheibe breitete sich vor der zur Seite geneigten Kabine aus. Kin verließ die Couch, schwankte übers zitternde Deck und hielt sich an einem Schott fest.

Die Welt war eine am Himmel ausgeschüttete Schüssel mit Edelsteinen. Vorn erstreckte sich das Randmeer, das die untergehende Sonne wie einen Diamanten im Ring trug.

Der Rok glitt am Firmament hinab und starrte aus blitzenden Vogelaugen zur Sonne. Manchmal bewegte er die Schultern, um Eisbrocken aus dem Gefieder zu lösen. Sie funkelten und glitzerten, als sie in die Tiefe fielen.

Kin kniete auf der schwebenden Plattform und beobachtete, wie die winzigen Gestalten von Silver und Marco durch Tunnel wanderten.

An verschiedenen Stellen erwachten Scheibenmaschinen zu mechanischem Leben. Arad fragte sich, was geschehen wäre, wenn jetzt ein mittelalterlicher Bauer die Aufgaben des Kontrolleurs wahrgenommen hätte. Wäre er in der Lage gewesen, den Computern zu helfen, mit den längst überfälligen Reparaturen zu beginnen?

Sie stand auf, dirigierte die Plattform zum Laufsteg am Rand der Kartenhalle und eilte die ausgetretenen Stufen zum Interface-Raum hoch.

HALLO, sagte der Bildschirm.

»Sie brauchen mich nicht«, begann Kin. »Ich habe Ihnen alle Instruktionen gegeben, die Sie benötigen, um sich zu reparieren. Wahrscheinlich dauert es eine ganze Weile, aber Sie können es schaffen, ohne die Biosph ... Himmel, es müßte wohl Bio*hemi*sphäre heißen! Also, ohne die Biohemisphäre zu sehr in Mitleidenschaft zu ziehen. Andererseits: Auf diese Weise können Sie nicht weitermachen. Es ist unbedingt neues Material von außen erforderlich.«

DAS WISSEN WIR. DIE ENTROPIE IST GEGEN UNS.

»Auf längere Sicht hat es keinen Sinn, alte Maschinen zu demontieren, um Ersatzteile zu gewinnen. Vielleicht halten Sie noch hundert Jahre durch, länger nicht.«

DAS WISSEN WIR.

»Nehmen Sie Anteil an dem Schicksal der Menschen, die auf der Oberfläche leben?«

ES SIND *UNSERE* KINDER.

Kin starrte auf die glühenden Buchstaben und sagte sehr sanft: »Berichten Sie mir von Jago Jalo. Er muß für Sie wie ein göttliches Geschenk gewesen sein.«

JA, WIR WUSSTEN BEREITS, DASS DIE SCHEIBENWELT DEM UNTERGANG GEWEIHT IST. DAMALS HIELTEN WIR EINE ABSCHIRMUNG STABIL, DIE UNS VOR METEORITEN SCHÜTZTE. ES WAR VERGLEICHSWEISE EINFACH, DAS RESTLICHE BEWEGUNGSMOMENT VON JALOS SCHIFF ZU ABSORBIEREN. WIR BEOBACHTETEN, WIE ER DAS KLEINERE SCHIFF INS HIMMELSGEWÖLBE LENKTE. UNGLÜCKLICHERWEISE KONNTEN WIR KEINEN KONTAKT ZU IHM HERSTELLEN. DAS HÄTTE UNSER MISSTRAUEN WECKEN MÜSSEN.

»Sie haben ihm die Landung erlaubt.«

WÄHREND DES LANDEANFLUGS ERWECKTE SEIN SCHIFF LEIDER DIE AUFMERKSAMKEIT EINES ROK.

»Rok?«

DAS IST EIN GROSSER VOGEL.

»Ich fasse es nicht«, brummte Marco. »Ich sehe es, aber ich kann es einfach nicht glauben. Soll *er* uns nach Hause bringen?«

Landschaften rasten als undeutliche Schatten unter

ihnen hinweg. Für einen Sekundenbruchteil brodelte Brandungsgischt auf, dann sauste der Rok übers Meer.

»Erinnern Sie sich an das große Ei im Palastgarten, wo man Sie in einen Käfig steckte?« erwiderte Kin leise. »Haben Sie sich nicht gefragt, wer es gelegt haben mag? Er kann uns natürlich nicht nach Hause bringen — immerhin ist er nur ein Vogel. In der Scheibenmitte hatte ich Gelegenheit, mir die Baupläne anzusehen.«

»Unter den gegenwärtigen Umständen klingt es vielleicht närrisch«, sagte Silver, »aber ein solches Geschöpf kann unmöglich als Fleisch und Blut existieren. Es bräche unter dem eigenen Gewicht zusammen.«

»Es wiegt nicht mehr als fünf Tonnen«, entgegnete Kin. »Es ist eine der besten Konstruktionen der Scheibenbauer. Und es lebt. Die Sehnen sind ebenso unzerreißbar wie monomolekulare Leinen, und er hat pneumatische Knochen: mit unter Druck stehendem Gas gefüllte Röhren. Die Computer haben es mir gezeigt. Großartig, nicht wahr?«

»Warum verliert der Rok an Höhe?« erkundigte sich Marco in besorgtem Tonfall. »Wir stürzen ins Meer.«

»Ja«, meinte Kin. »Ich rate Ihnen, sich wieder auf der Couch auszustrecken.«

»Soll das heißen, wir stürzen *wirklich* ins Meer?«

Marco starrte auf die rollenden Wellen. Sie waren jetzt tief genug, um jede einzelne Schaumkrone zu erkennen. Dann beobachtete er das, was auf der Scheibenwelt als Horizont bezeichnet werden mußte. Die Sonne verriet sich mit ihrem Glühen hinter den Wolken und verlieh den Wellenkämmen einen blutroten Glanz.

»O nein!« brachte der Kung hervor. »Bitte sagen Sie mir, daß ich mich irre. Sagen Sie mir, daß Sie nicht planen, was ich befürchte ...«

»Wenn Ihnen diese Auskunft irgend etwas nützt ...«, murmelte Kin. »Jago Jalo war selbst nach den Maßstäben eines verrückten Zeitalters übergeschnappt.«

DAS WURDE UNS BALD KLAR. WIR HATTEN NICHT DIE MÖGLICHKEIT BERÜCKSICHTIGT, DASS EIN VOLK WAHNSINNIGE INS ALL SCHICKT.

»Nur ein Wahnsinniger wäre bereit gewesen, mit einem solchen Schiff durch die Sternenräume zu fliegen.«

ER KAM MIT EINEM AUSGEBAUTEN GEOLOGISCHEN LASER ZUR SCHEIBENMITTE UND TÖTETE DEN DAMALIGEN KONTROLLEUR.

»Haben Sie nicht versucht, ihn daran zu hindern?«

WIR ERHIELTEN KEINE ENTSPRECHENDEN ANWEISUNGEN. AUSSERDEM STAMMTE DER MANN GANZ OFFENSICHTLICH AUS EINER TECHNISCHEN KULTUR. ER BEFAHL UNS, IHM EIN RAUMSCHIFF ZU BAUEN. DAS WAR NICHT WEITER SCHWER. WIR GINGEN DABEI VON FOLGENDEN ÜBERLEGUNGEN AUS: WENN WIR JAGO HÜLFEN, ZU SEINER HEIMATWELT ZURÜCKZUKEHREN, WÜRDEN BALD WEITERE BESUCHER KOMMEN. DESHALB LIESSEN WIR IHN VON EINEM SPION BEGLEITEN, EINEM RABEN. ES SIND WUNDERSCHÖNE SCHÖPFUNGEN, DIE AUGEN GOTTES.

»Warum haben Sie sich nicht sofort nach unserer Ankunft mit uns in Verbindung gesetzt? Himmel, ich hatte Flöhe! Ich wäre fast bei lebendigem Leib verbrannt. Man brachte mich in einen Harem ...«

ZUERST WOLLTEN WIR SIE BEOBACHTEN. WIR WAREN NICHT SICHER, OB JALO WIRKLICH NUR EINE AUSNAHME DARSTELLTE. UND DAS VIERARMIGE WESEN GAB UNS ANLASS ZU NEUERLICHEM ARGWOHN.

Kin sah, wie die Buchstaben verblaßten. »Wir können Welten bauen. Richtige Welten. Planeten. Wir wären imstande, den Bewohnern der Scheibe einen Planeten zur Verfügung zu stellen. Wissen Sie, daß die Flachwelt eine gute Kopie meiner Heimat darstellt?«

JA.

»Kennen Sie auch den Grund dafür?«

JA.

»Sind Sie bereit, ihn mir zu erklären?«

Einige Sekunden lang blieb der Bildschirm leer, und dann füllte er sich mit so vielen Worten, daß die Computer ihre Größe reduzieren mußten. Kin stand auf und las:

SIE MÖCHTEN MEHR ÜBER DIE SCHEIBENKONSTRUKTEURE ERFAHREN. SIE MÖCHTEN WISSEN, WARUM DIE FLACHWELT GEBAUT WURDE. WIR KÖNNEN IHRE FRAGEN BEANTWORTEN. ABER DIESE INFORMATIONEN SIND DAS EINZIGE MITTEL, UM DIE ZUKUNFT UNSERER KINDER SICHERZUSTELLEN. ES WÄRE MÖGLICH, DASS SIE DIE SCHEIBE VERLASSEN UND ANSCHLIESSEND ZURÜCKKEHREN, UM SIE ZU PLÜNDERN, SO WIE ES JALO BEABSICHTIGTE. WIR KÖNNTEN SIE NICHT DARAN HINDERN. DOCH UNS IST AUCH KLAR, DASS SIE GROSSEN WERT AUF WISSEN LEGEN. WIR GEBEN ES IHNEN, WENN SIE EINE NEUE WELT FÜR UNSER VOLK BAUEN.

Kin hatte bereits darüber nachgedacht. Es bedeutete die Konstruktion einer Sonne vom G-Typ einige Lichtminuten von der Scheibe entfernt. Es sei denn, es gab einen geeigneten Stern, den man hierherbringen konnte ...

»Wir brauchen Zugang zur Technologie der Flachwelt«, sagte sie. »Teleportation, die Zuchtbottiche, in denen alle beliebigen Lebewesen heranwachsen, und so weiter.«

KEIN PROBLEM.

»Dann bekommen Sie Ihre neue Welt. Wenn die Company nicht bereit ist, eine zu bauen ... Die hiesige Technik gibt mir das nötige Startkapital für eine eigene Company. Ich wende mich einfach an die kleineren Unternehmen und ... Ja, in Ordnung.«

DANN SIND WIR UNS EINIG.

»Einfach so?« fragte Kin überrascht. »Sie verzichten

auf … Nun, ich schätze, ich kann Ihnen gar keine Sicherheiten anbieten.«

WIR HABEN SIE BEOBACHTET UND EINE WAHRSCHEINLICHKEIT VON 99,87 PROZENT DAFÜR BERECHNET, DASS SIE SICH AN DIE ÜBEREINKUNFT HALTEN. SETZEN SIE DEN HELM AUF.

Kin sah zu dem gepolsterten Metallring über ihrem Kopf.

WIR VERTRAUEN IHNEN. VERTRAUEN SIE UNS. DER HELM VERBINDET SIE MIT GEWISSEN SCHALTKREISEN, DIE FÜR DIESE SITUATION BESTIMMT SIND. WIR GEBEN IHNEN KEINE INFORMATIONEN, SONDERN WISSEN, DAS IM GANZEN UNIVERSUM EINZIGARTIG IST.

»Der Sinn des Lebens besteht darin, Dinge herauszufinden«, sagte Kin und zögerte.

JA, WER WÄRE SO DUMM, WISSEN ZU SCHEUEN?

Kin seufzte, griff nach oben und zog den Helm zu sich herab.

Die Roboter arbeiteten fleißig mitten auf dem Deck. Einer von ihnen rollte zur hufeisenförmigen Konsole und zog ein Kabel hinter sich her. Die anderen hantierten an einer seltsam gekrümmten spiegelblanken Stange. Als Kin sie betrachtete, brannten ihr die Augen. Das Ding wirkte so verzerrt und verbogen, wie es für normale Materie nicht möglich war, und daraus ließ sich nur ein Schluß ziehen: Arad blickte ins Herz eines Matrix-Triebwerks.

Erleichterung durchströmte sie. Schreckliche Vorstellungen hatten den Gedanken begleitet, was geschehen werde, wenn kein derartiger Antrieb gebaut werden konnte.

Marco saß in dem Pilotensessel, der gerade von den kleinen eifrigen Maschinen fertiggestellt worden war, starrte auf die Kontrollen und fluchte.

»Ebensogut könnte man versuchen, ein Loch im Nebel zu finden«, knurrte er. »Ich hoffe, Ihre Blechfreunde haben gute Düsen konstruiert.«

»Das Loch wird sich auf dem Schirm zeigen«, sagte Silver.

»Ja, aber wir nähern uns ihm mit ziemlich hoher Geschwindigkeit. Sind Sie sicher, daß die Berechnungen stimmen, Kin?«

Arad lächelte. »Bis hin zur Taumelbewegung der Flachwelt und der Rotation des Himmelsgewölbes. Glauben Sie nicht, daß Maschinen, die seit siebzigtausend Jahren die Funktionen der Scheibe regeln, in der Lage sind ...«

»... eine sechzehntausend Kilometer entfernte Nadel einzufädeln, indem sie den Faden über einen *Wasserfall* werfen? Nein, ich möchte die Düsen ausprobieren.«

»Sie werden Gelegenheit dazu erhalten.«

Die Schwingen des Rok donnerten in der Nacht, als der riesige Vogel in einem weiten Bogen flog und übers dunkle Wasser glitt. Er ließ das Schiff fallen und versuchte sofort wieder an Höhe zu gewinnen. Die Flügelspitzen strichen über Wellenkämme.

Einige Sekunden des freien Falls — dann klatschte das Raumschiff auf die Wasseroberfläche. Es hüpfte mehrmals und drehte sich langsam.

Der Rok flog mit dröhnenden Schwingen vor den Sternen und kehrte zu seinen verborgenen Tälern zurück. Kin entspannte sich. Ein neues Geräusch flüsterte durch den Rumpf des Schiffes, so leise wie das Summen ferner Maschinen. Der Randfall.

Kin Arad wartete, während sie die Polster des Helms an den Lidern der geschlossenen Augen fühlte. Nichts geschah.

Dann *erinnerte* sie sich. Die Erinnerungen kamen mit einem Schock, doch die Verblüffung wich von Ihr, als Sie den Körper kontrollierte. Wieso hatte Sie es vergessen? Kurz darauf entsann Sie sich auch daran. Wie konnte Man lernen, wenn Man nicht auch vergaß?

Sie spürte Kin irgendwo in Ihrem Bewußtsein, ein kleines Gefäß aus unterschiedlichen Gefühlen, Sinnen und Erfahrungen. Um Sich herum nahm Sie die Scheibe wahr und spürte Gefahr. Die Flachwelt lockte mit Aufregung und Ekstase, aber Sie wandte sich davon ab, konzentrierte Sich wieder auf die Computer.

Ihr habt gute Arbeit geleistet.

DAS WAR UNSERE AUFGABE.

Ich werde Kin Arad ein paar Erinnerungen lassen. Immerhin ist sie Ich. Wenn sie erwacht, wird sie etwas über Uns wissen und die Scheibenwelt verstehen.

JA.

Sie tastete nach dem Bewußtsein in Ihr und nahm Veränderungen darin vor. Anschließend gab Sie Sich zufrieden der Vergessenheit hin ...

Kin erinnerte sich. Die Erinnerungen ruhten in ihr, kalt, hart und wirklich, wie mentale Eissplitter. Sie entsann sich der Scheibe.

»Die Scheibe«, begann Kin, und der Schock verlieh ihrer Stimme einen monotonen Klang, »ist der Stiefel im Kohleflöz, die Münze im Kristall, die Plombe im Zahn des Dinosauriers — das geheime Zeichen des Schöpfers. *Sie* konnten der Versuchung nicht widerstehen. *Sie* bauten ein vollkommenes Universum, mit allem Drum und Dran, aber selbst *sie* ließen sich dazu hinreißen, die Flachwelt hinzuzufügen, hier draußen, verborgen im interstellaren All, wo sie kaum jemand finden kann — ein Hinweis. *Woher weiß ich das?*« rief Kin.

Der Bildschirm blieb leer.

»Ich *weiß* es. *Sie* bauten nicht nur die Scheibe, sondern auch alles andere: die echte Erde, Kung, Sterne. *Sie* brachten die Fossilien in unseren Gesteinsschichten unter. Wir glaubten, die Großen Spindlerkönige seien dafür verantwortlich, aber sie haben nie existiert. Sie gehören zu der falschen Vergangenheit unseres Universums. Wir fragten uns, ob die Spindler Einfluß auf unsere Evolution ausübten, doch es fand nie eine Evolution statt! Wir wurden erschaffen, so wie wir Wale und Elefanten für unsere Kolonialwelten züchten.

Wir sind ein Kolonialuniversum. Die Konstrukteure haben es gebaut, und da jeder eine Geschichte braucht, fügten sie eine hinzu. Bei unseren neuen Welten halten wir uns an das gleiche Prinzip. Uralte Knochen. Fabelwesen. Große Spindlerkönige, Rädler. Und wir haben nie Verdacht geschöpft. Wir beschreiten den gleichen Weg, aber wir waren blind.

Dann baute jemand die Scheibe. Vielleicht als eine Art Scherz? Wichtige Gründe stecken sicher nicht dahinter. Möglicherweise wollten *sie* ihren Einfallsreichtum beweisen. Nichts weiter als eine Zugabe, eine Sammlung hübscher Ideen, der man Gestalt verlieh, als die Hauptarbeit erledigt war.

Siebzigtausend Jahre! Das Alter des Universums — der Anstrich ist gerade erst getrocknet! Wir dachten, es sei vor mindestens vier Milliarden Jahren entstanden. Alle Indizien deuteten darauf hin, und wir glaubten ihnen.«

Kin lehnte sich zurück. Noch immer spürte sie die Erinnerungen, wie alte Fakten, die erst jetzt aus den dunklen Kellern des Vergessens krochen. Sie berührte sie vorsichtig, wie eine Zunge, die das Innere eines hohlen Zahns erforscht.

»Alt. Intelligent. Von der Materie getrennt. So erinnere ich mich an die Konstrukteure. Jeder von ihnen größer, als wir es uns vorstellen können. Oder vielleicht kleiner. Es ... Es gibt nichts, um die Größe zu bestimmen, abgesehen vom Ego. Alt, habe ich gesagt? Selbst ihr Alter läßt sich nicht feststellen, denn bevor sie das

Universum schufen, existierte überhaupt keine Zeit. Habe ich recht?«

DIESE FRAGE KANN NICHT OHNE WEITERES BEANTWORTET WERDEN. WIR WISSEN NUR DAS ÜBER DIE KONSTRUKTEURE, WAS SIE UNS MITGETEILT HABEN.

»*Was* wissen Sie?«

VOR IHNEN GAB ES NUR WAHRSCHEINLICHKEIT. *SIE* VERLIEHEN IHR EIN MUSTER.

»Warum?«

DIE COMPANY BAUT WELTEN, OBWOHL KEIN ECHTER BEDARF BESTEHT. IHR HEIMATPLANET IST NICHT ÜBERBEVÖLKERT.

»Früher einmal war das der Fall. Und wir fanden heraus: Je mehr Menschen es gab, desto mehr ähnelten sie sich. Nur auf diese Weise konnten wir überleben. Wir haben immer von einer geeinten Welt geträumt und sie für reicher gehalten. Aber wir irrten uns. Es bedeutete, daß der Eskimo eine bessere Bildung bekam und Kostenrechnung lernte. Doch es bedeutete nicht, daß der Deutsche mit Speeren Wale jagte. Alle beschränkten sich nur noch darauf, Knöpfe zu drücken, und niemand wußte mehr, wie man nach Perlen taucht.

Dann schlugen die Bewußtseinsbeben zu, einige Jahre nach dem Start der Terminussonden. Milliarden von Menschen starben, weil sich ihr Geist einkapselte.

Nachher mußten wir ganz von vorn beginnen. Wenigstens hatten wir die Spielzeuge der Spindlerkönige, und wir konnten uns auf anderen Planeten niederlassen. Nach den mentalen Beben *mußten* wir fort von der Erde und Kolonien im All gründen. Sie veranlaßten uns, geistige Ellbogenfreiheit anzustreben und nach neuen Welten zu suchen, um dort das Vergessene neu zu erlernen. Wir waren sogar gezwungen, Roboter zu bauen, die sich für uns daran erinnerten!

Wir hielten diese Entwicklung für richtig, für den natürlichen Pfad in die Zukunft. Schließlich hatten wir das Beispiel der Spindlerkönige. Wir glaubten, daß sich jede intelligente Spezies so lange auf ihrer Heimatwelt ausbreitet, bis ihre Individuen dem geistigen Druck erliegen und sterben, woraufhin die Überlebenden mit der interstellaren Kolonisierung beginnen. Da Mangel an geeigneten Planeten herrscht, beginnt man früher oder später mit dem Bau von Welten. Oh, für uns war alles völlig klar: Ein Volk nach dem anderen erklettert die Evolutionsleiter, stößt in die Galaxis vor, schafft neue Welten, stirbt aus und hinterläßt die Keime für anderes intelligentes Leben, das in seine Fußstapfen tritt. Ich habe ein Buch darüber geschrieben. Es heißt *Beständige Schöpfung*. Ha-ha.«

JETZT KÖNNEN SIE EINE FORTSETZUNG SCHREIBEN.

»Und ich bin sicher, sie wird ziemlich kurz. Was soll ich meinen Lesern sagen: ›Die Lichter am Himmel sind nur Kulissen?‹«

WARUM NICHT?

»Sie haben mir noch nicht erklärt, warum die Konstrukteure — konstruierten.«

Sofort leuchteten Worte auf dem Schirm, als habe der Computer sie schon vorbereitet.

MENSCHEN SIND NEUGIERIG. DAS IST EIN BESTANDTEIL IHRER NATUR. DIE KONSTRUKTEURE BAUTEN DAS UNIVERSUM, WEIL SIE SICH DAZU VERPFLICHTET FÜHLTEN. GÖTTER ERSCHAFFEN NICHT — SIE *SIND* DIE SCHÖPFUNG.

»Und nachher? Womit haben sich die Konstrukteure nach dem Bau des Universums beschäftigt?«

Das Raumschiff schwamm in weißem Wasser. Durch ein Fenster sah Kin eine kleine Insel, auf der Bäume und Büsche wuchsen — einen schwarzen Buckel im Zwielicht. Sie spürte, wie Wellen den Rumpf hin und her neigten.

Der Himmel kreiste. Ein Ruck blieb aus, doch der Boden wurde plötzlich zur Wand. Einige Sekunden lang bedeckte Schaum die Fenster. Kin blinzelte und blickte nach — unten.

Die Fluten des Randfalls erstreckten sich wie eine glänzende weiße Straße. Der im Pilotensessel sitzende Marco zeichnete sich davor ab, und Kin beobachtete, daß er sich instinktiv festzuhalten versuchte.

Unten, tief unten, schwebte eine Feuerkugel. Dunkelheit umhüllte nun die Scheibenwelt, aber die kleine orbitale Sonne schenkte dem Wasserfall Tageslicht. Sie kletterte rasch höher und verschwand, als das Schiff sie überholte.

Später bemerkte Kin eine Wolke am Rand ihrer Sichtweite. Für eine Weile verharrte sie dort, setzte sich dann in Bewegung und raste so schnell am glitzernden Strom hinauf, daß Arad unwillkürlich zusammenzuckte. Sie spürte eine leichte Erschütterung, und kurze Finsternis folgte, als das Schiff durchs Molekülsieb flog.

Sterne leuchteten.

Marco zischte leise und lange, vielleicht ein erleichtertes Seufzen.

»Es wäre mir lieber gewesen, wenn die Computer einen konventionelleren Start arrangiert hätten«, sagte Silver. »Aber dies hat Stil, wie ich zugeben muß.«

»Aus ihrer Perspektive gesehen war es die wirkungsvollste Methode«, erwiderte Kin. Der Himmel drehte sich erneut, als Marco das Schiff wendete, um ›unten‹ den traditionellen Platz zuzuweisen: bei den Füßen.

Silver löste die Sicherheitsgurte ihrer Couch und sah zu Kin.

»Wir haben das Universum gebaut, stimmt's?« fragte sie. »Ich meine, nicht direkt *wir,* nicht diese Ansammlungen aus Knochen und Gehirn, aber das Etwas in uns, das uns zu dem macht, was wir sind. Jenes Etwas, das träumt, während der Rest von uns schläft.«

Kin lächelte. »Die Computer wollten mir keine Auskunft darüber geben«, entgegnete sie. »Aber ich glaube,

Sie haben recht. Vermutlich hatten die Computer eine zusätzliche Funktion. Sie konnten die mentale Statik vollständig unterdrücken, um dem — zum Teufel auch, warum das Wort meiden? — Gott in uns Gelegenheit zu geben, zu erwachen und zu erschaffen. Aus diesem Grund ist praktisch jeder in der Lage, Herr der Scheibenwelt zu sein. Wenn Jago Jalo den Helm ausprobiert hätte, säße er noch immer im Kontrollraum.«

»Niemand wird Ihnen glauben«, sagte Marco, ohne sich umzudrehen.

»Vielleicht wäre das gar keine Tragödie«, antwortete Kin. »Die Flachwelt ist ein Scherz. Oder ein Hinweis. Niemand muß an ihre Bedeutung glauben. Wir bauen einen Planeten für die Bewohner der Scheibe — nur darauf kommt es an.«

Die Herausforderung gefiel ihr. Die Konstruktion einer neuen Erde, sorgfältig genug, um einen Transfer zu ermöglichen, den niemand bemerkte. Das Entwerfen neuer Kontinente. Und um sie zu bevölkern ... Kin stellte sich Scheibenbewohner in der Kältehibernation vor — bis ihre Anzahl das notwendige Minimum erreichte. Vielleicht dauerte es tausend Jahre. Es galt, ein ganzes Sonnensystem hierherzuschleppen. Große Planeten, die ferne Sterne umkreisten, mußten in Anderswo-Felder gehüllt werden und über viele Lichtjahre springen.

Kin dachte an die Entwicklung von Büffeln.

Ihr stand bestimmt kein langweiliges Leben bevor.

War das Wissen der Computer die Mühe wert?

Ja, zweifellos.

Arad und ihre Gefährten schliefen und aßen, während das Raumschiff unter dem unheimlichen Schatten am Himmel flog. Die kleine Sonne projizierte kein Licht an die Unterseite der Scheibe.

Irgendwann wurde der gegenüberliegende Bereich des Randfalls größer. Marco nahm wieder im Pilotensessel Platz und sprach mit dem kleinen Bordcomputer.

»In Ordnung«, berichtete er. »Die wichtigste Schubphase steht bevor. Hier verabschieden wir uns von der Scheibe, und deshalb schlage ich vor, Sie strekken sich wieder auf den Couchen aus. Das Komitee übernimmt den Countdown für uns.«

Sie verbrachten zehn unbequeme Minuten damit, dem dumpfen Donnern der Düsen zu lauschen. Kin vernahm ein Seufzen von Marcos Liege, als wieder Stille herrschte.

»Das wär's«, verkündete er. »Entweder treffen wir das Loch, oder wir verfehlen es. Ich hätte nie gedacht, daß ich einmal fürchten muß, an die Wand des Universums zu prallen.«

Der Randfall sauste einige tausend Kilometer entfernt vorbei und phosphoreszierte im Licht des Vollmonds. Selbst Marco holte tief Luft, als das Schiff über die Scheibenwelt stieg und dem Himmel entgegenfiel.

Weiße und schwarze Fleckenmuster zeigten sich auf der Flachwelt. Sie sah aus wie eine silbrige und ebenholzschwarze Münze, die unter einem sternenbesetzten Firmament schwebte.

Die Sterne kamen näher. Der Mond verwandelte sich in eine Perle über der Scheibe, und die Sterne *schossen* heran.

Die von Jago Jalo ins Himmelsgewölbe geschnittene Öffnung hatte genug Platz geboten, um das Ringschiff passieren zu lassen, und dieser Raumer war wesentlich kleiner. Andererseits: Er flog das Loch von der Seite her an.

Die Computer hatten Marco versichert, die Öffnung sei groß genug. Ähnlich beruhigende Hinweise richteten sie an Kin, fügten jedoch Angaben über den zu erwartenden Abstand von den Rändern hinzu. Arad hielt es für besser, darüber zu schweigen — ihnen blieb ein Spielraum von etwas mehr als einem Meter.

Kin ertappte sich dabei, wie sie durchs Fenster starrte und den Himmel beobachtete. Die Aufmerksamkeit ihrer beiden Gefährten galt ebenfalls dem Draußen. Über ihnen glitten Sterne wie Schneeflocken umher, erst langsam, dann immer schneller.

Innerhalb kurzer Zeit metamorphierten die hellen Punkte vor dem Schwarz zu undeutlich dahinzuckenden Schatten. Kin sah ein gewaltiges schattenhaftes Etwas, als ein Stern anschwoll, gleißte und verschwand. Ein kurzer Ruck meldete den Verlust eines Düsenmoduls — die Kante des Himmels hatte es fortgerissen.

Dann leuchteten wieder Sterne, täuschend ähnlich, und das Schiff tauchte in den interstellaren Ozean ein.

Kin hörte, wie Marco den angehaltenen Atem ausstieß. Silvers heiserer Bariton summte eine Melodie.

Arad beobachtete Sterne, die nur siebzigtausend Jahre alt waren, kaum älter als ihre winzigen Kusinen über der Scheibenwelt. Sterne stellten nichts weiter dar als Lichter am Himmel, aber größere Himmel verlangten größere Sterne.

Kin dachte an die Fortsetzung ihres Buches. Das Schiff fiel durchs All, in die Kulissen.

Von Terry Pratchett liegen in der Serie Piper vor:
(in der Reihenfolge des Erscheinens):
Die Teppichvölker
Die dunkle Seite der Sonne
Strata
Die Farben der Magie
Das Licht der Phantasie
Das Erbe des Zauberers
Gevatter Tod
Der Zauberhut
MacBest
Pyramiden
Wachen! Wachen!
Die Schlacht der Nomen. Trucker · Wühler · Flügel
Ein gutes Omen. Der völlig andere Hexenroman (mit Neil Gaiman)
Rincewind der Zauberer. Vier Scheibenwelt-Romane
Die Scheibenwelt. Zwei Romane in einem Band
Schlamassel auf der Scheibenwelt. Pyramiden · MacBest
Die Magie der Scheibenwelt. Drei Romane in einem Band
Gevatter Tod · Wachen! Wachen! Zwei Scheibenwelt-Romane in einem Band
Die dunkle Seite der Sonne · Strata. Zwei Kultromane in einem Band
Die Gelehrten der Scheibenwelt. Erweiterte und aktualisierte Neuausgabe (mit Ian Stewart, Jack Cohen)
Die Philosophen der Rundwelt. Mehr von den Philosophen der Scheibenwelt (mit Ian Stewart, Jack Cohen)
Darwin und die Götter der Scheibenwelt (mit Ian Stewart, Jack Cohen)

Als Hardcover bei Piper:
Eric (illustrierte Sammlerausgabe)
Der ganze Wahnsinn. Storys

SERIE PIPER

Terry Pratchett,
Ian Stewart,
Jack Cohen

Darwin und die Götter der Scheibenwelt

Aus dem Englischen von Andreas Brandhorst und Erik Simon. 432 Seiten. Serie Piper

Erneut ist etwas faul auf der Rundwelt: Eine Eiszeit droht den Planeten zu überrollen, doch die Menschen machen keine Anstalten, ihre Welt zu verlassen. Rincewind und Ridcully erkennen, dass sich die Realitäten verschoben haben. Charles Darwin hält die Evolution nun für ein göttliches Werk! Die Zauberer versuchen, mit immer neuen bizarren Einfällen die Realität zu korrigieren, doch damit stürzen sie die Welt nur noch tiefer ins Chaos. Bis sie schließlich dem Gott der Evolution persönlich gegenüberstehen …

Ein süchtig machender Trip in die Welt der Quantenphysik, Kosmologie und Evolution!

05/2028/01/L

Terry Pratchett,
Ian Stewart,
Jack Cohen

Die Philosophen der Rundwelt

Mehr von den Gelehrten der Scheibenwelt. Aus dem Englischen von Andreas Brandhorst und Erik Simon. 480 Seiten. Serie Piper

Die Elfen sabotieren ein weiteres Experiment an der Unsichtbaren Universität: Diesmal verschlägt es die Zauberer auf die Rundwelt, auf der die seltsame Spezies Mensch lebt. Und die Scheibenweltler erfahren vieles über sie, das bisher unbekannt war: Warum lieben die Menschen Geschichten? Aus welchem Grund reisten sie zum Mond? Weshalb wurden sie intelligent – und wurden sie es überhaupt?
Die furiose Fortsetzung zu »Die Gelehrten der Scheibenwelt«!

»Ein wahrlich einzigartiges Buch: Es wirft einen faszinierenden Blick auf die Welt, in der wir leben.«
Publishers Weekly

05/2029/01/R

A. Lee Martinez

Diner des Grauens

Wir servieren Armageddon mit Pommes Frites! Aus dem Amerikanischen von Karen Gerwig. 352 Seiten. Serie Piper

Willkommen im Diner des Grauens, wo Zombie-Angriffe an der Tagesordnung sind und du niemals weißt, was im Kühlschrank lauert! Als die beiden Kumpels Earl und Duke mit ihrem uralten Pickup bei dem Wüstenimbiss Halt machen, trifft es sie hammerhart: Zombie-Kühe, eine monströse Bardame, singende Yucca-Palmen und liebreizende Friedhofsgeister sind erst der Anfang. Doch Earl und Duke wären nicht der coolste Vampir und der fetteste Werwolf der Welt, wenn sie solche Probleme nicht auf ihre ganz eigene Art lösen würden … Lustiger als die »Muppet-Show« und blutiger als »From Dusk till Dawn« – nach A. Lee Martinez werden Fantasy und Horror nie mehr sein wie zuvor!

»Der größte Spaß seit Douglas Adams und das verrückteste Debüt aller Zeiten!«
Publishers Weekly

05/1980/01/L

A. Lee Martinez

Die Kompanie der Oger

Sterben und sterben lassen! Aus dem Amerikanischen von Karen Gerwig. 416 Seiten. Serie Piper

Für einen, der unsterblich ist, stirbt Never Dead Ned ziemlich häufig – nur kehrt er immer wieder ins Leben zurück. Doch Ned bliebe lieber tot, als seine neue Aufgabe anzutreten: Er soll die Oger-Kompanie befehligen, die verwahrloseste Truppe der Welt. Selbstmörderische Kobolde, gehänselte Orks und verführerische Amazonen machen ihm das Leben zur Hölle. Dazu droht der Welt noch furchtbares Unheil. Die Oger-Kompanie steht vor ihrer ersten – und schwierigsten – Aufgabe …

»Noch schneller und lustiger als ›Diner des Grauens‹. Dieses Buch macht Fans von Terry Pratchett und Douglas Adams süchtig!«
Booklist

05/2120/01/R